빌헬름 마이스터의 수업시대 1

Wilhelm Meisters Lehrjahre

세계문학전집 23

빌헬름 마이스터의 수업시대 1

Wilhelm Meisters Lehrjahre

요한 볼프강 폰 괴테

안삼환 옮김

민음사

요한 볼프강 폰 괴테(1749–1832).

요한 카스파르 괴테(1710－1782).
「아버지는 학구적인 분이셨다. 상업을 그만둔 후, 아버지는 자신의 지식과 능력을 다른 사람들에게 전수해 주길 좋아하셨다」(괴테, 『시와 진실』에서)

카타리나 엘리자베트 괴테(1731－1808).
「당신의 어머니가 당신을 낳았던 침대에는 격자무늬의 푸른 커튼이 쳐져 있었지요. 어머니는 그때 18살이었고, 결혼한 지 일년째였어요」(베티나 폰 아르님, 『한 아이와의 편지』에서)

프랑크푸르트에 있는 괴테의 생가.
커다란 복도에는 〈로마의 전경도(全景圖)〉가 걸려 있었는데, 어린시절에 괴테는 이 그림을 무척 좋아했다.

라이프치히
「내가 라이프치히에 도착했을 때는 막 미사 시간이었다. 나는 시장과 길가의 매점들을 돌아다녔다. 그러나 이 생기 있는 움직임은 곧 사라져버리고, 내 앞에는 도시의 아름답고 높은 건물들만 서 있었다」(괴테, 『시와 진실』에서)

스케이트를 타는 괴테.
「어느 화창한 겨울 아침 내가 손님을 맞고 있을 때, 볼프강은 내게 친구들과 함께 마인강가에 가겠다고 했다. '어머니, 제가 스케이트 타는 모습을 아직 한번도 못 보셨잖아요. 그리고 오늘은 날씨가 이렇게 좋은걸요'」(괴테의 어머니, 1772년과 1773년 사이의 겨울)

릴리 쇠네만 Lili Schönemann.
나는 릴리와 사랑에 빠졌을 때만큼 행복했었던 적이 없었다네(에커만에게 보낸 편지, 1830년 3월)

안나 아말리아 공작 부인 저택에서의 저녁 독서 모임.
「나의 바이마르 시절 첫 10년 동안의 이야기들은 동화나 우화의 형식으로 말할 수밖에 없다. 사람들은 결코 그 일들을 사실로 믿지 못할 것이다」

괴테의 죽음.
「죽음에 대한 생각은 나를 완전히 평화롭게 한다. 왜냐하면 나는 영혼이란 완전히 사라질 수 없는 자연이며, 영원에서 영원으로 계속 영향을 미치는 것이라는 확고한 생각을 가지고 있기 때문이다」

차례

2권 차례

제1권

1

시간이 매우 오래 흘렀는데도 연극은 좀처럼 끝나지 않고 있었다. 바르바라Barbara 노파는 벌써 몇 번이나 창가로 다가가서 혹시나 마차 바퀴 소리가 들려오는가 하고 귀를 기울여보곤 하였다. 그녀는 오늘의 막후 소극(幕後小劇)에서 청년 장교로 분장하여 관객을 매료시키고 있을 아리따운 여주인 마리아네Mariane를 기다리고 있는 참이었다. 수수한 저녁 식사밖에 차려 내놓을 게 없던 여느 때와는 달리 오늘따라 노파는 제법 조바심을 내고 있었다. 왜냐하면 그녀의 여주인을 깜짝 놀라게 해줄 소포가 하나 와 있었기 때문이었다. 그 소포는 노어베르크Norberg라는 돈 많은 젊은 상인이 비록 멀리 떨어져 있어도 애인을 잊지 않고 있음을 보여주기 위해 우편으로 보내온 것이었다.

바르바라는 시중 드는 노파로서, 허물없는 조언자로서, 매니저 겸 가정부로서, 소포의 봉인을 뜯어볼 권리를 지니고 있었다. 그런 데다, 평소 인심이 후한 그 애인의 호의를 당사자인 마리아네보다도 더 고마워하는 그녀이고 보니 오늘 저녁에도 호기심을 억제할 수 없었던 것이다. 소포 속에서 마리아네에게 주는 섬세한 모슬린 옷감과 최신 유행 리본들, 그리고 자신에게 보낸 면직 한 마와 스카프들과 동전 한 꾸러미를 발견하고 그녀는 이루 말할 수 없이 기뻤다. 노파가 여기에 없는 노어베르크를 얼마나 정답고 감사한 마음으로 회상하게 되었는지! 마리아네에게도 그에 관해 좋게 말해 주고, 그녀가 얼마나 그의 신세를 지고 있으며, 또한 그가 얼마나 간절히 그녀의 절조 있는 행동을 바라고 기대하는지를 상기시켜 주어야겠다고 노파는 잔뜩 벼르는 중이었다.

반쯤 휘말려 올라간 리본들의 색깔 때문에 더욱 생생하게 돋보이는 모슬린 감이 마치 크리스마스 선물처럼 탁자 위에 놓여 있었다. 촛불들은 그 선물이 더욱 빛나 보이게 하는 위치에 놓여졌다. 이렇게 모든 준비가 다 되었을 때, 노파는 계단을 올라오는 마리아네의 발소리를 듣고는 서둘러 그녀를 마중 나갔다. 그러나 막상, 장교로 분장한 그 아가씨가 자신의 정다운 인사에는 전혀 아랑곳없이 자기 곁을 그냥 지나쳐서, 전에 없이 성급한 동작으로 방 안으로 들어가 버리는 것을 보자, 노파는 깜짝 놀라서 주춤 뒤로 물러서지 않을 수 없었다. 마리아네는 깃털 모자와 검(劍)을 탁자 위로 내던져 버린 다음, 불안하게 왔다갔다하면서, 잔치 기분을 내려고 켜놓은 촛불들은 거들떠 보지도 않았다.

「왜 그래요, 아가씨?」 하고 노파가 놀라서 외쳤다. 「아니, 아가씨, 무슨 일이에요? 여기 이 선물들 좀 봐요! 그 다정다감한 친구분 말고 또 누가 이런 걸 보내겠어요? 노어베르크 씨가 아가씨 잠옷 감으로 모슬린을 보냈네요. 곧 그분께서도 직접 이리로 오신대요. 내가 보기엔 그 어느 때보다도 더 열성적이고 손이 커지신 것 같아요」

노파가 몸을 돌려, 그가 잊지 않고 자기에게도 마음을 써준 선물을 보여주려 들자, 마리아네는 그것들로부터 몸을 돌리면서 격하게 소리쳤다. 「그만! 그만둬요! 오늘은 그런 일에 관해선 아무것도 듣고 싶지 않아요. 난 할멈 말대로 했어요. 할멈이 그걸 원했지요. 그렇게 돼도 좋아요! 노어베르크가 돌아오면 난 다시 그의 것, 아니, 할멈의 것이 될 테니, 그때는 날 삶아먹든 볶아먹든 마음대로 해요. 그러나 그때까지는 난 나의 것으로 머물러 있고 싶어요. 할멈이 온갖 말로 구워삶으려 해도, 내 마음을 돌리지는 못할 거예요. 나는, 날 사랑해 주고 또 내가 사랑하는 그이에게 나의 것인 이 몸을 남김없이 바치고 싶어요. 할멈, 그런 얼굴일랑 하지 말아요. 난 마치 이것이 영원히 지속될 사랑인 것처럼 이 사랑에 몸과 마음을 바치고 싶어요」

다른 의견을 말하고 이유를 대며 따지는 데에는 노파도 지지 않았다. 하지만 말이 오가는 사이에 노파가 격하고 신랄해지자 마리아네는 노파에게 달려들어 그녀의 가슴을 움켜쥐었다. 노파는 갑자기 큰 소리로 웃으면서, 「아이고 이거 참, 이 내 목숨을 건지자면 어서 다시 치마로 갈아입혀야 되겠네!」 하고 소리쳤다. 「자, 어서 그 장교복을 벗어요! 아가씨로 돌아오면 경솔한 청년 장교님이 저지른 실수에 대해 이 늙은 할멈에게 사과를 하실 테지요. 그 윗도리 좀 벗어요. 모두 차례차례 다 벗어버려요! 참 불편한 복장이기도 하지. 그리고 이제 보니, 아가씨에겐 위험천만한 옷이기도 하네요. 장교님의 견장(肩章)을 달고 있으면 힘이 솟구치시거든요!」

노파가 옷을 벗기려고 이미 그녀의 몸에 손을 갖다댔지만, 마리아네는 홱 몸을 피해 버렸다. 「이렇게 서둘지 말아요!」 하고 그녀가 외쳤다. 「오늘 저녁 올 사람이 있어요!」

「그건 별로 좋은 일이 아닌데요」 하고 노파가 대꾸했다. 「설마 상인의 아들이라는 그 다정한 빈털터리 청년은 아니겠지요?」

「바로 그 사람이에요」 하고 마리아네가 대답했다.

「선심 쓰는 것이 요즈음 아가씨 취미인 모양이군요!」 하고 노파가 빈정거리는 투로 대답했다. 「애송이 같은 것들, 재력 없는 것들을 그토록 열성적으로 보살피시니 말이에요. 자신의 이익이라곤 거들떠보지도 않는 자선가로 경배받는다는 건 틀림없이 매력적인 일이겠지요」

「어디 마음대로 비꼬아 봐요! 나는 그 사람을 사랑해! 난 그 사람을 사랑한다구! 아, 내가 얼마나 황홀한 마음으로 이 말을 처음으로 입밖에 내고 있는지! 이것이야말로 내가 그토록 자주 무대에서 연기하곤 했지만 실은 아무것도 모르고 있었던 바로 그 사랑이야! 그래, 난 그 사람의 목에 매달리고 싶어! 난 영원히 놓아주지 않을 듯이 그 사람을 꽉 붙잡고 싶어. 그 사람에게 내 온 사랑을 보여주고 그 사람의 사랑을 있는 그대로 모두 맛보고 싶어!」

「정신 좀 차려요!」 하고 노파가 냉담하게 말했다. 「정신 좀 차리라구요! 난 아가씨의 그 기쁨을 단 한마디로 중단시키지 않을 수 없네요. 노어베르크 씨가 오십니다! 이 주일 후면 오신다구요! 선물과 함께 온 그분의 편지가 여기 있어요」

「아침 해가 내 연인을 빼앗아 간다 해도 나는 해가 보지 못하게 그 사람을 숨길 테야! 이 주일이라구! 얼마나 긴 시간이람! 이 주일 동안에 무슨 일인들 일어나지 못하겠으며, 무슨 변화인들 불가능하겠어?」

빌헬름Wilhelm이 들어왔다. 얼마나 신이 나서 그녀가 그를 향해 내달았던가! 그는 또 얼마나 황홀해하며 그 빨강색 제복을 껴안고 그 하얀 공단 조끼를 자기의 가슴에다 꼭 끌어안았던가! 누가 감히 여기서 두 연인의 이 환희의 순간을 묘사할 엄두를 낼 것이며, 설령 그럴 수 있다 해도 누가 감히 그런 순간을 말로 표현하는 실례를 범하겠는가! 노파는 투덜거리며 슬쩍 자리를 피해 버렸는데, 우리도 그녀와 함께 이 자리를 떠남으로써 이 행복한 연인들이 단둘이 있게 해주자.

2

빌헬름이 이튿날 아침에 어머니에게 문안을 여쭙자, 어머니는 아버지께서 대단히 화가 나셔서, 그가 매일같이 극장에 다니는 것을 곧 금지하실 거라고 귀띔을 해주었다. 「나도 가끔 극장에 가는 것은 좋아하기는 한다만」 하고 어머니는 계속해서 말했다. 「그러나 네가 그 오락에 지나치게 빠진 나머지 가정의 평화가 깨질 지경이기에 나도 그것이 자주 원망스러워지는구나. 아버지께서는 항상 거듭 말씀하시기를, 연극도 좋지만 시간을 그런 식으로 낭비해야 한다면 그게 다 무슨 소용이냐고 물으신다」

「그런 말씀이라면 저도 이미 아버지한테 들었습니다」 하고 빌헬름이 대답했다. 「아마 그때 제 대답이 너무 성급하고 경솔했는지도 모르겠습니다. 하지만, 어디 어머니도 들어보세요! 도대체, 우리 지갑에 즉각 돈을 채워주지 않는 것, 우리에게 금방 재산을 안겨주지 않는 것은 모두 소용없는 것일까요? 전에 살던 집에도 공간은 충분하지 않았나요? 새 집을 지을 필요가 있었던가요? 아버지는 매년 장사에서 얻은 수익의 상당한 부분을 방을 꾸미는 데에 쓰시잖습니까? 이 벽장식용 비단 융단, 이 영국제 가구들도 불필요한 것이 아닐까요? 좀 수수한 것들로 만족할 수는 없을까요? 적어도 제가 고백하지 않을 수 없는 것은 줄무늬지게 만든 이 벽들, 골백번은 더 반복되는 이 꽃들, 나선형 무늬들, 작은 바구니들과 기타 도형들이 제게는 아주 불쾌한 인상을 준다는 사실입니다. 이것들은 아무리 잘 봐준다 해도 제게는 우리 극장의 막으로밖에는 보이지 않아요. 그러나 극장의 막 앞에 앉아 있으면 기분이 전혀 다르지요! 좀 기다리기는 해야 하지만, 곧 막이 올라갈 것을 알고 있으니까요. 막이 오르면 우리는 우리를 즐겁게 해주고 깨우쳐 주며 고양시켜 주는 엄청나게 다양한 사물들을 보게 되거든요」

「그런 걸 좋아하더라도 너무 지나치지는 않도록 하려무나!」 하고 어머니가 말했다. 「네 아버지께서도 저녁에는 너와 즐겁게 지내고 싶어하신다. 그러다가 네가 없는 걸 보시면, 네가 연극에 정신이 나갔다고 생각하시지. 이렇게 아버지가 기분이 언짢아하실 때마다 결국 죄는 내가 뒤집어쓰게 돼. 내가 십이 년 전 크리스마스 선물로 줬다가 너희들을 연극에 취미를 붙이게 한 그 망할 놈의 인형극 때문에 얼마나 자주 꾸중을 들어왔는지 아니?」

「인형극을 탓하진 마세요. 그걸 사주신 사랑과 배려를 후회하실 건 없어요. 그것은 새로 이사간 그 텅 빈 집에서 제가 처음으로 맛본 즐거운 순간들이었으니까요. 지금 이 순간에도 그 선물을 받던 당시가 제 눈에 선합니다. 여느 때와 같은 크리스마스 선물을 받고 난 뒤에 다른 방으로 통하는 문 앞에 쪼그리고 앉아 있으라고 하셨을 때 얼마나 기분이 묘했던가를 지금도 기억하고 있어요. 이윽고 그 문이 열렸는데, 보통 때처럼 사람이 들락거리기 위해서가 아니었지요. 그 입구에는 뜻밖에도 잔치 기분을 내는 장식들로 가득 차 있었어요. 거기에는 현관문 같은 것이 우뚝 서 있었는데, 그것은 신비로운 장막으로 덮여 있었지요. 처음에는 우리 모두 멀찌감치 서 있었지요. 호기심이 점점 커진 우리가 그 반투명의 장막 뒤에 감춰져서 반짝이거나 바스락거리고 있는 것들이 과연 무엇인지 직접 보려고 하자, 조그만 의자 하나씩을 내주면서 거기에 앉아 참을성 있게 좀 기다리라고 했죠.

그래서 이제 모두들 자리에 앉아 숨을 죽이고 기다렸지요. 호루라기 소리를 신호로 해서 막이 공중으로 걷혀 올라가니 새빨갛게 칠이 된 신전의 안쪽이 들여다보였습니다. 대제사장(大祭司長) 사무엘[1]이 요나단과 함께 나타났는데, 번갈아 말하는 그들의 기이한 목소리가 제게는 지극히 신성하게 들렸어요. 그러자 잠시 후에는 사울이 등장했는데, 그는 자기와 자기의 신하들에게 도전해 온 그 무지막지한 전사(戰士)의 무례한 도발에 대해 몹시 당황해하고 있었습니다. 그래서 저는, 이새의 아들로서 난쟁이처럼 자그마한 다윗이 양치기 지팡이와 목동의 주머니, 그리고 새총을 들고 뛰어 들어와서 이렇게 말했을 때 얼마나 마음이 놓이던지요——〈대왕 전하! 그렇다고 용기를 잃으셔서는 안 됩니다. 전하께서 허락해 주신다면 제가 나아가 그 엄청난 거인과 맞서 보겠습니다.〉 이로써 제1막이 끝났고, 꼬

1) 구약 「사무엘 상」, 제16-18장 참조.

마 구경꾼들은 이제 다음 진행이 어떻게 될지 보고 싶어 대단히 궁금해했습니다. 누구나 음악이 빨리 끝나기만을 바랐지요. 마침내 막이 다시 올라갔습니다. 다윗은 그 괴물의 살을 하늘 아래의 새들과 들 위의 짐승들에게 바치겠다고 말했지요. 그러자 블레셋의 그 거인은 조소를 퍼붓고 여러 번 발을 동동 구르다가 마침내 나무 둥치처럼 넘어짐으로써, 그 모든 일에 근사한 결말을 맺게 되었습니다. 그런 다음에 처녀들이 〈사울은 천 명을 쳐부수었지만 다윗은 만 명을 물리쳤다!〉고 노래를 부르고, 거인의 목이 꼬마 개선장군 앞으로 운반되어 온 다음, 그가 아름다운 공주를 아내로 얻는 장면에 이르러서, 저는 아주 기뻐했으면서도 그 행복한 왕자의 형상이 그처럼 난쟁이 꼴을 하고 있다는 사실이 새삼스럽게 마음에 걸렸지요. 지금까지는 거인 골리앗과 꼬마 다윗이라는 고정관념에 따라 이 둘의 특징을 잘 부각시킬 수 있었기 때문에 이런 불편한 점은 미처 예견하지 못했거든요. 어머니, 그 인형들이 어디 있는지 말씀해 주시겠어요? 저는 얼마 전에 한 친구와 이 어린이 인형극에 관해서 이야기를 나누었는데, 그 친구가 매우 즐거워하기에 인형들을 한번 보여주기로 약속을 했거든요」

「네가 그 일을 그렇게 생생하게 기억하고 있는 것도 놀라운 일은 아니지. 너는 그것에 금방 굉장한 흥미를 보였거든. 네가 나한테서 그 작은 책을 훔쳐다가 대본 전체를 죄다 술술 외우던 기억이 선하구나. 네가 어느 날 저녁에 밀랍으로 골리앗과 다윗을 만들어서는 둘이가 서로를 향해 열변을 토하게 한 다음, 마침내 그 거인에게 일격을 가함으로써, 밀랍으로 된 손잡이를 가진 커다란 바늘 끝에 꽂혀 있던 그 우악스런 머리통을 꼬마 다윗의 손에 슬쩍 갖다 붙여주곤 하는 것을 보고서야 비로소 그 사실을 알았지. 그 당시 나는 너의 그 훌륭한 기억력과 열정적인 화술에 대해 어머니로서 진심으로 기뻐한 나머지, 당장 그 목제 인형들을 네게 아주 건네주기로 작정했지. 그때는 그것이 장차 나한테 이렇게 많은 걱정을 끼칠 줄은 생각하지 못했다」

「후회하실 일이 아닙니다」 하고 빌헬름이 말했다. 「그 장난으로 우리는 많은 즐거운 시간을 보냈으니까요」

이렇게 말하고 나서 그는 열쇠를 달라고 해서는 서둘러 달려가 그 인형들을 찾아내었다. 그러고 나서 그는 잠시, 그 인형들이 살아 있다고 믿었던, 그리고 자신의 생생한 목소리와 손 동작으로 그것들을 살아 움직이게 할 수 있다고 믿었던 그 시절로 되돌아가 보았다. 그는 그 인형들을 자기 방으로 갖고 가서는 소중하게 간수해 두었다.

3

사람들이 보통 주장하듯 첫사랑이란 한 인간의 마음이 언젠가 한번은 느끼게 되는 가장 아름다운 것이라고 한다면, 우리는 우리의 주인공이 유달리 행복한 사람이라고 말하지 않을 수 없다. 왜냐하면 그에게는 두 번 다시 오지 않을 이 기쁜 순간들을 마음껏 즐길 수 있는 은총이 베풀어졌기 때문이다. 극소수의 사람들만이 이런 특별한 은총을 누릴 수 있는 것이다. 이에 반하여, 대부분의 사람들은 그들이 처음 느낀 감정들로부터 가혹한 교훈만을 얻을 따름이어서, 잠시 보잘것없는 즐거움을 맛본 뒤에 그들의 최선의 소망을 체념하고 눈앞에 아른거리던 그 지고의 행복을 영원히 포기하는 것을 배우도록 강요받게 되는 것이다.

그 매력적인 아가씨에 대한 빌헬름의 열망은 상상의 나래를 타고 한껏 드높아져 있었다. 그는 얼마 사귀지 않아 금방 그녀의 호감을 샀으며, 그토록 사랑하는, 아니 존경하기까지 하는 그 사람을 어느 사이엔가 자신이 차지했음을 알았다. 존경한다고까지 말할 수 있는 것은 그녀가 그에게 처음 나타난 것이 연극 공연이라는 유리한 조명 속이었던 데다, 연극에 대한 그의 열정이 한 여성에 대한 그의 첫사랑과 결부되어 있었기 때문이었다. 그가 활기찬 문학작품으로부터 고무받고 그 영향력으로 얻게 된 풍성한 기쁨을 더욱 즐겁게 누릴 수 있었던 것은 그의 젊음 덕분이었다. 또한, 현재 처지 때문에 그의 애인은 그의 감정을 부추길 만한 분위기가 나게끔 행동하였다. 즉, 그녀의 애인이 그녀의 다른 여러 사정을 때가 되기도 전에 알지도 모른다는 걱정 때문에 그녀는 근심과 부끄러움이 뒤섞인 사랑스러운 모습을 띠게 되었던 것이다. 그에 대한 그녀의 열정은 생생하게 나타났으며, 그녀의 불안감조차도 그녀의 다정한 태도를 곱절로 북돋워서, 그의 팔에 안겨 있을 때의 그녀는 이루 말할 수 없이 사랑스러운 존재였다.

그가 그 기쁨의 첫 도취경에서 깨어나 자신의 생활과 상황을 돌이켜보았을 때, 그에게는 모든 것이 새로워 보였다. 그의 의무들은 보다 신성하게 생각되었고, 그의 취미들은 보다 활달하게 여겨졌으며, 그의 지식은 더욱 명확한 것으로 생각되었고 그의 재능은 더욱 힘찬 것으로, 그의 계획은 더욱 확고부동한 것으로 여겨졌다. 그 때문에 그는 아버지의 질책을 피해 가고 어머니를 안심시키고, 방해받지 않는 가운데 마리아네의 사랑을 계속 즐기기 위해 적당한 처신을 해나가는 것이 별로 어렵지 않았다. 낮에는 정확하게 일을 처리했고 보통은 연극을 보는 것도 단념했으며, 저녁 식사 때에는 대화 상대가 되어주었다. 그러나 식구들이 모두 잠자리에 들면 외투를 몸에 두른 채, 살짝 정원으로 빠져나갔다. 그러고는 린도르와 레안더[2]처럼 잠시도 지체 못하는 마음이 되어 서둘러 애인에게로 달려가곤 하였다.

「무엇을 갖고 오신 거예요?」 하고 마리아네가 물었다. 그가 어느 날 저녁에 보따리 하나를 꺼내 놓았던 것이다. 노파는 그것이 좋은 선물일 거라고 기대하고서 매우 주의 깊게 관찰하고 있었다. 「이게 무엇인지는 알아맞히지 못할 걸요!」 하고 빌헬름이 대꾸했다.

냅킨으로 싸두었던 것을 풀자 한 뼘 정도 길이의 인형들이 우르르 쏟아졌을 때, 의아해하는 마리아네의 표정과 깜짝 놀라는 바르바라의 얼굴이라니! 빌헬름이 헝클어진 철사를 풀어내어서 각 인물들을 하나씩 보여주려고 애쓰자 마리아네는 깔깔 웃어대었다. 노파는 기분이 상해서 슬쩍 자리를 피해 버렸다.

아주 사소한 것도 서로 사랑하는 두 사람을 즐겁게 하기에는 충분한 법이다. 따라서, 우리의 연인들도 이날 저녁 더할 나위 없이 즐거운 시간을 보냈다. 그들은 그 작은 극단을 찬찬히 훑어보았으며 각 인물들을 꼼꼼히 관찰하고는 그 생김새에 웃음을 터뜨리곤 하였다. 까만 우단옷을 입고 금관을 쓴 사울 왕은 전혀 마리아네의 마음에 들지 않았다. 그녀는 그가 너무 무뚝뚝하고 고지식해 보인다고 말했다. 그녀에게 그럴수록 더 푸근한

---

2) 린도르Lindor와 레안더Leander는 18세기의 오페라나 연극에 자주 등장하던 남자 애인 이름들이다. 특히 레안더는 원래 그리스 신화에 나오는 인물로서 아프로디테의 여자 신관(神官)인 헤로Hero를 사랑하여 헬레스폰트Helespont 해협을 건너가다 익사했다 한다.

마음을 주는 것은 수염이 없는 턱을 하고 노랗고 빨간 옷을 입고 터번을 둘러쓴 요나단이었다. 또한 그녀는 철사에 매달린 요나단을 이리저리 돌리며 멋지게 조종할 줄도 알아서, 그가 절하게 하고 사랑의 고백을 하도록 했다. 반대로 예언자 사무엘에 대해서는, 빌헬름이 사무엘의 흉장(胸章)을 칭찬하고 그의 예복의 번쩍이는 호박단은 할머니의 낡은 치마에서 떼어낸 것이라고 설명해 주어도, 그녀는 조금도 관심을 보이지 않았다. 그녀에게는 다윗은 너무 작았고 골리앗은 너무 컸다. 따라서 그녀는 초지일관 요나단의 팬이었다. 그녀는 요나단을 아주 멋지게 다룰 줄 알았으며, 결국에는 그녀의 애무가 인형으로부터 우리의 친구에게로 옮아갔다. 그래서 그날 밤에도 역시 한 대수롭잖은 장난이 서곡이 되어 또다시 진정 행복한 시간들이 연이어지게 되었다.

다정하고도 감미로운 꿈속에 빠져 있던 그들은 길거리에서 들려온 시끄러운 소리 때문에 깨어났다. 마리아네는 노파를 불렀다. 노파는 평소 습관대로 아직 자지 않고 연극 의상 중에서 고칠 수 있는 것들을 다음 번 공연 때 사용할 수 있도록 열심히 손질하고 있었다. 노파 말로는, 그 소동은 방금 한 패거리의 흥겨운 술꾼들이 바로 옆의 이탈리아식 지하 술집에서 막 들어온 신선한 굴을 안주로 샴페인을 진탕 마시고 나서 몰려 나오는 소리라는 것이었다.

「저런!」 하고 마리아네가 말했다. 「우린 왜 더 일찍 그런 생각을 못했지? 우리도 뭔가 좀 먹을 걸 그랬어」

「아직도 늦진 않았어요!」 하고 빌헬름이 대꾸하면서 노파에게 금화 한 닢을 내밀었다. 「우리가 원하는 걸 좀 사다주세요. 그리고 할머니도 우리와 함께 드시구요」

노파가 민첩하게 움직여서, 잠시 후에 깔끔하게 차려진 주안상이 애인들 앞에 놓여졌다. 노파도 함께 앉도록 했다. 세 사람은 먹고 마시며 흥겨운 시간을 보내었다.

이런 경우에는 결코 화제가 빈곤하지는 않은 법이다. 마리아네는 다시금 그녀가 좋아하는 요나단을 집어들었고, 노파는 화제를 빌헬름이 좋아하는 쪽으로 돌릴 줄 알았다. 「언젠가 우리에게, 크리스마스 이브 날에 인형극을 처음으로 상연했던 것에 대해 얘기해 주신 적이 있었죠. 재미있게 들었어요. 그때는 춤이 막 시작되려는 장면에서 그만 얘기가 중단되고 말았지요. 이제 우리는 그토록 큰 감동을 불러일으켰던 그 훌륭한 배역들을 직접 만나게 됐네요」

「그래요」 하고 마리아네가 말했다. 「그 다음을 얘기해 줘요. 그때 당신 기분이 어땠어요?」

「옛 시절과 그 당시의 순진한 실수를 회상할 때의 느낌이란 정말 아름다워요, 마리아네!」 하고 빌헬름이 대답했다. 「특히, 우리가 행복하게도 어떤 고지에 도달해서 그곳으로부터 우리 자신을 둘러볼 수 있고 우리가 걸어온 길을 내려다볼 수 있는 그런 순간에 옛 시절을 회상한다면, 더욱 아름다운 법이지요! 우리가 종종 고통스러워하며 도저히 극복할 수 없다고 생각했던 많은 장애물들을 이제는 스스로 만족해하며 회상해 보는 것은 아주 유쾌한 일이지요. 또, 지금 현재의 발전한 우리 자신과 아직 발전을 못하고 있던 그 당시의 우리 자신을 비교해 보는 것도 정말 유쾌한 일이구요. 그런데 당신과 함께 과거의 일을 이야기하고 있는 지금 이 순간 나는 이루 형언할 수 없이 행복해요. 그것은 아마도 내가 지금 내 눈앞에서 우리가 손에 손을 잡고 함께 거닐게 될 아름다운 나라가 펼쳐져 있는 것을 바라보고 있기 때문인 것 같아요」

「그래 그 춤은 어땠어요?」 하고 노파가 그의 말에 끼여들었다. 「모든 것이 계획대로 잘 진행되지 못했을까 봐 걱정이 되네요」

「아, 매우 잘 진행되었어요」 하고 빌헬름이 대답했다. 「무어인 남녀들과 양치기 남녀들, 그리고 남녀 난쟁이들의 그 신기한 도약들에 대한 희미한 기억은 평생 잊혀지지 않고 남아 있지요. 이윽고 막이 내리고 문들이 닫히고 나자 우리 꼬마 친구들은 마치 술에 취한 듯 비틀거리며 서둘러 잠자리로 갔지요. 그러나 아직도 기억나는 것은 나는 잠을 이룰 수가 없었고, 무엇인가 더 듣고 싶은 데다 아직도 물어보고 싶은 게 많아서 우리를 잠자리로 데려다 주었던 그 하녀를 좀처럼 놓아주려 하지 않았다는 사실이지요.

이튿날 아침에 보니 유감스럽게도 그 요술 같은 무대는 다시 사라졌고 신비스런 장막도 치워지고 없어서, 다시금 그 문을 통해서 이 방에서 저 방으로 나다닐 수 있게 되어 있었어요. 그 많은 모험들이 아무런 흔적도 남기지 않고 사라져 버린 것이지요. 내 동생들은 장난감을 가지고 이리저리 뛰어다녔지만, 나는 혼자 이곳 저곳을 살금살금 걸어다녔어요. 어제 그렇게도 많은 요술이 벌어졌던 곳에 단지 문설주 두 개만이 서 있으리라곤 도저히 생각할 수 없었거든요. 아, 잃어버린 사랑을 되찾으려는 사람도 그때 내 모습보다 더 불행하지는 않을 겁니다」

이렇게 말하면서 그가 마리아네에게 힐끗 던진 기쁨에 취한 눈길은, 그가 언젠가 자신도 이런 상황에 처할지도 모른다는 걱정 따위는 조금도 하지 않고 있다는 확신을 마리아네에게 심어주었다.

4

「그때부터 내 유일한 소원은 그 작품의 두번째 공연을 보는 것이었습니다」 하고 빌헬름은 이야기를 계속했다. 「나는 어머니를 졸랐어요. 그래서 어머니가 적당한 시간에 아버지를 설득하려고 했지요. 하지만 허사였습니다. 아버지는 오락은 아주 가끔씩만 즐겨야 가치가 있는 법이며, 어린이들과 노인들은 좋은 일이라도 매일같이 보면 그것을 제대로 평가할 줄 모르기 쉽다고 주장했어요.

만약 그 인형극을 고안해 내고 뒤에 숨어서 조종했던 감독 자신이 그 상연을 되풀이하면서 그 에필로그에 방금 새로 만든 어릿광대를 무대 위에 올려봤으면 하고 생각하지 않았더라면, 우리는 오랫동안 더 기다려야만 했을 겁니다. 어쩌면 다음 크리스마스가 올 때까지 기다려야 했을지도 모르지요.

그 사람은 많은 재능을 타고난 젊은 포병장교였는데, 특히 기계 공작에 능했어요. 아버지가 집을 지으실 때 중요한 일을 많이 해주어서 아버지로부터 선물을 넉넉히 받았던가 봐요. 그래서 그는 우리 작은 가족의 크리스마스 축일에 감사의 뜻을 표하기 위해, 자기가 전에 한가한 시간을 이용해서 만들고 새기고 색칠해 두었던 완전한 인형극 무대 한 벌을 그의 후원자의 집에다 선물했던 거죠. 심부름꾼 하나의 도움을 받아가며 인형들을 직접 조종하고 목소리를 바꿔가며 여러 역을 동시에 해낸 장본인이 바로 그 사람이었지요. 그 사람에게는 아버지를 설득하는 것이 어렵지 않았습니다. 평소 소신 때문에 당신의 자식들한테는 거절하셨던 일을 친구분에게는 호의 때문에 허락하시고 만 것이겠죠. 그야 어쨌든 간에, 무대가 다시 세워졌고 이웃에 사는 몇몇 아이들도 초대된 가운데에 그 연극이 다시 상연되었습니다.

처음 상연 때는 뜻밖이고 놀라운 나머지 기뻐하기만 했다면, 두번째에는 주의 깊게 살펴보고 조사해 보고 싶은 욕망이 컸지요. 〈어떻게〉 저렇게 되는 걸까 하는 것이 이제 내 관심사였어요. 인형들이 직접 말하는 것이 아니라는 것쯤은 처음에 벌써 알 수 있었어요. 그들이 혼자서 움직이는 것이 아니라는 것도 짐작은 할 수 있었지요. 하지만, 어째서 그 모든 것들이 그렇게 근사해 보이는지, 왜 인형들 스스로 말하고 움직이는 것처럼 보이는 것인지, 조명등은 어디에 있고 조종하는 사람은 어디에 있는 것인지——이런 수수께끼들이 나를 불안하게 했어요. 마법에 걸려든 인형들 사이에 있고 싶으면서도 마법을 거는 조종자들 사이에도 있고 싶고, 남몰래 손을 놀려 조종하고 싶으면서도 동시에 관객으로서 환상의 기쁨도 만끽하고 싶은 그런 이중적 소망에 시달리면 시달릴수록, 그만큼 더 초조하게 나는 이 수수께끼들을 풀려고 안달이 났지요.

그 작품이 끝나자 에필로그가 준비되고 있었으며, 관객들은 자리에서 일어나 서로 잡담하고 있었어요. 나는 문에 바싹 다가가서 안쪽에서 울려나오는 뚝딱거리는 소리에 귀를 기울여보고는 지금 한창 정리하고 있는 중이라는 것을 알았어요. 나는 막으로 쳐놓은 융단의 아래쪽 끝을 살짝 쳐들고는 버팀목 사이로 안을 들여다보았지요. 어머니가 그것을 보고 나를 뒤로 끌어당겼어요. 하지만 나는, 아군이든 적군이든, 사울이든 골리앗이든, 이름이 무엇이든 이것 저것 가리지 않고 모조리 〈하나의〉 서랍 안에다 집어넣고 있는 것까지 이미 보고 말았어요. 이렇게 해서 반밖에 충족되지 못하고 있던 내 호기심이 새로운 자극을 받게 되었지요. 그러나 이와 동시에 나는 그 신비스러운 곳에서 그 소위가 바쁘게 움직이는 것을 보고 정말이지 너무나도 놀랐어요. 그때부터는 어릿광대가 아무리 발 뒤꿈치로 딱딱 소리를 내며 발을 굴러도 별로 재미가 없었어요. 나는 넋을 잃고 깊은 생각에 빠져들었죠. 이 발견을 한 뒤로는 전보다 마음이 좀 가라앉은 듯도 했고, 어쩌면 오히려 더 불안해진 듯도 했어요. 무엇인가 좀 알고 나니까 그제서야 비로소 마치 내가 아무것도 모르는 듯한 느낌이 들더란 말이에요. 내 느낌은 옳았어요. 나는 연관성을 모르고 있었거든요! 사실은 모든 것이 이 연관성에 달려 있는데 말이에요」

5

「아이들이란 설비와 정돈이 잘 되어 있는 집에서 살면 거의 쥐와 비슷한 감정을 지니게 되는 법이죠」하고 빌헬름이 이야기를 계속했다.「그들은 금지된 군것질감에 이를 수 있는 온갖 틈새기나 구멍들을 찾아내는 데 온 정신을 다 쏟고, 남모르는 짜릿한 두려움을 지닌 채 그것을 먹곤 하죠. 그런 두려움이야말로 어린 시절에 누릴 수 있는 행복의 상당히 큰 부분이죠.

혹시 열쇠 하나가 자물쇠에 그대로 꽂혀 있기라도 하면, 나는 동생들보다도 먼저 그걸 알아차리곤 했어요. 그 꼭 잠긴 문을 나는 이미 여러 주, 여러 달 동안 그냥 지나쳐야만 했거든요. 가끔 어머니가 무엇인가를 꺼내기 위해서 그 신성한 문을 열 때마다 나는 몰래 힐끔 들여다보는 것이 고작이었구요. 그 잠긴 문에 대해 마음속에 품고 있었던 경외감이 매우 크면 클수록, 그만큼 잽싸게 나는 가정부들이 가끔 소홀히 하는 한순간을 포착할 수 있었죠.

쉽게 짐작이 가겠지만, 모든 문들 중에서 식료품 창고의 문이 바로 내가 가장 날카롭게 노렸던 문이었어요. 어머니가 무엇인가 꺼내는 것을 도와달라고 가끔 나를 그 안으로 불러들이실 때마다 느꼈던 그 기쁨은 인생의 그 어떤 예감에 가득 찬 기쁨과도 비할 수 없죠! 그럴 때면 나는 어머니의 선심 덕분이었든 내 술책 덕분이었든, 말린 자두 몇 개를 얻곤 했어요. 차곡차곡 쌓아둔 귀한 물건들이 그 엄청난 양으로 내 상상력을 에워싸 버리는가 하면, 갖가지 향료들이 서로 뿜어대는 묘한 냄새조차도 나에게는 달콤하게 와닿아서, 그 근처에 갈 적마다 나는 적어도 그 분위기만은 꼭 즐기곤 했지요. 그런데 어느 일요일 아침, 어머니가 교회 종소리를 듣고 그만 황급히 나가시고 온 집안이 깊은 안식일의 정적에 파묻혀 있는데, 그 문제의 열쇠가 거기에 그냥 꽂혀 있는 것이 아니겠어요. 그것을 알아채자마자 나는 벽에 붙어 슬그머니 몇 번 왔다갔다해 보고는, 마침내 숨죽이고 살짝 다가가서, 문을 열고, 단 〈한〉 발을 내디뎠는데도 벌써 그토록 오랫동안 갈망하던 행복의 근처에 와 있는 것을 느꼈지요. 나는 무엇을 골라잡을까 하고 잽싸고도 의심스러운 눈초리로 상자, 자루, 갑(匣), 통조림, 유리잔들을 살펴보고는 마침내 내가 그토록 좋아하는 마른 자두들을 움켜쥐었고 말린 사과 몇 개를 집었어요. 그러고는 또, 설탕에 절인 오렌지 껍질도 집었죠. 내가 이 노획품들을 갖고 살금살금 뒷걸음질쳐 막 되돌아가려던 참이었어요. 그때, 나란히 놓여 있는 상자 두세 개가 내 눈에 띄었어요. 그런데 그 상자들 중의 하나에서, 위에 작은 고리들이 달린 철사들이 덜 닫힌 서랍 사이로 비죽이 나와 있는 게 아니겠어요? 나는 무엇인가 짐작되는 게 있어서 그쪽으로 가보았지요. 내가 좋아하는 주인공들과 내가 반겨 마지않는 무대장치들이 그 속에 차곡차곡 포개어져 있는 것을 발견했을 때의 내 기분이란 정말 하늘로 날아오를 것 같았죠. 나는 맨 위에 있는 것들을 집어들고 살펴보려고 했을 뿐만 아니라 맨 아래에 있는 것들도 끄집어내려고 했어요. 하지만 나는 금세 그 가냘픈 철사들을 뒤엉키게 만들었고, 그 때문에 불안과 공포에 휩싸였어요. 특히, 바로 옆에 있는 부엌에서 하녀가 움직이는 소리가 났기 때문에 나는 허겁지겁 모든 것을 억지로 제자리에 쑤셔넣고 상자를 닫아버린 다음, 맨 위에 놓여 있던, 다윗과 골리앗의 희극 대사가 적혀 있던 작은 책 한 권만 슬쩍 주머니에 넣었지요. 그러고는 이 노획품을 가지고 살그머니 계단을 올라가 다락방에 숨었죠.

이때부터 나는 혼자 있는 시간은 모두 남몰래 그 극본을 되풀이해 읽고 외우는 데에 보내면서, 만약 내가 그 인물들을 내 손가락으로 살아 움직이게 조종할 수 있다면 얼마나 좋을까 하고 상상하곤 했어요. 뿐만 아니라 상상 속에서는 나 자신이 다윗도 되고 골리앗도 되었지요. 다락방에서건, 외양간에서건, 정원 구석에서건, 어떤 상황에서도, 나는 그 극의 대사를 완전히 연습했고, 모든 배역을 익혔으며 그 배역들의 대사를 외웠지요. 다만, 나는 스스로를 대개 주역으로만 생각하곤 해서, 다른 배역들은 마치 근위병들처럼 그저 기억 속에서 그냥 따라다니게 내버려두었지요. 그래서, 거만한 거인 골리앗에 도전하는 다윗의 고결한 연설이 밤낮없이 내 마음을 따라다녔어요. 내가 종종 그 대사를 혼자서 흥얼거리곤 했는데도 아무도 그것을 알아차리지 못했지만, 유독 아버지께서만 가끔 나의 그런 외치는 듯한 대사를 눈치채시고는 몇 번 듣지도 않고 그렇게 많은 것을 외울 수 있는 당신 아들의 훌륭한 기억력에 대해 혼자 감탄하곤 하셨지요.

그런 일로 인하여 나는 점점 더 대담해져서 어느 날 저녁에는 밀랍 몇 덩어리로 배우를 만들어서는 그 희곡의 대부분을 어머니 앞에서 낭송하게 되었어요. 어머니가 낌새를 채시고 다그치셔서, 나는 자초지종을 고백하지 않을 수 없었지요.

다행히도 이렇게 탄로가 난 시점은 그 소위가 나에게 직접 인형극의 비밀을 가르쳐줬으면 하는데 허락해 주시겠느냐고 말한 시점과 맞아떨어졌어요. 어머니는 당신의 아들에게서 발견된 뜻밖의 재능에 관해 즉시 그 장교에게 알렸어요. 그래서 이제 그는 평소에는 비어 있는 맨 꼭대기 층의 방 두세 개를 쓰도록 허락받을 수 있었지요. 그중 한 방에는 다시 관객들을 앉히고, 다른 방은 배우들이 쓰도록 하며, 이번에도 문이 열리는 곳이 무대 전면을 이루도록 하려는 계획이었지요. 친구에게 이 모든 것을 준비하도록 허락하셨으면서도, 아버지 자신은 아이들에게는 그들이 몹시 사랑받고 있다는 사실을 알아채게 해서는 안 된다는 원칙에 따라 이 모든 것을 그냥 묵인해 주기만 하는 듯한 태도이셨지요. 그렇지 않으면 아이들은 항상 도에 넘치는 짓을 하려 든다는 말씀이었지요. 어른들은 만족감 때문에 아이들이 도를 넘거나 오만해지지 않도록 아이들이 기뻐할 때에는 심각한 태도를 보여야 하며 때로는 아이들의 기쁨을 중단시킬 필요도 있다고 아버지께서는 생각하셨거든요」

6

「그래서 이제 소위는 무대를 만들고 그 밖의 것들을 준비했어요. 그가 그 주간에 여러 번이나 뜻밖의 시간에 우리 집에 오는 것을 보고 나는 그의 의도를 짐작하고 있었지요. 토요일 이전에는 준비되고 있는 일에 관심을 보여서는 안 된다는 것을 충분히 느낄 수 있었기 때문에 나는 호기심이 굉장히 커져 있었지요. 마침내 기다리고 기다리던 그날이 왔어요. 나를 지도해 줄 그 소위가 저녁 다섯시에 와서 나를 위로 데리고 올라갔어요. 나는 너무나 기쁜 나머지 몸을 부들부들 떨며 그 방 안으로 들어갔어요. 그러고는 등장할 순서대로 시렁의 양켠에 드리워져 있는 인형들을 바라보았어요. 나는 그 인형들을 자세히 관찰하고는 무대 위에 있는 계단 위에 올라섰어요. 그러자 나는 이제 그 작은 인형들의 세계의 상공에 떠 있는 격이 되었어요. 바깥에서 볼 때에 이 모든 장치가 얼마나 굉장한 작용을 하던가 하는 회상과, 지금 내가 얼마나 굉장한 비밀을 전수받고 있는가 하는 느낌에 압도당했기 때문에 판자 사이를 내려다보면서 경외심을 느끼지 않을 수 없었어요. 우리는 한번 시도를 해보았는데, 잘 되더군요.

그 이튿날, 어린이 한 무리를 초청해 놓은 자리에서 우리는 훌륭히 해냈죠. 다만, 내가 조종에 너무 열을 올린 나머지 요나단을 떨어뜨리는 바람에 어쩔 수 없이 손을 아래로 쑤욱 내려 그 인형을 집어올리지 않을 수 없었던 것만 빼놓고는 말이에요. 좌중의 환상을 산산이 깨뜨려 버리고 관중들이 큰 웃음을 터뜨리게 한 이 불의의 사건 때문에 나는 이루 말할 수 없이 속이 상했지요. 또한, 아버지께서는 이 실수를 매우 바람직한 것으로 보셨던 것 같아요. 당신께서는 신중하시게도 아들이 재능이 있다는 사실을 바라보는 커다란 즐거움을 전혀 내색하지 않으시고는 그 공연이 끝나자마자 즉각 그 실수를 붙들고 늘어지시면서, 만약 이런저런 잘못만 없었더라면 정말 좋은 공연이 되었을 것이라고 말씀하셨거든요.

그것이 나를 정말 속상하게 해서 그날 저녁 내내 슬펐지만, 이튿날 아침 일어나니 화나던 모든 일은 벌써 씻은 듯이 가시고, 내가 그 불상사를 빼고는 훌륭히 잘 해냈다는 생각에 지극히 행복한 기분이었어요. 거기다가 또 관객들이 찬사를 보냈죠. 그들은 비록 소위가 일부러 거친 목소리와 섬세한 목소리를 내어 많은 효과를 거두기는 했지만 대부분 지나치게 꾸민 것 같고 뻣뻣하게 열변을 토로한 반면에, 새로 시작한 초보자는 다윗과 요나단의 대사를 훌륭히 낭송했다고 주장했어요. 특히 어머니는 골리앗에게 도전하고 겸허한 승리자로서 왕에게 나설 때의 내 정정당당한 표현을 칭찬해 주셨어요.

그런데, 참으로 기쁜 일은 이제 그 무대가 설치된 채 그대로 남게 된 것이었어요. 또, 봄이 찾아와서 난로 없이도 지낼 만했으므로, 나는 자유시간이나 노는 시간에는 그 방에 틀어박혀 인형들을 요리조리 실컷 조종해 보곤 했어요. 가끔 나는 동생들이나 친구들도 올라오라고 했죠. 그러나 그들이 오고 싶어하지 않을 때에도 나 혼자 그 위에 있곤 했지요. 내 상상력은 그 작은 세계를 감싸고 떠돌았지만, 그 세계는 얼마 안 가서 곧 다른 형태를 띠기 시작했어요.

무대와 배우가 이미 마련되어 있고 고정되어 있는 그 첫번째 작품은 몇 번 상연해 보니 벌써 재미가 없어지더군요. 그 대신 할아버지의 책들 중에서 『독일의 극작품들』[3]과 이탈리아와 독일 오페라의 번역본 여럿이 내 손에 집히게 되었는데, 나는 이 작품들에 아주 심취해서, 매번 우선 그 등장인물들의 수만 어림잡아 본 다음, 즉각 그 작품의 상연에 돌입하곤 했어요. 그러다 보니 까만 우단옷을 입은 사울 왕은 이제 쇼미그렘[4]이건 카토[5]건 다리우스[6]건 무슨 역이든 맡아야 했지요. 여기서 말해두고 싶은 것은 이 작품들이 완전히 다 상연된 적은 한번도 없었고, 대개는 찔러 죽이는 장면이 다루어지는 제5막만 상연되곤 했다는 점이에요.

내가 다른 것들에보다 특히 다양한 변화와 모험담이 많이 나오는 오페라들에 더 끌린 것도 자연스러운 일이었죠. 그 속에는 폭풍우 치는 바다가 있었고, 구름을 타고 내려오는 신들이 있었으며, 그 밖에도 나를 특히 즐겁게 해주는 번개와 천둥이 있었어요. 나는 판지와 물감과 종이로 아주 그럴듯하게 밤 풍경을 만들 줄 알았고, 번개도 무시무시하게 보이게 할 수 있었지만, 다만 천둥은 항상 잘 되지만은 않았어요. 그렇지만 그건 별로 문제가 되지 않았지요. 더구나 오페라에서는 다윗과 골리앗을 써먹을 기회가 많았어요. 일반 희곡에서는 그게 전혀 걸맞지 않았거든요. 나는 그토록 많은 즐거움을 누릴 수 있는 그 비좁은 방에 날마다 더 많은 정을 느꼈어요. 그리고 사실을 털어놓

---

3) 『독일의 극작품들*Die deutsche Schaubühne*』은 고체트Gottsched가 1741년에서 1745년까지 전6권으로 편찬해 낸 책 이름이다.

4) 쇼미그렘Chaumigrem은 『독일의 극작품들』의 제4권에 수록된 그림Friedrich Melchior v. Grimm의 희곡 「바니제Banise」에 나오는 폭군 이름이다.

5) 『독일의 극작품들』의 제1권에 수록된 고체트의 희곡 「카토Cato」의 주인공.

6) 『독일의 극작품들』의 제3권에 수록된 피첼Friedrich Lebegott Pitschel의 비극 「다리우스Darius」의 주인공.

자면, 인형들이 식료품 창고에서 묻혀온 향내도 이 즐거움에 적지 않은 보탬이 되었어요.

이제 내 극장의 무대장치는 제법 완벽해졌어요. 어릴 적부터 컴퍼스를 다루고 판지를 오려 붙이거나 그림을 그리는 재주가 있었던 것이 이제서야 큰 도움이 되었던 거죠. 그랬던 만큼, 번번이 배우가 모자라 대작을 상연하지 못할 때면 정말 더 가슴이 아팠어요.

여동생들이 자기네 인형에다 옷을 입혔다 벗겼다 하는 것에 착안하여 나는 내 주인공들에게도 차차 바꿔입을 수 있는 옷을 마련해 줘야겠다는 생각을 하게 되었어요. 그래서 인형의 몸에 감겨 있는 천 조각을 떼내어서는 될 수 있는 대로 잘 꿰매었지요. 그러고는 돈을 약간 모아서 새 리본과 금박지를 사고 호박직을 여러 조각 얻어 모아서는 하나씩 하나씩 무대의상을 만들었어요. 그중에서도 특히 귀부인용 후프 스커트들을 만드는 것도 잊지 않았지요.

이제 내 극단은 정말로 어떤 대작이라도 상연할 수 있는 의상을 갖추게 되었어요. 이제야 비로소 다른 대작들도 속속 공연할 수 있을 것 같았지요. 그런데 아이들한테서 흔히 일어나곤 하는 현상이 내게도 일어나고 말았어요. 원래 아이들이란 원대한 계획을 세우고 굉장한 준비를 하고는 실제로 몇 번 시도도 해보지만, 결국 모든 것을 그냥 내팽개치는 법이지요. 내게도 이런 결점이 있었다고 자백하지 않을 수 없군요. 내가 가장 즐겨했던 것은 무엇인가를 고안해 내고 상상력을 발휘하는 일이었어요. 나는 어떤 한 장면 때문에 이런저런 작품에 흥미를 느꼈고, 그럴 때면 당장 그 장면에 필요한 새로운 의상을 만들곤 했지요. 이런 준비를 하느라고 내 주인공들의 원래 의상들이 뒤섞이고 해져버려, 최초의 걸작조차도 더 이상 상연될 수 없을 지경이 되고 말았어요. 나는 내 환상에 빠져 끝없이 시험과 준비만 거듭했고 수많은 공중누각을 지어 올리곤 했지만, 그러는 가운데 내가 그 작은 건물의 기초를 무너뜨려 버린 것도 알아채지 못했지요」

빌헬름이 이렇게 이야기하는 동안 마리아네는 졸음이 오는 것을 감추느라고 그에게 갖가지로 정답게 굴었다. 그 이야기는 일면 익살맞은 것 같기도 했지만, 그녀에게는 아무래도 너무 단순한 것이었고 또 그것에 곁들여지는 관찰은 지나치게 진지했다. 그녀는 자신의 발을 정답게 애인의 발 위에 포개놓고는 자신이 그의 얘기를 주의 깊게 듣고 있고 그에게 동의하고 있는 듯한 시늉을 해보였다. 또한, 그녀는 그의 술잔에서 한 모금 마시곤 했다. 그래서 빌헬름은 그녀가 그의 이야기를 단 한 마디도 놓치지 않았을 것이라고 굳게 믿었다. 그는 잠시 말을 멈추었다가 이렇게 외쳤다.「마리아네, 이번엔 당신 차례야. 당신의 어린 시절에 있었던 첫 즐거움도 내게 얘기해 줘요. 지금까지 우리는 항상 너무 현재에 급급해 온 나머지 우리들의 과거 생활방식에 대해 서로 얘기 나누는 일을 등한히 해왔군. 자, 어떤 환경에서 자랐는지 말해 줘요. 당신이 기억하는 최초의 생생한 인상들이라는 게 어떤 것이지?」

만약 노파가 즉시 그녀를 도와주지 않았더라면, 이런 질문들은 마리아네를 크게 당황시켰을 것이다.「우리가 당신처럼 벌써 옛날에 일어난 일에 대해 그렇게 관심이 있으리라고 생각하세요?」하고 그 눈치 빠른 노파는 말했다.「우린 얘기라고 할 만한 그런 근사한 사건들이 없어요. 설령 있다 해도 우린 그 사건에다 그런 의미를 부여할 줄도 모르구요」

「그럴 필요는 없어요!」 하고 빌헬름이 외쳤다. 「나는 다만 이 정답고 착하고 아리따운 아가씨가 너무나 사랑스러운 나머지 내 인생에서 이 아가씨 없이 보내야 했던 매 순간들이 분하게 생각돼서 해보는 소리예요. 최소한 상상력의 도움을 빌려서라도 당신의 지나간 삶에 함께 참여할 수 있도록 해줘요, 마리아네! 내게 모든 걸 얘기해 줘요. 나도 당신에게 모든 걸 얘기할 테니. 가능하다면 우리 서로를 속여서라도 우리가 서로 사랑하지 못하고 보내버린 그 세월을 도로 찾도록 해봅시다」

「그렇게 간절히 원하신다면 소원을 풀어드릴 수도 있지요」 하고 노파가 말했다. 「그러나 그 전에 우선, 연극에 대한 취미가 어떻게 점점 더 커졌는지, 그리고 어떻게 연습을 하고 어떻게 훌륭히 발전을 하셨기에 당신이 현재 좋은 배우로서 인정받으실 수 있는 건지 우리에게 이야기해 주세요. 여기까지 이르시는 동안 틀림없이 재미있는 일도 없지는 않았겠지요? 그걸 듣지 않고서 잠을 잔대서야 말도 안 되지요. 아직 포도주도 한 병 더 남아 있답니다. 그리고 우리가 이렇게 함께 앉아 조용하고도 편안한 시간을 보낼 기회가 곧 다시 온다고 누가 보장하겠어요?」

마리아네는 슬픈 눈빛으로 노파를 쳐다보았다. 빌헬름은 그 눈빛을 알아채지 못하고 자기의 이야기를 계속하였다.

7

「친구들이 늘어나면서 어린 시절의 갖가지 장난 때문에 그 고독하고 조용한 놀이를 즐기는 일이 방해받기 시작했어요. 우리가 무슨 놀이를 하는가에 따라 나는 번갈아가며 사냥꾼도 됐다가 군인도 됐다가, 또 때로는 기사가 되기도 했어요. 그런데 나는 다른 친구들을 위해 솜씨 있게 필요한 도구를 만들어줄 수 있다는 점에서 늘 그들보다 한 수 앞서 있었어요. 그래서 칼은 대개 내가 제작한 것이었는데, 나는 칼집에다 장식을 하고 금박을 입히곤 했지요. 또 나는 그 어떤 알 수 없는 본능에 이끌려 우리의 민병대 군장을 고대 그리스나 로마의 것으로 바꾸어 놓아야만 직성이 풀리곤 했어요. 종이로 깃 장식을 단 투구들이 만들어졌고, 방패와 심지어는 갑옷까지도 만들어졌는데, 이런 작업을 하느라고 재단할 줄 아는 하인이나 침모들이 바늘을 참 많이도 부러뜨리게 했지요.

나는 이제 우리 젊은 친구들의 일부가 근사하게 무장된 것을 볼 수 있었고, 나머지 친구들도 장비 규모는 하찮았지만 차차 군장을 갖추어서 마침내 훌륭한 일개 부대가 편성되었어요. 우리는 마당과 정원에서 행군하는가 하면, 방패와 머리를 겨누어 용감하게 서로 치기도 했어요. 불화도 많았지만 곧 서로 풀리곤 했지요.

이 놀이는, 다른 아이들에겐 매우 재미있는 것 같았지만, 난 몇 번 해보지 않고도 벌써 더 이상 만족할 수 없었어요. 그렇게 많은 무장한 형체들을 바라보다 보니 자연히 내 마음속에 있던 기사에 대한 생각이 자극을 받았던 모양이에요. 얼마 전부터 옛날 모험소설에 빠져 있었기 때문에 그렇지 않아도 내 머릿속은 기사에 대한 생각으로 가득 차 있었거든요.

갈피를 못 잡고 있던 내 생각에다 마침내 그 어떤 방향을 제시해 준 것이 코펜[7]의 번역판으로 내 손에 들어온 『해방된 예루

---

7) 역자 이름이 실제로는 코펜Koppen이 아니라 코프Kopp였다. 아래의 주 8) 참조.

살렘』[8]이었어요. 물론 나는 그 시를 완전히 다 읽을 수는 없었어요. 그러나 그중에는 내가 줄줄 외울 수 있고, 그러노라면 그 영상들이 내 눈에 선하게 두둥실 떠오르는 듯한 그런 대목들이 있었어요. 특히 클로린데[9]의 일거수 일투족은 내 마음을 사로잡았지요. 그녀의 약간 남성적인 여자다움과 조용하고도 풍족한 태도는 이제 막 피어나기 시작하는 내 정신에다 저 아르미다[10]의 부자연스러운 매력보다 더 강렬한 인상을 주었어요. 하긴, 아르미다의 정원도 그렇게 무시할 것만은 아니었지만요.

그러나 저녁에 우리 집의 합각(合閣) 지붕 사이에 설치되어 있는 발코니 위를 거닐며 주변을 내려다볼 때면, 그리고 저물어 가는 석양으로부터 한 줄기 떨리는 광선이 아직도 지평선 위로 희미하게 솟아오르고, 별들이 나타나고, 온갖 깊은 구석구석으로부터 밤이 밀려오고, 그 장엄한 고요를 뚫고 귀뚜라미가 울어댈 때면, 나는 탄크레트 Tankred와 클로린데의 그 슬픈 결투의 이야기[11]를 수십 번, 아니 수백 번이라도 혼자 되뇌곤 했지요.

나 자신 당연히 기독교인의 편이긴 했지만, 그 이교도 여주인공이 포위군의 큰 탑에 불을 지르기로 결심했을 때, 내 온 마음은 그녀의 편에 서 있었지요. 그리하여 이제 전사(戰士) 차림

---

8) 「Das befreite Jerusalem」은 타소 Tasso의 유명한 서사시. 괴테의 부친의 장서 중에는 원본인 『해방된 예루살렘 *La Gerusalemme liberaata*』 이외에, 코프 John Friedr. Kopp의 번역본(*Versuch einer poetischen Übersetzung des Tassoischen Heldengedichts genannt: Gottfried oder das Befreyte Jerusalem*, Leipzig, 1744)도 발견되었다.

9) 클로린데 Chlorinde는 『해방된 예루살렘』에 나오는 아름답고 고귀한 이교도 여인.

10) 아르미다 Armida는 『해방된 예루살렘』에 나오는 여자 요술사.

11) 타소의 『해방된 예루살렘』 제12가(歌) 참조.

을 한 클로린데는 밤에 탄크레트와 맞닥뜨리고, 어둠의 장막 속에서 전투가 시작되어, 그들은 서로 격렬하게 싸우지요.

> 하지만, 이제 클로린데의 명이 다하여,
> 그녀가 죽어야 할 시간이 다가왔도다!

나는 결코 눈물 없이는 이 시구를 읊을 수 없었어요. 특히 그 불행한 애인이 그녀의 가슴을 칼로 찌르고, 죽어가는 사람의 투구를 벗긴 순간, 마침내 그녀인 것을 알아보고는 떨리는 손으로 성수(聖水)를 가져오는 대목에선 눈물이 펑펑 쏟아졌어요.

그러나, 마의 숲 속에서 탄크레트의 칼이 나무를 찌르자 그 찔린 곳에서 피가 흘러나오면서 〈이곳에서도 그대는 클로린데를 찔렀구나! 그대는 어디를 가나 자신도 모르게 그대가 사랑하는 사람을 해칠 운명을 타고났느니라〉 하는 목소리가 그의 귀에 울리는 장면에서는 나는 가슴이 터질 것만 같았어요.

이 이야기가 어찌나 내 상상력을 사로잡아 버렸던지, 내가 시에서 읽던 각 대목이 내 영혼 속에서 희미하게나마 하나의 전체적 모습을 이루게 되었어요. 나는 이 영상에 푹 빠져 있었기 때문에 어떻게 해서든지 그것을 한번 극으로 상연해 보겠다 생각했어요. 나는 탄크레트와 라이날트Reinald의 역을 맡고 싶었으며, 내가 이미 제작해 두었던 두 개의 군장이 거기에 안성맞춤이라는 것을 발견했어요. 비늘이 그려진 흑회색 종이로 만든 것은 진지한 탄크레트에게 어울리는 것이었고, 은종이와 금종이로 만든 것은 화려한 성격의 라이날트를 치장해야 할 것이라고 생각했지요. 나는 상연을 하고 싶은 열의에 사로잡혀 이것을 친구들에게 모두 이야기했어요. 그들은 거기에 대해 떨 듯이 기빼했지만, 다만 이 모든 이야기가 상연되어야 하며, 그것도 그들 자신에 의해 상연되어야 한다는 사실은 잘 이해하지 못하더군요.

나는 갖가지 경쾌한 말로 그들이 이런 회의적 태도에서 벗어나도록 도왔어요. 나는 당장 이웃에 사는 친구 집의 방 두세 개를 사용하기로 제멋대로 결정을 내렸지만, 그 늙은 아주머니가 절대로 방들을 빌려주지 않을 것이라는 사실은 미처 예상하지 못했어요. 무대에 대해서도 사정은 마찬가지였어요. 무대는 단지 각목들을 깔고 그 위에 설치해야 하며 무대 배경의 측벽을 세우는 데에는 병풍을 반쪽씩 양켠에 세워야 하고, 배경을 만들려면 큰 천을 써야 한다는 것 이외에는 별다른 아이디어가 없었거든요. 하물며 어디서 그런 재료들과 도구들을 구해야 할지에 대해서는 미처 생각도 못했구요.

우리는 숲을 만드는 데 좋은 정보를 얻었어요. 우리 가운데 어느 집에선가 하인으로 지내다가 지금은 산지기가 된 사람이 있어서, 어린 백양나무와 전나무를 좀 마련해 줄 수 없겠느냐고 부탁을 해보았더니, 우리가 원했던 것보다도 더 빨리 운반되어 왔어요. 그런데 이제는 나무들이 시들기 전에 어떻게 그 작품을 상연할 수 있을 것인가 하는 문제가 크게 당황스러웠어요. 좀처럼 좋은 생각은 나지 않고, 상연 장소도 없고, 무대도 막도 없었으니까요. 우리가 가지고 있는 유일한 것은 병풍이었어요.

어쩔 바를 몰라서 우리는 다시 그 소위를 불쑥 찾아가, 그에게 우리가 상연하려는 멋진 장면에 대해 장황하게 설명했지요. 우리가 하는 말을 거의 이해하지 못했으면서도 그는 우리를 도와주었어요. 그는 우리 집과 이웃에 있는 책상이란 책상은 모두

한 작은 방 안에다 가지런히 밀어넣고는 그 위에 벽들을 세우고 초록색 장막으로 배경을 만들었어요. 나무들도 당장 한 줄로 죽 세워놓았어요.

그러는 동안에 저녁이 되었어요. 등불이 켜지고, 하녀들과 아이들이 자리를 잡고 앉아 있었고, 이제 작품 상연을 시작해야 했어요. 모든 배우들은 이미 의상을 입고 있었지요. 그런데, 모두들 이제야 비로소 자기가 무슨 말을 해야 할지 모른다는 사실을 깨닫게 되었지요. 나는 내 대사를 완전히 익히고 있었기 때문에 새로운 궁리를 하는 데에만 열중한 나머지 각자가 어떤 장면에서 무슨 말을 해야 하는지 알고 있어야 한다는 사실을 깜빡 잊었던 것이며, 다른 친구들 역시 상연하는 데에만 정신이 팔려 그런 것은 생각도 않고 있었어요. 그들은 자기들이 쉽게 주인공들 역을 연기해 낼 수 있고, 내가 그들에게 맡긴 그 배역들의 행동과 대사를 쉽게 해낼 수 있을 거라고 믿었던 것이지요. 모두들 우두커니 서서 우선 뭘 해야 할지를 서로 묻고 있었어요. 그래서, 처음부터 자신을 탄크레트로 생각해 왔던 내가 혼자 등장해서 그 영웅시의 몇 구절을 암송하기 시작했지요. 그러나 그 대목도 금방 서술조로 넘어가는 참이어서, 결국에는 나 자신의 말 속에서 내가 제삼자인 것처럼 생각되었어요. 뿐만 아니라, 이야기 대상이 되고 있는 고트프리트가 좀처럼 등장할 기미가 없었기 때문에, 나는 관객들이 폭소를 터뜨리는 가운데 다시 물러나지 않을 수 없었죠. 정말 뼛속 깊이 사무치는 대실수였어요. 새로운 계획은 다 틀어지고 말았는데, 관객들은 여전히 거기 그대로 앉아서 무엇인가를 보고자 했어요. 우리는 의상을 입은 채였구요. 그래서, 나는 순간적으로 용기를 내어 즉석에서 다윗과 골리앗을 상연하기로 결심했어요. 그들 중 몇몇은 전에 나와 함께 인형극을 상연해 본 적이 있었고, 모두 종종 그걸 구경하기는 했거든요. 배역을 정하고 각자 최선을 다하기로 약속했어요. 그리고, 장난꾸러기 꼬마녀석 하나가 만약에 무대에 공백이 생길 경우 어릿광대로 등장해서 익살극으로 채우겠다며 제 얼굴에 검은 수염을 그리고 나섰어요. 나는 이렇게 어릿광대를 등장시키는 것이 작품의 진지성을 해치기 때문에 마음에 썩 들지는 않았으나 어쩔 수 없어서 그냥 내버려두었어요. 그 대신 나는, 제발 이번 한번만 이 곤경에서 벗어날 수만 있다면 아주 세심한 사전 계획 없이는 두 번 다시 어떤 작품을 상연하겠다고 함부로 덤비지 않겠다고 나 자신에게 맹세했어요」

8

마리아네는 쏟아지는 졸음을 이기지 못하고 애인에게 몸을 기대었다. 빌헬름은 그녀를 꼭 껴안고 자신의 이야기를 계속했다. 그 동안 노파는 남은 포도주를 조심스럽게 마시고 있었다.

「나와 내 친구들이 존재하지도 않는 작품을 연극으로 상연하려다가 겪었던 그 당혹스러움은 얼마 안 가서 곧 잊혀졌어요」 하고 그는 말했다. 「내가 읽는 모든 소설, 배우는 모든 사실(史實)을 연극으로 상연해 보겠다는 내 열정에는 아무리 거북한 소재라도 버틸 수 없었죠. 이야기로 해서 재미있는 작품은 무엇이든 연극으로 상연하면 틀림없이 훨씬 더 큰 감명을 주리라는 것이 그 당시 나의 흔들리지 않는 확신이었지요. 무엇이건 내 눈앞에 보이도록 만들어야 하며, 무엇이건 무대 위에서 일어나도록 만들어야 한다는 생각이었지요. 학교에서 세계사를 배울 때면 나는 어떤 인물이 어디서 어떤 특별한 방법으로 칼을 맞아 죽거나 아니면 독살되는가를 자세히 메모해 두곤 했어요. 그럴 때면 내 상상력은 도입과 갈등 따위의 단계들은 훌쩍 건너뛰어 버리고 재미있는 제5막으로 서둘러 달려가곤 했어요. 그리하여, 아닌게아니라 정말 나는 몇몇 작품을 끝에서부터 거꾸로 쓰기 시작했죠. 단 한 번도 처음까지 이른 적은 없었지만요.

바로 이 시기에 나는 한편으로는 자발적으로, 또 한편으로는 연극 상연에 취미를 붙인 친구들의 권유로, 연극에 관한 각종 잡동사니 책들을 손에 닿는 대로 탐독했어요. 그 당시 나는 아직도 무엇이든 다 마음에 들어하고 양이 많거나 변화를 주는 것이면 다 만족하는 그런 행복한 나이였어요. 그런데 유감스럽게도 나의 판단은 아직도 엉뚱한 요인에 좌우되고 있었어요. 내가 특히 좋아한 작품은 그 속에서 내 역이 인기를 끌 수 있을 것으로 기대되는 작품이었던 거죠. 게다가 내가 이런 달콤한 환상 속에서 탐독하지 않은 책들이란 거의 없었지요. 나는 나 자신을 무슨 역에라도 대입해서 생각할 수 있었기 때문에 내 생생한 상상력에 오도되어 무슨 역이든 다 할 수 있다고 믿기에까지 이르렀어요. 그 때문에 나는 배역을 정할 때면 보통 내게 전혀 어울리지 않는 역을 택했지요. 그리고 어느 정도라도 해낼 성싶기만 하면 두세 역도 마다하지 않고 맡았죠.

아이들이란 장난할 때에는 그 무엇으로도 온갖 것을 다 만들어낼 줄 알지요. 지팡이가 총이 되기도 하고, 나무 막대 하나가 칼이 되는가 하면, 작은 꾸러미가 인형이 되기도 하고, 모퉁이만 하나 있어도 오두막이 되죠. 이런 식으로 우리의 사설 무대도 발전해 갔어요. 우리 자신의 능력은 전혀 알지도 못하면서 우리는 무엇이건 계획했고, 누가 누구 역에 적합한지는 유념할 줄도 몰랐으며 누구든 우리를 우리가 맡은 역이라고 여길 게 틀림없다고 굳게 믿었어요. 유감스럽게도 모든 것이 그렇게 평범하게 굴러갔기 때문에 뭐 별다른 어리석은 실수라고 이야기할 것조차 없네요. 처음엔 우리는 남자들만 등장하는 몇 안 되는 작품들만 상연했어요. 그 다음엔 우리 패거리들 중 몇몇을 변장시키다가 마침내는 누이들까지 연극에 끌어들였어요. 몇몇 가정에서는 이것을 유익한 놀이로 여겨서 보아줄 손님들까지 초대해 주었어요. 우리의 그 포병 소위는 이럴 때에도 우리를 그냥 내버려두지 않고 도와주었어요. 그는 어떻게 우리가 등장하고 퇴장해야 하며, 대사와 몸동작은 어떻게 해야 하는지를 보여주었어요. 하지만 애를 썼는데도 그는 대개 감사하다는 말조차 듣지 못했어요. 우리는 무대 예술에 대해서라면 이미 그 사람보다 더 많이 이해하고 있다고 믿었거든요.

얼마 안 가서 곧 우리는 비극에 관심을 갖게 되었어요. 왜냐하면, 희극에서 완벽을 기하는 것보다 비극을 쓰거나 상연하는 것이 더 쉽다는 말을 자주 들어온 데다, 또 우리 자신도 그렇게 믿었거든요. 비극을 처음 시도했을 때 우리는 아닌게아니라 우리의 본령을 찾은 듯한 기분마저 들었어요. 우리는 고귀한 신분이나 뛰어난 성격을 부자연스럽고 과장된 몸짓으로 흉내내려고 애썼어요. 그러고는 우리 자신이야말로 정말 상당한 인물이라고 생각하곤 했지요. 하지만 우리가 완전한 행복감을 느낄 수 있었던 것은 정말 미친 듯이 날뛰며 두 발을 쾅쾅 구르고 분노와 절망에 사로잡힌 나머지 마룻바닥에 몸까지 내던져도 좋았을 때뿐이었지요.

소년과 소녀들이 이런 놀음을 하면서 오랫동안 함께 지낼 수는 없었어요. 얼마 안 가서 곧 인간의 본성이 꿈틀거리기 시작해서 극단은 갖가지 사소한 연애 사건으로 분열되기 시작했고, 그 결과 대개의 경우, 희극 중 희극이 벌어지게 되었어요. 잘 어울린 쌍들은 무대의 벽 뒤에서 정답게 서로 손을 잡았어요. 그렇게 리본들을 달고 치장을 한 채 있노라면, 그들은 서로에게 정말 이상적인 상대로 생각되어 행복감에 젖어 있었어요. 한편, 그 맞은편에서는 사랑에 패배한 연적들이 질투에 애를 태우면서 반발심과 짓궂은 마음으로 온갖 심술궂은 장난을 다 꾸미곤 했지요.

그런데, 비록 분별없이 계획되고 지도도 없이 실행되긴 했지만, 이렇게 연극을 했던 것이 우리에게 무익했다고 할 수는 없었어요. 우리는 기억력을 키우고 몸을 단련하였으며, 말씨와 행동거지에서 보통 어릴 적에 배울 수 있는 것보다 더 유연한 세련미를 익힐 수 있었던 것이지요. 더구나 내게 그 시절은 특히 중요한 전환기였어요. 왜냐하면, 내 정신이 완전히 연극에 쏠리게 된 데다 이때부터 나는 극작품을 읽고 쓰고 상연하는 것보다 더 큰 행복이라곤 모르게 되었거든요.

선생님들한테서 배우던 수업도 계속되었어요. 그 사이에 나는 상인이란 직업을 갖도록 정해져서 우리 이웃집 사무실에서 일하도록 되어 있었어요. 그러나 바로 이 시기에 내 정신은 내가 비천한 일이라고 생각지 않을 수 없던 모든 일로부터 사정없이 멀어져만 갔어요. 나는 내 전 활동력을 무대에 바치고 싶었고, 내 행복과 만족을 거기서 발견하고 싶었어요.

지금도 나는 내 서류 뭉치 속에 틀림없이 섞여 있을 시 한 편을 기억하고 있는데, 그 시는 비극문학의 여신과 상업을 의인화한 다른 한 여인이 나의 마음을 서로 차지하려고 아주 격하게 다투는 내용이지요. 그 착상은 진부한 것에 지나지 않아요.

그리고 그 운문이 쓸 만한 것인지는 더는 잘 기억나지 않는군요. 그렇지만 그 시의 지배적 분위기인 공포와 혐오감, 그리고 사랑과 열정 때문에라도 한번 읽어보실 만은 할 겁니다. 허리띠에는 실 감는 막대기를 차고 옆구리에는 열쇠 꾸러미를 드리우고, 콧등에 안경을 올려놓은 그 늙은 주부를 내가 얼마나 꼼꼼하게 묘사했다구요! 항상 부지런하지만 언제나 불안하게 서성이고 걸핏하면 싸우려 들고 살림에 알뜰하고 좀스럽고 남에게 까다롭게 구는 여자였지요. 그런 여자의 채찍질 아래에 몸을 굽히고 땀에 젖은 얼굴로 하루하루를 노예처럼 벌어먹고 살아야 하는 사람의 상황을 나는 참으로 비참하게 묘사했지요.

이 여자에 비할 때 시의 여신은 얼마나 다른 모습으로 등장했는지 모릅니다. 괴로워하고 있는 사람 앞에 나타나는 그녀의 모습이라니! 훌륭한 몸매에다 그 성품과 거동으로도 이미 그녀가 자유의 딸임을 알 수 있었어요. 그녀 자신에 대한 감정이 그녀에게 품위와 자긍심을 부여하고 있었고, 입은 옷도 그녀에게 어울리는 것이어서 몸에 붙는 법 없이 사지를 감싸고 있었을 뿐만 아니라, 옷감의 숱한 주름들은 마치 수천의 메아리와도 같이 여신의 매혹적인 동작을 되풀이해 주고 있었어요. 정말 굉장한 대조였죠! 그러니, 내 마음이 어느 쪽으로 향할지는 쉽게 상상할 수 있을 거예요. 또한, 나는 내 시신(詩神)을 알아보기 쉽게 만드는 것도 잊지 않았지요. 선인들이 전해 준 대로, 그녀는 이 시에서도 왕관과 단검, 목걸이와 가면을 지니게 되었거든요. 격심한 논쟁이라 두 인물의 언사 역시 심한 대조를 이루었어요. 열네 살 나이에는 보통 흑과 백을 아주 바싹 붙여놓고서 그리곤 하거든요. 늙은 여자는 좁쌀 하나라도 주워 담으려는 사람에게 어울리게 말했고, 시의 여신은 왕국이라도 나누어주는 어조였어요. 늙은 여자의 경고성 협박도 아무 소용이 없었어요. 나는 나에게 약속된 부에는 이미 등돌린 지 오래였거든요. 나는 유산도 못 받은 내 알몸뚱이를 시의 여신에게 내맡겼어요. 그런데 여신은 내게 그녀의 금빛 베일을 던져 내 부끄러운 알몸을 덮어주는 것이었어요.

오 내 사랑이여!」 하고 그는 마리아네를 꼭 껴안으면서 외쳤다. 「이렇게 전혀 다른, 더욱 사랑스러운 여신이 나타나 내 결심을 더욱 굳혀주고 내가 가는 길에 동행해 주리라는 것을 그 당시에도 생각할 수 있었더라면, 내 시가 얼마나 아름답게 변했을까요! 그 시의 결말 또한 얼마나 재미있어졌을까요! 하지만 이건 시가 아니오. 내가 당신의 품안에서 발견하는 이것은 진짜 삶이란 말이오. 그러니 이 달콤한 행복을, 의식을 지닌 채 즐기도록 합시다!」

그의 팔이 그녀를 잡아당긴 데다 그의 고조된 목소리도 열기에 차 있었기 때문에 마리아네는 졸음에서 깨어나 애무를 해줌으로써 당황스러운 처지를 감추었는데, 이야기의 마지막 부분은 한 마디도 듣지 못했던 것이다. 그래서 우리는 우리의 주인공이 그가 좋아하는 이야기를 할 때면 앞으로는 좀더 귀담아 들어주는 청중들을 만났으면 좋겠다는 소망도 가져보게 되는 것이다.

9

이렇게 빌헬름은 은밀한 사랑을 즐기며 매일 저녁을 보냈으며, 낮시간은 새로운 행복의 시간을 고대하며 보냈다. 욕망과 희망으로 마리아네에게 마음이 끌리던 때에 이미 그는 새로운 활기를 얻은 것처럼 느꼈고 자기가 전혀 딴사람이 되기 시작한 것을 느꼈다. 이제 그는 그녀와 하나가 되어 있었고, 욕망을 충족시키는 것이 감미로운 습관처럼 돼버렸다. 그의 마음은 자신의 열정의 대상을 고귀하게 만들려고 애썼으며 그의 정신은 그 사랑하는 아가씨를 자신과 함께 고양시키고자 애썼다. 잠시만 떨어져 있어도 그의 마음은 온통 그녀 생각뿐이었다. 전에는 그녀가 그에게 필요한 존재였다면, 지금의 그녀는, 인간 세상의 끈이란 끈은 모두 다 그녀와 맺어져 있었기에 그에게는 없어서는 안 될 존재가 되어버렸던 것이다. 그의 순수한 영혼은 그녀가 그의 반쪽이라고, 아니, 자신의 반쪽 이상이라고 느끼고 있었다. 그는 끝없이 고마워하였고 그녀에게 홀딱 빠져 있었다.

마리아네 역시 한동안은 자신을 속일 수 있었다. 그녀는 그의 생생한 행복감을 그와 함께 나누었다. 아, 단지 이따금씩 실책의 차가운 손이 그녀의 심장을 스쳐가지만 않았더라면 좋으련만! 빌헬름의 품에 안겨 있을 때에도, 그의 사랑의 날갯죽지 밑에서 비호를 받고 있을 때조차도 그녀의 심장은 가책을 느껴야 했다. 그리고 그녀가 다시 혼자 있게 되어, 그의 열정이 그녀를 두둥실 떠올려 놓은 구름 위로부터 떨어져 내려와 자신의 처지를 의식할 때면, 그녀의 꼴은 참담하기 짝이 없었다. 왜냐하면, 그녀가 천박한 혼란 속에 살면서 자신의 상황을 기만하거나 아니면 차라리 그걸 모르는 척하고 지내는 동안에는, 그래도 경박한 태도가 그녀에게 도움이 되었기 때문이다. 그러는 동안에는 그녀가 겪는 사건들이 그저 개별적인 현상에 불과한 것처럼 보였던 것이다. 쾌락과 짜증이 번갈아 왔고, 굴욕은 허영을 통해, 그리고 궁핍한 생활은 순간적인 풍요를 통해 보상

되었던 것이다. 그래서 그녀는 필요와 습관을 어쩔 수 없는 삶의 법칙이라고 자신을 정당화할 수 있었으며, 그 덕분에 그토록 오랫동안 모든 불쾌한 감정들을 그때그때 하루하루 애써 떨쳐버릴 수 있었던 것이다. 그러나 이제 이 가엾은 아가씨는 얼핏얼핏 자신이 보다 높은 세계로 넘어왔다고 느끼게 되었고, 마치 위에서 내려다보듯이 광명과 기쁨의 세계로부터 자신의 황량하고 타락한 생활을 굽어보게 되었으며, 욕망만 자극시킬 줄 알았지 그와 동시에 사랑과 존경심을 불러일으킬 수 없는 여자란 얼마나 비참한 동물인가를 실감했고, 겉으로나 속으로나 아무것도 나아진 것이 없는 자신을 발견했다. 그녀에게는 자신을 똑바로 일으켜 세울 수 있을 만한 것이 아무것도 없었다. 자신의 내부를 둘러보아도 정신은 텅 비어 있고, 마음은 기댈 곳이 없었다. 사정이 이렇게 처량하면 처량할수록 그녀는 더욱더 집요하게 연인에게 매달렸다. 아니, 그를 잃어버릴 위험이 하루하루 다가옴에 따라 열정도 나날이 더욱 커져만 갔다.

이와 반대로 빌헬름은 보다 높은 경지를 행복하게 떠다니고 있었다. 그에게도 역시 새로운 세계가 눈앞에 전개된 것은 마리아네의 경우와 같았지만, 그의 세계는 훌륭한 전망으로 가득 차 있었다. 흘러넘치던 처음의 기쁨이 약간 수그러들자마자, 지금까지 암암리에 그의 마음을 어지럽히던 것이 갑자기 환하게 그의 영혼 앞에 모습을 드러내었다. 〈그녀는 너의 것이다! 그녀는 너에게 몸과 마음을 바쳤다! 네 사랑과 갈구와 애모의 대상인 그녀가 정절과 믿음으로 네게 몸과 마음을 다 바쳤다. 하지만 그녀가 자신을 내맡긴 상대가 고마움도 모르는 인간은 아니지!〉 어디에 있든, 어디로 가든, 그는 이렇게 혼자 중얼거리곤 했다. 그의 가슴은 항상 감정으로 넘쳐 흘렀으며, 그는 화려한 단어들을 총동원하여 숭고하기 그지없는 생각들을 스스로에게 들려주곤 했다. 그는 벌써 오래전부터 답답하고 지루한 시민 생활로부터 벗어나기를 소망해 왔는데, 이제 운명의 신이 마리아네를 통하여 손을 내밀며 어서 그 생활을 박차고 나오라고 분명히 손짓하는 것이라 생각했다. 그의 아버지의 집과 그의 가족을 떠나는 것쯤은 그다지 어렵지 않아 보였다. 그는 젊었으며 새로이 세상에 발을 내디딘 존재였다. 게다가 이 넓은 세상에서 행복과 만족을 찾아 나서고자 하는 그의 용기는 사랑을 통해 더욱 고무되었다. 연극에 투신해야 한다는 그의 운명이 이제 명백해졌다. 그의 눈앞 저 멀리 바라보이는 그 높은 목적지도, 그가 이제 마리아네의 손을 잡고 함께 매진하게 됨으로써 성큼 다가온 것같이 생각되었다. 그리하여 겸허하면서도 자신만만한 태도로 그는 자기가 훌륭한 배우라고 생각했으며, 국민극이 없다고 한탄하고 아쉬워하는 말을 많이들 들어왔지만 자기야말로 미래 국민극의 창시자가 되리라고 전망해 보았다. 지금까지 그의 영혼의 가장 내밀한 구석구석에서 잠자고 있던 모든 것이 깨어 움직이기 시작했다. 이러한 수많은 생각들을 소재로 삼아 그는 안개를 배경으로 한 그림 한 폭을 사랑의 물감으로 그렸다. 그 형상들은 물론 서로 분간이 잘 안 될 정도로 희미하게 번져 있긴 했지만, 그 대신 전체적 인상은 또한 그만큼 더 매력적이기도 했다.

10

그는 이제 집에 틀어박혀 자신의 서류들을 뒤적이며 여행을 떠날 채비를 했다. 그는 지금까지의 자기 직업 냄새가 나는 것은 모두 제쳐놓았다. 세계 편력의 길에 나서려는 이 마당에 어떠한 불쾌한 기억으로부터도 자유롭고 싶었다. 단지 시인들과 평론가들의 고상한 작품들만이 친숙한 벗으로서 길동무로 선택되는 영광을 누렸다. 그는 지금까지 예술의 판관이라는 사람들의 글이라곤 거의 활용하지 않았다. 이제 자기의 장서를 뒤적이다가 이론서들의 대부분은 아직 펼쳐보지도 않았음을 알고서 그는 지식욕이 새로이 되살아남을 느꼈다. 이런 저서들이 필요하다는 것을 전적으로 확신하는 가운데 그런 책들을 많이 사들이기는 했지만, 아무리 애써도 반까지라도 탐독할 수 있었던 것은 한 권도 없었다.

그 대신 그는 그만큼 더 열성적으로 실제적인 예(例)들을 파고들었으며, 그가 알고 있는 모든 장르에서 스스로 시도를 해 보았던 것이다.

베르너 Werner가 들어왔다. 그는 친구 빌헬름이 그 눈에 익은 책자들에 몰두해 있는 것을 보자 소리쳤다. 「또 그 종이 나부랑이들과 씨름이냐? 내 장담하지. 자넨 그중 하나라도 완성할 생각이 없어! 그것들을 훑어보고 다시 훑어보다가는 기껏해야 뭔가 또 새 것을 시작하겠지」

「완성하는 것은 배우는 사람의 일이 아니지. 배우는 사람은 연습하는 것으로 충분해」

「그러나 할 수 있는 데까지는 끝을 내봐야지」

「하지만 무엇인가 서투른 것을 계획한 청년이 곧 그것을 알아차리고 그 일을 중단해서 아무런 가치도 생길 수 없는 일에 시간과 노력을 허비하지 않으려 한다면, 우리는 그 청년에게 기대를 걸어도 좋지 않겠느냐 하는 질문도 제기될 수 있단 말이야」

「자네가 언제나 무엇인가를 완성하는 것과는 거리가 멀다는 걸 나는 잘 알지. 일이 채 반도 되기 전에 자넨 항상 싫증을 내곤 했지. 자네가 아직 우리 인형극의 감독님이었을 적 얘기지만, 그 자그마한 배우들을 위해 얼마나 자주 새 옷을 만들고 새로운 장식을 가위로 오리곤 했나! 방금 이 비극을 공연해야 한다고 했다간, 또 금방 저걸 해야 한다고 했지. 기껏해야 한 번 제5막을 연출했는데, 모든 것이 정말 뒤죽박죽이었고 사람들은 서로 찔러 죽이기만 했지」

「자네가 그때 일을 얘기하니 말이지만, 우리의 인형들에게 어울렸을 뿐만 아니라 몸에 단단히 꿰매어져 있는 옷들을 벗겨 내리고 번거롭고도 불필요한 의상을 만드느라 돈을 낭비한 게 도대체 누구 탓이었나? 항상 새 리본 조각을 팔면서 내 취미에 불을 붙여 이득을 본 게 자네 아니었나?」

베르너는 껄껄 웃으며 소리쳤다. 「마치 군납업자가 전쟁에서 이득을 보듯 내가 자네들의 그 연극적 원정 행각에서 득을 본 것이 지금도 유쾌하게 회상되는군. 자네들이 예루살렘을 해방하려고 준비하고 있을 때, 나는 옛날 비슷한 경우에 베네치아인들이 그랬듯이 톡톡히 이익을 냈지. 나는 이 세상에서 다른 사람들의 어리석은 행동에서 이익을 취하는 것보다 더 현명한 것은 없다고 생각해」

「사람들이 어리석게 굴지 않도록 고쳐주는 것이 더 고상한 즐거움이 아닐는지 모르겠군」

「내가 알기로는 그건 아마 헛수고가 아닐까 하는데. 사람이 자기 혼자서 현명하면서도 부자가 된다는 것 자체가 벌써 쉬운 일이 아니야. 대개는 다른 사람의 희생 위에서 그렇게 되는 것이니까 말이야」

「여기 마침 내 손에 「갈림길에 선 청년」이란 작품이 집히는군」 하고 빌헬름이 다른 서류들로부터 노트 하나를 집어들면서 말했다. 「이건 그래도 끝까지 쓴 거야. 말하자면, 이건 그 자체의 의지에 따라 존재할 수 있는 예술품인 셈이지」

「집어치워! 불 속에나 처넣어 버리라구!」 하고 베르너가 대꾸했다. 「그 꾸민 이야기는 전혀 칭찬할 것이 못 돼. 그 구상은 당시에도 이미 나를 충분히 화나게 했고, 자네 아버지의 기분을 상하게 해드렸지. 시로서는 아주 잘된 것일 수도 있겠지. 그러나 그 생각하는 투가 기본적으로 틀렸어. 아직도 나는 자네가 상업을 의인화한 그 볼품없는 쪼그랑 할망구를 기억하고 있네. 자네가 어느 누추한 구멍가게에서 그 이미지를 포착했을 수도 있어. 그러나 그 당시 자네는 장사에 대해서는 개념조차 지니지 못하고 있었어. 나는 진정한 상인의 정신보다 더 폭넓고, 또 더 폭넓어야 마땅한 정신이 이 세상 어디에 또 있는지 모르겠어. 우리가 사업을 할 때 규범으로 삼는 질서가 우리에게 마련해 주지 않는 조감 능력이 있던가! 질서는 우리가 개별적인 것 때문에 혼란을 일으킬 필요 없이 언제나 전체를 내려다볼 수 있게 해준단 말이야. 복식부기가 상인에게 얼마나 이익을 주는가! 그건 인간 정신이 고안해 낸 가장 아름다운 발명품들 중의 하나지. 그리고 훌륭한 살림꾼이라면 누구나 그것을 자신의 살림살이에 끌어 써야 할 걸세!」

「미안한 말이지만」 하고 빌헬름은 미소를 지으면서 말했다. 「자네는 형식으로부터 시작하고 있네, 마치 그것이 그 일 자체인 것처럼! 그러나 자네들은 늘상 덧셈을 하고 대차대조표를 작성하느라고 정작 더 중요한 인생 결산은 잊어버리는 수가 많거든」

「이 친구야, 유감스럽게도 자네는 형식과 일 자체가 여기서는 하나일 뿐이고 둘 중 어느 하나가 없으면 다른 하나도 존속할 수 없다는 사실을 보지 못하고 있어. 질서를 지키고 정확을 기해야 저축하고 싶고 돈 벌 마음도 더욱더 생기는 법이야. 살림을 잘 못하는 사람은 자기의 재정 형편이 불명확한 상태에 있어야 아주 편안한 기분이 되고, 자기가 빚지고 있는 금액을 합산해 보고 싶어하지 않지. 그와 반대로 훌륭한 살림꾼에겐 매일 커져가는 행복의 총액을 뽑아보는 것보다 더 기분좋은 일은 없지. 심지어는 갑자기 성가신 사고를 당하더라도 지나치게 놀라는 법이 없어. 그는 이미 벌어놓은 이득 중에서 어느 것을 가지고 이 불의의 손실을 보충해야 할지 금방 판단을 내릴 수 있거든. 이 친구야, 내 확신하네만 만약 자네가 단 한 번이라도 우리 사업에 제대로 취미만 붙인다면, 거기서도 적지 않은 정신적 능력들이 자유로이 발휘될 수 있다는 사실을 확신하게 될 거야」

「내가 계획하고 있는 이번 여행이 내 생각을 바꿔놓을 수도 있겠지」

「그럼, 틀림없이 그렇게 될 거야. 두고보자구, 규모가 큰 활동을 한번 목격하기만 하면 자넨 영원히 우리 사람이 되고 말 거야. 자네가 여행에서 돌아오면, 이 세상에서 필연적인 순환을 하고 있는 돈과 편의품의 일부를 온갖 종류의 수송과 투기로 독점할 줄 아는 그런 사람들과 곧잘 어울리게 될 거야. 세계 곳곳의 자연 산물과 공산품을 죽 한번 훑어보고, 어떻게 그것들이 번갈아 가며 필수품이 되어왔는지를 관찰해 보게나! 사람들이 지금 이 순간은 제일 많이 찾고 있지만 곧 부족해지고 품귀가 될 것이 무엇인지를 모두 알고서, 누구에게나 그 사람이 원하는 것을 간편하고도 신속하게 마련해 주며, 또 신중하게 저장해 두었다가 그 거대한 순환의 순간마다 이득을 누리는 것은 얼마나 기분좋고 슬기로운 주도면밀함인가! 이런 일이야말로 머리 좋은 사람 모두에게 커다란 즐거움을 안겨주리라 생각되네」

빌헬름은 별다른 반대가 없는 것 같았다. 그러자 베르너가 말을 계속했다. 「우선 큰 상업도시 두세 곳과 몇몇 항구에 가보라구. 그러면 자넨 틀림없이 거기에 매료되고 말 거야. 수많은 사람들이 열심히 일하는 것을 보게 되고 그렇게 많은 물건들이 어디서 와서 어디로 가는지를 보게 되면, 그 물건들이 자네 손을 거쳐가는 것도 틀림없이 즐겁게 바라보게 될 거야. 아무리 사소한 물건이라도 상업계 전체와 연관해서 바라보게 되고, 바로 그 때문에 그 어느 것도 대수롭잖게 보지 않게 될 거야. 모든 것이 자네 생활의 원천인 그 순환작용을 증대시키고 있으니까 말이야」

빌헬름과 교제하면서 올바른 분별력을 기르고 있는 베르너는 자기의 직업과 일에 대해서 말할 때에도 영혼의 고양과 결부시켜 생각하는 버릇이 있었으며, 그의 친구가 다른 점에서는 분별력이 있고 존경할 만하지만, 이 일에 관한 한 자기가 더 옳다고 항상 믿고 있었다. 베르너가 보기에, 빌헬름은 이 세상에서 가장 비현실적인 것에다 지나치게 큰 가치를 부여하고 자신의 온 영혼의 무게를 다 싣는 것 같았다. 그는 종종 이런 잘못된 열광이 제어될 수 없어서 그토록 선량한 인간이 올바른 길로 인도되지 못할 하등의 이유가 없다고 생각하곤 했다. 이런 희망을 지니고서 그는 말을 계속했다. 「이 세상의 왕후들은 땅을 차지해서 호화롭고 풍족한 생활을 누리고 있어. 우리 대륙의 아무리 작은 공간이라도 이미 다 점유되어 임자가 정해져 있고, 관리가 되거나 다른 시민적 직업을 선택해 봤자 수입이 얼마 안 되지. 그러니 상업보다 더 합법적인 돈벌이가 어디 있으며, 이것보다 더 정당한 정복의 대상이 또 어디에 있겠어? 이 세상의 군주들은 하천과 길과 항구를 손아귀에 넣고는 통과하거나 거쳐 가는 모든 여객과 화물로부터 막대한 이득을 보고 있잖아? 이런 판국에 우리라고 선뜻 기회를 잡아 일부는 꼭 필요해서, 또 일부는 오만한 사치심 때문에 필요불가결해진 품목들에서 우리가 일하는 대가로 통행세를 좀 징수하지 말라는 법 있어? 그리고 내 자네에게 확언하지만, 자네가 정 그 시적 상상력을 적용해야겠다면, 과감하게 나의 상업의 여신을 무적의 승리자로서 자네의 여신과 대결시킬 수 있다는 거야. 하긴 내 여신은 칼보다는 올리브나무 가지를 들고 있고 단검과 사슬은 전혀 모르지. 그러나 내 여신도 자신이 좋아하는 사람에겐 왕관을 씌워준다네. 그 왕관은, 자네의 여신을 멸시하지 않으면서 하는 말이네만, 광원(鑛源)에서 직접 캐낸 순금으로 되어 있고, 항상 부지런한 시종들을 시켜 심해에서 캐내 온 진주들로 찬란하게 빛난다네」

빌헬름은 이렇게 도발해 오는 것이 약간 불쾌했지만, 자신의 예민한 감정을 드러내지는 않았다. 베르너가 자신의 질책도 참을성 있게 들어주곤 하던 것이 생각났기 때문이었다. 더구나 베르너는 누구나 자기의 일을 최고로 생각하는 것쯤은 기꺼이 용인해 줄 수 있을 정도의 공정성은 충분히 지니고 있었다. 다만 빌헬름은 자기가 정열을 바쳐 헌신하고 있는 일만은 상대방이 제발 건드리지 말고 인정해 주기를 바랐다.

「인간 세상에 아주 큰 관심을 지니고 있는 자네가 아닌가!」

하고 베르너가 외쳤다. 「그런 자네인 만큼, 용기 있는 사업의 주위를 맴돌던 행운이 마침내 그 사업가들의 몫으로 돌아가는 순간을 목격하게 된다면, 그 장면이야말로 자네에겐 한 편의 굉장한 연극 아니겠어? 아무 탈 없이 항해를 마치고 다시 항구에 닿거나 만선이 되어 계획보다 일찍 돌아오는 배를 바라보는 것보다 더 기분좋은 광경이 어디 있겠어? 갇혀 지내던 선원이, 타고 온 배가 채 땅에 닿기도 전에 기뻐하면서 육지로 펄쩍 뛰어내리고, 다시금 자유로움을 느끼면서 그 변덕스러운 바다로부터 탈취해 온 것들을 이제 미더운 땅에다 안심하고 맡기는 광경을 보노라면, 친척이나 친지, 관계자들뿐만 아니라 낯선 구경꾼까지도, 보는 사람은 누구나 큰 감동을 느끼는 법이지. 여보게, 이윤이란 것은 우리에게 숫자로만 나타나는 게 아니야. 행복이란 살아 있는 인간의 여신이야. 그래서, 그녀의 총애를 정말로 느껴보려면 우리는 생활해야 하며, 그러는 가운데에서 정말 생동감 있게 노력하고 정말 감각적으로 즐기는 사람들을 만나보지 않으면 안 돼」

11

이제 우리는 우리 두 친구의 아버지들에 대해서도 보다 자세히 알 때가 되었다. 두 어른이 사고방식은 매우 달랐지만, 상업을 가장 고귀한 일로 생각한다는 점과, 둘 다 어떤 투자라도 이득만 가져다줄 수 있다면 거기에 지극히 큰 관심을 보인다는 점에서는 성향이 완전히 일치했다. 마이스터 Meister 씨는 그의 부친이 세상을 떠나자 유화, 스케치, 동판화와 그 밖의 골동품

등 값진 수집품 일체를 현금화하여, 저택을 최신 취향에 따라 완전히 다시 짓고 가구도 새로 들여놓았으며, 그의 나머지 재산을 가능한 모든 방법을 동원해 증식시켰다. 그중 상당한 부분을 그는 베르너 씨의 사업에 투자해 놓고 있었는데, 베르너 씨는 활동적인 상인으로 이름이 나 있었고 그의 투자 사업들은 대개 행운의 운세를 타고 있었던 것이다. 그러나 마이스터 씨가 제일 간절히 원했던 것은 자기 자신에게는 결여되어 있는 특성들을 아들에게 부여해 주는 것과, 토지 소유에 최대의 가치를 두고 있는 그답게 자녀들에게 토지를 물려주는 것이었다. 호사스러운 것과 눈에 띄는 것에 각별한 애정을 느끼기는 했지만, 그것들은 또한 내적인 가치와 내구성이 있어야 했다. 그의 집에서는 모든 것이 견고하고 육중해야 했고, 비축량은 넉넉해야 했으며, 은그릇들은 묵직해야 했고 식기 세트는 값비싼 것이라야 했다. 그와는 반대로 손님들을 초청하는 경우는 드물었다. 왜냐하면, 식사 초대를 할 때마다 잔치가 돼버려, 비용도 비용이지만 불편하고 번거로워서 자주 할 수 없었기 때문이었다. 그의 살림살이는 평온하고 단조로운 보조로 영위되고 있었으며, 그런 보조 속에서 움직이고 변하는 것은 모두 아무한테도 약간의 즐거움조차 주지 못하는 그런 것뿐이었다.

베르너 씨는 어둠침침한 집에서 아주 정반대의 생활을 하고 있었다. 비좁은 사무실의 낡아빠진 탁자에서 일을 마치고 나면, 그는 좋은 식사를 하고 싶어했고, 가능하면 더 나은 술을 마시기를 원하기도 했다. 또한 그는 좋은 것을 혼자 즐기지 못하는 성미여서, 자기 가족 말고도 친구들이나 자기 집안과 별 관계가 없는 온갖 외부 사람들까지도 항상 식탁에 함께 앉아 있는 것을 봐야 직성이 풀렸다. 그의 의자들은 아주 낡았지만, 그는 매일같이 누군가를 초대하여 거기에 앉도록 권했다. 좋은 음식들이 손님들의 관심을 끌어서, 아무도 그 음식들이 소박한 식기에 담겨 나오는 것을 알아채지 못했다. 그의 지하실에는 포도주가 많이 쌓여 있지는 않았지만, 한 병을 다 마시고 나면 대개 그보다 더 좋은 다른 포도주 병 하나가 뒤따라 나오곤 했다.

두 아버지들은 이렇게 살고 있었다. 그들은 자주 만나서 공동 사업에 관해 서로 협의하곤 했는데, 오늘은 마침 빌헬름을 사업상의 일로 출장을 보내기로 결정했다.

「그애가 세상 물정을 좀 익힐 수 있겠지요」 하고 마이스터 씨가 말했다. 「그리고 동시에 낯선 고장들에서 우리 일을 해볼 수도 있을 거구요. 젊은이에게 제때에 평생의 직업을 익히도록 이끌어주는 것보다 더 큰 친절은 없지요. 댁의 아드님이 견문여행에서 성공적으로 돌아온 후 자기 일을 척척 잘 처리하게 된 걸 보니 제 아들 녀석은 어떻게 행동하게 될지 정말 궁금하군요. 아무래도 그 녀석은 댁의 아드님보다 더 많은 수업료를 치러야 할 것 같아 걱정입니다」

자기 아들과 그 능력을 높이 평가하고 있던 마이스터 씨가 이런 말을 한 것은 그의 친구가 그의 말에 반대해서 아들의 탁월한 재능을 칭찬해 주리라는 기대에서였다. 그러나 그는 이 점에서는 잘못 생각한 것이었다. 왜냐하면 베르너 씨는 실제적인 일에서는 자기가 시험해 본 사람 이외에는 아무도 믿지 않는 사람이라, 다음과 같이 냉정하게 대답했기 때문이다. 「모든 시도를 다 해보아야지요. 아드님도 꼭 같은 길로 보낼 수 있습니다. 지켜야 할 지침도 줘 보내십시다. 받아내야 할 빚도 여기저기 많이 있고, 옛 친분도 살리고 새로운 고객도 만들어야 할 테니까요. 최근에 말씀드린 그 투자사업이 빨리 성사되도록 도와줄 수도 있겠지요. 현장에 가서 상세한 정보를 수집하지 않고서는 별로 도움이 안 되거든요」

「준비를 하게 해서 가능한 한 빨리 출발시키도록 하십시다」 하고 마이스터 씨가 말했다. 「그애가 타고 갈 말을 어디서 구하지요? 이번 답사에 적합한 놈이 있어야 할 텐데요」

「멀리 찾아나서지 않아도 될 듯합니다. H읍의 소매상 한 사람이 있는데, 우리한테 갚아야 할 빚이 좀 남아 있는 것말고는 괜찮은 남자지요. 그가 현금 대신 말을 한 마리 주면 안 되겠느냐고 제의해 왔거든요. 내 아들이 그 말을 아는데, 아주 쓸 만한 놈이랍디다」

「그애더러 직접 그 말을 몰고 오라 하면 되겠군요. 우편마차편으로 건너가게 하십시다. 그러면 모레쯤에는 제때에 돌아올 수 있겠죠. 그 동안에 그애가 가져갈 옷보따리와 편지들을 준비하기로 하지요. 그러면 내주 초에 출발할 수 있겠군요」

빌헬름이 불려왔고, 그러한 결정이 통고되었다. 자기의 계획을 수행할 수 있는 자금이 마치 굴러 들어온 호박처럼 저절로 생긴 것을 알았을 때, 그 누가 그보다 더 기뻤을까! 자신은 손가락 하나 까딱하지 않았는데 이런 기회가 자신을 위해 마련된 것이었다! 그의 열정이 너무나도 뜨거웠고, 지금까지의 삶의 압박에서 벗어나 보다 고귀한 새 궤도에 진입하려는 자신의 행동이 전적으로 옳다는 신념이 너무나도 확고부동했기 때문에, 그의 양심은 조금도 가책을 느끼지 않았고 그의 마음속에는 아무런 걱정도 생기지 않았으며, 심지어 그는 이 기만행위를 신성한 것으로까지 생각할 정도였다. 그는 부모와 친척들도 나중에는 이러한 결단을 칭찬하고 축복해 줄 것으로 확신했으며, 이렇게 모든 정황이 서로 일치하고 있다는 데에서 자기를 이끌어주는 운명의 손짓을 알아봤다고 생각했다.

연인을 다시 보기로 한 그날 저녁, 그 시각까지의 시간이 그에게는 얼마나 길었던가! 그는 자기 방에 앉아서 여행 계획에 대해서 곰곰이 생각했다. 그것은 마치 교묘한 재주를 지닌 도둑이나 요술사가, 자신이 탈출하는 것이 가능하다는, 아니, 그 구조의 시각이 근시안적인 간수들이 생각하는 것보다는 훨씬 더 임박해 있다는 확신을 스스로 다짐하기 위해서, 자신이 갇힌 감방 안에서 굳게 잠겨 있는 쇠사슬로부터 이따금 두 발을 끌어당겨 보는 모습과도 같았다.

드디어 저녁 시간을 알리는 종소리가 들려왔다. 그는 그의 집에서 벗어나 온갖 압박감을 떨쳐버렸다. 그러고는 조용한 골목길들을 걸어갔다. 넓은 광장 위에 서서 그는 하늘을 향해 두 손을 쳐들었다. 그러고는 모든 어려움은 이미 자신의 뒤에 놓여 있고 자신의 발 밑에 있다고 느꼈다. 그는 모든 것으로부터 해방된 것이었다. 이제 그는 애인의 두 팔에 안기어 있는 기분이었고, 조금 있다가는 또, 그녀와 더불어 눈부신 무대 위에 서 있는 기분이 되기도 했다. 그는 수많은 희망들로 된 구름 위를 두둥실 떠다니고 있었다. 단지 야경꾼이 외치는 소리만이 이따금씩 그에게 자기가 아직도 이 지상을 거닐고 있다는 사실을 상기시켜 줄 따름이었다.

그의 연인은 계단까지 그를 마중 나왔는데, 그 모습은 정말 아름답고 귀여웠다. 그녀는 하얀 새 실내복 차림으로 그를 맞이했는데, 그는 그녀가 지금까지 그렇게 매혹적으로 보인 적이 없었던 것 같았다. 이렇게 그녀는 부재중인 정부의 선물을 처음으로 입고서 현재의 애인의 품안에 안겼던 것이다. 그러고는 진정한 열정을 다하여, 천부적으로 얻었거나 기교로 배운 그녀의 온갖 애무를 그녀의 연인에게 아낌없이 퍼부어 대었다. 그러니, 우리로서는 다만 그가 행복하게 느꼈을지, 또는 하늘 나라에 떠 있는 기분이었을지만이 궁금할 따름이다.

그는 그녀에게 지금까지의 경위를 털어놓고 자기의 계획과 소망을 대강 설명했다. 어딘가 거처를 마련해 놓은 다음 그녀를 데리러 올 테니, 그때에는 제발 자기의 청을 거절하지 않기를 바란다는 것이었다. 그러나 그 가엾은 처녀는 아무 말 없이 눈물을 감추고는 애인을 자기 품으로 꼭 끌어당겼다. 그녀의 침묵을 자신에게 가장 유리할 대로 해석하긴 했지만, 그래도 그는 어떤 대답을 듣기를 원했다. 특히 그가 마지막으로 그녀에게 아주 겸손하고도 친절하게, 자기가 곧 애아빠가 되는 것으로 알아도 좋으냐고 물었을 때에는 더욱 그러하였다. 그러나 이 물음에도 역시 그녀는 그저 한숨과 키스로만 대답할 뿐이었다.

12

이튿날 아침 잠이 깬 마리아네는 또다시 슬픔에 잠기지 않을 수 없었다. 그녀는 몹시 외로웠고 눈도 뜨기 싫어서 침대 속에 그냥 누운 채 울었다. 노파가 곁에 앉아 그녀를 설득하고 위로하려고 했지만, 노파 역시 그 상처받은 가슴을 그렇게 빨리 치유할 수는 없었다. 이제 그 가엾은 아가씨가 마치 자기 인생의 마지막 순간처럼 예기하고 있던 그 순간이 가까이 다가온 것이었다. 세상에 이보다 더 불안한 처지에 놓인 것 같을 수 있을까? 애인은 떠나가고 귀찮은 정부는 들이닥치려 하고 있었다. 게다가, 쉽게 일어날 수 있는 일이지만, 만일 이 두 사람이 한

번 서로 마주치기라도 하는 날이면 커다란 불상사가 일어나고 말 터인데, 그럴 가능성이 눈앞의 일로 다가온 것이었다.

「진정해요, 아가씨!」 하고 노파가 외쳤다. 「그 예쁜 눈을 제발 눈물로 적시지 말아요! 애인이 둘 있는 게 정말 그렇게도 큰 불행인가요? 그리고 아가씨가 한 남자에게밖에 정을 줄 수 없다면, 적어도 다른 쪽 남자에게는 고마운 생각이라도 가져야지요. 아가씨를 돌봐주는 모양새로 봐서 애인이라고 불릴 자격은 있으니까요」

이 말에 마리아네는 눈물을 흘리며 대꾸했다. 「하지만 내 사랑하는 그 사람은 우리가 헤어져야 할 때가 되었음을 예감하고 있어. 우리가 그 사람에게 그토록 세심하게 감추려는 일을 그는 꿈을 통해 알아냈어. 그는 내 곁에서 아주 평온하게 자고 있었어. 갑자기 그가 불안하고 잘 알아들을 수 없는 소리를 중얼거렸지. 나는 겁이 나서 그를 깨웠어. 아, 그가 나를 포옹하는 그 사랑, 그 애정, 그 정열! 정말 대단했어. 〈오, 마리아네!〉 하고 그가 외쳤어. 〈얼마나 무시무시한 상황에서 날 빼내 주었는지 알아요? 당신이 그 지옥에서 날 구출해 주다니, 정말 고마워요. 꿈을 꾸었어요〉 하고 그는 말을 계속했어. 〈난 당신으로부터 멀리 떨어져 어느 알지 못하는 곳에 있었어요. 하지만 당신의 모습이 내 눈앞에 어른거렸죠. 당신은 한 아름다운 언덕 위에 있었는데, 태양이 그 장소 전체를 비춰주고 있었어요. 당신이 얼마나 매력적으로 보였는지 몰라요. 그러나 얼마 지나지 않아 나는 당신의 모습이 아래로, 자꾸만 아래로 미끄러져 내려가는 것을 보았어요. 당신을 향해 두 팔을 뻗어보았지만, 너무 멀어서 닿지 않더군요. 당신의 모습은 자꾸 가라앉더니 한 커다란 호수 쪽으로 내려갔어요. 그 호수는 그 언덕의 기슭에 널따랗게

펴져 있었는데, 호수라기보다는 늪에 가까웠어요. 갑자기 어떤 남자가 당신에게 손을 내밀었어요. 그가 당신을 위쪽으로 인도해 주려는 줄 알았더니 옆으로 끌고 가더군요. 당신을 자기 쪽으로 끌어당기는 것 같았어요. 나는 소리를 질렀어요. 당신이 있는 곳까지 갈 수 없었기 때문에 경고라도 할 수 있기를 바랐던 거죠. 내가 발을 떼어놓으려고 하니 땅바닥이 나를 꽉 붙잡고 있는 것 같았고, 간신히 발을 떼어놓을 수 있게 되자 이번에는 물이 나를 가로막았어요. 그리고, 내 고함 소리조차도 꽉 쥔 가슴 속에서 질식하는 것이었어요〉——이렇게 이야기하면서 그 불쌍한 사람은 내 가슴에 안긴 채 그의 놀란 마음을 가라앉혔지. 그러고는 그 끔찍한 꿈이 지극히 복된 현실에 의해 추방되는 것을 본 자기야말로 정말 행복한 사람이라고 기뻐하는 것이었어」

노파는 될 수 있는 한 자신의 산문으로써 아가씨의 운문을 범속한 생활의 영역으로 끌어내리려고 애썼다. 이때 노파는 새잡이들이 새를 몰 때 성공을 거두곤 하는 교묘한 수법을 썼다. 새잡이들은 그들의 그물에 금방 그리고 자주 걸려들기를 원하는 새들의 소리를 작은 피리로 흉내내곤 한다. 노파 역시 빌헬름을 추켜세웠으며, 그의 풍채, 두 눈, 그의 사랑을 칭찬했다. 그 가엾은 아가씨는 그녀의 말에 솔깃해서 귀를 기울였고, 자리에서 일어나 노파가 입혀주는 옷을 입고 나서는 좀 안정을 되찾은 듯했다. 「아이구, 귀여운 내 딸!」 노파는 알랑거리면서 말을 계속했다. 「난 아가씨를 슬프게 하거나 마음 상하게 하려는 게 아니에요. 아가씨의 행복을 빼앗을 생각도 없고요. 내 마음을 곡해해선 안 되지요. 내가 언제나 나보다도 아가씨를 더 걱정한다는 걸 잊었나요? 원하는 게 뭔지 말만 해봐요. 그걸 실행할 방도가 있나 어디 두고 봅시다」

「내가 원할 수 있는 게 뭐 있겠어?」 마리아네가 대답했다. 「난 불행해, 평생 내내 불행할 수밖에 없게 됐어! 나는 그를 사랑해. 그도 나를 사랑하지. 그런데도 내가 그와 헤어져야 한다는 게 뻔히 보이니, 내가 어떻게 이걸 견뎌내며 살아갈 수 있을지 모르겠어. 노어베르크가 와. 우리가 지금까지 살아온 것이 모두 그의 덕분이고, 앞으로도 우린 그 사람 없이는 곤란하지. 빌헬름은 매우 제약받고 있는 형편이라, 나에게는 아무것도 해줄 수가 없어」

「그래요. 불행하게도 그는 마음밖에는 아무것도 가져다줄 수 없는 그런 부류의 애인이지요. 그런 사람들일수록 요구는 제일 까다롭다니까요」

「비웃지 마! 그 불행한 사람은 집 떠날 생각을 하고 있어. 연극계로 진출한 다음, 내게 청혼하겠다는 생각이지」

「빈털터리 손[12]이라면 우리 집에도 벌써 넷이나 있잖아요」

「난 어떻게 해야 할지 모르겠어」 하고 마리아네가 말을 계속했다. 「할멈이 결단을 내려! 내 이 몸뚱이를 이쪽으로 밀든 저쪽으로 밀든 맘대로 해. 단, 한 가지 더 알아야 할 것은, 내 배 속에 담보물이 하나 생겨 있는 것 같다는 거야. 그것이 우리 둘 사이를 더욱더 꼭 얽어맬 거야. 이 점을 유념하고서 결단을 내려줘. 누구를 버리고 누구를 따라야 할까?」

잠시 입을 다물고 있다가 노파가 외쳤다. 「젊은 사람들은 언제나 극과 극 사이를 오가게 마련이지요. 나로서는 우리에게 즐거움과 이득을 가져다주는 모든 것을 다 서로 잘 결합시키는 것

12) 독일어로 〈누구에게 청혼하다jemandem seine Hand anbieten〉는 자구 그대로 해석하면 〈누구에게 손을 내밀다〉가 된다.

만큼 자연스러운 것이 없다고 생각되네요. 한 사람을 사랑하시거든, 다른 사람에게는 돈을 대도록 하세요. 다만 중요한 것은 우리가 현명하게 처신해서 그들 둘이가 서로 마주치지 않도록 하는 일이겠지요」

「할멈 하고 싶은 대로 해. 난 아무 생각도 할 수 없어. 하지만 하라는 대로 따라는 갈 테니까」

「우리가 유리한 것은 단원들의 평소 행실에 대해 자부심을 갖고 있는 우리 단장님의 옹고집을 핑계로 댈 수 있다는 점이에요. 두 애인들은 그렇지 않아도 이미 남몰래 조심스러운 처신을 하는 데에 익숙해져 있어요. 약속 시간을 조정하고 기회를 잡는 일은 내가 할 테니, 아가씨는 다만 나중에 내가 시키는 역을 따라하기만 하시면 돼요. 어느 경우가 우리에게 도움이 될지 누가 알아요? 노어베르크가 오려면 빌헬름이 멀리 가고 없는 지금 왔으면 좋겠는데! 아가씨가 한 사람의 품안에서 다른 사람 생각을 못하도록 누가 금지하는 사람이라도 있나요? 아들이나 하나 쑥 낳으세요. 그 아이 아빠는 부자라야 해요」

이런 생각들로는 마리아네의 기분이 그저 잠시 동안밖에 나아지지 않았다. 그녀는 자기의 처지를 자기 감정이나 확신과 조화시킬 수가 없었다. 그녀는 그 고통스러운 상황을 잊고 싶었다. 그러나 수많은 자질구레한 정황들 때문에 그녀는 매 순간마다 자신의 처지를 떠올리지 않을 수 없었다.

13

그 동안 빌헬름은 짧은 여정을 마쳤다. 만나러 간 상인이 마침 집에 없었기 때문에, 그는 그 부재중인 사람의 부인에게 소개장을 전했다. 그러나 그 여자 역시 그의 질문에 별로 신통한 대답을 해주지 못했다. 그녀는 격한 감정의 소용돌이에 휘말려 있었고 온 집안이 몹시 어수선한 상태였다.

하지만 얼마 지나지 않아 그녀는 전처 소생의 딸이 어떤 배우 녀석과 도망쳤다고 그에게 털어놓았다(하기야 더 이상 숨기기도 곤란했다). 그 작자는 얼마 전에 한 작은 극단에서 이탈해서 그 마을에 머물면서 프랑스어를 가르쳐 왔다는 것이었다. 상심과 역정으로 정신이 나간 아버지는 도주자들을 잡아달라고 신고하기 위해 관청으로 달려갔다는 얘기였다. 그녀가 어찌나 심하게 딸을 욕하고 그 정부를 헐뜯었던지, 그 두 사람에게는 칭찬할 만한 것이라곤 아무것도 남아 있지 않았다. 또한 그녀는 온갖 말을 다 해가면서 이 사건으로 인해 가족에게 돌아온 치욕을 한탄했기 때문에 빌헬름을 적지않이 당황시켰다. 왜냐하면, 남모르는 계획을 하고 있는 그로서는 이 점쟁이 같은 여인에 의하여, 말하자면 예언 비슷하게, 미리 꾸지람과 벌을 잔뜩 받는 기분이 들었기 때문이었다. 그러나 그는 그 아버지 되는 사람이 경찰서에서 돌아와 슬픔을 나타내지 않으면서 아내에게 딸을 찾아 나섰던 일을 떠듬떠듬 이야기하는 것을 보고 아버지로서의 그 고통에 더 강렬하고도 애절한 동정을 느끼지 않을 수 없었다. 그 사람은 편지를 읽어보고 그 말을 빌헬름 앞으로 끌고 오도록 시키면서도 자기의 심란하고 혼란스런 마음을 감추지 못했다.

빌헬름은 즉각 말 위에 올라 그 집을 떠나고 싶었다. 그런 정황 아래서는 그 집에서 마음이 편할 수 없었다. 하지만 그 선량한 남자는 자기가 그렇게도 많은 은덕을 입고 있는 댁의 아드님을 음식 대접도 하지 않고, 그리고 자기 집 지붕 아래서 하룻밤 유하게 하지 않고서 그냥 떠나보내려 하지 않았다.

우리의 친구는 침울한 분위기에서 저녁 식사를 함께하고 불안한 하룻밤을 참고 지낸 다음, 이른 아침부터 가능한 한 빨리 그 사람들과 작별하려고 서둘렀다. 그들은 모르는 중에 자신들의 이야기와 언사로 아주 예민하게 그를 괴롭혔던 것이다.

그는 생각에 잠긴 채 천천히 말을 몰아 길을 가고 있었다. 그때 갑자기 무장한 사람 한 떼가 들판을 가로질러 오는 것이 보였다. 그들의 널따랗고 긴 윗옷과 큰 옷깃, 볼품없는 모자, 투박한 총기, 그들의 태평스러운 걸음걸이와 느슨한 동작에서 그는 금방 그들이 지방 민병대의 한 분대임을 알 수 있었다. 그들은 해묵은 떡갈나무 아래에서 행군을 멈추고 화승총을 내려놓더니 잔디밭 위에 편안히 앉아 파이프를 피웠다. 빌헬름은 그들이 있는 곳에서 잠시 쉬다가 말을 타고 다가온 한 젊은 사람과 대화를 하게 되었다. 유감스럽게도 빌헬름은 자기가 이미 너무나도 잘 알고 있는 그 두 도주자들의 이야기를, 그것도 그 젊은 남녀에게나 그 부모에게나 그다지 유리할 것 없는 논평들까지 곁들여서 또 한번 들어야만 했다. 또한 그는 그 민병대가 이리로 온 것은 이웃 도시에서 잡혀 구금되어 있는 그 젊은 남녀를 정식으로 인도받기 위해서라는 것을 들었다. 잠시 후에 멀리서부터 수레 한 대가 이리로 오는 것이 보였는데, 시민 경비대원들이 그 수레를 에워싸고 있는 꼴은 삼엄하다기보다는 오히려 우스꽝스러웠다. 볼품없이 생긴 서기 한 사람이 말을 타고 먼저 다가와서 상대방 도시의 서기(빌헬름과 이야기를 나누었던 그 청년이 바로 그 서기였다)와 경계선 위에서 인사를 나누었는데, 그때 그들이 보여주는 그 과장된 성실성과 이상야릇한 동작들은 유령과 그 상대역인 마술사가 한쪽은 동그라미 안에, 다른 쪽은 동그라미 바깥쪽에 서서 위험하기 짝이 없는 심야의 마술을 부릴 때에나 함직한 그런 행태들이었다.

그러는 사이에 구경꾼들의 눈길은 그 경작용 수레에 쏠렸는데, 그 가엾은 길 잃은 두 남녀를 바라보는 사람들은 동정을 금치 못했다. 그 남녀는 두세 개의 짚단 위에 바싹 붙어 앉아 부드러운 눈길로 서로 쳐다보고 있었으며, 자기들 주위에 있는 사람들은 거의 의식하지 못하는 것처럼 보였다. 바로 전 마을에서부터 그들을 이렇게 어울리지 않는 꼴로 호송하지 않을 수 없었던 것은 우연 때문이었는데, 그 아름다운 아가씨를 태워오던 낡은 마차가 그 마을에서 그만 부서져 버렸다는 것이었다. 이 기회에 그 여자는 자기 애인과 함께 걸어가도록 해달라고 청했다는 것이다. 사람들은 그녀의 애인이 무슨 굉장한 범죄를 저지른 자라고 확신하고서 그때까지 쇠사슬에 묶은 채 마차 옆에서 걷도록 했던 것 같았다. 하기야 그 쇠사슬이 그 다정한 한 쌍을 바라보는 것을 더욱 흥미롭게 만드는 데에 적지 않은 구실을 했는데, 그것은 특히 그 청년이 거듭해서 자기 연인의 두 손에 키스를 하면서 그 쇠사슬을 매우 단정하게 움직였기 때문이었다.

「우리가 대단히 불행한 것은 사실입니다!」 하고 그녀가 둘러서 있는 사람들에게 외쳤다. 「하지만, 우리는 지금 여러분께서 보시는 만큼 그렇게 큰 죄를 지은 것은 아닙니다. 잔인한 사람들이 진실한 사랑을 이런 식으로 보상하는 거예요. 우울하고 긴 세월이 지난 다음에 마침내 자식들에게 기쁨이 찾아왔는데, 자식들의 행복이라곤 전혀 생각하지 않는 부모가 그 기쁨의 품안에서 자식들을 광포하게 끌어내고 있는 것이죠」

둘러선 사람들이 여러 가지 방법으로 동정의 뜻을 표하는 동안, 법원 서기들은 이미 그들의 의식을 끝냈다. 그래서 수레가 다시 구르기 시작했다. 이 두 연인의 운명에 큰 동정심을 지니게 된 빌헬름은 이 행렬이 도착하기 전에 군감(郡監)[13]을 만나기 위해 오솔길로 먼저 말을 달려 갔다. 그러나 모든 사람들이 분주하게 움직이면서 도주자들을 인수할 준비를 하고 있는 감영에 그가 도착하자마자, 그 서기가 벌써 그를 따라잡고 와서는 모든 것이 일어난 경위를 세세하게 이야기하는 바람에, 특히 어제 유태인에게서 샀다는 자기 말에 관한 장황한 칭찬을 늘어놓는 바람에, 다른 이야기를 꺼낼 겨를이 없었다.

조그만 출입문을 통해 감영과 연결되어 있는 바깥 마당에서는 벌써 그 불행한 남녀가 내려져서 조용한 가운데 안으로 인도되었다. 그 서기는 이렇게 군중들의 시선을 피할 수 있도록 그들을 배려해 준 데 대하여 빌헬름으로부터 진심에서 우러나온 칭찬을 받았다. 그러나 그 서기가 죄인들을 여기로 데리고 온 것은 실은 감영 청사 앞에 모여 있던 군중들을 우롱하기 위한 것이었을 뿐이었으며, 군중들이 창피당한 동료 여자 시민을 기분좋게 구경하지 못하게 하려는 심산이었던 것이다.

군감은 이런 유별난 사건들을 별로 좋아하지 않는 사람이었다. 그 이유는 이런 사건에서는 대개 이런저런 실수를 하게 마련이어서, 최선을 다하고도 군주의 측근들로부터 호된 질책을 받기 십상이었기 때문이었다. 그래서 그는 무거운 발걸음으로 법정 안으로 들어갔고, 그를 뒤따라 서기, 빌헬름, 몇몇 신망

---

13) 〈Amtmann〉은 18세기 독일에서 군주나 영주를 대리하여 영지에서의 행정 및 사법권을 행사하던 관리로서 고을 수장(首長)의 성격을 지니고 있었다. 우리나라 고제(古制)에 현감(縣監)이란 관직이 있었던 것을 원용하되 그 부수 어감은 피하기 위하여 여기서는 편의상 우선 〈군감〉이라고 옮겨보았다.

있는 시민들이 들어갔다.

우선 그 아름다운 아가씨가 불려 들어왔는데, 그녀는 뻔뻔스럽지 않으면서도 침착하고 강한 자의식이 엿보이게 걸어 들어왔다. 그녀의 옷 매무새와 전체적으로 처신하는 품이 어딘가 자신 있는 아가씨임을 보여주었다. 또한 그녀는 질문을 받지도 않았는데도 그녀의 현재 상태에 대해서 방자하지 않게 설명하기 시작했다.

서기가 그녀에게 입을 다물라고 명령하고 접은 종이 위에 펜을 들었다. 군감은 정신을 가다듬고 서기를 쳐다본 다음 헛기침을 했다. 그러고는 그 가엾은 아가씨에게 그녀의 이름이 무엇이며 나이는 몇 살이냐고 물었다.

「군감님, 실례입니다만」 그녀가 대답했다. 「제게 이름과 나이를 물으시다니 정말 이상하군요. 제 이름이 무엇이며 제 나이가 군감님의 맏아드님과 동갑이라는 것을 잘 알고 계시지 않습니까? 군감님께서 저로부터 알고 싶으신 것, 그리고 또 알아야 하실 것을 저는 단도직입적으로 말씀드리겠습니다.

아버지께서 재혼하신 이래로 저는 집에서 푸대접받는 신세가 되었습니다. 만약 제 계모가 지참금이 나가게 될까 봐 무서워서 번번이 혼인말을 깨뜨려 버리지만 않았더라면, 저에게도 몇 번 좋은 결혼을 할 수 있는 기회가 있었을 것입니다. 그러던 중에 저는 멜리나Melina 청년을 사귀게 되었고, 그를 사랑하지 않을 수 없었습니다. 그런데 우리는 서로 결합하는 데에 장애가 있으리라는 것을 예견했기 때문에 집에서는 허락되지 않을 행복을 넓은 세계에서 서로 찾아보자고 결심했던 것입니다. 저는 저 자신의 것 이외에는 아무것도 가져가지 않았습니다. 우리는 도둑이나 강도로서 도주한 것이 아닙니다. 따라서 제 애인은 쇠사슬과 끈으로 묶여서 압송돼야 할 만한 죄를 저지르지는 않았습니다. 주군께옵서는 공정하시니까 이런 가혹한 처사는 윤허하시지 않으실 줄 압니다. 설사 우리가 벌을 받아야 한다 하더라도, 이런 식으로까지는 아니라고 봅니다」

이런 말을 들으며 그 늙은 군감은 이중 삼중으로 당황했다. 군주로부터 받게 될 질책의 소리가 벌써 그의 귓가에서 윙윙 울리는 것 같았으며, 그 아가씨의 유창한 언변 때문에 조서의 초안은 아주 엉망이 돼버렸다. 더욱 큰 낭패는 재차 정식 신문을 해도 그녀가 여전히 신문에 응할 태세를 보이지 않고 조금 전에 했던 말을 완강히 고집한다는 점이었다.

「저는 범죄자가 아닙니다」 하고 그녀가 말했다. 「그런데도 사람들은 저를 치욕스럽게도 짚단 위에 앉혀서 여기로 데려왔습니다. 우리의 명예를 다시 회복시켜 줄 더 높은 정의가 있다고 봅니다」

서기는 그 동안 시종 그녀가 하는 말을 받아 적었다. 그는 군감의 귀에다 대고, 정식 조서는 나중에 어렵잖게 꾸며놓을 수 있으니 신문을 계속하기만 하시라고 속삭였다.

그 노인은 다시금 용기를 내어, 메마른 말과 건조한 구식 상투어로 애정관계의 부끄러운 비밀에 관해 묻기 시작했다.

빌헬름은 얼굴이 붉어졌으며, 아리따운 죄인의 두 뺨도 마찬가지로 부끄러움 때문에 매력적인 홍조를 띠어갔다. 그녀는 침묵했다. 그러고는 말을 잇지 못했다. 그러다가 당황했다는 사실 그 자체가 결국 그녀의 용기를 내게 하는 것 같았다.

「확실히 말씀드립니다만」 하고 그녀는 힘주어 말했다. 「설령 저 자신에게 불리한 진술을 하지 않을 수 없다 하더라도, 저는 진실을 고백할 수 있을 만큼의 강단은 지니고 있습니다. 진실이

제게 명예를 회복해 주게 되어 있는 이 마당에 제가 지금 주저하고 말을 못해서야 되겠습니까? 예, 그렇습니다, 저는 그이의 애정과 변치 않을 마음을 확인한 그 순간부터 그이를 제 남편이라 생각했습니다. 그래서 저는 사랑이 요구하는 모든 것과, 사랑받고 있음을 확신한 마음이 거절할 수 없는 모든 것을 그이에게 흔연히 허락했습니다. 그러니 이제 당신들이 원하는 대로 저를 처분하십시오. 제가 고백하기를 한순간 주저한 것은 저의 고백이 제 애인을 불리하게 만들지나 않을까 걱정했기 때문이었습니다. 그것만이 그 이유였습니다」

그 아가씨의 고백을 듣고 빌헬름은 그녀의 고결한 지조를 느낄 수 있었다. 그러나 재판 관계자들은 그녀를 뻔뻔스러운 창녀라고 생각했으며 그 자리에 있던 시민들은 그런 일이 자기 집에서는 일어나지 않은 것을, 또는 일어났더라도 세상에 알려지지 않은 것을 하느님께 감사했다.

빌헬름은 사랑하는 마리아네가 이 순간 이 법정 앞에 서 있다고 가정하고는 그녀가 훨씬 더 아름다운 말로 답변하고 그녀의 솔직함이 더욱 진솔하게 나타나며 그녀의 고백이 더욱 고귀하게 들리는 것을 상상해 보았다. 그러자 사랑하는 그들 두 사람을 도와주고 싶다는 격정이 그의 마음을 사로잡았다. 그는 그것을 숨기지 않고, 주저하고 있는 군감에게 사건을 그만 종결지어 주셨으면 좋겠다고 은밀하게 부탁했다. 모든 것이 이렇게 분명한데 더 조사해서 뭐 하겠느냐고 했다.

이 말이 제법 도움이 되어서 그 아가씨는 퇴정시키고, 그 대신 그 청년을 문 앞에서 쇠사슬을 풀어주고 들어오게 하였다. 청년은 자신의 운명에 대해서 꽤 많이 숙고하는 것 같았다. 그의 대답들은 보다 신중했으며, 한편으로 영웅적인 솔직성이 적기는 했지만, 그 대신 진술이 명확하고 논리정연한 것으로 호감을 샀다.

이 신문은 앞의 신문의 결과와 모든 점에서 일치했다. 다만, 아가씨를 보호하기 위해 청년은 그녀가 이미 고백한 사실을 완강히 부인했다는 점만이 틀릴 뿐이었다. 그 신문도 끝났기 때문에 그녀도 마침내 다시 불려나오게 되었다. 그러자 두 사람 사이에 한바탕 입씨름이 벌어졌는데, 이 장면은 우리 친구의 마음을 완전히 사로잡았다.

소설이나 희극 속에서나 일어나곤 하는 일을 그는 여기 한 불쾌한 법정에서 직접 두 눈으로 보게 되었는데, 그것은 서로 양보하려는 마음에서 생겨나는 말다툼이었으며 불행에 처한 사랑의 강인함이기도 했다.

〈그렇다면 정말로〉 하고 빌헬름은 자문해 보았다. 〈태양과 사람들의 눈앞에서는 숨었다가 단지 격리된 고독과 깊은 비밀 속에서만 즐거움을 맛볼 용기를 내는 저 수줍은 애정이라는 것은, 일단 어떤 적대적인 우연으로 인해 모든 사람들이 보는 가운데 끌려나오면, 펄펄 끓어오르고 허풍을 떠는 여타의 온갖 바람기보다도 더 대담하고 강인하고 더 용감하게 나타난다는 말인가?〉

전체 심리(審理)가 제법 빨리 끝난 것이 그나마 그에게 위안이 되었다. 그들은 둘 다 가벼운 금고 처분을 받았다. 하지만 빌헬름은 될 수 있으면 그날 저녁 안에라도 그 아가씨를 그녀의 부모에게 데려다주고 싶었다. 왜냐하면 그는 이 일에 중개인이 되어서 사랑하는 두 사람이 행복하고도 예의범절에 맞게 맺어지도록 주선해 줘야겠다고 굳게 마음먹고 있었기 때문이었다.

그는 군감에게 멜리나와 단둘이 이야기해 보고 싶으니 허락해 달라고 부탁했으며, 그 허락을 별 어려움 없이 받아낼 수 있었다.

14

새로 사귄 두 사람의 대화는 금방 친밀하고 활발해졌다. 빌헬름이 기가 꺾인 그 젊은이에게 여자 쪽 부모와의 친분관계를 털어놓으며 중개인 역할을 하겠다고 제안하고 일이 매우 잘 풀릴 것 같다는 말까지 하자, 체포된 사람의 슬프고 걱정으로 가득 차 있던 기분도 밝아졌던 까닭이다. 그는 벌써 다시 석방되어 장인 장모 될 분들과도 화해한 것처럼 느꼈고, 이제 장래의 생계와 일자리가 화제로 되었다.

「그 점에서는 곤경에 처하시지 않을 겁니다」 하고 빌헬름이 말을 받았다. 「제가 보기에는 두 분 다 기왕에 선택하신 직업으로 성공할 천분을 타고나신 것 같군요. 호감 가는 용모에 울림 좋은 목소리, 감정이 풍부한 마음씨! 배우로서 이 이상 갖출 수 있겠습니까? 제가 몇 군데 소개장을 써드려도 된다면 저로서는 큰 기쁨이 되겠습니다」

「진심으로 감사합니다만」 하고 그 청년이 대답했다. 「저에게는 그것이 별로 소용이 없을 듯합니다. 가능하면 연극으로는 되돌아가지 않을 생각이거든요」

「그건 매우 잘못하시는 일인데요」 하고 빌헬름은 잠시 놀라움을 가라앉힌 뒤에 말했다. 그는 그 배우가 자기의 젊은 아내와 함께 석방되자마자 곧 극장을 찾게 되리라고만 생각했기 때문이다. 빌헬름이 보기에는 그것은 개구리가 물을 찾아가는 것만큼이나 자연스럽고 필연적인 것이었다. 그는 한순간도 그것을 의심해 본 적이 없었는데 이제 놀랍게도 정반대되는 말을 들어야만 했다.

「그렇습니다」 하고 상대방이 대답했다. 「저는 다시 무대로 되돌아가지는 않을 생각이고, 얻을 수만 있다면 무엇이든 시민으로서의 일자리를 얻을 결심입니다」

「그것 참 특이한 결심이군요. 저는 거기에 찬성할 수 없습니다. 왜냐하면, 특별한 이유 없이 이미 선택한 삶의 방식을 바꾸는 것은 결코 현명한 일이 아니거든요. 뿐만 아니라 배우라는 직업처럼 마음 편하고 매력적인 전망을 지닌 직업이 또 있을지 저는 모르겠습니다」

「배우이셨던 적이 없으니까 그런 말씀을 하시지요」 청년이 말했다.

여기에 대해 빌헬름이 답했다. 「내 말 좀 들어보시오! 사람이란 자신이 처해 있는 상황에 만족하는 법이라곤 거의 없답니다! 항상 자기 옆사람의 처지를 부러워하지만, 그 옆사람도 마찬가지로 자신의 상황에서 헤어나기를 열망하고 있죠」

「그렇지만 열악한 상황과 더 열악한 상황 사이에는 분명히 차이가 있습니다」 하고 멜리나가 대꾸했다. 「내가 이렇게 행동하는 것은 조급해서가 아니라 경험 때문입니다. 이 연극계에서 벌어먹는 빵 조각보다 더 보잘것없고 불안정하며 벌어먹기 힘든 것이 또 있을까요? 거의 문전걸식이나 다름없을 것입니다. 동료 배우들의 질투, 감독의 편애, 관중의 변덕 등 참아내야 할 것 투성이이지요! 정말이지, 곰 가죽이라도 덮어쓰고 살아야 한다니까요. 원숭이나 개와 함께 사슬에 묶여 끌려다니고 매 맞으면서, 코흘리개들과 시정잡배들 앞에서 백파이프 bagpipe

소리에 맞춰 춤추는 그런 곰의 가죽 말입니다」

빌헬름은 속으로는 온갖 생각이 다 났지만, 그런 것을 그 선량한 사람의 얼굴에다 맞대고 다 말하고 싶지는 않았다. 그래서 그는 멀리서부터 돌려 말하기만 했다. 그러나 멜리나는 그럴수록 더욱 솔직하고 장황하게 속마음을 털어놓는 것이었다. 「연극 감독이 일개 시의원의 발 아래 엎드려 빌지 않으면 안 되는 것이 현실 아닙니까? 그래서 얻을 수 있는 허가란 것이 고작, 대목장이 열리는 중에 사 주 동안 어느 고장에서 약간의 푼돈을 더 유통시켜도 좋다는 정도지요. 그런 면에서는 훌륭한 분이었던 우리 감독님을 저는 종종 안됐다고 생각했죠. 하긴 다른 때에는 그분에게 불평불만도 많았지만 말입니다. 능력 있는 배우는 출연료를 올려달라고 졸라대는데, 그로서는 나쁜 배우들이라고 함부로 해고할 수도 없었죠. 그렇다고 지출에 맞게 수입을 어느 정도 조정하려고 하면, 관객들에게는 금방 비싸게 느껴지고 극장은 텅 비게 되죠. 그러니 완전히 망하지는 않으려고, 손해와 걱정을 짊어지고 계속 공연하지 않을 수 없지요. 아니, 연극은 안 되겠습니다. 말씀하신 대로 우리를 보살펴 주시려거든, 제발 부탁이니 제 애인의 부모님과 아주 진지하게 의논해 봐주십시오. 여기서 살 수 있도록 해주시고 서기나 징수원 자리라도 하나 마련해 주신다면, 그것으로 저는 충분히 행복하다고 생각하겠습니다」

몇 마디 더 말을 나눈 뒤에, 빌헬름은 내일 아침 아주 일찍 여자의 부모를 급히 찾아가서 자기가 할 수 있는 일이 무엇인지 애를 써보겠다고 약속을 하고 작별했다. 혼자 있게 되자마자 그는 분통을 터뜨리며 이렇게 외치지 않을 수 없었다. 「불행한 멜리나! 자네가 이겨내지 못하는 그 초라함의 원인은 자네의 직업에 있는 것이 아니라 바로 자네 자신에게 있는 것이다! 내심에서 우러나온 사명감 없이 어떤 기술이나 예술 또는 그 어떤 직업을 택했다면, 이 세상의 어느 누구든 틀림없이 자네처럼 자신의 처지를 견디지 못할 수밖에 없지! 재능을 갖고 태어나 그 재능을 발휘할 운명을 타고난 사람은 바로 그 재능 속에서 자기의 가장 아름다운 현존재를 발견하는 법이지! 이 지상에 까다롭고 어렵지 않은 것이 어디 있겠는가! 단지 내적인 충동과 의욕과 사랑만이 우리가 장애를 극복해 나가도록 도와주고, 우리를 위해 길을 열어주며, 다른 사람들이 근심에 차서 불안에 떨고 있는 그 협착한 영역에서 우리를 드높이 고양시켜 주는 것이다. 자네에게 무대는 나무판자들일 따름이고, 배역들은 학동이 외워야 하는 숙제에 불과해. 자네는 관객들이 평일의 자기 자신들의 모습이라고 생각하는 것과 마찬가지로 그들을 바라보지. 그러니까 자네에게는 물론 그것이 책상에 앉아서 금전출납부를 정리하면서 이자를 기재하고 잔액을 산출하는 일이나 매한가지겠지. 자네는 오직 정신에 의해서만 발견되고 이해되며 수행되는 전체, 즉 초점에서 함께 만나 타오르는 전체를 느끼지 못하고 있어. 자네는 인간의 마음속에는 계속 연료를 공급받지 못하고 계속 부채질을 해주지 않으면 일상의 욕구들과 무관심이라는 재에 의해 두껍게 덮여버리는, 그렇지만 상당히 오랫동안 꺼지지 않는, 아니, 거의 꺼질 줄 모르는 그런 보다 나은 불씨가 살아 있다는 사실을 느끼지 못하고 있어. 자네는 자네의 영혼 속에서 이 불씨를 불어 살릴 수 있는 힘을 느끼지 못하고, 자네 자신의 가슴 속에서 이 살아난 불씨에 연료를 공급해 줄 풍성한 힘을 느끼지 못하고 있어. 굶주림이 자네를 괴롭히고 온갖 불편하고 궁색한 것들이 자네에게는 싫겠지만, 그 어떤 직업에

서나 오직 흔연히 받아들이는 마음의 평정으로써만 극복할 수 있는 그런 적들이 잠복해 있다는 사실을 자네는 아직 알아차리지 못하고 있어. 자네가 경계선 저 너머의 평범한 일자리를 동경하는 것은 잘 하는 일이야. 왜냐하면, 정신과 용기를 요구하는 직책 중 자네가 그 소임을 다할 수 있는 것이 어디 있겠는가! 어떤 군인이나 정치가나 성직자에게 자네의 그런 생각을 피력해 보게. 그러면, 그들 역시 자네와 꼭 마찬가지로 자기 직업의 곤궁함에 대한 불평을 할 수 있을걸. 그래, 모든 삶의 감정으로부터 완전히 버림받은 나머지 인간의 삶과 본성 전부를 무(無)라고, 괴로움에 가득 찬 티끌과도 같은 현존재라고 설명한 사람들조차 있지 않던가? 활동하는 사람들의 모습이 자네의 영혼 속에서 생생하게 살아 움직이고, 다른 사람들에 대한 관심의 불꽃이 자네의 가슴을 따뜻이 데워주고, 자네의 내심 깊은 곳에서 솟아나오는 분위기가 온몸에 퍼지며, 자네의 목에서 나오는 소리와 입술에서 울려퍼지는 말이 사랑스럽게 들리고, 자네 자신 속에서 충분히 스스로를 느낄 수 있다면, 그러면 자네는 틀림없이 다른 사람들한테서 자신을 느낄 수 있는 장소와 기회를 발견하게 될 거야」

이런 말을 중얼거리고 이런 생각을 하면서 우리의 친구는 옷을 벗었다. 그러고는 가슴속 깊은 곳에 쾌적감을 느끼면서 잠자리에 들었다. 자격 미달의 그 청년을 위해 밝아오는 날에 자기가 해내야 할 일이 마치 일장 소설처럼 그의 영혼 속에서 전개되었고, 유쾌한 환상들이 부드러운 손길로 그를 잠의 나라로 데려가서는 그들의 자매들인 꿈의 아가씨들에게 그를 넘겨주었다. 이제 꿈의 아가씨들은 두 팔을 벌려 그를 영접하고서 우리 친구의 쉬고 있는 머리 주위를 천국의 예조(豫兆)로 에워싸 주는 것이었다.

이른 아침에 그는 벌써 깨어나서는 자기가 오늘 해야 할 담판에 대해 곰곰이 생각해 보았다. 그가 가출한 딸의 부모 집으로 되돌아가니, 사람들은 의아해하는 표정으로 그를 맞았다. 그는 자기가 하고 싶은 이야기를 겸손하게 개진하였는데, 얼마 안 가서 곧 그는 자기가 짐작했던 것보다 일이 쉽게 해결되는 것도 있고 더 까다로운 것도 있음을 알게 되었다. 어쨌든 사건은 이미 일어난 다음이었다. 물론 비상히 엄격하고 가혹한 사람들은 이미 돌이킬 수 없는 과거사를 두고도 억지로 반대하려 들고, 그렇게 함으로써 이미 일어난 불행을 더욱 키우기도 하지만, 대부분의 사람들한테는 이미 벌어진 일은 거역할 수 없는 구속력을 지니는 법이다. 그래서 불가능해 보이던 것도, 일단 한번 일어나고 나면 그 즉시 예사로운 일들과 같은 자리를 차지하게 된다. 그러므로 이 일도 곧, 멜리나 씨가 그 집 딸과 결혼하는 것으로 결말이 났다. 그 대신, 딸은 불효막심한 행동을 저지른 죄로 지참금을 갖고 갈 수 없으며, 어느 아주머니의 유산으로 받은 돈을 아직도 몇 년 동안 더, 적은 이자만 받으면서 아버지한테 계속 맡겨두겠다고 약속해야 했다. 그 다음, 멜리나에게 그 고장의 시민으로서의 일자리를 마련해 주는 문제에 이르러서는 이미 짐작했던 것보다 더 어렵게 되었다. 길을 잘못 든 딸을 눈앞에 두고 보고 싶지 않다는 것이었고, 또 외지에서 흘러 들어온 뜨내기가 같은 고장에 함께 살고 있음으로써 교구(教區) 감독하고도 친척간일 정도로 명망 있는 가문의 딸과 혼인한 사실이 항상 부담스러운 화젯거리가 되는 것도 원하지 않는다는 것이었다. 또, 군주의 관리들이 그에게 일자리를 믿고 맡기리라고 바랄 수도 없다고 했다. 그들이 여기에 정착하는 것에 대해서는 부모 양쪽이 모두 강력히 반대했다. 빌헬름은 자신이 대수롭잖게 여기는 그 청년에게 무대로의 복귀를 허락하고 싶지 않았고 그 청년이 그런 행복을 누릴 자격이 없다고 확신했기 때문에 직업을 구해 주자고 열심히 말해 보았지만, 갖은 이유를 다 갖다대어도 아무 소용이 없었다. 만약 그가 그 내밀한 동기들을 알았더라면, 그 부모들을 설득하려고 그렇게 헛된 애를 쓰지는 않았을 것이다. 실은 아버지는 딸을 곁에 두고 살고 싶었지만, 다름아닌 자기 아내가 그 청년한테 눈독을 들이고 있었기 때문에 그를 미워했던 것이며, 또 그 여자는 자기 사랑의 적수인 의붓딸이 바로 눈앞에서 행복하게 살아가는 것을 참고 보아낼 수가 없었던 것이었다. 그리하여 멜리나는 며칠이 지나자, 세상을 보고 싶고 또 세상에다 자기 자신을 보이고 싶은 욕구를 나타내기 시작한 젊은 신부를 데리고 자기의 뜻과는 달리 극단에서 일자리를 얻기 위해 길을 떠나지 않을 수 없었다.

15

행복한 청춘! 처음으로 사랑에의 욕구를 느끼는 행복한 시절! 그럴 때면 인간은 마치 몇 시간 동안이고 메아리와 더불어 즐겁게 노는 어린아이 같아진다. 대화하는 수고를 혼자 다 떠맡고는, 비록 그 보이지 않는 상대자가 외친 말의 마지막 음절만을 되풀이할 뿐이라도, 아마도 그 대화에 만족해할 그런 어린아이 말이다.

마리아네에 대한 빌헬름의 열정의 초기에, 특히 그 후기에 이르러서는, 빌헬름이 바로 이런 어린아이와 같았다. 그 후기에 그는 자기 감정의 온갖 풍요로움을 그녀에게 바쳤으며, 이 때 자기는 그녀의 적선으로 살아가는 걸인에 지나지 않는다고 생각했다. 그리고 햇살이 비치고 있는 땅이 우리에게 더 매력적으로 생각되는 것처럼, 아니, 그런 땅만이 우리에게 매력적으로 생각되는 것과 마찬가지로, 그녀의 주위에 있는 모든 것, 그녀가 만진 모든 것도 그의 눈에는 그녀로 인하여 더 아름답고 훌륭해진 것처럼 보였다.

감독으로부터 특별 허가를 얻어 그가 무대의 배경 뒤에 서 있었던 적이 그 얼마나 자주 있었던가! 하기야 그럴 때면 먼 곳에서 볼 때에 생기는 신비로운 마력은 없어지곤 했다. 그러나 이제부터는 그보다 훨씬 더 강력한 사랑의 마술이 비로소 작용하기 시작했다. 몇 시간이고 그는 더러운 조명 수레 옆에 서서 수지 양초 등잔에서 나오는 연기를 들이마시며 연인을 내다볼 수 있었다. 그리고 그녀가 다시 들어와 정답게 그를 쳐다볼 때면, 그는 기쁨에 취하여 각재(角材)나 나무 막대로 된 구조물에 바싹 기댄 채 낙원에라도 와 있는 기분이었다. 작은 박제 양들, 비단으로 만든 폭포, 판지로 만든 장미나무와 한쪽 면밖에 없는 초가집은 그의 마음속에 먼 옛날의 양치기 세계에 대한 정다운 시적 형상들을 불러일으켰다. 심지어 가까이서는 추하게 보이던 무희들조차도 그에게는, 너무나도 사랑하는 연인과 꼭 같은 무대 위에 서 있었기 때문에, 항상 보기 싫은 것만은 아니었다. 그러니 사랑이란 장미 정원, 미르테〔夾竹桃〕 나무 숲과 달빛만을 생기 있게 해주는 것이 아니라 심지어는 대팻밥이나 종이 조각 오린 것에까지도 살아 있는 본성을 지닌 듯한 외모를 부여할 수 있는 것임에 틀림없다. 사랑은 아주 강렬한 양념이어서, 김 빠지고 구역질 나는 수프라 할지라도 이것만 치면 맛이

나는 것이다.

이와 같은 양념은 물론 그가 평상시에 그녀의 방을 찾아갈 때, 그리고 가끔은 그녀를 만날 때의 그의 심리상태를 견딜 만하게 그리고 유쾌하게 만들기 위해서도 필요했다.

품위 있는 시민 가정에서 자라났기에 정돈과 깔끔함은 그가 숨쉬는 데 꼭 필요한 환경이었다. 그리고 호사스러운 것을 좋아하는 아버지의 성격을 일부 물려받아서 그는 소년 시절부터 자기 방을 작은 왕국으로 생각하고 근사하게 꾸밀 줄 알았다. 침대의 커튼도 옥좌(玉座)를 장식할 때 그러는 것처럼 큰 주름을 잡아 말아올려 술로 매어놓았다. 방 한가운데에는 양탄자를 깔아놓았고, 책상 위는 보다 세련된 것으로 덮어놓을 줄도 알았다. 또한 책과 도구들을 꽂거나 세워둘 때에도 그 자신은 거의 기계적으로 배열하는데도, 한 네덜란드 화가가 그중 좋은 구도를 택하여 정물화를 그려도 될 정도였다. 그는 흰 모자를 터번처럼 제대로 동여맸고, 잠옷 소매는 근동식의 의상을 본따서 짧게 잘랐다. 하지만 이에 대해 그는 길다랗고 넓은 소매는 글쓰는 데 방해가 되기 때문이라고 이유를 둘러대는 것이었다. 저녁에 혼자 있게 되어 더 이상 방해받을 염려가 없을 때에는 그는 늘상 비단 견대(肩帶)를 몸에 두르곤 했다. 그러고 나서 그는 가끔, 옛 무기고에서 가져온 단검을 허리띠에 꽂고는 자기가 맡은 비극의 대사를 외우고 연습해 보곤 했으며, 바로 그 비극 속의 주인공처럼 양탄자 위에 무릎을 꿇고 기도까지 드리곤 한다는 소문이 나돌기도 했다.

그 때문에 그는 처음에는 배우를 대단히 행복한 직업이라고 찬양했다. 그의 눈에 비친 배우는 수많은 장중한 의상과 갑옷과 무기를 지니고 있고 항상 고귀하게 행동하는 법을 연습하는 사람이었으며, 배우의 정신이야말로 세상이 만들어낸 모든 관계, 주의 주장, 열정 중에서 가장 아름답고 훌륭한 것을 반영해 주는 거울처럼 보였다. 빌헬름은 배우의 가정생활도 이와 마찬가지로 품위 있는 행동과 업무의 연속이라고 생각했으며, 그 중에서도 무대 위에 모습을 나타내는 것이야말로 그 극치라고 여겼다. 이를테면 그것은 마치 오랜 시간 정련(精鍊)의 불길에 달궈진 은이 마침내 아름다운 빛깔로 정련공의 눈앞에 나타나서는 동시에 그 정련공에게 자신이 이제는 모든 이물질로부터 정화되었음을 암시해 주는 것과 흡사하다는 것이었다.

그러니 그가 처음에 자기 연인의 집에 가서, 자신의 주위를 감싸고 있던 그 행복의 안개를 통해 옆에 있는 탁자와 의자들과 마룻바닥을 바라보았을 때 얼마나 놀랐겠는가. 임시변통으로 썼던 하찮은 모조 의상의 쪼가리들이, 마치 벗겨놓은 물고기 비늘들이 번득이는 것처럼 아무렇게나 뒤죽박죽 흐트러져 있었다. 마찬가지로 빗, 비누, 수건같이 사람이 몸을 정결히 하는 데에 쓰는 물건들마저도 썼던 흔적 그대로 감춰지지도 않고 있었다. 악보와 구두, 속옷과 이탈리아제 조화(造花), 담뱃갑, 머리핀, 연지통과 리본, 책과 밀짚모자 등, 그 어느 것 하나도 다른 것이 옆에 있는 것을 꺼려하지 않았으며, 이 모든 것들이 분가루와 먼지라는 공통된 요소를 통해 서로 결합되어 있었다. 하지만 빌헬름은 그녀 곁에 있을 때면 다른 모든 존재는 거의 눈에 들어오지도 않았다. 아니, 오히려 그녀에게 속하는 모든 것, 그녀의 손길이 닿은 모든 물건이 그에게는 그대로 사랑스러운 것으로 되어버리지 않을 수 없었다고 말하는 편이 더 나으리라. 그래서 그는 결국 이 혼잡한 살림에서, 자신의 근사하고 호사스러운 질서 속에서는 한번도 느껴본 적 없는 매력을 느끼게 되었다. 그녀의 코르셋을 치우고 나서야 피아노 있는 데로 갈 수 있고, 또 그 앞에 앉으려고 다시금 그녀의 치마들을 침대 위로 옮겨놓아야 할 때면, 그리고 사람들이 보통 예의상 남에게는 감추곤 하는 많은 일상사들을 그녀 스스로 아무 거리낌 없이 솔직하게 그의 앞에 숨기지 않으려 할 때면, 정말이지 그는 마치 자기가 매 순간 그녀에게 가까워지는 듯한 기분이었으며, 마치 그들 둘 사이의 공동의 운명이 보이지 않는 끈으로 굳게 굳게 그들을 묶는 기분이었다.

하지만 그는, 처음 그녀를 찾아가던 때에 이따금 그녀의 집에서 만났던 여느 배우들의 행동도 마찬가지로 그렇게 쉽게 자기의 평소 생각과 일치시킬 수는 없었다. 빈둥거리며 일하는 그들의 모습을 보면 자기네들의 직업과 목표에 대해서 아무 생각도 하지 않는 것 같았다. 그는 그들이 어떤 극작품의 문학적 가치에 관해 이야기하고, 옳건 그르건 간에 그것에 대해 판단을 내리는 것을 한번도 들어보지 못했다. 문제가 되는 것은 언제나 〈이 작품이 히트를 칠까? 이것이 인기 있는 작품인가? 얼마나 오래 공연할 수 있을까? 몇 회나 공연될 수 있을까?〉 하는 따위의 질문이나 대개 이와 비슷한 언급들뿐이었다. 그런 다음에는 대개 화살이 감독한테로 돌아가, 출연료를 너무 적게 준다거나 이런저런 배우에게 특히 공정하지 못하다고 비난하다가 이윽고 화제는 관객에게로 돌아가서 그들은 옳은 배우에게 갈채를 보내는 적이 거의 없다고 한탄하고, 독일 연극계가 날로 개선되고 있다, 배우가 그 업적에 따라 점점 더 높은 대우를 받고는 있지만, 정말 충분한 대우를 받아야 한다는 등의 말이 나왔다. 그러고 나서는 카페나 술집 얘기가 무성해져서, 거기서 무슨 일이 벌어졌으며 동료 모씨가 얼마나 빚졌는지, 그래서 봉급에서 얼마씩이나 떼여야만 하는지가 화제에 올랐고, 들쑥날쑥한 주당 출연료 액수와 경쟁 극단의 간계에 관해서도 얘기가 되다가 끝에 가서는 결국 관객이 큰 관심을 가져주어야 한다는 사실이 다시금 문제되었으며, 국민과 세계 인류의 교양 형성에 미치는 연극의 영향도 잊혀지지 않고 언급되었다.

평소에 빌헬름으로 하여금 이미 많은 불안한 시간들을 보내도록 했던 이 모든 문제들이, 이제 그가 집을 향해 천천히 말을 몰면서 이번에 겪었던 여러 사건들을 생각하고 있는 지금 다시 그의 기억에 떠올랐다. 또한 그는 한 처녀의 도주로 말미암아 시민계급의 한 가정이, 나아가서는 온 도시가 겪어야 했던 동요와 흥분을 직접 목격하기도 했던 것이다. 한길 위에서, 그리고 법원에서 벌어졌던 장면들과 멜리나의 생각, 그리고 또 그 밖에 일어났던 일들이 다시금 눈에 선하게 떠오르면서 활기와 추진력에 넘치던 그의 정신을 일종의 염려스러운 불안상태에 빠뜨렸다. 그는 이 상태를 오래 끌지 않고 그의 말에다 박차를 가하며 고향 도시를 향해 갈길을 서둘렀다.

그러나 이 길 끝에서도 그는 새로운 불쾌한 일과 맞닥뜨릴 수밖에 없었다. 그의 친구이며 아마 나중에 그의 매부가 될 사람인 베르너가 그를 기다리고 있다가 진지하고도 중요한, 예기치 않은 대화를 시작하고 나섰던 것이다.

베르너는 이미 여러 가지 시험들을 거쳐 생활방식이 확고해진 사람들 중의 하나였다. 이런 사람들은 보통 냉정하다는 평을 듣곤 하는데, 그것은 그들이 매사에 빨리 달아오르지도, 드러나게 화를 내지도 않기 때문이다. 따라서 그가 빌헬름과 교제하는 방식 또한 끊임없는 다툼에 다름아니었지만, 그럴수록 그들의 우정은 그만큼 더 서로 굳건하게 맺어질 따름이었다. 왜냐하면 서로 다른 사고방식에도 불구하고 그들 각자는 상대방을 통해서 자신의 결점을 보충할 수 있었기 때문이었다. 베르너는 빌헬름의 우수하면서도 이따금 지나치게 상궤를 벗어나는 정신에다가 말하자면 가끔 고삐를 당겨주고 재갈을 물려주는 듯한 일을 함으로써 약간의 만족감을 얻는 것이었으며, 빌헬름은 그의 신중한 친구를 자신의 뜨겁게 끓어오르는 열정 속으로 끌어넣을 때면 자주 황홀한 승리감을 느끼곤 했다. 이렇게 그들은 서로 상대방한테서 자기 역량을 시험해 보곤 했으며, 습관적으로 매일 만났다. 그래서 서로 만나고 싶어하고 이야기하고 싶어하는 욕망은 서로 이해하는 것이 불가능했기 때문에 더욱 커졌다고 말하는 것이 옳겠다. 하지만 근본적으로는 그들 둘 다 선량한 사람들이기에 〈한 가지〉 목표를 향해 나란히 서로 힘을 합해 나아갔다. 그렇지만 도대체 왜 어느 한쪽이 상대방을 자신과 꼭 같이 생각하도록 바꿀 수 없는지는 아무래도 이해할 수 없었다.

베르너는 얼마 전부터 빌헬름의 방문이 뜸해졌고 좋아하던 화제가 나왔는데도 빌헬름이 산만하게 중단해 버린다든가 더는 이상한 공상을 생생하게 펼쳐나가느라고 골몰하는 일도 없어졌음을 알아챘다. 이렇게 공상에 잠겨 있을 때의 빌헬름에게서야말로 친구의 곁에서 안정과 만족을 찾는 그의 자유로운 기질이 가장 확실하게 인식될 수 있었는데 말이다. 정확하고 신중한 베르너는 처음에는 빌헬름이 이렇게 달라지게 된 것을 자기 자신의 태도 탓으로 돌렸으나, 마침내 시내에 떠도는 몇몇 소문이 그에게 정확한 힌트를 주었고 빌헬름의 몇몇 부주의한 행동이 그로 하여금 거의 확신하도록 만들었다. 그래서 그가 조사를 해보았더니 금세 빌헬름이 얼마 전에 한 여배우를 공공연하게 찾아가서 무대 위에서 그 여자와 이야기를 나누었으며, 그녀를 집에 데려다준 적이 있음을 알아냈다. 만약 밤마다의 밀회 사실까지 알았더라면 베르너는 절망하고 말았을 것이다. 왜냐하면, 베르너가 듣기에는 마리아네라는 여자는 남자를 곧잘 유혹하는 아가씨여서, 아마 자기 친구 빌헬름에게서 돈을 우려내고 있는 듯하고, 그것도 모자라서 아주 돼먹지 않은 정부한테서도 생계비를 받고 있다는 소문이었기 때문이다.

이런 혐의가 거의 확실한 지경에까지 이르자마자, 그는 빌헬름을 공박하기로 마음먹고 만반의 준비를 하고 있었다. 마침 그때 빌헬름은 짜증스럽고 언짢은 기분으로 그의 여행에서 돌아오는 길이었다.

바로 그날 저녁에 베르너는 빌헬름에게 자기가 알고 있는 모든 것을 처음에는 침착하게, 나중에는 선의의 우정에서 우러나오는 절박한 진지성을 다해서 죄다 말해 주었다. 그는 단 한 구석도 막연하게 그냥 놔두지 않았으며, 그의 친구로 하여금 침착한 사람들이 성인군자인 척 고소해하며 사랑에 빠진 사람들에게 그토록 아낌없이 나눠주곤 하는 그 충고의 온갖 쓴맛을 다 맛보게 했다. 그러나 짐작할 수 있듯이, 베르너는 별로 성과를 거두지 못했다. 속으로는 동요를 느끼면서도 아주 단호한 확신을 보이며 빌헬름이 말했다.「자넨 그 아가씨를 몰라! 겉보기로는 아마 그녀가 좋지 않게 보일지도 모르겠어. 그러나 나는 그녀에 대한 나의 사랑을 확신하는 것만큼이나 그녀의 정절과 덕성을 확신하고 있다네」

베르너는 자신의 고발 내용을 굽히지 않으면서 증거와 증인을 대겠다고 나섰다. 빌헬름은 그럴 필요가 없다고 거절했다. 그러고는, 마치 한 서투른 치과 의사가 뿌리가 깊이 박힌 충치를 쓸데없이 건드려 놓은 환자같이, 짜증나고 심기가 뒤흔들린 듯한 기분으로 친구를 두고 그 자리를 떠나버렸다.

빌헬름이 지극히 불쾌하지 않을 수 없었던 것은 처음에는 여행으로 인한 우울함 때문에, 나중에는 베르너가 자신의 마음을 몰라주었기 때문에 마리아네의 아름다운 모습이 그의 영혼 속에서 흐려져, 아니, 거의 일그러져까지 보였기 때문이었다. 그는 그 모습을 다시금 완전히 선명하고 아름답게 재현할 수 있는 가장 확실한 수단을 택하기로 하고, 바로 그날 밤에 늘 다니던 그 길로 그녀에게로 서둘러 달려갔다. 그녀는 뛸 듯이 기뻐하며 그를 맞이하였다. 그럴 수 있었던 것은 그가 여행에서 돌아왔을 때에 말을 탄 채 그녀의 집 앞을 지나쳐 갔기에 그녀는 오늘 밤 그가 오리라고 기다리고 있었던 때문이라는 것이었다. 그러니 그의 마음속에서 금세 모든 의심이 사라져 버렸으리라는 것은 쉽게 상상이 될 것이다. 정말로 그녀의 곰살맞은 태도는 그의 신뢰를 완전히 되살려 놓았다. 그리하여 그는 관객들이나 친구 베르너가 그녀에게 얼마나 큰 죄를 범하고 있는지를 그녀에게 이야기해 주었다.

이렇게 갖가지 이야기 꽃을 피우다 보니 그들의 화제는 처음 사귀던 시절로 돌아가게 되었다. 처음 사귀던 시절을 회상하는 것은 언제나 두 연인이 나누는 가장 아름다운 이야깃거리들 중의 하나인 법이다. 우리를 사랑의 미로로 인도하는 첫 발걸음들은 너무나도 유쾌하고 그때의 첫 기대들은 너무나도 매력적이기 때문에, 누구나 그것들을 기꺼이 기억 속으로 되불러 오고 싶어 하게 마련이다. 누구나 자기가 상대방보다 더 먼저, 더 헌신적으로 사랑했다며 우선권을 놓치지 않으려 하면서도, 누구나 이 설전(舌戰)에서는 이기기보다는 차라리 지기를 바라는 법이다.

빌헬름은 마리아네가 이미 그토록 자주 들은 이야기, 즉 그녀가 금세 그의 관심을 연극으로부터 빼앗아서는 그녀 자신한테만 쏟도록 만들었으며, 그녀의 자태, 연기, 목소리가 그를 온통 사로잡아 버렸다는 것, 그리하여 그는 마침내 그녀가 출연하는 작품만 보게 되었으며, 마침내는 무대 위로 몰래 올라가서는 그녀 몰래 곁에 서 있곤 한 적도 한두 번이 아니었다는 이야기를 또다시 되풀이했다. 이윽고 그는 자신이 그녀에게 호감을 표시하고 이야기를 나눌 기회를 잡았던 그 행복한 저녁에 대하여 황홀한 기분으로 이야기했다.

이에 대해 마리아네 또한 자기가 그렇게 오랫동안 그를 눈여겨보지 않았다고 말하고 싶지는 않았다. 그래서 그녀는 이미 산책길에서 그를 보았다고 주장했으며, 그 증거로 그날 그가 입고 있던 옷에 대해 설명했다. 그녀의 주장에 의하면 그 당시 다른 모든 사람들보다 그가 유난히 자기 마음에 들었기 때문에 그를 알게 되었으면 하고 바랐다는 것이었다.

이 모든 말을 빌헬름은 얼마나 기쁜 마음으로 믿었던가! 그가 그녀에게 다가왔을 때 그녀는 어떤 거역할 수 없는 인력(引力)에 의해 그에게로 이끌려 가게 되었고, 그를 보다 자세히 보고 그와 사귈 수 있기 위해 일부러 무대장치 사이에 있는 그의 옆으로 걸어갔다는 사실, 그러고 나서도 아직 그가 수줍음과 부끄럼을 극복하지 못하고 있기에 결국 그녀 자신이 그에게 기회를 주어 레모네이드를 한 잔 가져오도록, 말하자면 강요하다시피 하지 않았더냐는 그녀의 주장에 그는 얼마나 즐거운 마음으로 설득당했던가!

그들이 짧은 연애담의 온갖 세세한 사연들을 캐어가며 이렇게 정겨운 설전을 벌이고 있는 사이에 시간은 매우 빨리 흘러갔다. 빌헬름은 완전히 마음의 평정을 되찾고서 그의 계획을 지체

없이 실행에 옮겨야겠다는 굳은 결심을 지닌 채 그의 연인을 떠나갔다.

16

여행에 필요한 것들은 아버지와 어머니가 이미 마련해 놓았다. 다만 말에 딸린 장구들 중 사소한 몇 가지가 출발을 며칠 지연시키고 있을 따름이었다. 이 기간을 이용하여 빌헬름은 마리아네에게 편지 한 통을 썼는데, 그는 이 편지를 통해 그녀가 지금까지 그와 얘기하기를 피해 오던 문제를 마침내 분명히 말해 두고자 했다. 그 편지의 사연은 다음과 같았다.

〈평소 당신의 품안에다 나를 포근히 감싸주곤 하던 그 사랑스러운 밤의 베일 아래에 앉아 당신을 그리며 이 글을 씁니다. 내가 지금 생각하고 추진하고 있는 것은 오직 당신 때문입니다. 아, 마리아네! 이 세상에서 가장 행복한 남자인 나는 마치 새신랑이 된 듯한 기분입니다. 과연 어떤 새로운 세계가 그의 내부에서, 그리고 그를 통해서 전개될 것인지 예감에 가득 차서 결혼식의 융단을 밟고 서 있지만, 신성한 예식이 거행되는 동안에도 생각은 자꾸만 온통 사랑의 감미로운 속삭임이 들려오는 저 신비로운 장막을 향해 달려가기만을 갈망하는 그런 새신랑의 기분 말입니다.

나는 용단을 내려 당신을 며칠 동안 보지 않기로 했습니다. 내가 이런 결심을 쉽게 할 수 있었던 것은 그 대가로 영원히 당신과 함께 있을 수 있으리라는, 완전히 당신의 사람으로 머물 수 있으리라는 희망 때문이었습니다. 내가 무엇을 원하는지 여기서 또 한번 말해야 합니까? 물론 이 말이 필요합니다. 왜냐하면 마치 당신이 지금까지 내 마음을 이해하지 못한 것처럼 보이기 때문입니다.

일단 말한 것은 모두 다 지키고 싶기에 함부로 말하려 하지 않는 신의의 나지막한 목소리로 나는 무척이나 자주 당신의 마음을 두드려 영원한 결합에의 욕구를 탐색하고자 했지요. 당신은 틀림없이 내 뜻을 이해했을 것입니다. 왜냐하면 당신의 마음속에서도 똑같은 소망이 싹트고 있음에 틀림없을 테니까요. 입맞춤할 때마다, 저 행복하던 밤에 평온하게 서로 포옹하고 있을 때마다 당신은 내 고백을 들으셨습니다. 그때 나는 당신의 겸손함을 알게 되었으며, 그것으로 나의 사랑이 얼마나 더 깊어졌는지 모릅니다! 다른 여자 같았으면 지나친 햇빛을 퍼부어 그녀의 애인의 가슴속에서 자라나고 있는 결심을 무르익게 하고, 고백을 받아내고 약속을 굳히려고 억지 교태를 부릴 만도 했을 텐데, 당신은 몸을 뒤로 빼버리고는 애인의 이미 반쯤 열린 가슴을 도로 닫아주면서 짐짓 무관심한 척하며 당신의 결심을 숨기려 들지요. 그러나 나는 당신을 이해합니다! 만약 이러한 태도에서 단지 애인만을 걱정하는 순수하고도 헌신적인 사랑을 알아보지 못한다면, 나는 정말 형편없이 불쌍한 인간임에 틀림없을 것입니다! 나를 믿고 조용히 기다리십시오! 우리는 이제 한 몸입니다. 그러니까 우리가 서로를 위해 살아간다면, 둘 중 어느 누구도 상대방을 버리고 떠나거나 잃어버리는 일은 없을 것입니다.

이 손을 잡아주십시오! 실은 이미 불필요해진 표시에 불과합니다만, 정식 청혼으로서 엄숙하게 수락하여 주십시오! 우리는 이미 온갖 사랑의 기쁨을 다 느껴본 사이입니다만, 이 사랑이 영원히 지속된다는 생각을 확인한다는 것은 새로운 축복이 될 것입니다. 어떻게?라고 묻지 말아요! 걱정하지 말아요! 사랑은 운명이 걱정을 해줍니다. 분수를 아는 사랑일 경우에는 운명이 보살펴 줄 가능성이 그만큼 더 크지요.

내 마음은 이미 오래전에 부모님의 집을 떠났습니다. 내 정신이 무대 위를 떠돌고 있듯이, 내 마음은 당신에게 가 있습니다. 아, 사랑하는 그대여! 이 세상에 나처럼 이렇게 머리와 가슴의 소망을 한데 결합할 수 있도록 허락받은 사람이 또 있을까요? 내 눈에는 통 잠이 오지 않고, 내 눈앞에는 당신의 사랑과 당신의 행복이 영원한 아침놀처럼 오르내리고 있습니다.

침착하게 자제하고 흥분하지 않은 가운데에 당신에게로 달려가 당신의 동의를 기어이 얻어낸 다음, 내일 아침 일찍이라도 당장 세상으로 나아가 내 목표를 향해 계속 노력하고 싶은 마음 간절합니다. 그러나 안 될 일이지요, 나는 애써 자제하렵니다. 신중하지 못하게, 어리석고 무모한 행동을 하지는 않겠습니다. 나의 계획은 이미 세워져 있으니, 그것을 조용히 실행에 옮기고 싶습니다.

나는 제를로Serlo라는 감독을 알고 있는데, 이번 여행길에 바로 그를 찾아가려 합니다. 일 년 전에 그는 자주 자기 단원들이 연극에 대한 나의 열성과 기쁨을 본받았으면 하고 바랐죠. 그러니 내가 가면 그는 틀림없이 환영해 줄 것입니다. 당신이 소속되어 있는 극단에는 여러 가지 이유로 들어가고 싶지 않거든요. 또한 제를로의 극단은 여기서 아주 멀리 떨어진 곳에서 공연을 하고 있어서, 적어도 처음에만은 내 행적을 숨길 수 있는 이점도 있구요. 거기라면 상당한 액수의 생계비를 금방 벌 수 있을 겁니다. 관중을 살펴보고 단원들도 사귄 다음, 당신을 데리러 오겠습니다.

마리아네, 내가 당신을 확실히 내 사람으로 만들기 위해 무슨 짓을 감행하고 있는지 이제 아시겠지요? 당신을 그토록 오랫동안 보지 못하고 넓은 세상에 그냥 내맡겨 두고 있어야 하다니! 내가 지금 그런 생각을 너무 생생하게 하면 안 되겠지요. 그러나 그러다가도 나는 모든 위험 앞에 나를 확실히 지켜주는 당신의 사랑을 다시 한번 눈앞에 떠올려 봅니다. 그래서 나는 안심하고 떠날 수 있습니다. 그리고 당신이 우리가 헤어지기 전에 내 청을 물리치지 않고 목사님 앞에서 당신의 손을 내게 건네준다면, 나는 안심하고 떠나가겠습니다. 그것은 우리끼리 주고받는 하나의 형식에 지나지 않는 것이지만, 땅의 축복에 하늘의 축복이 보태어지는 아주 아름다운 형식입니다. 인근에 있는 기사령(騎士領)[14]에서라면 쉽게, 그리고 비밀리에 해결될 수 있을 겁니다.

새 출발에 쓸 돈은 충분히 가지고 있습니다. 이것을 나누어 가지기로 합시다. 우리 둘한테는 충분할 것입니다. 이 돈이 다 떨어지기 전에 하늘이 계속 도와줄 것입니다.

그래요 마리아네, 나는 전혀 불안하지 않습니다. 이처럼 아주 즐겁게 시작된 일은 틀림없이 행복한 결과에 이를 것입니다. 진지하게 노력하는 사람이라면 이 세상에서 어떻게든 살아나갈 길을 발견할 수 있으리라는 것을 나는 한번도 의심해 본 적이 없습니다. 그리고 두 사람을 위해, 아니 여러 식구를 위해서도 충분한 생계비를 벌겠다는 용기쯤은 얼마든지 있습니다. 많은

14) 황제 직속의 기사령 Ritterschaft에는 대개 대제후들이나 영주들의 법률이 직접 미치지 않는다. 빌헬름은 이를 이용하여 가까운 곳에 있는 기사령에서 약식 결혼식을 올리려는 것이다.

사람들이 '세상은 무정하다' 고들 하지만, 나는 아직 세상이 무정하다고 느껴본 적이 없습니다. 정당한 방법으로 세상을 위해 무엇인가를 베풀 줄 안다면, 그렇지 않을 것입니다. 마침내 무대 위에 서서 사람들이 그렇게도 오랫동안 듣기를 바라왔던 것을 그들의 가슴속에 직접 불어넣어 줄 생각을 하니, 나의 온 영혼이 뜨겁게 달아오릅니다. 하기야, 연극의 영광에 완전히 사로잡혀 있는 나로서는, 아주 형편없는 배우들이 자신들이야말로 우리의 가슴에 위대하고도 훌륭한 말을 해줄 수 있다고 자부하는 것을 보고 불안한 생각이 내 영혼을 스치고 지나간 적도 수없이 많지요. 억지로 꾸며내는 가성(假聲)이라 할지라도 그보다는 훨씬 더 낫고 순수하게 들릴 것입니다. 이런 풋내기 녀석들이 조야한 미숙함으로 얼마나 큰 해악을 끼치는지는 이루 말하기 어려울 지경입니다.

연극은 자주 종교계와 충돌해 왔습니다. 나는 연극계와 종교계가 서로 반목해서는 안 된다고 생각합니다. 두 분야에서 모두, 고귀한 사람들만이 신과 자연을 찬미하는 일을 맡는다면 얼마나 좋겠습니까! 사랑하는 마리아네, 그것은 결코 꿈이 아닙니다! 내가 당신의 가슴에서 당신이 사랑에 빠져 있음을 느낄 수 있었기에, 나는 이에 한술 더 떠서 찬란한 생각까지도 해보는 것이며, 장담은 못하지만 그래도 희망사항으로서, 우리 두 사람이 언젠가는 훌륭한 정신을 지닌 한 쌍으로 사람들 앞에 나타나서 그들의 마음을 열어주고 그들의 정서에 감동을 불러일으키고 그들에게 천상적인 즐거움을 베풀어주었으면 합니다. 확실히 나는 당신의 품속에서, 언제나 천상적인 것이라 불려야만 될 그런 기쁨을 맛볼 수 있었답니다. 그 순간에는 우리가 우리 자신의 몸으로부터 살짝 빠져나와 우리 자신보다 더 위에 있는 어떤 고상한 존재로 느끼곤 하니까요.

편지를 끝맺을 수가 없군요. 이미 너무 많은 말을 했지만, 내가 이미 모든 것을, 당신과 관계되는 모든 것을 다 이야기했는지 모르겠네요. 왜냐하면, 내 마음속에서 휘돌고 있는 수레바퀴의 움직임을 다 표현해 낼 수 있는 말은 없을 테니까요.

그래도 이 편지를 받아주십시오, 마리아네! 이 편지를 다시 읽어보니, 처음부터 다시 쓰기 시작해야 할 것 같군요. 그렇지만 이 편지에는 당신이 꼭 알아야 할 것은 다 담겨 있고, 내가 곧 달콤한 사랑의 기쁨을 지니고 당신의 품속으로 되돌아갈 때에 당신에게 마음의 준비가 될 수 있는 모든 사항이 포함되어 있습니다. 나는 나 자신이 마치 감옥 안에서 귀를 기울여 가면서 줄로 조심조심 쇠사슬을 끊고 있는 죄수처럼 생각됩니다. 아무것도 모르고 주무시고 계시는 내 부모님께 밤 인사를 드리고 있답니다! 안녕, 마리아네! 잘 있어요! 이번에는 끝맺겠습니다. 눈이 이미 두세 번 감겨왔습니다. 벌써 깊은 밤입니다.〉

17

빌헬름이 자신의 편지를 고이 접어 주머니에 넣어둔 채 마음은 온통 마리아네에게로 가 있었을 때, 날은 좀체 저물려고 하지 않았다. 또한, 그가 평소 자신의 습관과는 달리 몰래 그녀의 집으로 다가갔을 때도 아직 채 어두워지지 않고 있었다. 그의 계획은 밤에 다시 오겠다고 말하고 잠깐 다시 애인 곁을 떠나되, 떠나기 전에 그 편지를 그녀의 손에 쥐어주고는 밤이 깊어서 자기가 되돌아왔을 때에는 그녀의 대답 즉 그녀의 승낙을 받거나, 여의치 않을 경우에는 애무의 힘을 빌려 억지로라도 그렇게 만들려는 것이었다. 그는 그녀의 품속에 날아 들어가서는 그녀의 젖가슴에 안겨 거의 제정신을 차리지 못했다. 감정이 너무나도 격렬했던 나머지 그는 그녀가 여느 때처럼 진심으로 대하고 있지 않다는 것도 처음에는 미처 눈치채지 못했다. 하지만 그녀는 불안한 상태를 오래 숨기지 못했다. 그녀는 몸이 아프다, 기분이 좋지 않다는 핑계를 대고 머리가 아프다면서 오늘 밤에 다시 오겠다는 그의 제안에 좀처럼 응하려 들지 않았다. 불길한 예감이 들지는 않았으므로 그는 더 이상 그녀에게 억지를 쓰지는 않았지만, 그때가 그녀에게 자신의 편지를 건네줄 시점은 아니라고 느꼈다. 그래서 그는 그 편지를 꺼내지 못하고 그대로 간직했다. 그녀의 몸짓과 말투 등 여러 가지 태도가 그로 하여금 점잖게 물러가도록 강요했기 때문에, 그는 불충분한 사랑의 현기증에 비틀거리면서 그녀의 스카프 하나를 집어서 주머니에 찔러넣은 다음, 내키지 않았지만 그녀의 입술에서 떨어져 그녀의 집 현관문을 나섰다. 그는 몰래 집으로 돌아왔으나, 거기서도 역시 오래 머물러 있을 수가 없어서 옷을 갈아입고는 다시금 바깥 바람을 쐬러 나갔다.

이 거리 저 거리를 왔다갔다하다가 그는 어떤 모르는 남자를 만났다. 그 사람은 ○○여관이 어디 있느냐고 물었다. 빌헬름은 그에게 거기까지 안내해 드리겠다고 자청했다. 그 길손은 거리의 이름과 그들이 지나쳐 가고 있는 여러 큰 건물의 주인을 물어보더니, 그 다음에는 그 도시의 몇몇 행정관서들에 대해서도 물어왔다. 그래서 그 여관 문 앞에 도착했을 때에는 이미 그들은 아주 흥미 있는 대화에 빠져들어가 있었다. 그 길손은 자신을 안내해 준 사람에게, 들어가서 자기와 함께 화채 술이라도 한잔 하자고 강권하였다. 동시에 그는 자기의 이름이 무엇이며 어디에서 태어났고 여기에 온 용건까지도 밝히고는 빌헬름에게도 동일한 신뢰로써 응대해 주기를 청했다. 그래서 빌헬름도 마찬가지로 자기의 성명과 주소를 숨기지 않고 말했다.

「그렇다면 당신은 아름다운 미술품들을 소장하고 계셨던 마이스터 노인의 손자가 아니신가요?」 그 길손이 물었다.

「네, 그렇습니다. 할아버지께서 돌아가셨을 때 저는 열 살이었는데, 그 아름다운 물건들이 팔려가는 것을 보았을 땐 정말 가슴이 미어지는 것 같았습니다」

「아버님께서는 그 대가로 거금을 받으셨지요」

「그것도 아시는군요?」

「아, 그럼요. 나는 그 보물들이 아직 댁에 소장되어 있을 때 이미 보았는걸요. 조부님께선 단순한 수집가가 아니라 미술을 이해하실 줄 아는 분이셨지요. 좋았던 옛 시절에 이탈리아에서 사셔서 거기에서 여러 보물들을 가져오셨지요. 지금은 만금을 주고도 더 이상 살 수 없는 물건들이지요. 그분은 대가 중의 대가들의 훌륭한 그림들을 소장하고 계셨지요. 소장하고 계시던 스케치들을 훑어보노라면 눈을 의심할 정도로 놀라웠으며, 대리석 조각품들 중에는 값을 헤아릴 수 없는 미완품들도 몇 개 있었지요. 청동 조각품 중에도 매우 교육적인 작품을 한 벌 소장하고 계셨답니다. 그리고 미술과 역사를 올바르게 이해하려는 목적에서 주화도 수집하셨지요. 깎아 다듬은 수석들도 몇 개 되지는 않았지만 아무리 칭찬해도 모자랄 것들이었지요. 비록 그 오래된 저택의 방과 홀이 균형이 맞게 지어진 것은 아니었지만, 그 모든 소장품들의 진열상태 역시 훌륭했지요」

「그 모든 물건들이 끌어내려져서 포장되었을 때, 우리네 아이들이 얼마나 상실감을 느꼈을지는 상상하실 수 있을 것입니다. 제 인생에서 처음으로 슬펐던 때였습니다. 어릴 때부터 우리를 즐겁게 해주었으며, 우리가 집이나 도시 그 자체와 마찬가지로 변화하지 않는 것으로 생각했던 그 물건들이 하나씩 하나씩 사라져가는 것을 보았을 때, 그 방들이 얼마나 텅 빈 것 같았는지 지금도 생생히 기억납니다」

「내가 착각하는 게 아니라면, 아버님께서는 거기서 얻은 자본을 이웃 사람의 사업에 투자하셔서, 그분과 일종의 합자회사를 하시지요, 아마?」

「네, 바로 그렇습니다! 그런데, 그분들의 공동투자가 매우 성공적이었죠. 지난 십이 년 동안 자산을 많이 늘리셨고, 그럴수록 두 분 다 더욱 열심히 사업에 열중하고 계시지요. 베르너 씨에게도 아들이 하나 있는데, 그 일에는 저보다 그 친구가 훨씬 더 적합하지요」

「이 고장이 조부님의 진열실 같은 그런 자랑거리를 잃어버려서 유감이군요. 나는 팔리기 직전에 그 진열실을 보았지요. 이런 말씀을 드려도 될지 모르겠습니다만, 제가 바로 그 거래가 이루어지게 만든 장본인입니다. 물건을 산 사람은 어느 부유한 귀족으로서 굉장한 애호가였지만, 그런 중요한 거래를 할 때에는 자기 자신의 판단에만 의존하지는 않는 사람이었지요. 그래서 그는 나를 이리로 보내서 내 의견을 듣고자 했던 것이지요. 나는 엿새 동안이나 진열실을 둘러보고는 이레째 되는 날 내 친구에게 주저하지 말고 요구하는 전액을 지불하라고 권했지요. 생기발랄한 소년이었던 당신은 종종 내 주위를 맴돌곤 했지요. 당신은 나에게 그림들의 소재를 설명했고 진열실에 있는 물건들 일체에 대해 아주 그럴듯하게 해석할 줄 알았지요」

「그런 분이 계셨던 것은 기억이 납니다만, 선생님이 바로 그 분이시라는 것을 다시 알아보지는 못했군요」

「벌써 상당한 세월이 흘렀는 걸요. 게다가, 우리 자신들도 웬만큼은 변하니까요. 내가 제대로 기억하고 있다면, 그중에서 당신이 특히 좋아하던 그림이 하나 있었는데, 당신은 나를 그 그림 앞에서 영 놓아주지 않으려고 했지요」

「정말 그랬죠! 그것은 병든 왕자가 자기 아버지의 신부를 연모하면서 시들어가는 이야기[15]를 다룬 그림이었죠」

「최상의 그림은 아니었지요. 구도가 잘된 것도 아니었고, 별다른 색상을 쓴 것도 아니었죠. 필법도 아주 매너리즘에 빠져 있었구요」

---

15) 이 소설에서 앞으로도 여러 번 나오는 이 〈병든 왕자der kranke Königssohn〉의 모티프는 원래 『플루타르크Plutarch 영웅전』의 데메트리우스편 제38장에 나오는 이야기이다. 시리아의 셀레우코스 왕조의 시조인 셀레우코스 1세 Seleukos I(B.C. 312-280)의 아들 안티오쿠스Antiochus는 젊고 아름다운 계모 스트라토니케Stratonike를 사모하여 시름시름 앓는다. 계모가 방에 들어올 때 왕자의 맥박이 빠르게 뛰는 것을 발견하고 병인(病因)을 알게 된 의사는 왕에게 우선 거짓으로 말하기를, 왕자가 자신의 아내를 사랑하고 있다고 하고, 자신이 어떻게 처신하는 것이 좋을지 묻는다. 이에 왕은 왕국을 위해 부디 그의 결혼생활을 희생하고 왕자가 동경하고 있는 사랑을 성취시켜 주기를 간청한다. 이때 의사가 왕자의 진짜 병인을 밝히니, 왕은 스트라토니케를 단념하고 안티오쿠스를 스트라토니케와 결혼하도록 한다. 왕과 의사가 옆에서 지켜보는 가운데에 스트라토니케가 왕자의 병석으로 다가서는 결정적 순간의 장면이 예로부터 많은 회화의 소재가 되었다. 일찍이 빙켈만Johann Joachim Winckelmann도 〈병든 왕자〉의 그림을 논의한 바 있다. 또한 카셀Kassel의 회화박물관에는 벨루치Antonio Belucci의 그림 「병든 왕자」가 괴테 시대에 이미 전시되어 있었는데, 1779년 9월에 괴테가 그곳을 방문한 것이 입증되고 있다. 뿐만 아니라 비스바덴Wiesbaden의 박물관에도 치크Januarius Zick의 「병든 왕자」가 전시되어 있었는데, 괴테는 1774년경에 이 화가와 교분이 있었던 것으로 알려지고 있다.

「저는 그걸 몰랐어요. 아직도 잘 모르겠구요. 어떤 그림에서 저를 매료시키는 것은 그 내용이지 예술성이 아닙니다」

「그 점에서는 조부님께서는 달리 생각하셨던 것 같군요. 이렇게 말할 수 있는 이유인즉, 그분의 소장품들의 대부분은 항상 대가들의 업적을 찬탄하지 않을 수 없는 훌륭한 예술품들로 이루어져 있었거든요. 그것들이 무엇을 나타내고 있는지는 아무래도 좋았습니다. 또한 그 그림은 가장 바깥쪽에 있는 현관방에 걸려 있었지요. 조부님이 그 그림을 별로 높이 평가하지 않으셨다는 증거입니다」

「거기가 바로 우리네 아이들이 언제라도 놀 수 있었던 곳이었지요. 바로 그곳에서 그 그림이 제게 지울 수 없는 인상을 준 것입니다. 다른 점에서는 그 그림에 대한 선생님의 비판을 존중합니다만, 그 그림에게서 받았던 인상만큼은, 설령 우리가 지금 그 그림 앞에 서 있다 하더라도 선생님의 비판 때문에 지워지지는 않을 것입니다. 자연이 우리 인간에게 준 가장 아름다운 유산인 달콤한 사랑의 충동을 자기 자신 속에 가둬두어야 하고, 그 자신과 다른 사람들에게 온기와 생기를 불어넣어 줘야 할 사랑의 불꽃을 가슴속에 숨겨야 하기에 그의 가장 깊은 내심마저 한없는 고통으로 사위어가는 그 젊은이가 어찌나 안됐던지! 그 젊은이에겐 지금도 동정을 금치 못하겠습니다! 또한 그 불행한 여자도 불쌍하기 이를 데 없더군요. 그녀의 가슴은 이미 진정하고도 순수한 사랑에 어울리는 훌륭한 대상을 찾았는데도 다른 사람에게 헌신해야 하다니!」

「하기야 그런 감정은 한 미술 애호가가 위대한 대가의 작품을 바라볼 때에 가지곤 하는 그런 관점들과는 한참 거리가 있지요. 그렇지만 만약 그 진열실이 계속해서 댁의 것으로 남아 있었더라면, 아마 당신에게도 차츰차츰 작품 자체에 대한 감식안이 열려서, 예술작품에서 언제나 당신 자신과 당신의 취향만을 찾지는 않게 되었을 것입니다」

「정말이지 저로서는 진열실을 판 것이 곧 너무나도 유감스럽게 느껴졌고, 나이가 차가면서도 자주 그것을 아쉬워했습니다. 그러나 생명이 없는 그 그림들이 해줄 수 있었을지도 모르는 것보다 장차 내 인생에 훨씬 더 많은 영향을 끼치게 될 어떤 취미, 어떤 재능이 저에게서 피어나도록 하기 위해서는 모든 것이 그렇게 되지 않을 수 없었을 것이라는 점에 생각이 미치면 기꺼이 분수에 만족하고 싶고, 저뿐만 아니라 그 누구라도 최선의 길로 인도해 줄 수 있는 운명을 존중하게 됩니다」

「유감스럽게도 나는 한 청년의 입에서 또다시 운명이란 말을 듣게 되는군요. 당신 나이엔 보통 자신의 강한 애착까지도 보다 높은 존재들의 의지 탓으로 돌리곤 하지요」

「그러면 선생님은 운명을 믿지 않으십니까? 우리를 다스리는, 그래서 모든 것이 우리에게 최선이 되도록 조종하는 힘을 믿지 않으신단 말입니까?」

「여기서는 내가 믿고 안 믿고가 문제되는 것이 아닐 뿐더러, 내가 어떻게 우리 모두에게 불가사의한 것들을 어느 정도 생각해 볼 수 있게 만들려고 애쓰는가를 늘어놓을 계제도 물론 아닙니다. 여기서는 다만, 어떤 사고방식이 우리로 하여금 최선에 도달할 수 있게 해주는지가 문제입니다. 이 세상이란 직물은 필연과 우연으로 짜여져 있는데, 인간의 이성이 이들 둘 사이에 들어서서 이들을 지배할 수 있는 것입니다. 이성은 필연을 자기 현존재의 기반으로 취급하는 한편, 우연을 조종하고 지휘하며 이용할 줄 압니다. 그리고 이 이성이 굳건히 흔들리지 않고 서 있어야만 인간은 지상의 신이라 불릴 수 있는 자격을 지니게 되는 것입니다. 어릴 적부터, 필연적인 것에서 무엇인가 자의적인 것을 찾아보려는 습관이 있는 사람, 우연적인 일에다가 일종의 이성의 작용을 믿으려 하고 심지어는 우연 속에서 발견되는 이런 이성을 따르는 것을 일종의 종교라고까지 생각하는 사람은 정말 한심한 사람입니다. 이런 사고방식이 자기 자신의 오성을 단념하고 자신의 애착과 취향에 무제한적인 전권을 부여하는 것보다 더 나은 게 무엇일까요? 우리는 깊은 생각 없이 방황하고 달콤한 우연에다 우리의 운명을 내맡겼다가는 나중에 그렇게 신념 없이 흔들리면서 살아온 인생의 결과에다 신의 섭리라는 이름을 붙이곤 하지요. 그러면서 우리는 우리 자신이 경건하다고 믿는 것이지요」

「선생님은, 어떤 사소한 사정이 계기가 되어 그 어떤 길로 접어들었는데, 그 길을 가다 보니 곧 좋은 기회가 찾아와서 마침내 예기치 못했던 일련의 사건들을 겪게 되고 마침내는 선생님 자신이 전혀 내다보지 못했던 목적에 도달하는 그런 경우를 한번도 경험해 보신 적이 없으신가요? 이런 경험이 우리의 마음에다 운명에 대한 순종과 그런 섭리에 대한 신뢰를 불어넣어 주는 것이 아니겠습니까?」

「그런 생각을 갖고서는 그 어떤 처녀도 정조를 지킬 수 없고, 그 누구도 지갑에 돈을 남겨둘 수 없을 것입니다. 정조와 돈을 잃을 계기는 얼마든지 있으니까요. 나는 자기와 남에게 유용한 것이 무엇인지를 알고, 제멋대로 행동하지 않으려고 노력하는 사람만을 반길 수 있습니다. 마치 예술가가 하나의 형상으로 변형시키기 위하여 원석(原石)을 손에 쥐고 있듯이, 우리 각자는 모두 자기 자신의 행복을 손에 쥐고 있는 것입니다. 그렇지만 세상 만사가 예술과 마찬가지여서, 우리가 타고나는 것은 능력뿐이고 다른 것은 모두 배워야 하며 주도면밀하게 실행에 옮겨야 합니다」

이런 이야기뿐만 아니라 다른 것들도 그들 사이에 더 토의되었지만, 특별히 서로 상대방을 설득시킨 것 같지는 않은 가운데 마침내 그들은 헤어졌다. 하지만 그들은 그 이튿날에 다시 만날 장소를 정해 두었다.

빌헬름은 그러고도 아직 몇몇 거리를 왔다갔다하고 있었는데, 그때 클라리넷, 호른, 바순 소리가 들려와 그의 가슴을 설레게 했다. 떠돌이 악사들이 기분좋은 세레나데를 연주하고 있었다. 그는 그들에게 말을 붙였고, 돈을 좀 집어주고 그들을 마리아네의 집까지 데리고 갔다. 키가 큰 나무들이 그녀의 집 앞에 있는 광장을 뒤덮고 있었는데, 그는 그 나무 아래에 가수들을 세워놓았다. 그리고 그 자신은 약간 떨어진 곳에 있는 벤치 위에 앉아 쉬면서, 상쾌한 밤에 그를 휩싸고 울려퍼지는 은은한 음악 소리에 완전히 자신을 맡겨버리고 있었다. 아름다운 별들을 올려다보면서 사지를 주욱 뻗어보노라니 그는 자신의 현 존재가 마치 황금빛 꿈과도 같이 생각되었다. 〈그녀도 이 취주악기들의 소리를 듣고 있다〉 하고 그는 마음속으로 말했다. 〈이 밤을 이렇게 아름다운 음악으로 울리도록 하는 것이 누구의 상념, 누구의 사랑인지 그녀는 느끼고 있을 테지. 연인들이 아무리 서로 멀리 떨어져 있어도 사랑의 극히 섬세한 분위기를 통해 맺어져 있듯이, 우리도 비록 떨어져 있다 해도 이 멜로디를 통해 함께 맺어져 있어. 아! 서로 사랑하는 두 마음, 그것은 마치 두 개의 나침반과도 같지. 한 나침반에서 무엇인가가 움직이면 그것은 어김없이 다른 나침반도 함께 따라 움직이게 만들지. 그것들 속에서 작용하고 있는 것은 단 한 가지, 즉 그들 두 나침반을 뚫고 지나가는 하나의 힘이니까. 내 몸이 그녀의 품속에 안겨 있으면, 나 어떻게 그녀와 헤어질 수 있다는 생각이 나겠는가? 그런데도 나는 그녀로부터 멀리 떠나 있게 될 것이다. 그리하여 우리 사랑을 위한 둘만의 보금자리를 찾을 것이고, 장차 그녀를 영원히 내 곁에 두고 살 것이다.

그녀와 떨어져 있으면서도 그녀 생각에 정신이 나가 책이나 옷 따위를 만지면서, 그녀의 손을 만지고 있다고 생각한 적이 어디 한두 번이었던가? 그토록 나는 그녀의 존재로 완전히 둘러싸여 있었지. 그리고 마치 차가운 구경꾼의 시선을 피하듯이 낮의 햇빛을 피하는 그 순간들을 회상해 보노라면! 신들까지도 고통 없는 순정한 지복(至福)의 상태를 버리기로 결심하고 인간이 되어 즐기려 들 법한 그 순간들! 그 순간들을 회상한다고? 환희의 술잔으로 인한 그 도취경! 우리의 감각을 천상적인 끈으로 친친 동여맨 다음 확 잡아당겨 이 세상의 모든 규제의 틀로부터 벗어나게 하는 그 도취경을 마치 회상 속에서 다시 살려낼 수 있기나 한 것처럼! 어림없는 일이야! 그리고 또 그녀의 그 자태는…….〉 이렇게 그는 그녀를 생각하느라고 자신을 잊고 있었는데, 평온하던 마음이 문득 욕정으로 끓어오르기 시작했다. 그는 나무 둥치를 끌어안고 그 껍데기에다 자신의 달아오른 뺨을 식혔다. 밤바람이 그의 청순한 가슴에서 격정적으로 솟구쳐 나오는 입김을 탐욕스럽게 들이마셨다. 그는 그녀의 집에서 가져온 그 스카프를 찾으려고 더듬거렸다. 그러나 그는 잊어버리고 그것을 아까 입었던 옷의 주머니 속에 그대로 넣어두고 나왔다. 갈망에 휩싸여 입술은 바싹 마르고 사지는 욕정으로 부르르 떨려왔다.

음악이 끝났다. 그는 지금까지 자신의 감정을 싣고 높이높이 날아오르던 대기층으로부터 뚝 떨어진 것 같은 기분이 들었다. 그의 감정을 달래고 누그러뜨려 주던 부드러운 음악 소리가 더 이상 들리지 않자 그는 점점 더 불안해졌다. 그래서 그녀의 집 문턱 위에 걸터앉았더니 그것만 해도 벌써 좀 안정이 되는 것 같았다. 그는 그녀의 집 문을 두드리게 되어 있는 둥근 놋쇠 문고리에 입을 맞추었고, 그녀의 발이 넘나들었을 문턱에도 입맞추면서, 자기 가슴의 불로써 그 문턱을 데웠다. 그러고는 다시금 한동안 조용히 앉아서, 커튼 너머에서 머리 둘레에는 빨간 리본을 달고 흰 잠옷을 입은 채 달콤한 잠에 빠져 있을 그녀를 생각했다. 그러다 보니 자기 자신이 그녀에게 아주 가까이 다가가 있다는 생각이 들어서, 그녀가 지금 틀림없이 자기에 대한 꿈을 꾸고 있을 것같이 느껴질 정도였다. 그의 생각은 여명(黎明)의 정령들처럼 정다웠으며, 그의 마음속에서는 평온과 욕정이 서로 교차하고 있었다. 사랑은 전율하는 손으로 그의 영혼의 모든 현(絃)들을 건드리며 천태만상으로 뛰놀고 있었다. 마치 천체의 합창조차도 그의 마음의 나지막한 멜로디에 귀를 기울이기 위해서 저 천상에서 잠시 그 노래 소리를 멈추는 것 같았다.

만약 그가 평소에 마리아네의 집 문을 열곤 하던 그 현관 열쇠를 휴대하고 있었던들, 그는 참지 못하고 사랑의 성전으로 뛰어들어갔을 것이다. 그러나 그는 천천히 그곳을 떠나 반쯤 꿈을 꾸면서 나무들 아래를 비틀거리며 걸어갔다. 그는 자기 집으로 돌아가고자 했으나, 자꾸만 돌아서게 되는 것은 어쩔 수 없었다. 마침내 그는 자신을 억제할 수 있게 되어서 집으로 걸어가다가 길 모퉁이에서 다시 한번 뒤를 돌아보게 되었다. 그때, 마리아네의 집 문이 열리고 어떤 시커먼 형체 하나가 나오는 것

같은 생각이 들었다. 분명히 보기에는 너무 멀리 떨어져 있었던 데다, 정신을 가다듬고 제대로 살펴보기도 전에 그 모습은 이미 밤의 어둠 속으로 사라지고 없었다. 다만 아주 멀리 떨어진 곳에서 그는 그 형체가 다시 한번 어떤 하얀 집 앞을 스쳐 지나가고 있는 것을 언뜻 본 것 같기도 했다. 그는 그 자리에 멈춰서서 눈을 깜빡거리며 잘 살펴보려고 했지만, 그가 기운을 차려 따라가 보기도 전에 그 허깨비 같은 형체는 사라져버렸다. 어디로 따라간단 말인가? 만약 그 형체가 사람이었다면 어느 골목이 그를 꿀꺽 삼켜버렸을까?

마치 번갯불이 어떤 지역의 한 구석을 번쩍 하고 밝혀준 직후에 캄캄한 어둠 속에서 부신 눈으로 방금 보이던 형체들과 서로 연결된 오솔길들을 찾아보고자 헛된 애를 쓰는 어떤 사람처럼, 빌헬름의 눈앞도 캄캄했으며 그의 마음속도 그러했다. 몸서리치는 공포를 불러일으키는 한밤중의 유령이 정신을 차리고 난 다음 순간에는 공포가 낳은 산물에 불과하다고 여겨지면서도, 그것을 한번 본 사람의 영혼에는 그 무시무시한 형체가 끝없는 의구심을 남기곤 하는 것과 마찬가지로, 빌헬름도 역시 이루 말할 수 없는 불안감에 잠겨서 돌기둥에 몸을 기댄 채, 아침이 밝아오는 것도 알아채지 못하고 닭의 울음 소리도 듣지 못했다. 그러다가 마침내 사람들의 이른 아침 활동이 활발해지기 시작하자 이에 쫓겨 집으로 돌아가지 않을 수 없었다.

집에 돌아왔을 때, 그는 그럴듯한 근거들을 총동원해서 그 예기치 않았던 환영(幻影)을 자기 마음으로부터 거의 다 몰아냈다. 하지만 간밤의 그 아름답던 기분 역시 사라져버렸다. 그가 지금 그 기분을 돌이켜보려고 하면, 그것 역시 일종의 환상에 불과하게 생각되는 것이었다. 기분을 좀 돋우고, 되살아나는 믿음에 확증의 봉인을 찍기 위해서 그는 어제 입었던 옷의 주머니에서 스카프를 꺼냈다. 그 스카프에서 툭 하고 종이쪽지 하나가 떨어지는 소리에 그는 그만 자기의 입술에서 스카프를 떼고 말았다. 그는 그 종이쪽지를 집어서 읽어내려 갔다.

〈정말 당신을 사랑하오, 귀여운 아가씨! 어제는 또 무슨 일이 있었소? 오늘 밤 당신에게로 가겠소. 이곳을 떠나는 것이 당신에게 괴로울 걸로 짐작하오. 그러나 참으시오. 장이 서면 나도 당신을 뒤따라 갈 거요. 이봐요, 제발 그 검은색, 초록색, 고동색이 뒤섞인 재킷은 두 번 다시 입지 말아줘요. 그걸 입으면 당신이 마치 엔도르의 마녀[16]처럼 보이오. 하얀 양 새끼를 품안에 안아보고 싶어서 내가 당신에게 흰색 실내복을 보내지 않았던가요? 당신의 편지는 항상 그 무녀 같은 할멈을 통해 내게 보내도록 하시오. 그 할멈은 악마가 몸소 이리스[17]역으로 뽑아놓은 것 같으니까 말이오.〉

16) 구약 「사무엘 상」 제28장 참조.
17) 무지개의 여신 이리스Iris는 신들의 심부름꾼 노릇도 한다.

제2권

1

우리가 보기에 활발한 기운을 지니고 의도하는 바를 이루기 위해 노력하는 사람은 누구나, 우리가 그의 목적을 칭찬하든 나무라든 간에, 우리의 관심을 기대해도 좋을 것이다. 그러나 그 일의 결말이 나자마자 우리는 즉각 그 사람으로부터 눈을 돌려버리게 된다. 결말이 나고 처리가 된 일은 모두, 특히 우리가 진작부터 이미 그 결말이 좋지 않으리라고 예견했던 일은, 결코 우리의 주의를 끌지 못하는 법이다.

그러니 그렇게도 예기찮게 자신의 모든 희망과 소망이 무너지는 것을 보았을 때 우리의 불행한 친구가 빠져들었던 그 참담한 고통에 대해서, 독자 여러분께 장황하게 늘어놓을 필요는 없을 것이다. 그래서 우리는 차라리 몇 해를 건너뛰어, 그가 제대로 어떤 활동을 하고 거기서 낙을 얻고 있는 것을 볼 수 있으리라 생각되는 시점에서 비로소 다시금 그를 찾아보기로 하자. 물론 그전에, 이야기의 맥락상 꼭 필요한 사항만은 될 수 있는 대로 간단히 보고하고 넘어가기로 하겠다.

페스트나 악성 열병은 자기가 침범한 인간의 신체가 건강하고 혈기왕성할수록 더욱 급격하고 맹렬하게 기승을 부리는 법이다. 불쌍한 빌헬름도 난데없이 불행한 운명의 습격을 당했던 까닭에 단 한순간에 그의 전 존재가 뒤흔들렸다. 이를테면 그것은 불꽃놀이에서 불꽃이 점화될 때와 비슷했다. 즉, 일부러 구멍을 뚫어 화약을 채워넣은 대롱들은 특정한 계획에 따라 순서대로 발화됨으로써, 찬연한 불꽃의 형상들을 번갈아가며 공중에 그리게 되어 있는 것이다. 그런데, 마치 이 불꽃들이 이제 순서도 없이 서로 뒤죽박죽으로 치직거리고 쉬쉬 하면서 타오르듯이, 지금 그의 가슴속에서도 행복과 희망, 육욕과 환희, 현실과 꿈이 갑자기 뒤죽박죽되어 좌절의 회오리바람을 일으켰다. 이런 처절한 순간에는 구조를 위해 달려온 친구도 갑자기 몸이 굳어지는 법이며, 당사자에게는 모든 감각이 마비된 것이 차라리 자비일 수도 있는 것이다.

그 다음에는, 영원히 반복되는, 일부러 다시 불러오는 커다란 고통의 나날이 뒤따랐다. 하지만 이런 날들까지도 오히려 자연의 은총이라고 간주될 수도 있었다. 이런 시간에는 빌헬름은 아직도 애인을 완전히 잃은 것은 아니었기 때문이다. 그의 고통은 그의 마음에서 달아나 버린 행복을 아직도 꽉 붙잡으려는 지칠 줄 모르고 다시 반복해 보는 시도이자, 그러한 행복의 가능성을 다시금 자기 생각 속에서 붙잡아서 영원히 떠나버린 환희로부터 짧은 여운이나마 남겨두려는 시도에 다름아니었다. 부패가 계속되는 동안에는, 즉 아직도 예전의 사명에 따라 일하려고 헛되이 애쓰는 체력이 여느 때 같으면 자기가 생기를 불어넣어 주던 바로 그 신체 각 부위들을 파괴시키는 데에 전력을 기울이고 있는 동안에는, 아직도 한 육체가 완전히 죽었다고 말할 수는 없는 것이다. 이와 마찬가지로, 모든 신체 부위들이 서로 닳아 소진되고 전 육체가 아무 상관도 없는 티끌로 분해되어 버린 상태가 되었을 때에야 비로소, 우리의 마음속에는 영생하는 신의 입김이 아니고서는 소생시킬 수 없는 죽음의 비참한 공허감이 일게 되는 것이다.

이와 같이 싱그럽고 충실하며 온화한 심성의 사람에게는 상처받고 파괴되고 억압될 것이 많았다. 그리고 젊음의 신속한 치유력은 고통의 힘조차도 오히려 더 키우고 더욱 격렬하게 만들기도 한다. 그 사건은 그의 온 현존재를 뿌리째 뒤흔들어 놓았다. 그가 고난에 처하여 모든 것을 고백한 친구 베르너는 욕정이라는 가증스러운 괴물의 목숨을 끊어놓으려고 흥분한 나머지 불이든 칼이든 가리지 않고 집어들곤 하였다. 더할 나위 없이 좋은 기회에 증거도 그렇게 명백했으니, 그가 써먹을 수 있었던 사건과 이야기가 얼마나 많았겠는가! 베르너는 그 일을 격렬하고도 잔혹하게 한 걸음 한 걸음씩 따지고 들었고, 그의 친구에게 최소한 순간적으로나마 자신을 기만할 위안조차도 전혀 허락하지 않았으며, 빌헬름이 절망을 피해 도망쳐 들어갈 수 있을 법한 구멍마다 못 들어가게 가로막고 나서는 것이었다. 그래서 자연은, 자신의 총아를 파멸에 빠뜨리고 싶지 않았기 때문에, 다른 쪽에서부터 숨통을 터주려고 병이라는 이름으로 그를 찾아왔던 것이다.

심한 열병과 그것에 뒤따라오게 마련인 갖가지 약, 긴장, 무기력, 그리고 자기에게 뭔가 부족하고 필요한 게 있어야 비로소 제대로 느낄 수 있게 되는 가족들의 수고와 남매들의 우애 등이 변화된 상황에서는 아주 많은 기분전환이 되었으며 아쉬운 대로 위안이 되었다. 병이 좀 나아졌을 때에야, 다시 말해서 기력이 완전히 소진된 다음에야 비로소 빌헬름은 고통에 찬, 메마르고 비참하기 짝이 없는 심연을 내려다보고 깜짝 놀랐다. 그것은 마치 다 타버린 화산의 텅 빈 분화구를 내려다보는 듯한 기분이었다.

이제 그는 자기가 그렇게 큰 것을 상실하고서도 아직 순간적으로나마 고통 없이 조용하고도 태연하게 지낼 수 있다는 사실에 대해 혹독한 자책을 했다. 그는 자신의 마음을 경멸하면서 고통과 눈물이 주는 위안을 동경하였다.

그는 고통과 눈물을 다시 일깨우기 위하여 지난날의 행복했던 장면들을 모두 기억 속으로 불러내었다. 그는 그것들을 아주 생생하게 눈앞에 그려보고 다시금 그 안으로 들어가려고 애썼다. 그리하여 그가 가능한 한 가장 높은 곳에 올라가서, 지난날의 햇살이 다시금 그의 사지에 활기를 불어넣고 가슴을 부풀게 하는 것같이 보일 때면, 그는 그 무서운 심연을 뒤돌아보고는 그 가공할 깊이를 내려다보는 것에 위안을 느끼고 자신의 몸을 그 아래로 내던져 자연으로부터 가장 혹독한 고통을 강탈하여 맛보려 했다. 이렇게 혹독한 짓을 되풀이해서 그는 자기 자신을 갈기갈기 찢었다. 왜냐하면, 체내에 많은 숨은 힘을 지니고 있는 젊음은, 마치 상실된 것에다 이제야 비로소 올바른 가치를 부여하기라도 할 것처럼 상실로 인한 고통에 억지로 수많은 고뇌를 덧붙이면서도, 지금 자기가 무엇을 허비하고 있는지도 모르는 법이기 때문이다. 빌헬름도 또한 이 상실이야말로 자기 생애에서 느낄 수 있는 유일한 상실, 처음이자 마지막인 상실이라고 확신하고 있었다. 그래서 그는 이런 고뇌가 이제 그에게는 두 번 다시 없을 것이라고 설명해 주려는 모든 위로의 말을 혐오하였다.

2

이런 식으로 자기 자신을 괴롭히는 데에 익숙해진 그는 이제 사랑을 한 뒤로, 그리고 사랑과 더불어 그에게 가장 큰 기쁨과 희망을 주었던 다른 것조차도, 즉 시인과 배우로서의 그의 재능조차도 심술궂고 비판적인 눈으로 모든 면에서 공격하기 시작했다. 그는 자기의 작품이란 것도 내적인 가치가 없는 몇몇 전승되어 오는 형식들을 재치없이 모방한 것에 불과하다고 생각했다. 그는 그 작품들이 소질과 진실과 감격의 불꽃이라고는 찾아볼래야 찾아볼 수 없는 어설픈 학교 숙제물에 불과하다고 치부해 버렸다. 그의 시 작품들에서도 그는 단조로운 운율밖에는 발견할 수 없었다. 그 율격 속에는 보잘것없는 각운을 통해 결합된 진부하기 짝이 없는 생각들과 감정들이 어기적대고 있는 것만 같았다. 그래서 그는 이 방면에서 다시금 그를 일으켜 세울 수도 있었을 그 어떤 전망, 그 어떤 의욕마저도 자기 자신에게는 아예 없는 것으로 간주해 버렸던 것이다.

배우로서의 그의 재능에 관해서도 사정은 더 나을 게 없었다. 그는 단지 그런 주제넘은 생각에서 비롯했을 뿐인 그 허영심을 진작부터 간파하지 못한 자신을 책망했다. 그의 체격, 그의 걸음걸이, 그의 동작과 발성이 조소의 대상이 되었다. 그는 자신에게서 어떤 종류의 장점도 인정하지 않았고, 그를 보통 사람들보다 두드러지게 만들 만한 그 어떤 업적도 전혀 없는 것으로 단정해 버렸으며, 그럼으로써 자신의 무언의 절망을 최고점으로까지 극대화했다. 왜냐하면 한 여인의 사랑을 단념하는 것이 쓰라린 일이라면, 시신(詩神)들과의 교섭을 끊어버리고 자신은 이제 영원히 그들과 사귈 자격이 없다고 선언하고는 우리의 인격과 연기, 목소리에 공적으로 주어지는 가장 아름답고 친근한 박수갈채를 단념해 버리는 것 역시 그에 못지 않게 고통스러운 감정일 것이기 때문이다.

이렇게 우리의 친구는 자신의 장래에 대해서는 완전히 체념해 버렸다. 동시에 그는 굉장히 열성적으로 장사 일에 몰두하였다. 그가 사무실과 증권거래소에서, 상점과 창고에서 그 누구보다도 열심이었기 때문에 그의 친구 베르너는 놀라워했으며 그의 아버지는 더할 나위 없이 흐뭇해했다. 그는 편지 쓰는 일과 계산하는 일, 그리고 자기에게 위임되는 일은 무엇이든지 굉장한 근면성과 열성으로 돌보고 처리했다. 하기야 그의 근면성은 우리가 천직으로 타고난 일을 질서와 순서를 지키며 하나하나 처리해 나갈 때에 그렇게 열심히 일하는 사람을 위해서도 동시에 보상이 돌아오는 그러한 밝고 명랑한 근면성이 아니라, 의무감에서 나오는 말없는 근면성으로서, 이것은 최선의 의도에 기반을 두고 있고 확신에 의하여 자양분을 공급받고 있으며 내적인 자부심을 통해 보상받기는 하지만, 종종 가장 아름다운 의식(意識)이 그에게 왕관을 건네주는 순간에조차도 터져나오는 한숨만은 도저히 막을 길이 없는 그런 근면성이었다.

빌헬름은 이렇게 한동안 아주 부지런한 생활을 했고, 그가 최선의 길을 가도록 하기 위해 운명이 저 가혹한 시련을 준 것이라고 스스로 확신하게 되었다. 그는 바로 그 시련이 충분히 무자비하기는 했지만 자신의 인생행로에서 적기에 경고받게 된 것을 기뻐했다. 다른 사람들은 젊은 날의 오만 때문에 저지른 실수들의 대가를 나중에 가서야 더 심하게 치르곤 한다. 왜냐하면 인간이란 보통 가슴에 품고 있는 어리석음을 버리고 오류를 자백하고 자신을 절망에 빠뜨리는 진실을 인정하기를, 될 수 있는 대로 오랫동안 거부하고 싶어하기 때문이다.

평소 가장 좋아하던 공상의 세계조차도 포기할 정도로 마음을 단단히 먹었는데도 불구하고, 그가 자신의 불행을 완전히 납득할 수 있기 위해서는 그래도 얼마간의 시간이 필요했다. 그러나 마침내 그는 정당한 근거를 대면서 사랑과 시작(詩作), 그리고 연극 공연에 대한 모든 희망을 완전히 없애버릴 수 있었다. 그래서 그는 자신의 어리석음의 모든 흔적들과, 그것들에 대한 회상을 불러일으킬지도 모르는 모든 것들을 완전히 없애버리기로 용단을 내렸다. 그래서 그는 어느 서늘한 저녁에 벽난로에 불을 지피고는 기념품 상자를 가져왔다. 그 안에는 중요한 순간에 마리아네로부터 얻었거나 억지로 빼앗은 갖가지 사소한 물건들이 들어 있었다. 말라버린 꽃 한 송이 한 송이가 그것이 아직 그녀의 머리에 싱싱하게 꽂혀 있던 때를 상기시켰고, 메모지 한장 한장이 그것을 통해 그녀가 그를 초대했던 행복한 시간을 생각나게 했으며, 나비 매듭마다 그의 머리가 정답게 쉬던 장소인 그녀의 아름다운 가슴을 연상시켰다. 이러니 그가 이미 오래전에 죽여버렸다고 믿었던 온갖 감정들이 다시금 꿈틀거리기 시작하지 않을 수 있었겠는가? 그가 애인과 헤어지고 나서 극복했던 열정이 이 사소한 물건들을 보고 어떻게 다시금 강렬하게 불타 오르지 않을 수 있겠는가? 왜냐하면 단 한 줄기의 햇빛이 청량한 시간의 고무적인 광채를 우리에게 비쳐줄 때에야 비로소 우리는 지나간 음산한 날이 얼마나 슬프고 울적한 것인지를 알아차리게 되기 때문이다.

그러므로 그는 오랫동안 보관해 오던 이 성스러운 물건들이 차례 차례 자기 앞에서 연기와 불꽃 속으로 사라져가는 것을 바라보면서 감동을 느끼지 않을 수 없었다. 그는 몇 번이나 망설이면서 불태우는 일을 중단하기도 했다. 이윽고 진주목걸이와 망사 스카프만 남게 되었을 때, 그는 젊은 날의 습작 시들도 마저 던져넣어 그 꺼져가는 불길을 다시 돋우기로 결심했다.

지금까지 그는 그의 정신의 최초의 발전단계부터 그가 쓴 것은 모두 세심하게 간직해 왔다. 아직도 그의 원고들은 다발로 묶인 채 트렁크 바닥에 놓여 있었다. 집에서 도망할 때에 가져갈 요량으로 그 속에 넣어두었던 것이다. 지금 그 트렁크를 열고 있는 그는 당시에 그 원고들을 다발로 묶을 때와 얼마나 다른 상황에 처해 있는가!

우리가 어느 특정 상황 아래 봉인까지 했던 편지가 수신자인 친구에게 가지 못하고 우리한테 다시 되돌아왔을 때, 얼마 동안의 시간이 지난 뒤에 다시 그 편지를 뜯게 된 우리는 자신이 했던 봉인을 열고 우리 자신의 글을 읽어가면서 마치 제삼자와 대화하는 듯한 묘한 느낌으로 그 동안 달라진 우리 자신과 대면하게 된다. 원고의 첫 다발을 풀어헤치고 공책들을 찢어 불 속에 던질 때, 우리의 친구에게도 이와 비슷한 감정이 격렬하게 치솟았다. 그 노트들이 막 벌겋게 타오르고 있을 때에 마침 베르너가 들어와서 그 활활 타오르는 불길을 보고 의아해하면서, 대체 무슨 일이냐고 물었다.

「타고나지 않은 직업을 진정 포기한다는 증거를 보이고 있는 거야」 하고 빌헬름이 말했다. 이렇게 말하면서 그는 두번째 다발을 불 속으로 던져넣었다. 베르너는 그를 말리려고 했지만 일은 벌써 저질러진 뒤였다.

「난 자네가 이렇게 극단적으로 행동하는 이유를 모르겠네」 베르너가 말했다. 「훌륭한 작품들이 못 된다고 해서 꼭 이렇게 없애기까지 해야 할까?」

「시라는 것은 훌륭하든지, 아니면 아예 존재하지를 말아야 하기 때문이야. 최고의 작품을 만들어낼 소질이 없는 사람은 누구나 예술을 단념하고 그런 일을 해보려는 유혹에 빠지지 않도록 스스로 각별히 조심해야 하거든. 왜냐하면 사람은 누구나 자기가 보는 것은 무엇이든지 모방해 보고 싶은 어떤 막연한 충동을 느끼게 마련이지만, 이런 욕망이 곧 계획을 이룰 수 있는 힘이 우리에게 있다는 증거가 되는 것은 전혀 아니란 말이야. 줄타기 광대들이 시내에 들어왔다 하면, 온갖 판자 울타리며 목재들 위에서 이리저리 걸어다니며 몸의 평형을 잡아보곤 하는 소년들만 봐도 그래. 다른 자극을 받으면 금방 또 그와 비슷한 장난으로 옮아간단 말이야. 자네, 이런 현상을 우리 친구들 중에서 보지 못했나? 한 대가가 연주회를 열 때마다, 당장 그 악기를 배우기 시작하는 애들이 몇 명은 생기곤 하지. 얼마나 많은 사람들이 이런 식으로 길을 잘못 드는가 말일세. 자기의 소망을 역량으로 잘못 안 것을 진작 깨닫는 사람은 그래도 행복한 편이지!」

이 말에 베르너가 반박하자 논쟁이 활기를 띠었다. 그래서 빌헬름은 지금까지 그토록 자주 자신을 괴롭히는 데에 동원해 오던 바로 그 논거들을 친구에게 다시 되풀이하면서 열을 올리지 않을 수 없었다. 베르너의 주장에 따르면, 비록 약간의 취미와 소질밖에 없는 재능이라 할지라도, 그것으로 최고로 완벽한 수준에까지 도달하지는 못할 것이라는 이유 때문에 그 재능을 그만 아주 포기해 버리는 것은 이치에 닿지 않는 행동이라는 것이었다. 살다 보면 한가한 시간도 참 많이 생기는 법인데, 이런 시간을 그런 재능으로써 채우면서 점차로 뭔가를 창작해 나가다 보면 어느 땐가는 자기 자신과 타인들에게 즐거움을 줄 수도 있다는 것이었다.

이 점에서 전혀 다른 의견을 지니고 있었던 우리의 친구는 당장 베르너의 말을 가로막고는 크게 열을 올리면서 다음과 같이 말했다.

「이 친구야, 중간 중간에 잠시 짬을 낸 몇 시간에 작품이 만들어질 수 있다고 생각한다면 큰 오산이야! 작품이란 그 첫 착상부터가 온 영혼을 가득 채우지 않으면 안 되는 거야. 정말이지, 시인이란 완전히 자기 자신을 위해, 전적으로 자기가 사랑하는 대상들 속에서 살지 않으면 안 돼. 하늘로부터 더할 나위 없이 귀중한 내면적 천분을 부여받아 끊임없이 스스로 불어나는 보물을 가슴속에 간직하고 있는 시인은 부자가 자기 주변에 수많은 재화를 쌓아놓고 갖은 애를 써도 얻을 수 없는 안온한 행복감 속에서 외적으로도 아무런 방해를 받지 않고 자신의 보물들과 더불어 살아가야 해. 행복과 환락을 향해 치닫고 있는 세상 사람들을 보라구! 그들의 소망, 노력, 돈은 쉴새없이 무엇인가를 뒤쫓고 있지. 그런데 무엇을 뒤쫓고 있지? 그것은 시인이 이미 자연으로부터 얻은 것이지. 즉, 이 세상을 즐기는 일, 다른 사람 속에서 자기 자신을 공감하는 일, 그리고 종종 화합이 안 되는 많은 사물들과 조화를 이루며 함께 살아가는 일이지.

무엇이 사람들을 불안하게 할까? 그것은 바로 그들이 자신의 개념들을 사물들 자체와 일치시킬 수 없기 때문이고, 향락이 그들의 손아귀에서 슬쩍 빠져 달아나 버리기 때문이며, 소망했던 것이 너무 늦게 오기 때문이며, 달성하고 성취한 모든 것도 인간의 욕망이 애초에 기대했던 만큼 그렇게 가슴을 시원하게 해주지는 못하기 때문이지. 운명은 마치 어느 신에게 그러듯이 시인에게도 모든 것을 초월하는 지위를 부여했어. 시인은 온갖 열정들의 혼돈을 내려다볼 수 있고 가정과 국가가 지향 없이 움직이고 있는 양상을 통찰할 수 있으며, 종종 단 한마디면 풀 수 있는 그러한 오해들의 얽히고 설킨 수수께끼들이 이루 말할 수 없이 무서운 혼란을 불러일으키는 꼴을 훤히 내려다볼 수 있거든. 그는 모든 인간 운명의 슬픈 면과 기쁜 면을 공감할 수 있어. 세속의 인간이 커다란 손실을 당하여 애태우며 우울하게 하루 하루를 허송하고 있거나, 방종한 기쁨에 젖어 자기의 운명을 반겨 맞이할 때에, 감수성이 예민하고 다정다감한 시인의 영혼은 마치 하늘의 궤도를 따라 움직이는 태양과도 같이 밤으로부터 낮으로 옮겨가며, 그의 영혼의 하프는 들릴락 말락 한 이행구(移行句)를 거치면서 기쁨에도, 그리고 고통에도 공명하는 것이지. 시인의 마음의 밑바닥에는 지혜라는 아름다운 꽃이 뿌리를 내리고 있다가 자라 올라오는 거야. 그리하여 다른 사람들이 뜬눈으로 꿈꾸고 그들의 모든 감각으로부터 나오는 기괴한 환상들 때문에 불안해할 때에, 시인은 깨어 있는 자로서 삶의 꿈을 체험하고, 아무리 진기한 일이 일어나도 시인에게는 과거사로 보일 수 있고, 또한 동시에 미래의 일로도 보일 수 있는 것이지. 이렇게 시인은 스승이자 예언자인 동시에 여러 신들과 인간들의 친구이기도 하지. 그런데도 자네는 시인이 보잘것없는 생업으로 하강하기를 바라는 거야? 마치 한 마리 새처럼 온 세상을 굽어보면서 부유하고, 드높은 산봉우리에 둥지를 틀고, 이 가지 저 가지로 가볍게 옮아다니며 꽃봉오리와 나무열매를 먹고 살도록 타고난 시인이 동시에 황소처럼 쟁기나 끌고 개처럼 짐승의 발자국이나 추적하거나 아니면 아예 쇠사슬에 묶여 멍멍 짖어대면서 농가나 지켜야 속이 시원하겠다는 건가?」

베르너가 놀라움을 금치 못하며 그의 이런 말을 듣고 있었으리라는 것은 누구나 짐작할 수 있는 일이었다. 「인간도 제발 새처럼 태어나 물레질도 베짜는 일도 할 필요 없이 마냥 즐기기나 하면서 아름다운 나날을 보낼 수 있다면야 얼마나 좋겠나!」 베르너가 끼여들었다. 「겨울이 오더라도 그토록 가볍게 먼 나라로 날아갈 수 있어서 궁핍을 피하고 추위를 막을 수만 있다면 얼마나 좋겠어!」

「존경할 만한 것이 더 많이 인정받던 시대에는 시인들도 그렇게 살았다구!」 빌헬름이 그의 말을 받아쳤다. 「그리고 시인이란 언제나 그렇게 살아야 하는 거야. 그들은 내심이 풍요롭기에 외부로부터는 별로 필요한 것이 없었던 거야. 모든 대상에 잘 어울리는 달콤한 말과 선율로 사람들에게 아름다운 감정들과 멋진 영상들을 전달하는 천부의 재능은 예로부터 세상 사람들을 매혹시켰고, 재능을 지닌 당사자에게는 풍요로운 유산이었지. 왕들의 궁정에서, 부자들의 식탁에서, 연인의 문 앞에서 사람들은 시인들에게 귀를 기울였지. 마치 숲속을 지나가다가 꾀꼬리의 노랫소리가 몹시도 감동적으로 들려올 때 자신이 행복하다고 생각하며 황홀한 기분으로 멈춰서듯이 사람들은 다른 모든 것에는 귀와 영혼을 닫아버리고서 오직 시인들의 노래에만 귀를 기울였거든! 시인들은 따뜻하게 맞아주는 세계를 발견할 수 있었고, 낮은 듯이 보이는 그들의 신분이 그럴수록 그들의 지위를 오히려 더 격상시켜 주었지. 영웅이 그들의 노래에 귀를 기울였고, 세계를 정복한 사람도 시인이 없으면 자기의 막강한 현존재도 단지 스쳐가는 한바탕의 폭풍에 불과하다는 것을 느낄 수 있었기 때문에 시인에게는 경의를 표했던 거야. 또한 사랑에 빠진 사람은 영묘한 시인의 입술이 묘사할 줄 아는 만큼이나 천태만상으로, 그리고 그만큼이나 조화롭게 자신의 욕망과 환락을 느껴보기를 원했지. 그리고 백만장자조차도 자기 자신의 눈만으로는 자신의 우상인 재산의 가치를 그렇게 귀중한 것으로 볼 수는 없었지. 그가 자기 재산의 진정한 가치를 볼 수 있기 위해서는 그것이 모든 가치를 느낄 수 있고 고양시킬 줄 아는 시의 정령(精靈)의 영롱한 조명을 받으면서 그의 눈앞에 비칠 필요가 있었단 말이야. 그렇지, 자네도 인정하겠지만, 시인이 아니고 대체 그 누구가 신(神)들을 만들어내고 우리를 그들의 자리에까지 끌어올리고 그들을 우리가 있는 데까지 끌어내릴 수 있었겠나?」

「여보게!」 베르너는 잠시 생각에 잠겼다가 대답했다. 「자네가 그토록 뜨겁게 느끼는 것을 억지로 영혼으로부터 쫓아내 버리려고 애쓰는 것이 안타까웠던 적이 한두 번이 아니야. 혹시 내 말이 틀릴지도 모르겠네만, 자네가 그렇게도 가혹한 체념의 모순들로 자신을 소진시키고 결벽증을 지키는 한 가지 즐거움 때문에 나머지 다른 즐거움을 모두 포기하느니보다는 어느 정도 자네 자신에게 양보하는 것이 좋지 않을까 싶군」

「이 친구야!」 빌헬름이 대답했다. 「내 자네에게 고백하네만, 내가 아무리 저 환상들을 뿌리치고 도망치려고 해도 그것들이 아직도 여전히 나를 뒤따라다니고 있다네. 이런 고백을 듣고도 나를 가소로운 사람으로 생각하지 않을 수 있겠어? 사실, 내 마음속을 들여다보노라면, 그 속에는 지난날의 모든 소망들이 아직도 여전히, 아니 전보다 더 견고하게 꽉 달라붙어 있어. 하지만 나같이 불행한 사람에게 지금 무엇이 또 남아 있겠는가? 아, 무한을 움켜쥐려고 하던, 그래도 틀림없이 어떤 위대한 것을 부둥켜안으리라 희망했던 내 정신의 두 팔이 그렇게도 금방 일격에 분쇄되리라고 누군가가 나에게 예언해 주었더라면 나는 절망에 빠지고 말았을 거야. 나에게 심판이 내려진 지금, 신을 대신해서 나를 내 소망이 있는 곳으로 인도해 주게 되어 있던 그녀를 잃어버린 지금, 쓰디쓴 고통에 이 내 몸을 내맡기는 것 말고 나에게 또 무슨 다른 일이 남아 있단 말인가? 오, 베르너!」 그는 말을 계속했다. 「이제 와서 나는 부정하지 않겠어, 내 비밀 계획에서 그녀는 내가 타고 올라갈 밧줄사다리가 매여 있던 쇠고리와 같았다는 사실을! 모험가는 희망을 안고서 위험하게 공중에 매달려 있는데, 그 쇠고리가 뚝 끊어지는 통에 그는 이제 자기 소망의 발치에 산산조각이 나도록 내동댕이쳐져 있는 꼴이지. 지금 나에겐 더 이상 아무런 위안도 없고 희망도 없다네! 나는 이 불행한 원고들을 한 장도 남겨두지 않을 테야!」 그는 벌떡 일어나면서 외쳤다. 「단 한 장도 남겨둘 수 없어」 그는 다시금 공책 두세 권을 집어들고 찢어서는 불 속으로 던졌다. 베르너가 말리려고 했지만, 아무 소용도 없었다. 「날 그냥 내버려둬 줘!」 빌헬름이 외쳤다. 「이 형편없는 종잇장들이 다 뭐냔 말이야. 이것들은 나에게 더 이상 발전의 단계도, 격려의 수단도 될 수 없어. 이것들이 그대로 남아서 내 인생의 끝까지 따라다니며 날 괴롭혀야겠어? 이것들이 동정과 전율을 자아내기는커녕 어느 날엔가 세상 사람들의 웃음거리가 되어야 한단 말인가? 아, 처량하구나, 나라는 인간도, 내 운명도! 이제야 비로소 나는 시인들——곤경을 겪으며 현명해진 슬픈 사람들——의 비탄의 소리를 이해할 수 있겠어. 얼마나 오랫동안 나는 나 자신을 불멸의 존재요 상처받지 않는 존재라고 생각해 왔던가! 아, 이제야 난 첫사랑의 깊은 상처는 다시 아물게 할 수도 없고 다시 돋아나게 할 수도 없다는 사실을 알겠어. 나는 그 상처를 무덤까지 함께 갖고 가야만 할 것같이 느껴져. 그렇지, 내 생애의 단 하루도 그것이 날 떠나지 말 것이며, 결국에는 그 고통이 나를 죽이기를! 그리고 그녀에 대한 추억 또한 내 곁에 머물면서 나와 더불어 살고 죽어야지, 그 못된 여자의 추억 말이야! 아, 베르너, 내 진심을 말한다면 그녀는 정말 아주 못된 여자는 아니었어! 나는 그녀의 신분, 그녀의 운명을 참작하여 그녀의 행동을 수없이 변명해 보았지. 난 그녀를 너무 잔인하게 대했어. 자네는 무자비하게도 나에게 자네의 그 냉혹하고도 가혹한 태도를 가르쳐주었고, 나의 뒤흔들린 감각들을 꼼짝 못하게 붙잡아 두었으며, 내가 우리 두 사람을 위해 꼭 해야 할 일을 못하게 막았어. 누가 알 것인가, 내가 그녀를 어떤 처지에 몰아넣었는지를? 차차 시간이 흐름에 따라 비로소 나는 내가 얼마나 캄캄한 절망, 얼마나 의지할 곳 없는 고독 속에다 그녀를 내동댕이치고 떠나버렸던가 하고 양심의 가책을 느끼게 되었어. 그녀가 용서를 빌 수 있었던 가능성은 없었을까? 그런 것은 있을 수 없는 일이었을까? 이 세상을 혼란에 빠뜨릴 수 있는 오해가 얼마나 많은가! 아무리 큰 실수라 하더라도 용서를 빌 수 있는 정황이 얼마나 많은가!──나는 그녀가 고요한 가운데에 혼자 앉아서 팔꿈치를 괴고 있는 모습을 자주 그려보곤 하지. 〈이것이 그 사람이 내게 맹세한 성실이며 사랑이란 말인가!〉 하고 그녀는 말하고 있다네. 우리 둘을 맺은 아름다운 삶을 이런 무지막지한 날벼락으로 끝내다니!」 빌헬름은 갑자기 한 줄기 눈물을 주르륵 쏟으면서 얼굴을 책상 위에 파묻고는 남은 원고지를 눈물로 적시었다.

베르너는 아주 당황해하며 그 곁에 서 있었다. 그는 빌헬름의 정열이 이렇게 급격히 달아오를 줄은 예측하지 못했다. 몇 번 그는 친구의 말을 가로막으려고도 하고 몇 번은 화제를 딴 데로 돌리려고도 했지만 아무 소용이 없었다. 그래서 그는 그 물결을 거역하지 않았다. 여기서도 그 오래 견뎌온 우정이 다시금 제몫을 했다. 베르너는 고통의 극심한 발작이 지나갈 때까지 기다리면서 조용히 곁에 있어주었다. 그럼으로써 그는 자기의 진정 어린 순수한 우정을 가장 잘 보여주었다. 그렇게 그들은——빌헬름은 고통의 말없는 여운에 잠겨서, 그리고 베르너는 자기가 치유해 주었다고, 좋은 충고와 열성적인 설득으로써 극복했다고 믿었던 열정이 새로이 폭발한 데 대해 경악을 금치 못하면서——그날 밤을 그대로 보냈다.

3

이와 같은 재발현상이 있고 나면 빌헬름은 대개 더욱더 열심히 사업과 활동에 몰두하곤 하였는데, 그를 다시금 유혹하려는 미궁에서 벗어나려면 그것이 최선의 길이었다. 외부인을 대하는 그의 친절한 태도와 거의 모든 현대 외국어로 어렵잖게 편지를 쓸 수 있는 그의 수완을 본 그의 아버지와 부친의 사업상의 친구들은 그에게 점점 더 큰 기대를 갖게 되었으며, 그들로서는 원인을 알지 못하는 병과 그들의 계획을 중단시켰던 그 휴지(休止) 기간에 대해서도 대수롭잖게 생각하게 되었다. 빌헬름을 출장여행을 보내자는 것이 두번째로 결정되었다. 그래서 우리는 그가 옷보따리를 뒤에 실은 채 말에 오른 것을 볼 수 있게 된 것이다. 지금 그는 시원한 바람을 쐬고 몸을 움직이다 보니 명랑한 기분이 되어, 몇 가지 위임된 용무를 처리할 것이 있는 산간지방을 향해 다가가는 중이다.

그는 더할 나위 없이 흡족한 기분으로 천천히 계곡들과 산들을 지나쳐 가고 있었다. 공중에 드리워진 바위들, 계곡의 솰솰거리는 물소리, 이끼 낀 암벽들, 깊은 골짜기들——모두가 그로서는 여기서 처음 보는 것들이었으나, 이런 곳이라면 그가 아주 어릴 적에 꿈속에서 이미 떠돌아 다녀본 적도 있는 그런 곳이 아니던가! 이것들을 보노라니 그는 자기가 다시금 젊어진 듯이 느꼈으며, 지금까지 견뎌내어야 했던 모든 고통들이 그의 영혼으로부터 씻은 듯이 사라졌다. 그래서 그는 완전히 밝고 맑은 기분으로 여러 시 작품에 나오는 대목들을 혼자 읊어보았다. 그중에서도 특히 『충실한 목자』[1]에 나오는 대목들이 이 한적한 곳에서 거침없이 줄줄 그의 기억 속으로 흘러 들어왔다. 또한 자기 자신의 시에서도 많은 구절들이 기억에 떠올랐기 때문에 그는 각별한 만족감을 지니고서 그 시구들을 낭송해 보았다. 그는 자기 앞에 펼쳐져 있는 세계에다 과거의 모든 형상들을 불어넣어 그 세계가 생기를 띠도록 만들었다. 그래서 미래로 한 걸음씩 나아갈 때마다 그는 중대한 행동들이 행해지고 이상한 사건들이 일어날 것만 같은 예감으로 가득 차게 되었다.

그의 뒤에서 많은 사람들이 잇따라 와서 인사를 하고는 그의 곁을 지나쳐 가면서 가파른 오솔길을 따라 서둘러 산간지방으로 들어가고 있었기 때문에 그의 조용한 혼잣생각이 몇 번이나 중단되곤 했지만, 그렇다고 해서 지나가는 그들에게 주의를 기

---

1) 『충실한 목자 *Der getreue Schäfer*』(1590)는 이탈리아인 가리니 G. B. Guarini의 목동극으로서 17-18세기에 전 유럽에 널리 알려져 있었으며, 독일어로도 여러 번 번역되었다. 청년 괴테는 이것을 이탈리아어로 읽었다고 한다.

울이지는 않았다. 마침내, 대화하기를 좋아하는 한 동행자가 그에게로 다가와서는 이렇게 많은 사람들이 움직이고 있는 이유를 이야기했다.

「오늘 저녁에 호흐도르프에서 연극 공연이 있답니다」 그 사람이 말했다. 「그래서 이웃 마을 사람들이 온통 다 모여서 가는 길이지요」

「그래요?」 빌헬름이 외쳤다. 「이런 외딴 산중에, 헤치고 들어가기도 어려운 이런 숲속에도 연극예술이 들어와 자신의 신전을 세웠단 말씀인가요? 그렇다면 나 역시 그 연극예술의 축제에 가보지 않을 수 없겠군요?」

「누가 연극을 상연하는지 아신다면 더욱더 놀라실 것입니다」 상대방이 말했다. 「그것은 마을에 있는 큰 공장인데, 많은 사람들이 거기서 일해서 먹고살고 있지요. 모든 인간사회로부터 동떨어져 산다고 할 수 있는 그 공장주는 겨울철에는 직공들에게 연극공연을 하도록 권하는 것이 제일 좋은 소일거리를 주는 길이라는 것을 잘 알고 있지요. 그는 노동자들이 카드 놀이를 하는 것을 싫어하고, 그들이 그 밖에도 조야한 습속들에 물들지 않기를 바라고 있습니다. 즉, 그들이 연극공연 연습이나 하면서 기나긴 겨울 저녁을 보내기를 원하는 것이지요. 오늘이 마침 그 노인의 생일이라, 그들이 노인을 위해 특별 축제를 벌이는 것입니다」

빌헬름은 원래부터 하룻밤 묵을 예정이던 그 호흐도르프란 마을에 도착해서 그 마을의 공장 앞에서 말을 내렸다. 그 공장주 역시 그의 장부에 채무인으로서 이름이 올라 있었다.

빌헬름이 자기의 성명을 말하자 노인이 놀라서 외쳤다. 「아, 젊은 양반이 바로, 내가 큰 은혜를 입고 있고 아직까지도 갚아드릴 돈이 남아 있는 그 훌륭하신 분의 아드님이십니까? 춘부장께서는 내 형편을 봐서 많이 참아주셨습니다. 그러니, 내가 서둘러, 그리고 즐거운 마음으로 그 빚을 갚지 않는다면 난 나쁜 사람임에 틀림없겠지요. 마침 적당한 때에 잘 오셔서 내가 실없는 말을 하는 사람이 아니라는 사실을 보시게 되었습니다」

노인은 자기 부인을 불렀다. 그녀 역시 노인과 마찬가지로 청년을 보고 반겼으며, 그가 부친을 쏙 뺀 듯하다고 단언했다. 그러고는 손님이 많기 때문에 그날 밤 잠자리를 마련해 드릴 수 없는 것이 유감스럽다고 말했다.

사무는 분명하게, 그리고 금방 끝났다. 빌헬름은 한 꾸러미의 금화를 주머니에 집어넣으면서 그의 다른 볼일들도 역시 이처럼 쉽게 처리되었으면 하고 바랐다.

연극 공연 시간이 다가왔다. 사람들은 산림감독관이 도착하기만을 기다리고 있었는데, 마침내 그도 도착했다. 그는 몇몇 사냥꾼을 대동하고 들어왔는데, 모두 최상의 경의를 표하며 그를 맞았다.

이제 손님들은 바로 마당에 면해 있는 창고를 개조해서 만든 극장으로 안내되었다. 건물과 무대는 특별하고 고상한 취미는 없었으나 경쾌하고 깔끔하게 설치되어 있었다. 공장에서 일하는 화공(畵工)들 중의 한 명이 궁정극장에서 조수로 일한 경험이 있어서 숲, 길거리와 방 등 이번의 무대장치를 꾸며놓은 것인데, 물론 약간 어설퍼 보이는 것은 어쩔 수 없었다. 작품의 대본은 어느 순회극단으로부터 빌려서 그들의 사정에 맞게 가위질한 것이었다. 내용은 그런 대로 재미있었다. 두 남자가 한 처녀를 처음에는 그녀의 후견인으로부터, 그리고 나중에는 서로 상대방으로부터 빼앗으려는 음모를 꾸미는 통에 온갖 재미있는 상황들이 벌어졌다. 그것은 우리의 친구가 그처럼 오랜 시간이 흐른 뒤에 다시 보게 된 첫 작품이었다. 그래서 그는 여러 가지 관찰을 해보았다. 그것은 사건만 많았지 현실성 있는 인물 묘사가 되지 않은 연극이었다. 그래도 모두들 마음에 들어했으며 재미있어했다. 모든 연극예술의 시작은 이런 법이다. 소박한 사람들은 무엇이 일어나고 있는 것만 보아도 만족하지만, 교양을 갖춘 사람들은 느끼고 싶어하는 법이며, 전문적으로 훈련받은 사람들만이 깊은 생각까지도 즐길 수 있는 것이다.

그는 이 대목 저 대목에서 배우들을 좀 고쳐주고 싶었다. 왜냐하면 그들이 조금만 고친다면 훨씬 더 잘할 수 있을 것 같았기 때문이었다.

이렇게 조용히 관찰하고 있는 그에게 방해가 된 것은 점점 더 자욱하게 피어오르는 담배 연기였다. 산림감독관이 연극이 시작되자 곧 자기 파이프에 불을 붙였고, 그러자 차츰차츰 여러 사람들이 함부로 이런 자유를 누리려 들었던 것이다. 그 양반의 송아지만한 사냥개들도 역시 지독한 소동을 벌였다. 사람들은 물론 개들을 바깥으로 내몰고 문을 닫아버렸지만, 개들은 금방 뒷문을 통해 안으로 들어와서는 무대 위로 올라가 배우들한테 덤벼들었다가 마침내는 무대로부터 관현악단 위를 풀쩍 뛰어넘었다. 그러고는 아래층 맨 앞자리에 앉아 있는 그들의 주인에게로 돌아가는 것이었다.

후속극으로서 일종의 경배의식이 행해졌다. 신랑 복장을 한 옛 시절의 그 노인을 그린 초상화가 화환들로 장식되어 있는 한 제단 위에 모셔져 있었다. 모든 배우들이 그 초상화에다 공손한 자세로 경배하였다. 제일 나이 어린 어린이가 흰옷을 입고 등장해서 운문으로 된 축사를 낭송하니, 온 가족이 눈물을 흘리며 감동했으며, 심지어는 그것을 보고 자기 아이들이 생각난 산림 감독관까지도 감동의 눈물을 흘렸다. 이렇게 연극은 끝이 났다. 빌헬름은 참지 못하고, 무대 위로 올라가서 여배우들을 가까이서 살펴보고 그들의 연기를 칭찬하거나 앞으로의 연기를 위해 이것 저것 충고를 해주지 않을 수 없었다.

우리의 친구가 산간지방의 크고 작은 고을에서 차례로 보아야 했던 다른 용무들도 그 경과가 모두 다 그렇게 순조롭고 만족스럽지만은 않았다. 많은 채무자들은 지불기한의 연기를 요청했고 많은 사람들이 불친절한 태도를 보였으며, 적지 않은 사람들은 채무 사실 자체를 부인했다. 지시를 받고 온 대로 몇몇 사람들은 고발을 해야 했다. 그래서 그는 변호사를 찾아가 사건 경위를 설명해야 했고 법정에도 출두해야 하는 등 이와 비슷한 귀찮은 용무들이 상당히 많았다.

사람들이 그에게 경의를 표하려 할 때에도 일이 곤란하기는 마찬가지였다. 그는 자신에게 어느 정도 가르침을 줄 만한 사람이라곤 거의 만날 수 없었으며, 유용한 상거래를 하고 싶어지는 상대도 거의 없었다. 게다가 불행하게도 장마 때가 시작되었다. 그리고 이 산간지방을 말을 타고 여행한다는 것이 여간 힘들지 않았다. 그런 상황에서 그가 다시금 평지로 다가가게 되어, 산기슭에 펼쳐져 있는 아름답고 비옥한 평지에 한 산뜻한 시골 소도시가 부드럽게 흐르는 강가에서 햇볕을 받고 누워 있는 것을 보았을 때, 그는 하늘에 감사했다. 그 도시에서 그는 아무 용무도 없었다. 그러나 오히려 바로 그 때문에 그는 거기서 이삼 일 머물기로 결심했다. 자신도 좀 쉬고, 또 험한 산길에 고생한 말에게도 원기를 회복시켜 줄 생각이었다.

4

그가 광장에 있는 어떤 여관에서 말을 내렸을 때, 그 집안의 분위기가 매우 흥겨웠다. 적어도 매우 활기가 도는 분위기였다. 한 억센 남자의 지휘 아래 줄타기 광대들, 공중 곡예사들, 그리고 손재주 요술쟁이들로 구성되어 있는 곡예단 일행이 처자들과 함께 투숙해 있었는데, 그들은 공연을 준비하느라고 연달아 큰 소리로 떠들어댔다. 그들은 때로는 여관 주인과, 때로는 자기들끼리 말다툼을 벌이고 있었다. 그들의 말다툼이 불쾌한 정도라면, 즐거움을 표현하는 그들의 말은 완전히 견딜 수 없을 지경이었다. 떠나버려야 할지 머물러야 좋을지 미처 작정을 못한 채, 그는 성문 아래에 서서, 일꾼들이 광장 위에다 부대 같은 것을 세우기 시작하는 광경을 구경하고 있었다.

장미와 그 밖의 다른 꽃들을 갖고 다니며 파는 소녀가 그에게 꽃바구니를 내밀었다. 그래서 그는 아름다운 꽃다발 하나를 샀다. 그러고는 그 다발을 자기 취향대로 다시 묶어놓고 만족스럽게 바라보고 있었다. 그때, 광장 측면에 있는 한 다른 여관의 창문이 열리고 늘씬한 몸매의 여자 하나가 나타났다. 그는 거리가 좀 멀었는데도 그녀의 얼굴에 사람의 기분을 유쾌하게 해주는 명랑한 빛이 어려 있음을 알아볼 수 있었다. 그녀의 금발은 아무렇게나 풀어져 목덜미 둘레에 드리워져 있었다. 그녀는 낯선 청년을 유심히 살펴보는 것 같았다. 잠시 후에, 이발사의 앞치마 같은 것을 허리에 두르고 흰 재킷을 입은 소년 하나가 그 집 문으로부터 나와 빌헬름에게로 걸어와서는 그에게 인사하고 이렇게 말하는 것이었다. 「저 창가에 계신 여자분이 그 아름다운 꽃을 조금 나누어주실 수 없으신지 여쭤보라고 하시네요?」

──「모두 다 드리지」 하고 빌헬름은 대답하면서, 그 경쾌한 심부름꾼에게 꽃다발을 넘겨주는 동시에 그 아름다운 여인에게 인사를 해보였다. 이에 대해 그녀는 친절한 답례를 하고는 창문으로부터 물러나 버리는 것이었다.

이 근사한 모험에 대한 생각에 잠겨서 그는 자기 방을 찾아 계단을 올라가고 있었다. 그때, 한 어린아이가 그의 맞은편에서 뛰어 내려왔는데, 그 아이는 즉각 빌헬름의 주의를 끌었다. 스페인식으로 소매가 터진 앙증스러운 비단 조끼와 불룩하게 쿠션을 댄, 몸에 꼭 맞는 길다란 바지가 그 아이에게 아주 그럴듯하게 어울렸다. 길고 검은 머리카락은 고수머리째 땋아서 머리 둘레에 휘감아 올려져 있었다. 그는 그 모습을 의아해하며 바라보았으나, 사내아이인지 계집아이인지 잘 짐작이 가지 않았다. 하지만 그는 곧 계집아이라고 단정을 내리고는 그 아이가 곁을 지나쳐 갈 때 걸음을 멈추게 하고 인사말을 건넸다. 그러고는, 그 아이가 공중곡예와 줄타기 곡예단의 일원이라는 것을 쉽게 알 수 있었는데도 누구를 따라왔느냐고 물어보았다. 그녀는 까만 눈으로 예리하게 곁눈질하면서 그를 바라보았다. 그러고는 아무 대답도 없이 그를 비켜 부엌 안으로 달려가 버렸다.

그가 계단을 다 올라와 보니, 널찍한 홀에서 두 남자가 펜싱 연습을 하고 있었는데, 보아하니 서로 재주를 겨뤄보고 있는 듯했다. 한 사람은 분명 이 집에 투숙하고 있는 곡예단의 일원이었고, 다른 사람은 보다 세련된 모습을 하고 있었다. 빌헬름은 그들의 시합을 구경하면서 둘 다 경탄할 만한 실력이라는 것을 알았다. 얼마 가지 않아 검은 턱수염을 한 건강하게 생긴 검객이 시합장을 떠나자, 그 다른 사람이 아주 공손하게 빌헬름에게 검을 내밀었다.

「한 수 가르쳐주신다면 기꺼운 마음으로 감히 몇 합을 상대해 보도록 하겠습니다」 빌헬름이 대답했다. 그들은 검으로 서로 맞서 보았는데, 그 낯선 사람이 막 도착한 청년보다 훨씬 우세했는데도 그 사람은 예의바르게도 모든 것이 연습량에 달려 있을 뿐이라고 좋게 말해 주었다. 실은 빌헬름도 전에 어떤 훌륭하고 철저한 독일식[2] 펜싱 사범한테서 제대로 교습받은 적이 있었는데, 조금 전에 그는 그 사실을 동작으로 보여주었던 것이다.

그들의 담화는 그만 중단되고 말았다. 다채로운 복장을 한 곡예단원들이 그들의 공연을 시내에 알리고 그들의 갖가지 재주에 대한 호기심을 불러일으키기 위해 여관을 나가면서 시끌벅적하게 떠들어댔기 때문이었다. 북 치는 사람이 앞장서고 흥행주가 말을 타고 뒤따랐으며, 그의 뒤로는 마찬가지로 뼈만 앙상하게 남은 말 위에 한 무희가 타고 따라가고 있었다. 그녀는 리본과 금박으로 요란하게 치장한 아이 하나를 앞에 안고 있었다. 그 다음에는 나머지 다른 단원들이 걸어서 뒤따르고 있었는데, 그들 중 몇몇은 위태롭게 보이는 자세를 취한 아이들을 어깨 위에 올려놓은 채 경쾌하고도 편안하게 걸어가고 있었다. 그 아이들 중에서 까만 머리의 그 음울한 소녀의 모습이 다시금 빌헬름의 주의를 끌었다.

밀려드는 군중 속에서 어릿광대가 우스꽝스럽게 이리저리 뛰어다니고 있었다. 그는 소녀에게 키스를 해주거나 딱딱이 소리를 내어 소년을 깜짝 놀라게 해주는 등 매우 멋진 장난을 쳐가

---

2) 펜싱에서는 동작 때마다 기합을 주며 형식을 중시하는 프랑스식 펜싱과 보다 철저하고 진지한 독일식 펜싱이 있다. 함부르크판 제9권(『시와 진실』), 146-147쪽 참조.

면서 광고지를 나눠주고 있었으므로, 군중들은 그를 좀더 자세히 살펴보고 싶은 욕망을 억제하기 힘들었다.

인쇄된 광고문에는 곡예단의 다채로운 재주들이 찬양되어 있었는데, 특히 나르치스 씨와 란트리네테 양의 재주가 극구 찬양되어 있었다. 간판 스타들인 이 두 사람은 현명하게도 가두행렬에 참가하는 것을 자제하였기 때문에, 더 고귀한 명성을 누리고 더욱 많은 호기심을 불러일으킬 수 있었다.

행렬이 지나가는 동안에 그 아름다운 이웃 여인도 다시 창문에 모습을 나타내었다. 그래서 빌헬름은 그 기회를 놓치지 않고 자기의 펜싱 상대자에게 그녀에 관해서 물어보았다. 그 펜싱 상대자를 우리는 당분간 라에르테스Laertes[3]라고 부르기로 하겠는데, 그가 빌헬름을 그녀에게로 데리고 올라가 주겠다고 제의하고 나섰다. 「저와 그 여자는 얼마 전에 여기서 공연을 했다가 실패한 어느 극단으로부터 남게 된 두세 명의 패잔병들에 속하고 있지요」 그는 미소를 머금고 말했다. 「이 고장의 매력에 이끌려 우리는 한동안 여기에 머물면서 우리가 모은 얼마 안 되는 현금을 써가며 조용히 쉴 작정이랍니다. 그 사이에 우리 중의 한 친구가 자기 자신과 우리를 위해 일자리를 구한다고 떠났지요」

라에르테스는 그의 새 친구를 당장 필리네Philine의 방문 앞까지 데리고 갔다. 거기서 그는 빌헬름을 잠시 서 있게 하고는 가까운 가게로 가서 과자 종류를 샀다. 돌아와서 그가 말했다.

---

3) 라에르테스Laertes는 셰익스피어의 「햄릿」에 나오는 인물 이름으로서, 라에르테스는 나중에 이 소설에서 실제로 레어티즈 역을 맡게 된다. 서술자는 〈당분간〉이라고 했으나, 이 작품에서 이 인물의 이름이 달라지지는 않는다.

「제가 이렇게 근사한 여자를 소개해 드린 것을 틀림없이 고마워하시게 될 것입니다」

그 여인은 굽이 높은 슬리퍼를 신고 방에서 나와 그들을 맞이하였다. 그녀는 하얀 실내복 위에다 검은 스페인식 망토를 걸치고 있었는데, 그 실내복이 아주 깨끗하지는 않았던 것이 오히려 그녀에게 수수하고도 편안한 인상을 주었으며, 그녀의 짧은 치마는 이 세상에서 제일 늘씬한 다리를 내보이고 있었다.

「어서 오세요!」 그녀는 빌헬름을 보고 말했다. 「그리고 아름다운 꽃을 주신 데 대해서도 감사드립니다」 그녀는 한 손으로는 빌헬름을 방으로 안내하면서 다른 손으로는 꽃다발을 쥐고 자기의 가슴에 갖다대는 것이었다. 그들은 자리를 잡고 앉아서 대수롭잖은 대화를 하기 시작했는데, 그녀는 이 대화를 재치있게 이끌 줄 알았다. 라에르테스가 그녀의 치마폭에다 구운 편도 과자들을 쏟아부어 주니까 그녀는 즉시 그것들을 집어먹기 시작했다. 「이 젊은 양반 좀 보세요, 정말 어린애 같다니까요!」 하고 그녀는 외쳤다. 「제가 이런 군것질을 몹시 좋아한다는 것을 폭로할 심산일 겁니다. 그런데, 자기야말로 맛있는 것을 먹지 않고는 살 수 없는 분이거든요」

「우리가 이 점에서나 또 다른 여러 점에서도 유유상종이라 할 만한 좋은 친구간이라는 것을 이분에게 고백하기로 합시다」 라에르테스가 대답했다. 「그 증거를 보여드리기 위해서, 오늘 날씨가 아주 좋으니 우리 드라이브를 나가 〈물방앗간〉 식당에서 점심이나 같이하는 것이 어떨까 싶은데요?」 「대찬성이에요」 하고 필리네가 말했다. 「우리의 새 친구분에게 기분전환을 시켜드려야지요」 라에르테스는 펄쩍 뛰어나갔다. 그는 결코 걸어다니는 법이 없었다. 빌헬름도 여행으로 말미암아 아직 헝클어진 채 있는 머리라도 손질하기 위해 잠시 숙소로 돌아가겠다고 했다. 「그 일이라면 여기서 하도록 하세요!」 하고 그녀가 말했다. 그러고는 그녀의 어린 심부름꾼을 소리쳐 부르고는 아주 친절하게도 빌헬름에게 기어이 상의를 벗도록 했다. 그녀는 자신의 화장옷을 입도록 권했으며, 그녀의 면전에서 화장을 시켜드리라고 심부름꾼에게 명했다. 「시간을 낭비해서는 안 됩니다」 그녀가 말했다. 「같이 지내는 시간이 얼마가 될지 알 수 없으니까요」

솜씨가 서투르다기보다는 반항적이고 심술이 난 그 소년은 태도가 곰살맞지 않았고 빌헬름의 머리털을 쥐어뜯으면서 일을 곧 끝낼 생각이라곤 없는 것 같았다. 필리네는 몇 번이나 소년의 무례를 나무라다가 마침내는 참지 못하고 그를 밀어내며 일을 그만두게 하고는 문 바깥으로 내쫓아 버렸다. 이제 그녀 자신이 그 수고를 떠맡고 나서서 우리의 친구의 머리카락을 아주 경쾌하고도 우아하게 손질해 주는 것이었다. 그러나 그녀는 전혀 일을 서두르는 것 같지 않았으며 자기가 해놓은 일을 여기저기 탓해 가면서 자꾸만 고쳐보곤 했다. 그러는 동안, 그녀의 무릎이 어쩔 수 없이 그의 무릎에 닿기도 하고 꽃다발과 젖가슴이 그의 입술 근처에까지 다가오기도 했기 때문에, 그는 여러 번이나 거기에다 키스를 하고 싶은 유혹을 느꼈다.

빌헬름이 분을 지우는 자그만 면도칼로 자신의 이마를 깨끗하게 밀었을 때 그녀가 그에게 말했다. 「그것을 집어넣어 두세요. 그리고 그걸 보실 때마다 저를 생각해 주세요」 그것은 귀여운 칼이었다. 상감(象嵌) 무늬가 있는 강철 손잡이에는 〈날 생각해 주세요!〉라는 정다운 말이 새겨져 있었다. 빌헬름은 그것을 주머니에 집어넣으면서 그녀에게 감사의 뜻을 표하고는 자기도 그 답으로 그녀에게 조그만 선물을 하게 해달라고 청했다.

이제 준비가 다 되었다. 라에르테스가 마차를 몰고 왔다. 그래서 이제 매우 재미있는 드라이브가 시작되었다. 필리네는 그녀에게 구걸하는 빈민들 누구에게나 몇 푼인지를 내던져주면서 친절한 격려의 말을 건네곤 했다.

그들이 〈물방앗간〉 식당에 도착하여 식사를 주문하고 나자마자, 그 집 앞에서 음악 소리가 들려왔다. 치터와 트라이앵글에 맞추어 생동하는 새된 목소리로 여러 가지 재미있는 노래들을 하고 있는 사람들은 광부들이었다. 얼마 시간이 흐르지 않아서 모여든 군중들이 그들을 원 모양으로 빙 에워쌌다. 일행은 갈채를 보내는 대신에 창문으로부터 그들을 향하여 고개를 끄덕여주었다. 이와 같은 관심의 표시를 보자 그들은 원을 넓혔으며 비장(秘藏)의 소품을 준비하는 것 같았다. 잠시 후에 한 광부가 곡괭이를 들고 나타나, 다른 동료들이 연주하는 엄숙한 멜로디에 맞추어 땅 파는 시늉을 해 보였다.

얼마 있지 않아 군중 속으로부터 한 농부가 나타나더니 그 광부에게 무언극 조로 썩 물러가라고 협박을 하는 것이었다. 드라이브 나온 일행은 이것을 보고 의아하게 생각했으나, 그 농부가 입을 열어 일종의 낭송 형식으로 감히 자기 밭을 갈려 한다고 상대방을 욕할 때에야 비로소 그것이 농부로 변장한 광부라는 것을 알아보았다. 땅을 파던 광부는 조금도 당황하는 기색 없이, 그 농부에게 자기가 그곳을 팔 권리가 있다는 것을 가르쳐주기 시작했으며, 동시에 광업에 관한 기본 개념들을 늘어놓았다. 처음 듣는 술어들을 이해하지 못한 농부가 온갖 어리석은 질문들을 하자 자기들이 더 현명하다고 느낀 관중들은 애정 어린 폭소를 터뜨리곤 했다. 광부는 농부에게 설명하려고 애쓰면서, 만약 땅 속의 자원이 채굴되면 결국은 그에게도 이익이 돌아가게 될 것이라고 논증을 해보였다. 처음에는 광부를 때리려고까지 했던 농부도 차차 마음이 누그러져, 결국 그들은 서로 좋은 친구로서 헤어지게 되었다. 그러나 특히 이 싸움을 모면하는 광부 쪽의 태도는 극히 훌륭한 것이었다.

「우리는 이런 사소한 대화 장면에서도 연극이 모든 계층에 다 유익할 수 있다는 더할 나위 없이 생생한 실례를 보았습니다」 하고 빌헬름이 식사중에 말했다. 「만약 우리가 사람들의 거래행위나 생업이나 기업 같은 것들을――그 칭찬할 만한 좋은 면에서, 그리고 국가도 그것들을 존중하고 보호육성해야 한다는 관점에서――연극 작품화한다면, 그런 연극으로부터 국가 자신이 대단히 큰 이익을 거두게 될 것입니다. 지금 우리는 단지 사람들의 우스꽝스러운 면만을 무대 위에 올리고 있습니다. 희극 작가라는 사람은 말하자면 심술궂은 감독관에 불과한 꼴입니다. 그는 동료 시민들의 결점을 캐기 위해 사방을 주시하고 있다가 그들에게서 한 가지 결점을 지적할 수 있으면 희희낙락하는 듯하니까 말입니다. 모든 계급들 사이에 자연스럽게 일어나는 상호작용을 조감하고, 나아가서는 충분한 유머 감각을 지닌 한 극작가로 하여금 그것을 작품으로 창작하도록 이끌어주는 것이야말로 정치인이 해야 할 유쾌하고도 가치있는 일이 아닐지요? 저는 이런 경로를 통해 아주 오락적이면서도 실용적인 재미있는 작품들이 많이 생겨날 수 있다고 확신하고 있습니다」

「떠돌아다니면서 도처에서 제가 느낀 점은, 위정자들이란 금지하고 방해하고 거절할 줄이나 알지 해보라고 명령하고 장려하고 포상하는 일은 거의 없다는 것이오」 라에르테스가 말했다. 「그들은 이 세상 모든 일을 그것이 폐해가 될 때까지 방치했다가, 일이 그릇되고 나서야 노여워하면서 쇠몽둥이를 휘두르지요」

「국가니 정치가니 하는 말씀일랑 제발 그만들 두세요」 필리네가 말했다. 「저는 정치가들이라면 가발을 쓴 인간들로밖에는 달리 상상이 가지 않아요. 그리고, 누가 그것을 쓰고 있건 간에, 가발이라면 나는 손가락에 경련이 난답니다. 나는 그 근엄한 신사 양반한테서 당장 그 가발을 벗겨내 버리고 방 안을 뛰어다니며 그 드러난 대머리를 비웃어주고 싶다니까요」

필리네는 생동감이 넘치는 몇몇 노래를 매우 아름답게 불러서 그 대화를 중단시키고는, 저녁에 줄타기 광대들의 재주를 구경하는 것을 놓치지 않도록 빨리 돌아가자고 재촉했다. 그녀는 돌아오는 길에 거의 방만에 가까운 우스꽝스러운 태도로 가난한 사람들에 대해 계속 선심을 썼는데, 결국에는 그녀와 그녀의 일행 모두가 잔돈이 바닥나자 한 소녀에게는 자기의 밀짚모자를, 그리고 한 노파에게는 자기의 스카프를 내던져 주어버렸다.

필리네는 자기 방의 창문으로부터는 다른 음식점들로부터보다 공연을 더 잘 내다볼 수 있다고 말하면서 두 동행자를 자기 방으로 데리고 들어갔다.

그들이 방 안에 도착해서 내다보았더니 이미 무대가 세워져 있었고 융단을 벽에 걸어서 배경 장식을 해둔 참이었다. 탄력성을 지닌 도약판들이 이미 설치되어 있었고, 느슨한 줄이 기둥들에 고정되어 있었으며, 줄타기 줄은 시렁 위에 팽팽하게 당겨져 있었다. 광장은 제법 군중들로 들어차 있었고 창문들도 여러 종류의 구경꾼들로 이미 만원이었다.

우선 어릿광대가 모인 사람들의 주의를 끌고 기분을 돋우기 위해 구경꾼들이 항상 웃어대곤 하는 그런 몇 가지 바보놀음을 해 보였다. 아주 기이하게 몸을 비튼 자세들을 보여주고 있는 몇몇 아이들은 때로는 경탄을, 때로는 전율을 불러일으켰다. 빌헬름은 자기가 첫눈에 관심을 갖게 되었던 그 아이가 안간힘을 써서 특이한 자세들을 만들어내는 것을 보자 깊은 동정을 금할 수 없었다. 하지만 얼마 안 있어 곧 쾌활한 뜀뛰기패들이 생동감에 넘치는 즐거움을 마련해 주었다. 그들은 처음에는 개별적으로, 그 다음에는 줄을 서서 차례로 공중제비를 넘었고, 마침내는 모두들 한꺼번에 앞으로 그리고 뒤로 공중제비를 해 보이는 것이었다. 모든 객석으로부터 큰 박수 소리와 환호 소리가 울려퍼졌다.

그러나 이제는 모두들 전혀 다른 대상에 관심이 쏠리게 되었다. 즉, 어린아이들이 하나씩 줄타기를 할 순서였던 것이다. 말하자면 초심자들이 먼저 선을 보이는 것이었는데, 그것은 그들의 동작을 통하여 공연 시간도 늘리는 동시에 이런 재주가 얼마나 어려운 것인가를 미리 보여주기 위해서였다. 이윽고 상당한 숙련도를 갖춘 몇몇 남자들과 성인 여자들도 그들의 재주를 선보였다. 하지만 아직 나르치스 씨나 란트리네테 양은 모습을 나타내지 않았다.

마침내 그 두 사람도 붉은 장막을 쳐놓은 뒤편에 있던 일종의 천막으로부터 걸어나왔다. 그러고는 보기좋은 풍채와 우아한 화장을 통하여 지금까지 잔뜩 부풀려 있던 관중들의 기대를 충족시켜 주었다. 남자는 검은 눈동자에다 굵게 머리를 땋은, 중키의 활달한 젊은이였고, 여자 역시 그에 못지않게 날씬하고 튼튼한 몸매를 하고 있었다. 두 사람은 차례로 줄 위에 올라가 경쾌한 동작들과 도약들을 해보였고 진기한 포즈들을 취해 보여주었다. 여자의 경쾌함과 남자의 대담함, 그리고 두 사람이 자신들의 재주를 실연해 보일 때의 그 면밀함은 그들이 한 걸음씩 내디디고 한번 도약할 때마다 모든 사람들의 즐거움을 배가시켜 주었다. 그 두 사람의 행동에서 나타나는 단정한 몸가짐과 다른 단원들이 그들에게 나타내 보이는 마음가짐이 마치 그들이 곡예단 전체의 우두머리요 선생인 듯한 인상을 주었으며, 누구나 그들에게 그런 높은 지위를 인정하고 있는 듯했다.

일반 관중들의 감격은 창 쪽에 앉아 있던 구경꾼들에게도 전파되어, 숙녀들은 시선을 돌리는 법도 없이 줄곧 나르치스 씨만을, 신사들은 란트리네테 양만을 바라보고 있었다. 일반 관중들은 환성을 질러대었고 좀 교양을 갖춘 관객들도 박수를 치지 않을 수 없었다. 아직도 어릿광대들을 보고 웃는 사람은 거의 없었다. 단원들 중 몇 사람이 돈을 거두기 위해 주석으로 된 접시를 들고 군중 속을 돌아다닐 때 슬그머니 꽁무니를 빼버리는 사람은 단지 극소수에 불과했다.

「공연을 참 잘하는 것 같네요」 빌헬름은 창가의 자기 옆 자리에 앉아 있는 필리네에게 말했다. 「그들의 분별력이 놀랍군요. 저급의 예술작품들일망정 하나씩 하나씩 적당한 시점에 선을 보임으로써 최대의 효과를 낼 줄 아는 그런 분별력 말입니다. 이런 분별력을 지니고서 그들은 아이들의 미숙한 연기와 제일 잘하는 선수들의 달통한 묘기들을 한데 엮어 전체적 작품 하나를 만들어낸 것인데, 이것이 우선 우리의 관심을 불러일으켜 놓았다가 나중에 가서는 굉장히 유쾌한 방법으로 우리를 즐겁게 해준단 말입니다」

군중은 점점 흩어졌고, 이윽고 광장은 텅 비었다. 그러는 동안 필리네와 라에르테스는 나르치스와 란트리네테의 몸매와 숙달성에 관한 논쟁에 빠져들어 서로 번갈아가며 놀려대고 있었다. 빌헬름은 그 이상한 아이가 길 위에서 놀고 있는 다른 아이들 곁에 서 있는 것을 보고는 필리네의 주의를 환기시켰다. 그녀는 평소 활달한 성격대로 당장 소리쳐 아이를 부르고 손짓을 했다. 그러고는, 그 아이가 올 기색을 보이지 않자, 노래를 부르면서 쿵쾅거리며 계단을 내려가서는 그 아이를 데리고 올라왔다.

「여기에 그 수수께끼 같은 아이가 왔습니다」 그녀는 아이를 문으로 데리고 들어오면서 소리쳤다. 아이는 마치 금방이라도 다시 바깥으로 살짝 빠져나가 버리려는 듯이 출입구에 멈춰서 서는 바른손은 가슴에다, 그리고 왼손은 이마에다 대고 깊이 허리를 굽혀 절을 했다. 「얘야, 두려워하지 말아라」 빌헬름은 그 아이를 향해 걸어가면서 말했다. 아이는 불안한 시선으로 그를 바라보면서 몇 걸음 더 가까이 다가왔다.

「이름이 뭐지?」 그가 물었다. 「사람들이 저를 미뇽Mignon[4] 이라고 불러요」——「몇 살이지?」——「아무도 헤아리지 않았어요」——「아버지가 누구였지?」——「큰 악마[5]는 죽었어요」

「자, 이것 참 신기하기 짝이 없군요!」 필리네가 소리쳤다. 사람들이 몇 가지 질문을 더 해보았다. 그녀는 서투른 독일어로, 그리고 이상하게도 엄숙한 투로 대답했다. 또한, 그녀는 대답할 때마다 두 손을 가슴과 머리에 갖다대고 깊이 몸을 굽히는 것이었다.

빌헬름은 이 아이를 바라보고 또 바라보지 않을 수 없었다.

---

4) 미뇽Mignon은 프랑스어에서 온 외래어로서 당시에는 〈총아〉 또는 〈인기 있는 사람Liebling〉이라는 의미로 쓰이기도 했다. 그녀의 원래의 이름이 〈미뇽〉이 아니라, 곡예단원들이 그녀를 〈미뇽〉이라고 부른다는 데에 그녀의 내밀한 비극성이 숨어 있다 하겠다.

5) 이 장(제2권 제4장)의 끝 무렵에 〈큰 악마〉에 관한 짤막한 설명이 다시 나오는데, 미뇽이 아버지라고 불렀던 곡예단의 단장을 가리킨다.

그의 두 눈과 마음은 이 아이의 비밀에 가득 찬 상태에 거역할 수 없이 끌려가고 있었다. 그는 그녀의 나이를 열두 살 또는 열세 살까지로 어림잡았다. 체격이 좋았는데, 다만 팔다리는 앞으로 더욱더 튼튼하게 자라날 것으로 보였다. 그렇지 않을 경우에는, 팔다리의 발육이 앞으로 억제될 조짐인 것처럼 보이기도 했다. 그녀의 신체적 모습에는 균형이 결여되어 있었으나, 무엇인지 사람의 눈을 끄는 데가 있었다. 이마는 비밀에 가득 찬 듯하고 코는 유별나게 아름다웠으며, 입은 나이에 비해 너무 꼭 다문 것처럼 보였고 가끔 입술이 한쪽으로 씰룩거리긴 했지만, 그래도 아주 순박해 보였고 매력이 넘쳐 흘렀다. 갈색이 도는 얼굴빛은 화장 때문에 거의 알아볼 수 없었다. 이런 모습이 빌헬름에게 매우 깊은 인상을 주었다. 그는 아직도 여전히 그녀를 바라보고 있었으며, 말을 잊었고, 관찰에 침잠한 나머지 지금 함께 있는 사람들도 잊고 있었다. 필리네가 그 아이에게 먹다 남은 과자를 조금 건네주면서 물러가라는 표시를 함으로써 빌헬름을 그 반쯤 꿈꾸는 듯한 상태로부터 깨웠다. 그 아이는 위에서 설명한 대로 몸을 굽혀 인사를 했다. 그러고는 번개처럼 재빨리 문 밖으로 나가버렸다.

새로 알게 된 우리의 친구들이 이날 저녁에는 이제 그만 헤어져야 할 시간이 다가오자, 그들은 헤어지기 전에 그 이튿날에도 드라이브를 하자는 약속을 했다. 그들은 다시 한번 다른 장소에서, 근처에 있는 어떤 수렵관에서 점심 식사를 같이할 작정이었다. 그날 저녁 안에 벌써 빌헬름은 여러 가지로 필리네를 칭찬하는 말을 했는데, 이에 대해 라에르테스는 그저 간단히, 그리고 별로 깊이 생각하지도 않고 건성으로 대꾸를 했다.

그 이튿날 다시 한번 한 시간 동안 펜싱 연습을 하고 나서, 그들은 필리네가 묵고 있는 여관으로 건너갔다. 조금 전에 그들이 주문한 마차가 이미 여관 앞에 멈춰서는 것을 보았는데도 지금은 마차가 어디론가 사라지고 없고, 더구나 필리네조차도 집 안에서 만날 수 없었을 때, 빌헬름의 놀라움은 매우 컸다. 사람들 얘기로는 그녀는 오늘 아침에 도착했던 두세 명의 낯선 사람들과 함께 마차를 타고 떠나버렸다는 것이었다. 그녀와 함께 유쾌하게 지낼 즐거움을 기대하고 있었던 우리의 친구는 치밀어 오르는 화를 감출 수가 없었다. 이에 반하여 라에르테스는 껄껄 웃으며 말했다. 「그녀의 이런 점이 제 마음에 듭니다! 이런 짓을 하고도 남을 여자지요! 바로 그 수렵관으로나 갑시다. 그녀야 어디에 있든지 간에 우리가 그녀 때문에 산보를 게을리 할 수야 없지요」

도중에 빌헬름이 그런 오락가락하는 처신을 계속 책망하자 라에르테스가 말했다. 「누군가가 변치 않고 자기 성격에 충실하다면, 나는 그것을 오락가락하는 처신이라고 생각하지는 않습니다. 만약 그녀가 무슨 일을 계획하거나 누구와 무슨 약속을 한다면, 그것은 단지, 그 계획을 실천하고 그 약속을 지키는 것이 그녀 자신에게도 편리할 것이라는 암묵적인 조건 아래서만 계획되고 약속되는 것입니다. 그녀는 선물하기를 좋아하지요. 그러나 우리 또한 항시 그 선물받은 것을 그녀에게 되돌려 줄 마음의 준비가 되어 있어야겠지요」

「그것 참 묘한 성격이군요」 빌헬름이 응답했다.

「묘하다마다요. 다만 여기서 말해 두고 싶은 점은 그녀가 위선자는 아니라는 사실입니다. 저는 그 때문에 그녀를 사랑합니다. 그렇습니다, 저는 여성을 증오할 만한 이유를 아주 많이 갖고 있는 사람이지만 그녀가 여성을 아주 순수하게 체현해 주기 때문에, 저는 그녀의 친구인 것입니다. 제가 보기에는 그녀는 여성의 시조이며 진정한 이브입니다. 모든 여성들이 원래 다 이런 성격을 지니고 있는 것이지만, 다만 그들은 그것을 말로 표현하지 않을 뿐이지요」

라에르테스가 그 원인을 밝히지는 않으면서 여성에 대한 자기의 증오를 생생하게 표출한 여러 가지 대화를 하는 가운데 그들은 숲속으로 들어와 있었다. 빌헬름은, 라에르테스의 견해들이 마리아네에 대한 자신의 관계를 다시 생생하게 상기시켜 주었기 때문에, 매우 의기소침한 가운데 숲속으로 들어서게 되었다. 그들은 굉장히 큰 고목들 아래에 그늘로 덮여 있는 샘에서 그다지 멀지 않은 곳에서 필리네가 돌로 된 식탁에 혼자 앉아 있는 것을 발견하였다. 그녀는 명랑한 노래를 흥얼거리면서 그들이 다가오는 것을 맞이하였다. 라에르테스가 그녀의 일행들은 어디 갔느냐고 물었을 때, 그녀는 큰 소리로 외치듯 말했다. 「그 사람들을 근사하게 곯려주었어요. 그들의 푼수에 어울리게 놀려준 것이죠. 저는 오는 도중에 이미 그들이 씀씀이가 후한 사람들인지 시험해 보았어요. 저는 그들이 인색한 군것질꾼들 부류라는 것을 알아채고는 당장 그들을 한번 혼내어 주기로 작정했지요. 우리들이 도착하고 나서 그들은 급사에게 무슨 요리가 있느냐고 물었어요. 급사는 평소 그의 혀에 익어 있는 그대로 식당에 있는 온갖 요리들을 유창하게 줄줄 외워댔지요. 저는 그들이 당황하는 것을 볼 수 있었어요. 그들은 서로 멀뚱멀뚱 바라보더니 말을 더듬거리면서 가격을 물어보는 것이었어요. 〈뭘 그렇게들 오래 생각하세요?〉 하고 저는 외쳤어요. 〈식사는 여자의 일이니까 제게 맡기세요!〉 이렇게 말하고 나서 나는 어떤 터무니없는 점심 식사를 주문하기 시작했어요. 그것을 준비하기 위해서는 이웃 마을에 심부름꾼을 보내서 많은 재료를 더 사와야 하는 그런 터무니없는 음식이었지요. 제가 두세 번 입을 삐죽거려 보임으로써 저와 한통속이 된 급사가 재빨리 저를 도와주었어요. 그래서 우리 둘은 굉장한 잔칫상이 나올 거라고 허풍을 떨면서 그들을 불안의 도가니로 몰아넣었지요. 그 결과가 어떻게 되었겠어요? 결국, 그들은 숲속으로 산보를 가기로 결심했지요. 아마 그들이 거기에서 되돌아오기는 어려울 거예요. 저는 십오 분 동안이나 혼자 깔깔 웃고 있었어요. 그리고 그 얼굴들이 생각날 때마다 웃게 될 거예요」 식사를 할 때에 라에르테스가 이와 비슷한 경우들을 회상하였다. 그들은 기왕 내친 김에 재미있는 에피소드들, 오해에서 생긴 일화들, 그리고 사기극들까지 이야기하기에 이르렀다.

시내에서 온, 그들도 알고 있는 한 청년이 책 한 권을 든 채 숲에서 살금살금 빠져나왔다. 그러고는 그들이 있는 데로 와서는 그 아름다운 장소를 찬양했다. 그 청년은 그들에게 샘물이 졸졸거리는 소리, 나뭇가지들의 움직임, 숲을 뚫고 내리비치는 햇살, 그리고 새들의 노랫소리에 대해 주의를 환기시켰다. 필리네가 뻐꾹새의 노래를 불렀는데, 그 노래가 청년에게 호감을 주지 않는 것처럼 보였다. 그는 곧 작별을 고했다.

「자연과 자연의 풍경에 관한 얘기는 제발 더 이상 듣지 않았으면 좋겠어요」 그 청년이 가버리자 필리네가 외쳤다. 「자기가 지금 현재 맛보고 있는 즐거움에 관해서 일일이 설명을 듣고 있는 것보다 더 괴로운 일도 없지요. 무도곡이 연주되면 춤을 추듯이 날씨가 좋으면 산보를 하는 것입니다. 그러나 그 누가 단 한순간이라도 음악을 생각하고 아름다운 날씨 따위를 생각할까요? 우리의 마음은 춤추는 상대에게 가 있지 바이올린에 가 있는 것이 아니에요. 한 쌍의 아름다운 검은 눈동자를 바라보는 것은 한 쌍의 푸른 눈동자에게는 정말 너무나도 유쾌한 일이지요. 그에 비하면 샘이나 우물, 해묵은 썩어빠진 보리수들이 다 무슨 소용이겠어요?」 이렇게 말하면서 그녀는 자기의 맞은편에 앉아 있는 빌헬름의 눈을 힐끗 들여다보는 것이었는데, 그는 그 시선이 적어도 자기 마음의 문턱에까지 육박해 들어오는 것을 막을 수가 없었다.

「옳은 말씀입니다」 빌헬름이 약간 당황해하며 대답했다. 「인간은 인간에게 가장 흥미 있는 관심의 대상이며, 인간은 아마도 인간에게만 자기의 관심을 쏟아야 할 것입니다. 우리 주위에 있는 다른 모든 것은 다만 우리가 그 속에서 살아가고 있는 원소[6]이거나, 우리 인간이 사용하는 도구에 불과합니다. 우리가 그런 것에 발을 멈추고 한눈을 팔고 관심을 가지면 가질수록 그만큼 더 우리 자신의 가치에 관한 느낌이 약화되고 인간공동체라는 사회의식도 희미해질 것입니다. 정원이나 건물, 옷이나 장신구, 또는 그 어떤 재산에다 큰 가치를 두는 사람들은 비교적 사회성과 협조 정신이 적은 법이지요. 그들은 인간들을 보지 못하고 놓치게 되지요. 그래서 인간들을 한데 모아서 기쁘게 해줄 수 있는 사람은 예로부터 극소수에 지나지 않는 것입니다. 이런 현상을 우리는 무대 위에서도 보지 않습니까? 훌륭한 배우가 연기를 하면 우리는 보잘것없고 서투른 장식 같은 건 금방 잊어버리지요. 그러나 그 반대로 아무리 아름답게 장식한 무대가 있다 해도 그때서야 비로소 훌륭한 배우들이 부족하다는 사

---

6) 원소Element라 함은 고대 철학에서 말하는 땅Erde, 물Wasser, 대기Luft, 불Feuer 등 4대 원소를 뜻하며, 여기서는 거의 자연Natur과 동의어로 쓰였다.

실이 느껴지거든요」

식사가 끝나자 필리네는 풀이 무성하게 자란, 그늘진 곳을 찾아 앉았다. 그러고는 그녀의 두 친구에게 꽃들을 좀 듬뿍 꺾어다 달라고 부탁했다. 그래서 그녀는 그 꽃들로 완전한 화환 한 개를 만들어서 머리에 썼다. 그녀는 믿을 수 없을 정도로 매력적으로 보였다. 꽃들은 아직도 화환을 하나 더 만들어도 될 정도로 충분하였다. 그녀가 남은 꽃으로도 화환을 엮는 동안, 두 남자는 그녀의 옆에 앉았다. 갖가지 농담과 암시가 풍부한 재담이 오가는 가운데에 그 화환이 완성되자, 그녀는 그것을 아주 우아한 태도로 빌헬름의 머리 위에 얹어주고는 바르게 씌워졌다고 생각될 때까지 몇 번이나 화환의 위치를 고쳐주는 것이었다. 「그러고 보니 나만 빈 머리로 돌아가게 된 것 같군」 하고 라에르테스가 말했다.

「결코 그렇지 않아요!」 필리네가 받아서 말했다. 「당신들은 결코 불평하지 않아도 돼요」 필리네는 자기의 화환을 벗어서 라에르테스의 머리 위에 씌워주었다.

「만약에 우리가 연적이라면」 하고 라에르테스가 말했다. 「당신이 우리 둘 중 누구를 더 총애하는지를 두고 매우 격렬하게 다툴 수도 있을 거야」

「그렇다면 당신들은 두 분 다 진짜 바보들이지요」 필리네가 대답하면서 그에게로 몸을 굽혀 키스를 청하는 입술을 내밀었다. 그러나 그녀는 금방 몸을 돌리고는 자기 팔로 빌헬름을 껴안고는 그의 입술 위에다 열렬한 키스를 하는 것이었다. 「어느 키스가 더 맛있어요?」 그녀는 놀리는 투로 물었다.

「참 묘하기도 하지!」 라에르테스가 외쳤다. 「이런 키스란 결코 버무드vermouth처럼 쓴맛이 나는 것 같진 않단 말이야」

「물론이죠」 필리네가 말했다. 「질투나 심통을 부리지 않고도 즐길 수 있는 선물 같은 것인데, 쓴맛이 날 리가 없지요. 그건 그렇고 이제 난 한 시간쯤 춤이나 추고 싶군요」 그녀는 외쳤다. 「그러고 나서 우리는 아마도 그 곡예사들의 재주를 다시 한번 구경해야겠지요」

일행이 수렵관으로 갔더니 벌써 음악이 준비되어 있었다. 필리네는 춤을 잘 추었으므로 그녀의 두 동반자들을 금방 활기에 넘치게 만들었다. 빌헬름은 춤에 서투른 편은 아니었으나, 그는 아직도 기교적인 연습이 부족하였다. 그래서 두 사람은 그에게 춤을 가르쳐주기로 했다.

세 사람은 늦게서야 돌아왔다. 줄타기 광대들은 그들의 재주들을 벌써 시작한 뒤였다. 광장에는 많은 구경꾼들이 모여 있었다. 그러나 그들 일행이 마차에서 내렸을 때, 그들은 빌헬름이 유숙하고 있는 여관 쪽에 무슨 소동이 일어난 것을 알게 되었다. 왜냐하면 많은 인파가 그 여관의 현관문 쪽에 몰려 있었기 때문이었다. 빌헬름은 무슨 일인가 보기 위해 그쪽으로 뛰어갔다. 군중을 헤치고 앞으로 나아가자, 놀랍게도 그는 줄타기 곡예단의 단장이 그 인상적인 아이의 머리칼을 움켜쥐고 집 바깥으로 끌어내려고 애쓰면서 채찍으로 그 자그마한 몸을 무자비하게 후려치고 있는 광경을 보게 되었다.

빌헬름은 번개같이 그 사내에게로 달려들어 그의 멱살을 움켜잡았다. 「애를 놓아줘!」 그는 마치 미친 사람처럼 고함을 질렀다. 「그러지 않으면, 우리 둘 중 하나가 여기 이 자리에서 죽어야 해!」 이렇게 말하는 동시에 그가 성난 사람만이 낼 수 있는 그런 굉장한 힘으로 그 사내의 목을 죄었기 때문에, 그 사내는 질식해 죽는 줄 알고 아이를 놓아버리고는 공격자에 대해 자신을 방어할 태세를 취하였다. 그 아이를 동정하고 있으면서도 감히 싸움을 시작하지는 못하고 있던 몇몇 사람들이 즉각 그 줄타기 광대의 두 팔을 붙잡고 채찍을 빼앗아버렸다. 그러고는 욕설을 퍼부으며 그에게 으름장을 놓았다. 그 사내는 이제는 무기라고는 자기 입밖에 없는 것을 알고는 추악한 협박과 저주를 퍼붓기 시작했다. 그 게을러 빠지고 아무 짝에도 쓸모없는 계집애가 제 할 일도 하지 않으려 하고, 자기가 〈간중〉(그 이탈리아인은 〈관중〉을 이렇게 발음하였다)들에게 이미 약속해 놓은 달걀춤을 못 추겠다고 거부하기 때문에, 자기는 이제 그 계집애를 때려죽여 버리려고 하니 제발 아무도 자기가 하는 일을 방해하지 말라는 것이었다. 그 사내는 이미 군중 속으로 숨어 들어가 버린 아이를 찾기 위해 자기 몸을 빼내려고 애쓰고 있었다. 빌헬름은 그를 붙들어 세우고는 소리쳤다. 「당신이 그 아이를 어디서 훔쳤는지 법정에서 답변을 해야겠어. 그 이전에는 당신은 그 아이를 봐서도 안 되고 손찌검을 해서도 안 돼. 내가 당신을 끝까지 추적할 테니까. 당신은 내 손아귀에서 빠져나가지 못할 거야」 빌헬름이 흥분해서 면밀한 생각이나 의도도 없이 어떤 막연한 느낌에서, 혹은 달리 말해 보자면 어떤 영감에서 입 밖으로 내었던 이 말이 떨어지자, 그 사납게 날뛰던 인간이 갑자기 조용해졌다. 그 인간이 소리쳤다. 「그 쓸모없는 계집애를 얻다가 쓰겠소? 옷 해입힌 돈만 갚아주쇼. 그러면 그애를 데려가도 좋소. 오늘 저녁에라도 합의를 봅시다」 이렇게 말하고 나서 그는, 중단된 공연을 계속하고 몇 가지 특별 레퍼토리를 보여줘서 불안해하는 관중들을 만족시키기 위해 서둘러 가버렸다.

주위가 조용해지자 빌헬름은 그 아이를 찾아보았으나 아무데도 없었다. 몇몇 사람들은 이웃집 다락방에서 그 아이를 보았다고 했고, 또 다른 사람들은 그 아이가 이웃집의 지붕 위에 앉아 있는 것을 보았다고 주장하기도 했다. 온갖 장소를 다 찾아보았으나, 결국에는 마음을 차분히 가라앉히고 그 아이가 제 발로 다시 찾아올 때까지 기다리는 수밖에 없었다.

그러는 사이에 나르치스가 그 여관으로 왔기에 빌헬름은 그에게 그 아이의 운명과 출생에 대해 물어보았다. 하지만 그것에 대해서는 나르치스도 아무것도 몰랐다. 왜냐하면 그도 곡예단에 들어온 지가 오래되지 않았기 때문이었다. 그 대신 그는 자신의 운명을 아주 가벼운 기분으로 거리낌없이 아무렇게나 줄줄 이야기하는 것이었다. 빌헬름이 그에게 그렇게 많은 박수갈채를 받는 데 대해서 축하의 말을 하자, 그는 거기에 대해서는 아주 무관심하게 이렇게 말했다. 「우리는 사람들이 우리의 공연을 보고 웃어주고 우리 재주를 경탄해 주는 데에는 습관이 되었지요. 그러나 그런 특별한 박수갈채를 받는다고 해서 우리 사정이 조금이라도 나아지지는 않는답니다. 흥행주는 우리에게 출연료만 지불하고 나서는 자기 수지타산을 맞추려 하지요」 이렇게 말하고 나서 그는 작별을 고하면서 서둘러 떠나가려고 하였다.

어디를 그렇게 빨리 가려고 하느냐는 질문에 그 청년은 미소를 지으면서, 자기의 체격과 재주는 많은 관중들의 박수갈채보다 더 확실히 믿을 만한 인기를 얻고 있음을 고백했다. 즉, 그는 자기를 보다 더 가까이 사귀고 싶어서 안달이 난 몇몇 부인들로부터 전갈을 받았으며, 이집 저집을 방문하다 보면 자정이 되기 전에 다 다닐 수 없을까 봐 걱정이라는 것이었다. 그는 너무나 솔직하게 자기의 모험적 연애담을 계속했으며, 만약 빌헬름이 그런 경망한 실언을 듣기를 거부하면서 그를 정중하게 보내지 않았던들, 이름과 주소와 번지수까지도 말해 줄 기세였다.

라에르테스는 그 사이에 란트리네테와 환담을 나누어 보고는 그녀야말로 남의 아내가 될 만한 완벽한 자격을 갖춘 여성이며, 또 끝까지 아내로서의 도리를 다할 여성이라고 단언했다.

이제 그 아이 때문에 흥행주와의 담판이 시작되었는데, 그 아이는 은화 삼십 냥을 주고 우리의 친구가 맡기로 하였다. 검은 턱수염을 한 그 이탈리아인은 은화 삼십 냥을 받은 대가로 자신의 권리 일체를 포기하긴 했지만, 그 아이의 출생에 관해서는, 비상한 재주를 지니고 있었기 때문에 〈큰 악마〉라고 불리던 자기 형이 죽은 뒤로 자기가 그 아이를 맡게 된 사실 이외에는 더 이상 아무것도 털어놓으려 하지 않았다.

그 다음날 오전은 그 아이를 찾느라고 대부분이 흘러가 버렸다. 그 집과 이웃집들의 구석구석을 샅샅이 뒤져보았으나 허사였다. 그 아이는 감쪽같이 사라지고 없었던 것이다. 물에 빠져 죽지나 않았을까, 또는 그 밖에 무슨 자해행위라도 저지르지 않았는지 모두들 걱정스러워했다.

필리네의 매력도 우리 친구의 불안한 마음을 다른 방향으로 돌릴 수는 없었다. 그는 슬프고 근심스러운 하루를 보냈다. 저녁이 되어, 뜀뛰기꾼들과 줄타기 광대들이 관중들의 마음에 들기 위해 모두들 있는 힘을 다했지만, 그때까지도 그는 명랑한 기분이 될 수 없었고 기분전환이 되지도 않았다.

이웃 마을들에서도 사람들이 몰려와서 관중들의 수가 비상히 늘어났으며, 그래서 눈덩이처럼 자꾸만 불어난 박수갈채도 걷잡을 수 없을 정도로 엄청나게 커졌다. 칼날을 뛰어넘어서 바닥에 종이를 댄 통을 꿰뚫고 나오는 재주가 굉장한 찬탄을 불러일으켰다. 그리고 억센 장사가 모든 사람들의 전율과 경악과 찬탄을 불러일으켰는데, 그는 띄엄띄엄 늘어놓은 두세 개의 의자 위에 자신의 머리와 두 발을 올려놓고 그 위에 번듯이 드러누운 다음, 허공에 떠 있는 자신의 배 위에다 모루를 올려놓게 하고 그 위에서 몇몇 건장한 대장장이들이 말편자 하나를 온전히 벼러내도록 하는 것이었다.

또한, 이른바 〈헤라클레스의 힘〉이라는 것도 이 지방에서는 초연이었다. 그것은 가로로 한 줄 죽 늘어선 사람들의 어깨 위에 일련의 남자들이 올라서고, 그들이 다시 여자들과 소년들을 떠받침으로써 결국에는 일종의 살아 있는 피라미드를 만들고는 그 맨 꼭대기에는 한 어린애가 물구나무서기를 함으로써 꽃봉오리 또는 풍향계 모양의 장식을 이루는 곡예였다. 이 곡예가 그날의 모든 공연을 근사하게 마무리지어 주었다. 나르치스와 란트리네테는 다른 단원들이 어깨 위에 맨 가마를 타고 군중들이 큰 소리로 환호하는 가운데에 그 도시의 가장 고상한 길거리들을 행진했다. 사람들은 그들을 향해 리본과 꽃다발과 비단 손수건을 던졌고, 그들의 얼굴을 보려고 서로 밀치며 법석을 떨었다. 그들의 얼굴을 한번 쳐다보기만 해도, 그리고 그들이 한번 힐끗 보아주기만 해도 누구나 행복해하는 것 같았다.

「어느 배우, 어느 작가가, 아니, 도대체 어느 인간이, 자기가 행한 그 어떤 고귀한 말이나 훌륭한 행동 때문에 모든 대중에게 이렇게까지 대단한 인상을 불러일으킬 수 있는 것을 보고서, 자신의 소망이 더할 나위 없는 절정에 도달했다고 느끼지 않을 수 있겠습니까? 만약 우리가 선량하고 고귀하며 인간다운 감정을, 이 사람들이 자신들의 신체적 재주를 통해서 행할 수 있었던 것처럼 그렇게 번갯불처럼 신속하게 전파할 수 있다면, 그리고 만약 우리가 이 사람들처럼 그렇게 대중들에게 황홀감을 불러일으킬 수 있다면, 그것은 정말이지 천금과도 바꿀 수 없는 기분일 것입니다. 만약 우리가 대중에게 모든 인간적인 것과의 공감을 불어넣어 줄 수 있다면, 그리고 만약 우리가 행복과 불행, 지혜와 우매, 무의미함과 어리석음에 관한 표상으로 대중의 마음을 불타오르게 하고 그들을 뒤흔들어 놓음으로써 정체해 있는 그들의 속마음을 자유롭고 생동감에 넘치는 순수한 감동 쪽으로 움직이게 할 수 있다면, 얼마나 좋을까요!」 이렇게 우리의 친구가 말했다. 그러나 필리네도, 라에르테스도 이와 같은 논의를 계속할 기분은 아닌 것 같았기 때문에, 빌헬름은 자기가 좋아하는 이 사색을 혼자 즐겼다. 그러면서 그는 밤늦게까지 그 도시를 돌아다녔다. 그러는 가운데에 그는 선한 것, 고귀한 것, 위대한 것을 연극을 통해 구현해 보려던 자신의 옛 소망을, 해방된 상상력이 뿜어내는 온갖 생동감과 온갖 자유를 가지고 다시 한번 추구해 보는 것이었다.

5

그 이튿날 아침에 줄타기 광대들이 큰 소동을 내며 떠나가자마자, 금방 미뇽이 나타나서는 빌헬름과 라에르테스가 홀에서 펜싱 연습을 하고 있는 곳으로 다가왔다. 「어디에 숨어 있었지?」 빌헬름이 호의를 보이며 물었다. 「우린 너 때문에 걱정을 많이 했단다」 그 아이는 아무 말도 하지 않고서 그를 빤히 쳐다보기만 했다. 「넌 이제 우리 것이 됐어」 라에르테스가 큰 소리로 말했다. 「우리가 너를 샀단 말이야」——「얼마 주셨어요?」 그 아이는 아주 담담하게 물었다. 「금화 백 냥이야」 라에르테스가 대답해 주었다. 「그걸 다시 갚으면 넌 자유롭게 될 수 있어」 ──「아마 큰돈이겠지요?」 그 아이가 물었다. 「그럼, 큰돈이지. 그러나 네가 얌전하게만 굴면 잘될 거다」──「심부름을 해드릴게요」 하고 그녀가 대답했다.

그때부터 그녀는 급사가 그 두 친구를 위해 심부름하는 일을 자세히 관찰하였다. 그리고 그 이튿날에 벌써 급사가 방에 들어오는 것을 더 이상 용납하려 들지 않았다. 그녀는 모든 것을 자기가 직접 하려고 했으며, 또한 아주 굼뜨고 때로는 서툴기는 했지만 정확히, 그리고 세심한 주의를 기울여 자신의 일을 해 나가는 것이었다.

그녀가 어찌나 자주 물이 담겨 있는 통 옆에 서서 아주 열심히 그리고 심하게 얼굴을 씻곤 하는지 두 뺨의 피부에 거의 상처가 날 지경이었다. 이를 보다 못해 라에르테스가 놀리면서 물어보았더니, 그녀가 뺨에서 연지를 지우려고 온갖 방법을 다 써보고 있음을 알게 되었다. 그 일에 너무 열성을 기울이다 보니 그녀는 얼굴을 씻느라고 문질러서 생긴 빨간 상처 자국을 좀처럼 지워지지 않는 연지로 잘못 안 것이었다. 사람들이 그녀에게 사실을 알려주었더니, 그녀는 그 짓을 그만두었다. 그리고 그녀가 다시금 안정을 되찾은 뒤에는 갈색의 아름다운 얼굴이 나타났는데, 그 얼굴빛은 얼마 남지 않은 빨강색으로 말미암아 더욱더 돋보일 따름이었다.

빌헬름은 필리네의 방종스러운 자극을 즐기는 가운데 그리고 그 아이의 신비스러운 존재에 스스로 고백할 수 있는 것 이상으로 위안을 얻는 가운데 그 이상한 일행과 더불어 여러 날을 보냈다. 그러면서 그는 펜싱과 춤 연습을 부지런히 함으로써 자기 합리화를 하려고 했다. 즉, 이렇게 두 가지를 한꺼번에 배울 수 있는 기회가 쉽게 다시 오기는 어려울 것이라고 자기 변명을 했던 것이다.

그러던 어느 날, 그는 멜리나 부부가 도착한 것을 보고 적지 않이 놀랐고, 또 어느 정도는 그 사실을 기뻐하기도 하였다. 그들 부부는 몇 마디 반가운 인사를 나누고 나자마자 극단의 여자 단장과 나머지 배우들에 관해서 물어보았는데, 그 여자 단장은 이미 오래전에 떠나갔고 배우들도 극소수를 제외하고는 뿔뿔이 흩어져 버렸다는 말을 듣고는 크게 낙담을 하는 것이었다.

그 젊은 한 쌍이 빌헬름의 도움으로 부부로 결합하게 된 사실은 우리도 아는 바이지만, 그렇게 결합한 뒤에 그들 부부는 출연 계약을 하기 위해 여러 곳을 돌아다녀 보았으나 한 군데도 찾지 못하다가, 마침내 도중에서 만난 몇몇 사람들이 이 소도시에서 좋은 연극을 구경했다고 주장하면서 이곳으로 가보라는 바람에 여기로 오게 되었다는 것이었다.

모두들 인사를 나누었다. 멜리나 부인은 필리네의 마음에 영 들지 않았고 멜리나는 활달한 라에르테스의 마음에 조금도 들지 않았다. 필리네와 라에르테스는 새로 온 사람들이 곧 다시 떠나가 주었으면 했다. 정말 좋은 사람들이라고 빌헬름이 그들에게 계속 다짐을 했건만, 그도 그들이 억지로 호감을 갖게 할 수는 없었다.

이렇게 일행이 많아지자 묘한 삼각관계의 모험을 해오며 지내던 세 사람의 지금까지 재미있던 생활도 여러 가지로 방해받게 된 것이 사실이었다. 예컨대, 멜리나는 당장 여관(그는 필리네가 들어 있는 바로 그 여관에 들어 있었다)의 숙식비를 깎고 불평을 늘어놓기 시작했다. 그는 얼마 안 되는 돈으로 더 좋은 방, 더 풍족한 식사에 보다 민첩한 접대를 받기를 원했다. 얼마 안 가서 여관 주인과 급사가 짜증스러운 표정을 짓게 되었다. 다른 사람들은 즐겁게 지내기 위해 모든 것을 그대로 참고, 이미 먹어버린 것을 더 이상 생각하지 않기 위해 될 수 있는 대로 빨리 대금을 지불했는데, 멜리나는 식사 때마다 항상 즉각 잘못을 시정하곤 했으며, 그것도 모자라서 식사가 끝나면 항상 처음부터 다시 조사를 해보는 것이었다. 그래서 필리네는 그를 가리켜 두말없이 반추동물이라고 부르게 되었던 것이다.

이 명랑한 아가씨에게 멜리나 씨보다 더 미움을 받은 사람은 멜리나 부인이었다. 이 젊은 부인은 교양이 없지는 않았지만, 정신과 영혼이 완전히 결여되어 있었다. 그녀는 대사를 제법 잘 읊조렸으며, 걸핏하면 대사를 읊조리고 싶어했다. 그러나 얼마 가지 않아 곧 사람들은 그 낭송이 개별적인 대목들에 머무르고 마는 단어 암송에 불과한 것으로서, 작품 전체의 감정을 표현하지 못하고 있음을 알아채게 되었다. 이런 사실에도 불구하고 그녀는 사람들에게, 특히 남자들에게는 좀처럼 불쾌감을 주지 않았다. 오히려, 그녀와 사귀는 남자들은 대개 그녀가 매우 분별력이 있는 여자라고 생각했다. 왜냐하면 그녀는 내가 한마디로 공감녀(共感女)라고 부르고 싶은 그런 여자였기 때문이었다. 말하자면, 그녀는 자기가 인정받고자 하는 남자에게 특별히 주의해서 알랑거릴 줄 알았고, 그의 이상 속으로 될 수 있는 대로 깊숙이 파고들어 갈 줄 알았으며, 그 이상이 그녀의 수준을 완전히 상회하게 되자마자 그와 같은 새로운 현상을 열렬하게 받아들일 줄 알았던 것이다. 또한 그녀는 말할 때와 침묵할 때를 분별할 줄 알았으며, 음험한 악의 같은 것이 있는 것은 아니었지만, 매우 세심한 주의를 기울여 다른 사람의 약점이 있을 만한 곳을 살필 줄도 알았다.

6

그 동안에 멜리나는 전에 머물렀던 그 극단의 남은 도구들에 관하여 자세히 알아보았다. 무대장치와 의상이 다같이 몇몇 상인들에게 저당잡혀 있었으며, 한 공증인이 만약 애호가들이 나타날 경우 적당한 조건이면 마음대로 처분해도 좋다는 여자 단장의 위임을 받아놓은 상태였다. 멜리나는 물건들을 보기를 원했으며, 빌헬름을 끌고 함께 갔다. 사람들이 그들에게 물건들이 보관되어 있는 방의 문을 열어주었을 때, 빌헬름은 그것들에 대해 그 어떤 애착감 같은 것을 느꼈다. 하지만, 그는 자기 자신에게조차도 그런 기분을 인정하고 싶지 않았다. 얼룩진 무대장치들은 상태가 좋지 않았고, 터키풍 또는 이교도식의 의상들, 남녀 어릿광대용의 낡은 상의들과 치마들, 그리고 요술사와 유태인과 승려들이 입는 헐렁한 겉옷들은 화려함과는 거리가 먼 것이었다. 그럼에도 불구하고 그는 이와 비슷한 고물들의 틈바구니에서 자기 인생의 가장 행복했던 순간들을 맛보았다는 감회를 떨쳐버릴 수 없었다. 만약 멜리나가 그의 마음속을 들여다볼 수 있었더라면, 이 흩어진 물건들을 사서 하나의 온전한 전체로 조립한 다음, 새 생명을 불어넣기 위해서 돈을 좀 내놓으라고 더 열을 내어 그를 졸라댔을 것이다. 「은화 이백 냥만 있으면 저는 정말 행복한 사람이 될 수 있을 것입니다」 멜리나가 감격해서 말했다. 「그러면, 연극하는 데에 우선 필수적인 이 물건들을 구입해서 출발은 할 수 있을 테니까요. 그렇게 되면 곧 조그만 극단을 조직하고 싶습니다. 극단만 조직되면 우리는 이 도시에서든 이 지방에서든 틀림없이 밥벌이는 하게 될 것입니다」 빌헬름은 아무 말도 하지 않았다. 그리하여 두 사람은 다시금 쇠가 채워지는 그 물건들을 뒤로 하고 생각에 잠긴 채 그 자리를 떠났다.

이 시각 이후부터 멜리나는 어떻게 하면 극단을 조직해서 한 밑천 잡을 수 있을까 하는 계획과 그런 갖가지 궁리들 이외에는 다른 화제를 꺼낼 줄 몰랐다. 그는 필리네와 라에르테스를 끌어넣으려고 애썼다. 그 결과 빌헬름에게도, 돈을 좀 투자하고 그 대신 담보를 잡으면 어떻겠느냐는 제안이 간접적으로 들어오게 되었다. 그러나 바로 이 기회가 되어서야 비로소 빌헬름은 자기가 이곳에서 이렇게 오래 머무르지 말았어야 했다는 사실을 바로 깨닫게 되었다. 그래서 그는 그렇게 할 수 없어서 미안하다는 뜻을 표하고는 자기의 여행을 계속할 채비를 차리려고 하였다.

그러는 동안에 미뇽의 모습과 거동이 점점 더 그의 마음을 끌었다. 그 아이의 모든 행동 하나하나에는 무엇인가 특이한 점이 있었다. 그 아이는 계단을 오르내릴 때에도 걷는 것이 아니라 뛰어다녔고, 복도의 난간 위에서 갑자기 어디론가 올라가 버려서 어리둥절해 있노라면 어느새 장롱 위에 올라가서는 거기서 한동안 가만히 앉아 있곤 하였다. 또한 빌헬름이 그 동안 눈여겨본 바로는 그 아이는 사람에 따라 인사하는 방법이 다 달랐다. 그에게는 얼마 전부터 양팔을 가슴 위에다 엇포개 놓으면서 인사를 했다. 그녀는 여러 날 동안 아주 입을 봉하고 있는가 하면, 가끔 가다가는 여러 가지 질문에 대해 상당히 많은 대답을 하기도 했는데, 그것은 항상 특이하게 들렸다. 그녀가 프랑스어와 이탈리아어가 뒤섞인 온전치 못한 독일어를 했기 때문에 그것이 농담인지 말을 잘못 해서 그러는 것인지 구별이 되지 않았던 것이다. 그 아이는 빌헬름의 시중을 드는 일에는 피로를 모를 정도로 열성이어서 해뜨기가 무섭게 일찍 일어나곤 하였다. 그 대신 저녁에는 적당한 시간에 물러나서 골방 바닥에서 그냥 자곤 했는데, 침대나 짚으로 된 매트를 쓰라고 아무리 권해도 그녀의 마음을 움직일 수가 없었다. 그는 그녀가 몸을 씻는 것을 자주 목격할 수 있었다. 그녀가 몸에 걸치고 있는 것 모두가 거의 두 겹 세 겹으로 기운 것이었는데도 깨끗한 편이었다. 또한 빌헬름은 그녀가 매일 아침 아주 일찍이 미사에 참가한다는 말을 듣고, 한번은 그곳으로 그녀를 따라가서, 그녀가 묵주를 손에 들고 성당의 한구석에 꿇어앉아 열심히 기도하는 것을 보았다. 그녀는 그를 보지 못했다. 그는 숙소로 돌아와서는 이 아이에 대해 많은 생각을 해보았으나 이 아이한테서 무언가 확실한 것이라고는 아무것도 추론해 낼 수 없었다.

지금까지 여러 번 언급되었던 예의 무대도구들을 구입하기 위해 돈을 좀 대어달라고 멜리나가 다시금 졸랐기 때문에 빌헬름은 이제 그만 여행을 떠나야겠다는 생각을 더욱 굳히게 되었다. 그는 오늘이 마침 우편마차가 오는 날이라 오랫동안 그에게서 아무 소식도 듣지 못했던 가족들에게 오늘 안으로 편지를 쓰려고 했다. 그래서 그는 실제로 베르너에게 편지 한 통을 쓰기 시작했으며, 자기가 겪은 모험들을 서술하면서 자신도 알아채지 못하는 사이에 여러 번 진실로부터 벗어나기도 했다. 그 모험의 서술이 상당히 많이 진척되었을 때, 그는 화가 나는 일이었지만 그 편지지의 뒷면에 이미 몇몇 시행이 베껴져 있는 것을 발견했다. 그것은 그가 멜리나 부인을 위해 자신의 수첩에서 베끼기 시작했던 시였다. 그는 화가 나서 그 편지지를 찢어버리고 자기 고백을 되풀이해서 쓰는 일을 그 다음 우편일로 연기해 버렸다.

7

우리의 일행이 다시금 한데 모여 앉아 있었는데, 지나쳐 가는 말과 들어오는 마차마다 아주 주의깊게 살피고 있던 필리네가 매우 활기찬 목소리로 외치는 것이었다. 「훈장님이다! 저기 우리 훈장님이 오시네! 함께 데리고 오시는 분은 누굴까?」 그녀는 이렇게 외치면서 창 밖을 향해 손을 흔들었으며, 이윽고 마차가 와서 멈춰섰다.

다 해진 회갈색 상의와 상태가 좋지 않은 속옷들로 미루어 보건대 곰팡내 나는 대학 강단에서나 썩을 훈장 나부랭이로 여겨지는 초라하고 가련한 한 인간이 마차에서 내리더니, 필리네에게 인사를 하기 위해 모자를 벗었다. 그 바람에 그는 분을 볼썽사납게 뿌린 매우 뻣뻣한 가발을 드러내지 않을 수 없었다. 필리네는 그에게 손으로 수없는 키스를 던졌다.

이렇게 그녀는 남자들 중 일부를 사랑하고, 또 그들의 사랑을 받는 것을 즐기는 데에 행복감을 느꼈다. 한편 이에 못지않게, 바로 이 순간에 그녀가 사랑하고 있지 않은 나머지 다른 남자들을 매우 경박한 방법으로 골려주는 재미도 될 수 있는 대로 자주 맛보곤 했다.

그녀가 이 옛 친구를 맞이하느라고 수선을 떠는 바람에 좌중의 일행은 그를 뒤따라오는 나머지 사람들을 눈여겨보는 것을 잊고 있었다. 하지만 빌헬름은 두 여자와, 그녀들과 함께 들어서는 한 늙수그레한 남자가 어디선가 본 사람들같이 생각되었다. 과연, 얼마 있지 않아, 몇 년 전에 그의 고향 도시에서 공연을 한 적이 있는 극단에서 빌헬름 자신이 이 세 사람 모두를 여러 번 본 적이 있다는 사실이 드러났다. 딸들은 그때보다 많이 성장해 있었지만, 노인은 별로 변한 데가 없었다. 이 사람은 보통 악의없이 호통을 잘 치는 사람좋은 노인역을 맡곤 했는데, 이런 배역은 독일 연극에는 거의 빠짐없이 등장하는 것이었으며, 일상생활에서도 심심찮게 만나볼 수 있는 인물이었다. 즉, 좋은 일을 큰 호들갑을 떨지 않고 해치우는 것이 우리 독일 국민의 특성인지라, 우리 국민은 정당한 일이라도 모양과 멋을 내어 행하는 방법도 있다는 것은 거의 생각하지도 못하고, 오히려 반대하고 싶은 기질의 충동을 받아, 그들의 가장 좋은 미덕을 무뚝뚝한 성질을 통해 정반대로 표현하는 실수를 저지르기 십상인 것이다.

우리의 이 배우는 이런 역을 매우 잘해 내었다. 그리고 그는 이런 역만을 너무 자주 해온 나머지, 일상생활에서도 이 배역과 비슷한 언행을 하기에 이르렀다.

빌헬름은 그 노인을 알아보자마자 마음이 크게 동요했다. 왜냐하면 이 남자가 무대 위에서 그의 애인 마리아네의 옆에 있던 것을 수없이 보았던 일이 생각났기 때문이었다. 그는 아직도 그 노인이 호통치는 소리가 들리는 듯했으며, 여러 배역에서 그 노인의 거친 성격에 대응하지 않으면 안 되었던 마리아네의 애교 있는 목소리도 귀에 쟁쟁하였다.

바깥 세상 어딘가에서 일자리를 얻게 되었는지 또는 얻을 희망이라도 있는지의 여부가 새로 도착한 사람들에게 던져진 첫 질문이자 큰 관심사였지만, 그 대답은 유감스럽게도 부정적인 것이었다. 알아본 극단들은 모두 인원이 차 있었고 그중 몇몇 극단들은 임박한 전쟁 때문에 심지어는 해산해야 할 걱정까지 하고 있더라는 얘기였다. 그래서 〈호통 잘 치는 노인 der polternde Alte〉은 화도 나고 기분전환도 하고 싶은 나머지 두 딸과 함께 제법 유리한 계약을 포기해 버리고, 도중에서 만난 〈훈장 Pedant〉과 함께 마차를 세내어 이리로 오긴 했지만, 앞으로 살아갈 방도에 대해서는 보시다시피 별로 뾰족한 수가 떠오르지 않는다는 것이었다.

다른 사람들이 그들의 관심사에 대해서 매우 활발하게 이야기하는 동안 빌헬름은 깊은 생각에 잠겨 있었다. 그는 그 노인과 단둘이서 이야기하기를 원했으며, 마리아네의 소식을 듣고 싶은 한편 듣기가 두렵기도 했다. 그래서 그의 심정은 극도로 불안한 상태였다.

새로 온 아가씨들의 아리따운 모습도 몽환 상태에 있는 그를 깨울 수는 없었다. 하지만 그는 갑자기 일어난 어떤 말다툼에 귀를 기울이게 되었다. 필리네의 시중을 들곤 하던 그 금발의 소년 프리드리히 Friedrich가 식탁을 차리고 음식을 날라오라고 하자 이번에는 격렬하게 거부하고 나선 것이었다. 「당신의 시중은 들기로 했지만, 온갖 사람들의 심부름을 해야 할 의무는 없어요」 하고 소년은 큰 소리로 외쳤다. 이에 그들 사이에는 격한 언쟁이 벌어졌다. 필리네는 소년에게 의무를 다할 것을 주장했다. 그런데도 소년이 완강히 거부하자 그녀는 어디든지 마음대로 꺼져버리라고 막말을 퍼붓는 것이었다.

「당신 곁을 못 떠날 줄 알고 그러는 거예요?」 하고 소년은 고함을 지르고는 도전적인 태도로 나가버렸다. 그러고는 봇짐을 꾸려가지고는 당장 서둘러 집을 나가버리는 것이었다.

「미뇽!」 하고 필리네가 말했다. 「네가 가서 우리가 필요한 걸 좀 갖다다오! 급사한테 말해서 시중드는 것을 도와주렴!」

미뇽은 빌헬름 앞으로 다가서더니 그녀의 그 간명한 말투로 묻는 것이었다. 「그럴까요? 그래도 돼요?」 「그래! 얘야, 아가씨

분부대로 하렴!」 하고 빌헬름이 대답했다.

그 아이는 모든 것을 날라왔으며, 저녁 내내 아주 세심하게 손님들의 시중을 들었다. 식사 후에 빌헬름은 그 노인과 단둘이서 산책을 하고 싶었는데, 그것이 뜻대로 이루어졌다. 지금까지 어떻게 지냈느냐는 등 여러 가지 질문이 있은 연후에 예전의 극단 쪽으로 화제가 돌아갔다. 그래서 빌헬름은 드디어 용기를 내어 마리아네에 관해서 물어보았다.

「그 지긋지긋한 인간에 관한 얘기는 제발 입밖에 내지도 마시오!」 노인은 외쳤다. 「나는 그 여자에 대해서라면 더 이상 생각조차 않겠다고 맹세했어요」 빌헬름은 이런 말투에 깜짝 놀랐다. 그러나 그는 그 노인이 그녀의 경박하고 방종한 행실을 계속 욕하는 소리를 듣자 더욱더 당황하게 되었다. 우리의 친구는 얼마나 간절히 이 대화를 그만 중단하고 싶었던가! 하지만 이제 그는 내친 김에 이 기이한 노인이 퍼부어대는 호통을 참고 듣는 수밖에 다른 도리가 없었다.

「그 여자에게 그렇게 정이 끌린 사실조차 부끄러울 지경이오」 노인은 말을 계속했다. 「하지만, 만약 당신이 과거의 그 처녀를 더 자세히 아신다면, 당신은 틀림없이 내 행동을 이해하실 게요. 아주 얌전하고 천진하며 선량해서, 어느 모로 보나 괜찮은 여자였지요. 나는 철면피와 배은망덕이 그 여자의 주요 특성이 되리라곤 도저히 상상할 수가 없었지요」

빌헬름은 이미 그녀에 대한 최악의 말까지도 들을 각오를 하고 있었는데, 갑자기 놀랍게도 노인의 어조가 부드러워지고, 노인이 마침내는 말을 더듬거리고 있는 것을 알아차리게 되었다. 결국 노인은 주머니에서 손수건을 꺼내어 눈물을 닦았으며, 눈물 때문에 더 이상 말을 잇지 못하는 것이었다.

「왜 그러시지요?」 빌헬름이 소리쳐 물었다. 「노인장의 감정이 갑자기 그렇게 정반대 방향으로 바뀌는 것은 무엇 때문입니까? 감추지 마시고 말씀해 주십시오. 저는 그 아가씨의 운명에 대해서 노인장께서 생각하시는 것 이상으로 깊은 관계가 있는 사람입니다. 제발 제게 모든 것을 다 알려주십시오」

「별로 말할 것도 없어요」 노인은 또다시 그 진지하고도 화난 말투로 넘어가면서 대꾸를 했다. 「그 여자 때문에 내가 참아내어야 했던 일을 생각하면 난 그 여자를 결코 용서할 수 없을 게요」 노인은 말을 계속했다. 「그 여자는 나에게 항상 그 어떤 신뢰감을 지니고 있었어요. 그래서 나도 그 여자를 내 딸처럼 사랑했지요. 그때는 아직 안사람이 살아 있었기 때문에 그 여자를 우리 집으로 데리고 들어올 결심까지 했지요. 그 노파한테 맡겨두었다가는 장래가 좋지 않을 듯해서 노파의 손아귀에서 그 여자를 구출하려던 것이었지요. 안사람이 죽자 그 계획도 깨지고 말았지요.

당신의 고향 도시에서 체류하던 마지막 무렵, 그러니까 아직 삼 년이 채 안 되네요. 그때, 나는 그 여자한테서 눈에 띄는 수심기를 엿보았어요. 나는 그 여자에게 까닭을 물었지만, 그 여자는 대답을 피하는 것이었어요. 마침내 우리 일행은 여행을 떠나게 되었어요. 그 여자가 나와 한 마차를 타고 가게 되었는데 나는, 그 여자도 얼마 안 가서 내게 고백한 사실이지만 그녀가 임신중임을 눈치챘지요. 또한 나는 그 여자가 우리 극단의 단장한테 쫓겨날까 봐 크게 두려워하고 있다는 것도 알게 됐어요. 얼마 있지 않아 단장도 그 사실을 알고는 그렇지 않아도 육 주 밖에 남아 있지 않은 계약을 즉각 해지해 버리고 그 여자가 요구할 수 있는 금액을 지불해 주었어요. 그러고는 온갖 항의와 청원에도 아랑곳하지 않고 어느 소도시의 누추한 여관방에 그 여자를 남겨두고 떠나버렸어요.

모든 방종한 계집들은 얼어죽어도 싸지!」 하고 노인은 화가 나서 외쳤다. 「특히 내 인생에서 그다지도 많은 시간을 망쳐놓은 그 여자는 그래요! 내가 어떻게 그 여자를 돌보아주었는지, 내가 그 여자를 위해 무엇을 했고, 그 여자를 얼마나 아꼈으며, 눈앞에 없을 때에도 그 여자를 보살핀 사연들을 길게 늘어놓아 무얼 하겠어요? 내가 또다시 그런 인간에게 털끝만큼의 관심이라도 갖느니 차라리 못에다 돈을 던지거나 옴에 걸린 개들을 기르는 데에 아까운 시간을 보내겠어요. 경과가 어떻게 되었느냐구요? 처음에는 감사의 편지도 받고 그 여자가 머물렀던 몇몇 체류지로부터 소식이 왔어요. 그러나 결국엔 일언반구의 안부도 없고 내가 산후 조리하라고 보내준 돈에 대한 감사의 편지조차 없는 겁니다. 아, 여자들의 위장하는 술책과 경망한 몸가짐은 정말 그럴싸하게 짝을 이루고 있어서 저희들이 편안하게 살아가는 데에는 안성맞춤이지만 순박한 남자로 하여금 자주 분통을 터뜨리게 만든단 말입니다!」

8

이런 대화 끝에 집으로 돌아오는 빌헬름의 상태를 한번 상상해 보셨으면 한다. 그의 모든 옛 상처들이 다시금 터지게 되었으며, 마리아네가 그의 사랑을 받을 만한 가치가 전혀 없는 사람도 아니었다는 느낌이 다시금 생생하게 되살아났다. 왜냐하면, 그 노인의 관심 속에서도, 그 노인이 본의 아니게 하지 않을 수 없었던 그 칭찬의 말에서도 우리의 친구는 그녀의 온갖 사랑스러운 모습을 다시 그려볼 수 있었기 때문이었다. 뿐만 아니라, 그 다혈질의 노인의 격렬한 비난조차도 빌헬름이 그녀를 평가절하할 수 있는 내용이라곤 아무것도 포함하고 있지 않았던 것이다. 즉, 빌헬름은 자기 자신이 그녀의 과실에 대한 공범자라고 느끼고 있는 데다가 그녀가 마지막에 가서 침묵을 지킨 것도 빌헬름이 보기에는 비난을 받아야 할 짓으로 생각되지는 않았던 것이다. 비난을 하기는커녕 그는 오히려 그 상황에 대해 비통한 생각에 빠지지 않을 수 없었으며, 산모로서, 어쩌면 자기 자신의 아이의 어머니로서 아무도 도와주는 사람 없이 외로이 이 세상을 헤매고 다니는 모습을 눈앞에 떠올렸다. 이런 상상이 그의 가슴에다 이루 말할 수 없는 고통을 불러일으켰다.

미뇽이 그가 돌아오는 것을 기다리고 있다가 그가 계단을 올라가는 길을 밝혀주었다. 등불을 내려놓으면서 그녀는 오늘 저녁 그에게 한 가지 재주를 보여드리고 싶으니 허락해 달라고 부탁했다. 그는 마음 같아서는 그것을 하지 못하게 하고 싶었다. 특히 그 재주란 것이 무엇인지 구체적으로 알지도 못하니 더 그런 심정이었다. 그러나 그는 이 착한 아이에게는 아무것도 거절할 수가 없었다. 잠시 후에 그녀는 다시 방 안으로 들어왔는데, 한쪽 팔 아래에 양탄자를 끼고 와서는 그것을 마룻바닥 위에 펼쳤다. 빌헬름은 그녀가 하는 대로 내버려 두었다. 그러자 그녀는 네 개의 촛불을 가져와서 양탄자의 각 귀퉁이 위에다 하나씩 세웠다. 그 다음에 그녀가 갖고 들어온 한 바구니의 달걀로 해서 미뇽의 의도가 보다 분명해졌다. 이제 그녀는 양탄자 위를 오가며 정교하게 거리를 재고는 일정한 거리를 두고 달걀들을 배치했다. 그러고 나서 그녀는 그 집에서 급사로 일하는 사람 중에서 바이올린을 연주할 줄 아는 사람 하나를 소리쳐 불러들였다. 그 사람은 악기를 가지고 구석으로 갔다. 그녀는 자기 눈을 가린 다음 신호를 하는 동시에, 캐스터네츠로 박자와 선율을 맞추면서 마치 잔뜩 감아놓은 태엽같이 음악에 따라 몸을 움직이기 시작했다.

민첩하고도 경쾌하게, 재빠르고도 정확하게 그녀는 춤을 추었다. 그녀는 아주 정확하고도 안전하게 달걀 사이를 누비며 춤을 추고 달걀들 틈을 밟기도 했다. 그래서 매 순간 그녀가 달걀 하나를 밟아 깨뜨리거나 재빨리 돌다가 다른 달걀 하나를 차버릴 것 같아 조마조마했다. 그러나 결코 그런 일은 일어나지 않았다! 그녀는 좁은 걸음, 큰 걸음 등 온갖 종류의 스텝을 밟고, 심지어는 도약도 하고 마지막으로는 반쯤 무릎을 꿇기까지 하며, 달걀들이 늘어선 사이를 이리저리 피해 다니면서도 단 한 개의 달걀도 건드리지 않았다.

그녀는 마치 하나의 시계장치처럼 멈출 수 없이 자신의 길을 달려가고 있었으며, 그 이상한 음악은 새로이 되풀이될 때마다 언제나 처음부터 다시 시작되면서 마구 치닫는 그 춤에다가 새로운 기운을 북돋우어 주고 있었다. 빌헬름은 그 이상한 구경거리에 완전히 황홀해져서 그의 근심걱정을 다 잊었으며, 그 사랑스런 아이의 모든 동작을 지켜보고 있었다. 그러면서 그는 바로 이 춤에서 그녀의 성격이 매우 훌륭하게 드러나는 것을 보고 신기하게 생각했다.

그녀는 엄격하고 예민할 뿐만 아니라 건조하고도 격렬하게 자신을 표현했으며, 부드러운 자세를 취할 때에도 그녀의 모습은 유쾌하다기보다는 오히려 엄숙해 보였다. 그는 자기가 이미 미뇽에 대해서 느껴오던 감정을 이 순간에 갑자기 다시 느끼게 되었다. 그는 그 버림받은 아이를 자신의 아이로서 자기 가슴에 받아들이고 그 아이를 품안에 안고 아버지와 같은 사랑을 다하여 그 아이의 마음속에 삶의 기쁨을 일깨워줄 수 있기를 열망하였다.

춤이 끝났다. 그래서 그녀는 두 발로 달걀들을 살살 굴려서 한 무더기로 모았는데, 단 한 개도 그냥 남겨두거나 깨지 않았다. 그녀는 그 달걀 무더기 곁에 서서는 가린 눈을 풀고 나서 허리를 굽히면서 그녀의 재주를 끝내는 것이었다.

빌헬름은 자기가 오랫동안 보고 싶어했던 그 춤을 뜻밖의 순간에 그처럼 훌륭하게 그에게 보여줘서 고맙다고 그녀에게 말했다. 그는 그녀를 쓰다듬어 주면서, 그녀가 춤을 추느라고 너무 많은 애를 쓴 것이 안됐다고 말했다. 그는 그녀에게 새 옷을 한 벌 해주겠다고 약속했다. 그러자 그녀가 「선생님의 색깔로요!」 하고 격렬하게 말했다. 그는 그녀의 이 말이 무슨 뜻인지도 확실히 몰랐으면서도 그것 역시 그렇게 하자고 그녀에게 약속을 했다. 그녀는 달걀을 주워담고 양탄자를 팔 밑에 끼고는 더 시키실 일이 없느냐고 물었다. 그러고는 사뿐히 문 밖으로 나가버렸다.

빌헬름이 악사한테서 듣기로는 그녀는 벌써 상당히 오래전부터 그 악사가 유명한 판당고fandango라는 그 스페인 무곡을 연주할 수 있을 때까지 노래로 불러주면서 많은 애를 써서 가르쳐 주었다는 것이다. 또한 그녀는 그 악사에게도 수고에 대한 보답으로 약간의 돈을 내놓았지만, 그는 그것을 받지 않았다고 했다.

9

우리의 친구에게는 뒤숭숭한 하룻밤이었다. 그는 잠을 이루지 못하고 깨어 있기도 하고 답답한 꿈에 시달리기도 했다. 꿈속에서 그는 마리아네를 보았는데, 그녀는 어떤 때는 이루 말할 수 없이 아름다운 모습으로 나타났다가도 또 어떤 때에는 비참하기 짝이 없는 모습으로 나타났으며, 아기를 안고 나타나는가 하면 금방 그 아기를 빼앗긴 채 빈손으로 나타나기도 하였다. 그런 뒤숭숭한 밤을 보내고 날이 새자마자 벌써 미농이 재단사 하나를 데리고 방으로 들어왔다. 그녀는 회색 천과 푸른색 호박단을 가져왔다. 그러고는 그녀 특유의 말투로 설명하기를, 시내의 소년들이 입고 있는 것과 같이 푸른 깃과 리본이 달려 있는 새 조끼와 선원들이 입는 바지를 입고 싶다는 것이었다.

빌헬름은 마리아네와 헤어진 이래로는 모든 화려한 색상을 피해 왔었다. 그는 회색, 즉 그늘진 색상의 옷을 입는 데에 습관이 들어버렸는데, 단지 하늘색의 안감이나 같은 색상의 조그만 깃만이 그 조용한 색상의 옷에다 어느 정도 활기를 띠게 해줄 따름이었다. 미농은 그의 옷과 같은 색깔의 옷을 입겠다고 재단사를 졸라대었다. 그래서 그 재단사는 빠른 시일 안에 물건을 만들어주겠다고 약속을 했다.

우리의 친구가 오늘 라에르테스와 함께 가진 춤과 펜싱 연습 시간은 좀체 잘 되지가 않았다. 그런 데다 불과 얼마 있지 않아 멜리나가 나타나는 바람에 그나마 중단되고 말았다. 멜리나는 이제는 조그만 극단이 모인 셈이니까 작품들도 충분히 공연할 수 있을 것이라고 장황하게 설명을 늘어놓았다. 그는 빌헬름한테 창단을 위해 약간의 돈을 빌려달라는 청을 되풀이했다. 이에 대해 빌헬름은 또다시 가부간에 명확한 대답을 하지 않았다.

그러자 곧, 필리네와 그 아가씨들이 웃고 떠들어대면서 들어왔다. 그들은 또다시 드라이브할 궁리를 했다는 것이었다. 그런 계획을 꾸밀 만도 한 것이 장소와 대상을 바꾸어보는 것이야말로 그들이 언제나 간절히 원하는 낙이었고, 매일같이 다른 장소에서 식사를 하는 것이야말로 그들의 최고의 소원이었던 것이다. 이번에는 뱃놀이를 하자는 것이었다.

유쾌하게 흐르는 강의 굽이굽이를 타고 내려갈 배는 벌써 〈훈장〉을 통해 주문되어 있었다. 필리네가 재촉하니 일행은 망설이지 않고 금방 모두 배에 탔다.

「자, 이제 무얼 하지요?」 모두 배의 나무의자에 자리잡고 앉았을 때 필리네가 물었다.

「가장 손쉽게 할 수 있는 건 아마 즉흥극일 걸!」 라에르테스가 대답했다. 「각자가 자기의 성격에 제일 잘 어울리는 역을 맡아 하기로 합시다. 그래서 어느 정도 잘 되는가 한번 보기로 하지요」

「아주 좋은 생각입니다」 빌헬름이 말했다. 「가장(假裝) 없는 사회, 누구나 자기 뜻대로만 행동하는 사회에서는 우아한 운치나 만족감이 오래 지탱하기가 어렵고, 항상 가장만 하는 사회로는 그런 것이 아예 들어갈 여지조차 없는 법이거든요. 그러니까, 우리가 아예 처음부터 우리 자신에게 가식이 있음을 인정해 놓은 다음, 그 가면 아래에서 우리 각자가 원하는 만큼 정직하게 행동한다면, 그거 나쁘지 않을 겁니다」

「그래요」 라에르테스가 말했다. 「바로 그 때문에 여자들과는 항상 유쾌하게 지낼 수 있는 겁니다. 여자들이란 절대로 그들의 참모습을 보여주지 않거든요」

「바로 그 때문에 여자들은 남자들처럼 그렇게 허영심이 많지 않지요」 멜리나 부인이 대꾸했다. 「남자들은 자연이 창조해 준 그대로의 모습으로도 족히 항상 사람들의 호감을 사기에 충분하다고 자만하고 있어요」

그러는 동안에 배는 경치 좋은 수풀과 언덕 사이를 지나고 과수원과 포도원 사이를 지나왔다. 젊은 아가씨들과 특히 멜리나 부인이 그 지역에 대한 그들의 열광적인 감동을 표현했다. 심지어 멜리나 부인은 비슷한 자연풍경을 묘사하고 있는 아름다운 시 한 편을 엄숙하게 낭송하기 시작하는 것이었다. 그러나 필리네가 그녀의 낭송을 중단시키고, 어느 누구도 무생물에 관해서는 말하지 않기로 하자는 규칙을 제안했으며, 차라리 즉흥극을 하자는 제의를 열심히 관철시켰다. 〈호통 잘 치는 노인〉은 퇴역 장교의 역을, 라에르테스는 일자리를 구하는 펜싱 사범 역을, 〈훈장〉은 유태인 역을 하도록 했고, 그녀 자신은 티롤 지방의 여인 역을 맡겠다고 했으며, 나머지 사람들은 각자 자기가 원하는 배역을 고르도록 했다. 모두 서로 전혀 모르는 사람들인데, 시장이 열리는 배에 지금 막 올라와 만난 것으로 가정하자는 것이었다.

그녀는 당장에 유태인을 상대로 자기 배역을 연기하기 시작했다. 그래서 모두들 명랑한 기분이 되었다.

그렇게 배가 얼마 가지 않아서 사공이 배를 멈추고, 누군가가 강변에 서서 손짓을 하는 사람이 있는데 함께 태워도 좋겠느냐고 일행의 허락을 구했다.

「그거 마침 잘됐네요」 하고 필리네가 외쳤다. 「우리 일행 중에 영문을 모르고 끼여든 승객이 한 사람 있어야 하던 참이었어요」

체격이 훤칠한 한 남자가 배에 탔는데, 그의 옷차림과 근엄한 표정으로 보건대 아마도 성직자로 간주될 수도 있을 법하였다. 그는 일행에게 인사를 했고, 일행도 그들 나름대로 그에게 답례했으며, 이어서 그에게 그들이 하고 있는 장난을 설명해 주었다. 그러자 그는 한 시골 목사의 역을 맡았는데, 때로는 훈계를 늘어놓기도 하고 때로는 성경 고사(故事)를 인용하는가 하면, 약간의 약점을 노출시키는 중에도 성직자로서의 위엄을 지킬 줄 아는 등 그 역을 아주 근사하게 해내었기 때문에 모두들 경탄해 마지않았다.

그러는 동안에 단 한번이라도 자기 성격에서 벗어난 연기를 한 사람은 누구나 소지품 하나를 저당물로 내어놓기로 했다. 필리네는 저당잡힌 물건들을 아주 세심하게 모았으며, 특히 목사에게는 앞으로 저당물을 찾아가실 때에는 키스를 퍼부어 드리겠다고 협박을 했지만, 목사 자신은 한번도 벌받을 만한 실수를 범하지 않았다. 이에 반하여 멜리나는 몽땅 털린 꼴이 되었다. 와이셔츠의 단추와 혁대 죔쇠 등 그의 몸에 지니고 있던 것 중 재산이 될 만할 것은 모두 필리네가 가져가게 되었다. 그는 영국인 여행자 역을 하려고 했으나 자신의 역에 전혀 동화되지 못했던 것이다.

그러는 사이에 시간이 아주 유쾌하게 흘러갔다. 각자가 있는 힘을 다해 자기의 상상력과 기지를 최대한 발휘했으며, 각자가 유쾌하고 재미있는 농담으로 자기의 배역을 장식했다. 그리하여 일행은 그날 낮 시간 동안 머물고자 예정했던 장소에 도착했으며, 빌헬름은 산책을 하는 동안 금방 그 성직자——이 사람의 외모와 배역에 따라 우리는 그를 이렇게 부르기로 하겠다——와 흥미있는 대화에 빠져들었다.

「배우들 사이에, 또는 친구들 사이나 친한 사람들 사이에서도, 이런 연습을 하는 것은 매우 유익하다고 생각합니다」 그 사람이 말했다. 「이것은 인간을 그 자신으로부터 끌어내어 한바탕 우회로를 거쳐 다시 그 자신 안으로 이끌어줄 수 있는 가장 좋은 방법입니다. 가끔 이런 방법으로 연습을 하는 제도가 모든 극단에 다 도입되어야 할 것입니다. 그래서, 만약 작품으로 씌어지지 않은 연극이 매달 한 편씩 공연된다 하더라도, 관중들은 틀림없이 얻는 바가 많을 것입니다. 물론 배우들은 여러 번의 예행연습을 통해 미리 준비를 해두어야 하겠지만 말입니다」

「즉흥극이라고 해서 아무런 준비 없이 즉석에서 만들어지는 것으로 생각해서는 안 되지요」 빌헬름이 맞장구를 쳤다. 「실은 전체 계획과 줄거리와 장면의 구분은 이미 주어져 있고, 다만 연기만이 배우에게 맡겨져 있는 그런 연극이라고 보아야 하겠지요」

「바로 그렇습니다」 그 사람이 말했다. 「그리고 또 연기에 대해서 말하자면, 배우들이 일단 동작을 하기만 하면, 그것으로 이미 그런 작품은 대단한 성공을 거두게 되는 것입니다. 대사를 통한 연기가 아니지요. 대사를 통해서 작품을 장식하는 것은 물론 생각이 깊은 작가가 해야 하는 것이니까요. 이 연기는 몸짓과 표정, 탄성(歎聲), 그리고 이 탄성과 동시에 하게 되는 동작들을 통해 하는 것입니다. 요컨대, 우리 나라에서는 점점 사라져가는 것처럼 보이는 무언극이나 반무언극 같은 것이지요. 하긴 우리 독일에도 아마 몸짓으로 자신들의 생각과 느낌을 표현하는 배우들이 있을 것이고, 침묵과 망설임으로, 눈짓으로, 그리고 섬세하고 우아한 신체 동작으로 앞으로 나올 대사에 대한 마음의 준비를 시켜주고, 대화가 잠시 끊긴 시간도 적절한 몸짓을 통해 전체 작품과 조화롭게 연결시켜 줄 줄 아는 배우들이 없지 않아 있을 것입니다. 그러나 이런 천부의 소질을 보완해서 작가와 경쟁할 만한 실력을 갖추려면 연습이 뒤따라야 하는 법인데, 이것이 연극 애호가들을 만족시킬 수 있을 정도로 바람직하게 행해지고 있지 않습니다」

「그러나 천부의 소질이야말로 모든 예술가를, 아니, 어쩌면 모든 인간의 경우도 마찬가지겠습니다만, 한 배우를 그다지도 숭고한 목표에까지 도달하게 하는 최초이자 최후의 요소가 아닐는지요?」 하고 빌헬름이 물었다.

「그것이 아마도 최초이자 최후의 요소, 시작이자 끝이란 점에는 변함이 없을 것입니다. 그러나 예술가에게는 중간에도 잘못될 가능성이 많이 도사리고 있습니다. 우선 교육이 앞으로 성장해서 될 인물의 싹을 그 사람의 본성 속에 틔워놓지 않으면 잘못될 가능성이 크지요. 그것도 때늦은 교육은 안 되고 조기에 싹을 틔워놓는 교육이라야 합니다. 천재로 인정을 받는 사람은 단지 일상적인 능력들만을 지닌 사람보다 이 점에서는 아마도 더 불리할 겁니다. 즉, 천재는 보통 사람보다는 잘못되기가 더 쉽고, 잘못된 길에도 훨씬 더 급격하게 휘말려드는 법이지요」

「그러나 천재는 자구책을 강구하지 않을까요?」 빌헬름이 말을 가로막고 물었다. 「천재라면 자기가 입은 상처는 스스로 치유하지 않을까요?」

「결코 그렇지 않습니다」 목사가 대답했다. 「설령 스스로 치유한다 하더라도 기껏해야 응급처치 정도를 넘지 못할 겁니다. 왜냐하면 사람이 어린 시절의 첫인상들을 극복할 수 있다고 믿어서는 안 될 테니까요. 나무랄 데 없는 자유 속에서, 아름답고 고상한 물건들에 둘러싸인 채 훌륭한 사람들과 사귀는 가운데에 성장했는가? 교사들로부터 우선 알아야 할 것부터 배운 다음에 그 원리에 따라 나머지 것들을 보다 쉽게 이해할 수 있도록 지도받았는가? 앞으로 일생 동안 결코 떨쳐버릴 필요가 없는 것만을 배웠는가? 처음 행동하는 것을 배울 때부터 올바른 지도를 받았는가? 그리하여, 좋은 일을 행하려고 할 때마다, 그 어떤 부분을 자꾸만 시정해야 할 필요성을 느끼는 일 없이, 보다 쉽고 보다 편안한 마음으로 행동할 수 있게 되었는가? 만약 그렇다면, 이 사람은 어린 시절의 첫 활력을 반항과 오류 속에서 낭비한 다른 사람보다도 더 순수하고 더 완전하며 더 행복한 삶을 영위하게 될 것입니다. 교육에 관한 많은 논의와 저서가 나오고 있습니다만, 나는 아직, 모든 다른 요소들을 자신 속에 포용하는 이 간단하고도 위대한 개념을 완전히 파악하여 이것을 실천에 옮길 수 있는 사람들은 별로 만나보지 못했습니다」

「아마 그건 사실일 것입니다」 빌헬름이 말했다. 「인간은 누구나 편협하기 짝이 없는 존재여서, 다른 사람을 자기와 꼭 같은 사람으로 교육시키고 싶어하거든요. 그 때문에 운명에 인생을 맡기고 있는 사람들은 행복한 법입니다. 운명은 자기의 독특한 방식으로 만인을 교육해 내니까요」

「운명이란 지체 높은, 그러나 수업료가 너무 많이 드는 가정교사지요」 상대방은 미소를 머금으면서 응대해 왔다. 「나라면 차라리 인간으로서 대가의 경지에 오른 어떤 사범님의 이성을 언제나 더 신뢰하겠습니다. 나 역시 운명의 지혜에 대해서는 온갖 경외의 마음을 품고 있지만, 운명의 뜻을 관철시키는 우연이란 기관이 매우 경직되고 서투르게 일을 할 가능성이 없지 않아요. 즉, 우연이란 것이 운명이 이미 결정해 놓은 바를 세세하게, 그리고 곧이곧대로 정확하게 실현하는 경우가 거의 없는 듯하다단 말입니다」

「아주 특이한 생각을 말씀하시는 것 같은데요」 하고 빌헬름이 응대했다.

「결코 특이한 생각이 아닙니다! 이 세상에서 일어나고 있는 대부분의 일이 내 의견을 정당화해 주고 있어요. 많은 사건들이 처음에는 굉장한 의미를 지니고 있는 것으로 나타나지만, 그중 대부분이 그 어떤 공허한 일로 끝나버리지 않던가요?」

「농담을 하시려는 것이군요」

「개개 인간이 겪게 되는 일도 이와 꼭 같지 않습니까?」 상대방이 말을 계속했다. 「이를테면 운명이 한 인간을 훌륭한 배우로 점지해 두었다고 가정해 봅시다(운명이 우리에게 유독 훌륭한 배우들만은 제공하지 않을 리도 만무할 테니까 말입니다). 그러나 불행하게도 우연이 그 청년을 한 인형극으로 인도한다고 가정해 봅시다. 거기서 그 청년은 애초부터 그 어떤 몰취미한 것에 빠져들게 되고 어리석은 짓을 용인할 만한 것으로 여길 뿐만 아니라 심지어는 흥미있는 것으로까지 생각하게 되고, 그래서 평생 지워지지 않을, 그리고 앞으로 결코 떨쳐버릴 수 없는 그 어떤 애착을 느낄 그런 젊은날의 인상들을 그릇된 곳으로부터 받아들이게 된다고 가정해 봅시다」

「어째서 인형극 말씀을 하시지요?」 빌헬름은 상당히 당황해서 그의 말에 끼여들었다.

「그것은 단지 임의로 든 예에 불과했습니다. 만일 그 예가 마음에 드시지 않는다면 다른 예를 들기로 합시다. 운명이 한 인간을 위대한 화가로 점지해 두었다고 가정해 봅시다. 그런데, 우연의 자의(恣意)가 그의 젊은날을 더러운 오막살이, 외양간, 헛간 속으로 몰아넣어 버렸다고 할 때, 그 사람이 언젠가 영혼의 순수성과 고귀성, 그리고 정신의 자유에까지 고양될 수 있으리라고 생각할 수 있습니까? 설령 그가 젊은 시절에 아무리 강렬한 의지로써 그 불순한 것을 틀어쥐고 그것을 바르게 다스린 나머지 자기 나름대로 고상하게 만들었다고 할지라도, 그의 남은 인생 여정에서 그는 그만큼 더 혹심한 대가를 치르게 될 것입니다. 그가 그것을 극복하려고 노력하는 사이에 그것은 이미 그 자신과 뗄래야 뗄 수 없는 깊은 관계를 맺고 만 것이지요. 가치 없고 좋지 않은 사회에서 어린 시절을 보낸 사람은, 나중에 더 나은 사회에 산다 하더라도 항상 옛날의 그 사회로 되돌아가기를 동경하지요. 그 사회의 인상이 그에게는 동시에, 젊은날의 기쁨 즉 두 번 다시는 오지 않는 환희의 기억으로 남아 있기 때문입니다」

이런 대화를 하는 중에 나머지 일행이 차차 멀리 떨어져 나가버렸다는 사실은 가히 짐작할 수 있을 것이다. 특히 필리네는 애초부터 이미 옆으로 새버리고 없었다. 두 사람은 샛길을 통해 일행이 있는 데로 되돌아왔다. 필리네는 저당품들을 모두 끄집어내 놓고는 갖가지 방법을 써서 그것들을 찾아가라는 것이었는데, 이 놀이에서, 그 낯선 사람이 온갖 그럴듯한 착상들을 내놓고 자유분방한 참여를 함으로써 일행 전체에게, 그중에도 특히 여자들한테 큰 인기를 끌었다. 그리하여 이 날의 낮 시간도 농담과 노래, 키스와 갖가지 장난을 하는 사이에 아주 유쾌하게 흘러갔다.

10

다시 집으로 돌아가려고 했을 때, 그들은 그 목사를 찾아 주위를 휘둘러보았다. 그러나 그는 어디론가 사라지고 없었으며 아무 데서도 찾을 수가 없었다.

「지금까지 인생의 도리를 아는 사람같이 보이던 그 남자분이 자기를 그렇게 친절하게 대해 준 일행에게 인사도 없이 가버리다니, 예의에 어긋나는데요」하고 멜리나 부인이 말했다.

「저는 그 특이한 사람을 어디선가 한번 본 적이 있는 것 같아서 지금까지 줄곧 생각에 잠겨 있었습니다」라에르테스가 말했다.「저는 작별 인사를 하면서 그에게 이 수수께끼에 관해 막 물어볼 참이었습니다」

「저도 그랬습니다」빌헬름이 맞장구를 쳤다.「그래서 저 역시 그가 자기 신변에 대해서 무엇인가 더 자세한 것을 털어놓기 전에는 아마도 그를 그냥 보내지는 않았을 것입니다. 제가 크게 잘못 생각하고 있지 않다면, 저는 틀림없이 이미 어디선가 그와 대화를 나눈 적이 있는 것 같습니다」

「하지만, 정말 당신들이 잘못 생각할 수도 있지요」필리네가 말했다.「그분이 혹시 아는 사람이 아닌가 하는 착각을 느끼게 하는 이유는 실은 그분이 특정한 사람으로 보이는 것이 아니라 한 사람의 인간으로 보이기 때문일 거예요」

「그게 무슨 뜻입니까?」라에르테스가 말했다.「우리도 역시 인간으로 보이지 않겠습니까?」

「저는 제가 하는 말의 뜻을 알아요」필리네가 대답했다.「그런데 당신들이 제 말을 이해하지 못하신다면, 우리 그건 그만두기로 해요. 결국에는 저 자신의 말을 제가 해석까지 해야 할 테니까 말이에요」

두 대의 마차가 들어와 멈춰섰다. 사람들은 이 마차들을 미리 주문해 두었던 라에르테스의 세심한 배려를 칭찬했다. 필리네는 멜리나 부인의 옆, 빌헬름의 맞은편에 자리잡고 앉았으며, 나머지 사람들도 사정이 허락하는 한 좋을 대로 자리잡고 앉았다. 라에르테스 자신은 함께 끌고 나왔던 빌헬름의 말을 타고 시내로 향했다.

필리네는 마차에 앉자마자 곧 듣기 좋은 노래들을 부르면서 화제를 몇몇 이야기들 쪽으로 바꾸었는데, 그녀의 주장으로는 그 이야기들을 연극으로 각색하면 성공할 수 있으리라는 것이었다. 이렇듯 영리하게 화제를 바꿈으로써 그녀는 금방 자기의 젊은 친구를 신나게 만들었다. 그래서 그는 이미지들로 충만해 있는 자신의 활발한 보고(寶庫)를 활용하여 즉각 모든 막이며 장면, 온갖 등장인물들과 여러 가지 갈등을 모두 갖춘 완전한 극작품 한 편을 창작해 내었다. 몇몇 아리아와 노래도 삽입하는 게 좋겠다는 의견이어서 그것들도 시로 지었다. 그러고 나자 모든 일에 끼어드는 필리네가 그것들을 금방 기존의 멜로디에 맞추어 즉석에서 노래를 불렀다.

그녀는 오늘따라 특히 기분이 좋은, 아주 좋은 것 같았다. 그녀는 온갖 우스갯소리로 우리의 친구의 기분을 돋울 줄 알았다. 그는 오랫동안 느껴보지 못했던 그런 유쾌한 기분이었다.

그날 그 무서운 발견으로 그가 마리아네의 곁에서부터 급격히 떨어져 나온 이래로, 그는 여성의 포옹이라는 위험천만한 함정을 경계하고 절조를 지키지 않는 그 성(性)을 피하며 자신의 고통, 애정, 감미로운 소망을 모두 가슴속 깊이 가두어두기로 한 맹세를 충실히 지켜왔다. 이 맹세를 지켜온 그의 성실성이 그의 성격 전체를 위해 일종의 비밀스러운 양식이 되긴 했지만, 또 그의 마음이 아무런 관심도 없이 그냥 목석같이 냉정하게 지낼 수는 없는 것이었기에, 이제는 그도 사랑이 담긴 말 한마디가 필요해졌다. 그는 다시금 그 옛날의 청춘의 아지랑이에 휩싸여 방황하게 되었고, 그의 두 눈은 모든 매력적인 대상을 기쁜 마음으로 바라보았으며, 사랑스러운 모습에 대한 그의 판단이 지금보다 더 관대했던 적은 일찍이 없었다. 이런 상태에 있는 그에게 그 저돌적인 아가씨가 매우 위험한 존재일 수밖에 없다는 사실은 유감스럽게도 너무나 쉽게 알 수 있는 일이었다.

여관에 돌아오자 그들은 빌헬름의 방에 벌써 일행을 맞이할 준비가 다 되어 있는 것을 발견하고는 각본 낭독을 하기 위해 의자들을 바로 배열하고 탁자는 가운데로 옮겼는데, 그 위에는 나중에 펀치 그릇을 갖다놓을 셈이었다.

독일 기사극(騎士劇)[7]은 그 당시에 막 새로 나온 것으로서 관객들의 주의와 애호를 받고 있었다. 〈호통 잘 치는 노인〉이 그런 종류의 각본 하나를 갖고 왔는데, 그것을 낭독하기로 결정되어 있었다. 모두들 자리를 잡고 앉았다. 빌헬름은 그 책을 들고 읽기 시작했다.

갑옷을 입은 기사들, 고색창연한 성, 등장인물들의 충성심, 정의감, 정직성, 그러나 특히 자주독립 정신이 큰 박수갈채를 받았다. 낭독자가 자기의 최선을 다해 낭독을 했기 때문에 청중은 제정신을 잃을 지경이었다. 제2막과 제3막 사이에 펀치 술이 큰 그릇에 담겨 나왔다. 그 작품 자체 내에서 술을 마시고 서로 잔을 맞부딪치는 장면들이 매우 많이 나왔기 때문에, 그런 경우

7) 괴테의 『괴츠 *Götz*』(1773)를 비롯한 기사극 Ritterstück이 18세기 후반에 크게 인기를 끌었고, 이와 같은 전통이 낭만주의로까지 이어지고 있다.

가 생길 때마다 모두들 자기 자신들이 극중 주인공들의 입장이 되어 마찬가지로 잔을 맞부딪치기도 하고 극중인물들 중에서 자기가 좋아하는 인물을 위해 만세를 불렀던 것은 극히 자연스러운 노릇이었다.

모두가 극히 고귀한 국민정신의 정열로 불타 올랐다. 독일인들로 된 그들 일행으로서는 그들 자신의 고장 즉 독일 땅에서, 그들의 성격 즉 독일적 성격에 따라 문학적 즐거움을 누릴 수 있는 것이 얼마나 흡족한 일이었던가! 특히 둥근 천장과 지하실, 퇴락한 궁성들, 속이 텅 비고 이끼가 낀 고목, 그리고 무엇보다도 집시들이 나오는 밤 장면들과 비밀 재판 등이 상상을 초월하는 큰 작용을 했다. 이제 모든 남자 배우는 자신이 곧 투구를 쓰고 갑옷을 입은 채 관중들 앞에서 자신의 독일성을 보여줄 것이라고 기대하게 되었고, 모든 여배우는 빳빳하게 선 큰 옷깃을 한 채 관객들에게 자신의 독일적 면모를 보여주는 장면을 눈앞에 선히 그려보게 되었다. 그래서 모두들 당장에 그 작품으로부터, 또는 독일 역사로부터 이름 하나를 따서 자기한테 갖다붙이고 싶어했으며, 멜리나 부인은 자기가 낳게 될 아들이나 딸에게 아델베르트Adelbert나 메히틸데Mechthilde라는 세례명 이외에는 붙이지 않겠다는 확언까지 했다.

제5막 근처에서 박수 소리가 점점 더 커졌는데, 마지막에 주인공이 실제로 자신의 압제자의 굴레에서 벗어나고 폭군이 벌을 받게 되자 좌중의 환희가 절정에 달하여 모두들 이처럼 행복한 시간은 일찍이 겪어보지 못했노라고 확언하곤 했다. 술에 만취한 멜리나가 가장 큰 소리로 떠들어댔다. 그리하여 두번째 펀치 그릇도 바닥이 나고 자정이 다가왔을 때, 라에르테스는 그 어떤 인간도 앞으로 이 술잔들에 또다시 입술을 댈 자격이 없노라고 엄숙히 선언했다. 그러고는 이 호언장담과 함께 자기 술잔을 자기의 등뒤로, 즉 유리창을 꿰뚫고 골목 위로 떨어지도록 내던져 버렸다. 나머지 사람들도 그가 하는 대로 했다. 급히 달려온 여관 주인의 항의에도 불구하고, 이런 잔치에 쓰였던 성물(聖物)이 신성하지 못한 음료를 담느라고 다시금 더럽혀져서는 안 된다면서 펀치 그릇까지도 산산조각을 내어버렸다. 두 아가씨들은 얌전하다고는 할 수 없는 자세로 소파 위에 누워 있었으며, 제일 덜 취한 듯해 보이는 필리네는 취한 꼬락서니들을 보고 고소해하면서 다른 사람들을 더 떠들어대도록 부추기고 있었다. 멜리나 부인은 고상한 시 몇 수를 낭송했고, 술 버릇이 그다지 좋지 않은 그녀의 남편은 펀치를 잘못 만들었다고 욕을 하기 시작했고, 자기라면 잔치를 전혀 다르게 준비했을 것이라고 큰 소리를 탕탕 쳤으며, 마지막에는 라에르테스가 제발 입 좀 다물고 있으라고 말해도 점점 더 거칠고 시끄럽게 굴었다. 그래서 라에르테스가 오래 생각할 것 없이 펀치 그릇의 파편들을 그의 머리에다 집어던짐으로써 소동을 적잖이 크게 만들고 말았다.

그러는 사이에 야경꾼들이 달려와서 집 안으로 들여보내 줄 것을 요구했다. 비록 술은 조금밖에 마시지 않았지만 낭독으로 매우 흥분해 있었던 빌헬름은 여관 주인의 도움을 받아 돈과 좋은 말로 그 사람들을 달래어 보내고 보기 흉한 몰골의 친구들을 제각기 숙소로 돌아가게 하느라고 무진 애를 써야 했다. 방으로 되돌아오자 그는 불쾌한 기분에 휩싸인 채 졸음을 이기지 못하여 옷도 벗지 못하고 침대 위에 몸을 내던져버렸다. 그가 그 이튿날 아침 눈을 뜨고 희미한 눈길을 보내어 간밤에 저질러 놓은 그 황폐한 꼴과 쓰레기를 바라보았을 때, 그리고 좋은 의도에서 나온 재치있고 생기 있는 문학작품 하나가 끼쳐놓은 그 몹쓸 작용들을 바라보았을 때의 불쾌감은 정말 무엇과도 비할 수 없이 큰 것이었다.

11

잠시 생각에 잠겼다가 그는 당장에 여관 주인을 불렀다. 그러고는 기물 파손 비용을 음식값과 함께 자기 앞으로 달아놓도록 일렀다. 동시에 그는 어제 라에르테스가 자기의 말을 타고 돌아오는 중에 말이 몹시 다쳤다는 말을 듣고 짜증을 내지 않을 수 없었다. 말은 사람들이 흔히들 말하는 대로 〈발을 버린〉 것 같았으며, 대장장이조차도 회복할 희망이 거의 없다고 했다는 것이었다.

그러나 필리네가 그녀의 창문으로부터 그에게 몸짓으로 인사를 해왔기 때문에 그는 다시금 유쾌해졌다. 그래서 그는 그 화장용 칼을 받은 대신에 자기가 그녀에게 갚아야 할 조그만 선물 하나를 사기 위해 당장 제일 가까운 가게로 갔다. 우리는 여기서 그가 답례에 어울릴 만한 균형 있는 선물의 한계를 지키지 않았음을 인정하지 않을 수 없다. 그는 그녀를 위해 매우 예쁜 귀고리 한 쌍을 샀을 뿐 아니라, 그것에 덧붙여, 처음 만나던 날 그녀가 인심좋게 거지들에게 마구 던져줘 버린 모자, 스카프, 그리고 몇몇 사소한 물건들도 샀다.

마침 그가 선물을 건네주는 것을 본 멜리나 부인은 식사 시간 전에 벌써 기회를 잡아 그 아가씨에 대한 그의 감정에 대해 진지하게 따지고 들었다. 그는 자신이 이런 비난을 받아야 할 이유가 전혀 없다고 생각했기 때문에 더욱더 기가 찼다. 그는 필리네의 행실을 잘 알고 있기 때문에 그런 아가씨에게 마음을 둔다는 생각은 결코 해본 적이 없다고 엄숙히 맹세를 해보이고, 그녀에 대한 자신의 친절하고 사근사근한 태도에 대해 가능한 한 변명을 했다. 그러나 결코 멜리나 부인을 만족시킬 수는 없었다. 그녀는 오히려 점점 더 화를 내는 것이었다. 그 이유는 아마도, 그녀가 지금까지 알랑거려서 우리의 친구한테서 일종의 애정을 얻어놓았지만, 이제는 그 알랑거림도 쾌활하고 더 젊고 더 행복한 천성을 타고난 한 여자의 공략에 맞서 자신의 이 소유물을 지켜나가기엔 역부족임을 알아차리지 않을 수 없었던 때문일 것이었다.

식탁에 앉았을 때 그들은 그녀의 남편 역시 매우 언짢은 기분이라는 것을 알 수 있었는데, 그는 사소한 일에도 언짢은 기분을 나타내기 시작했다. 그때, 여관 주인이 들어와 하프를 연주하는 악사 한 사람이 왔다고 귀띔을 해주었다. 「그 남자의 음악과 노래가 틀림없이 손님들의 마음에 드실 겁니다」 하고 주인이 말했다. 「그의 노래를 들으면 누구나 경탄을 금치 못하면서 저절로 몇 푼 나누어 주고 싶어진답니다」

「집어치워요!」 하고 멜리나가 대꾸했다. 「난 지금 전혀 깡깡이 소리를 들을 기분이 아니오. 그리고 음악이 정 필요하다면 우리 중에도 돈푼이나 벌고 싶어하는 가수들이 있다오」 멜리나는 이렇게 말하면서 필리네 쪽으로 음험한 곁눈길을 던졌다. 그녀도 그의 말 뜻을 알아채고는 곧 온다는 그 악사를 즉각 두둔하고 나섬으로써 멜리나의 기분을 상하게 했다. 그녀는 빌헬름한테로 몸을 돌리면서 말했다. 「그 남자의 연주를 들어봐야 하지 않겠어요? 이렇게 한심하도록 지루할 땐 무엇이든 해야 벗어날 거 아녜요?」

멜리나가 그녀에게 응수를 하려고 했다. 그래서 말다툼이 한바탕 거세게 벌어질 판이었는데, 마침 그 순간 그 남자가 들어오기에 빌헬름이 인사를 하면서 들어오라고 눈짓을 해보였다.

그 특이한 손님의 모습이 온 좌중을 놀라게 했다. 누가 그에게 질문을 하거나 그 밖에 어떤 말을 할 엄두를 채 내기도 전에, 그는 벌써 의자에 앉아 있었다. 그의 벗겨진 정수리 위에는 흰 머리 몇 가닥이 둥그렇게 휘감겨 있었고, 크고 푸른 두 눈은 길고 새하얀 눈썹 아래로 온화하게 빛나고 있었다. 잘생긴 코 밑에서부터 이어지는 길고 흰 수염은 호감을 주는 입술을 가리지 않을 정도로 뻗쳐 있었고, 암갈색의 긴 옷이 후리후리한 몸을 목에서부터 발까지 휘감고 있었다. 이런 모습으로 그는 자기 앞에 세워두었던 하프로 전주곡을 연주하기 시작했다.

그가 악기로부터 끌어내는 유쾌한 소리로 인하여 모두들 금방 명랑해졌다.

「할아버지는 노래도 부르시잖아요?」 하고 필리네가 말했다.

「감성으로써 마음과 정신을 동시에 즐겁게 해줄 수 있는 곡을 하나 우리에게 들려주십시오」 하고 빌헬름이 말했다. 「그러면 악기는 단지 목소리를 위해 반주만 해야 할 것입니다. 왜냐하면, 언어와 의미가 따라붙지 않는 선율과 악절과 경과구 따위는 내가 보기에는 마치 우리의 눈앞에서 공중을 날아다니기 때문에 때로는 확 낚아채어서 우리 것으로 만들고 싶어지는 나비들이나 아름답고 알록달록한 새들과도 같을 뿐인 데에 반하여, 노래란 마치 천재와도 같이 하늘을 향해 치솟아오르면서, 우리 내부에 깃들여 있는 보다 나은 자아로 하여금 자기와 함께 같이 날아오르도록 자극을 주기 때문에 드리는 말씀이지요」

노인은 빌헬름을 바라보다가 이윽고 공중을 올려다보았다. 그러고는 몇 번 하프의 현을 뚱기면서 노래를 부르기 시작했다. 그것은 노래에 대한 예찬을 내용으로 하고 있었고, 음악가들의 행복을 찬양하고 있었으며, 사람들에게 그들을 존중할 것을 권하고 있었다. 그는 그 노래를 너무 생생하고도 진실되게 불렀기 때문에, 마치 그가 그 가사를 바로 이 순간에, 그리고 바로 이 자리를 위해 시로 지은 것처럼 생각될 지경이었다. 빌헬름은 그의 목을 끌어안아 주고 싶은 마음이 간절했지만, 사람들이 큰 소리로 웃을까 봐 두려워서 간신히 의자 위에 머물러 있었다. 그가 그렇게 두려워한 것도 일리가 없지 않은 것이, 다른 사람들은 벌써 반쯤 들리는 소리로 몇 마디 어리석은 평을 늘어놓고 이 사람이 승려일까 유태인일까 하고 입씨름을 하고 있었던 것이다.

그 노래의 작사자가 누구인지 질문을 받았지만, 그는 확답을 하지 않고, 다만 자기가 노래는 제법 많이 알고 있다고만 확언했으며, 그것들이 마음에 드시기를 바랄 따름이라는 것이었다. 좌중의 사람들 대부분은 기쁘고 즐거운 기분이었으며, 심지어 멜리나조차도 자기 나름대로는 개방적인 태도로 바뀌어 있었다. 이렇게 사람들이 서로 지껄이고 농담하는 동안에, 노인은 아주 변화가 많은 창법으로 사회생활을 예찬하는 노래를 부르기 시작했다. 그는 마음에 스며드는 소리로 화합과 친절을 찬양했다. 이윽고 그가 심술궂은 폐쇄성과 편협한 적대감과 위험한 갈등에 대해 유감을 표할 때에는 갑자기 그의 노래가 메마르고 거칠며 갈피를 잡지 못했다. 그러다가 그가 혼자 빼어나게 치달리는 한 멜로디의 날개를 타고 평화의 중재자를 찬양하고 서로 다시 만난 사람들의 행복을 노래할 때에는 누구나 앞서의 그 불편한 음의 속박을 기꺼이 벗어 던져버리고 싶어했다.

노인이 노래를 끝마치자마자 빌헬름은 그를 보고 외쳤다. 「축복해 주고 활기를 불어넣어 주는 목소리를 가진 자비로운 수호신으로서 우리한테로 온 당신이 누구이건 간에, 나의 존경과 감사를 받으십시오! 우리 모두가 당신에 대해 경탄을 금치 못하고 있다는 사실을 알아주십시오! 그리고 무엇인가 필요하신 것이 있으시면 기탄없이 말씀해 주십시오!」

노인은 아무 말도 하지 않고서 그저 손가락으로 하프의 현들을 쓰다듬더니, 이윽고 그 현들을 더 세차게 뚱기면서 노래를 부르는 것이었다.

「저 바깥 성문 앞 다리 위에서 들려오는 것이
어인 소리더냐?
이 방에 앉아 있는 우리 귀에
그 노래 소리 울리도록 하렷다!」
어명을 받들고 시동(侍童)이 달려나가
사람을 데리고 오니, 왕이 외쳤도다.
「그 노인을 이리 모시고 들어오너라!」

「고귀하신 어르신네들, 문안드리옵나이다!
아름다운 귀부인님들, 제 인사를 받으소서!
아, 별도 많은 하늘! 별 옆에 또 별이로구나!
이 많은 별들의 이름을 누가 알랴?
호화찬란한 이 방에서는,
두 눈이여, 감겨 있거라!
지금은 경탄하면서 구경할 때가 아니니라!」

가인(歌人)은 두 눈을 감고
영롱한 소리를 내었도다.
늠름하게 가인을 바라보는
기사의 무릎엔 아리따운 여인이 앉아 있도다.
노래를 흡족하게 여기신 왕께서
그에게 상을 내리시려고
황금 목걸이를 가져오게 하셨느니라.

「그 황금 목걸이는 제게 주지 마옵시고,
용감한 그 모습 앞에
적의 창들이 부서지는
기사님들에게 주소서.
아니면, 옆에 계신 재상에게 주시어,
정사(政事)의 온갖 짐에다
황금의 짐을 더 지게 하소서.

저는 나뭇가지에 깃들인 새처럼
노래할 뿐,
목구멍으로 흘러나오는 이 노래 자체가 이미
헤아릴 수 없이 풍성한 보수로소이다.
다만 한 가지 소원이 있사온즉,
깨끗한 잔에 제일 좋은 포도주
한 모금을 하사해 주시옵소서」

잔을 입에 대고 죽 들이켰도다.
「아, 달콤하고 시원한 술이여!

이 술을 대수롭잖은 선물로 하사할 수 있는
지극히 복된 가문이여!
집안이 번창하면 저를 잊지 마시고,
제가 이 술에 깊이 감사드리듯
하느님께 깊이 감사하소서」[8)]

노래를 끝마치자 노인은 자신을 위해 거기 부어놓은 포도주 잔을 집어들고 자기에게 후의를 베푸는 사람들을 향해 유쾌한 표정을 지어보이며 술을 죽 들이켜는 것이었다. 그 광경을 보자 모두들 크게 즐거워했다. 사람들은 박수를 쳤고, 그 술이 그의 노구(老軀)에 강장제가 되어 아무쪼록 만수무강하시길 바란다며 큰 소리로 축복하기도 했다. 그는 몇 편의 설화시(說話詩)를 더 노래하여 좌중을 점점 더 흥겹게 만들었다.

「할아버지, 「무도회에 가려고 치장을 한 목동」[9)]이란 곡 아세요?」 하고 필리네가 물었다.

「네, 알지요」 하고 그가 응답했다. 「아가씨가 그 노래를 부르신다면, 반주는 염려하실 것 없습니다」

필리네는 일어나서 노래 부를 자세를 취했다. 노인이 멜로디를 치기 시작했으며, 이윽고 그녀가 노래를 불렀다. 우리가 그 가사를 독자 여러분에게 소개할 수 없는 것은 여러분들이 어쩌면 그것을 몰취미하다고 여기시거나 아마도 아주 점잖지 못하다고 생각하실 우려가 있기 때문이다.

그러는 동안 모두들 점점 더 명랑해져서 포도주를 추가로 여

---

8) 괴테는 후일 이 시를 담시집에 수록하고 이 시에다 「가인Der Sänger」이라는 제목을 붙였다.
9) 『파우스트』 제949-980행 참조.

러 병 비웠고, 매우 큰 소리로 떠들기 시작했다. 그러나 우리의 친구는 그들이 즐기고 난 후의 고약한 뒤끝이 아직도 기억에 생생했기 때문에 그만 끝내고 싶었다. 그래서 그는 수고한 대가로 후한 보수를 노인의 손에 쥐어주었다. 다른 사람들도 역시 노인에게 얼마씩 쥐어주면서 물러가서 쉬도록 했으며, 그의 재능을 오늘 저녁에 다시 즐길 수 있기를 기대했다.

노인이 나가자 빌헬름은 필리네에게 이렇게 말했다. 「저는 당신의 애창곡에서 시적인 가치나 도덕적 가치를 발견할 수는 없군요. 하지만, 만약 당신이 앞으로 무대 위에서 그 어떤 적당한 노래를 바로 그렇게 소박하고도 독특하게, 그리고 그렇게 우아하게 부르신다면, 당신은 틀림없이 대중의 뜨거운 박수갈채를 받으실 겁니다」

「그럴 테지요」 하고 필리네가 말했다. 「얼음처럼 차가운 인간들의 틈바구니에서 몸을 훈훈하게 데운다는 것은 정말 유쾌한 기분이겠지요」

「그건 그렇다 치고, 많은 배우들은 그 노인 앞에서 부끄러워해야 할 것입니다」 하고 빌헬름이 말했다. 「당신은 그의 설화시들의 극적인 표현이 얼마나 훌륭한지를 눈여겨보셨습니까? 확실히, 그의 노래에는 무대 위에서 우리가 연기해 내는 뻣뻣한 인물들한테서보다도 더 많은 표현이 생동하고 있었습니다. 대부분의 극작품들은 그것을 상연할 때에는 차라리 일종의 서술작품으로 간주하는 것이 좋으며, 이런 음악적 서술작품에다 감각적 현재를 부여하는 것이라고 생각해야 합니다」

「그건 공평하지 않은 말입니다」 하고 라에르테스가 응대하고 나섰다. 「저는 무슨 대단한 배우나 가수로 자처하지 않습니다만, 이것만은 알고 있습니다. 즉, 음악이 신체의 동작을 유도

하고 그 동작에다 활기를 부여하는 동시에, 그 동작에다 미리부터 절도를 규정하고 있으며, 또, 낭송이나 문학적 표현이 작사자에 의해 이미 위임되어 있는 데에 반하여, 산문적 극작품에서는 사정이 전혀 다르지요. 배우는 그 모든 것을 우선 만들어내어야 하고 박자와 낭송도 우선 자기가 고안해 내어야 하니까요. 설상가상으로 그는 동료 배우의 방해를 받을 가능성까지 부담으로 안고 있습니다」

「제가 아는 바로는 그 영감은 한 가지 관점에서는 분명 우리를 부끄럽게 했어요」하고 멜리나가 말했다.「그것도 중요한 한 가지 관점에서 말입니다. 그의 재능의 장점은 그가 취할 수 있는 실익 면에서 잘 드러납니다. 그 영감은, 아마도 멀지 않아 곧 어디서 끼니를 때울지를 몰라 당황하게 될 우리를 감동시켜, 우리로 하여금 자기와 함께 끼니를 나누도록 한 것입니다. 그는 우리가 어느 정도의 안정을 얻기 위해 쓸 수 있을 만한 돈을 노래 한 곡으로 우리의 주머니에서 후려낸 것입니다. 자신과 다른 사람들에게 삶의 터전을 마련할 수도 있을 만한 돈을 마구 던져 없애버리는 것이 아주 유쾌한 것처럼 보이는군요」

이 말 때문에 대화가 그다지 유쾌하지 않은 방향으로 접어들었다. 그 비난의 화살이 원래부터 향하고 있던 장본인인 빌헬름은 약간 격앙된 어조로 응답했으며, 점잖은 예절 따위에는 별로 신경쓰지 않는 멜리나도 드디어 상당히 메마른 어투로 자신의 불만을 토로했다.「우리가 이 도시에 저당잡혀 있는 무대와 의상들을 살펴본 지도 벌써 두 주가 지났습니다. 어지간한 액수면 그 대소 도구들을 모두 살 수 있었습니다. 그때는 그만한 액수를 제게 꾸어주실 듯 희망을 주셨습니다만, 지금까지 제가 보건대 그 동안 이 일을 더 생각해 보셨거나 결심을 굳히신 것

같지도 않습니다. 그때 응낙하셨던들, 우린 지금 일을 진행하고 있을 것입니다. 여행을 떠나시겠다던 계획도 아직 실행에 옮기시지 않으셨고, 그 동안에 돈을 절약하신 것 같지도 않거든요. 적어도, 항상 기회를 만들어 돈이 빨리 탕진되도록 할 수 있는 인간들은 얼마든지 있겠지요」

아주 부당하다고만 볼 수도 없는 이 비난이 우리의 친구의 비위를 몹시 상하게 하였다. 그는 격하게, 아니 격분해서 몇 마디를 쏘아붙였다. 그러고는, 다른 사람들이 자리에서 일어서서 헤어지려는 참이었기 때문에 문고리를 잡으면서, 이렇게 인정머리 없고 배은망덕한 사람들한테서는 더 이상 오래 머물고 싶지 않다고 분명히 선언했다. 그는 화가 나서 급히 계단을 내려와서는 그의 여관 대문 앞에 놓여 있는 한 돌 벤치 위에 앉았다. 그는, 반은 즐거움 때문에, 반은 화가 나서, 자신이 여느 때보다 더 많은 술을 마셨다는 사실을 미처 알아채지 못했다.

12

그가 갖가지 생각에 마음을 안정시키지 못한 채 거기 앉아서 멍하니 앞을 바라보고 있자니 잠시 후에 필리네가 노래를 부르면서 대문 밖으로 슬슬 걸어나와 그의 곁에 앉는 것이었다. 아니, 거의 그의 위에 앉았다고 해야 할 정도로 그녀는 바싹 그의 곁으로 다가와 앉았다. 그녀는 자기의 몸을 그의 어깨 위에 기대고는 그의 고수머리 다발을 만지작거리고 그를 쓰다듬으면서 그에게 온갖 달콤한 말을 다 속삭이는 것이었다. 그녀는 그에게 제발 여기에 머무르라고, 자기를 이런 인간들 속에 혼자 남겨두고 떠나지 말아달라고 간청했다. 자기는 이런 일행들하고 함께 있다간 지루해서 죽어버릴 것 같다는 것이었다. 또한, 그녀는 멜리나와 더 이상 한 지붕 밑에서 지내기가 어려워서 이쪽 여관으로 숙소를 옮겼다고 했다.

그는 달라붙는 그녀를 물리치면서 자기는 더 이상 오래 머무를 수도 없고 또 그래서도 안 된다는 것을 그녀에게 납득시키고자 했으나 아무 소용이 없었다. 그녀는 간청을 그만두지 않았을 뿐만 아니라, 심지어는 갑자기 그의 목을 껴안고, 아주 열렬한 욕망의 표현을 감추지 않고 그에게 키스까지 하는 것이었다.

「미쳤어요, 필리네?」 하고 빌헬름은 그녀의 포옹에서 벗어나려 하면서 소리쳤다. 「한길 가의 사람들이 다 지켜보는 앞에서 이렇게 느닷없고 영문 모를 애무를 하다니! 놓아요, 이거! 저는 여기에 머무를 수 없는 사람이오. 머무르지 않을 겁니다」

「하지만 전 당신을 꼭 붙들고 있겠어요」 하고 필리네가 말했다. 「그리고, 제 청을 들어주시겠다고 약속하실 때까지 여기 사람들이 지켜보는 골목에서 언제까지고 당신에게 키스하겠어요. 참, 배꼽을 쥐고 웃을 일이네요」 하고 필리네가 말을 계속했다. 「이렇게 정다운 광경을 보는 사람들은 틀림없이 저를 한 달밖에 채 안 된 당신의 신부로 알 거예요. 그리고, 이런 아름다운 장면을 본 남편들은 그들의 아내들에게 저야말로 어린애처럼 천진난만한 애정의 본보기라고 극구 칭찬해댈 걸요」

마침 몇몇 지나가는 사람들이 있었는데, 그녀는 매우 우아한 자태로 그를 애무했다. 그래서 그는 추문을 일으키지 않으려면 부득이 무던한 남편 역을 하지 않을 수 없었다. 이윽고 그녀는 사람들의 뒤를 쳐다보며 얼굴을 찌푸리고는 대담하게도 온갖 망측한 짓을 다하는 것이었다. 그래서 빌헬름은 마침내, 적어도 오늘은, 내일까지는, 아니 모레까지는 떠나지 않고 머물러 있겠다고 약속하지 않을 수 없었다.

「당신도 참 목석 같은 분이셔!」 하고 그녀는 그를 놓아주면서 말했다. 「그리고 당신에게 이처럼 정을 쏟다니, 저도 바보 같은 여자지요」 그녀는 화가 나서 벌떡 일어서서 몇 걸음 걸어가더니, 이윽고 깔깔 웃으면서 되돌아와서는 말했다. 「방금 저는, 바로 그 목석 같은 성격 때문에 제가 당신에게 반한 것이라고 생각했어요. 무엇인가 할 게 있어야 하니까 단지 뜨개질하던 양말을 가지러 가는 것뿐이에요. 거기 그대로 계세요. 돌 벤치 위에 앉은 목석 같은 양반을 제가 다시 보고 싶으니까요」

이번에는 그녀의 말이 사실과 달랐다. 왜냐하면, 아무리 그가 그녀를 멀리하려고 애썼지만, 그래도, 만약에 그가 어떤 한적한 정자에 그녀와 단둘이 있었다고 한다면, 아마 그 순간에는 그녀의 애무를 그냥 일방적으로 받고 있지만은 않았을 것이기 때문이었다.

그녀는 그를 향해 경박스러운 눈길을 힐끗 던지고 나서 집 안으로 들어갔다. 그는 그녀를 따라 들어가야 할 아무런 이유도 느낄 수 없었으며, 오히려 그녀의 행동이 그의 마음속에 새로운 거부감을 일으켰다. 하지만 그는 자신도 그 이유를 확실히 모르면서 벤치에서 일어나서는 그녀를 뒤따라갔다.

그가 막 문을 열고 안으로 들어서려는 참인데, 멜리나가 이쪽으로 오더니 그에게 겸손하게 말을 걸면서 대화 중에 몇몇 표현이 너무 심했다며 용서를 비는 것이었다. 「지금 처해 있는 상황 때문에 어쩌면 제가 너무 불안한 모습을 보여드리고 있더라도 저를 너무 나쁘게 생각하지 말아주십시오」 하고 멜리나는 계속 말했다. 「그러나 아내와 아마 곧 생길 아이를 부양할 걱정 때문에 저는 하루하루를 평안하게 살아갈 수가 없고, 당신들에게는 아직까지 허용되어 있는 그런 유쾌한 감정을 즐기면서 시간을 보낼 수가 없습니다. 잘 생각해 보시고, 가능하시다면, 마침 여기 있는 그 무대도구들을 제가 갖도록 도와주십시오. 빚은 오래지 않아 갚고 그 은혜는 영원히 잊지 않겠습니다」

억제할 수 없는 애욕에 이끌려 필리네에게로 건너가려던 그 순간, 문턱 위에서 달갑잖게 붙들려 있는 자신을 발견한 빌헬름은 뜻밖의 당혹감과 창황스러운 호의를 보이며 말했다. 「그렇게 해서 당신을 행복하고 만족스럽게 해줄 수 있다면 나는 더 이상 오래 생각하지 않겠습니다. 거기로 가셔서 만사를 잘 처리하십시오. 오늘 저녁이나 내일 아침에 돈을 드리겠습니다」 이렇게 말하고 나서 그는 자기의 약속을 확인해 주기 위해 멜리나에게 손을 내밀었으며, 멜리나가 급히 길을 건너가는 것을 보자 매우 흡족한 기분을 느꼈다. 그러나 유감스럽게도 그는 두번째로, 그것도 더 불쾌하게, 집 안으로 들어가는 것을 방해받아, 그냥 그 자리에 멈춰서지 않을 수 없었다.

등에 봇짐을 진 한 젊은이가 급히 길을 걸어와서는 빌헬름한테로 다가섰다. 빌헬름은 그가 프리드리히라는 것을 금방 알아볼 수 있었다.

「여기 이렇게 다시 왔습니다!」 하고 그는 외치면서 크고 푸른 두 눈으로 기쁜 듯이 주위를 두리번거리기도 하고 창문들을 죄다 훑어보기도 했다. 「아가씨는 어디에 계시지요? 아가씨를 보지 않고 바깥 세상에서 오래 버텨낼 재주가 있어야지!」

마침 그들 곁으로 다가와 있던 여관 주인이 「위에 계십니다」 하고 응대해 주자, 소년은 계단을 성큼성큼 뛰어올라가는 것이었다. 그래서 빌헬름은 마치 장승처럼 거기 문턱 위에 멀거니

서 있었다. 그는 그 첫순간에는 소년의 머리카락을 뒤에서 그러쥐고 계단 밑으로 끌어내리고 싶었다. 그 다음에는 갑자기 주체할 수 없는 질투심이 격렬한 경련을 일으키며 그의 정신과 관념의 순환을 마비시키는 것이었다. 이 마비상태에서 조금씩 회복되어 감에 따라 그는 지금까지 생전 느껴보지 못한 불안감과 불쾌감에 사로잡혔다.

그는 자기 방으로 돌아갔다. 미뇽이 글씨 연습을 하고 있는 것이 보였다. 그 아이는 얼마 전부터 자기가 외울 줄 아는 모든 것을 글로 쓰려고 아주 열심히 노력해 왔으며, 주인이자 친구인 빌헬름에게 자기가 적은 것을 고쳐달라고 내밀곤 하였다. 그녀는 좀체 지치지도 않았고 이해력도 있었다. 그러나 글씨는 고르지 못하고 선들도 구부정하였다. 이 점에서도 그녀의 육체는 정신과 모순을 이루고 있는 것 같았다. 만약 빌헬름이 평온한 마음이었다면 그 아이의 곰살궂은 태도가 그에게 큰 기쁨이었으련만, 그는 이번에는 그녀가 보여주는 것에 대해 거의 관심을 보이지 않았다. 그 무관심을 그녀도 느끼고 있었으며, 그녀는 이번에는 아주 잘 해냈다고 생각했던 터라 더욱더 슬퍼했다.

빌헬름은 마음의 갈피를 잡지 못해 여관 복도를 왔다갔다했으며, 이내 다시 대문 있는 데로 나왔다. 그러자 말 탄 남자 하나가 달려들어 왔는데, 풍채가 좋고 나이가 지긋했는데도 아직 원기왕성해 보였다. 여관 주인이 그를 서둘러 영접하면서, 잘 아는 사이인 듯 그에게 손을 내밀고는 소리쳐 말했다. 「아이구, 마방(馬房) 감독님, 이렇게 다시 뵈올 날도 있네요!」

「말에게 먹이만 주고 가야겠네」 하고 그 낯선 사람이 응대했다. 「당장 장원(莊園)으로 가서 서둘러 갖가지 준비를 시켜야 하거든. 내일 백작님께서 영부인과 함께 오시기로 돼 있다네.

두 분은 저 위에서 한동안 묵으시면서, 아마 이 지방에 부대 본부를 설치하시게 될 ○○공작님을 극진히 대접하시려는 것 같애」
「제 집에 유하실 수 없으셔서 유감인데요」하고 여관 주인이 대답했다. 「마침 좋은 손님들이 묵고 계시거든요」말을 몰고 뒤따라온 말심부름꾼이 먹이를 주기 위해 마방 관리인으로부터 말을 넘겨받았다. 그 동안 마방 관리인은 대문 아래에서 주인과 이야기를 나누면서 곁눈질로 빌헬름을 쳐다보았다.
빌헬름은 자기 자신에 관해 이야기하고 있다는 것을 알아채고는 그 자리를 피해 이 거리 저 거리를 왔다갔다했다.

13

그는 심기가 불편하고 불안한 가운데에 문득 그 노인을 찾아가 봐야겠다는 생각이 났다. 그의 하프 소리를 듣고 이 울적한 기분을 쫓아버리고 싶었던 것이다. 그 노인에 관해 물어보았더니 사람들이 그에게 가리켜준 것은 그 도시의 외딴 구석에 있는 한 누추한 여인숙이었다. 그 여인숙의 지붕 꼭대기층까지 올라가니 어느 방에선가 그 그윽한 하프 소리가 그를 향해 울려왔다. 그것은 가슴을 뭉클하게 하는 비탄의 소리였는데, 거기에는 구슬프고 근심에 가득 찬 노랫소리도 함께 섞여 있었다. 빌헬름은 살짝 문 쪽으로 다가갔다. 그 선량한 노인이 일종의 환상곡을 연주하면서 한두 연(聯)을 자꾸만 반복해서 일부는 노래로 하고 일부는 낭송을 하고 있었기 때문에, 그것을 엿듣는 사람은 잠시 주의를 기울이면 대강 다음과 같은 내용을 알아들을 수 있었다.

눈물에 젖은 빵을 먹어보지 못하고,
근심에 찬 여러 밤을
울면서 지새워 보지 못한 사람은
그대들을 알지 못하리, 천상의 힘들이여!

우리 인간들을 삶으로 인도하는 그대들,
이 가난한 사람을 죄인으로 만들어놓고
게다가 또 괴로움에 시달리게 하는구나!
그래, 모든 죄는 이 지상에서 그 업보를 치러야지!

이 구슬프고 애절한 탄식은 듣고 있던 빌헬름의 영혼에 깊이 파고 들었다. 그의 짐작으로는 그 노인은 눈물이 앞을 가려 이따금 연주와 노래를 중단하지 않을 수 없는 듯했다. 그러다가 이윽고 하프 소리만 울리다가는 마침내 나지막한 목소리가 더듬더듬 다시 악기 소리에 섞여들곤 하는 것이었다. 빌헬름은 기둥에 기대고 서 있었는데, 그의 영혼은 깊은 감동을 받았으며, 그 노인의 슬픔이 그의 답답한 심정을 풀어주었다. 그는 솟구쳐오르는 연민의 정을 억누르지 않고 그대로 내버려두었으며, 노인의 애끓는 비탄이 마침내 자기의 두 눈에서도 눈물을 자아내었으나 그것을 억제하려고도 하지 않았다. 그의 영혼을 짓누르고 있던 온갖 고통이 그와 동시에 스르르 녹아들었기에, 그는 그 고통에다 완전히 자신을 맡겨버렸다. 그는 문을 열어젖히고 노인 앞에 섰다. 노인은 그 누추한 숙소의 유일한 가구인 허름한 침대 위에 간신히 한 자리를 잡고 앉아 있었다.

「영감님, 정말 감동적입니다!」하고 그는 외쳤다. 「저의 마음속에 꽉 차 있던 모든 감정을 속 시원히 풀어주셨습니다. 부디 방해받지 마시고, 영감님의 고통도 완화시키실 겸, 한 친구를 행복하게 해주는 일을 계속하십시오」 노인은 일어서서 무엇인가를 말하려고 했지만, 빌헬름이 그 말을 못하게 했다. 왜냐하면 그는 아까 점심 시간에 벌써, 이 사람이 말하기를 좋아하지 않는다는 것을 눈치챘던 것이다. 빌헬름은 오히려 노인의 곁, 짚으로 된 매트 위에 앉았다.

그 노인은 눈물을 닦았다. 그러고는 친절한 미소를 지으면서 말했다. 「어찌 이렇게 누추한 곳까지 오셨습니까? 어차피 저녁에 다시 모실 생각이었는데요」

「여기가 더 조용해서 좋습니다」 하고 빌헬름이 말했다. 「부르고 싶으신 노래, 영감님의 처지에 맞는 노래를 불러주십시오. 그리고, 마치 제가 여기에 있지 않은 것처럼 하십시오. 제가 보기엔 영감님은 오늘은 전혀 방황하시지 않아도 되실 것 같군요. 영감님은 고독 속에서도 그렇게 유쾌하게 노래하고 즐기실 수 있으시고, 어디를 가더라도 나그네이시기 때문에 영감님 자신의 마음속에서 가장 유쾌한 벗을 찾으실 수 있으시니, 참 행복하신 분이라고 생각되는군요」

노인은 하프의 현을 내려다보고 있었다. 그러더니 부드럽게 전주곡을 연주하고 난 뒤에, 목소리를 가다듬고 나서 노래를 부르기 시작했다.

고독에 몸을 바친 자,
아, 그는 곧 홀로 남게 되리라!
모두들 살고 사랑하면서
그를 번민 가운데에 내버려두리라!

그래, 나를 고통에다 내맡겨다오!
한번 정말 고독해질 수만 있다면
그땐
난 혼자가 아니리라.
사랑에 빠진 남자가 애인이 혼자 있나 하고
귀를 쫑긋하고 살며시 다가오듯이
밤낮없이 그렇게 찾아온다네
번민이 고독한 나를!
고통이 찾아온다네 고독한 나를!
아, 나 언젠가 무덤 속에서 고독할 때에야 비로소
번민도, 고통도
날 홀로 두리라!

우리의 친구가 기이한 낯선 노인과 나눈 이상한 대화를 여기서 다 설명하려면 자칫 너무 장황해지기 쉽겠고, 또, 굳이 설명하려고 해봐도 그 아름다움은 도저히 표현할 수 없을 것이다. 청년 빌헬름이 그에게 말하는 모든 점에 대해서 노인은 모든 비슷한 감정들을 자극하고 상상력에다 넓은 신천지를 열어주는 그런 공명음(共鳴音)으로 화답해 줌으로써 완벽한 의견일치를 보여주는 것이었다.

비록 정통 교회로부터는 유리되었지만 자기들이 더 순수하고 더 신실하고 더 현명하게 신앙생활을 하고 있다고 믿는 그런 경건한 사람들[10]의 예배에 참석해 본 적이 있는 사람이라면 지금

---

10) 이 신도들은 친첸도르프Zinzendorf 백작을 중심으로 생겨난 경건주의 교파의 일종인 헤른후트파Herrnhuter일 것으로 추정된다. 괴테 자신이 젊은날에 헤른후트파의 신도인 클레텐베르크 부인의 영향을 받았고, 실제

이 장면도 어느 정도 이해할 수 있을 것이다. 또한, 그는 예배의 집전자(執典者)가 자신의 설교에다 어떤 찬송가의 가사를 덧붙임으로써 자기가 원하는 방향으로 사람들의 영혼을 끌어올릴 수 있을 뿐만 아니라 날개를 타고 날아다니게까지 할 수 있다는 사실도 회상할 수 있을 것이다. 곧 이어서 교구민 중 다른 한 사람이 거기다가 다른 곡조로 다른 찬송가의 가사를 덧붙이고, 또 다른 한 사람이 이 찬송가 가사에다 제삼의 가사를 연결시킨다. 이렇게 되면 원래 찬송가를 모체로 하는 온갖 동종(同種) 관념들이 일종의 동종결합을 하는 결과가 되긴 하지만, 그 각 대목들만은 이 새로운 결합을 통해 마치 그 결합이 그 순간에 발견된 것처럼 신기하고 독특한 인상을 주기도 하는 것이다. 그 결과, 그 특이한 예배에 모인 사람들은 그들이 익히 알고 있던 관념의 세계로부터, 즉 익히 알고 있던 찬송가들과 격언들로부터, 그 순간에 정말 한 독자적인 전체적 모습이 생겨나는 것으로 생각하게 되는 것이며, 그 모습을 보면서 그들은 생동감과 자신감을 얻게 되고 원기를 되찾는 것이다. 이와 꼭 마찬가지로 그 노인도 그를 찾아온 손님의 마음을 기쁘게 해주었다. 노인은 빌헬름이 알고 모르는 노래와 가사들을 불러줌으로써 가까운 감정들과 먼 감정들, 깨어 있는 느낌들과 졸리는 느낌들, 유쾌한 느낌들과 고통스러운 느낌들이 한데 어우러져 빙빙 돌도록 만들어주었다. 이와 같은 갖가지 감정들의 원무(圓舞)가 우리의 친구의 현재 상황에서는 더할 나위 없이 좋은 작용을 할 것 같았다.

로 헤른후트파의 찬송예배 시간에 참석한 적도 있었거니와, 이 교파에 대해서는 이 소설에서 여러 번 언급되고 있다(예 : 제6권 「아름다운 영혼의 고백」).

14

아닌게 아니라 빌헬름은 돌아오는 길에 자기의 현재 상황에 대해서 지금까지보다는 더 심각하게 생각하기 시작했으며, 이런 상황으로부터 과감히 벗어나겠다는 결단을 갖고 여관으로 돌아왔다. 그가 여관 안으로 들어서자마자 주인이 그에게 귓속말로 털어놓기를, 필리네 양이 백작댁의 그 마방 관리인을 완전히 손아귀에 넣었다는 것이었다. 그 관리인은 장원에서 해야 할 위임사항을 처리하자마자 황급히 되돌아와서는 위층 그녀의 방에서 그녀와 함께 고급 저녁 식사를 하고 있는 중이라고 했다.

바로 그 순간에 멜리나가 공증인을 데리고 여관으로 들어왔기 때문에 그들은 함께 빌헬름의 방으로 들어갔다. 방 안에서 빌헬름은 약간 주저하긴 했지만 자신의 약속을 지켜 어음으로 은화 삼백 냥을 멜리나에게 지불하였다. 멜리나는 이 금액을 당장에 그 공증인에게 주고 그 대신 무대도구 일체의 일괄 매도 증서를 받았으며, 물건은 내일 아침에 넘겨받기로 했다.

그들이 작별을 고하고 나가자마자 빌헬름은 집 안에서 굉장한 고함소리가 나는 것을 들었다. 그가 들은 것은 한 젊은이의 목소리였는데, 분노하고 위협하는 그 목소리는 심한 울음 소리와 울부짖음으로 폭발하고 있었다. 빌헬름이 듣기에 그 울음 소리는 위층에서 내려와서 그의 방 앞을 지나쳐서는 마당으로 급히 달려나가는 것 같았다.

우리의 친구가 호기심에 이끌려 내려가 보니 그것은 일종의 발광 상태에 빠진 프리드리히였다. 소년은 울고 이를 갈고 발을 구르면서 불끈 쥔 주먹으로 위협을 하기도 하면서 분노와 생짜증을 삭이지 못해 길길이 날뛰고 있었다. 그 앞에는 미뇽이 우두커니 서서 의아한 눈빛으로 바라보고 있었다. 이윽고 주인이 이런 광경이 있기까지의 전말을 제법 자세하게 설명했다.

되돌아온 뒤에 소년은, 필리네가 그를 잘 맞이해 주었기 때문에 만족해서 즐겁고 쾌활하게 지냈으며, 노래를 부르거나 뜀뛰기를 하면서 잘 놀고 있었다. 그런데, 그 마방 관리인이 나타나 필리네와 사귀자, 갑자기 프리드리히는 아이도 아니고 청년도 아닌 사춘기의 고약한 심통을 드러내기 시작하여, 문을 쾅 하고 닫는다든가 괜히 아래위로 뛰어다니곤 했다. 필리네가 저녁 식사 시중을 들라고 명했는데도, 소년은 전에 없이 퉁명스럽고 반항적인 태도만 보이고 있었다. 그러다가 마침내 소년은 탁자 위에 놓으라는 스튜 접시를 거의 바싹 붙어 앉아 있는 아가씨와 손님 사이에다 내동댕이쳐 버렸다. 그러자 그 마방 관리인이 소년에게 제법 세찬 따귀를 두세 대 올려붙이고는 소년을 문 밖으로 밀어내 버렸다는 것이었다. 그래서, 주인 자신은 옷이 형편없이 더러워진 그 두 사람을 도와 옷을 닦아주느라고 혼났다는 설명이었다.

소년은 자기의 복수가 상당한 효과가 있었다는 얘기를 듣자, 아직도 눈물이 두 뺨을 타고 흘러내리는 중인데도, 큰 소리로 웃기 시작했다. 소년은 한동안은 아주 기분좋게 즐거워했지만, 자기보다 더 강한 자가 자기에게 가한 모욕이 머리에 떠오르자, 다시 울부짖거나 위협적인 언사를 농하기 시작했다.

빌헬름은 그 광경을 보고 곰곰이 생각에 잠겨 서 있었다. 그리고 문득 부끄러운 생각이 들었다. 그 광경에서 그는 자기 자신의 깊은 속마음이 강렬하고도 과장된 모습으로 표현되어 있음을 느꼈던 것이다. 그도 역시 제어할 수 없는 질투의 불길에 휩싸여 있었던 것이다. 만약 체면이 그를 붙잡아두지 않았던들, 그도 역시 실컷 화풀이했을 것이고, 음험하고도 심술궂은 악의로써 사랑하는 사람에게 상처를 주고는 기뻐했을 것이며, 그의 연적에게 도전했을 것이다. 그는 주위 사람들도 오로지 자기를 화나게 하기 위해 거기 있는 것 같아서 모두 깡그리 없애버리고 싶은 마음이 간절하였다.

마침 그때 라에르테스가 와서 이야기의 전말을 듣고는 악동 기질을 발휘하여 그 격분해 있는 소년을 편들고 부추겼다. 그러자 소년은 큰 소리치면서 마방 관리인이 자기의 결투 신청에 응해야 할 것이다, 자기는 지금까지 모욕당하고 그냥 참고 지낸 적이 없는 사람이다, 만약 마방 관리인이 결투를 거부해도 자기에게는 복수할 방도가 따로 있다고 맹세하는 것이었다.

이것이야말로 라에르테스의 전문 분야였다. 그는 진지한 태도로 위층으로 올라가서는 소년을 대리하여 마방 관리인에게 결투를 신청했다.

「거참 재미있군요」 하고 마방 관리인이 말했다. 「오늘 저녁에 그런 재미있는 일이 있으리라고는 미처 상상을 못했소」 그들은 계단을 내려갔으며, 필리네가 그들을 뒤따라갔다. 「이봐, 총각!」 하고 마방 관리인이 프리드리히에게 말했다. 「자네 참 용감한 소년이군! 나는 자네와의 결투를 거절하지 않겠네. 다만, 연령과 체력의 차이가 커서 이 일 자체가 아무래도 좀 이상야릇하게 보일 듯해서 하는 제안인데, 다른 무기를 사용하는 대신에 칼끝이 무딘 연습용 칼을 쓰기로 하지. 단추 모양의 칼끝에다 백묵을 칠해 뒀다가 상대의 상의에 첫 일격, 또는 가장 많은 명중의 흔적을 낸 사람이 승리자가 되는 것으로 하고, 그 승리자는 상대방으로부터 이 도시에서 구할 수 있는 가장 좋은 포도주를 대접받는 것으로 하지」

라에르테스는 그것이 받아들일 만한 제안이라고 판결을 내렸다. 프리드리히는 그의 사범인 라에르테스의 판단에 순순히 따랐다. 연습용 칼들을 가져오도록 했으며, 필리네는 의자에 앉아 뜨개질을 하면서 천연덕스럽기 짝이 없는 태도로 두 결투자들을 바라보고 있었다.

검술이 매우 능했던 마방 관리인은 아주 너그러운 태도를 보이면서 자기의 적수를 마구 공격하는 것을 삼가는 한편, 자신의 상의에 몇 개의 백묵 자국이 나도록 봐주었다. 그래서 그들 두 사람은 서로 포옹을 했으며 포도주를 시켰다. 마방 관리인이 프리드리히의 출신과 그의 내력을 알고 싶다고 하자, 소년은 벌써 여러 번 반복해 온 구름 잡는 듯한 동화를 다시 얘기했다. 이 이야기는 언젠가 다른 기회에 독자 여러분에게 소개될 것이다.

그러는 사이에 빌헬름의 마음속에서는 그 결투가 그 자신의 감정을 완전하게 표현해 주는 것으로 비쳤다. 이렇게 말할 수 있는 이유인즉, 그 마방 관리인이 자기보다 펜싱 실력이 월등히 뛰어나다는 사실을 잘 알고 있는데도 그는 자기가 직접 그 관리인을 상대로 연습용 칼을, 아니 차라리 진짜 칼을 휘두르고 싶은 마음을 부정할 수 없었기 때문이었다. 그러면서도 그는 필리네 쪽은 한번 쳐다보지도 않았으며, 자기 감정을 노출시킬지도 모르는 모든 언동을 조심했다. 그러고는 결투자들의 건강을 위해 몇 번 축배를 든 뒤에 서둘러 자기 방으로 갔다. 하지만, 거기서도 수많은 불쾌한 생각들이 치밀어오르는 것은 어쩔 수 없었다.

빌헬름은 자기의 정신이 희망에 가득 찬 무조건적 노력을 통하여 하늘로 치솟던 그 시절을 회상하였다. 그 시절에 그는 마치 물고기가 물 속에서 헤엄치듯이 그렇게 활발하게 모든 것을 즐길 줄 알았던 것이다. 그는 자기가 결국에는 지향없이 막연하게 빈둥거리는 상태에 빠져들었으며, 전에는 단숨에 주욱 빨아들이던 것도 지금 이런 상태에서는 단지 후루룩거리며 맛만 보고 있는 꼴이라는 것을 분명히 알게 되었다. 그러나 그가 아직도 분명히 알 수 없었던 것은 자연이 왜 그에게 충족될 수 없는 욕구를 점지했는지, 그리고 또, 그 욕구는 왜 주위 상황을 통해 단지 자극만 받거나 반쯤밖에 충족되지 못하거나, 또는 잘못된 길로 오도되어 왔는가 하는 의문이었다.

그러니까, 그가 자기의 상황을 관찰하는 중에, 그리고 이런 상황으로부터 벗어나고자 노력하는 중에, 이루 말할 수 없이 큰 혼란에 빠져든 것에 대해서는, 아무도 의아하게 생각하지 않을 것이다. 라에르테스에 대한 우정 때문에, 필리네에 대한 애정 때문에, 미뇽에 대한 동정 때문에, 그는 한 장소에서 한 일행과 더불어 필요 이상으로 너무 오래 붙잡혀 있는 것이었다. 비록 그가 이 일행 속에서 자기가 좋아하고 애착을 지닌 취미를 발견하고, 말하자면 남몰래 혼자서 자기의 소망을 충족시키고, 어떤 실용적 목표를 설정하지 않은 채 그 옛날 자신의 꿈을 남몰래 추구할 수 있다 해도, 그것만으로는 충분하다고 할 수 없었다. 그는 자신이 이 같은 상황을 박차고 당장 떠나갈 수 있는 여력을 충분히 지니고 있다고 믿었다. 그러나 지금 그는 불과 얼마 전에 멜리나와 금전 관계에 빠져들었고, 그 수수께끼 같은 노인을 알게 되어 그 노인의 내력을 풀어보고 싶은 이루 말할 수 없이 큰 욕망을 느끼고 있는 판이었다. 그러나 오랫동안 이 궁리 저 궁리를 한 끝에, 그는 이런 사연들 때문이라 하더라도 더 이상 붙잡혀 있을 수는 없다고 결심했다. 또는, 적어도 떠나겠다는 결심을 했다고 믿었다. 「떠나야 한다」 하고 그는 외쳤다. 「나는 떠나겠다!」 그는 안락의자에 털썩 주저앉았으며 매우 흥분해 있었다. 미뇽이 들어와서 머리카락 손질을 해드려도 좋으냐고 물었다. 그녀는 조용히 다가왔다. 그녀는 그가 오늘 낮에 그녀를 그렇게 퉁명스럽게 대했던 사실 때문에 깊은 마음의 상처를 받았던 것이다.

남몰래 키워온 사랑과 비밀리에 확고해진 정절이 마침내 적당한 시간을 만나, 지금까지 그것을 몰라주던 그 사람 가까이로 다가가서 그 사람에게 갑자기 현시(顯示)되는 것보다 더 감동적인 것은 없다. 오랫동안 엄격하게 닫혀 있던 꽃봉오리가 성숙해 있었으며, 빌헬름의 가슴은 이것을 받아들이기에 가장 적합한 상태에 있었다.

그녀는 그의 앞에 서서 불안해하는 그의 모습을 바라보고 있었다. 「주인님!」 하고 그녀는 말했다. 「주인님께서 불행하시면 미뇽은 무엇이 돼야 하나요?」——「얘야!」 하고 그가 그녀의 두 손을 잡으며 말했다. 「너도 내가 괴로워하는 걱정거리 중의 하나야. 난 떠나야 하거든」 그녀는 억누른 눈물에 젖어 빛나는 그의 두 눈을 들여다보았다. 그러고는 황급히 그의 앞에 무릎을 꿇는 것이었다. 그는 그녀의 두 손을 꼭 잡은 채로 있었고, 그녀는 머리를 그의 두 무릎 위에 얹고는 아주 조용히 있었다. 그는 그녀의 머리카락을 쓰다듬으면서 정답게 대해 주었다. 그녀는 오랫동안 꼼짝 않고 가만히 있었다. 마침내 그는 그녀의 몸에서 일종의 경련을 감지했다. 그것은 아주 부드럽게 시작되더니 점점 더 심해지면서 팔다리로까지 뻗치고 있었다. 「왜 그래, 미뇽?」 하고 그가 외쳤다. 「아니, 왜 그러느냐?」 그녀는 고개를 쳐들고 그를 바라보더니, 갑자기 자기의 가슴을 움켜잡았다. 그것은 고통을 억지로 참는 듯한 동작이었다. 그가 그녀를 일으켰으나, 그녀는 그의 품에 쓰러져 왔다. 그는 그녀를 꼭 껴안고 키스를 해주었다. 그러나 그녀는 손을 잡는다거나 동작을 함으로써 이에 화답하지 않았다. 그녀는 가슴을 꽉 움켜쥐고 있었다. 이윽고 그녀는 갑자기 몸에 경련을 일으키면서 한 차례 비명을 질렀다. 그녀는 화들짝 놀라서 일어났다가는 금방 또, 마치 온몸의 마디마디가 다 부서져 버린 듯, 그의 앞에 풀썩 쓰러지고 말았다. 그것은 정말 처참한 광경이었다. 「얘야!」 그가 그녀를 일으켜 세워서 꼭 껴안아 주면서 외쳤다. 「얘야, 왜 그러느냐?」 가슴으로부터 시작해서 팔다리를 와들와들 떨리게 하는 그 경련은 계속되었으며, 그녀는 그의 두 팔에 거의 매달려 있는 형국이었다. 그는 그녀를 자기 가슴에 안고서 그녀를 자신의 눈물로 적셔주었다. 갑자기 그녀의 몸이 극도의 육체적 고통을 참는 듯 다시 팽팽해지는 것 같더니, 곧 이어서 그녀의 온 사지가 급격하게 생기를 되찾았다. 그러자 그녀는 자신의 깊숙한 내부에서 모종의 굉장한 균열이 생긴 듯 마치 찰칵 하고 닫히는 스프링 장치처럼 그의 목에 덥석 매달려 오는 것이었다. 그리고 이 순간, 감고 있는 그녀의 두 눈에서 눈물이 쏟아져 그의 가슴께로 흘러내렸다. 그는 그녀를 꼭 껴안고 있었다. 그녀는 울고 있었다. 그리고 이 눈물의 굉장한 힘은 그 어떤 필설로도 표현할 수 없는 것이었다. 긴 머리카락들이 풀어헤쳐져서 우는 그녀의 얼굴을 덮고 드리워져 있었으며, 그녀의 존재 전체가 제어할 수 없는 눈물의 시내 속으로 녹아서 흘러가 버리는 것 같았다. 그녀의 굳었던 사지가 부드러워지고 그녀의 깊은 내심이 눈물로 용솟음쳐 나오고 있었다. 그래서, 이 순간의 혼란한 심경 가운데에 빌헬름은 이 아이가 그의 품안에서 그만 녹아버려서 아무 흔적도 없이 사라져 버리지나 않을까 걱정이 되었다. 그는 그녀를 점점 더 힘차게 껴안아 주기만 했다. 「애야!」 그는 외쳤다. 「내 아가야! 정말 내 아기지! 이 말이 네게 위안이 되었으면 좋겠구나. 넌 내 딸이다! 난 너를 데리고 있을 것이고, 너를 떠나지 않을 거야!」 그녀의 눈물은 아직도 흐르고 있었다. 마침내 그녀는 몸을 일으켰다. 그녀의 얼굴에서 부드러운 명랑기가 감돌고 있었다. 「아버지!」 하고 그녀가 불렀다. 「저를 버리지 않으시고 아버지가 되어주시겠지요! 저는 딸이 되겠습니다!」

문 밖에서 하프 소리가 부드럽게 울리기 시작했다. 그 노인이 친구 빌헬름에게 저녁 선물로 자신의 마음의 노래를 바치고 있는 것이었다. 빌헬름은 자기의 아이를 점점 더 힘차게 껴안으면서 지극히 청순한, 이루 형언할 수 없는 행복을 맛보고 있었다.

제3권

1

당신은 아시나요, 저 레몬꽃 피는 나라?
그늘진 잎 속에서 금빛 오렌지 빛나고
푸른 하늘에선 부드러운 바람 불어오며
협죽도는 고요히, 월계수는 드높이 서 있는
그 나라를 아시나요?
그곳으로! 그곳으로
가고 싶어요, 당신과 함께, 오 내 사랑이여!

당신은 아시나요, 그 집을? 둥근 기둥들이
지붕을 떠받치고 있고, 홀은 휘황찬란, 방은 빛나고,
대리석 입상(立像)들이 날 바라보면서,
「가엾은 아이야, 무슨 몹쓸 일을 당했느냐?」고
물어주는 곳,
그곳으로! 그곳으로

가고 싶어요, 당신과 함께, 오 내 보호자여!

당신은 아시나요, 그 산, 그 구름다리를?
노새가 안개 속에서 제 갈길을 찾고 있고
동굴 속에선 해묵은 용들이 살고 있으며
무너져 내리는 바위 위로는 다시
폭포수 쏟아져 내리는 곳,
그곳으로! 그곳으로
우리의 갈길 뻗쳐 있어요. 오 아버지, 우리 그리로 가요![1)]

빌헬름이 그 이튿날 아침에 미뇽을 찾아 집안을 휘둘러보았으나 그는 그녀를 발견하지 못했다. 하지만 그는 그녀가 아침 일찍, 의상과 나머지 무대도구들을 인수하기 위해 제 시간에 출발한 멜리나와 함께 나갔다는 말을 들었다.

몇 시간이 흘러간 뒤에 빌헬름은 문 밖에서 음악 소리를 들었다. 그는 처음에는 그 하프 타는 노인이 벌써 온 것이려니 하고 생각했다. 그러나 얼마 안 가서 그는 그 소리가 치터 타는

---

1) 이 시는 괴테가 1782-1783년에 쓴 것으로 추측된다. 괴테는 1815년에 이 작품을 그의 시집에 수록하면서 「미뇽 Mignon」이란 제목을 붙였다. 제1연에서는 이탈리아의 자연을, 제2연에서는 이탈리아의 예술을, 제3연에서는 이탈리아에서 스위스로 들어오는 알프스의 협로(狹路)—그것은 미뇽이 납치당해 넘어온 길이기도 했다—를 그리고 있어서 세 개의 연이 다같이 미뇽의 고향 이탈리아를 노래한 것으로 볼 수 있지만, 또한 각 연의 마지막에는 모두, 〈내 사랑〉 〈내 보호자〉 〈아버지〉를 호격으로 부르고 있어서 빌헬름에 대한 미뇽의 애타는 동경을 나타내고 있다고도 볼 수 있다. 또, 제2연에 나오는 〈가엾은 아이야, 무슨 몹쓸 일을 당했느냐?〉라는 구절은 납치당하여 알프스를 넘어온 미뇽의 과거를 암시하고 있다.

소리라는 것을 분간해 낼 수 있었으며, 노래하기 시작한 목소리는 미뇽의 것이었다. 빌헬름이 문을 열자 그 아이는 방 안으로 들어와서 노래를 불렀는데, 위에 적은 노래가 바로 그것이다.

모든 말을 다 이해할 수는 없었지만, 멜로디와 표현법이 특히 우리의 친구의 마음에 들었다. 그는 그 아이에게 각 연을 다시 반복해서 노래하도록 하고 뜻을 설명해 보라고 해가면서 그 노래를 받아적은 다음, 그것을 다시 독일어로 번역하였다. 그러나 그 아이의 독창적인 말투는 다만 비슷하게 흉내나 낼 수 있을 따름이었다. 더듬는 듯한 말씨를 뜻이 통하도록 가다듬고, 서로 어울리지 않는 것들을 연결시켜 놓는 동안에, 그만 어린애다운 천진난만한 표현이 사라지고 말았다. 멜로디도 역시 비할 데 없이 매력적이었다.

그녀는 마치 무엇인가 특별한 것에 주의를 환기시키고 무엇인가 중요한 것을 말하려는 것처럼, 한 구절 한 구절을 시작할 때마다 엄숙하고도 장엄하게 노래했다. 제3행에 이르러 노래는 좀 음침하고 암울해졌다. 그리하여 그녀는 〈그 나라를 아시나요?〉를 비밀에 가득 찬 듯 신중하게 불렀고, 〈그곳으로! 그곳으로!〉라는 부르짖음 속에는 억제할 수 없는 동경이 숨쉬고 있었으며, 또한 그녀는 〈우리 그리로 가요!〉라는 대목을 되풀이할 때에는 때로는 애원하고 간청하는 듯, 때로는 촉구하고 기대하는 듯, 창법에 변화를 주면서 노래할 줄도 알았다.

그 노래를 두번째로 다 부르고 났을 때, 그녀는 잠깐 그쳤다가 빌헬름을 똑바로 쳐다보면서 물었다. 「그 나라를 알아요?」 ——「아마 이탈리아를 두고 하는 노래일 터이지!」 하고 빌헬름이 대답했다. 「그런데 넌 그 노래를 어디서 배웠지?」——「이탈리아에서요!」 하고 미뇽이 의미심장하게 말했다. 「이탈리아로

가시거든 저도 함께 데리고 가주세요. 저는 여기가 너무 추워요」——「얘야, 너 벌써 이탈리아에 가본 적이 있느냐?」하고 빌헬름이 물었다. 그 아이가 입을 다물었기 때문에 빌헬름은 그 아이한테서 더 이상 아무것도 캐물을 수가 없었다.

마침 방 안으로 들어온 멜리나가 치터를 살펴보고는 그 악기가 벌써 그렇게 말끔하게 수리된 것을 기뻐하였다. 그 악기는 그 낡은 무대도구 중의 하나였다. 미뇽이 오늘 아침에 그것을 자기한테 달라고 했던 것이고, 하프 타는 노인이 즉각 그 악기를 손봐 준 것이었다. 그래서 이 기회에 그 아이는 지금까지 아무도 모르고 있던 재주 한 가지를 보여준 것이었다.

멜리나는 벌써 의상들과 거기에 딸린 부속품 일체를 인수했다. 시 행정위원회의 몇몇 위원들은 그에게 그곳에서 한동안 흥행할 수 있는 허가를 해주겠다고 즉석에서 약속했다. 그래서 이제 그는 기쁜 마음과 명랑한 표정으로 돌아왔다. 그는 아주 다른 사람이 된 것처럼 보였는데, 누구에게나 부드럽고 정중하게 대했을 뿐만 아니라 호의와 애교까지도 나타내었다. 그는 지금까지 갈피를 잡지 못하고 빈둥거리며 지내고 있던 친구들에게 이제 일을 시키고 한동안 채용 계약을 할 수 있게 된 자신의 행운을 기뻐했다. 그러나 동시에 그는 자기가 빌헬름과 같은 관대한 친구한테 진 채무를 가장 먼저 갚아나가야 하기 때문에, 행운이 자기에게 인도해 준 탁월한 배우님들에게 물론 처음에는 능력과 재능에 걸맞는 보수를 드리지 못하는 것을 유감으로 생각한다고도 말했다.

「제가 한 극단을 운영할 수 있도록 도와주신 선생님의 우정에 대해서는 뭐라고 감사의 말씀을 드려야 할지 모르겠습니다」하고 멜리나가 그에게 말했다. 「정말이지 선생님을 처음 뵙게 되었을 때의 저는 매우 묘한 처지에 놓여 있었지요. 기억하고 계시겠습니다만, 처음 알게 되었을 때에 저는 선생님에게 연극에 대한 저의 혐오감을 신랄하게 내비쳤지요. 그럼에도 불구하고, 연극에서 많은 기쁨과 박수갈채를 기대하는 제 아내에 대한 사랑 때문에 출연 계약을 하려고, 결혼하자마자 여기저기 찾아다니지 않을 수 없었습니다. 그러나 저는 일자리를 찾지 못했습니다. 적어도 고정된 출연 계약은 맺을 수 없었지요. 그러나 그 대신 저는 다행히도, 마침 저처럼 글을 좀 쓸 줄 알고 프랑스어를 이해할 수 있으며 회계에도 경험이 아주 없지 않은 사람을 특별한 경우에 임시로 고용할 수 있는 몇몇 관리들을 만나게 되었습니다. 그래서 저는 한동안 꽤 잘 지내면서 괜찮은 보수를 받은 데다 여러 가지 살림살이도 장만했기 때문에 남부끄러운 형편은 그럭저럭 면하게 되었습니다. 그러나 저를 데리고 있던 사람들의 특수한 임무가 끝나서 거기서 장기적인 밥벌이를 생각하기는 어려워졌습니다. 그러자 제 아내가 더욱더 연극을 하고 싶다고 졸라대는 것이었습니다. 유감스럽게도 지금은 그녀의 상태가 관객들에게 화려한 연기를 보여주기에 유리하지는 않은 시점입니다. 이제 저는 제가 선생님의 도움으로 설립하게 되는 극단이 저와 제 가족에게 훌륭한 시작이 되기를 희망하고 있습니다. 그리고 저의 앞으로의 행운은, 그것이 어떻게 진전되든 간에, 선생님의 덕분이라고 생각하겠습니다」

빌헬름은 이런 말을 흡족한 기분으로 들었으며, 배우들도 모두 마찬가지로 새 감독의 이런 설명에 흡족해하면서 그렇게 빨리 계약을 체결하게 된 것을 남몰래 기뻐하고 있었다. 모두 처음에는 우선 적은 출연료를 받고도 만족하는 경향을 보였는데, 그것은 그들 대부분이 자신들에게 그렇게도 뜻하지 않게 제공된 그 출연료를 불과 얼마 전까지도 계산에 넣지 않았던 일종의 보조금으로 간주했기 때문이었다. 멜리나는 배우들의 이런 기분을 최대한 이용하려고 했다. 그래서 그는 능란하게도 한 사람씩 따로 만나서 각개격파를 시도했으며, 이 사람은 이런 방법, 저 사람은 저런 방법으로 설득했기 때문에, 모두가 신속하게 계약을 체결하고 싶어했고 새로운 여건에 대해서는 깊이 생각해 보지도 않고서 육 주간의 해약 통고 기간만으로도 벌써 신분이 보장된 것으로 믿었다.

이제 모든 계약 조건들이 확정되어 상응하는 형식만 밟으면 되도록 되었다. 그래서 멜리나는 벌써 관중을 끌어모을 수 있는 최초의 작품에 대한 궁리를 하고 있었다. 바로 그때, 한 심부름꾼이 달려와 마방 관리인에게 백작 일행이 곧 도착하리라는 사실을 알렸고, 마방 관리인은 대기중인 말들을 끌어내 오라는 명령을 내렸다.

얼마 되지 않아 곧, 짐을 잔뜩 실은 마차가 여관 앞으로 들어왔으며, 마부석으로부터 하인 두 사람이 급히 뛰어내렸다. 필리네는 그녀의 성격에 걸맞게 제일 먼저 달려나가 대문 아래에 대령해 서 있었다.

「자넨 누구지?」 백작부인이 들어오면서 물었다.

「한 여배우이온데, 백작마님의 시중을 들어드리고 싶사옵니다」 하고 대답하면서, 그 장난꾸러기 아가씨는 아주 경건한 표정과 공손한 태도로 고개를 숙이고는 귀부인의 치마에 입을 맞추는 것이었다. 백작은 마찬가지로 배우들이라고 말하는 몇몇 사람들이 주위에 둘러서 있는 것을 보고는 단원이 몇 명이냐, 가장 최근에 공연한 곳이 어디냐, 그리고 단장이 누구냐고 물었다. 「만약 이 사람들이 프랑스 배우들이라면, 우리는 공작님에게 뜻밖의 즐거움을 마련해 드릴 수 있을 텐데 말이오」 하고 백작은 자기 부인을 보고 말했다. 「공작님을 위해 우리 장원에서 그분이 좋아하시는 여흥을 마련해 드릴 수 없는 것이 유감이군!」

「단지 독일인들뿐인 것이 유감스럽긴 해도, 공작님께서 우리 손님으로 계시는 동안 이분들이 우리 성에서 공연하게 할 수도 있을 것 같네요」 하고 백작부인이 대답했다. 「보아하니 어느 정도는 숙련이 되어 있는 것 같군요. 큰 손님 대접은 아무래도 연극이 제일 좋지요. 그리고 아마 남작님이 세련된 연극을 하도록 이분들을 도와드릴 수 있을 거예요」

이런 말을 주고받으며 그들은 계단을 올라갔다. 이윽고 멜리나가 위로 따라 올라가서 단장으로서 인사를 올렸다. 「단원들을 모두 모아 나에게 좀 소개를 해보게. 어떤 사람들인지 어디 한번 보고 싶네」 하고 백작이 말했다. 「또, 필요할 경우에 공연이 가능한 작품들의 목록도 보고 싶네」

멜리나는 코가 땅에 닿도록 허리를 굽혀 인사하면서 급히 방을 나왔다가는 배우들을 데리고 곧 다시 들어갔다. 그들은 앞뒤로 서로 밀면서 들어갔는데, 그들 중의 일부는 백작에게 잘 보이고자 하는 욕심이 너무 컸던 나머지 오히려 어색하게 인사했고, 나머지 배우들의 인사 또한 거동이 경망스러워서 그보다 더 나을 것이 없었다. 필리네는 극히 너그럽고 친절한 백작부인에게 갖은 경의를 다 표하고 있었다. 그러는 동안에 백작은 다른 배우들을 훑어보았다. 그는 각자에게 전문 배역을 물어보았다. 그러고는 멜리나에게 배역의 전문성을 엄격히 지켜야 한다는 견해를 표명하였다. 멜리나는 최상의 경의를 표하면서 그 견해를 받아들였다.

그런 다음에 백작은 각 배우에게 특히 연구해야 할 점, 용모나 자세에서 고쳐야 할 점이 무엇인지를 말해 주고, 독일 배우들에게 항상 부족한 점이 무엇인지를 그들에게 일목요연하게 설명해 주었는데, 어찌나 비상한 식견을 보여주었던지 모두들이 박식한 전문가, 고귀한 예술보호자 앞에서 최상의 경의를 표하며 서 있을 따름이었고 감히 숨도 제대로 쉬지 못할 지경이었다.

「저기 구석에 있는 사람은 누군가?」 하고 백작이 아직도 자기에게 소개되지 않은 한 사람이 있는 것을 보면서 물었다. 그러자 팔꿈치에 천조각을 덧댄 남루한 옷을 입은 바싹 마른 형체 하나가 가까이 다가왔다. 그 공손한 백성의 머리 위에는 초라한 가발이 얹혀 있었다.

앞서 이미 필리네가 좋아하는 사람으로 소개된 바 있는 이 남자는 보통 훈장이나 학자 또는 시인 역을 맡곤 했으며, 매를 얻어맞거나 물벼락을 맞아야 하는 역이 있으면 대개 이 사람이 그 역을 떠맡곤 했다. 그는 연신 허리를 굽실거리며 굴종적이고도 우스꽝스럽고 겁먹은 듯한 절을 하는 습관이 있었고, 또 더듬거리는 말투가 그의 역에 어울렸기 때문에 관중들을 웃기곤 했다. 그래서 그는 극단에서 아직도 여전히 필요한 인물로 간주되었다. 게다가 그는 매우 열심히 일했고 누구한테나 고분고분했기 때문에 더욱더 필요한 사람으로 생각되었다. 그는 자기 습관대로 백작한테로 다가가서 절을 하고는 백작이 질문할 때마다 마치 무대 위에서 자기의 배역을 하던 식으로 대답하는 것이었다. 백작은 호감과 관심을 보이며 한동안 생각에 잠긴 채 그를 바라보았다. 이윽고 그는 백작부인에게로 몸을 돌리면서 외쳤다. 「여보, 이 사람을 잘 살펴보시오! 내 장담하거니와 이 사람은 위대한 배우이거나, 아니면 앞으로 그렇게 될 사람이오」

이 말에 진심으로 감사를 표하느라고 그 남자가 바보 같은 절을 꾸벅 하자 백작은 그만 크게 웃음을 터뜨리며 소리쳤다. 「연기가 정말 그만이군! 내기를 걸어도 좋지만, 이 사람은 틀림없이 자기가 원하는 대로 연기를 해낼 수 있어요. 지금까지 이런 사람을 썩혀온 것이 유감이야!」

이처럼 그 사람만 유별나게 칭찬하는 말이 다른 사람들의 기분을 심하게 건드렸다. 단지 멜리나만이 그런 기분 같은 것은 전혀 느끼지 않았다. 오히려 그는 백작의 말에 완전히 찬동하면서 공손한 표정으로 이렇게 대답했다. 「네, 그렇습니다. 다만 이 사람과 저희들 중의 몇몇 사람들에게는 각하와 같은 전문가와 지금 각하께서 해주신 것 같은 격려의 말씀이 없었을 뿐입니다」

「그럼 이것으로 전 단원이 다 모인 건가?」 백작이 물었다.

「빠진 사람들이 몇 명 있습니다」 하고 영리한 멜리나가 대답했다. 「그러나 만약 지원만 해주신다면, 금방 이웃에서 달려와 모두 다 모일 수 있습니다」

그러는 동안에 필리네는 백작부인에게 말했다. 「또 한 사람이 이층에 있습니다. 아주 미남 청년인데, 그 청년이라면 곧 남자 주인공 역을 해낼 수 있을 거예요」

「왜 그 사람은 모습을 나타내지 않지요?」 백작부인이 물었다.

「제가 불러오겠습니다」 필리네가 말했다. 그러고는 서둘러 문 바깥으로 나갔다.

빌헬름은 아직도 미뇽을 상대로 이야기하고 있었다. 필리네는 그에게 함께 아래층으로 내려가자고 권했다. 그는 약간 내키지 않는 마음으로 그녀를 따라가고 있었다. 하지만 호기심에 끌리지 않은 것도 아니었다. 귀족들이 왔다는 말을 들었기에 그는 그들을 더 자세히 알고 싶은 욕심이 났던 것이다. 그는 방 안으로 들어섰다. 그러자 그의 두 눈은 금방, 그를 향하고 있는 백작부인의 두 눈과 마주쳤다. 백작이 다른 사람들과 이야기를 나누고 있는 동안에 필리네가 빌헬름을 귀부인 앞으로 끌고 갔다. 빌헬름은 고개를 숙여 인사했으며, 그 매혹적인 부인이 묻는 갖가지 질문에 적지않이 당황하면서 대답했다. 그녀의 아름다움, 젊음, 기품, 귀여움, 세련된 태도가 그에게 아주 유쾌한 인상을 주었다. 그녀의 말씨와 거동에는 일종의 수줍음이라고나 할까, 아니, 당황하는 듯한 태도가 엿보였기 때문에 이런 인상은 더욱더 강했다. 그는 백작에게도 소개되었다. 그러나 백작은 그에게는 별로 관심을 보이지 않고 창문 곁에 있는 자기 부인한테로 다가가더니 무엇인가 물어보는 것 같았다. 이 광경을 지켜보던 사람들은 부인의 의견이 백작의 의견과 아주 완전히 일치했을 뿐만 아니라, 심지어는 부인 쪽에서 열심히 부탁까지 함으로써 백작의 의사를 굳혀주고 있음을 알아차릴 수 있었다.

곧 이어서 백작이 단원들한테로 돌아오면서 말했다. 「내가 지금 여기 머무를 수는 없지만, 친구 하나를 여러분한테로 보내겠소. 여러분들이 내어놓는 조건이 적당하다면, 그리고 정말 많은 노력을 기울여줄 의사가 있다면, 나는 여러분들이 내 성에서 공연을 하는 데에 반대하지 않겠소」

이 말에 모두들 크게 기뻐하였다. 특히 필리네는 백작부인의 두 손에 열광적인 키스를 퍼부었다.

「이제 됐어요, 꼬마 아가씨?」 하고 부인은 호들갑을 떠는 그 아가씨의 뺨을 톡톡 두드려 주면서 말했다. 「그것 보라구요, 아가씨! 다시 날 찾아오도록 해요. 난 약속을 꼭 지킨다니까요.

다만 좀더 나은 옷차림을 해야 해요」 필리네는 의상에 돈을 쓸 수가 없는 형편임을 변명했다. 이에 백작부인은 당장 하녀들에게, 영국제 모자와 비단 머플러는 짐에서 꺼내기 쉬울 테니 가져오라고 분부를 내렸다. 이제 백작부인이 필리네에게 그것들을 손수 씌워주자, 필리네는 아무것도 모르는 천진난만한 표정을 하고는 계속 아주 얌전한 거동과 태도를 취하는 것이었다.

백작이 부인한테 손을 내밀고는 그녀를 아래로 데리고 내려갔다. 부인은 지나가면서 모든 단원들에게 친절하게 인사했으며, 다시 한번 빌헬름 쪽으로 몸을 돌리고는 한없이 자애로운 표정으로 그에게 말했다. 「곧 다시 만나요」

이렇게 행복한 전망이 생기자 모든 단원들은 신이 났다. 이제 각자는 자기의 희망, 소망, 상상력을 마음껏 키워보았고, 자기가 하게 될 배역과 자기가 얻게 될 박수갈채에 대해서 이야기했다. 멜리나는 어떻게 하면 그 사이에도 단원들을 그냥 놀리지 않고 몇 번 흥행을 해서 이 소도시의 주민들한테서 돈을 좀 우려내고 단원들도 훈련시키는 일석이조의 득을 볼 수 있을까 하고 궁리하고 있었다. 그러나 다른 사람들은 식당으로 몰려가서는 평소 먹던 것보다 더 나은 점심식사를 주문했다.

2

며칠 뒤에 남작이 왔는데, 그를 영접하게 된 멜리나는 걱정이 없지 않았다. 백작은 남작이 전문가라고 말했다. 그렇다면 남작은 이 조그만 극단이 지니고 있는 약점을 금방 알아챌 것이고, 또 정식 극단이 아니어서 이 사람들을 가지고는 작품 하나도 제대로 공연하지 못하리라는 사실을 금방 꿰뚫어볼까 봐 걱정이 되었던 것이다. 그러나 단장뿐만 아니라 모든 단원들도 얼마 있지 않아 온갖 근심에서 풀려날 수 있었다. 왜냐하면 그 남작이란 사람이 대단한 열광을 지니고 조국의 연극을 관찰하는 사람이며, 어떤 배우 어떤 극단도 환영하고 반겨 마지않는 사람이라는 것을 알게 되었기 때문이었다. 그는 그들 모두를 정중하게 환영하였으며, 뜻밖에 독일 극단을 만나 교분을 갖게 되고 조국의 연예계 인사 여러분들을 자기 친척의 성으로 안내하게 된 것을 큰 행복으로 생각한다고 말했다. 이렇게 말하고 나서 곧 그는 주머니에서 노트 하나를 꺼내었는데, 멜리나는 그것이 계약 조건들을 적어놓은 것이기를 희망했다. 그러나 그것은 전혀 다른 것이었다. 남작은 그것은 자기가 손수 쓴 드라마로 그들이 공연해 주었으면 하니, 그것을 어디 한번 주의깊게 들어달라고 청하는 것이었다. 모두들 좋아라고 둥그렇게 앉았다. 그러고는 별로 힘들이지 않고 그렇게 중요한 분의 총애를 확실히 굳힐 수 있게 된 것을 기뻐하였다. 물론 노트의 두께로 보건대 굉장히 긴 시간이 걸리지나 않을까 모두들 속으로는 은근히 걱정이 되기도 했는데, 아닌게아니라 실제로 그랬다. 그 드라마는 5막으로 씌어 있었는데, 도무지 끝이 나지 않는 그런 작품이었다.

그 작품의 주인공은 신분이 고귀하고 덕성과 고매한 인격을 갖춘 남자로서 세상의 오해와 박해를 받았지만, 결국에는 그의 적들한테서 승리를 거두었다. 비록 그가 그 적들을 즉석에서 용서하지는 않지만, 작품의 엄정한 논리적 귀결로 볼 때 그들도 당연히 용서를 받았을 것이었다.

이 작품이 낭독되는 동안, 듣는 사람들은 충분한 마음의 여유를 갖고서 각자 자신의 앞일을 생각했다. 즉, 불과 얼마 전까지만 해도 자신들이 굴러떨어져 있다고 느끼곤 했던 그 굴욕의 심연으로부터 아주 가볍게 빠져나와 행복한 자긍심의 세계로 두둥실 떠올라서는 그곳으로부터 미래를 향해 뻗쳐 있는 쾌적한 앞길을 내려다보는 것이었다. 이 작품 안에서 자기한테 적합한 배역을 발견하지 못한 사람들은 이 작품을 속으로 졸작이라고 단정하면서 남작을 불행한 작가로 간주했지만, 이와 반대로 다른 사람들은 자신들이 박수를 받을 만한 대목을 발견하면 극찬을 늘어놓았기 때문에 작가는 크게 만족해했다.

경제적인 문제에서는 그들은 금방 합의에 도달했다. 멜리나는 남작과의 계약을 자신에게 유리하게 체결할 수 있었지만, 그는 이 계약을 다른 배우들에게는 비밀로 했다.

멜리나는 남작에게 지나가는 투로 빌헬름에 대해서 슬쩍 말하면서, 빌헬름이 매우 훌륭한 극작가로서의 자질을 갖추고 있고 배우로서도 상당한 소질을 지닌 사람이라고 힘주어 말했다. 그러자 남작은 당장 빌헬름을 동료작가로서 대했다. 그래서 빌헬름은 자기 작품들의 대부분을 불태워 버렸던 그날 몇몇 다른 물건들과 더불어 우연히 구출된 몇몇 희곡 소품들을 남작 앞에서 낭독해 보였다. 남작은 작품들과 낭독법을 다같이 칭찬하고는 빌헬름도 함께 성으로 건너가는 것을 자명한 사실로 받아들이는 것이었다. 작별을 고하면서 남작은 모든 단원들에게 최선의 대우를 하겠으며, 편안한 잠자리, 훌륭한 식사를 마련하고 박수갈채와 선물들을 받도록 해주겠다고 약속했다. 게다가 멜리나는 일정액의 용돈까지도 줄 것이라는 호언장담을 덧붙였다.

남작의 이 방문으로 인하여 단원들이 얼마나 유쾌한 기분에 젖었는가는 가히 상상할 수 있을 것이다. 그들은 불안하고 비참한 처지에서 벗어나 갑자기 명예와 안락이 눈앞에 다가온 것을 보았던 것이다. 그들은 미리부터 벌써 앞으로 받을 돈 계산을 하면서 즐거워했다. 그러고는 너나 할 것 없이 모두가 주머니에 동전 한 닢조차 남겨놓을 필요가 없다고 생각했다.

그러는 사이에 빌헬름은 자기가 단원들을 따라 백작의 성으로 가야 할 것인지 그만둬야 할 것인지 혼자 생각해 보았다. 이윽고 그는 동행하는 것이 여러 가지 의미에서 바람직하다고 여겼다. 멜리나가 이번의 유리한 계약을 통해 적어도 자기가 진 빚의 일부나마 갚을 수 있기를 희망하고 있는 데다, 인간에 대한 인식을 궁극적인 목표로 여기는 우리의 친구는 인생과 자기 자신, 그리고 예술에 대해서 많은 해명을 얻을 수 있는 그 큰 세계를 보다 자세하게 알 수 있는 이 기회를 놓치고 싶지 않았던 것이다. 이런 생각을 하는 중에도 그는 그 아름다운 백작부인을 다시 만나 그녀에게 보다 더 가까이 다가가고 싶다는 간절한 마음만은 차마 자신에게도 고백할 수 없었다. 오히려 그는 고귀하고 부유한 세계를 보다 더 상세히 알게 된다는 것이 자신에게 큰 보탬이 될 것이라는 일반론으로써 자신을 확신시키고자 했다. 그는 백작 부부와 남작에 대해, 그리고 그들의 확고하고 태연자약하며 우아한 행동에 대해 자기 나름대로 생각을 해 보았다. 이윽고 혼자 있게 되자 그는 기쁨에 넘쳐 다음과 같이 외쳤다.

「태어나자마자 당장 인류의 하층 계급을 벗어난 사람들은 세 배나 행복한 사람들로 찬양받아 마땅하리라. 그들은 많은 선량한 사람들이 평생 동안 전전긍긍하면서 지내야 하는 그런 상황을 통과하지 않아도 되며, 그런 상황에서는 잠시 손님 자격으로도 머무를 필요가 없는 것이다. 보다 높은 입장에서 내려다보는 그들의 관점은 보편성과 정당성을 띠게 될 것이며, 그들의 인생은 걸음걸이마다 가벼울 수밖에 없다. 우리 모두가 건너지 않으면 안 되는 인생의 항로(航路) 위에서 남들은 모두 홀로 헤엄치면서 안간힘을 쓰고 순풍의 이점도 활용하지 못하고 폭풍우를 만나면 금방 기진맥진하여 침몰해 버리는데, 그들은 말하자면 태어날 때부터 순풍은 이용하고 역풍은 멎기를 기다려 항해할 수 있는 배에 타고 있는 셈이라 할 수 있다. 출생과 더불어 타고난 재산은 그들을 얼마나 의젓하고 편안하게 해주는가! 탄탄한 자본을 바탕으로 창건된 기업은 얼마나 안전한 번영을 누리는가! 그런 기업은 어쩌다 계획이 실패한다고 해서 당장 구제불능의 상태에 빠지지는 않는 법이지! 현세적 사물의 가치와 무가치를 식별하는 데에 젊은 시절부터 그것들을 향유할 수 있는 여건에 있었던 사람을 그 누가 당해 낼 수 있을 것인가? 그리고 자기의 정신을 필연적인 것, 유용한 것, 진실한 것을 향하도록 인도할 때에도, 그 누가 이런 사람을 앞지를 수 있을 것인가? 새로운 인생을 시작할 기력이 아직 남은 나이에 이미 그는 자신의 그 많은 행위들이 과오라는 확신에 도달해 있을 테니 말이야!」

이렇게 우리의 친구는 보다 높은 영역에 있는 모든 사람들이 행복한 사람들이라고 외쳤다. 그러나 그는 또한, 이와 같은 사회에 접근하여 이 샘물로부터 물을 퍼 마실 수 있는 사람들 역시 행복한 사람들이라고 생각했으며, 이제 이 계급에 가까이 가도록 그 자신을 인도해 주려고 하는 자기의 수호신을 찬양하였다.

그러는 동안 멜리나는 백작의 요구와 자기 자신의 확신에 따라 어떻게 단원들에게 배역을 나누고 어떻게 단원 각자에게 일정한 임무를 부여할 수 있을까 하고 오랫동안 궁리해 보았다. 그러나 마침내 실현 단계에 이르자 그는 이렇게 적은 인원으로는 배우들 쪽에서 가능한 한 이 배역 저 배역에 스스로 적응해 주려는 의사를 보여주는 것으로 크게 만족하지 않을 수 없었다. 그런데 보통 라에르테스는 애인 역을 맡고, 필리네는 시녀 역을, 두 젊은 아가씨들은 소박하고 귀여운 연인 역을, 호통 잘 치는 영감은 그때그때마다 자기에게 제일 잘 어울리는 역을 맡아왔다. 멜리나 자신은 자기가 기사로 등장할 자격이 있다고 생각했으며, 멜리나 부인은 몹시 기분 나쁘게도 젊은 부인, 아니 차라리 자정(慈情)이 많은 어머니라 해야 할 역을 맡지 않을 수 없었다. 그리고 그 새로운 작품들에는 훈장이나 시인이 등장하지 않고, 설령 등장한다 하더라도 더 이상 그렇게 가볍게 풍자되지 않았다. 그래서 백작이 총애하는 그 배우는 이번에는 추밀원 의장이나 장관 역을 맡아야만 했는데, 이런 역들은 보통 악역으로서 제5막에 가서는 형편없는 취급을 받곤 했다. 그와 마찬가지로 멜리나도 시종이나 시종장의 역을 기꺼이 맡아, 여러 인기 있는 극작품들에서 착실한 독일 배우들에 의해 전통적으로 전승되어 오는 그런 조야한 언행을 참고 해내지 않을 수 없었다. 그것은 그가 이 기회에 성장(盛裝)을 하고 나설 수가 있었고, 또한 자기가 완전히 갖추고 있다고 자부하는 궁정 귀족의 풍모를 풍겨도 좋았기 때문이었다.

오래지 않아 곧 여러 곳에서 몇몇 배우들이 흘러 들어왔다. 그들은 별다른 시험 없이 채용되었으며, 그런 만큼 그들을 단원으로 묶어두기 위한 유리한 조건들을 특별히 제시할 필요도 없었다.

멜리나는 빌헬름에게 남자 주인공 역을 해보라고 여러 번 권했으나 빌헬름은 이것을 받아들이지 않았다. 그러나 빌헬름은 큰 선의를 지니고 일이 잘되도록 도와주었다. 그런데 우리의 새 단장은 빌헬름의 노고를 조금도 인정할 줄 몰랐다. 오히려 그는 자기가 모든 필요한 통찰을 얻은 것은 단장으로서의 지위 때문인 것으로 믿었다. 더욱이 그가 가장 좋아하는 일 중의 하나는 작품을 잘라먹는 일이었다. 그는 그 어떤 부작용 같은 것은 전혀 고려하지도 않고 모든 작품을 적당한 길이로 마구 잘라서 훼손시킬 수 있는 인간이었다. 그는 많은 호평을 받았고, 관객은 대단히 만족했다. 그리고 그 소도시의 최상류층 주민들은 왕립극단이라 하더라도 결코 이 극단만큼 훌륭히 해낼 수는 없을 것이라고 주장하는 것이었다.

3

마침내 우리의 모든 단원들은 이동할 준비를 갖추고서, 그들을 백작의 성으로 데려가기로 예약되어 있는 포장마차와 짐수레들을 기다려야 하는 시간이 되었다. 그런데 벌써부터 누가 누구와 함께 한 마차를 타고 누가 누구의 곁에 앉느냐 하는 문제를 둘러싸고 심한 말다툼이 벌어졌다. 마침내 순서와 배치가 간신히 정리 확정되긴 했지만, 유감스럽게도 그것은 아무 소용도 없었다. 정해진 시간에 마차들이 오긴 왔으나, 기대한 수보다 적게 왔기 때문에, 그것으로 임시변통을 하지 않을 수 없었다. 곧바로 말로 뒤따라 도착한 남작이 그 까닭을 설명했다. 예상했던 날짜보다 군주가 며칠 더 빨리 도착할 예정인 데다 뜻하지 않았던 귀빈이 벌써 성에 도착해 있기 때문이라는 것이었다. 그래서 성내의 공간이 매우 비좁아졌으며, 또 그 때문에 그들한테도 전에 배려했던 대로 좋은 숙소를 드릴 수 없게 되어 그로서는 매우 죄송하다는 것이었다.

일행은 자리가 되는 대로 마차들에 나누어 탔다. 마침 날씨도 괜찮고 백작의 성까지는 몇 시간 안 되는 거리였기 때문에, 원기왕성한 축들은 마차들이 되돌아오는 것을 기다리느니 차라리 걸어가겠다고 나서기도 하였다. 이 도보 순례자들은 환성을 지르며 출발했는데, 그들이 숙박비 걱정을 하지 않아도 되었던 것은 이번이 처음이었다. 그들의 영혼 앞에는 백작의 성이 마치 요정들의 궁성처럼 서 있었으며, 그들은 이 세상에서 가장 행복하고 즐거운 사람들이었다. 그리고 가는 도중에도 그들은 이 꿈 같은 날에다 갖가지 행복과 명예와 번영을 결부시키면서 각자 제멋대로 상상의 나래를 펴보곤 했다.

뜻밖에도 세찬 비가 내렸지만, 그들은 계속 그런 유쾌한 기분에 사로잡혀 있었다. 그러나 비가 그칠 기미를 보이지 않고 점점 더 세차게 내리자 그들 대부분이 상당히 불쾌해졌다. 밤이 되었다. 이때 그들에게 그 무엇보다도 반가웠던 것은 그들이 창문을 헤아릴 수 있을 정도로 각 층마다 휘황하게 불이 밝혀져 있는 백작의 궁성이 한 언덕 위에서부터 그들을 향해 빛나고 있는 광경이었다.

그들이 더 가까이 다가갔을 때 부속 건물들의 모든 창문들도 환하게 불이 켜져 있는 것이 보였다. 어느 방이 자기가 들 방일까 하고 각자 혼자서 생각하고 있었다. 하지만 그들 중 대부분은 지붕 밑 방이거나 옆채의 골방이라도 겸허하게 받아들일 생각이었다.

한편, 일행을 태운 마차는 마을을 통과하면서 여관을 지나쳐

가고 있었다. 빌헬름은 거기서 내릴 요량으로 마차를 멈추게 했다. 그러나 여관 주인은 그에게 줄 방이 하나도 남아 있지 않다고 통사정을 하는 것이었다. 백작께서 뜻하지 않은 손님들이 오신 관계로 즉석에서 온 여관을 다 예약하시어, 각 방마다에는 어제부터 이미 거기에 드실 손님 이름이 백묵으로 표시되어 있다는 것이었다. 사정이 이렇게 되고 보니 우리의 친구는 본의 아니게 일행들과 함께 백작궁의 앞마당으로 마차를 타고 들어가지 않을 수 없었다.

그들은 한 부속 건물의 부엌 화덕 주위를 바쁘게 왔다갔다하는 요리사들을 보았다. 이 광경을 보는 것만으로도 벌써 그들은 원기가 도는 것 같았다. 등불을 든 하인들이 서둘러 본관 계단을 뛰어 내려왔다. 그 광경을 보자 순진한 길손들은 기대로 마음이 부풀어 올랐다. 그런데 이 영접이 무서운 욕설로 변했을 때, 그들의 놀라움은 얼마나 컸던지! 그 하인들이 마부들에게 왜 이곳으로 마차를 끌고 들어왔느냐고 욕설을 퍼부었던 것이다. 「마차를 다시 돌려 구관(舊館)으로 나가라」「여기엔 그런 손님들이 들어올 자리가 없다!」라고 외치는 소리가 들렸다. 이런 천만 뜻밖의 불친절한 말도 모자라서 그들은 또한 갖가지 놀려대는 말까지도 덧붙였다. 그러고는 일행이 이렇게 길을 잃고 허둥지둥 우중으로 내쫓기게 된 사실에 대해 무엇이 그리 좋은지 저희들끼리 서로 실컷 웃어대는 것이었다. 비는 아직도 여전히 퍼붓고 있었고 하늘에는 별 하나 보이지 않고 사방이 캄캄했다. 그리하여 이제 일행은 두 담장 사이에 나 있는 울퉁불퉁한 길을 따라 뒤편에 있는 구관으로 이끌려 갔다. 구관 건물은 백작의 부친이 그 앞에 새 궁성을 지은 이래로 사람이 살지 않은 채 거기 서 있었다. 마차들의 일부는 안마당에, 나머지는 아치형의 대문으로 통하는 길다란 길 아래에 멈춰섰다. 이윽고 마을에서 마바리꾼으로 징발된 그 마부들은 마차들로부터 말을 풀어서는 그 말들을 타고 다시 각기 제 갈길을 가버렸다.

일행을 맞이하기 위해 나타난 사람이 아무도 없었기 때문에, 그들이 마차에서 내려서 소리를 치고 사람을 찾아보았으나 아무 소용도 없었다. 칠흑같이 캄캄하고 쥐 죽은 듯이 고요하기만 했다. 텅 빈 대문을 통해 바람이 휭하니 불었고, 어둠 속에서 그 형체를 분간할 수도 없는 해묵은 탑들과 정원들은 섬뜩하기만 했다. 모두들 추위에 부들부들 떨었고, 여자들은 무서워했으며, 아이들은 울기 시작했다. 그래서 그들은 시시각각으로 더욱더 초조해졌다. 아무도 상상할 수 없었던 이런 졸지의 변고를 당하자 그들 모두는 크게 당황했다. 이제나저제나 누가 와서 그들을 위해 문을 열어줄까 하고 초조하게 기다리는 판이었고, 때로는 빗소리에 때로는 바람 소리에 속아, 그것이 기다리던 성지기의 발소리일 것이라고 생각한 적도 한두 번이 아니었다. 이렇게 기다리면서 그들은 오랜 시간 동안 풀이 죽어 하릴없이 멍하니 서 있기만 하였다. 신관으로 뛰어가서 거기 있는 동정심 많은 사람들에게 도움을 호소할 생각을 머리에 떠올린 사람은 아무도 없었다. 그들은 자기들의 친구인 남작이 어디 있는지 알 수 없었다. 그래서 그들은 이렇게 지극히 곤란한 지경에 빠진 것이었다.

마침내 정말 사람들이 오는 소리가 들렸으나, 그 목소리를 들어보니 마차를 타지 않고 그뒤를 걸어서 따라온 일행임을 알 수 있었다. 그들 이야기로는, 남작은 낙마를 하여 발에 큰 부상을 입었다는 것이었다. 그리고 그들 역시 신관에서 숙소를 물어보았더니 거친 어조로 이리 가라고 하더라는 것이었다.

일행 모두는 매우 당황했다. 어찌하면 좋을지 의논을 해보았지만, 결단을 내릴 수가 없었다. 마침내 멀리서부터 등불이 하나 다가오는 것이 보여서, 안도의 한숨을 쉬었다. 하지만 가까이 다가와 그 형체를 알아볼 수 있었을 때, 금방 구제될 것이라는 희망은 다시금 사라졌다. 한 마부가 불을 밝혀 모시고 온 사람은 앞서의 그 백작댁 마방 관리인이었는데, 가까이 다가오자 그는 매우 열심히 필리네 양의 소재를 묻는 것이었다. 그녀가 다른 사람들 틈에서 나오자마자 그는 그녀를 신관으로 인도하겠으니 같이 가자고 간곡히 청했다. 백작부인의 시녀들 곁에 그녀를 위한 자리가 마련되어 있다는 것이었다. 그녀는 오래 생각할 것도 없이 그의 제안을 감사히 받아들여, 그와 팔짱을 끼고는 서둘러 가버리려고 했다. 짐은 이미 다른 사람들에게 부탁해 두었기 때문이다. 그러나 사람들이 그들의 길을 막고 서서 그 마방 관리인한테 묻기도 하고 간청과 애원을 늘어놓기도 했다. 그래서 마침내 그는 단지 그 미인과 함께 그 자리를 떠날 욕심에 온갖 약속을 했으며, 금방 문을 열어 그들 일행이 최대한 편히 유숙할 수 있도록 해주겠다고 확언했다. 그러고서 곧 그들은 뒤에 남아 그 마방 관리인의 등불이 사라져 가는 것을 바라보았다. 그들은 새로운 등불이 나타나기를 오랫동안 기다렸으나 좀체 나타나지 않았다. 오랫동안을 기다리고 갖은 욕설을 퍼부은 다음에야 마침내 등불이 보였다. 그래서 일행은 다시금 약간 위로와 희망을 얻고는 술렁거렸다.

한 늙은 하인이 그 낡은 건물의 문을 열자 일행은 우르르 밀려 들어갔다. 각자 짐 걱정을 하며 자기 짐을 챙겨서는 건물 안으로 들고 들어갔다. 대부분의 짐들은 그 주인들과 마찬가지로 흠씬 젖어 있었다. 하나뿐인 그 등불로는 모든 일이 매우 느리게 진행될 수밖에 없었다. 건물 안에 들어서서도 일행은 서로 부딪치고 걸려 넘어지거나 자빠지곤 했다. 양초를 더 달라, 불을 지피게 해달라는 요구들이 쏟아져 나왔다. 말수가 적은 그 하인은 겨우 자기의 등불을 거기 내려놓았을 뿐, 밖으로 나가더니 다시는 코빼기도 보이지 않았다.

그러자 일행은 그 집을 샅샅이 뒤져보기 시작했다. 모든 방의 문들은 열려 있었다. 대형 난로들과 색실을 넣어 짠 벽융단들, 그리고 모자이크 장식을 새겨넣은 바닥은 지금도 화려했던 지난날을 엿보게 했다. 그러나 다른 가재 도구들은 아무것도 남아 있지 않았다. 탁자도 의자도 없었고, 거울도 하나 없었으며, 엄청나게 큰 빈 침대가 몇 개 있을 뿐이었다. 그것들도 모든 장식이나 필수 부품이 다 없어진 채였다. 모두들 젖은 트렁크나 옷보따리들을 깔고 앉았으며, 피곤한 순례자들 중의 일부는 아주 마룻바닥에 주저앉아 있었다. 빌헬름은 계단 위에 자리를 잡고 앉았는데, 미뇽이 그의 두 무릎을 베고 누워 있었다. 그 아이는 불안한 기색이었다. 어디 아프냐는 그의 물음에 그 아이는「배가 고파요!」하고 대답했다. 그는 아이의 허기를 채워줄 수 있는 것이라곤 아무것도 지니고 있지 않았으며, 다른 사람들 역시 간수하고 있던 것을 다 먹어치우고 아무것도 없었다. 그래서 그는 그 가엾은 아이에게 먹을 것을 아무것도 주지 못하고 그 아이를 그냥 내버려둘 수밖에 다른 도리가 없었다. 그는 사람들이 그렇게 야단법석을 떠는 중에도 아무 참견도 하지 않고서 혼자서 조용히 생각에 잠겨 있었다. 실은 설령 다락방 바닥에서 자는 한이 있더라도 자기 생각을 관철해서 왜 그 여관에서 그만 내려버리지 못했던가 싶어서, 적지않이 짜증과 울화가 치밀었던 것이다.

다른 사람들은 각자 자기 나름대로 행동하고 있었다. 몇몇 사람들은 낡은 목재 한 더미를 홀의 굉장히 큰 벽로 안에다 집어넣고는 큰 환성을 지르면서 그 쌓아놓은 나무더미에다 불을 붙였다. 그러나 불행하게도 그렇게 해서 몸을 말리고 불을 쬐려던 희망마저 무참히 깨어지고 말았다. 이 벽로는 단지 장식용으로 거기 있을 뿐, 위에서부터 굴뚝을 막아놓은 것이었다. 그래서 연기가 재빨리 도로 밀려나와서는 갑자기 모든 방들을 가득 채웠다. 마른 나무는 타닥 타닥 소리를 내면서 불꽃을 솟구치게 하였지만, 이 불꽃 역시 도로 밀려 들어왔다. 이 불꽃은 깨어진 유리창 사이로 들어오는 바람 때문에 대중없이 이리저리 쏠리고 있었다. 이러다가는 성을 태워먹지나 않을까 더럭 겁이 난 일행은 불길을 흩뜨리고 밟아서 끄지 않을 수 없었다. 그 바람에 연기가 더욱 자욱해졌고 상태는 더욱더 참을 수 없이 되어, 모두들 절망 일보 직전에까지 이르렀다.

빌헬름은 연기를 피해 한 외딴 방으로 가 있었는데, 조금 있으려니 미뇽이 그를 따라 그곳으로 왔다. 미뇽은 옷을 잘 입은 하인 하나를 데리고 들어왔는데, 그 하인은 초를 두 개나 켠 환하게 빛나는 높다란 촛대를 들고 있었다. 이 하인이 빌헬름을 향해 몸을 돌렸다. 그러고는, 초콜릿 과자와 과실을 담은 아름다운 사기 접시를 빌헬름에게 내밀면서 말했다. 「저 건너편에 계신 젊은 부인께서 그쪽으로 건너오시라는 말씀과 함께 선생님에게 보내시는 것이옵니다. 부인께서는」 하고 그 하인은 경박한 표정을 지으면서 덧붙여 말했다. 「아주 잘 지내고 계시기 때문에, 그 만족감을 친구분들과 함께 나누고 싶으시다는군요」

이런 제안은 빌헬름으로서는 전혀 기대하지 않았던 것이었다. 그것도 그럴 것이 예의 돌 벤치에서의 그 모험이 있은 이래로 그는 필리네를 단연 경멸하는 태도로 대해 왔던 때문이었다. 뿐만 아니라 그녀와는 더 이상 상종도 하지 않기로 굳게 결심하고 있었기 때문에 그는 그 간식 선물도 다시 돌려보낼 참이었다. 그런데 바로 그때 미뇽의 애원하는 듯한 눈초리를 보자 그는 그만 그것을 받고 말았으며, 미뇽의 이름으로 고맙다는 말을 전해 달라고 했다. 그러고는 그쪽으로 건너오라는 초대는 딱 잘라 거절했다. 그는 그 하인에게 새로 도착한 손님들을 좀 돌봐줄 것을 부탁했으며, 남작의 안부를 물었다. 남작은 이미 잠자리에 들었는데, 자기가 말할 수 있는 것은, 벌써 딴사람에게 누추한 곳에 숙박하게 된 사람들을 위한 배려를 부탁해 놓은 것으로 안다고 말했다.

그 하인은 가면서 그의 촛불들 중의 하나를 빌헬름을 위해 남겨놓았다. 빌헬름은 촛대가 없어서 초를 창문의 턱에다 붙여놓을 수밖에 없었다. 그래서 이제 그는 적어도 방의 네 벽만은 환하게 보이는 가운데 생각에 잠길 수 있었다. 그나마도 다행이라 할 수 있었는데, 아직도 상당한 시간이 흐르고 나서야 비로소 우리의 손님들을 편안히 쉬게 하려는 채비들이 활기를 띠었기 때문이었다. 서서히 양초들이 날라져 왔으나, 수지(獸脂) 양초의 타다 남은 심지를 자를 가위가 없어서 애를 먹었으며, 조금 있다가는 의자 몇 개가 날라져 왔다. 그로부터 한 시간 뒤에는 이불들이 오고, 나중에는 베개가 왔는데, 이 모든 것들이 매우 눅눅하게 습기가 차 있었다. 그리하여 마침내 짚으로 만든 요들과 매트리스들이 날라져 왔을 때는 벌써 자정이 훨씬 지나 있었다. 이런 것들이라도 처음 왔을 때에 당장 주었더라면 매우 환영을 받았을 것이었다.

그러는 동안에 음식도 약간 운반되어 왔다. 제대로 준비하지 않은 찌꺼기 음식인 것 같았고 손님들을 잘 대접하려는 특별한 배려가 별로 엿보이지 않았는데도, 모두들 큰 불평 없이 먹고 마셨다.

4

몇몇 경박한 친구들이 서로 지분거리고 잠을 깨우고 번갈아 가며 온갖 장난을 치면서 버릇없이 제멋대로 날뛰는 바람에 그날 밤 잠자리는 더욱더 불편하고 불쾌했다. 그 다음날 아침이 밝았을 때, 그들은 자기들의 친구인 남작이 자기들을 그렇게도 속여서 기대했던 편안한 질서와는 전혀 딴판인 곳으로 끌어들였다고 불평이 대단하였다. 그러나 이른 아침에 백작 자신이 몇몇 시종들을 거느리고 나타나서 그들의 형편을 물어보았는데, 이것이 그들에게는 놀랍기도 했거니와 다소 위로가 되었다. 백작은 그들에 대한 대접이 말이 아니었음을 듣고 매우 화를 내었다. 부축을 받는 가운데에 절뚝거리며 나타난 남작도 이번 일에는 집사가 자기의 명령을 거역했다고 불평을 늘어놓으면서 집사가 자기를 골려주려고 못된 장난을 친 것이 틀림없다고 했다.

백작은 당장에 명령을 내리기를, 손님들이 가능한 한 편히 지내시도록 자기가 보는 앞에서 모든 조치를 취하라고 했다. 이어서 몇몇 장교들이 왔는데, 그들은 금방 여배우들과 사귀었다. 백작은 모든 단원들의 자기 소개를 받았다. 그는 각자에게 직접 성씨(姓氏)를 부르면서 말을 거는가 하면, 담화중에 약간의 농담까지도 섞었다. 때문에 모두들 너무도 인자하신 귀인에게 홀딱 반해 버렸다. 마침내 빌헬름도 인사를 드릴 차례가 되었는데, 미뇽이 그에게 매달려 따라붙었다. 빌헬름은 자기 마음대로 그곳까지 따라온 데에 대해 될 수 있는 대로 정중하게 사과했지만, 백작은 그가 그 자리에 와 있는 것을 이미 당연한 것으로 치부하는 것 같았다.

백작의 곁에는 제복은 입지 않았지만 장교로 보이는 한 신사가 서 있었다. 이 신사가 특히 우리의 친구에게 말을 걸어왔는데 그는 다른 사람들보다 한층 돋보였다. 훤칠한 이마 아래에서는 연푸른 큰 두 눈이 빛났고, 금발의 머리카락은 느슨하게 빗겨 올려져 있었으며, 중간 정도의 체격은 매우 건실하고 확고하며 과단성 있는 인품임을 내비치고 있었다. 그의 질문들은 활기에 차 있어서, 자기가 질문하는 모든 것에 대해서 이미 정통해 있는 것 같은 인상을 주었다.

빌헬름은 남작한테 이 남자에 대해 물어보았지만, 남작은 그에 관해서 별로 좋게 말하지 않았다. 그는 계급이 소령으로서 원래 공작님의 총애를 받는 사람이어서 공작님의 비밀 사무를 돌보는 공작님의 오른팔로 여겨진다고 했다. 그러나 실은 공작님의 서자라고 믿을 만한 근거도 있다는 것이었다. 그는 공무를 띠고서 프랑스, 영국, 이탈리아에 간 적이 있고 어디서나 대단한 두각을 나타내었는데, 이 때문에 그만 자만심이 생겼다고 했다. 그는 독일문학에 관해서는 밑바닥부터 꼭대기까지 모르는 것이 없다는 망상에 빠져 있으며, 이 문학에 대해서 감히 온갖 천박한 조롱을 일삼고 있다는 것이었다. 그래서 남작 자신은 그와는 일체 말하기를 피하고 있으며, 그러니 당신도 그 사람을 멀리하는 것이 좋을 것이다, 그도 그럴 것이 결국에 가서는 그는 누구한테나 한방 먹이기 때문이다, 사람들이 그를 야르노 Jarno라고 부르고 있지만, 이 이름을 어떻게 해석해야 할지는 아무도 모른다는 것이었다.

남작의 이런 말에 대해 빌헬름은 아무 말도 덧붙일 수 없었다. 왜냐하면, 그 낯선 사람이 어딘가 좀 사람을 물리치는 듯한 냉정함을 지니긴 했지만, 그는 그 사람에게 어쩐지 호감을 느꼈기 때문이었다.

일행에게 구관의 각 방이 배정되었다. 멜리나는 이제부터는 모두들 단정히 행동해야 하고, 여자들은 별도의 방에 거처해야 하며, 각자는 주의력과 열성을 오직 자신의 배역과 예술에다 쏟아야 한다고 엄명을 내렸다. 그는 많은 조항들로 되어 있는 규정과 수칙을 문마다에다 게시했다. 위반자는 누구든지 공동 금고에다 내야 할 벌금의 액수도 정해져 있었다.

그러나 이 규정들은 거의 존중되지 않았다. 젊은 장교들이 들락날락하면서 여배우들과 그다지 세련되지 못한 농담을 하고 남자 배우들을 놀려먹었다. 그래서 그 조그만 치안 규정은 미처 뿌리를 내리기도 전에 그들에 의해 파기되고 말았다. 그들은 방방이 서로 쫓아다녔으며, 변장을 하고 숨바꼭질을 했다. 처음에는 좀 엄격한 태도를 보이고자 했던 멜리나도 온갖 방자한 행동들 때문에 궁지에 몰리게 되었다. 그런 중에 백작이 무대를 설치할 장소를 보자고 그를 불러가자, 그런 난장판은 더욱더 심해졌다. 젊은 장교들은 온갖 저속한 장난들을 궁리해 내었으며, 몇몇 배우들까지 거기에 가세하는 바람에 그 장난들은 더욱더 저속해졌다. 그래서 구관 전체가 마치 〈광란의 유령들〉[2]에게 점령당한 것 같았다. 이 소동은 그칠 줄을 모르다가 식사하러 갈 때에야 간신히 끝났다.

---

2) 말을 탄 채 시끄럽게 떠들며 공중을 날아다니는 〈광란의 유령들 das wütende Heer〉은 당시에 널리 알려져 있던 전설상의 모티프이다.

백작은 멜리나를 한 널찍한 홀로 데리고 갔다. 그 홀은 구관의 일부였으나 회랑(回廊)을 통해 신관과 연결되어 있었으며, 그 안은 조그만 무대를 설치하기에 매우 적합하였다. 통찰력 있는 주인은 바로 그곳에 어떻게 모든 것을 설치해야 하는가를 일일이 설명해 보였다.

이제 매우 서둘러 일이 시작되었다. 무대의 골격을 세우고 무대 장식도 했다. 짐 속에 있던 무대 장치들 중에서 쓸 만한 것은 다 이용했으며, 나머지는 백작 휘하의 손재주 있는 사람들의 도움을 받아 만들어내었다. 빌헬름 자신도 합세해서 원근(遠近)을 정하고 무대의 윤곽을 실로 재는 일을 도왔으며, 일이 그릇되지 않도록 매우 바쁜 시간을 보냈다. 그런 일을 할 때에 백작이 가끔 둘러보고는 대만족을 표시했으며, 그들이 실제로 한 일을 가리켜 원래는 어떻게 해야 더 좋았을까를 설명해 보였는데, 이런 때에 그는 모든 예술에 대하여 비상히 해박한 지식을 보여주곤 하였다.

이제 연습이 정말 진지하게 시작되었다. 그들의 연습 현장에 항상 많은 낯선 사람들이 찾아와 방해하지 않았던들, 그들은 연습할 수 있는 여유와 시간을 충분히 가질 수 있었을 것이었다. 그러나 매일같이 새로운 손님들이 도착해서는 누구나 극단원 일행을 한번 보고 싶어들 했던 것이다.

5

남작은 백작부인에게 특별히 소개되리라는 희망을 주어 빌헬름을 며칠 동안이나 기다리게 만들었다. 「저는 이 훌륭하신 부인에게 당신의 그 재치있고 감정이 풍부한 극작품들에 관하여 아주 많은 이야기를 해드렸습니다」 하고 남작이 말했다. 「그래서 부인께서는 틀림없이 당신과 만나 말씀을 나누고 한두 작품 낭독하는 것을 듣기를 기대하고 계실 것입니다. 그러니 첫 의사 표시가 있으면 금방 건너갈 수 있도록 미리 마음의 준비를 하고 계시는 것이 좋을 것입니다. 언제 조용한 아침 시간이 생기기만 하면 당신은 틀림없이 불려가시게 될 것입니다」 이런 말 끝에 남작은 빌헬름에게 제일 먼저 낭독해야 할 후속극 한 편을 지정해 주었는데, 그것으로 빌헬름이 특히 좋은 인상을 줄 수 있으리라는 것이었다. 부인은 빌헬름이 마침 이렇게 번잡한 때에 오셔서 다른 단원들과 함께 구관에서 누추하게 지내셔야 하는 것을 매우 유감으로 생각하신다는 것이었다.

그런 말을 듣자 빌헬름은 자신을 큰 세계로 진입하도록 해줄 만한 작품을 매우 세심한 주의를 기울여 다듬고 또 다듬었다. 〈너는 지금까지 남모르는 가운데에 너 혼자서 일해 왔고, 또 단지 몇몇 친구들한테서만 갈채를 받아왔다〉 하고 그는 자신에게 말했다. 〈또한, 너는 한동안 네 재능에 대해 완전히 절망도 했지. 네가 대체 올바른 길을 가고 있는 것인지, 그리고 과연 연극에 대한 애정에 걸맞는 그만한 소질을 지니고 있는지는 지금도 여전히 자신이 없는 형편이다. 그런데 이렇게 숙련된 전문가들이 듣는 앞에서, 그리고 환상이 생길 수 없는 실내에서, 실제로 시도해 본다는 것은 다른 그 어느 곳에서 하는 것보다 훨씬 더 위험한 노릇이다. 하지만 그렇다고 뒷전에 머물러 있고 싶지는 않다. 나는 이 즐거움을 이전의 내 기쁨과 결부시켜 미래에 대한 희망을 키워나가고 싶다!〉

이렇게 생각하고 나서 그는 몇몇 작품들을 죽 훑어보았다.

그러고는 아주 주의 깊게 정독을 하며 이곳 저곳을 수정했으며, 어조와 표정에서도 아주 숙달될 수 있도록 혼자서 큰 소리로 낭독해 보았다. 그리하여 어느 날 아침 백작부인에게 건너오라는 전갈을 받았을 때, 그는 자기가 지금까지 제일 연습을 많이 했고 이것이라면 가장 큰 영예를 얻을 수 있다고 생각되는 작품을 주머니에 찔러넣었던 것이다.

남작이 그에게 장담하기를, 백작부인은 훌륭한 여자친구 하나와 단둘이서 그를 기다리고 있을 것이라는 거였다. 빌헬름이 방 안으로 들어서자 C남작부인이 아주 친절하게 다가오면서 그를 알게 되어 반갑다고 말했다. 그러고는 그를 백작부인에게 인사시키는 것이었다. 백작부인은 마침 하녀에게 머리 손질을 시키고 있다가 친절한 말과 시선으로 그를 맞아주었다. 그러나 그는 유감스럽게도 백작부인의 의자 옆에 필리네가 꿇어앉아서 온갖 어리석은 짓을 하고 있는 것을 보게 되었다. 「이 아름다운 아가씨가 우리에게 여러 가지 노래를 불러주었답니다」 하고 남작부인이 말했다. 「시작한 노래를 끝까지 불러줘요. 우린 그걸 다 들어둬야겠어요」

빌헬름은 그 노래를 억지로 참고 들었다. 그러면서 자기가 낭독을 시작하기 전에 미용사가 떠나가 주기를 원했다. 빌헬름을 위해 코코아 한 잔이 나왔는데, 남작부인이 손수 비스킷을 건네주면서 코코아와 같이 먹으라고 권했다. 그럼에도 불구하고 그에게는 그 아침 식사가 맛이 나지 않았다. 지금 그에게는 백작부인이 좋아하는 그 무엇인가를 낭독해 드려 그녀의 마음에 들고 싶은 소망이 너무 간절했던 것이다. 필리네 역시 그에게는 너무나 방해가 되었다. 낭독을 들어주는 청중으로서의 그녀는 그에게 이미 여러 번 불편한 존재였던 것이다. 그는 고통스러운 심경으로 미용사의 두 손을 바라보면서 그 높다란 머리 모양이 완성되기를 이제나저제나 하고 기다렸다.

그러고 있는 동안 백작이 들어와서 오늘 오기로 되어 있는 손님들과 오늘 하루의 시간별 계획들, 그리고 그 밖에 집안에서 생길 만한 일에 대해서 이야기했다. 백작이 나가자 몇 명의 장교들이 식전에 말을 타고 떠나야 하기 때문에 지금 백작부인에게 인사를 드릴 수 있는지를 물어왔다. 그 사이에 시종이 준비가 다 되었다 하여 백작부인은 장교들을 들게 하였다.

그러는 사이에 남작부인이 우리의 친구를 상대해 주면서 그에게 큰 경의를 표하려고 애썼다. 이것을 받아들이는 빌헬름의 태도는 약간 산만하긴 했지만 공손한 것이었다. 그는 이따금 주머니 안에 있는 원고를 만지작거리면서 이제나저제나 하고 자기의 시간을 고대하고 있었다. 그때, 한 방물 장수가 들어와 남의 속도 모르고 종이갑, 보석함, 상자 등을 차례로 열고는 자기가 갖고 온 물건들을 하나씩 내보이며 이런 직종의 인간 특유의 넉살좋은 어투로 일일이 설명을 해대는 통에, 빌헬름은 더 이상 참을 수 없는 심정이 되었다.

사람들이 점점 많이 모여들었다. 남작부인은 빌헬름을 바라보았다. 그러고는 백작부인과 낮은 소리로 무엇인가를 속삭이는 것이었다. 그는 그것을 알아차리기는 했지만 그들의 속삭임이 무엇을 의도하고 있는지는 알지 못했다. 그가 불안한 가운데 한 시간 동안을 헛되이 기다린 뒤에 그 자리를 물러나 자기의 숙소로 돌아와서야 마침내 그 속삭임의 의도가 밝혀졌다. 그는 자기 주머니 속에서 영국제의 예쁜 지갑 하나를 발견하게 되었던 것이다. 남작부인이 그것을 그의 주머니에 몰래 슬쩍 집어넣어 주었던 것이다. 곧 이어서 백작부인의 흑인 사동이 뒤따라와서 예쁘게 수를 놓은 조끼 하나를 그에게 건네주었다. 그 꼬마는 그 조끼가 어디서 났는지는 아주 분명히 밝히지 않았다.

6

불쾌한 생각과 감사의 마음이 뒤섞인 착잡한 감정 때문에 그는 그날의 나머지 시간을 온통 망쳐버렸다. 그러다가 저녁 무렵이 되고 말았는데, 그에게는 또다시 일거리가 생겼다. 즉, 멜리나가 그에게 털어놓기로는, 백작은 공작이 도착하는 날에 그에게 경의를 표하기 위하여 일종의 개막극을 상연하는 것이 어떻겠느냐고 제안했다는 것이었다. 이 개막극에서 백작은 인간을 사랑하는 그 위대한 군주의 특성들을 의인화해서 나타내고 싶어한다는 것이었다. 그렇게 우의화된 여러 덕성들이 한꺼번에 나란히 등장하여 공작의 명성을 예고하도록 하고, 마지막에는 공작의 흉상(胸像)을 갖가지 꽃들과 월계관으로 장식하는 동시에, 그의 이름자들이 왕관을 쓴 채 투시화를 통해 비스듬하게 빛나 보이도록 하면 좋겠다는 것이었다. 백작이 개막극의 작시와 그 밖의 준비를 멜리나에게 맡겼다고 했으며, 빌헬름은 그런 일을 쉽게 해낼 수 있을 터이니 멜리나 자기를 좀 도와주었으면 좋겠다는 희망까지도 표하더라는 것이었다.

「뭐라구요?」 하고 빌헬름이 언짢은 기분으로 외쳤다. 「군주에게 경의를 표하기 위해서 우리가 할 수 있다는 것이 그래 고작 흉상을 만들고 조명으로 이름을 비스듬하게 투사하거나 우의적 형상들을 동원하는 것뿐일까요? 내 생각으로는 한 군주를 찬양하려면 전혀 다른 방식을 써야 될 것 같아요. 제정신이 바로 박힌 사람치고 자신의 모습이 형상으로 제시되고 자기 이름이 유지(油紙) 위에서 빛나는 것을 보고 기분 좋게 느낄 사람이 어디 있겠어요! 그런 우의적 표현들을 했다가는, 특히 지금 우리의 의상을 가지고는, 자칫 갖가지 모호한 익살극의 효과를 내지나 않을까 큰 걱정입니다. 당신이 그런 작품을 쓰시든, 또는 누굴 시켜 쓰게 하시든, 나로서는 반대할 수 없어요. 하지만 제발 나를 그 일에 끌어들이지는 말아주시기 바랍니다」

「이것은 다만 백작님이 대충 제시한 안에 불과합니다」 멜리나가 변명하였다. 「백작님은 그 작품의 준비에 관해서는 전적으로 우리한테 일임하시는 겁니다」——「그 영명하신 분을 즐겁게 해드리기 위해서 나도 무엇인가 진심으로 기여하고 싶습니다」 하고 빌헬름이 대답했다. 「그리고 그분처럼 숭앙받아 마땅한 군주를 칭송하기 위한 일이라면, 나의 시신(詩神)으로서는 설령 어눌한 솜씨라 하더라도 몇 마디 들려드리는 것이야말로 일찍이 겪어보지 못한 유쾌한 일이지요. 잘 생각해 보겠습니다. 어쩌면 우리 작은 극단을 잘 운용하면 적어도 약간의 효과를 낼 수는 있을 것 같기도 하네요」

그 순간부터 빌헬름은 자기가 맡은 임무에 대해서 성의를 다하여 심사숙고했다. 잠자리에 들기 전에 그는 이미 모든 구상의 가닥을 어느 정도 잡아놓은 상태였으며, 이튿날 아침 이른 시간에는 계획이 다 완성되어서 장면들을 짤 수 있었다. 심지어 가장 중요한 대목들과 찬양가들 중의 일부는 이미 운문으로 종이 위에 씌어진 상태였다.

일의 형편상 빌헬름은 아침에 당장 서둘러 남작을 만나고는 그에게 자신의 계획을 설명하였다. 남작은 그 계획을 매우 마음에 들어했지만, 다소 의아한 점을 나타내었다. 왜냐하면 남작은 어제 저녁에 백작이 전혀 다른 어떤 작품에 관해서 말하는 것을 들었다는 것이었다. 백작의 말로는 그 작품을 운문으로 고치도록 하겠다고 말했다는 것이었다.

「멜리나 씨에게 말씀하신 바로 그런 작품을 쓰도록 하시는 것이 백작님의 의도라고는 도저히 믿어지지 않는군요」 하고 빌헬름이 대답했다. 「제가 잘못 생각하고 있는 것이 아니라면, 백작님께서는 아마도 우리에게 올바른 방도를 슬쩍 암시해 주고자 하신 것뿐일 것입니다. 감식안이 있는 애호가는 자기가 원하는 바를 예술가에게 알리기만 한 다음, 작품을 만들어내는 걱정은 그에게 일임하는 법이 아니겠습니까!」

「천만에요, 그렇지 않습니다」 남작이 말을 받았다. 「백작님께서는 당신이 지시하신 꼭 그대로의 작품, 조금도 변경되지 않은 작품이 상연될 것을 기대하고 계십니다. 선생의 작품은 물론 백작님의 생각과 아주 다른 것은 아닙니다. 그러나 우리가 이 작품을 관철시키려면, 그리하여 백작님에게 애초의 생각을 버리시도록 하려면, 우리는 부인들의 도움을 빌려 그렇게 되도록 만들어야 합니다. 그런 일을 도모하는 데에는 남작부인이 아주 탁월한 수완을 지니고 있지요. 이 일을 맡아줄 정도로 선생의 계획이 남작부인의 마음에 들지가 의문입니다만, 일단 부인이 끼여들기만 하면 일은 틀림없이 잘 풀려나갈 것입니다」

「그렇지 않아도 우린 부인들의 도움이 필요합니다」 하고 빌헬름이 말했다. 「지금의 우리 인원과 우리 의상만으로는 공연을 하는 데에 충분하지 못하거든요. 저는 이 댁 안에서 이리저리 뛰어다니는 몇몇 예쁘장한 아이들까지도 계산에 넣고 있습니다. 아마도 내실 하인이나 집사장의 자녀들인 것 같습디다만……」

이렇게 말하고 나서 그는 부인들한테 자기의 계획을 알려달라고 남작에게 부탁했다. 남작은 금방 되돌아와서, 부인들이 빌헬름과 직접 면담하고 싶어한다는 소식을 전달했다. 남자들은 저녁에 카드 놀이를 하곤 하는데, 마침 어떤 장군이 한 사람 도착했기 때문에 이 카드 놀이가 그렇지 않아도 평소 때보다도 더 진지하게 될 판이었다. 그래서 오늘 저녁에 남자들이 카드 놀이를 하기 위해 자리에 앉으면, 부인들은 몸이 불편하다는 핑계를 대고 방으로 물러나 있겠다는 것이었다. 그런 다음, 빌헬름은 비밀 계단을 통해 그 방으로 안내받도록 되어 있으니, 그때 그 일을 잘 말씀드리도록 하라는 것이었다. 이런 식의 비밀이 이제 그 일에다가 두 배의 매력을 더하는 법인지라, 특히 남작부인은 마치 어린애같이 즐거워하며 이 밀회를 기다리고 있을 뿐만 아니라 나아가서는, 이 밀회가 백작의 의사에 반하여 비밀리에, 그리고 교묘하게 이루어지기를 고대한다는 것이었다.

저녁 무렵, 미리 정해진 시간에 빌헬름은 데리러 온 사람의 조심스러운 안내를 받으며 신관으로 올라갔다. 한 조그만 별실에서 남작부인이 그를 맞이하는 투를 보고 그는 한순간 지난날의 행복했던 시절을 연상했다. 남작부인이 그를 백작부인의 방으로 데리고 갔다. 이제부터 질문과 연구가 시작되었다. 빌헬름은 있는 열성과 정열을 다해 자기의 구상을 설명했다. 그 결과, 부인들은 거기에 홀딱 빠져들었다. 독자 여러분은 빌헬름의 그 구상을 여기서 간략하게 소개하는 것을 허락해 주시리라 믿는다.

극은 한 시골 풍경을 배경으로 아이들이 춤추고 있는 장면으로 시작된다. 그 춤은 한 아이가 주위를 빙빙 돌다가 다른 아이의 자리를 차지하고 들어가야 하는 놀이를 나타내고 있다. 그 다음에 아이들은 여러 가지 다른 장난으로 바꾸어 가면서 놀다가 마지막에는 즐거운 노래 한 곡을 부르면서 자꾸만 되풀이되는 윤무를 춘다. 이어서, 하프 타는 노인이 미뇽을 데리고 와서 사람들의 호기심을 끌고 여러 명의 시골 사람들을 주위에 끌어들인다. 노인은 평화와 평온과 기쁨을 찬미하는 여러 가지 노래를 부르고, 이에 연이어 미뇽이 달걀춤을 춘다.

이렇게 천진무구한 즐거움에 취해 있는 그들은 군악대 소리에 방해받게 되고, 이어서 한 부대의 병사들이 그들을 덮친다. 남자들은 반항하지만 정복당하고 소녀들은 도망치지만 얼마 가지 못해 붙잡히고 만다. 그 소동 속에서 모두가 파멸할 것처럼 보이는 순간, 한 사람——이 인물의 역할과 특성은 시인도 아직 분명히 정하지 못하고 있지만——이 달려와서 사령관께서 곧 도착하실 것이라는 소식을 알리니, 다시금 사방이 조용해진다. 이 대목에서 그 사령관의 성품이 아주 훌륭하게 묘사되는데, 총칼이 난무하는 곳에서 안전이 보장되고 방자한 폭력에 제한이 가해진다. 그래서 그 고결한 사령관에게 경의를 표하기 위하여 온 마을 전체가 잔치를 벌인다는 것이다.

부인들은 이 구상에 대만족이었다. 다만, 백작의 마음에 들기 위해서는 그 작품에 무엇인가 우의적인 것이 반드시 들어가지 않으면 안 된다는 주장을 덧붙였다. 남작은 병사들 중의 우두머리를 불화와 폭력의 화신으로 표현하다가 마지막에 미네르바 여신이 나타나서 그 자를 포박하고, 주인공의 도착을 알리는 소식을 전하면서 그의 덕망을 찬미하도록 하자고 제안했다. 남작부인은 약간의 변경이 없지 않았지만 그래도 백작이 지시한 계획이 그대로 상연되기는 했다는 것을 나중에 백작에게 확신시키는 소임을 맡았다. 그 대신 그녀는 극이 끝날 때에는 공작의 흉상과 비스듬하게 투시된 그의 이름, 그리고 왕관만은 반드시 보여주어야 한다고 분명히 요구하였다. 그러지 않을 경우에는 자기가 백작을 설득하려고 아무리 얘기해 봤자 소용없을 것이라고 했다.

미네르바 여신의 입을 빌려서 어떻게 그 주인공을 세련되게 칭송할 수 있을까를 이미 머릿속에 그려보던 빌헬름은 오랜 망설임 끝에야 비로소 이 점에서 양보했다. 그러나 그렇게 양보를 강요당하는 것이 매우 유쾌했다. 백작부인의 아름다운 두 눈과 그녀의 우아한 거동만 보면, 아무리 아름답고 훌륭한 착상도, 아무리 바람직한 구성상의 일치도, 멋들어지게 꾸민 모든 세부계획도 그는 쉽게 포기할 수 있고, 시인으로서의 그의 양심에 위배되는 행동도 기꺼이 할 수 있을 정도였다. 그리고 배역에 관해 보다 상세히 논할 때 그도 꼭 함께 출연해야 한다고 부인들이 고집을 세우고 들 때에도 그의 시민적인 양심은 다시 한번 꼭 같은 심한 갈등을 겪지 않을 수 없었다.

라에르테스는 그의 배역으로 저 난폭한 전쟁신을 떠맡았다. 빌헬름은 시골 사람들의 수장(首長) 역을 하게 되었는데, 그것은 아주 멋지고 감정이 풍부한 몇 줄의 시를 읊어야 하는 배역이었다. 그는 한동안 못하겠다고 뻗댔지만 마침내 굴복하고 말았다. 특히 남작부인이 여기 궁성 내에서의 무대란 것은 원래 일종의 아마추어극에 지나지 않는 것으로서 적절히 지도해 줄 만한 사람만 있다면 자기도 함께 출연해 보고 싶은 마음이라고 빌헬름에게 알아듣도록 말했기 때문에, 그는 달리 변명을 찾지 못했던 것이다. 이윽고 부인들은 아주 친절한 어조로 우리의 친구에게 작별을 고하였다. 남작부인은 그가 세상에 보기 드문 훌륭한 사람이라고 단언하면서 계단까지 바래다주었다. 그 조그만 계단 옆에서 그녀는 그의 손을 꼭 쥐면서 잘 자라는 인사를 했다.

7

그런 설명을 한번 해봄으로써 그 자신에게 보다 더 현실적으로 다가온 그 구상은 부인들이 그 일에 대해 보여준 진솔한 관심 덕으로 고무되어 완전히 생동감을 얻었다. 그는 대화와 노래를 극히 세심하게 운문으로 만드느라 그날 밤의 대부분과 그 이튿날 오전을 다 보내었다.

이렇게 거의 완성 단계에 이르렀을 때, 그는 신관으로 오라는 부름을 받았다. 신관에 들어서서야 그는 지금 막 아침 식사를 하고 있는 주인댁 사람들이 그와 이야기를 나누고 싶어한다는 말을 들었다. 그가 홀 안으로 들어가니 이번에도 남작부인이 제일 먼저 그를 향해 다가왔다. 그러고는 마치 아침 인사를 하려는 몸짓인 것처럼 하면서 그에게 남몰래 살짝 속삭였다. 「물어보시는 것말고는 당신의 작품에 대해서 아무 말도 하지 마세요」

「내가 공작님에게 경의를 표하기 위해 상연하고자 하는 그 개막극을 당신이 아주 열심히 쓰고 있다는 말은 듣고 있소」 백작이 그에게 큰 소리로 말했다. 「그 극 속에 당신이 미네르바를 등장시키려는 데에는 나도 찬성하오. 그래서 나는 미리부터 그 여신에게 어떤 의상을 입혀야 할까 하고 궁리중이오. 의상이 맞지 않으면 큰일이니까 말이오. 그 때문에 나는 미네르바의 그림이 나오는 모든 책들을 내 도서실에서 꺼내 오도록 하고 있다오」

바로 이 순간 몇몇 하인들이 갖가지 판형의 책들로 가득 차 있는 큰 바구니들을 들고 홀 안으로 들어왔다.

몽포콩[3]의 책, 고대의 입상(立像) 선집, 무늬들이 음각된 고대의 보석들과 고대의 주화들에 관한 서적, 신화에 관한 온갖 종류의 책들을 다 찾아보고 그 형상들을 비교해 보았다. 그러나 그것으로도 아직 충분하지 않았다! 백작은 그의 탁월한 기억력을 발휘하여 표지 동판화에서나 책 안의 삽화에서, 또는 그 밖의 어디에서 자기가 보았음직한 모든 미네르바 상들을 일일이 회상해 보는 것이었다. 그래서 책이 한 권씩 한 권씩 도서실에서 운반되어 나왔으며, 그 결과 백작은 마지막에는 완전히 책더미 속에 앉아 있는 꼴이 되었다. 마침내, 미네르바의 형상이 실려 있을 만한 곳이 더 이상 떠오르지 않자, 그는 껄껄 웃으며 외쳤다. 「이제 도서실 전체에 미네르바는 더 이상 없는 게 확실해! 무슨 도서실이 자신의 수호신[4]의 그림 하나도 소장하고 있지 못하다니! 일찍이 없던 일이군!」

백작의 이런 생각에 대하여 모두 즐거워했다. 특히, 백작을 자극하여 책을 자꾸 더 가져오도록 했던 야르노는 아주 무절제하게 웃어댔다.

「그런데」 하고 백작이 빌헬름 쪽으로 몸을 돌리면서 말했다. 「그게 그렇게 중요한가요? 선생은 어느 여신을 생각하고 계시오? 미네르바요, 팔라스[5]요? 전쟁의 여신이오 아니면 학예의

---

3) 몽포콩Bernard de Montfaucon은 프랑스의 유명한 고대문화 연구가(L'Antiq*uité expliquée et représentée en figures*, 15 Bde., Paris 1719-1724).

4) 미네르바는 예술과 학문을 수호하는 여신이기 때문에 도서실의 수호신으로 볼 수도 있다.

5) 로마 신화의 미네르바 여신에 해당하는 그리스 신화의 아테네 여신(별명 팔라스)은 학예의 여신인 동시에 전쟁의 여신이기도 하다. 여기서 백

여신이오?」

「각하! 그런 것에 대해서는 정확히 밝히지 않는 것이 세련된 태도가 아닐까요?」하고 빌헬름이 대답했다.「그 여신은 신화에서 이중적 역할을 하고 있는 관계로 여기서도 역시 이중성격을 띠고 나타나도록 하는 것이 어떨지요? 이 작품에서도 여신은 한 전사의 등장을 예고하고 있긴 합니다. 그러나 단지 백성들의 마음을 안정시키기 위해서 그러는 것입니다. 또한 여신은 한 영웅을 칭송하고 있으나, 실은 그 영웅의 인간성을 찬양하고 있는 것입니다. 즉, 여신은 폭력을 물리치고 백성들에게 기쁨과 평온을 되찾아 주는 것입니다」

빌헬름이 혹시나 안할 말을 입밖에 내지나 않을까 불안해진 남작부인은 백작부인의 시어(侍御) 재단사를 재빨리 그 대화중에 밀어넣었다. 그래서 그 재단사는 그런 고대 의상이라면 자기가 잘 만들 수 있을 것 같다는 의견을 말하지 않을 수 없었다. 그 남자는 가면극 의상을 만들어본 경험이 있기 때문에 그런 의상이라면 어렵잖게 만들 수 있다는 것이었다. 멜리나 부인이 임신중이라 배가 불렀는데도 그 천상의 처녀 역을 맡기로 되어 있었기 때문에 그 남자는 멜리나 부인의 치수를 재라는 분부를 받았다. 백작부인은 시녀들이 싫어하는 눈치였는데도 그 의상을 마르는 데에 쓸 옷을 지정해 옷장으로부터 꺼내 오도록 했다.

남작부인은 능숙한 방법으로 빌헬름을 다시금 그 자리에서 빠져나오게 했다. 그러고는 잠시 후에 나머지 일은 자기가 다 조처했노라고 알려왔다. 또한 그녀는 백작댁의 악대를 지휘하는 악사를 빌헬름에게 보내어 꼭 필요한 곳은 작곡하게 하는 한

작의 질문은 미네르바 여신의 이러한 이중성을 암시하고 있으며, 빌헬름 역시 그 이중성을 분명히 의식하고 있다.

편, 장면 장면에 적합한 멜로디들을 전래의 악보에서 찾아보도록 했다. 이제 모든 것이 원하던 대로 진척되었다. 백작도 작품에 대해서는 더 이상 물어보지 않고 연극이 끝나고 관객을 깜짝 놀라게 할 투시화 장식을 준비하는 데에 주로 골몰했다. 백작의 창의력과 그의 제과공(製菓工)[6]으로서의 솜씨가 함께 어울린 결과 정말 아주 훌륭한 조명 장치가 고안되었다. 그도 그럴 것이 백작은 많은 여행을 하는 동안에 이런 종류의 큰 잔치에 대한 견문을 쌓았고 많은 동판화와 스케치들을 구해 왔으며, 아취를 내려 하면 무엇이 어울리는지를 알고 있었던 것이다.

그 동안에 빌헬름은 각본을 완성해서 각자에게 역할을 분담시키고 자신도 배역을 맡았다. 그리고 무용에도 조예가 깊었던 그 악사가 발레곡도 준비했다. 이렇게 해서 모든 것이 척척 잘 진행되었다.

다만 한 가지 예기치 못한 장애가 생겨 빌헬름의 계획에 큰 지장을 줄 것 같았다. 다름이 아니라, 미뇽의 달걀춤이 큰 효과를 거둘 것으로 기대했는데, 그 아이가 예의 그 냉담한 태도로 춤추기를 거절하면서, 이제는 당신의 것이 되었으니 더 이상은 무대 위에 서지 않겠다고 딱 잘라 말한 것이다. 그로서는 크게 놀라지 않을 수 없었다. 그는 온갖 말로 달래어 아이의 마음을 돌리려고 했다. 그가 포기하지 않고 자꾸 설득하려고 하자, 아이는 마침내 심한 울음을 터뜨리면서 그의 발치에 쓰러졌다. 그러고는 외쳤다. 「아버지! 아버지도 무대엔 나가지 말아요!」 그는 이러한 충고에는 주의를 기울이지 않고, 무슨 다른 수를 써서 그 장면을 재미있게 꾸려나갈 수 없을까 하는 궁리에 빠졌다.

---

6) 18세기에는 제과공의 업무 중에 잔치 때 실내 장식을 하는 일도 포함되어 있었다.

필리네는 시골 처녀들 중의 하나로 분장하여 윤무를 추는 중에 독창을 하다가 노래 가사를 합창으로 유도하게 되어 있었기 때문에, 그 배역이 너무너무 좋아서 공연일을 기다리는 것이 지루할 정도였다. 그 밖의 다른 일도 모두 그녀의 뜻대로 잘 풀려나갔다. 특별히 방을 하나 차지하고, 항상 백작부인 곁에 머물면서, 그녀의 그 익살스러운 짓거리로 백작부인을 즐겁게 해주었기 때문에, 그 대가로 매일같이 무엇인가를 선물로 받곤 하였다. 그녀에게만은 이번 공연을 위한 의상도 특별히 마련되었다. 그뿐만 아니라, 그녀는 원래 천성이 가볍고 남을 모방하기를 좋아하기 때문에, 귀부인들과 함께 지내는 동안에 자기한테 어울리는 태도만큼은 금방 터득할 줄 알았으며, 단시일 안에 곧 고상한 생활 방식과 품위 있는 거동이 몸에 배었다. 그 마방 관리인의 세심한 배려도 줄어들기는커녕 오히려 늘었다. 그리고, 장교들 역시 그녀에게 굉장히 열을 올리고 있었을 뿐만 아니라 그녀 자신이 아주 여유만만한 처지에 있었기 때문에, 어디 한번 새침떼기처럼 굴면서 조금도 어색하지 않게 귀부인 행세를 해보고 싶은 생각까지 들 정도였다. 그녀는 냉정하고도 섬세한 면이 있었으므로, 일 주일도 채 못 되어서 온 집안 사람들의 약점들을 다 알게 되었다. 그래서, 만약 그녀가 의도적으로 행동할 수 있었더라면, 아주 쉽게 행운을 잡을 수도 있었을 것이었다. 그러나 여기서도 역시 그녀는 다만 즐겁게 지내고 하루를 재미있게 보내기 위해서, 그리고 별로 위험하지 않다고 생각할 경우에는 버릇없이 굴어볼 수 있기 위해서만 자기의 유리한 입장을 이용했다.

배역 연습이 끝나자 총연습 명령이 내려졌다. 백작도 거기에 참석하겠다고 했다. 그래서 백작부인은 백작이 그 작품을 과연 어떻게 받아들일까 하고 걱정하기 시작했다. 남작부인은 빌헬름을 남몰래 불러들였다. 운명의 시간이 가까워질수록 부인들은 점점 더 당혹스러운 기색을 드러내었다. 왜냐하면 백작의 착상으로부터는 정말이지 전혀 아무것도 남아 있지 않게 돼버렸기 때문이었다. 그때 마침 그 자리에 들어서는 야르노한테 비밀을 털어놓았다. 그는 그것을 속시원한 쾌거로서 반겨 마지않았다. 그러고는 곤경에 처한 부인들을 도와드릴 마음이 생겼다. 「부인! 부인께서는 이 일을 혼자 해결하시려고 노력하셔야지 다른 사람을 끌어들이시면 아주 곤란해집니다!」 하고 그가 말했다. 「어쨌든 저는 뒷전에 숨어서 도와드리도록 하겠습니다」 이 말에 덧붙여, 남작부인은 지금까지 자기는 백작에게 작품 전체를 설명하긴 했지만 항상 부분적으로만, 그것도 두서없이 보고했기 때문에, 백작은 개별 사항에 대해서는 이미 마음의 준비가 되어 있겠지만 물론 아직까지도 그는 전체 작품이 당연히 자기 착상과 일치할 것으로 생각한다고 현재 사정을 털어놓았다. 「오늘 저녁 총연습 때에 저는 백작님 옆에 앉아서 그분의 생각을 딴데로 돌리도록 해보겠어요」 하고 그녀가 말했다. 「저는 이미 그 제과공한테도 일러두었어요. 극이 끝난 뒤에 투사할 조명장식을 정말 잘해야 한다, 그러나 뭔가 사소한 실수를 한 가지 범하라고 말이에요」

「부인처럼 그렇게 활동적이고 현명한 분을 잘 모실 수 있는 궁정이 있어야 할 텐데!」 하고 야르노가 대답했다. 「만약 오늘 저녁에 부인의 재주로써 일이 더 이상 잘되지 않거든, 저에게 눈짓을 해주십시오. 그러면 제가 백작님을 밖으로 모시고 나갔다가 미네르바가 등장하기 전에는 더 이상 들어가시지 못하게 할 테니까요. 그뒤에는 들어오시더라도 곧 투사 조명이 도움이 될 것입니다. 저는 벌써 며칠 전부터 백작님의 사촌에 관한 일로 말씀드릴 게 있었는데, 여러 가지 이유에서 그걸 자꾸만 미루어 왔습니다. 그 소식도 백작님의 주의를 어느 정도까지는 산만하게 만들 수 있겠지요. 아주 유쾌한 기분전환은 못 되지만 말씀입니다」

몇 가지 볼일이 생겨서 백작은 총연습의 시작 부분에는 참석하지 못했으며, 이윽고 그가 나타났을 때에는 남작부인이 그와 이야기를 나눴다. 야르노의 도움은 전혀 필요하지 않았다. 백작은 잘못된 곳을 지적하고 개선하고 지시할 것이 아주 많았지만 이야기에 완전히 열중해 있었던 것이었다. 그리고 마지막에 멜리나 부인이 자기가 생각한 대로 대사를 말했고 또 투사 조명도 잘 되었기 때문에, 백작은 완전히 만족한 모습이었다. 총연습이 모두 끝나고 카드 놀이를 하려고 할 때에야 비로소 그는 뭔가 차이가 있다는 것을 알아차리고 그 작품이 과연 자기가 고안한 것인가 하고 생각해 보기 시작했다. 남작부인의 눈짓으로 이제는 야르노가 뒷전에서 앞으로 나섰고, 밤이 흘러가는 가운데 공작이 정말로 온다는 소식이 확인되었다. 그래서, 이웃 마을에서 야영중인 선발대를 시찰하기 위해 여러 번 말을 타고 나가 보아야 했다. 성 안은 시끌벅적 야단법석이었다. 그런 와중에, 달가워하지 않는 하인들에게서 항상 좋은 대접을 받고 지내지는 못하는 우리의 배우들은 누구 한 사람 특별히 그들을 기억해 주지 않는 가운데 구관에 처박혀 부푼 기대감 속에서, 그리고 연습을 하면서 시간을 보내야 했다.

8

마침내 공작이 도착하였다. 장군들, 참모들, 같은 시간에 도착한 그 밖의 수행원들, 그리고 방문을 위해서나 볼일 때문에 찾아온 수많은 사람들로 궁성은 마치 지금 막 분봉하려는 벌통과도 같았다. 모두 그 영명하신 군주를 보고자 몰려들었다. 모두들 사람을 대하는 그분의 따뜻한 마음씨와 자신을 낮추는 겸허한 태도를 경탄해 마지않았으며, 그가 영웅적인 사령관일 뿐만 아니라 동시에 아주 호감을 주는 궁정귀족임을 알고 놀라지 않을 수 없었다.

집안 사람 전원은 백작의 분부에 따라 각자 자기 위치에 서서 공작의 도착을 영접해야 했으며, 미리 준비된 연극제로 공작을 깜짝 놀라게 할 생각이었기 때문에 배우들은 일체 나타나지 못하게 했다. 그래서 공작은 저녁이 되어 17세기의 자수 벽융단으로 장식되고 불이 휘황하게 밝혀진 큰 홀로 안내되었을 때에도 연극 공연이 있으리라는 것은 전혀 예상치 못하고 있는 것 같았다. 자기를 기리기 위하여 개막극까지 상연되리라는 것은 더더구나 꿈에도 생각하지 못하는 것같이 보였다. 모든 것이 더할 나위 없이 잘 진행되었다. 그리하여 공연이 끝나자 극단 전체가 공작 앞으로 불려가서 인사를 드려야 했다. 공작은 배우 한 사람 한 사람에게 아주 친절한 어조로 무엇인가를 묻고 각자에게 아주 정다운 말을 한마디씩 해주는 여유를 보였다. 빌헬름은 작자로서 특별 알현을 해야 했는데, 그에게도 또한 응분의 치사가 계셨다.

그 개막극에 대해서는 아무도 특별히 무엇을 묻지 않았다. 그리고 며칠 뒤에는 마치 그런 연극이 전혀 상연되지 않았던 것

같이 되어버렸다. 단지 야르노가 어느 기회에 빌헬름에게 그에 관해서 말했으며 매우 이해심을 보이며 칭찬했을 따름이었다. 그러나 그 칭찬 끝에 그는 다음과 같은 말을 덧붙였다. 「당신이 속이 빈 호두들과 더불어 속이 빈 호두들을 얻으려고 연극을 하시는 것이 유감이군요」 이 말이 여러 날을 두고 빌헬름의 마음에 걸렸다. 그는 이 말을 어떻게 해석해야 할지, 그리고 이 말에서 무엇을 알아들어야 할지를 몰랐다.

그러는 중에도 극단은 매일 저녁 힘 닿는 대로 열심히 공연했으며, 관객들의 관심을 끌기 위하여 가능한 한 최선을 다했다. 과분한 박수갈채가 그들의 사기를 올려놓았다. 그래서 구관에서 그들은 이제 정말 그 많은 사람들이 단지 자기들 연극을 보기 위하여 모여드는 것으로 믿었다. 즉, 그들은 낯선 사람들의 무리가 자기들의 연극을 향해 모여드는 것이고, 자기들이야말로 중심 인물들로서 모든 사람들이 자기들을 휩싸고 돌며 자기들 때문에 움직이는 것이라고 믿었다.

단지 빌헬름만은 그 정반대 사실을 통찰하고 매우 불쾌해했다. 공작은 처음 몇 번의 공연 때에는 처음부터 끝까지 안락의자에 앉아서 아주 세심하게 지켜보아 주었지만, 차츰차츰 적당히 연극을 피하려는 것처럼 보였던 것이다. 빌헬름이 대화를 나누는 중에 가장 이해심이 깊은 사람들이라고 생각했던 바로 그 사람들——야르노가 그 대표적인 사람이었다——이 단지 잠깐 동안만 극장 안에 머물곤 하는 것이었다. 보통 그들은 휴게실에 앉아서 카드 놀이를 하거나 사무적인 일에 관해서 이야기하는 듯했다.

빌헬름은 자기의 지속적인 노력에도 불구하고 기대한 만큼의 박수갈채가 없어서 몹시 언짢았다. 공연할 작품들을 고르고 각 배역의 대사를 베끼는 일에서, 자주 있는 총연습에서, 그리고 그 밖에도 속출하는 모든 일에서 그는 열심히 멜리나를 도왔는데, 멜리나 역시 자신의 역량이 부족함을 은밀히 느끼고 있었기 때문에 궁극적으로는 빌헬름이 하는 대로 내맡겼던 것이다. 빌헬름은 각 배역들의 대사를 부지런히 외우고, 열성과 활기를 다하여, 그리고 그가 지금까지 닦아온 얼마 안 되는 교양이 허락하는 가장 우아한 태도로써, 그 대사들을 시연(試演)해 보였던 것이다.

그러나 남작이 계속적 관심을 보였기 때문에 다른 단원들은 아무런 회의도 품지 않고 있었다. 남작은 그들이 굉장한 효과를 거두고 있고, 특히 자신의 작품 중 하나를 상연해서 그런 효과를 거두고 있다고 하면서 그들을 안심시켰다. 단지 그가 유감으로 생각하는 것은 공작이 전적으로 프랑스 연극만을 좋아한다는 사실이라고 했다. 그러나 이와 반대로 공작의 주위에 있는 일부 신하들, 그중에서도 특히 야르노 같은 사람은 영국 무대의 거대한 괴물들[7]을 열렬히 선호하기도 한다는 것이었다.

우리의 배우들의 예술은 이런 식으로 별다른 주목이나 경탄을 받지 못했다. 반면에, 인간으로서의 그들이 남녀 관객들한테 완전히 무관심한 대상일 수는 없었다. 앞에서도 이미 언급했지만, 여배우들은 처음부터 이미 청년 장교들의 관심을 불러일으켰다. 하지만 나중에는 여배우들이 더 행복해했으며, 그녀들은 장교들보다 더 나은 남자들도 정복하였다. 하지만 여기선 그

7) 여기서는 물론 영국 연극 전체를 두고 하는 말이 아니라, 1770년대에 괴테를 비롯한 독일의 식자들이 열광적으로 좋아하였던 셰익스피어 연극을 두고 말하는 것이다. 코르네유 이래의 프랑스 연극을 규범적인 것으로 볼 때, 규범적 문학가들이 셰익스피어의 드라마를 〈거대한 괴물들 die Ungeheuer〉이라고 지칭했던 것도 어느 정도 이해가 가는 노릇이다.

런 일에 대해선 그만 입을 다물기로 하고, 다만 백작부인이 빌헬름한테 날이 갈수록 더 관심을 갖게 되고 빌헬름의 마음속에도 그녀에 대한 남모르는 애정이 싹트기 시작했다는 것만을 언급해 두고자 한다. 부인은 빌헬름이 무대 위에 있을 때면 그에게서 시선을 떼지 못했다. 그리고 빌헬름 역시 얼마 안 가서 곧 단지 부인만을 향해서 연기를 하고 대사를 외는 것 같았다. 서로의 시선이 마주치는 것은 그들에게는 이루 말할 수 없는 즐거움이었으며, 그들의 순진한 두 영혼은 보다 강렬한 소망을 키우거나 그 어떤 결과를 걱정하는 법도 없이, 지금 있는 그대로의 자신들을 이 즐거움에다 온통 맡겨버리는 것이었다.

마치 서로 적으로 대치하고 있는 두 명의 전초병(前哨兵)들이 강 하나를 사이에 두고 그들 쌍방의 나라들이 빠져 있는 전쟁은 전혀 생각하지 않고서 평화스럽고도 재미있게 서로 이야기를 주고받듯이, 그렇게 백작부인은 출생과 신분이라는 엄청나게 깊은 협곡 너머로 빌헬름과 의미심장한 시선들을 교환하곤 하였다. 그리고 각자는 그 협곡을 넘어갈 필요 없이 자기 쪽에 선 채 안전하게 자신의 온갖 감정에 몰두해도 좋다고 믿었다.

한편, 남작부인은 라에르테스한테 은근히 마음을 두고 있었는데, 그 씩씩하고 활달한 청년이 특히 그녀의 마음에 들었던 것이다. 아무리 여자를 싫어하는 라에르테스였지만, 그 역시 지나가는 길에 생긴 사랑의 모험을 아주 마다하지는 않았다. 그래서 이번에는 정말 라에르테스도 본의 아니게 붙임성 있고 사람을 끄는 남작부인에게 하마터면 사로잡힐 뻔하였다. 그러나 남작이 우연하게도 라에르테스에게 유리한, 또는 불리한 귀띔을 하고 말았다. 남작은 라에르테스에게 이 귀부인의 성향을 아주 자세하게 알려주고 말았던 것이다.

그 내용인즉, 한번은 라에르테스가 큰 소리로 남작부인을 칭송하면서 그 어떤 여성보다도 훌륭하다고 말하자, 남작이 농담조로 이렇게 말했다. 「형편이 어떻게 되었는지 대강 알 만합니다. 우리 귀여운 아씨께서 또 한 사나이를 그녀의 마구간 안으로 몰아들인 모양이군요」 이 좋지 않은 비유가 키르케[8]의 위험한 애무를 시사한다는 사실은 너무나 명백했기 때문에 라에르테스는 기분이 극도로 언짢았다. 그래서 그는 화를 내지 않고는 남작의 말을 들을 수 없을 지경이 되었다. 그런데도 남작은 인정사정 두지 않고 다음과 같이 말을 계속했다.

「처음 오는 사람은 누구나 이런 흐뭇한 대접을 받는 건 자기가 처음이라고 여기지요. 그러나 그건 큰 착각입니다. 우리 모두가 한번은 같은 코스로 끌려다녔거든요. 어른이건 젊은이이건 소년이건 누구건 간에 한동안 부인에게 복종하고 애정을 느끼고 애타게 그리워하면서 부인의 환심을 사기 위해 애쓰지 않으면 안 되는 것이지요」

지금 막 한 마녀의 정원에 들어서면서 인공적인 봄이 주는 온갖 축복으로 큰 환영을 받게 된 행복한 사람이 이제 꾀꼬리의 아름다운 노랫소리를 기대하며 귀를 기울이고 있는 참인데, 난데없이 그 어떤 조상의 변신한 모습이 나타나 그를 향해 알아듣지도 못할 말로 투덜거리고 나온다면, 그보다 더 불쾌한 청천벽력은 없을 것이다.

이런 사실이 드러나자 라에르테스는 또다시 자신의 허영심에 속아 어느 한 여자를 조금이나마 좋게 생각하는 어리석음을 범

---

8) 호머와 오비드 등에 나오는 마녀 키르케Circe는 자기 섬에 오는 남자들을 다정스럽게 맞이하지만 나중에는 그들을 모두 돼지로 변형시켰다고 한다.

한 것을 정말 진심으로 부끄러워했다. 그때부터 그는 남작부인을 완전히 멀리하고, 마방 관리인과 상대하면서 그와 부지런히 펜싱을 하든가 사냥을 다니곤 하였다. 그리하여 총연습이나 공연을 할 때에도 그는 마치 이런 짓은 부업으로 그냥 한번 해본다는 듯한 태도를 취했다.

단원들이 항상 필리네의 과분한 행복을 시기하고 있었기 때문에 그 시기심도 잠재울 겸 해서 백작 부부는 가끔 오전에 단원들 중의 몇몇을 불러 올리기도 했다. 백작은 몸 치장을 시키는 동안에 자기가 좋아하는 그 훈장을 가끔 몇 시간이고 자기 곁에 머물게 하곤 했다. 이 사람은 점차로 옷차림이 나아졌으며, 시계도 차고 담배 케이스까지 지니기에 이르렀다.

단원들은, 전체적으로나 개별적으로, 저녁 식사 후에 가끔 지체 높은 분들 앞으로 오라는 초대를 받기도 했다. 그들은 이것을 비할 데 없는 영광으로 여겼다. 그러나 그들은 바로 그 시간에 사냥꾼들과 하인들이 많은 개들을 끌고 들어오고 신관 마당에 말들이 대령된다는 것을 깨닫지는 못했다.

빌헬름은 기회를 보아 공작이 특히 좋아하는 극작가인 라신[9]을 찬양해서 공작에게 호감을 사라는 충고를 여러 번 받았다. 빌헬름도 자리를 같이하기로 미리 초대받은 그런 어느 오후의 모임에서 빌헬름은 그럴 만한 기회를 얻었다. 공작이 빌헬름에게 그도 역시 위대한 프랑스 극작가들의 작품을 부지런히 읽느냐고 질문을 하자 빌헬름은 매우 힘있게 「예」 하고 대답했다.

---

9) 라신 Racine은 18세기 독일에서는 가장 위대한, 그리고 가장 모범적인 극작가로 통했으며, 원어인 프랑스어로, 그리고 번역으로도 널리 읽히고 또 공연되고 있었다. 젊은 괴테 역시 한때 이러한 분위기 속에서 문학적으로 성장했다.

빌헬름은 그 군주가 자기의 대답을 채 기다리지도 않고 벌써 누군가 딴사람에게로 몸을 돌리려 하는 것을 미처 눈치채지 못했다. 오히려 곧바로 공작을 붙잡고는, 게다가 그의 갈길을 막다시피 하면서 자기 말을 계속했다. 「저는 프랑스의 연극을 대단히 높이 평가합니다. 그리고 그 위대한 거장들의 작품들을 열렬한 관심을 가지고 읽습니다. 특히 전하께서 라신의 위대한 재능을 정말로 올바르게 이해해 주신다는 것을 듣고 진심으로 기뻐하는 바입니다」 빌헬름은 계속해서 말했다. 「고귀하시고 숭고하신 분들께서 자신들의 보다 고상한 상황의 온갖 복잡한 입장들을 그다지도 탁월하고도 적절하게 묘사하는 시인을 높이 평가하지 않을 수 없다는 점은 저도 충분히 상상할 수 있습니다. 제가 감히 말씀드려도 좋다면, 코르네유는 위대한 인간들을 그려내었고 라신은 고귀한 인물들을 그려내었습니다. 라신의 극작품들을 읽을 때마다 저는 항상, 화려한 궁전에 살면서 위대하신 임금님을 눈앞에 뵙고 아주 훌륭한 인재들과 사귀면서 영롱하게 수놓은 벽융단들 뒤에 숨어 있는 인류의 비밀들을 꿰뚫어 보고 있는 그 시인을 눈앞에 그려보게 됩니다. 그의 브리타니퀴스나 베레니스[10]를 읽을 때마다 저는 정말 제가 궁정에 있고, 이 지상의 신들이 살고 있는 그 궁궐들의 크고 작은 방들 안으로 들어가 있는 듯한 생각이 듭니다. 그리하여 저는 섬세한 감각을 지닌 한 프랑스인의 눈을 통해 온 나라가 숭배하는 왕들과 수많은 사람들의 선망의 대상인 궁정 귀족들을, 온갖 결점과 고뇌를 떨쳐버리지 못하고 있는 자연 그대로의 모습으로 보게 됩니다. 루이 14세가 더 이상 라신을 쳐다보지 않고 자기의 불만을

---

10) 「브리타니퀴스 Britannicus」(1669)와 「베레니스 Bérénice」(1670)는 라신 Jean Racine(1639~1699)의 희곡이다.

라신이 느끼도록 하자 라신이 죽도록 번민했다는 일화는 제게는 그의 모든 작품을 이해하는 한 열쇠입니다. 자신의 삶과 죽음이 한 임금님의 눈에 달려 있는 그런 위대한 재능을 가진 한 시인이, 임금이나 군주가 찬사를 보낼 만한 작품들인데도 이제부터는 그것을 쓰지 말아야 한다는 것은 도저히 불가능한 일이지요」

야르노가 들어와 의아해하면서 우리의 친구가 하는 말을 듣고 있었다. 그때까지 아무 대꾸도 없이 호의적인 시선으로만 자신의 동의를 나타내던 군주는——이런 상황에서 토의를 계속하면서 그 주제에 대해 아주 끝장을 보려고 드는 것이 예의에 어긋난다는 것을 아직 모르는 빌헬름이 자기도 그 군주가 좋아하는 시인의 작품을 헛되이 읽지 않았으며 그 독서에서 느낀 바가 많았다는 사실을 보여주기 위해 이야기를 계속하고 싶은 마음이 간절했음에도 불구하고——그만 몸을 옆으로 돌리고 말았다.

「그럼 당신은 셰익스피어[11]의 작품은 아직 한번도 읽지 않았나요?」 하고 야르노가 빌헬름을 옆으로 잡아끌면서 물었다.

「읽지 않았습니다」 하고 빌헬름이 대답했다. 「그의 작품들이 독일에 널리 소개된 바로 그 시기부터 저는 연극과 멀어졌거든

11) 셰익스피어라는 이름이 여기서 처음으로 등장하는데, 괴테가 읽은——그리고 나중에 빌헬름 마이스터가 야르노에게 빌려서 읽게 되는——셰익스피어는 빌란트의 번역판(1762-1776, 전8권)이었다. 셰익스피어와 괴테(또는 이 소설)의 관계는 도저히 간단히는 설명할 수 없을 정도로 깊다. 요컨대, 괴테가 셰익스피어를 중시한 가장 큰 이유는 셰익스피어가 총체적 세계상을 보여주는 천재 시인이었기 때문이다. 셰익스피어에 이르러서 시인은 비로소 천재, 즉 〈세계의 해석자 Deuter der Welt〉로 승격되며, 그의 독자는 세계의 구조를 통찰함으로써 자아를 완성해갈 수 있는 것이다. 셰익스피어가 〈교양소설 Bildungsroman〉과 〈국민극장 Nationaltheater〉이라는 괴테적 개념에 중요한 의미를 지니는 이유가 바로 여기에 있다.

요. 지난 시절에 제가 좋아하던 취미 내지는 생활이 지금 이렇게 우연하게 되살아나는 것이 과연 반길 일인지 모르겠네요. 그야 어쨌든, 그의 작품들에 대해서 제가 들은 모든 것은 저에게 그런 거대한 괴물들을 더 자세히 알고 싶은 호기심을 불러일으키지 않았습니다. 그 이상하고 괴이쩍은 작품들은 어쩐지 모든 가능한 세계, 우리에게 어울리는 모든 미풍양속을 초월해 버리는 것 같아서요」

「그래도 한번 읽어보실 것을 권합니다」 야르노가 말을 받았다. 「그 이상한 것을 자신의 눈으로 직접 본다고 해도 손해될 것은 아무것도 없을 테니까요. 두세 권 빌려드리지요. 당장 모든 것을 집어치우고 구관의 그 외로운 방에서 이 미지의 세계의 환등(幻燈)을 들여다보시는 것보다 당신의 시간을 더 잘 활용하시기는 어려울 거요. 당신이 그런 원숭이들을 보다 인간적으로 치장시키려 하고 그런 개들에게 춤이나 가르치면서 시간을 허비하는 것은 죄악입니다. 단지 한 가지만 유보 조건을 달겠는데, 작품의 형식에 거부 반응을 일으키지 마십시오. 그 외의 것은 당신의 올바른 감정에 맡기고 싶소」

말들이 문 앞에 대령하고 있었다. 야르노는 사냥을 즐기기 위해 몇몇 기사들과 함께 말에 올랐다. 빌헬름은 슬픈 심정으로 그의 뒷모습을 바라보았다. 그는 그 남자와 많은 것을 더 이야기하고 싶었다. 그 남자는 무뚝뚝하기는 했지만 그에게 새로운 생각들, 그가 필요로 하는 생각들을 일깨워 주었던 것이다.

인간이란 자기의 역량과 능력, 그리고 이해력이 크게 피어나는 시점에 가까이 다가가다가 가끔 곤경에 빠지게 되는데, 좋은 친구가 있으면 쉽게 그를 그 곤경에서 헤어나도록 도와줄 수가 있다. 그는 숙소를 얼마 남겨놓지 않은 채 물에 빠져버린 나

그네와 비슷하다. 만약 누군가가 금방 손을 내밀어 그를 뭍으로 끌어내어 줄 것 같으면, 옷을 잠깐 물에 적신 것으로 끝날 수 있는 일이다. 그러나 그가 설령 혼자 힘으로 살아나온다 해도 만약 건너편 기슭에 닿게 된다면, 그의 원래 목표 지점에 이르기 위해서는 어려운 먼 길을 돌아가지 않으면 안 되는 것이다.

빌헬름은 세상이란 것이 자기가 생각했던 것과는 다르게 돌아가고 있다는 사실을 예감하기 시작했다. 그는 고귀하고 위대한 사람들의 중대하고도 의미심장한 생활을 가까이에서 보고는 그들이 얼마나 자연스럽게 그에게 품위 있는 모습을 보여줄 수 있는지 놀라지 않을 수 없었다. 행군중인 군대, 그 선두에 서 있는 영웅적 군주, 그렇게도 많은 휘하의 전사들, 그렇게도 많이 몰려드는 숭배자들이 그의 상상력을 배가해 주고 있었다. 이런 기분 가운데에 그는 약속된 책들을 받았다. 우리가 충분히 짐작할 수 있는 일이지만, 얼마 가지 않아 곧 그 위대한 창조적 정신의 물결은 그를 휩싸안고 망망대해로 인도해 갔다. 거기서 빌헬름은 곧 완연한 무아지경에 빠지게 되었다.

9

배우들에 대한 남작의 관계는 그들이 성에 머물게 된 이래로 여러 가지 변화를 겪었다. 처음에는 양쪽 다 만족이었다. 남작은 자기 작품을 가지고 아마추어극을 후원해 준 적은 있었지만, 자작극들 중의 하나를 직업 배우들에게 맡겨 당당한 공연까지 하게 된 것은 생전 처음이었다. 그래서 그는 아주 기분이 좋았고 매우 후한 선심을 쓰곤 했다. 백작 댁에는 방물 장수들이 많이 드나들었는데, 그런 장수가 올 때마다 그는 여배우들에게 조그만 선물들을 사주었다. 남자 배우들을 위해서는 여러 병의 샴페인을 특별 조달해 주었다. 그 대신 배우들도 그의 작품을 위해 온갖 노력을 기울였다. 빌헬름 역시 자기에게 배역이 돌아온 그 고매한 주인공의 장엄한 대사를 아주 꼼꼼하게 외우는 수고를 아끼지 않았다.

그러나 그 동안에 그들 사이에는 차츰차츰 몇 가지 불미스러운 일이 끼여들었다. 몇몇 배우들에 대한 남작의 편애가 날이 갈수록 눈에 띄게 되었고, 이것이 어쩔 수 없이 다른 사람들의 기분을 상하게 만들었다. 남작은 전적으로 자기가 좋아하는 사람들만을 떠받들어 주었는데, 그 때문에 그는 단원들 사이에 시기와 불화를 일으켰다. 그렇지 않아도 분쟁이 생길 때에는 어쩔 줄 모르는 멜리나는 아주 난감한 처지에 맞닥뜨렸다. 칭찬받는 친구들은 별로 고마워하는 기색도 없이 그냥 칭찬을 받는 것이었지만, 무시당한 축들은 온갖 방법을 다 동원하여 은근히 불만을 나타내었고, 이런저런 방법을 써서 처음에는 그토록 존경해 마지않던 그들의 은인으로 하여금 그들과 함께 있는 것이 불쾌해지도록 만들었다. 이런 판에 마침 작자 미상의 시 한 수가 성내에 큰 소동을 일으키게 되자, 그들의 고소해하는 마음은 더욱더 커졌다. 지금까지 남작은 배우들과의 교제 때문에, 꽤 세련된 방법으로이긴 했지만 늘 비방을 받아왔다. 남작을 두고 온갖 이야기들이 난무했고, 어떤 사건들은 각색되기도 했으며, 원래의 사건들에다 우스꽝스럽고 재미있는 살이 덧붙여져 제법 그럴듯한 이야기가 되기도 했다. 마침내는 자기들도 작가 못지 않다고 자부하는 몇몇 배우들과 남작 사이에 일종의 동업자적 질투가 생긴 것이라는 숙덕공론이 생기기 시작했다. 위에서 말한 시도 이런 풍문에서 생겨난 것인데, 그 시는 다음과 같다.

> 남작님, 가엾은 이 몸은
> 남작님의 신분이 부럽습니다.
> 옥좌에 가까운 지위,
> 많은 비옥한 밭,
> 엄친의 견고한 궁성과
> 사냥터와 소작료 수입이 부럽습니다.
>
> 남작님, 보아하니 남작님도
> 가엾은 이 몸을 부러워하시는 것 같군요.
> 자연이 저를 어릴 때부터
> 어머니처럼 대해 주셨거든요.
> 마음도 머리도 가벼워
> 가난하긴 해도 영 멍청이는 아니거든요.
>
> 자 그러니, 친애하는 남작님, 우리 둘 다
> 지금 있는 그대로 살아가십시다.
> 남작님은 아버님의 아들로 남고
> 저는 어머님의 아들 그대로 남아
> 우리 서로 질투도 증오도 없이
> 남의 직함을 탐내지도 말고 살아가십시다.
> 남작님은 파르나소스 산 위에 자리가 없고
> 저는 궁정회의에 자리가 없는 것이지요.

이 시는 거의 읽을 수 없는 글씨로 베낀 몇 장의 쪽지 형태로 여러 사람의 손에 들어가게 되었는데, 그에 대한 여론은 매우 엇갈려 있었다. 그러나 그 작자가 누군지는 아무도 추측할 수 없었다. 그중에는 상당히 고소해하면서 즐거워하는 사람도 생기자 빌헬름은 그런 태도를 결연히 공박하고 나섰다.

「우리 독일인들은 신분 높은 사람들이 어떤 방법으로든 우리 문학과 관계를 맺고 싶어하는 것을 높이 평가할 줄 모릅니다」 하고 그는 큰 소리로 말했다. 「그러니 우리 독일인들의 시신(詩神)들이 그렇게 오랜 세월 동안을 쇠약한 가운데에 간신히 연명해 오고도 아직도 여전히 경멸받고 있는 것은 당연한 결과입니다. 출생, 신분, 재산은 천재나 아취(雅趣)와 모순 관계에 있지 않습니다. 최고의 지성인들 중에 수많은 귀족들을 발견할 수 있는 다른 나라들의 예가 이 사실을 우리들에게 가르쳐준 바 있습니다. 지금까지 독일에서는 고귀한 태생의 사람이 학문에 헌신하면 무슨 기적처럼 생각들을 했으며, 지금까지는 유명 인사들이 예술과 학문을 사랑한 나머지 더욱더 유명해진 예가 거의 없습니다. 이와 반대로 많은 사람들이 어둠 속에서 떠올라 이름 모르는 별들과도 같이 지평선 위에 나타나곤 했습니다. 그러나 앞으로도 계속 이렇게 된다는 보장은 없습니다. 저의 생각이 과히 그르지 않다면, 우리나라의 제1신분 출신 인사들도 앞으로는 그들의 유리한 고지를 이용하여 시신들의 가장 아름다운 월계관을 차지해 보려고 애쓰는 중입니다. 그 때문에 저는 시민이 시신들을 높이 평가할 줄 아는 귀족을 비웃는 것을 볼 때 가장 심한 불쾌감을 느낍니다. 그뿐 아닙니다. 지체 높으신 분들조차도 그들과 같은 귀족 계급의 사람이 누구에게나 명예와 만족이 약속되어 있는 그 길을 가고자 할라치면 경솔한 변덕과 결코 용납할 수 없는 심술을 부려서 그 길이 갑자기 무서워지도록 만들어 그만 달아나게 해버린단 말입니다. 이런 꼴을 볼 때가 저는 가장 불쾌합니다」

여기서 마지막 말은 백작을 두고 한 말인 것처럼 생각되었다. 왜냐하면 빌헬름은 백작이 그 시를 정말 잘 되었다고 생각한다는 말을 전해 들은 적이 있었기 때문이다. 아닌게아니라 항상 자기 나름대로 남작과 농담하곤 하던 백작에게는 이번 사건은 자기의 친척인 남작을 온갖 방법으로 괴롭히기에는 매우 좋은 계기이기도 하였다. 그 시의 작자가 누군가에 대해서는 각자가 자기 나름의 추측들을 하고 있었다. 그런데, 예리한 통찰력에서는 누구에게도 뒤떨어지고 싶어하지 않는 백작이 어떤 생각을 떠올리게 되었다. 그는 이 생각이 틀림없다고 당장 맹세라도 하고 나설 기세였는데, 그 시를 쓸 수 있는 사람은 단지 그가 총애하는 그 훈장뿐이라는 것이었다. 그 훈장은 매우 섬세한 친구라서 백작 자기는 벌써 오래전부터 그 친구한테서 그 어떤 시적 천재성 같은 것을 알아볼 수 있었다는 것이었다. 그 때문에 그는 진정한 즐거움을 맛보기 위하여 어느 날 아침에 그 배우를 불렀다. 그러고는 백작부인, 남작부인, 그리고 야르노도 임석한 자리에서 그 시를 그의 방식대로 낭송해 보도록 했다. 그는 그 낭송에 대해 칭찬, 박수갈채, 그리고 선물을 받았다. 그리고 그 밖에 또 옛 시절에 써놓은 몇 편의 시들을 갖고 있지 않냐고 백작이 묻자 현명하게도 아니라고 대답했다. 이리하여 훈장은 시인이자 익살꾼이라는 명성을 얻었으며, 남작에게 호의를 지닌 사람들의 눈에는 익명의 비방시나 쓰는 나쁜 인간으로 비치게 되었다. 그때부터 백작은 훈장이 자기 배역을 어떻게 하든 간에 자꾸만 더 많은 박수갈채를 보냈다. 그래서 그 가엾은 친구는 마침내 어깨가 으쓱 올라가게, 아니, 거의 머리가 돌게 되어, 필리네처럼 신관에 방 한 칸을 얻을 궁리까지 할 정도였다.

만약 이 계획이 즉각 실행에 옮겨질 수만 있었더라면, 그는 큰 사고를 면할 수 있었을지도 몰랐다. 이렇게 말하는 까닭인즉, 어느 날 저녁 늦은 시간에 그가 구관으로 돌아가면서 어둡고 좁은 길을 더듬고 있었을 때, 갑자기 그는 습격을 받아 몇 명의 괴한들에게 붙잡혔고, 그러는 사이에 다른 패들이 그를 세차게 두들겨 패서 어둠 속에서 아주 묵사발을 만들어놓았기 때문에 그는 거의 일어날 수도 없을 지경이 되었던 것이다. 이윽고 간신히 기어서 그의 동료들한테로 올라갔다. 그들은 매우 분개하는 척했지만 이 사고에 대해서 속으로는 고소하게 여겼으며, 실컷 두들겨맞아서 그의 고동색 새 옷이 마치 방앗간 사람들과 드잡이라도 하고 온 사람처럼 아주 새하얗게 밀가루투성이가 되어 있고 여기저기 더럽혀져 있는 것을 보고는 폭소를 터뜨리지 않을 수 없었다.

금방 이 소식에 접한 백작은 노발대발하였다. 그는 이런 짓을 극악한 범죄로 간주하면서 이 범행을 성내 치안에 대한 도전으로 해석하고는 그의 영내 재판관으로 하여금 엄중한 수사를 하도록 명하였으며, 흰 밀가루가 묻은 상의를 주요 증거물로 채택하도록 했다. 성내에서 분(粉)이나 밀가루와 조금이라도 관계가 있을 만한 사람은 모두가 수사 대상이 되었다. 그러나 그 결과는 허탕이었다.

남작은 자신의 명예를 걸고 엄숙히 선언하기를, 그런 식의 장난은 자기에게도 물론 불쾌하기 짝이 없는 것이었다고 했다. 백작님의 태도가 아주 우정어린 것은 아니었지만, 자기는 그런 일 정도는 유유히 참아낼 수 있었고, 시인인지 비방꾼인진 몰라도 그 사람이 당한 그 봉변과 자기는 조금도 관계가 없다는 것이었다.

손님들의 다른 움직임과 집안의 동요로 인하여 그 사건은 곧 잊혀졌다. 그리하여 백작이 총애하는 그 불행한 훈장은 잠시 동안 남의 시를 자기의 것인 양 뽐내면서 즐긴 값을 호되게 치르지 않으면 안 되었다.

저녁마다 규칙적으로 계속 연극을 공연하여 대체로 볼 때 매우 대접을 잘 받고 있었던 우리의 극단 단원들은 이제 형편이 좀 나아지면 나아질수록 그만큼 더 많은 요구를 하기 시작했다. 얼마 가지 않아 그들은 음식, 시중, 숙소가 너무 형편없다는 생각이 들었다. 그래서 그들은 보호자인 남작에게 그들을 좀더 잘 돌봐달라고 졸랐으며, 그가 그들에게 약속한 대로 편안하게 즐길 수 있도록 이제는 좀 애써 달라고 졸라댔다. 그들의 불평은 점점 더 커졌다. 그리고 그들의 소원을 충족시켜 주려는 그들의 친구의 온갖 노력은 점점 더 무익해졌다.

그러는 동안에 빌헬름은 연습 때와 출연할 때 이외에는 더 이상 잘 나타나지를 않았다. 단지 미뇽과 하프 타는 노인만이 출입이 허가되어 있는 가장 안쪽의 한 방에 처박혀서, 그는 셰익스피어의 세계 속에서 살고 활동함으로써 자신의 바깥에서 일어나는 일은 아무것도 알지도 느끼지도 못하고 있었다.

마적 주문들을 외워 무수한 각종 귀신들을 자기 방 안으로 불러들이는 마술사의 이야기가 있다. 마술의 신통력이 아주 강해서 금방 방안이 귀신들로 가득 차게 된다. 방 바닥 위에 그려놓은 작은 원으로 귀신들이 몰려들어 그 원의 주위와 마술사의 머리 위를 영원히 빙글빙글 돌아가면서 그 수가 자꾸 불어난다.

그래서 구석마다 귀신으로 가득 차고 창턱 위에도 입추의 여지가 없다. 알들이 커지기도 하고 거대한 형체가 버섯만하게 수축되기도 한다. 그런데 불행하게도 그 요술쟁이는 이러한 귀신들의 홍수를 다시 물러가게 할 수 있는 주문을 잊어버렸다. 빌헬름도 바로 그런 꼴로 방 안에 처박혀 앉아 있었다. 지금까지 전혀 이해나 예감을 하지 못했던 천만 가지 감정들과 능력들이 그의 체내에서 이상하게 요동을 치면서 끓어오르고 있었다. 그를 이 상태에서 끌어낼 수 있는 것은 아무것도 없었다. 그래서 그는 그 누군가가 찾아와서 바깥에서 일어나는 일을 그에게 이야기해 주는 것조차도 몹시 불만스럽기만 했다.

그래서 그는 신관 앞마당에서 형(刑) 집행이 있으리라는 소식도 전혀 귀담아듣지 않았다. 밤중에 성 안으로 무단 침입하려 했다는 혐의를 받은 한 소년에게 태형(笞刑)이 가해진다는 것이었는데, 그 소년이 가발 제조공의 복장을 하고 있기 때문에[12] 아마도 그때 그 불한당들 속에 함께 끼여 있었을 가능성이 많다는 것이었다. 소년이 완강히 부인하고 있기 때문에 그 죄목으로는 정식 처벌이 곤란했다. 그러나 소년이 며칠 동안 그 근방을 배회하다가 그날 밤에는 물레방앗간에서 자고는 마침내 정원 벽에 사다리를 갖다대고 성벽 위로 넘어 들어왔기 때문에 부랑자로 간주하여 훈계 방면하려 한다는 것이었다.

빌헬름은 그 사건 전체에서 별로 주의를 기울일 만한 것이 없다고 생각하고 있는 참인데, 마침 미뇽이 급히 달려 들어와서는 체포된 사람은 마방 관리인과 결투를 하고 난 뒤로 극단을 떠나 사라져 버렸던 프리드리히라는 것이었다.

12) 18세기의 가발 제조공은 분(粉)을 함께 취급했기 때문이다.

그 소년의 일이 궁금했던 빌헬름은 서둘러 나가보았다. 그랬더니 마당에는 이미 태형을 집행할 채비가 다 되어 있었다. 백작은 이런 경우에도 엄숙한 격식 차리기를 좋아했던 것이다. 소년이 끌려 나왔다. 빌헬름은 그 사이로 몇 걸음 나서면서, 자기가 이 소년을 알고 있는데 우선 이 아이를 위해 여러 가지 진술할 것이 있으니 형 집행을 잠시 중단해 달라고 청원하였다. 그는 많은 애를 써서 이 청원을 관철해 내었다. 그러고는 마침내 그 피의자와 단독 면담을 할 수 있는 허가를 받아내었다. 소년은 배우 한 사람이 폭행당했다는 그 습격 사건에 대해서는 아무것도 모른다고 다짐했다. 자기는 단지 성 주위를 배회하였고 그날 밤에 침입한 것은 필리네를 만나기 위한 것이었다고 했다. 소년은 그녀의 침실을 미리 탐지해 놓았던 것이고, 만약 자기가 도중에 붙들리지만 않았던들 반드시 그 방을 찾아내었을 것이라고 말했다.

빌헬름은 단원들의 명예를 위해서 그런 애정 관계를 여러 사람 앞에 드러내고 싶지 않았다. 그래서 서둘러 그 마방 관리인한테로 찾아갔다. 그리고 사람들의 성격과 성내 사정을 훤히 알고 있는 그가 이 사건을 중재하여 소년을 방면해 달라고 부탁했다.

이 재치있고 익살맞은 남자는 빌헬름의 도움을 받아가며 짧은 소설 한 편을 지어내었는데, 그 내용인즉, 소년은 원래 그 극단 소속이었는데, 도망쳤지만 되돌아와 단원으로 채용되기를 원했다는 것이다. 그 때문에 소년은 옛날에 자기를 돌봐주던 몇몇 선배들을 밤 시간을 이용하여 만나보고 그들에게 일신을 부탁하려는 의도를 품게 됐다는 것이다. 이 지은 이야기 이외에도, 다른 사람들도 그 소년의 평소 품행이 좋았다고 보증했으며, 부인들도 말을 거들고 나섰다. 그래서 결국 소년은 풀려났다.

빌헬름은 소년을 데리고 있기로 했다. 그래서 소년은 이제, 빌헬름이 얼마 전부터 자신의 식구로 생각하고 있는 그 묘한 가족의 세번째 구성원이 되었다. 노인과 미뇽은 그 되돌아온 아이를 친절히 맞아주었다. 그래서 이제 그 세 사람은 모두 일치 단결하여 그들의 친구이자 보호자인 빌헬름을 성의껏 돕고 그를 조금이라도 기쁘게 해주고자 애썼다.

10

이제 필리네는 귀부인들한테 날이 갈수록 더 많은 환심을 샀다. 부인들끼리만 있을 때에는 그녀는 대개 화제를 거기에 출입하는 남자들에게로 돌리곤 했는데, 빌헬름도 그런 화제의 대상에서 빠지는 축은 아니었다. 그 영리한 아가씨는 빌헬름이 백작부인의 마음에 깊은 인상을 남긴 것을 벌써 눈치채고 있었다. 그래서 그녀는 빌헬름에 대해서 아는 것 모르는 것을 죄다 이야기했다. 그러나 그녀는 그에게 불리하게 해석될 만한 것은 일체 발설하지 않도록 조심했으며, 반대로 그의 고귀하고 관후한 마음씨와, 특히 여성에 대한 그의 단정한 행실을 칭찬했다. 그 외에 다른 질문들도 받았지만 그녀는 현명하게 잘 대답했다. 남작부인은 그녀의 아름다운 친구 백작부인의 연정이 점점 더 짙어지는 것을 알아차리자 이 발견이 그녀 자신에게도 매우 기분 좋게 생각되었다. 왜냐하면 그녀 자신의 복잡한 남자 관계들, 특히 최근의 야르노와의 관계에 대해서는 백작부인도 눈치를 채게 되어, 순수한 영혼의 소유자인 백작부인이 그와 같은 경박한 처신을 못마땅해하면서 부드럽게 질책하는 말을 할지도 몰랐기 때문이다.

그래서 남작부인도 필리네와 꼭 마찬가지로 우리의 친구를 백작부인에게 보다 가까이 접근시키는 데에 특별한 관심을 지니고 있었다. 더욱이 필리네는 기회를 봐서 다시 자기에게도 유리하게 일을 진척시켜 가능하다면 잃어버린 그 청년의 호감을 다시 사기를 원했던 것이다.

어느 날, 백작이 다른 사람들과 말을 타고 사냥을 나가버리고 그들 일행이 그 다음날 아침에야 되돌아올 것으로 기대되었을 때, 남작부인은 어떤 장난을 꾸몄다. 그것은 완전히 그녀다운 장난이었다. 왜냐하면 그것은 변장을 하는 장난이었는데, 그녀는 평소 변장하기를 좋아하여, 때로는 시골 처녀로, 때로는 시녀로, 때로는 젊은 사냥꾼으로 변장하고 나타나서 곧잘 사람들을 깜짝 놀라게 해주곤 했기 때문이다. 이렇게 그녀는 마치 작은 요정과도 같이 거드름을 부리며 도처에, 그것도 아무도 예상조차 할 수 없는 곳에 나타나곤 하였다. 아무도 몰라보는 가운데에 한동안 사람들의 시중을 들어주거나, 다른 방식으로 사람들 속에 섞여 다니다가 마침내 아주 재미있는 방법으로 자신의 정체를 드러낼 때의 그녀의 기쁨이란 아무것에도 비길 수 없는 것이었다.

그날 저녁 무렵에 남작부인은 빌헬름을 그녀의 방으로 오게 했는데, 마침 못다한 일이 있어서 필리네를 시켜 그에게 그 장난 계획에 대해 미리 좀 이야기해 두라고 했다.

빌헬름이 와보니 방 안에 남작부인은 없고 그 경박한 아가씨만 있어서 다소 의아하게 생각했다. 그녀는 지금까지 연습해 온

대로 단정하고 솔직한 태도로 그를 맞았다. 그래서 빌헬름 역시 꼭같이 정중하게 자기를 대하도록 만드는 것이었다.

처음 한동안 그녀는 일반적인 말로 그를 따라다니는 행운에 대해서 농담하면서, 자기가 보기에는 그를 지금 여기로 데리고 온 것도 바로 그 행운인 것 같다고 말했다. 그 다음에 그녀는 지금까지 자기를 괴롭힌 그의 태도를 듣기 좋은 말투로 나무라고는 자기 자신을 욕하고 책망했다. 그녀는 자기가 그에게 그런 대접을 받은 것도 아마 모두 자업자득일 것이라고 고백하면서, 그녀의 〈지난날의〉 상황을 아주 솔직하게 설명했다. 그러고는, 만약 자기가 환골탈태(換骨奪胎)하여 그의 우정에 값할 만한 사람으로 거듭날 수 있는 능력이 없다면 자기는 정말 형편없는 여자임이 틀림없으리라고 덧붙여 말하는 것이었다.

이 말에 빌헬름은 어쩔 줄을 몰라했다. 그는 아직 세상을 잘 몰랐다. 아주 경박하고 뉘우칠 줄 모르는 사람일수록 막강한 본성에 이끌려 가는 자기의 길에서 벗어날 수 있는 힘이 조금도 없으면서도 자신을 아주 격렬하게 책망하고 자신의 결점을 아주 솔직하게 고백하고 후회한다는 사실을 알지 못했던 것이다. 그 때문에 그는 그 귀엽고 죄많은 여자에게 계속 불친절하게 대할 수가 없었다. 그래서 그는 그녀와 대화를 나누기 시작했는데, 이윽고 그녀로부터, 아름다운 백작부인을 깜짝 놀라게 해주기 위하여 이상한 변장을 하자는 제안을 듣게 되었다.

그 계획에서 그는 몇 가지 우려되는 점을 발견하고는 그것을 필리네에게 숨기지 않고 말했다. 그러나 바로 그 순간에 방 안으로 들어온 남작부인은 그에게 의심할 수 있는 시간적 여유를 주지 않고 바로 그를 데리고 나가면서 지금이 바로 그 결행의 시간이라고 자신있게 말하는 것이었다.

날이 어두워져 있었다. 남작부인은 그를 백작의 의상실로 데리고 가서는 백작의 비단 잠옷을 입게 하고는 빨간 리본이 달린 모자를 씌워주었다. 그러고는 그를 백작의 방으로 데리고 가서 큰 안락의자에 앉히고 책 한 권을 들고 있게 했다. 그러고 나서 그녀는 그의 앞에 놓여 있는 아르강식 석유등[13]에 손수 불을 켰다. 그러고는 그가 취해야 할 행동과 연기해야 할 역할을 가르쳐주었다.

남작부인의 말이, 백작부인에게 부군인 백작께서 갑자기 돌아오셨는데 기분이 좋지 않으시더라는 소식을 미리 전할 예정이라는 것이었다. 그러면 부인이 이 방으로 와서 방 안에서 몇 번 왔다갔다하다가는 이윽고 안락의자의 팔걸이 위에 걸터앉아 한 팔을 백작의 어깨 위에 얹으면서 무슨 말인가를 할 거라는 것이었다. 그는 될 수 있는 대로 오랫동안, 그리고 가능한 한 그럴듯하게 남편 역할을 해야 하며, 마침내 그가 자신의 정체를 밝혀야 할 입장이 되면 아주 멋지고 친절하게 행동하라는 것이었다.

그래서 이제 빌헬름은 그런 묘한 분장을 한 채 아주 불안한 기분으로 거기 앉아 있었다. 그것은 그에게는 기상천외의 제안이었다. 그래서 그는 미처 생각해 보기도 전에 서둘러 실행부터 하지 않을 수 없었다. 그가 차지한 그 자리가 얼마나 위험천만한가를 가까스로 알아차렸을 때에는 남작부인은 이미 방을 나가버리고 없었다. 그는 백작부인의 미모와 젊음, 그리고 우아한 기품이 자기에게 깊은 인상을 준 사실을 자신에게조차 부인할 수는 없었다. 그러나 그는 성격상 여성에게 친절하게 굴며

---

13) 1780년대에 제네바 사람 아르강Aimé Argand이 발명한 석유등.

비위를 맞추는 것과는 거리가 멀었고 보다 더 진지한 접근을 꾀하려는 생각 따위는 그의 원칙이 도저히 용납하지 않았다. 그 때문에 그는 사실 그 순간 적지않이 당황해 있었다. 백작부인에게 잘못 보이는 것도, 혹은, 도에 넘치게 그녀의 마음에 드는 것도 그에게는 똑같이 두려운 일이었다.

지금까지 그에게 감동을 주었던 모든 여성적 매력들이 그의 눈앞의 상상의 거울에 다시금 하나씩 하나씩 비쳐졌다. 마리아네가 흰 모닝 가운을 입은 채 그에게 나타나 자기를 잊지 말아달라고 애원했다. 필리네의 사랑스러움과 그녀의 아름다운 머리카락, 그리고 그녀의 그 아양을 떠는 행동은 조금 전에 보았기 때문에 새삼 생생하게 떠올랐다. 그러나 이 모든 영상들도 고귀하고 한창 젊은 백작부인을 생각할 때면 마치 아득한 베일로 가려지기라도 하는 듯이 사라져 버렸다. 이제 불과 몇 분 후면 그는 그 백작부인의 팔이 자기 목에 와 닿는 것을 느끼게 될 것이다. 그리고 그는 아무것도 모르고 있는 그녀의 순진한 애무에 응대해야 하는 것이다.

물론 그는 자기가 얼마나 묘한 방법으로 이 난처한 상황에서 벗어나게 될 것인지는 상상조차 할 수 없었다. 문득 그의 뒤쪽에서 문이 열렸다. 그래서 우선 슬쩍 거울을 보았다. 그런데, 그는 손에 촛불을 들고 막 방에 들어서려는 백작의 모습을 아주 뚜렷하게 보았다. 이 순간, 그가 얼마나 놀랐으며 얼마나 대경실색했던가? 어떻게 해야 할지, 그대로 눌러앉아 있어야 할지 일어서야 할지, 아니면 도망쳐야 할지, 모든 것을 고백해야 할 것인가 부인해야 할 것인가, 아니면 용서를 빌어야 할 것인지, 그가 이렇게 온갖 주저를 한 것도 불과 몇 초에 지나지 않았다. 꼼짝도 하지 않고 문간에 멈춰서 있던 백작은 뒤로 물러나면서 문을 살그머니 닫아버리는 것이었다. 바로 그 순간 남작부인이 옆문으로 달려 들어오더니 등불을 끄고는 빌헬름을 의자에서 일으켜 내실로 끌고 들어갔다. 빌헬름은 재빨리 그 잠옷을 벗어버렸고, 그것은 즉각 평소의 제자리를 되찾았다. 남작부인은 빌헬름의 옷을 팔 위에 걸친 채 그를 데리고 몇 개의 방과 복도들, 그리고 칸막이들을 통과하여 급히 그녀의 방까지 왔다. 거기서 남작부인이 한숨 돌린 뒤에서야 빌헬름에게 들려준 바에 따르면, 그녀는 백작부인에게 가서 백작이 왔다는 거짓 소식을 전했다는 것이었다. 「벌써 알고 있습니다」 하고 백작부인이 말했다. 「무슨 일이 생긴 것일까? 저는 백작님이 지금 막 옆대문으로 들어서시는 것을 보았답니다」 남작부인은 깜짝 놀라서 빌헬름을 데려오기 위해 즉각 백작의 방으로 달려갔다는 것이었다.

「불행하게도 부인께서는 너무 늦게 오셨습니다!」 하고 빌헬름은 소리쳤다. 「백작님께서는 조금 전에 그 방에 오셔서 제가 앉아 있는 것을 보셨습니다」

「당신이라는 것을 알아보셨나요?」

「그건 모르겠습니다. 거울에 비친 저를 보셨고, 저도 거울 속에서 백작님을 보았습니다. 그것이 유령인지 백작님 자신인지 제가 미처 확인하기도 전에, 백작님은 벌써 다시 뒤로 물러나가신 다음, 문을 닫아버리셨습니다」

그때 한 하인이 남작부인을 모시러 와서는 백작께서 부인 곁에 계시다는 말을 고하자 남작부인은 더욱더 당황했다. 그녀가 가슴이 두근거리는 가운데 백작한테로 건너가 보았더니 백작은 조용히 생각에 잠겨 있기는 했지만 그의 말은 평소 때보다 더 온화하고 친절하였다. 그녀는 이것을 어떻게 생각해야 할지 알 수가 없었다. 사냥하다가 생긴 일들과 백작이 예정보다 더 일찍 돌아온 이유에 관해서 이야기를 했지만, 그 화제도 곧 궁해졌다. 백작은 말이 적어졌다. 그러다가 이윽고 백작이 빌헬름의 소재를 묻고는 그를 불러다가 무엇이든 낭독하도록 했으면 좋겠다고 말하자, 그것이 남작부인에게는 특히 이상하게 생각되지 않을 수 없었다.

남작부인의 방에서 다시 옷을 갈아입고 어느 정도 제정신을 차린 빌헬름은 걱정이 없지 않은 가운데 분부대로 백작한테로 갔다. 백작이 그에게 책을 한 권 건네주어서 그는 그중에서 모험적인 단편소설 하나를 낭독했는데, 가슴을 죄는 듯한 불안감이 없지 않았다. 그의 어조가 약간 불확실하고 떨리는 데가 있었지만, 다행스럽게도 그것이 이야기의 내용과 잘 어울렸다. 백작은 여러 번이나 친절한 동의의 표시를 했으며 독특한 낭독법을 칭찬하고는 마침내 우리의 친구에게 물러가도 좋다고 하는 것이었다.

11

빌헬름은 셰익스피어의 몇몇 작품들을 읽고 나자 너무나 큰 감동을 느낀 나머지 더 이상 계속해서 읽어나갈 수가 없었다. 그의 온 영혼이 격랑에 휘말렸다. 그는 야르노와 이야기할 기회를 찾았다. 그러고는 이런 기쁨을 마련해 준 데에 대하여 그에게 한없는 감사의 뜻을 표했다.

「모든 작가들 중에서 가장 비상하고 가장 경이로운 작가지요」 하고 야르노가 말했다. 「이 작가의 탁월성에 대해서 당신이 그냥 무감각하게 지내시지는 못하리라는 것을 나는 벌써 예견했습니다」

「그렇습니다!」 빌헬름이 소리쳤다. 「제 기억으로는 그 어떤 책, 그 어떤 인간, 이 세상의 그 어떤 사건도 제가 선생님의 후의 덕분으로 알게 된 이 훌륭한 작품들만큼 그렇게 큰 감명을 제게 준 적이 없습니다. 그것은 인간에게 친하기 위해 지극히 부드러운 방법으로 인간에게 접근하는 어떤 천상적 창조 정신의 작품인 것같이 생각됩니다. 그것은 문학작품이 아닙니다! 마치 운명에 관한 가공할 책을 펼쳐놓고 그 앞에 앉아 있는 것 같고, 그 책 속에서 격동하는 인생의 폭풍우가 몰아치는 듯하며, 그 폭풍우가 책장을 이리저리 마구 넘기는 것 같습니다. 저는 그 작품들의 강렬함과 부드러움에, 그 강력한 힘과 고요함에 놀라고 제정신을 잃게 된 나머지, 언젠가 그것들을 계속 읽어나갈 수 있는 정신상태를 회복할 때를 간절히 기다리고 있을 따름입니다」

「만세! 바로 그렇게 되기를 나도 바랐다오!」 야르노는 우리의 친구에게 손을 내밀어 악수하면서 말했다. 「그리고 앞으로도 내가 바라고 있는 결과가 틀림없이 오게 될 것이오」

「현재 저의 내부에서 일어나고 있는 모든 것을 당신에게 다 털어놓을 수 있다면 얼마나 좋을까요?」 하고 빌헬름이 대답했다. 「제가 지금까지 인간과 인간의 운명에 대해서 지녔던 모든 예감들, 그리고 제가 어릴 적부터 저 자신도 모르는 가운데 지니고 다녔던 모든 예감들이 셰익스피어의 작품들 속에서 실제로 나타나고 전개되는 것을 보게 됩니다. 셰익스피어는 마치 우리에게 모든 수수께끼들을 다 풀어주는 듯이 보입니다. 그렇지만 〈해답이 여기에 있다, 또는 저기에 있다〉라고 말할 수는 없습니다. 그의 인물들은 자연스러운 인간들처럼 보입니다. 그러나 그들은 사실 그렇지가 못합니다. 이들 가장 신비스럽고 가장 복잡한 자연의 창조물들은 그의 작품 속에서는 마치 문자판과 케이스가 모두 수정으로 되어 있는 시계처럼 행동하고 있는 듯이 보입니다. 즉, 그들은 각자 자신들의 역할에 따라 시간의 경과를 가리키고 있지만, 그와 동시에 우리는 그들을 움직이는 톱니바퀴 장치 및 용수철 장치들을 인지할 수 있는 것이지요. 셰익스피어의 세계를 이렇게 잠깐 들여다본 것이 저에게 그 어떤 다른 것보다도 더 많은 자극을 줍니다. 이와 같은 자극을 받아 저는 실제 세계에서 보다 빠른 진보를 하게 되고, 그 세계를 뒤덮고 있는 운명의 밀물 속에 몸을 던지는 것입니다. 그리하여, 만약 모든 것이 제 뜻대로 된다면, 어느 날엔가 저는 진리라는 자연의 큰 바다로부터 몇 잔을 퍼내어서는 그것을 무대 위에서부터 제 조국의 목마르게 갈구하는 관중들에게 나누어 주게 될 것입니다」

「당신이 그런 기분에 젖어 있는 것을 보니 기쁩니다」하고 야르노가 대답하면서 그 감동한 청년의 어깨에 손을 올려놓았다.「활동적인 삶으로 옮아가려는 그 계획을 버리지 마시오. 그리고 한시바삐 당신에게 주어져 있는 그 좋은 시절을 당당하게 활용하도록 서두르시오. 내가 당신에게 도움이 될 수 있다면 진심으로 돕겠소. 나는 아직까지 당신이 어쩌다가 이런 일행에 끼게 되었는지 물어보지는 않았소만, 당신은 출신으로 보나 가정교육으로 보나 이런 패에 어울리지는 않는 것 같군요. 나는 당신이 이런 일행에게서 벗어나기를 동경하고 있을 것으로 기대하고 또 그러리라 믿어요. 나는 당신의 출생 내력이나 집안 사정은 전혀 모르오. 나에게 어디까지 털어놓으실지 잘 생각해 보시오. 다만 내가 당신에게 꼭 말해 두고 싶은 것은 우리가 살고 있는 이런 전시(戰時)에는 행운을 급격히 변전시키는 것도 가능하다는 사실이오. 만일 당신이 우리를 위해 당신의 능력과 재능을 바치고 수고를 아끼지 않으며, 필요할 경우엔 위험도 무릅쓸 생각이 있다면, 나는 바로 지금 당신을 어떤 자리에 앉힐 수 있는 기회를 알고 있소. 당신이 한동안 그 자리에서 일한 사실을 나중에 후회하지는 않을 것이오」 빌헬름은 감사한 심경을 이루 다 표현할 수가 없었다. 그래서 친구이며 보호자인 그 사람에게 자기 인생의 전체 도정을 이야기하기로 작정하였다.

이런 대화를 하는 동안에 그들은 길을 잃고 공원 깊숙이 들어갔다가 공원을 가로지르는 지방도로로 나오게 되었다. 야르노는 한순간 걸음을 멈추고 서서 이렇게 말했다. 「내 제안을 잘 생각해 보고 결심하신 다음, 며칠 안에 나에게 답을 주시오. 그리고 나를 신뢰해 주시오. 분명히 말하지만, 당신이 어떻게 그런 족속들과 어울려 다닐 수 있었는지 나는 지금까지 이해할 수가 없었소. 어느 정도나마 삶과 관련성을 지니기 위해선지는 몰라도 당신 같은 사람이 떠돌아다니는 악사와 남잔지 여잔지도 모를 어리석은 아이한테 정을 두고 있는 것을 볼 때마다 나는 자주 구역질을 느꼈고 화가 치밀었소」

야르노가 미처 말을 끝맺기도 전에 한 장교가 말을 타고 급히 다가왔는데, 그 장교의 뒤에는 한 마부가 예비마 한 필을 이끌고 뒤따라오고 있었다. 야르노는 그 장교를 향해 환성을 지르며 인사말을 했다. 장교가 말에서 뛰어내렸고, 두 사람은 서로 껴안았으며, 자기들끼리 이야기했다. 그러는 동안 빌헬름은 자신의 군인 친구 야르노의 마지막 말에 깜짝 놀라 혼자 생각에 잠긴 채 그 곁에 서 있었다. 야르노는 막 도착한 그 장교가 건네준 몇몇 서류들을 훑어보고 있었다. 그런데 그 새로 온 장교가 빌헬름을 향해 다가오더니 그에게 악수를 청했다. 그러고는 힘을 주어 말했다. 「훌륭한 분과 함께 계시는군요. 친구분의 충고를 따르십시오. 그리고 그렇게 하심으로써, 초면이지만 당신에게 진심으로 관심을 갖고 있는 이 사람의 소망도 이루게 해주십시오」 이렇게 말하면서 그는 빌헬름을 포옹하였다. 그는 빌헬름을 힘차게 가슴에 끌어당겼다. 그때 야르노가 다가와서 그 장교에게 말했다. 「나도 당장 당신과 함께 말을 타고 들어가는 것이 좋겠소. 그래야 당신이 필요한 명령을 받아, 밤이 되기 전에 다시 말을 타고 출발할 수 있을 테니까 말이오」 이런 말 끝에 두 사람은 훌쩍 말 위에 올라, 어리둥절해하는 우리의 친구가 혼자 자신의 생각에 열중하도록 내버려두고 떠나버렸다.

야르노의 마지막 말이 아직도 그의 귀에 쟁쟁하였다. 아무 죄도 없이 그의 애정을 얻은 그 두 사람이 그가 그렇게도 존경하는 한 사나이의 입을 통해 그토록 형편없는 멸시를 당하는 것을 겪고 나니 그로서는 참을 수 없는 심정이었다. 그가 알지도 못하는 그 장교의 이상한 포옹도 그에게는 별다른 인상을 남기지 못했으며, 단지 일순간 그의 호기심과 공상을 불러일으켰을 따름이었다. 그러나 야르노의 말은 그의 가슴에 타격을 주었다. 그의 마음은 심한 상처를 입었다. 그리하여 그는 이제 되돌아오는 길 위에서, 그자의 눈에서도 엿보이고 그자의 온갖 몸짓만 보아도 여실히 알 수 있는 그 인정사정도 없는 냉혹성을 자기가 어떻게 단 한순간이라도 잘못 보고 망각할 수 있었던가 하고 자기 자신에게 비난과 분통을 터뜨렸다. 「안 돼!」 그는 소리쳤다. 「냉담한 세속인 같으니라구! 당신 같은 인간이 감히 친구가 될 수 있으리라고 자만하다니! 당신이 나에게 제공할 수 있는 모든 것을 다 합친다 해도 이 불쌍한 사람들과 나를 맺어주는 감정과는 결코 바꿀 수 없는 것이다! 내가 당신한테서 별로 기대할 게 없다는 것을 그래도 때늦지 않은 시간에 알게 된 것이 천만다행이구나!」

그는 자기를 향해 마중 나오는 미뇽을 두 팔로 껴안고 소리쳐 말했다. 「안 된다! 착하고 귀여운 애야, 이 세상 아무것도 우리를 떼어놓을 수는 없다! 겉보기에 현명한 듯이 보이는 이 세상에서의 처신 때문에 내가 너를 버려서도 안 되고 네게 해줘야 할 의무를 잊어서도 안 되지」

평소에는 그 아이의 격렬한 애정 표시를 물리치곤 하던 그가 이렇게 뜻밖에도 정다운 표시를 해주자 아이는 반가워하면서 꼭 매달려 왔다. 그래서 그는 결국 그 아이를 억지로 떼어놓지 않으면 안 되었다.

그때부터 빌헬름은 야르노의 행동을 보다 유심히 관찰했는데, 그 행동들이 모두 다 칭찬할 만한 것으로 보이지는 않았다. 심지어는 그의 마음에 전혀 들지 않는 면도 많이 눈에 띄었다. 예를 들자면 그는 그 불쌍한 훈장이 자기의 작품인 것처럼 처신하다가 그렇게도 비싼 대가를 치르지 않으면 안 되었던 남작에 관한 그 시가 야르노의 작품이라는 유력한 혐의를 두게 되었다. 야르노가 최근에 빌헬름의 면전에서 그 사건에 대해서 농담을 했기 때문에, 우리의 친구는 야르노의 바로 이런 행동에서 그의 마음이 매우 비뚤어져 있는 징후를 볼 수 있다고 생각했다. 그것도 그럴 것이, 죄없는 사람에게 고통의 빌미를 줘놓고는 그 사람을 조롱하면서 명예회복이나 보상 따위는 전혀 생각하지도 않는 것보다 더 고약한 짓이 또 있을까 말이다. 빌헬름은 자기 자신이 그런 명예회복이나 보상의 기회를 마련해 주고 싶은 심정이었다. 즉, 그는 아주 묘한 우연을 통해 그 야습의 범인들에 대한 단서를 얻었던 것이다.

몇몇 청년 장교들이 구관의 아래층 홀에서 남녀 배우들의 일부와 흥청거리면서 밤새워 놀고 있었던 사실을 모두들 빌헬름한테는 지금까지 늘 숨겨왔다. 어느 날 아침, 그가 습관대로 일찍 일어나 우연히 그 방 안으로 들어서게 되었는데, 거기서 그는 그 청년 장교들이 때마침 지극히 이상한 화장을 하려는 것을 발견하였다. 그들은 한 사발의 물에다 백묵을 갈아넣고는 그 반죽을 그들이 입고 있는 조끼와 바지에다 솔로 바르고 있었다. 이렇게 해서 그들은 자신들의 제복을 가장 빠른 시간 안에 다시 깨끗하고 새하얗게 보이도록 만드는 것이었다. 그런 요령에 경탄하던 우리의 친구는 문득 흰 가루가 묻어 있고 얼룩이 져 있던 훈장의 옷이 머리에 떠올랐다. 빌헬름은 그 일행 중에 남작의 친척이 몇 명 끼여 있다는 사실을 들었다. 그렇게 되자 그 혐의는 더욱더 커졌다.

그 혐의를 보다 더 자세히 추적해 보기 위하여 그는 그 청년 장교들을 간단한 아침 식사에 초대했다. 그들은 매우 활기찼으며 재미있는 이야기를 많이 했다. 특히 그중에서 한동안 신병 모집 업무[14]에 종사했던 장교 하나는 자기 부대장의 꾀많은 모병 활동을 침이 마르도록 찬양했는데, 그 부대장은 가지각색 사람들을 유인해서는 독특한 수법으로 누구나 속일 수 있었다는 것이었다. 그 청년 장교는 좋은 집안에서 세심한 가정교육을 받은 젊은이들이 대우를 잘해 주겠다는 갖가지 감언이설에 어

---

14) 18세기 독일의 군대는 각 영주가 징모했지만, 특히 다른 영지에 가서, 좋은 보수와 대우를 약속하고 신병을 모집해 오는 사례가 많았다. 이 때문에 영주들 간에 자주 분쟁이 생기기도 했다.

떻게 속아넘어가는지를 장황하게 이야기했다. 그러고는, 한 유명하고 용감하고 현명하며 관후한 장교가 자신을 높이 평가해 주어 특별히 선발된 것으로 알고 처음에는 매우 흡족해했던 그런 애송이들을 거리낌없이 비웃는 것이었다.

빌헬름은 이렇게 뜻하지 않은 순간에 자기에게 무서운 심연의 실체를 보여준 자신의 수호신에게 얼마나 감사했는지 모른다. 그는 아무것도 모르는 채 그 심연의 아가리에까지 들어가 있었던 것이다. 이제 빌헬름은 야르노가 바로 다름아닌 그런 신병 모집책이라는 것을 알았으며, 그 낯선 장교가 포옹해 준 의미도 이제 그에게는 쉽게 납득이 갔다. 빌헬름은 이런 사나이들의 성향에 혐오감을 느껴 그 순간부터 제복 입은 사람은 그 누구와도 자리를 함께하는 것을 피했다. 그래서, 부대가 보다 전진 이동한다는 소식을 들었을 때, 그는 매우 잘되었다는 기분이 들었다. 그러나 이와 동시에 그에게는 어쩌면 이제 아름다운 백작부인의 곁에서 영원히 추방되는 것이 아닌가 하는 걱정도 생겼다.

12

그 동안 남작부인은 몇날 며칠을 근심과 충족되지 않는 호기심 때문에 괴로워하면서 보냈다. 왜냐하면 그 모험적 사건이 있은 이래로 백작의 행동이 그녀에게는 전혀 풀 수 없는 수수께끼였기 때문이었다. 그는 지금까지와는 전혀 딴판의 사람이 되었으며, 평소 그렇게 잘하던 농담조차도 이제 그로부터는 한마디도 들을 수 없었다. 주위 사람들이나 하인들에 대한 그의 요구

사항도 현저히 줄어들었다. 현학적인 태도나 전횡적인 성향은 거의 찾아볼 수 없었고, 오히려 조용히 생각에 잠겨 있곤 하였다. 그러나 그는 쾌활한 듯이 보였고 정말 딴사람이 된 것 같았다. 그가 가끔 열게 하는 낭독회에서도 그는 진지한 책들, 자주 종교적인 책들을 선택하곤 했다. 그래서, 남작부인은 그런 외관상의 평온함 뒤에는 어떤 비밀스러운 원한이 숨어 있지나 않을까 하는 걱정 속에서 항상 전전긍긍하고 있었다. 즉, 백작이 그렇게 우연히 발견한 그 불경스러운 장난에 대하여 앙갚음하고자 은밀한 계획을 꾸미고 있지나 않나 하고 걱정했던 것이다. 그 때문에 그녀는 야르노에게 모든 것을 털어놓기로 결심했다. 그리고 그녀로서는, 야르노와는 평소에도 서로 별로 숨기는 것 없이 털어놓는 관계였기 때문에, 사정을 털어놓는 것이 더욱더 쉬웠다. 야르노는 요 얼마 전부터 그녀의 확고부동한 애인이었다. 그렇지만 그들 둘은 현명하게도 자기들을 둘러싸고 있는 말 많은 세상에다 자신들의 애정과 기쁨을 감출 줄 알았다. 그러나 이 새로운 로맨스도 백작부인의 눈만은 속일 수 없었다. 그래서 아마도 지금까지 그 고귀한 백작부인한테 이따금 무언의 비난을 받아오던 남작부인은 그런 비난을 피해 보기 위해서 백작부인도 꼭 같이 연애에 빠지게 하려 했을 것이다.

남작부인이 그녀의 애인에게 그 이야기를 털어놓자마자 그는 껄껄 웃으며 소리쳤다. 「그렇다면 그 노인은 틀림없이 자기 자신의 모습을 본 것으로 믿고 있구먼! 그는 이 환상이 불행을, 아니 어쩌면 죽음까지도 의미하게 될까 봐 두려워하는 거요. 백작이 순해진 것도 바로 그 때문이오. 그건 마치 야만인들이 과거에 아무도 면할 수 없었고 미래에도 아무도 회피할 수 없을 죽음을 생각할 때 순해지는 것과 같지요. 가만히 계시오! 나 역시 백작께서 더 오래 사시기를 희망하는 터이니, 이 기회에 아주 백작님의 성품을 개조하여 적어도 부인과 수하들이 더 이상 큰 힘이 들지 않도록 해봅시다!」

그래서 그들은 적당한 기회가 오자마자 곧, 백작의 면전에서 예감과 환상 따위에 관해서 이야기하기 시작했다. 야르노는 그런 것 따위는 믿지 않는 회의론자인 양 행동했고, 그의 애인도 역시 같은 입장을 취했다. 그들이 계속 이런 입장을 밀고 나가자, 마침내 백작은 야르노를 옆으로 데리고 가서는 야르노의 무신론적 태도를 나무랐다. 그러고는 자기 자신의 예를 들면서 그런 이야기들이 있을 수 있는 가능성 및 현실성에 대하여 야르노를 설득하려는 것이었다. 야르노는 놀라 당혹하는 척, 의심하는 척하다가 마침내는 설득당한 척했다. 그러나 그런 다음 고요한 밤이 되어 애인과 단둘이 있게 되자마자, 허깨비를 보고 나서 이제 갑자기 나쁜 버릇을 고치게 된 그 허약한 속인을 비웃으며 더욱더 즐거워했다. 다만, 백작이 어떤 불행, 아니, 어쩌면 죽음 자체일지도 모르는 불행을 목전에 두고도 그렇게 이성을 잃지 않고 침착할 수 있었던 것만은 그래도 칭찬할 만하다고 말했다.

「그렇지만 그는 이 환상이 불러왔을 가장 자연스러운 결과에 대해서는 아마도 마음의 준비가 없었던 것 같아요!」 남작부인이 평소의 활달한 어조로 외쳤다. 가슴으로부터 걱정거리가 사라지자마자 그녀는 금방 다시금 평소의 그 활달성을 회복할 수 있었다. 야르노는 단단히 보상을 받게 되었다. 그리하여 그들은 백작을 더욱더 온순하게 길들이고 빌헬름에 대한 백작부인의 애정을 더욱더 자극하고 강렬하게 만들기 위한 음모를 꾸몄다.

이런 의도 아래 백작부인에게도 자초지종을 다 이야기했다.

이에 대해 백작부인은 처음에는 언짢은 빛을 보였으나, 그때부터 더 생각에 잠기게 되었으며 조용한 시간이 찾아오면 그녀를 위해 마련되었던 그 장면을 생각해 보고 그 다음 단계를 상상해 보거나 머리 속에 그려보는 것처럼 보였다.

이제 사방에서 한창 진행되고 있는 준비들을 보면 부대들이 곧 전방으로 이동하고 그와 동시에 공작도 그의 본영을 옮길 것이라는 사실에 대해서는 더 이상 의심할 여지가 없었다. 아닌게 아니라, 백작도 동시에 자신의 장원을 떠나 다시금 도시로 돌아갈 것이라는 말이 돌았다. 그러니까 우리의 배우들도 역시 그다지 어렵잖게 자신들의 미래를 점쳐볼 수 있었다. 하지만 단지 대단한 책략가인 멜리나만이 거기에 따른 방책을 강구하고 있었으며, 다른 사람들은 다만 그때그때에 얻을 수 있는 최대한의 즐거움을 낚아채려고만 했다.

그러는 동안에 빌헬름은 자기 나름으로 일에 몰두해 있었는데, 백작부인이 그에게 그의 희곡작품들의 사본을 달라고 청한 것이었다. 그리하여 그는 그 아름다운 부인이 이런 소원을 표시해 준 것 자체를 가장 아름다운 보상이라고 생각했다.

자기의 작품이 활자화된 것을 아직 보지 못한 젊은 작가는 이런 경우에 접하면 자기 작품들을 정결하고 우아하게 베끼는 데에 최대한 주의를 기울이게 된다. 이때가 말하자면 그 작가의 황금기이다. 그는 마치 인쇄기가 아직은 그렇게도 많은 불필요한 글들로써 이 세상을 넘쳐나도록 하지 않고 단지 값진 정신적 산물만이 필사되어 가장 고귀한 사람들만이 그것들을 보존하던 그런 시대로 자기가 되돌아가 있는 것처럼 느끼게 된다. 그렇게 되면, 그는 세심하고 면밀하게 베낀 원고가 역시 어떤 전문가나 후원자에 의해 소장되고 전시될 가치가 있는 값진 정신적 산물이기도 할 것이라는 그릇된 생각에 빠지기도 쉬운 것이다.

이제 곧 떠날 공작에게 경의를 표하기 위해 다시 한번 큰 연회가 개최되었다. 근처로부터 많은 귀부인들이 초청되었으며, 백작부인은 때맞추어 옷을 입었다. 이날 그녀는 평소에 입던 것보다 더 화려한 옷을 입었다. 머리 모양과 높이 말아올린 머리 장식은 보다 세심하게 손질되었으며, 그녀가 갖고 있던 모든 보석으로 몸을 치장했다. 남작부인도 마찬가지로 최선을 다하여 화려하고 취미에 맞는 옷차림을 했다.

필리네는 두 귀부인이 그들의 손님을 기다리면서 무료해하는 것을 알아차리고는 빌헬름을 부르자고 제안했다. 그가 자기의 완성된 원고를 전해 드리고 몇몇 소품들을 낭독해 드리고 싶어 한다는 것이었다. 빌헬름이 왔다. 그는 방 안에 들어서면서, 화장을 통해 더욱더 두드러져 보이는 백작부인의 자태와 우아한 모습에 놀랐다. 그는 부인들의 분부에 따라 낭독하기는 했지만, 듣고 있던 부인들이 관대하지 않았더라면 금방 물러가라는 말이 떨어질 정도로 아주 산만하고 듣기 어려운 낭독이 되고 말았다.

백작부인을 쳐다볼 때마다 그는 마치 자기의 눈앞에 전기로 된 불꽃이 튀는 것만 같았다. 그는 마침내는 낭독중에 어디서 숨을 들이쉬어야 할지를 더 이상 알지 못하게 되었다. 그 아름다운 부인은 지금까지 항상 그의 마음에 들기는 했지만, 지금 이 순간 그는 마치 이와 같이 완전무결한 아름다움은 결코 보지 못한 것같이 생각되었다. 그의 영혼 속에서는 천만 가지 생각들이 서로 교차했지만, 그것은 대강 다음과 같은 내용이었을 것이다.

〈하고 많은 시인들과 소위 다정다감하다는 사람들이 치장과 성장(盛裝)을 거부하면서 모든 신분의 여성들을 다만 자연 그대로의 단순한 옷차림으로만 보기를 요구한다는 것은 정말이지 얼마나 어리석은 생각인가! 추악한, 또는 아름답지 못한 여자가 화려하거나 이상한 옷을 입은 것을 볼 때 우리가 불쾌감을 느끼는 이유는 결코 그 치장 탓이 아니라는 사실은 생각해 보지도 않고서, 그들은 그저 무작정 치장을 욕하고 있는 것이다. 그러나 나는 온 세상의 식자들을 여기에 다 모아놓고 그들에게, 이 치마의 주름들, 이 리본과 레이스, 이 불룩한 소매 장식, 곱슬곱슬하게 땋은 이 머리카락, 그리고 이 휘황찬란하게 빛나는 보석들 중 과연 어떤 것을 떼어내기를 원하는지 어디 한번 물어보고 싶다. 그들은, 만약 그렇게 하면, 지금 여기서 그들의 기분을 아주 흐뭇하고 자연스럽게 해주는 이 유쾌한 인상을 잡치게 될까 봐 걱정하지 않을까? 그렇다, '자연스럽다'고 말해야 할 것이다! 미네르바가 완전무장을 한 채 주피터의 머리에서 튀어나왔을 때도, 완전한 치장을 한 그 여신은 '자연'의 어느 꽃송이로부터 지금 막 살금살금 걸어나온 것같이 보였을 테니까 말이지!〉

그는 마치 이 인상을 자기 마음속에 영원히 새겨두려는 것처럼 낭독중에 자주 그녀를 쳐다보았으며, 평소 같으면 단어 하나, 철자 하나를 혼동해도 마치 낭독 전체에 큰 오점을 남기기라도 한 것처럼 절망했을 텐데도, 몇 번이나 잘못 읽고서도 그 실수 때문에 당혹해하지도 않았다.

마침 손님들이 타고 온 마차가 도착한 듯한 시끄러운 소리가 들리는 듯했기 때문에 낭독이 끝났다. 남작부인이 밖으로 나가고, 백작부인은 아직 열린 채로 있던 그녀의 서랍을 닫으려다가 반지 상자 하나를 집어들고는 반지를 몇 개 더 손가락에 끼었다. 「우린 곧 헤어지게 됩니다」 그녀는 시선을 그 상자 위에 다 고정시킨 채 말했다. 「당신이 잘되는 것을 간절히 염원하는 한 진실한 친구가 드리는 기념품이니 받아주세요」 이렇게 말하고 나서 그녀는 반지 하나를 꺼내었다. 그것은 머리카락으로 아름답게 짠 방패 하나가 수정 아래로 들여다보이고 보석들이 박혀 있는 반지였다. 그녀는 그것을 빌헬름에게 건네주었다. 그는 그것을 받으면서도 무슨 말을 해야 할지, 어떤 행동을 취해야 할지를 알지 못하고서 마치 마룻바닥에 붙박인 듯이 거기 그렇게 서 있을 따름이었다. 백작부인은 서랍을 닫고는 그녀의 소파 위에 앉았다.

「그러면 저는 빈손으로 나가란 말씀이시네요」 하고 말하면서 필리네가 백작부인의 오른쪽에 무릎을 꿇고 앉았다. 「아이 이분 좀 봐! 맞지 않는 때에는 그렇게도 많은 말을 하시는 분이 지금은 그 시시한 감사의 말 한마디조차도 더듬거려 내지 못하시다니! 여보세요, 정신 차려요! 하다 못해 몸짓만으로라도 감사의 뜻은 표해야지요. 오늘은 친히 아무 착상도 못 내겠으면, 제 흉내라도 내도록 하세요!」

필리네는 백작부인의 오른손을 잡고는 열렬히 입을 맞추었다. 빌헬름은 갑자기 두 무릎을 꿇고 앉았다. 그러고는 부인의 왼손을 잡아서는 그것을 자신의 입술에 갖다대었다. 백작부인은 당황한 것 같았으나 싫은 기색은 아니었다.

「아!」 하고 필리네가 외쳤다. 「지금까지 패물을 많이도 보아 왔지만, 그것을 몸에 지닐 만한 부인은 이번에 처음 뵈어요. 이 팔찌들도 훌륭하지만, 이 손을 좀 봐야지요! 이 멋진 목걸이! 그러나 이 아름다운 앞가슴이 있어야 제격이지요!」

「가만히 좀 있어요, 이 알랑거리는 아가씨!」 하고 백작부인이 속삭였다.

「이건 백작님의 모습인가요?」 하고 필리네는 백작부인이 값진 금줄에 매달아 왼쪽 옆구리에 차고 있는 호화로운 메달을 가리키면서 물었다.

「신랑일 때의 모습을 그린 것이지」 백작부인이 대답했다.

「그 당시에는 이렇게 젊으셨던가요?」 필리네가 물었다. 「제가 알기로는 부인께서 결혼하신 지가 이제 겨우 몇 년밖에 안 되는데요?」

「이 젊음은 화가가 그렇게 그린 것이야」 백작부인이 대답했다.

「참 미남이네요」 필리네가 말했다. 「하지만 이 비밀의 상자 안으로」 하고 필리네는 한 손을 백작부인의 젖가슴 위에 갖다놓으면서 계속해서 말했다. 「다른 초상화가 살짝 비집고 들어간 적은 한번도 없을까요?」

「필리네, 너무 대담한 말을 하는군!」 부인이 외쳤다. 「너무 응석을 들어줬더니! 그런 말은 두번 다시는 내 귀에 들리지 않도록 해요!」

「화를 내시면, 저는 슬픕니다」 하고 외친 필리네는 벌떡 일어나더니 서둘러 문 바깥으로 나가버렸다.

빌헬름은 그 이루 말할 수 없이 아름다운 손을 아직도 자신의 두 손 안에 잡고 있었다. 그는 시선을 딴데로 돌리지 못하고 팔찌에 고정시키고 있었는데, 그 팔찌가 반짝이는 필체로 자기 이름의 첫 글자들을 보여주는 것을 보고는 크게 놀랐다.

「이 귀한 반지 속에 넣어주신 것이 정말 부인의 머리카락인가요?」 하고 그는 겸손하게 물었다.

「그렇답니다」 그녀는 잘 나오지 않는 듯한 목소리로 간신히 대답했다. 이윽고 그녀는 마음을 가다듬고는 그의 손을 꼭 쥐어

주면서 말했다. 「일어서세요! 그리고 안녕히 계세요!」

「참으로 이상하기 짝이 없는 우연이겠습니다만」 하고 그가 외쳤다. 「여기에 제 이름자가 적혀 있군요!」 그는 그 팔찌를 가리켰다.

「네?」 하고 백작부인이 물었다. 「아, 이건 한 여자 친구 이름의 첫 글자들입니다!」

「그것은 제 이름의 첫 글자들입니다. 저를 잊지 말아주십시오. 부인의 모습은 제 마음속에 지워질 수 없도록 깊이 새겨져 있습니다. 안녕히 계십시오. 물러가겠습니다!」

그는 그녀의 손에 입맞추고는 일어서려고 하였다. 그러나 마치 우리가 꿈속에서 진기하기 짝이 없는 일에서부터 진기하기 짝이 없는 일이 전개되어 깜짝 놀라듯이, 그렇게 그는 어떻게 해서 그런 일이 일어나게 되었는지도 알 수 없는 가운데에 그의 두 팔에 백작부인을 안고 있었던 것이다. 그녀의 입술이 그의 입술 위에 포개져 있었으며, 그리하여 서로 주고받게 된 그들의 뜨거운 키스는 우리가 막 부어놓은 사랑의 술잔으로부터 처음으로 부글부글 끓어오르는 거품을 핥아 마실 때에만 맛볼 수 있는 그러한 황홀한 기쁨을 그 두 사람에게 허락해 주었다.

부인은 머리를 그의 어깨 위에 올려놓고 있었으며, 곱슬곱슬하게 땋은 머리카락과 리본들이 눌리고 구겨지는 것도 개의치 않았다. 그녀는 한 팔로 그의 몸을 휘감아 안고 있었다. 그리고, 그는 그녀를 열렬히 껴안았으며 그녀를 그의 품안에다 자꾸만 끌어당기는 것이었다. 아, 이런 순간이 영원히 지속될 수 없다니! 그리고 우리 두 연인한테도 이 짧은 기쁨의 순간들을 어김없이 중단시키고야 마는 질투심 많은 운명이여, 저주를 받을지어다!

백작부인이 갑자기 신음 소리를 내며 그로부터 몸을 떼고는 자기 가슴으로 손을 가져갔을 때, 빌헬름은 얼마나 놀랐던지! 그는 아연실색하여 달콤한 꿈에서 화들짝 깨어났다.

그는 아직도 어리둥절해하며 그녀의 앞에 멀거니 서 있었다. 그녀는 다른 한 손으로 두 눈을 가리고는 한동안 잠자코 있은 뒤에 소리쳤다. 「여기를 떠나주세요, 어서 나가세요!」

그는 아직도 여전히 서 있었다.

「저를 그냥 내버려두세요!」 그녀가 외쳤다. 그러고는 눈을 가렸던 손을 내리고 이루 형언할 수 없는 눈빛으로 그를 바라보면서 아주 다정한 목소리로 덧붙여 말했다. 「저를 사랑하신다면 저를 떠나주세요!」

빌헬름은 방을 나왔다. 그는 자기가 어디에 있는지도 미처 모르는 사이에 다시 자기 방에 와 있었다.

불행한 두 사람! 그 무슨 이상한 우연, 혹은 운명의 경고로 말미암아 이 두 사람은 서로 헤어지게 되었던가!

제4권

1

라에르테스가 생각에 잠겨 창가에 서 있었다. 그는 한쪽 팔에 몸을 의지하고서 들판을 내다보고 있었다. 필리네가 큰 홀을 지나 살금살금 다가와서는 그 친구에게 몸을 기대었다. 그러고는 그가 그렇게 진지한 태도로 바깥을 관찰하고 있는 것을 놀려댔다.

「제발 그렇게 웃지 말아요」 그가 대꾸했다. 「시간이 흘러가고 모든 것이 변해서 마침내는 종말을 고한다는 것은 끔찍한 노릇입니다. 저길 좀 보시오! 조금 전까지만 해도 저기에 근사한 병영이 있었지요. 야전 천막들이 늘어선 광경이 정말 즐거워 보였지요. 그리고 그 안에서도 매우 활기찬 생활이 진행되고 있었고요. 그리고 이 전 지역이 아주 삼엄하게 경비되고 있었어요. 그런데 이제 모든 것이 갑자기 사라진 것입니다. 짓밟힌 지푸라기와 솥을 걸었던 아궁이 구멍들만이 아직 얼마 동안 그 흔적을 나타내고 있겠지요. 그러고 나서 곧 모든 것이 쟁기로 갈아엎어지고 수천 명의 건장한 장병들이 이 지역에 기거하고 있었다는 사실은 그저 몇몇 노인들의 머릿속에서만 아슴푸레하게 남아 있게 될 것입니다」

필리네는 노래를 부르기 시작했다. 그러고는 춤을 추자면서 친구를 큰 홀로 끌고 갔다. 「세월이 흘러간다고 해서 우리가 그 세월을 따라잡을 수야 있나요?」 하고 필리네가 소리쳐 말했다. 「그러니, 세월이 우리 곁을 지나쳐가면 그것을 적어도 한 아름다운 여신으로서 즐겁고 기분좋게 모시도록 하자구요!」

그들이 불과 몇 바퀴 휘돌고 났을 때 멜리나 부인이 큰 홀을 지나갔다. 필리네는 심술궂게도 그녀에게도 춤을 추자고 권했는데, 그렇게 함으로써 필리네는 그녀에게 임신으로 말미암은 보기 흉한 그녀의 몸매를 상기시켜 주려는 것이었다.

「임신한 여자는 제발 더 이상 보지 않았으면 좋겠어요!」 하고 필리네는 멜리나 부인의 뒷모습을 바라보면서 말했다.

「하지만 멜리나 부인은 아기를 갖고 싶어합니다」 라에르테스가 말했다.

「그러나 옷차림이 아주 추해요. 품이 맞지 않게 돼버린 치마의 앞쪽 주름을 눈여겨보셨나요? 그녀가 움직일 때마다 늘 그게 앞으로 쑤욱 비어져 나오잖아요? 저 여잔 자기 모습을 조금이라도 훑어보고 임신 상태를 숨기고자 하는 예의나 재치라고는 전혀 없단 말이에요」

「내버려둬요」 하고 라에르테스가 말했다. 「시간이 가면 다 해결될 테니까요」

「나뭇가지를 뒤흔들어 아기들을 딸 수 있다면 정말 근사할 거예요」 하고 필리네가 말했다.

남작이 들어왔다. 그는, 아침 일찍 떠난 백작과 백작부인을 대신해서 그들에게 친절한 인사말을 전하면서 약간의 선물을 했다. 그러고 난 다음 그는 빌헬름에게로 갔다. 빌헬름은 옆방에서 미뇽과 이야기하고 있었다. 그 아이는 매우 친절하고 곰살맞게 굴면서 빌헬름의 양친과 남매들, 그리고 친척들에 관해서 물어보았다. 그럼으로써 그녀는 가족들한테 소식을 전해야 할 의무를 그에게 상기시켜 주었다.

남작은 백작 부부의 작별인사를 전했다. 아울러, 백작이 빌헬름에 대해서, 그의 연기와 문학작품들에 대해서, 그리고 연극을 위한 그의 여러 가지 노고에 대해서 매우 만족스러워했다고 거듭 확언했다. 그런 다음에 그는 백작이 그렇게 생각한 증거라면서 주머니 하나를 꺼냈다. 새 금화의 반짝이는 빛이 그 주머니의 아름다운 천을 통해서 비쳐 보이고 있었다. 빌헬름은 뒤로 물러나면서 그것을 받는 것을 사양하였다.

「이 선물을 당신이 투자하신 시간에 대한 보상으로, 당신의 수고에 대한 성의 표시로 간주해 주시오. 당신의 재능에 대한 보수로 드리는 것이 결코 아닙니다」 남작이 말을 계속했다. 「재능이 우리에게 명성과 다른 사람들의 애정을 얻어준다면, 그와 동시에 우리가 근면과 노력을 통해 돈을 버는 것 또한 당연한 노릇입니다. 우리 인간이 결코 완전한 정신적 존재가 아닌 이상, 우리의 여러 가지 욕망을 충족시키기 위해서는 그래도 돈이 필요하니까 말씀입니다. 만약 우리가 무엇이든 구입할 수 있는 도시에 있다면, 이 적은 돈으로 시계나 반지, 또는 그 밖의 다른 물건을 마련했을 것입니다. 그러나 형편상 이 요술지팡이를 당신의 손에 직접 건네드리는 것입니다. 그러니, 이 돈으로 가장 당신의 마음에 들고 가장 쓸모있는 물건 하나를 구입하십시오. 그리고 그것을 우리와 만난 기념으로 간직해 주시지요.

물론 그때 이 주머니도 부디 버리지 마시구요. 부인들께서 이걸 손수 만드셨는데, 그릇을 잘 치장해서 그 내용물을 흔쾌히 받으실 수 있도록 하려는 것이 그분들의 뜻이었답니다」

「이 선물을 받아야 좋을지 제가 난처해하고 회의에 빠지는 심경을 용서하십시오」하고 빌헬름이 대답했다. 「말하자면 이 선물은 얼마 되지 않는 제 노력을 완전히 무(無)로 만들고 즐거운 회상을 할 수 있는 여지마저 없애버리는 것입니다. 돈은 무슨 일인가를 처리해 버리는 데에 좋은 수단입니다. 그런데, 저는 귀댁의 기억에서 제가 그런 식으로 완전히 처리되어 버리는 것을 원치 않습니다」

「결코 그런 식으로 생각한 것이 아닙니다!」하고 남작이 대답했다. 「당신 자신도 그렇게 다정한 우의를 느끼고 계시면서 설마 백작님더러는 당신에게 아주 일방적으로 큰 빚을 졌다는 기분을 느끼도록 요구하시진 않겠지요? 그분이야말로 남에게 세심한 배려를 하고 공정하게 행동하는 것을 아주 큰 명예로 여기는 분이랍니다. 백작님은 당신이 얼마나 수고하셨는지, 그리고 자기의 뜻을 따르기 위해 당신이 얼마나 많은 시간을 바쳐 헌신하셨는지를 알아차리지 못하셨던 것이 아니었습니다. 심지어는, 특정 무대시설을 빨리 갖추기 위해 당신 자신의 돈까지 아끼지 않으신 것도 알고 계십니다. 감사의 표시에 당신이 기뻐하시더라는 확실한 말을 전할 수 없을 바에야 제가 무슨 낯으로 다시 그분 앞에 나타날 수 있겠습니까?」

「제가 저 자신만을 생각하고 단지 저 자신의 감정만을 따라 행동할 수 있다면, 저는 온갖 그럴듯한 이유에도 불구하고, 이 선물이 아무리 아름답고 명예로운 것이라 할지라도, 이것을 받는 것을 완강히 거절할 것입니다」하고 빌헬름이 대답했다. 「그러나 이 선물이 저를 난처하게 만드는 그 순간, 이것이 또한, 제가 지금까지 제 가족들에 대해 처해 있는 난처한 상황에서 저를 구출해 줄 수도 있다는 점을 부정할 수 없군요. 그 난처한 상황 때문에 저는 혼자 남모르는 걱정이 많았습니다. 가족에게 결산 보고를 해야 할 경우, 저는 돈과 시간을 모두 잘 관리해 오지 못했거든요. 이제 저는 이상한 외도를 하다가 얻게 된 행복에 대해서 제 가족들에게——백작님의 후의 덕분으로——안심하고 소식을 전할 수 있게 되었습니다. 저는 마치 부드러운 양심과도 같이 이런 때에 우리에게 경고를 주곤 하는 이 섬세한 감정 상의 문제를 희생하여 보다 높은 의무의 명령에 따르도록 하겠습니다. 말하자면 저는 제 아버님의 눈앞에 자신있게 나설 수 있기 위해 지금 당신의 눈앞에 이렇게 부끄럽게 서 있는 것입니다」

「사람들은 그들의 친구나 후원자한테서 다른 선물이라면 고마워하고 기뻐하며 받을 텐데도, 유독 돈을 받는 데에는 묘한 우려를 금치 못하니, 참으로 이상한 노릇이지요」 하고 남작이 대답했다.「인간의 본성은 이렇게 의심하고 주저하는 마음을 기꺼이 만들어내어 그것을 세심하게 키우는 데에 보다 많은 닮은 점을 지니고 있는 것 같군요」

「온갖 명예 문제에도 꼭 같이 지니고 있는 본성이 아닐까요?」 빌헬름이 물었다.

「아, 그렇지요」 남작이 대답했다.「그리고 다른 편견들에 관해서도 아마 비슷한 본성을 지니고 있을 겁니다. 우리는 이런 잡초들도 뽑아버리지 않고 그냥 둡니다. 귀한 작물까지도 동시에 뽑는 어리석음을 범할지도 모르기 때문이지요. 그러나 저는, 자기가 무슨 일에 초연할 수 있고, 또 무슨 일에 초연해야 한다는 것을 지각할 수 있는 각 개인들을 보면 항상 기쁩니다. 저는 늘 유쾌한 마음으로 저 재치있는 시인의 일화를 생각하곤 합니다. 그 시인은 어떤 궁정극장을 위해 몇몇 작품을 썼는데, 그것들이 군주의 큰 찬사를 얻었습니다. 〈내 그에게 큰 보상을 주어야겠다〉 하고 그 관후한 군주가 말했다지요. 〈그가 그 어떤 보석을 주면 흡족해할 것인지, 혹은, 돈을 받는 것을 부끄러워하지나 않을지 알아보도록 하라.〉 이에, 그 시인이 그 특유의 농담조로 사신에게 이렇게 대답했답니다. 〈성은(聖恩)에 크게 감사드릴 따름이옵니다. 황제 폐하께서도 매일 우리한테서 돈을 거두고 계시는 터에, 제가 전하로부터 돈을 받는 것을 왜 부끄러워해야 할지 그 이유를 알지 못하겠나이다.〉」

남작이 방을 나가자마자, 빌헬름은 아주 뜻밖에 그리고 그의 생각으로는 아주 과분하게 그의 수중에 들어온 그 현금을 열심히 세어보았다. 반짝이는 아름다운 금화들이 그 예쁘장한 주머니로부터 쏟아져나와 구르자, 그는 마치 우리가 만년에야 비로소 실감하게 되는 그런 황금의 중대한 가치를 처음으로 어렴풋이 실감할 수 있을 것 같았다. 그는 계산을 해보았다. 그랬더니 그는, 멜리나가 전에 빌려간 돈을 즉각 다시 갚겠다고 약속했던 때문이기도 했지만, 필리네가 그에게 처음으로 꽃다발을 달라고 전갈을 해오던 그날만큼의, 아니, 그 이상의 현금을 보유하게 된 것을 알았다. 그는 남모르는 만족감을 지니고서 자신의 재능이 이루어놓은 결과를 바라보았으며, 얼마간의 자긍심을 지니고서 지금까지 그의 길을 인도하고 동반해 왔던 행운을 바라보았다. 이제 그는 자신감을 갖고 펜을 집어들었다. 그러고는, 가족을 갑자기 온갖 근심걱정으로부터 해방시켜 주고 자신의 지금까지의 행동을 근사하게 해명해 줄 편지 한 통을 쓰기 시작했다. 그는 실제적인 이야기는 피하면서, 의미심장하고 신비적인 표현을 나열함으로써 자기가 겪었을 법한 일을 그저 미루어 짐작할 수 있도록만 썼다. 자신의 양호한 현금 사정, 자신의 재능으로 번 수입, 귀족들의 호의, 귀부인들의 애호, 넓은 세계에서 사귄 친구들, 자신의 육체적 정신적 소질의 수련, 장래를 위한 희망 등 여러 가지 내용들이 아주 근사하게 서로 잘 어울리는 상상화를 이루었기 때문에 신기루의 요정(妖精)조차도 이보다 더 교묘한 그림을 보여줄 수는 없을 지경이었다.

이 행복한 흥분 상태 속에서 그는 편지를 다 쓴 뒤에도 오랫동안 독백을 계속하면서 편지 내용을 되씹어보고, 또 활동적이고도 가치있는 자기의 미래상을 그려보았다. 지금까지 그렇게도 많은 귀족 전사(戰士)들의 모범적 언행이 그를 자극했고, 셰익스피어 문학이 그에게 새로운 세계를 열어주었으며, 그리고 아름다운 백작부인의 입술로부터 그는 무어라 형언할 수 없는 불꽃을 자기 가슴속에 빨아들였던 것이다. 이 모든 것들이 아무 작용도 하지 않고 그냥 그대로 있을 리가 없었고, 또 그냥 그대로 있어서도 안 될 일이었다.

마방 관리인이 와서 모두들 짐을 다 꾸렸는지 물었다. 유감스럽게도 멜리나 이외에는 아직 아무도 그런 생각조차 해보지 않은 상태였다. 이제 급히 출발해야 한다는 것이었다. 백작님께서 전 단원을 며칠 동안만이라도 마차로 모셔드리도록 해주겠다고 약속하셨고, 그 약속에 따라 말들이 지금 준비되었는데, 이 말들은 오래지 않아 곧 다른 일에 계속 사용돼야 한다는 것이었다. 빌헬름은 자기의 트렁크가 어디 있는지 물었다. 그랬더니, 멜리나 부인이 이미 그 트렁크에다 그의 짐을 꾸려놓았다는 것이었다. 그가 빌려준 돈을 달라고 하니, 멜리나 씨가 이미 그 트렁크의 맨 밑바닥에 아주 조심해서 돈을 넣어두었다고 대답했다. 「내 트렁크에 아직 좀더 넣을 수 있어요」 하고 필리네가 말하면서, 빌헬름의 옷들을 집어들었다. 그러고는 미뇽을 시켜 나머지 옷들을 갖고 따라오도록 하는 것이었다. 빌헬름은 싫은 기분이 없지 않았지만 그냥 잠자코 내버려두지 않을 수 없었다.

짐을 마차에 싣고 갖가지 떠날 채비를 하면서 멜리나가 말했다. 「나는 우리가 마치 줄타기 광대들이나 행상들 같은 행색을 하고 여행하는 것이 불쾌합니다. 미뇽이 여자 옷을 입고 하프 타는 노인도 당장 그 수염을 깎았으면 좋겠는데요」 이 말에 미뇽이 빌헬름에게 찰싹 달라붙으며 아주 단호하게 말했다. 「저는 사내아이예요. 여자애가 되고 싶지 않아요!」 노인은 잠자코 있었는데, 필리네가 그 기회를 이용하여 그들의 후원자였던 백작의 독특한 성품에 대하여 몇 가지 재미있는 주석을 붙였다. 「만약 하프 타는 할아버지가 수염을 자르면 할아버지는 그 수염을 허리띠에 조심스럽게 꿰매어 간직해 두셔야 할 거예요. 그랬다가 이 세상 어디선가 백작을 만나는 즉시 다시 턱 밑에 달 수 있도록 말이에요. 백작님이 할아버지를 좋아하신 것은 순전히 그 수염 때문이었으니까요」

사람들이 필리네를 조르면서 그 이상한 이야기에 대한 설명을 해달라고 청하자 그녀는 다음과 같은 말을 들려주었다. 「백작은 배우가 일상생활중에도 역시 자기 배역을 계속 연기하면서 자기의 성격을 그대로 유지한다면, 그것이 극장에서의 환상에 매우 큰 기여를 한다고 생각하고 계세요. 그분이 훈장님을 총애하신 것도 그 때문이지요. 백작님은 하프 타는 할아버지가 가짜 수염을 저녁마다 무대 위에서만 다는 것이 아니라 낮에도 항상 달고 다니시는 것을 아주 잘하는 일이라고 생각하셨어요. 백작님은 가면이 자연스럽게 보인다고 크게 기뻐하셨던 것이지요」

다른 사람들이 백작의 그 오해에 대해서, 그리고 그의 이상한 견해에 대해서 비웃는 말을 하고 있었을 때, 하프 타는 노인이 빌헬름을 옆으로 데리고 갔다. 그는 빌헬름에게 작별을 고했다. 그러고는 눈물을 흘리면서 자기를 지금 즉시 떠나게 해달라고 청했다. 빌헬름은 그를 달래면서, 누가 뭐라고 하든 자기는 그를 보호해 줄 것이라고 다짐을 주고, 아무도 그의 머리카락 한 올 건드리지 못하게 하겠다, 하물며 그의 뜻을 물어보지도 않고 수염을 깎는 일은 없을 것이라고 확언을 하였다.

노인은 매우 감동해 있었으며, 그의 두 눈에는 이상한 불꽃 같은 것이 빛나고 있었다. 「이 일 때문에 떠나려는 것이 아닙니다」 하고 그가 외쳤다. 「이미 오랫동안 저는 당신 주위에 머물러 있는 저 자신을 남모르게 책망해 왔습니다. 저는 어느 곳에서도 오래 머물러 있으면 안 됩니다. 왜냐하면 불행이 저를 급히 쫓아와서 저와 어울리는 사람들에게도 재앙을 입히기 때문입니다. 만약 저를 떠나 보내지 않으시면 무슨 재앙을 입으실지 모릅니다. 하지만 저에게 이유를 묻지 마십시오. 이 몸은 저의 것이 아니고, 저는 한 곳에 머무를 수 없습니다」

「그럼 당신은 누구의 것이란 말씀입니까? 누가 할아버지한테 그런 막강한 권력을 행사하고 있습니까?」

「선생님, 저의 몸서리치는 비밀은 그냥 제게 맡겨주십시오. 그리고 저를 놓아주십시오! 저를 추적하는 복수는 현세적 재판관의 것이 아닙니다. 저는 가차없는 운명의 손아귀에 들어 있습니다. 저는 머무를 수 없고 머물러서도 안 됩니다!」

「지금 제가 보고 있는 할아버지의 상태로는 결코 떠나보내드릴 수가 없습니다」

「제가 이렇게 머뭇거리다가는 은인이신 당신에게 용서받지 못할 큰 배반이 됩니다. 당신 곁에 있으면 저는 안전하지만, 당신이 위험합니다. 당신은 누구를 곁에 데리고 있는지 모르고 계십니다. 저는 죄많은 인간, 아니, 그보다도 더 불행한 인간입니다. 제가 있으면 행복도 겁이 나서 달아나고, 제가 같이 나서면 선한 행위도 무력해져 버립니다. 제 액운의 신은 아주 천천히 저를 추적하다가 제가 머리를 베개 위에 얹고 쉬려고 할 때에만 자신의 존재를 나타낸답니다. 이 액운의 신에게 붙잡히지 않으려면, 저는 잠깐 머물렀다간 또다시 정처없이 떠나야 합니다. 당신을 떠나는 것이 당신에게 가장 깊은 감사를 드리는 길이지요」

「이상한 할아버지! 당신이 행복하기를 바라는 제 희망도, 당신에 대한 저의 신뢰도 다 받아줄 수 없단 말씀이오? 저는 당신의 그 미신적인 비밀을 캐고 들고 싶지는 않습니다. 그러나, 당신이 그렇게 이상한 운명의 얽힘과 조짐들을 예감하며 살고 계시는 모양이니, 당신을 위로하고 격려해 드리기 위해 저는 이렇게 말씀드리고 싶습니다. 저의 행복과 어울리도록 하십시오. 그리고, 어느 신이 더 센지, 당신의 그 검은 신인지, 혹은 저의 흰 수호신인지, 우리 어디 한번 두고 보십시다!」

빌헬름은 이 기회를 이용하여 그에게 여러 가지 위로의 말을 해주었다. 왜냐하면 빌헬름은 벌써 꽤 오래전부터 그 이상한 노인이 우연히, 또는 숙명적으로 큰 죄를 저지르고 이제 그 죄에 대한 괴로운 기억을 자신의 몸과 더불어 항상 질질 끌고 다니는 사람이라는 것을 눈치채고 있었기 때문이었다. 불과 며칠 전에도 빌헬름은 그의 노래에 귀를 기울이다가 다음 몇 행은 똑똑히 알아들었던 것이다.

그의 눈에는 아침 햇빛도
깨끗한 지평선을 화염으로 불태우는 듯 보이고,
죄많은 그의 머리 위에서는
온 세상의 아름다운 모습도 산산이 부서지누나.

이제 노인이 무슨 말을 하든 간에, 빌헬름은 항상 더 강력한 논거를 대면서 모든 것을 최선의 방향으로 바꾸고 변경시킬 수 있었으며, 아주 성실하고 다정하게 위로의 말을 해줄 수 있었다. 그래서 노인 자신이 다시 활기를 얻는 것같이 보였으며, 떠나겠다고 변덕을 부리는 것은 단념하는 듯했다.

2

멜리나는 그의 극단을 데리고 어느 자그마한, 그러나 부유한 도시에서 자리를 잡았으면 하는 희망을 지니고 있었다. 백작의 말들이 그들을 어느 마을까지 실어다 주었는데, 그들은 현재 그 마을에 머물면서, 계속해서 여행을 하기 위한 다른 마차들과 말들을 구해 보고 있는 중이었다. 멜리나가 수송 책임을 맡았는데, 그는 평소 그의 버릇대로 매우 인색하게 굴었다. 이에 반하여 빌헬름은 주머니에 백작부인이 준 아름다운 금화들을 두둑히 지니고 있었으며, 그것을 재미있게 쓰는 일이야말로 자신의 크나큰 권리라고 생각했다. 그는 가족들에게 보낸 그 당당한 결산 보고에서 이미 그 금액을 의기양양하게 수입란에 기입했던 사실을 까마득히 잊은 것이었다.

그는 아주 기쁜 심정으로 셰익스피어 또한 자기의 대부(代父)라고 생각했으며, 셰익스피어 역시 윌리엄이라는 이름이었기 때문에 자기 이름이 빌헬름인 것이 더욱더 마음에 들었다. 이렇게 그의 대부이자 친구가 된 셰익스피어를 통하여 그는 한 왕자를 알게 되었다. 그 왕자는 비천한, 아니, 불량하다고까지 할 수 있는 패거리들 사이에 한동안 머물면서, 그의 타고난 고귀한 천성에도 불구하고, 아주 관능적인 그 대학생들의 조야하고 버릇없는 어리석은 행동들을 보고 즐거워하는 것이다.[1] 빌헬름은 자신의 현재 상태와 비교해 볼 수 있었기 때문에 이 왕자를 아주 고마운 본보기로 삼았다. 그리고, 거의 억제할 수 없이 자꾸 행하게 되는 자기 기만도 그에게는 이런 모범적인 본보기가 있기 때문에 아주 용이해지는 것이었다.

그는 이제 자기의 옷차림에 대해서 생각해 보기 시작했다. 그는 필요할 경우에 짤막한 외투를 하나 더 걸쳐 입을 수도 있는 작은 조끼가 여행자에게는 매우 적합한 복장이라고 여겼다. 뜨개질로 짠 긴 바지와 한 켤레의 편상화(編上靴) 또한 도보 여행자의 진정한 복장으로 생각되었다. 그리고 그는 아름다운 비단 장식띠를 하나 구입하여, 처음에는 몸을 따뜻하게 한다는 구실로 허리에 둘러매었다. 그 대신 그는 목을 답답하게 감고 있던 구식 넥타이를 벗어 던져버리고 길다란 모슬린 띠 몇 개를 와이셔츠에 매달도록 했는데, 이것들의 폭이 원래 생각했던 것보다 약간 넓어져서 완전히 고대 복식의 옷깃 같은 모양이 되어

1) 「헨리 4세」에 나오는 왕자 해리 Harry.

버렸다. 마리아네의 기념품으로 유일하게 남은 그 아름다운 비단 스카프는 예의 주름진 모슬린 띠들 밑으로 단지 느슨하게 휘감겨 있었다. 울긋불긋한 리본들과 큰 깃털 하나를 단 둥근 모자가 가장무도회 복장을 연상시키는 이 분장을 완결짓고 있었다.

여자들은 그 옷차림이 그에게 정말 잘 어울린다고 야단들이었다. 필리네는 그 모습에 완전히 매혹당한 듯한 태도를 취했다. 그러고는, 빌헬름이 그 자연스러운 본보기 인물에 더욱더 접근하기 위하여 그 아름다운 머리카락을 가차없이 자르자, 그 머리카락을 자기에게 달라고 청했다. 이렇게 함으로써 그녀는 기어이 그의 호감을 사게 되었다. 그리고, 후하게 돈을 씀으로써 마치 해리 왕자와 같은 투로 다른 사람들을 대할 수 있는 권리를 확보해 온 우리의 친구도 얼마 가지 않아 곧 자신이 직접 나서서 몇 가지 굉장한 장난을 계획하고 그것들을 부추길 기분이 생겼다. 그래서 모두들 펜싱을 하고 춤을 추는가 하면 그 밖에도 온갖 놀이들을 고안해 내었다. 그리고 다들 즐거운 기분에서 마침 눈에 띄는 그저그런 포도주를 굉장히 많이 퍼마시곤 하였다. 생활방식이 이렇게 무질서한 가운데 필리네는 우리의 수줍은 친구를 잔뜩 노리고 있었다. 그의 수호신이 부디 그를 잘 돌보아주기를 바랄 뿐이다.

일행이 특히 즐거워하고 선호했던 오락은 지금까지 그들의 후원자요 은인이었던 백작의 흉내를 내고 그를 헐뜯는 즉흥극이었다. 그들 중 몇 사람은 여러 귀하신 분들의 독특한 거동들을 곰곰이 잘 보아 두었다가 그 흉내를 아주 그대로 내는 통에 사람들로부터 큰 갈채를 받았다. 그리고 필리네가 자기 체험들의 비밀 보고(寶庫)로부터, 자기가 듣게 된 몇몇 특별한 사랑의 고백들을 꺼내어 연기를 해보이자, 사람들은 하도 우습고 고소해서 어쩔 줄을 몰라하는 것이었다.

빌헬름은 감사할 줄 모르는 그녀의 언행을 나무랐다. 하지만 모두들 그의 말에 반대하면서, 그녀는 거기서 받은 은혜를 충분히 갚았다, 자기들처럼 큰 공로를 세운 사람들에 대한 그들 귀족들의 태도 자체가 별로 좋지 못했다는 의견들이었다. 이제 그들은 자기들이 얼마나 소홀한 대접을 받았고 얼마나 무시당했던가 하고 불평을 늘어놓기 시작했다. 조롱하고 헐뜯고 흉내내는 짓이 다시 시작되었다. 그리하여 그것이 점점 더 심해지고 부당하게 되어갔다.

그러자 빌헬름이 말했다. 「여러분의 말씀에서 질투나 이기심이 엿보이는 일이 없기를 바랍니다. 그분들과 그분들의 처지를 올바른 관점에서 관찰해 주셨으면 합니다. 이미 출생과 더불어 자기가 인간사회의 높은 지위에 올라 있는 것을 발견하게 된다는 것은 독특한 일입니다. 물려받은 재산을 통해, 살아가는 데에 어려움이 전혀 없는 입지를 확보한 사람, 즉 인류에 부속된 것들, 말하자면, 인생살이의 부차적인 것들이라고나 할 수 있을 그런 모든 것들을 어릴 적부터 자기 주위에 얼마든지 갖고 자라난 사람은 대개 이런 재화들을 최고 최상의 것으로 간주하는 습성을 갖게 됩니다. 그리하여, 자연으로부터 선사받은 인간의 아름다운 본성의 가치가 이런 사람에게는 그다지 분명하게 인식되지 못하지요. 그래서 귀족들이 그들보다 못한 사람들을 대하는, 또 그들 서로에게 대하는 태도는 외적인 장점을 척도로 삼게 되는 것이지요. 즉, 그들은 누구에게나 그가 가지고 있는 칭호, 계급, 복장, 마차를 존중해 주지만, 유독 그 사람의 공로만은 인정하지 않으려고 하는 것입니다」

일행은 이 말에 대해서는 굉장한 찬의를 표했다. 공로가 많은 사람이 항상 뒷전에 머물러 있어야 하고, 상류사회에서는 자연스럽고 정에 넘치는 교제라곤 그 흔적조차 찾아보기 힘들다는 사실은 도대체가 말도 안 된다는 것이었다. 특히 상류사회의 교제 문제에 관해서는 논란이 분분하여 나중에는 주제가 뭔지도 모를 지경이 되었다.

「그렇다고 해서 그들을 욕하지들 마십시오!」 하고 빌헬름이 외쳤다. 「오히려 안됐다고 생각하십시오! 우리가 최고라고 생각하는 행복, 즉 자연의 내적 풍요로움으로부터 넘쳐흐르는 그 행복으로부터 그들이 어떤 고양된 감정을 느끼는 경우란 거의 없으니까요. 거의 아무것도, 혹은 전혀 아무것도 소유하고 있지 않은 우리 가난한 사람들에게만 우정의 행복을 듬뿍 맛볼 수 있는 특전이 주어져 있는 것입니다. 우리는 우리가 사랑하는 사람들을 은총으로써 고양시킬 수도 없고 호의로써 후원할 수도 없으며 잊지 않고 기억해 줌으로써 행복하게 해줄 수 없습니다. 우리는 우리 자신밖에는 아무것도 갖고 있지 못합니다. 우리는 이 우리 자신 전체를 바쳐야 하는 것이며, 이것이 약간의 가치가 있을 경우에는 그 사랑하는 사람에게 이 유일한 재산을 영원한 담보로 바쳐야 하는 것입니다. 주는 사람에게나 받는 사람에게나 이 얼마나 큰 즐거움이며 이 얼마나 큰 행복입니까! 이 변함없는 신뢰가 우리의 상태를 얼마나 복되게 합니까! 이 신뢰야말로 덧없는 인생살이에다 천국의 확실성을 부여하는 것이며, 우리가 지닌 풍요로움 중에서 가장 귀중한 자산인 것입니다」

그가 이런 말을 하는 사이에 미뇽이 그에게 가까이 다가와 있다가 그녀의 연약한 두 팔로 그를 껴안았다. 그러고는 그 자그마한 머리를 그의 가슴에다 갖다댄 채 가만히 서 있는 것이었다. 그는 한 손을 그 아이의 머리 위에 얹었다. 그러고는 하던 말을 계속했다.「고귀한 사람은 사람들의 마음을 사기가 얼마나 쉽습니까! 그리고 다른 사람들의 순정을 앗아가기도 정말 쉽지요. 호의를 보이고 편안한 느낌을 주는 태도, 어느 정도만이라도 인간적인 태도를 보이면 금방 놀라운 효과를 나타내게 됩니다. 뿐만 아니라, 그는 일단 한번 자기 편으로 만든 사람들을 붙잡아둘 수 있는 많은 수단까지도 갖고 있는 것입니다. 그러나 우리한테는 모든 기회가 보다 드물게 찾아오고, 모든 것이 보다 더 힘드는 것입니다. 그러니, 우리 자신이 얻고 달성한 것에다가 우리가 보다 큰 가치를 두는 것은 얼마나 자연스러운 노릇입니까! 주인을 위해 자신을 희생한 충직한 하인들의 감동적인 본보기들이 얼마나 많습니까! 셰익스피어는 우리에게 그런 모범적인 인물들을 얼마나 아름답게 묘사해 주었습니까! 이 경우에 충성은 귀인과 동등하게 되려는 한 고귀한 영혼의 노력인 것입니다. 주인은 평소에 하인을 단지 돈을 주고 부려먹는 노예쯤으로 생각할 권리가 있는 것이지만, 변치 않고 추종하는 충성심과 애정이 그 하인을 주인과 동등하게 만들어주는 것입니다. 그렇습니다, 이런 덕성들은 단지 낮은 신분에서만 찾아볼 수 있는 것입니다. 낮은 신분의 사람은 이런 덕성들이 없어서는 안되며, 이 덕성들이 그를 훌륭하게 장식해 주는 것이지요. 돈을 주고 남의 환심을 쉽게 살 수 있는 사람은 남이 표시해 오는 감사의 마음을 보고 그만 우쭐하고 싶은 유혹에도 또한 그만큼 쉽게 넘어가곤 하지요. 그렇습니다, 이런 의미에서 저는 고귀한 사람이란 아마 친구들을 가질 수는 있지만 자기가 좋은 친구가 될 수는 없다고 주장할 수 있을 것 같습니다」

미뇽은 점점 더 세게 그를 포옹해 왔다.

「그래도 좋아요!」하고 일행 중에서 한 사람이 대꾸를 해왔다.「우리는 그 사람들의 우정이 필요하지도 않고, 또 그것을 요구한 일도 없습니다. 다만 그들은 자기들이 보호하고자 하는 예술에 대하여 더 깊은 조예를 쌓아야 한다구요. 우리가 최선의 연기를 할 때, 아무도 우리의 대사에 귀를 기울이지 않았습니다. 모든 것이 순전히 편을 드는 짓거리에 불과했습니다. 그들이 누구를 총애하면, 그 사람의 연기가 마음에 드는 것이지요. 그리고 그들은 정말 마음에 들 만한 연기를 한 사람은 총애하지 않아요. 어리석고 몰취미한 연기가 주목과 갈채를 받은 적이 정도에 지나칠 정도로 자주 있었습니다」

「하긴 그들이 여러분의 불행을 고소하게 생각하거나 멀찌감치에서 빈정댄 적도 없지않아 있었으리라 짐작합니다」하고 빌헬름이 대답했다.「그러나 그런 가능성을 일단 논외로 친다면, 저는 예술을 한다는 것이란 사랑을 하는 것과 비슷하다고 생각합니다. 예술가가 무엇인가 완전한 것을 창조해 내려고 생각한다면, 그는 끊임없이 열성을 지니고 있어야 합니다. 그리고 누군가가 작품에 대하여 그 예술가가 바라고 희망하는 만큼의 관심을 쏟을 수 있으려면, 그 사람 자신이 이 예술가의 열성을 잘 알고 있어야 합니다. 그런데, 세속인이 자기의 산만한 일상생활에서 어떻게 그런 열성을 획득할 수 있을까요?

여러분, 제 말을 믿어주십시오. 재능을 대하는 것이란 덕성을 대하는 것과 비슷합니다. 그 자체 때문에 그것을 사랑하든지, 혹은 그것을 완전히 포기해야 하는 것입니다. 그런데도 이 둘이 인정받고 보상받는 것은 오직, 그것을 마치 위험한 비밀과도 같이 남모르는 가운데에 혼자서 갈고 닦을 때뿐이지요」

「알아주는 사람이 우리를 발견해 내기도 전에, 아마 우리는 굶어죽을 걸!」하고 구석에서 한 사람이 외쳤다.

「그렇게 금방 죽지는 않을 겁니다」 하고 빌헬름이 대답했다. 「저는, 사람이 살아 움직이고 있는 한, 풍족하게 먹고살지는 못한다 할지라도, 항상 입에 풀칠은 한다는 것을 보아왔습니다. 그런데 여러분들은 도대체 무엇에 대해 불평하시는 겁니까? 마침 우리의 형편이 극히 좋지 않은 듯했을 때, 우리는 아주 뜻밖에도 손님으로서 좋은 대접을 받고 숙식을 제공받지 않았습니까! 그런데 아무 부족한 것이 없는 지금 이 순간에, 우리의 머릿속에 조금이라도 연습을 하고 단지 몇 걸음이라도 좋으니 앞으로 나아가고자 노력할 생각이 떠오르고 있는 겁니까? 우리는 엉뚱한 짓을 하면서 마치 초등학교 학생들마냥 숙제를 연상시킬 수 있는 것은 무엇이든 회피하고 있는 것입니다」

「정말 그래요」 하고 필리네가 말했다. 「이건 무책임한 태도입니다! 작품을 하나 택해서 당장 연기를 해보십시다. 우리 각자가 마치 초만원이 된 관중들 앞에 서 있는 것처럼 가능한 한 최선을 다해야 합니다」

오래 생각할 것 없이 이내 작품이 선정되었다. 그것은 그 당시에는 독일에서 큰 인기를 끌었지만 지금은 잊혀진 그런 작품들 중의 하나였다. 몇 사람이 휘파람으로 전주곡을 불렀으며, 각자는 재빨리 자기가 할 역할을 생각했다. 이윽고 극이 시작되었는데, 모두들 굉장한 주의를 기울여 그 작품을 끝까지 상연했기 때문에, 정말 기대 이상으로 잘되었다. 그들은 서로 박수갈채를 보냈으며, 지금까지 이렇게 서로 마음이 맞은 적도 드물었다.

극이 끝났을 때 그들은 모두 특별히 즐거운 기분이었는데, 재미있는 시간을 보낸 때문이기도 했지만, 또 다른 한편으로는 그들 각자가 특히 자기 자신에게 만족할 수 있었기 때문이었다.

빌헬름은 그들에게 자세한 칭찬의 말을 늘어놓았다. 그래서 그들의 대화는 명랑하고 유쾌해졌다.

「여러분!」 빌헬름이 큰 소리로 말했다. 「만약 우리가 이런 식으로 우리의 연습을 계속한다면, 그리고 단지 의무와 직업상의 기술이 가리키는 대로 기계적으로 암기, 시연(試演), 연기를 하는 데에만 매달리지 않는다면, 우리는 틀림없이 큰 발전을 하게 된다는 것을 여러분은 직시하셔야 합니다. 음악가들은 공동연습을 할 때에 훨씬 더 많은 찬사를 받을 만하지요! 공동연습 때에는 그들 자신도 아주 즐거워할 뿐만 아니라 대단히 면밀한 협업을 합니다. 그들이 자신들의 악기들을 서로 맞추기 위해 기울이는 노력은 대단하지요. 그리고 그들이 얼마나 세심하게 박자를 지킨다구요! 그들은 음의 강약을 아주 섬세한 데에까지 표현해 냅니다! 다른 사람이 독주(獨奏)를 하고 있을 때에 때이른 반주를 해서 자신을 드러내려는 착상을 하는 사람은 아무도 없지요. 각자가 모두 작곡가의 정신과 뜻에 따라 연주하고자 하는 것이며, 많든 적든 간에 자신에게 부과된 부분만을 잘 표현하고자 하는 것입니다. 우리도 이와 꼭같이 면밀하고 재치있게 일해야 하지 않을까요? 우리도 예술을 하고 있는 것이니까요. 아니, 우리가 하는 예술이야말로 어떤 음악보다도 훨씬 더 섬세한 예술입니다. 우리야말로 인간의 가장 일상적이면서도 가장 기이한 말과 동작들을 아취와 재미가 있도록 연기해 내어야 할 사명을 띠고 있는 장본인들인 것입니다. 연습 때에 엉터리 짓을 하다가 공연 때에는 기분 내키는 대로 아무렇게나 연기하면서 요행을 바라는 것보다 더 가증스러운 태도가 또 있을까요? 우리는 서로가 합심하여 서로의 마음에 드는 경지에 이르는 일에다 우리의 최고 행복과 즐거움을 걸어야 할 것입니다. 극단의 감독이 자기 연출의 연극을 확신할 수 있는 것보다 지휘자가 자신이 지휘하는 교향곡을 더 확신할 수 있는 이유는 어디에 있을까요? 교향곡에서는 외부의 귀에 거슬리는 실수를 저지른 사람은 누구나 부끄러워하지 않으면 안 되기 때문입니다. 그러나 저는 지금까지 어떤 배우가 아주 무례하게 내부의 귀에 거슬리는, 용서가 되는 또는 용서할 수 없는 실수들을 저질러 놓고도 그것을 솔직히 실수로 인정하고 그것을 부끄러워하는 것을 본 적이라곤 거의 없습니다. 그래서 저는 무대가 마치 줄타기 광대의 줄과도 같이 아주 좁아서 서투른 자가 함부로 올라가지 못한다면 얼마나 좋을까 하는 생각을 하곤 합니다. 그러나 지금 현실은 누구나 자신이 그 위에 올라가 마음대로 연기를 해낼 수 있는 능력을 충분히 갖추고 있다고 느낀단 말입니다」

일행은 이 연설을 좋은 기분으로 받아들이고 있었다. 각자가 모두 조금 전까지만 해도 다른 동료들과 마찬가지로 아주 잘해 내었기 때문에 다들 자기 자신에 관한 얘기는 아니라고 확신했던 것이다. 뿐만 아니라, 그들은 일단 이렇게 시작한 정신을 살려, 자기들이 함께 지내게 될 경우 여행하는 도중에, 그리고 앞으로도, 공동작업을 해나가도록 하자는 데에 합의를 보게까지 되었다. 단, 이런 일은 좋은 기분과 자유로운 의지가 중요하기 때문에, 어떤 감독 같은 존재가 여기에 간섭하는 것은 애초에 바람직하지 않다는 의견들이었다. 좋은 사람들이 모인 가운데에는 공화제 형식이 최선이라는 의견이 마치 기정사실인 양 받아들여졌다. 감독직도 차례로 돌아가면서 맡아야 하고, 감독은 모든 구성원들이 선출해야 하며, 일종의 평의회가 그의 일을 언제나 보좌 및 견제해야 한다는 주장이었다. 그들은 이 생각에 너무나도 열중해 있었기 때문에 이것을 당장 실천에 옮기고 싶어했다.

「여러분이 여행중에 그런 시도를 해보시겠다는 데에는 저로서는 아무런 이의가 없습니다」 하고 멜리나가 말했다. 「우리가 다시금 현장에 임할 때까지 저는 제 감독직을 기꺼이 내놓겠습니다」 사실 그는 그렇게 하여 경비를 절약하고 많은 지출을 그 조그만 공화국에다, 또는 그 임시감독에게 뒤집어씌울 수 있기를 희망했다. 그래서 이제 어떻게 하면 그 새 국가의 형태를 가장 잘 짤 수 있을 것인가에 대해 매우 열띤 토론이 벌어졌다.

「이건 움직이는 국가입니다」 하고 라에르테스가 말했다. 「그러니 적어도 국경선 분쟁만은 없을 겁니다」

일행은 계획을 당장 실행에 옮겨 빌헬름을 초대 감독으로 선출하였다. 평의회도 구성되었고 여성도 의석과 발언권을 얻었다. 법률안들이 제출되어 부결되기도 하고 통과되기도 했다. 이런 놀이를 하는 동안 시간이 순식간에 지나갔다. 그들은 유쾌한 시간을 보냈기 때문에 자기들이 정말 무엇인가 유용한 일을 해내었고 이 새로운 형태의 조직을 통해 조국의 연극계를 위한 새로운 지평을 열어놓은 것으로 믿었다.

3

단원들이 아주 좋은 성향을 갖게 된 것을 보고 빌헬름은 이제 작품의 문학적 가치에 관해서도 그들과 논할 수 있기를 희망했다. 「배우가 한 작품을 그저 피상적으로만 바라보고 첫인상에 따라 판단하며 검증 없이 그것이 자기 마음에 드느니 안 드느니 하고 표시하는 것은 충분한 태도라 할 수 없습니다」 하고 그는, 다음날 모두 다시 모였을 때, 그들에게 말했다. 「감동과 재미를 느끼기를 원하며 원래부터 비판하기를 원치 않는 관객에게는 아마 이런 태도가 용납될 수 있을 겁니다. 그러나 배우는 작품에 대해서, 그리고 자기가 찬사나 비난을 받는 이유에 대해서 명확한 설명을 할 수 있어야 할 것입니다. 그런데 만약 그가 작가의 정신과 작가의 의도를 통찰할 수 없다면, 과연 무슨 재주로 이런 설명을 할 수 있겠습니까? 저 자신도 한 작품을 어떤 역할에서부터 평가하는 실수를 하고 있으며, 또한, 한 역할을 평가할 때에도 작품 전체와의 관련성에서가 아니라 단지 그 역할 자체만 평가하는 그런 실수를 범하고 있다는 사실을 불과 요 며칠 전에야 저 자신한테서 아주 실감나게 알아차리게 되었답니다. 그래서 여러분들이 제 말에 귀를 기울여 주신다면, 제가 그 실례를 이야기해 드릴까 합니다.

벌써 백작의 성에서 아주 즐거운 기분으로 들으신 바 있는 한 낭송회로부터 여러분은 셰익스피어의 비할 데 없는 걸작 「햄릿」을 알고 계십니다. 우리는 이 작품을 상연할 계획을 세웠습니다. 그래서 저는, 제가 무슨 짓을 하는지 알지도 못하고 얼결에 그 왕자의 역할을 떠맡았지요. 그래서 저는 그 역할을 연구한답시고 가장 힘찬 대목들과 독백들을 암송하기 시작했으며, 또한 영혼의 힘, 고양된 정신, 그리고 활발성이 자유롭게 활동하여 마음의 움직임이 감정으로 잘 표현된 저 햄릿의 등장 장면들을 외우기 시작했던 것입니다.

또한, 저는 그 깊은 우울증의 짐을 말하자면 저 자신이 떠맡아 짊어지고 그 무거움에 짓눌려 가면서 그 잡다한 변덕과 특이한 행동들의 이상한 미궁을 뚫고 저의 주인공을 뒤쫓아가려고 애쓰는 것이 바로 배역의 정신을 통찰하는 것이라고 믿었습니다. 그래서 저는 그런 식으로 대사를 암송하고 연기를 연습했으며, 차츰차츰 저의 주인공과 일심동체가 되어간다고 믿었던 것입니다.

그러나 제가 그렇게 계속 나아갈수록, 제게는 전체의 개념이 점점 더 어려워졌으며, 마침내는 그 어떤 전체적 조망(眺望)에 도달한다는 것이 거의 불가능한 것같이 생각되었습니다. 그래서 이제 저는 그 작품을 중간에 쉬지 않고 죽 통독을 해보았습니다. 그러나 그렇게 했는데도 제가 보기에는 서로 어울리지 않는 점이 너무나 많았지요. 어떤 때는 성격들이 서로 모순되어 보였고, 또 어떤 때는 표현이 맞지 않아 보이더란 말입니다. 그래서 저는 제가 맡은 역할 전체를 그 모든 변형들과 뉘앙스에 맞게 낭송할 수 있는 일종의 어조를 발견치 못해 거의 절망상태에 빠지게 되었지요. 이런 많은 과오의 미로 속에서 저는 오랫동안 헛되이 애썼습니다. 그러다가 마침내 저는 제 목적지에 가까이 갈 수 있으리라는 희망을 주는 전혀 다른 한 가지 길을 찾게 되었습니다.

즉, 저는 햄릿의 성격 중에서 그의 부친이 살해되기 이전의 시기에 나타났던 모든 흔적을 추적했던 것입니다. 저는 이 슬픈 사건과 그것에 뒤따라온 그 끔찍한 사건들을 도외시할 때 이 홍미로운 청년은 과연 어떤 인물이었던가, 그리고 만약 그런 사건들이 없었더라면 그는 과연 어떤 인물이 되었을까 하는 물음을 던지게 되었던 것입니다.

섬세하고 고귀한 씨앗에서 싹튼 그 왕실의 화초는 폐하의 직접적인 영향을 받으며 자라났습니다. 정의의 개념, 군주로서의 위엄의 개념, 그리고 선하고 단정한 것에 대한 감정이 고귀한 신분을 타고났다는 의식과 함께 그의 정신 속에서 동시에 피어났습니다. 그는 한 군주, 한 타고난 군주였습니다. 그리하여 그는 통치하기를 원했습니다. 그것은 단지 선한 군주가 아무 방해도 받지 않고 선정을 펴나가고 싶었기 때문이었습니다. 호감을 주는 체격, 예의 바른 성격, 진심에서 우러나오는 친절을 모두 겸비한 그는 청년의 본보기요, 온 세상 사람들의 자랑이 되어야 했습니다.

오필리아에 대한 그의 사랑도 그 어떤 눈에 띄는 정열을 찾아볼 수 없이 감미로운 욕망에 대한 일종의 그윽한 예감에 불과했습니다. 기사도 수련에 대한 그의 열의도 그의 고유한 특성이라고만 보기는 어려웠습니다. 실은 제삼자에게 칭찬을 해줌으로써 그에게 이러한 욕구가 생기도록 자극하고 고무해 주지 않으면 안 되었던 것입니다. 감정이 순수했기에 그는 정직한 사람들을 알아볼 수 있었으며, 솔직한 사람이 흉금을 털어놓는 한 친구한테서 느끼는 평온한 마음을 높이 평가할 줄도 알았습니다. 예술과 학문에서도 그는 어느 정도까지는 선과 미를 식별하고 그 가치를 존중하는 것도 배웠지요. 그래서 그는 몰취미한 것은 싫어했습니다. 그리고 설령 그의 섬세한 영혼 속에서 증오의 싹이 트는 수가 있다 해도, 그것은 단지 경박하고 그릇된 간신들을 경멸하고 그들을 조소하며 곯려주기에 필요할 만큼만 그랬습니다. 그는 천성이 침착했고, 행동이 소박했으며, 나태한 가운데 쾌적감을 느낄 수도 없었지만 그렇다고 너무 탐욕스럽게 일을 하지도 않았지요. 그는 여유작작하게 어슬렁거리는 대학생 생활을 궁정에서도 계속하려는 것같이 보였지요. 그는 마음보다는 기분이 쾌활했고, 관대하고 겸손하며 상대를 깊이 배려할 줄 아는 훌륭한 사교가였으며, 어떤 모욕을 당해도 그것을 용서하고 잊을 수 있는 사람이었습니다. 그러나 그는 정의

와 선, 그리고 예의의 한계를 벗어난 사람과는 결코 동맹할 수 없는 사람이었습니다.

우리가 이 작품을 다시 같이 읽게 될 경우가 있으면, 여러분들은 제가 올바른 길을 찾은 것인지 판단을 내리실 수 있을 겁니다. 적어도 제가 해당되는 대목을 읽어드리며 저의 견해를 뒷받침할 수는 있기를 바랍니다」

모두 그의 설명에 큰 박수를 치며 찬의를 표해 주었다. 모두들 이제는 햄릿의 행동방식이 아주 잘 해명될 수 있으리라는 것을 예견할 수 있다고 생각했으며, 이런 방식으로 작가의 정신을 통찰할 수 있게 된 것을 기뻐하였다. 각자는 모두 그 어떤 작품이라도 앞으로 이런 방식으로 연구하여 저자의 의도를 풀어보겠다고 생각해 보는 것이었다.

4

극단이 그 마을에 머문 지 불과 며칠밖에 안 되었는데도 벌써 여러 단원들한테 과히 불쾌하지 않은 사랑의 모험담들이 생겨났다. 그중에서 특히 라에르테스는 이웃에 토지를 갖고 있는 한 귀부인으로부터 도발을 받았는데, 그녀에 대한 그의 태도가 지독하게 쌀쌀맞은, 아니 예의에 벗어나기까지 한 것이어서, 그는 필리네로부터 많은 놀림을 받아야 했다. 필리네는 이 기회를 이용해서 우리의 친구 빌헬름한테 그 가엾은 청년을 전체 여성의 적이 되게 한 그 불행한 사랑의 이야기를 들려주었다. 「하긴 여성에게 그렇게 혹독한 대접을 받았으니, 그가 여성을 미워한다고 해서 누가 그를 나쁘게 생각할 수 있겠어요?」 하고 필리네가 말했다. 「남자들이 평소에 여자들한테 두려워하곤 하는 온갖 해악들을 모두 매우 진하게 타서 그 잔을 그에게 주면서 단숨에 들이켜도록 했으니 말예요. 어디 한번 상상해 보세요. 스물네 시간 동안에 그는 애인으로부터 신랑, 남편, 간부(姦婦)의 바보 남편, 환자, 아내가 도망가 버린 홀아비 신세까지 모든 역할을 두루 겪게 되었으니 말예요! 여자가 한 남자를 이보다 더 괴롭힐 수 있을까 의문이에요」

라에르테스는 반은 껄껄 웃고 반은 화를 내면서 방을 뛰쳐나가 버렸다. 그러자 필리네는 그녀의 그 사랑스러운 말투로 열여덟 살짜리 청년이었던 라에르테스가 마침 어느 극단에 들어갔다가 열네 살짜리 아름다운 소녀를 만났던 경위를 이야기하기 시작했다. 그때 마침 소녀는 극단 감독과 싸운 아버지와 함께 막 떠나려던 참이었다는 것이다. 그는 즉석에서 죽도록 반해서 그녀의 아버지에게 제발 떠나지 말고 머물러 달라고 온갖 가능한 청원을 다했으며, 드디어 그 소녀와 결혼하겠다고 약속을 했다. 신랑으로서 유쾌한 몇 시간을 보내고 난 뒤에 그는 결혼을 하고 남편으로서 행복한 하룻밤을 보냈다. 그 이튿날 아침이 되어 그가 연습하러 나간 사이에 그의 아내는 신분상 평소 견문이 그런 것뿐인지라 그에게 오쟁이를 지게 하였다. 즉, 아내를 너무 사랑한 나머지 너무 일찍 집으로 돌아왔기 때문에 그는 유감스럽게도 자기 자리에 한 늙수그레한 정부(情夫)가 누워 있는 것을 발견했다. 그는 미칠 듯이 화가 나서 마구 주먹을 휘두르며 그녀의 정부와 아버지에게 싸움을 걸었지만 심한 상처만 입고 간신히 도망칠 수 있었다. 그런 일이 생기자 아버지와 딸은 그날 밤 안으로 떠나버리고, 그는 참담하게도 이중으로 상처를 입은 채 뒤에 남았다. 이 불행으로 인하여 그는 이 세상에서 제일 엉터리 의사한테로 가게 되었으며, 그 불쌍한 젊은이는 가엾게도 거무스레한 치아와 짓무른 눈만 얻어걸리고서야 겨우 그 모험에서 빠져나올 수 있었다. 말이 났으니 말이지만 그는 하느님의 대지가 떠받쳐 들고 있는 인간들 중에서 가장 착한 청년이기 때문에 정말 안됐다는 것이었다. 「특히 제가 안됐다고 생각하는 것은 저 가엾은 친구가 이제는 여자들이라면 다 미워한다는 사실이에요. 여자들을 미워하는 사람이 어떻게 이 세상을 살아갈 수 있을까 말이에요!」

멜리나가 그녀의 말을 가로막고는 모든 수송 준비가 완전히 끝났으며 내일 아침 일찍 모두들 떠날 수 있을 것이라는 소식을 전했다. 그러고는 그들이 어떻게 마차를 타고 가야 할지 좌석 배치표도 그들에게 건네주는 것이었다.

「좋은 남자 친구가 저를 무릎 위에 앉혀준다면, 우리가 비좁고 초라하게 앉아서 가게 되더라도 전 만족이에요」 하고 필리네가 말했다. 「그 밖의 일이야 제겐 아무래도 좋아요」

「아무래도 상관없지」 하고, 마침 들어오던 라에르테스가 말했다.

「불쾌하군!」 하고 빌헬름이 말하면서 서둘러 자리를 떠나버렸다. 그는 멜리나가 구할 수 없다고 잡아떼었던 아주 편안한 마차 한 대를 자기 돈으로 더 구입했다. 좌석이 새로이 배정되었으며, 모두들 편하게 여행할 수 있게 된 것을 기뻐했다. 바로 그때, 그들이 가고자 하는 길에 민병대가 출몰한다는 걱정스러운 소식이 들어왔는데, 민병대가 나타나면 별로 좋을 게 없다는 것이었다.

그 고장 자체에서도 이 소식에 대해, 그것이 단지 불확실하고 모호한 소식이라 할지라도, 매우 우려하고 있었다. 정규군의 현 위치로 볼 때에 적군이 그렇게까지 잠입해 왔다고 보기는 어려웠고, 아군이라면 그렇게까지 후방에 뒤처져 있을 리가 없을 듯하다는 것이었다. 그래서 사람마다 모두 일행에게 그들이 당면할지도 모르는 위험을 정말 위태로운 것으로 열을 내어 설명하고 다른 길을 택하는 것이 좋을 것이라고 권했다.

이에 단원 대부분이 불안과 공포에 사로잡혔으며, 새로운 공화제의 형식에 따라 공화국의 전 구성원이 이 비상사태를 논의하기 위해 소집되었을 때에는 그들은 거의 만장일치로 그런 재앙을 피해 그 마을에 그냥 머물든지, 혹은 그 길을 가지 말고 다른 길을 택해야 된다는 의견이었다.

다만 공포에 사로잡히지 않았던 빌헬름만은 그렇게 깊이 생각해서 결정한 계획을 이제 단순한 소문을 듣고 포기한다는 것은 부끄러운 행동이라고 간주하였다. 그는 그들에게 용기를 북돋우어 주었다. 그리고 그의 논거들은 남자답고 설득력이 있는 것이었다.

「그건 아직까지는 소문에 지나지 않습니다」하고 그가 말했다. 「그리고 전시에는 그런 소문들이 많이 떠도는 법이지요! 분별 있는 사람들은 그런 일은 있기가 어렵다, 아니 거의 있을 수 없다고 말하고 있습니다. 이런 중대한 일에서 우리가 그런 뜬소문에 좌우되어서야 되겠습니까? 백작님이 우리에게 지정해 주신 이 코스가 우리의 통행증에도 표시되어 있는 코스일 뿐만 아니라 최단 코스입니다. 우리가 택한 바로 이 코스가 최선의 길입니다. 이 길로 가야 여러분의 그리운 친지와 친구들이 기다리고 있고 여러분이 따뜻한 환영을 기대하고 있는 그 도시로 가게 되는 것입니다. 돌아가는 길을 택하더라도 역시 거기로 가긴 가겠지요. 그러나 그런 우회로를 택했다가는 어떤 고약한 길로 접어들게 될지, 얼마나 엉뚱한 거리를 돌아야 할지 누가 알겠어요? 철이 다 늦은 때에라도 그 미궁에서 헤어난다는 보장이 있을까요? 그러는 사이에 얼마나 많은 시간과 돈을 뿌리고 다녀야 하겠습니까?」 그는 아직도 많은 이야기를 하면서 이 일에 대해 여러 가지 유리한 면에서 보고했기 때문에 일행의 공포심은 줄어들었으며 그들은 더 용기를 내게 되었다. 그는 그들에게 정규군의 군기에 대해 많은 것을 설명해 주고 낙오하여 약탈을 일삼거나 유랑하는 떼거지들의 무리를 하찮게 묘사하면서 위험 그 자체까지도 아주 근사하고 재미있는 것으로 이야기할 줄 알았다. 그래서 일행의 기분은 갑자기 환하게 개었다.

라에르테스는 처음 순간부터 빌헬름의 편을 들면서 자기는 조금도 주저하거나 물러서지 않겠다고 장담했다. 호통 잘 치는 노인도 평소 자기 태도의 한계 내에서이긴 했지만 적어도 약간 동조하는 표정을 지어 보였으며, 필리네는 그들 모두를 싸잡아 비웃었다. 그리고 만삭임에도 불구하고 그녀의 씩씩한 천성을 잃지 않은 멜리나 부인이 그것을 용감한 제안이라고 했기 때문에, 멜리나는 그 제안에——물론 그는 자기가 계약한 대로 가장 가까운 그 길을 그대로 감으로써 경비를 많이 절감할 요량이기도 했지만——반대할 수 없었다. 그래서 모두들 그 제안에 진심으로 동의하였다.

이제 그들은 만약의 경우에 대비하여 방어할 수 있는 준비를 하기 시작했다. 그들은 사슴 사냥에 쓰는 큰 엽도(獵刀)를 구입하여, 어깨 위로 걸쳐맨 튼튼한 가죽띠에 꽂았다. 빌헬름은 그 밖에도 또 한 쌍의 권총을 허리띠에 꽂았다. 라에르테스는 이런 일과는 무관하게 이미 좋은 엽총 한 자루를 지니고 있었다. 이리하여 그들은 매우 즐거운 기분으로 길을 떠났다.

이틀째 되는 날에 그 지방을 잘 알고 있는 마부들이 수목이 울창한 어떤 산속의 빈터에서 낮 동안 좀 쉬어 가자고 제안했다. 마을도 아주 멀리 떨어져 있을 뿐만 아니라 좋은 날씨일 때에는 사람들이 이 길을 많이 이용하기 때문에 그렇게 쉬어 가는 것이 좋다는 것이었다.

날씨도 좋았다. 그래서 모두 그 제안에 쉽게 찬성할 수 있었다. 빌헬름은 도보로 앞장서서 산을 급히 올라갔다. 그와 마주치는 사람은 누구나 그의 이상한 모습에 주춤 놀라지 않으면 안 되었다. 그는 빠르고 만족스러운 발걸음으로 급히 숲을 올라가고 있었고, 라에르테스는 그의 뒤에서 휘파람을 불면서 따라 올라가고 있었으며, 다만 여자들만이 마차를 탄 채 끌려가고 있었다. 미뇽은 남자들과 마찬가지로 마차들 옆에서 걸어가고 있었는데, 그녀는 일행이 무장을 할 때 자기도 달라고 기어이 졸라서 타낸 엽도를 자랑스럽게 어깨 위에 매고 있었다. 그녀의 모자 둘레에는 빌헬름이 마리아네에 대한 기념으로 간직하고 있던 진주 목걸이가 감겨 있었다. 금발의 프리드리히는 라에르테스의 엽총을 걸머지고 있었으며, 하프 타는 노인은 가장 평화로운 외모를 하고 있었다. 그의 긴 옷은 허리띠 안으로 쑤셔 넣었는데, 그런 차림으로 그는 더 자유롭게 걸을 수 있었다. 그는 마디가 많은 나무 지팡이에 몸을 의지하고 있었으며, 악기는 마차에 둔 채였다.

고초가 전혀 없지는 않은 가운데 언덕을 다 올라갔을 때, 그들은 과연 아름다운 너도밤나무들이 빙 둘러싸고 있고 하늘조차 일부 가리고 있는 그 빈터가 거기 눈앞에 펼쳐져 있는 것을 보았다. 완만하게 경사진 널찍한 풀밭이 쉬기를 권유하는 듯했다. 테두리를 둘러쳐 놓은 샘물이 아주 감미로운 청량수를 제공하고 있었다. 다른 쪽으로는 계곡과 산등성이 저 너머로 멀리 아름답고 희망에 찬 조망(眺望)이 나타났다. 거기 골짜기에는 마을들과 물방앗간들이 있었고 평지에는 작은 도시가 보였으며, 먼 곳에서 보이기 시작하는 새로운 산들은 시야를 조금만 가리면서 살짝 들어서기 때문에 그 조망을 더욱더 희망에 가득 찬 것으로 만들어 주고 있었다.

먼저 당도한 사람들은 그 부근에 자리를 잡고서 그늘에서 쉬기도 하고 모닥불을 지피기도 하였다. 그러고는 일하거나 노래 부르면서 일행이 뒤따라오기를 기다렸다. 나머지 일행들도 한 사람씩 한 사람씩 그곳에 당도하여, 그 빈터와 아름다운 날씨와 이루 말할 수 없이 아름다운 그 지역을 입을 모아 찬탄해 마지않았다.

5

지금까지 그들이 실내에서 재미있고 즐거운 시간을 함께 보낸 적은 물론 자주 있었다. 그러나 옥외의 하늘과 근방의 아름다운 경치가 사람의 마음까지 씻어주는 것 같은 이런 곳에서는 그들의 기분이 훨씬 더 상쾌할 수밖에 없었다. 그들은 모두 서로 더 친근해진 듯한 기분이었고, 이렇게 유쾌한 곳에서라면 모두 한평생을 다 여기서 지내고 싶다고들 했다. 그들은 사냥꾼, 숯 굽는 사람, 벌목꾼 등 이런 복된 생활공간에서 고정된 직업을 영위하는 사람들을 부러워했다. 그러나 그들이 무엇보다도 찬양한 것은 결국 집시의 매력적인 살림살이였다. 행복한 유랑생활을 하면서 대자연의 온갖 매력적인 모험들을 즐겨도 좋은 그 이상한 족속을 모두들 선망해 마지않았으며, 자신들도 어느 정도는 그런 족속들과 비슷하다고 말하면서 기뻐하는 것이었다.

그러는 사이에 여자들은 감자를 삶고 가지고 온 음식의 포장을 풀어 식사할 준비를 하기 시작했다. 몇몇 냄비들이 불 옆에 놓여 있었고, 일행은 여러 그룹으로 나뉘어 나무 밑이나 관목 옆에 자리잡고 앉아 있었다. 이상한 옷차림과 여러 종류의 무기들 때문에 일행은 이상해 보였으며, 한쪽 옆에서는 말들에게 먹이를 주고 있었다. 그래서 만약 마차들만 숨겨두었더라면, 이 조그만 유목민 집단의 모습은 환상에 가까울 정도로 낭만적으로 보였을 것이다.

빌헬름은 지금까지 결코 느껴보지 못했던 즐거운 기분을 만끽하고 있었다. 그는 여기에서 한 유랑하는 씨족을 상상해 보았으며, 자신을 그 씨족의 족장이라 생각해 보는 것이었다. 그는 이러한 의미로 각 구성원들과 재미있는 대화를 나누었으며, 그 순간적 공상에다 될 수 있는 대로 시적인 날개를 달아보았다. 일행의 기분은 아주 고조되었다. 그들은 먹고 마시고 환성을 질렀다. 그러고는 이런 아름다운 순간을 맛본 적은 일찍이 없었다고 되풀이해서 고백하곤 했다.

그 즐거움도 자꾸만 커지지는 않았는데, 그리 오래지 않아서 젊은 사람들은 무엇인가 활동을 하고 싶어졌기 때문이었다. 빌헬름과 라에르테스가 펜싱용 칼을 잡고는 이번에는 무대 위에서의 공연을 목적으로 그들의 연습을 시작했다. 그들은 햄릿과 그의 적수가 그렇게 비극적 최후를 마치는 바로 그 결투 장면을 연기하고자 했다. 두 친구는 이 중요한 장면에서는 흔히 무대 위에서 보여지곤 하듯이 단지 서투르게 여기저기를 쿡쿡 찔러서는 안 된다는 확신을 지니고 있었다. 그래서 그들은 실제 공연시에 검술의 전문가의 눈에도 그럴듯하게 보일 수 있는 그런 모범적 연기를 한번 보여주고 싶어했다. 모두들 그 두 사람을 빙 둘러싸고 하나의 원을 그렸고, 두 사람은 있는 열성과 통찰력을 다 기울여 시합했으며, 한 번 찌르는 동작을 할 때마다 구경꾼들은 조금씩 흥미를 더해 갔다.

그러나 바로 가까운 수풀에서 갑자기 총소리가 났다. 그리고 연이어 또 한 발의 총소리가 나자, 일행은 깜짝 놀라 흩어졌다. 이윽고 무장한 사람들이 나타났다. 그들은 짐이 실린 마차들로부터 멀지 않은 곳에서 말들이 먹이를 먹고 있는 장소로 몰려들고 있었다.

여자들은 모두 비명을 질러대었다. 우리의 두 주인공들은 펜싱용 칼을 집어던지고 권총을 뽑아들었다. 그러고는 도둑떼를 향해 급히 달려가면서, 나쁜 짓을 하면 가만히 두지 않겠다고 큰 소리로 위협했다.

저쪽에서는 아무 말도 없이 간단히 두세 발의 화승총탄으로만 응수해 왔다. 그래서 빌헬름은, 이미 마차에 올라가 짐짝의 끈을 끊고 있는 어떤 고수머리 남자를 겨누고 권총을 발사했는데, 그것이 명중하여 그 남자가 즉각 마차 아래로 굴러떨어졌다. 라에르테스가 쏜 총탄 역시 빗나가지 않았다. 그리하여 그 두 친구는 기운을 내어 칼을 뽑아 들었다. 그러자 도둑떼의 일부가 욕설과 함성을 내지르며 그들을 향해 돌진해 오고 총을 몇 발 쏘았다. 그러고는 번쩍이는 군도(軍刀)를 휘두르며 용감한 두 친구에게 대항해 왔다. 우리의 두 젊은 용사들은 용감하게 버텼다. 그러고는 다른 친구들을 소리쳐 부르면서 일치단결해서 물리치자고 격려했다. 그러나 곧 빌헬름은 눈앞이 캄캄해지면서 의식을 잃고 무슨 일이 일어나는지 전혀 모르게 되었다. 가슴과 왼쪽 팔 사이에 입은 총상과, 쓰고 있던 모자를 두 동강 내고 나서 거의 뇌두개(腦頭蓋)에까지 치달은 자상(刺傷)으로 인해 그는 실신해서 쓰러지고 말았던 것이다. 그래서 그는 그 습격 사건의 불행한 종말에 관해서는 나중에 이야기를 듣고서야 비로소 알 수밖에 없었다.

다시 눈을 떴을 때 그는 아주 이상한 상황에 처해 있었다. 아직도 희미한 어스름 상태인 그의 눈앞에 맨 처음으로 나타나 보인 것은 그의 얼굴을 내려다보고 있는 필리네의 얼굴이었다. 그는 자신이 전혀 기력이 없음을 느꼈다. 그래도 일어나 보기 위해 몸을 움직이자 그는 자기가 필리네의 품안에 안겨 있는 것을 알았지만, 이내 그 품안으로 다시 떨어지고 말았다. 그녀는 잔디 위에 앉아 있었는데, 자기 앞에 누워 있는 청년의 머리를 살짝 끌어당겨서 그것을 자신의 두 팔 안에다 될 수 있는 대로 부드럽게 감싸고 있었다. 미뇽은 헝클어지고 피가 묻은 머리카락을 한 채 그의 발치에 꿇어앉아 그의 두 발을 껴안고 닭똥 같은 눈물을 뚝뚝 떨어뜨리고 있었다.

빌헬름은 자기의 피투성이가 된 옷을 보면서 쉰 목소리로, 자기가 지금 어디에 있으며, 자기와 다른 사람들은 어떻게 된 거냐고 물었다. 필리네는 그에게 그냥 가만히 있기를 권하고는, 다른 사람들은 모두 무사하고, 그와 라에르테스 이외에는 아무도 다치지 않았다고 말했다. 그녀는 더 이상은 아무 이야기도 하지 않으려 했으며, 그의 상처가 단지 응급처치만 대강 해서 싸매어 놓은 상태이기 때문에 제발 좀 말을 하지 말고 안정해야 한다고 간곡히 부탁하는 것이었다. 빌헬름은 미뇽한테 손을 건네주면서 그 아이의 머리카락에 웬 피가 묻었느냐고 물었다. 그는 그애도 역시 부상한 것으로 생각했던 것이다.

그를 안심시키기 위해서 필리네가 이야기한 바에 의하면, 그 마음씨 착한 애는 자기의 보호자가 부상당한 것을 보자, 급히 그 출혈을 멈추게 하려는 일념에서 자기 머리 둘레를 친친 감고 있던 자신의 머리카락으로 상처의 출혈을 막아보고자 했지만, 이윽고 그 같은 시도가 소용없음을 알고 그만두지 않을 수 없었다는 것이었다. 나중에 그들은 해면과 이끼를 대고 그의 상처를 동여매었는데, 그것을 동여매기 위해서 필리네가 자기의 스카프를 내놓았다고 했다.

빌헬름은 필리네가 그녀의 트렁크에 등을 기대고 앉아 있는 것을 눈여겨보았다. 그것은 아직 고스란히 잘 닫힌 채 전혀 손상이 없어 보였다. 그는 다른 동료들도 모두 이렇게 다행스럽게도 그들의 소유물을 건질 수 있었느냐고 물었다. 그녀는 대답 대신에 어깨를 한번 추스려 보이고는 시선을 풀밭 쪽으로 돌렸는데, 거기에는 부서진 상자, 망가진 트렁크, 찢겨진 옷보따리, 그리고 많은 자질구레한 가재 도구들이 어지럽게 흩어져 있었다. 그 빈터에는 사람이라곤 아무도 보이지 않았으며, 묘한 일행만이 그 적막 속에서 외로이 남아 있었다.

이제 빌헬름은 즐겨 듣고 싶지 않은 내용도 점점 더 많이 들어서 알게 되었다. 다른 남자 단원들은 경우에 따라서는 아직 맞서 싸울 수 있었는데도 금방 잔뜩 겁들을 집어먹고 이내 정복당하고 말았으며, 일부는 도망치고 일부는 넋이 나간 채 그 참사를 그냥 바라보기만 했다는 것이었다. 마부들은 자기들의 말을 지키기 위해 가장 완강하게 버텼지만 끝내는 진압당해 손발이 묶였으며, 그리하여 눈 깜짝할 사이에 가진 것이라곤 모조리 약탈당하고 탈취당했다는 것이었다. 겁에 질려 있던 일행은 목숨 걱정이 사라지자마자 그들의 손실을 한탄하기 시작했고 될 수 있는 대로 빨리 서둘러 이웃 마을로 갔는데, 그들은 부상이 가벼운 라에르테스를 함께 데리고 가면서 그들의 재산 중 혹시 남아 있는 극소수의 물건들을 챙겨가지고 갔다고 했다. 하프 타는 노인은 그의 부서진 악기를 한 나무 둥치에 기대어 세워놓고는 외과 의사를 찾기 위해, 그리고 빈사상태로 뒤에 남겨져 있는 그의 은인을 가능한 한 돕기 위해, 일행과 함께 마을로 달려 내려갔다는 것이었다.

6

그러는 동안 재난을 당하여 위기에 처한 우리의 그 세 사람은 아직도 한동안은 그들의 그 이상한 처지에 그대로 머물러 있었는데, 그들을 돕기 위해 달려오는 사람은 아무도 없었다. 저녁이 찾아왔고, 곧 밤의 어둠이 다가오려 하고 있었다. 그래서 매사에 무심하고 태연한 필리네도 불안해하기 시작했고, 미뇽은 이리저리 뛰어다니고 있었는데, 그 아이의 초조한 기색이 시시각각으로 짙어졌다. 드디어 그들의 소원대로 사람들이 가까이 다가오고 있었지만, 그들은 뜻밖에도 다시 한번 깜짝 놀랐다. 즉, 그들은 조금 전에 자기들이 올라왔던 그 길로 일군의 말 탄 사람들이 올라오는 소리를 아주 분명히 들을 수 있었던 것이다. 그래서 그들은 일단의 불청객들이 남은 물건을 마저 거둬 가기 위해 다시 이 숲속의 빈터로 오고 있는 것이 아닌가 하고 두려워했다.

그러나 뜻밖에도, 백마를 탄 한 여성이 나이 지긋한 한 신사와 몇몇 기사들을 동반하고 수풀에서부터 나타나는 것을 보았을 때, 그들의 놀라움과 기쁨이 어떠했겠는가! 마부들과 하인들, 그리고 일단의 경기병(輕騎兵)들이 그 뒤를 따라오고 있었다.

그 광경을 보고 놀란 필리네가 막 소리를 질러 〈아마존〉 같은 그 말 탄 미녀에게 도움을 청하고자 하는 참인데, 그 여기수가 벌써 놀라서 그 이상한 일행들 쪽으로 시선을 돌렸으며, 즉시 말머리를 돌려 이쪽으로 달려와서는 멈춰섰다. 말 탄 여자는 부상자에 관해서 진지하게 물었는데, 그녀에게는 부상자가 그 경박한 〈사마리아 여인〉의 품안에 안겨 있는 광경이 지극히 이상하게 생각되었던 것 같았다.

「남편이신가요?」 하고 그녀가 필리네에게 물었다. 필리네는 「다만 친한 친구일 따름입니다」 하고 대답했는데, 그 어조가 빌헬름에게는 매우 불쾌하게 느껴졌다. 그는 가까이 다가온 그 여자의 온화하고 고귀하고 조용하며 동정심이 많은 그 얼굴 모습에서 자신의 시선을 뗄 수가 없었다. 그는 지금까지 이보다 더 고귀한 얼굴, 이보다 더 사랑스러운 얼굴은 결코 본 적이 없는 것 같았다. 품이 큰 남자용 저고리를 입고 있었기 때문에 그녀의 몸매는 그에게 감춰져 있었다. 아마도 그녀는 저녁 공기가 싸늘했기 때문에 그녀의 일행 중의 한 남자로부터 그 저고리를 빌려서 걸친 것 같았다.

그러는 사이에 기사들도 더 가까이 와 있었으며, 그중 몇 명이 말에서 내렸고 그 숙녀도 마찬가지로 말에서 내렸다. 그러고는 친절하고도 인간적인 관심을 보이면서, 그들 나그네들이 당했던 재난의 모든 전말에 대해 물었고 특히 그 누워 있는 청년의 상처에 관해 물어보았다. 그러고 나서 그녀는 재빨리 몸을 돌리더니 한 노신사와 함께 옆으로 걸어갔다. 그 둘은, 천천히 산을 올라와서 숲의 빈터에 정지하고 있는 마차들 쪽으로 가는 것이었다.

그 젊은 숙녀가 잠시 동안 한 마차의 문 곁에 서서 지금 막 도착한 사람들과 얘기를 주고받은 뒤, 땅딸막한 풍채의 한 남자가 마차에서 내렸다. 그녀는 그 남자를 우리의 부상당한 친구에게로 데리고 왔다. 그 남자의 손에 들려 있는 작은 상자에서, 그리고 도구가 든 가죽 가방에서 금방 그가 외과 의사라는 것을 알 수 있었다. 그의 태도는 호감을 준다기보다는 무뚝뚝한 편이었다. 그러나 그의 손은 날렵하게 움직였기 때문에 그의 도움이 요긴하였다.

그는 자세히 살펴본 다음, 위험한 상처는 없다고 설명했으며, 당장에 붕대로 상처를 매어줄 터이니, 그런 다음에는 환자를 인근 마을로 데리고 가도 괜찮을 것이라고 말했다.

젊은 숙녀의 걱정은 더 커지는 것처럼 보였다. 그녀는 몇 번 왔다갔다하더니 그 노신사를 다시 데리고 오면서 말했다. 「이걸 좀 보세요! 이분이 큰 참변을 당하셨군요! 이런 고통을 당하고 계시는 건 우리 때문 아녜요?」 빌헬름은 그 말을 듣고 있었으나 그녀가 그렇게 말하는 영문을 이해할 수 없었다. 그녀는 마음이 놓이지 않는 듯 이리저리 거닐고 있었다. 그녀는 마치 부상자의 그런 모습에서 시선을 뗄 수 없는 것같이 보였으며, 또한 동시에, 사람들이 애를 써가며 그의 옷을 벗기기 시작하는 시점에 자기가 거기 가만히 멈춰서 있는 것이 예의에 벗어나지나 않을까 해서 그렇게 거닐고 있는 것 같기도 했다. 그 외과의가 상처를 처치하기 위해 막 왼쪽 소매를 자르고 있을 때, 그 노신사가 다가와서는, 가던 길을 계속 가지 않으면 안 된다고 진지한 어조로 그녀를 타이르는 것이었다. 빌헬름의 두 눈은 그녀에게로 향하고 있었는데, 그는 그녀의 시선에 너무 매료당해 있었기 때문에 지금 그의 몸에 가해지고 있는 응급처치조차도 거의 느끼지 못하고 있었다.

그 사이에 필리네가 일어서서 그 인자한 숙녀의 손에 입을 맞췄다. 두 여자가 나란히 서 있게 되었을 때, 우리의 친구는 이런 현격한 차이는 지금까지 한번도 보지 못했다는 생각이 들었다. 필리네의 모습이 그에게 이렇게 불리하게 비친 적은 일찍이 없었다. 그에게는 마치 필리네가 그 고귀한 여성의 근처에 다가가서는 안 될 것같이, 하물며 그 여성의 손을 잡고 키스해서는 절대로 안 될 것 같은 생각이 들었다.

그 숙녀는 필리네에게 여러 가지를 물어보았지만, 아주 낮은 목소리였다. 마침내 그녀는 아직도 여전히 거기 묵묵히 서 있는 그 노신사한테로 돌아왔다. 그러고는 말했다. 「할아버지, 죄송합니다만, 할아버지의 물건으로 제가 인심을 좀 써도 될까요?」 그녀는 즉각 그 저고리를 벗었는데, 그녀가 그것을 헐벗은 부상자를 위해 주려고 한다는 것은 누구나 알아차릴 수 있었다.

지금까지 그녀의 그 신통력을 지닌 듯한 시선에 사로잡혀 있던 빌헬름은 이제 그녀가 저고리를 벗어버리고 나자 홀연히 드러나게 된 그녀의 아름다운 몸매에 깜짝 놀랐다. 그녀는 가까이 다가와서는 그 저고리로 부드럽게 그의 몸을 덮어주었다. 그 순간 그는 입을 열고 떠듬떠듬 몇 마디 감사의 말을 하고자 했지만, 그의 바로 앞에 다가온 그녀의 생생한 인상이 이미 쇠약해져 있는 그의 오관에 아주 묘한 작용을 하여, 갑자기 그에게는 마치 그녀의 머리 둘레에 후광이 비치고 어떤 눈부신 광채가 그녀의 전체 모습 위로 차츰차츰 번져나가는 것 같은 생각이 들었다. 바로 그때 의사가 상처에 박혀 있는 총알을 빼낼 준비를 하느라고 그의 몸을 심하게 건드렸다. 그 성녀는 실신해 가는 청년의 두 눈 앞에서 사라지고 말았으며, 이어서 그는 모든 의식을 잃고 말았다. 그리하여 그가 다시 정신이 들었을 때에는 기사들과 마차들, 그리고 그 아름다운 여성은 물론, 그녀와 함께 있던 사람들도 모두 사라지고 없었다.

7

우리의 친구에게 붕대를 감고 옷을 입힌 뒤에 의사는 서둘러 떠났다. 바로 그때 하프 타는 노인이 농부 몇 사람을 데리고 올라왔다. 그들은 서둘러 나뭇가지들을 꺾고 잔가지들을 엮어 들것을 만들고 부상자를 그 위에 싣고는, 아까 그 일행이 떠날 때 남겨둔 말탄 사냥꾼 한 사람의 안내를 받으면서, 조심조심 산을 내려갔다. 하프 타는 노인은 말없이 혼자 생각에 잠긴 채 부서진 악기를 들고 따라가고 있었고, 몇 사람이 필리네의 트렁크를 운반하고 있었으며, 그녀 자신은 작은 보따리 하나를 들고 어슬렁거리며 그 뒤를 따르고 있었다. 미뇽은 수풀과 숲을 뚫고 때로는 앞서 뛰어가고 때로는 관목 수풀과 나무들 사이를 헤치며 옆에서 나란히 걸어가면서, 그녀의 부상당한 보호자 쪽을 정답게 건너다보곤 하였다.

빌헬름은 그 따뜻한 저고리를 걸친 채 조용히 들것 위에 누워 있었다. 전류 비슷한 일종의 온기가 그 섬세한 모직으로부터 그의 체내로 흘러 들어오는 것 같았는데, 그야 어쨌든, 그는 이루 말할 수 없이 편안한 기분에 젖어들어 있었다. 그 아름다운 옷 임자가 그에게 아주 강렬한 인상을 남겼던 것이다. 그는 그 저고리가 그녀의 양 어깨로부터 흘러내리고, 후광에 감싸인 채 그의 앞에 나타나던 그 이루 말할 수 없이 고귀한 자태가 아직도 눈에 선하였으며, 그의 영혼은 그 사라져 버린 여성의 발자취를 찾아 바위와 숲을 헤치며 내닫고 있었다.

그 행렬은 밤이 시작될 무렵에야 겨우 마을의 주막 앞에 당도하였다. 거기에는 먼저 온 단원들이 머물고 있었는데, 모두들 절망적인 기분이 되어 보상받을 수 없는 손실을 입은 것을 한탄하고 있었다. 그 주막의 하나뿐인 작은 홀은 사람들로 초만원이었다. 몇 사람은 짚을 깔고 누워 있었고, 다른 사람들은 벤치를 차지하고 있었으며, 몇몇은 난로 뒤에 쪼그리고 앉아 있기도 했다. 그리고 멜리나 부인은 옆에 있는 방에서 몸을 풀 시각을 불안하게 기다리는 중이었다. 놀란 나머지 분만 시간이 빨라진 것이었는데, 아직 젊고 경험 없는 안주인이 도와준다고는 하지만, 별로 큰 도움을 기대할 수는 없는 형편이었다.

이런 와중에 새로 도착한 일행이 좀 들어가자고 하니까 여기저기서 투덜거리는 소리가 나기 시작했다. 이제 그들은 자기들이 그런 위험스러운 길을 택했다가 그런 재난을 당하게 된 것은 오로지 빌헬름의 충고에 따랐기 때문이며 그의 〈특별 안내를 받은 덕분〉이라고 주장했다. 사람들은 결과가 잘못된 책임을 그에게 전가하면서, 문간에서 그가 들어오는 것을 막고는 어딘가 다른 곳에서 잠자리를 찾아보라고 버텼다. 필리네는 더욱 심한 냉대를 받았고, 하프 타는 노인과 미뇽도 역시 이에 못지않은 고통을 당해야만 했다.

아름다운 여주인한테서 그 의지할 곳 없는 사람들을 잘 보살피라는 간곡한 분부를 받고 있던 사냥꾼이 그런 언쟁을 오랫동안 참을성 있게 듣고 있지는 않았다. 그는 욕설과 협박으로 단원들을 윽박지르면서 그들에게 자리를 좀 좁혀 앉아 지금 도착한 사람들을 위해 자리를 마련하라고 명령했다. 그들은 마지못해 하라는 대로 따르기 시작했다. 사냥꾼은 탁자 하나를 구석으로 밀어붙이고는 그 위에다 빌헬름이 누울 자리를 마련하였다. 필리네는 그녀의 트렁크를 그 옆에 갖다놓게 하고는 그 위에 걸터앉았다. 각자가 될 수 있는 대로 몸을 쪼그려 앉았다. 그러고 나자 사냥꾼은 그 〈부부〉를 위해 좀더 편안한 숙소를 마련해 줄 수 없을까 알아보기 위해 밖으로 나갔다.

그가 나가자마자 금방 또다시 불만의 소리가 커지기 시작했으며 비난의 소리가 연이어 터져나왔다. 누구나 자기의 손실을 이야기하되 그 액수를 올려서 말했고, 모두들 그처럼 많은 손해를 초래한 그 무모한 용기를 비난했으며, 심지어는 빌헬름의 상처에 대해서 느끼고 있는 고소해하는 눈치조차도 숨기지 않았다. 그들은 필리네를 비웃었고, 그녀가 트렁크를 구해 낸 수단과 방법을 죄악시하였다. 온갖 추잡한 암시와 빈정대는 말로 미루어볼 때, 아마도 그녀는 그 약탈과 패배의 와중에서 애써 도둑떼의 우두머리한테 환심을 사고는, 그에게 무슨 재주, 무슨 친절을 부렸는지는 아무도 알 수 없지만, 그로 하여금 그녀의 트렁크를 너그럽게 봐주도록 만든 것이라고 짐작할 수도 있을 것 같았다. 그녀가 상당한 시간 동안 어디 갔는지 보이지 않더라고 주장하는 사람도 있었다. 필리네는 아무 대답도 하지 않았다. 다만 그녀는 자기 트렁크에 붙은 커다란 자물쇠들을 뒤흔들어 덜그덕거리는 소리를 냄으로써 그녀를 시기하는 사람들한테 바로 그 트렁크의 존재를 확인시켜 주면서 자기의 행복을 통해 그들의 절망을 더욱더 부채질할 따름이었다.

8

빌헬름은 많은 출혈로 기력이 쇠약해졌고 그 자비로운 천사가 나타난 뒤로 부드럽고 온화한 기분이 되었다. 그럼에도 불구하고 그는 자기가 입을 다물고 있는 동안 불만족스러워하는 단원들이 자꾸만 새로이 입에 올리는 그 심하고 부당한 언사에 마침내 그만 울화통을 터뜨리지 않을 수 없었다. 드디어 그는 이제 자기도 일어나서 친구이자 대표자였던 자기의 심기를 불편하게 했던 그들의 무례한 언행을 일일이 지적해 줄 만큼은 원기를 회복했다고 느꼈다. 그는 붕대를 감은 머리를 높이 치켜들었다. 그러고는 약간 애를 써서 자기 몸을 버티고 일어나서 벽에 기대어 앉으면서 다음과 같이 말하기 시작했다.

「저의 처지를 보고 가슴 아프게 생각해 줘야 마땅할 순간에 여러분은 저를 모욕하고 있으며, 제가 처음으로 여러분의 도움을 기대하는 때에 여러분은 저를 적대시하고 배척하고 있습니다. 여러분의 이러한 행동을 저는 여러분 각자가 자기의 손실에 대해 느끼고 계시는 고통 때문이라고 이해하고 싶습니다. 제가 여러분에게 보여드린 봉사와 여러분에게 베푼 호의에 대해서는 여러분의 감사와 친절한 행동으로 지금까지 충분히 보상받았다고 느낍니다. 그러니, 저를 잘못 자극하고 저의 심정을 잘못 건드려, 지난 일을 되돌아보고 제가 여러분을 위해 한 일을 다시 생각해 보지 않을 수 없도록 만들지 마시기 바랍니다. 이렇게 손익을 따지는 것은 저에게도 단지 괴로운 일일 따름입니다. 제가 여러분과 함께하게 된 것도 우연이었고, 여러분과 함께 머물게 된 것도 여러 가지 사정과 어떤 은밀한 애정 때문이었습니다. 저는 여러분의 일과 여러분의 즐거움에 동참했습니다. 저의 얼마 안 되는 지식은 여러분에게 봉사하기 위해 제공되었습니다. 이제 여러분들은 우리가 당한 그 재난을 무정하게도 저의 탓으로 돌리고 있는데, 그러면서 여러분은 그 길을 택하도록 제일 먼저 제안한 것은 전혀 다른 분이었고 그 제안이 여러분 모두에 의하여 검토되었으며 저뿐만 아니라 여러분 각자도 거기에 찬성했다는 사실을 까마득히 잊고 있습니다. 우리의 여행이 잘 끝났더라면, 누구나 자기가 그 길을 제안했고 더 선호했던 것이 좋은 착상이라면서 자찬할 것이며, 우리가 함께 심사숙고한 사실과 거기서 자신이 행사한 투표권을 즐겁게 회상할 것입니다. 그런데 이제 여러분은 저에게만 책임을 돌리고 저에게 억지로 죄를 뒤집어씌우고 있습니다. 저는 그 죄를 기꺼이 받아들이고 싶기도 합니다. 그러나 가장 순수한 의식의 판결은 저에게 무죄를 언도하고 있고, 심지어 저는 이 모든 것을 결국 여러분 자신들의 책임으로 돌려야 하지 않을까 하는 생각까지도 하게 됩니다. 저에게 하실 말씀이 있거든 차근차근 말씀해 보십시오. 그러면 저도 저 자신의 입장을 변호해 보겠습니다. 그러나, 만약 논거를 대어 말할 수 있는 것이 없거든, 제발 좀 입을 다물고, 저를 괴롭히지 말아주십시오. 지금 저는 보시다시피 절대 안정이 필요한 몸입니다」

대답 대신에 아가씨들이 다시 울면서 그들의 손실을 장황하게 이야기하기 시작했다. 그리고 멜리나는 완전히 제정신이 아니었다. 하기야 멜리나가 제일 많이, 그것도 우리가 상상할 수 있는 이상으로, 손실을 입었던 것은 사실이었다. 그는 마치 미친 사람처럼 비틀거리며 그 좁은 방안을 왔다갔다하고 머리를 벽에 부딪기도 하면서 저주와 욕설을 뇌까리고 있었는데, 그 꼴이 무례하기 이를 데 없었다. 그런데 바로 그 시간에 옆방에서 안주인이 들어서면서 멜리나 부인이 사산했다고 전했기 때문에, 멜리나는 내친 김에 가장 격한 분통을 터뜨렸으며, 그에게 합세하여 모두들 울부짖고 고함과 불평을 터뜨리면서 벌집을 쑤셔놓은 듯 대소란이 벌어졌다.

그들의 처지에 대한 동정심과 그들의 비열한 근성에 대한 혐오감이 동시에 깊숙한 내심에까지 작용하여 충격을 받은 빌헬름은 쇠약한 기력에도 불구하고 문득 자기 영혼의 온 힘이 불끈 솟아오름을 느꼈다. 「여러분들의 처지가 정말 안됐긴 하지만, 저는 여러분들을 거의 경멸하지 않을 수 없는 심경입니다」 하고 그는 외쳤다. 「어떤 불행한 일을 겪었다고 해서 죄없는 사람에게 비난을 퍼부을 권리가 생기는 건 아니지요. 그 잘못된 결정에 제몫이 있다면, 저는 그 몫을 이미 치르고 있습니다. 저는 여기 부상당해 누워 있는 것입니다. 그리고 극단의 손실이 크다고 하지만, 제가 제일 많은 손실을 입었어요. 잃어버린 의상과 파손된 무대도구는 저의 것이었습니다. 이런 말을 할 수도 있는 것이, 멜리나 씨, 당신은 나에게 아직 그 대금을 지불하지 않았습니다. 그렇지만 저는 이 자리에서 앞으로 당신에게 일체 그런 요구는 않겠다는 말씀을 드립니다」

「아무도 다시 볼 수 없는 것을 선사하신다니 그럴듯한 선물이군요!」 하고 멜리나가 외쳤다. 「당신의 돈은 내 아내의 트렁크 속에 들어 있었어요. 그것을 잃게 된 것은 당신 탓입니다. 아, 그러나 그 돈뿐이라면 얼마나 좋을까!」 그는 새로이 발을 동동 구르고 욕설과 고함을 지르기 시작했다. 모두들 멜리나가 백작 댁 시종과 유리한 거래를 통해 수중에 넣었던, 백작의 옷장에서 나온 그 아름다운 옷가지들, 혁대 죔쇠, 시계, 담배 케이스, 그리고 모자들 따위를 기억해 낼 수 있었다. 또한, 그보다는 훨씬 못하다 해도 자기 자신이 아끼던 물건들이 각자의 기억에 다시 떠올랐다. 그래서 그들은 혐오감을 지니고 필리네의 트렁크를 바라보았으며, 빌헬름에게도 이런 미녀와 한 동아리가 되어 그녀의 행운을 통해 자기 물건도 건지게 되었으니 정말 선견지명이 있다는 둥 노골적으로 꼬집고 들었다.

「도대체 여러분들은 여러분들이 굶고 있는데도 제가 제 물건만 챙기리라고 생각하는 건가요?」 하고 빌헬름이 드디어 고함을 질렀다. 「곤궁할 때 제가 여러분들과 진심으로 운명을 같이하려는 것이 이번이 처음이던가요? 저 트렁크를 열도록 하시오. 그리고 뭔가 내 것이 있다면 모두 함께 쓰도록 내놓겠습니다」

「안 돼요」 하고 필리네가 말했다. 「이것은 내 트렁크입니다. 내가 열어야겠다 싶을 때 이전에는 절대 열지 않겠어요. 내가 간수해 둔 당신의 헌옷 두세 벌은, 아무리 정직한 유태인한테 판다 하더라도, 몇 푼 받지 못해요. 당신 자신을 생각하세요. 상처를 치료하는 데에 얼마나 돈이 들지, 그리고 낯선 땅에서 무슨 일을 당하게 될지 말이에요」

「필리네 양!」 하고 빌헬름이 불렀다. 「내 것은 아무것도 남기지 말고 다 내주시오! 그 얼마 안 되는 것이라도 우리가 맨 처음 당하게 될 곤란을 타개하는 데에는 도움이 되겠지요. 그러나 인간이 자기 친구들을 도울 수 있는 방법은 그 외에도 아직 여러 가지가 있는 법이오. 그것이 반드시 쩔렁거리는 돈일 필요는 없지요. 내 마음속에 있는 모든 것을 나는 이 불행한 사람들에게 바치겠소. 이 사람들은 다시 제정신이 들면 틀림없이 현재 자신들의 행동을 후회할 것이오. 그렇습니다!」 하고 그는 말을 계속했다. 「저는 여러분들이 도움을 필요로 한다는 것을 절감하고 있고, 또한 제가 할 수 있는 것은 무엇이든 당신들을 위해 봉사하겠습니다. 한번 더 저를 믿어주십시오. 이 순간 우선 좀 진정하시고 제가 여러분에게 약속하는 것을 받아주십시오! 어느 분이 전체를 대표해서 저로부터 약속을 받으시겠습니까?」

여기서 그는 한 손을 쳐들고 외쳤다. 「저는 여러분 각자가 자기 손실액의 두 배 내지는 세 배를 보상받는 것을 보기 전에는, 그리고 누구의 죄 때문이든 간에 여러분이 현재 처한 그 처지를 여러분이 완전히 잊게 되고 보다 행복한 처지로 뒤바뀌기 이전에는, 여러분을 떠나지 않을 것을 약속합니다」

그는 아직도 여전히 한 손을 쳐든 채였지만, 아무도 그 손을 잡으려 하지 않았다. 「저는 다시 한번 약속합니다」 하고 그는 뒤쪽 베개 위로 다시 쓰러지면서 외쳤다. 모두들 잠자코 있었다. 그들은 창피한 생각이 들었지만, 위로가 되지는 않았다. 필리네는 트렁크 위에 걸터앉아서, 그녀의 호주머니에서 찾아낸 호두들을 까고 있었다.

9

그 사냥꾼이 사람 몇을 대동하고 돌아와 부상자를 옮겨갈 채비를 차렸다. 그가 그 마을의 목사를 설득하여 그 〈부부〉를 받아들여 주도록 한 것이었다. 필리네의 트렁크가 운반되어 나갔다. 그러자 그녀는 자연스러운 태도로 그 뒤를 따르는 것이었다. 미뇽은 일행보다 앞서 달려갔다. 그리하여 환자가 목사관에 도착하자, 이미 오랜 세월 전부터 귀빈용 침석으로 마련되어 있던 널찍한 더블 베드가 그에게 제공되었다. 여기서야 비로소 상처가 터져서 심한 출혈이 있었음을 알아차리게 되었다. 새로운 붕대를 감아주어야 했다. 환자는 신열이 있었으며, 필리네가 정성스럽게 그를 간호했다. 나중에 그녀가 피로를 견디지 못하게 되자 하프 타는 노인이 그녀와 교대했다. 미뇽은 깨어서 병상을 지키겠다는 굳은 결의에도 불구하고 한구석에서 잠들어 있었다.

이튿날 아침, 빌헬름이 약간 회복되었을 때에, 그는 사냥꾼으로부터 어제 그들을 구해 준 그 일행은 전란을 피해 종전이 될 때까지 보다 조용한 곳에서 지내기 위해 얼마 전에 그들의 장원을 떠난 분들이라는 말을 들었다. 사냥꾼은 그 나이 지긋한 신사분과 그의 외손녀의 이름을 가르쳐 주고 그들이 우선 체류하게 될 장소도 가르쳐 주었으며, 그 아가씨가 재난당한 사람들을 잘 보살펴 주라고 자기한테 엄명을 내렸다는 사실도 빌헬름에게 이야기해 주었다.

빌헬름이 사냥꾼에게 진심으로 감사의 말을 하고 있는 중에 외과 의사가 들어왔다. 의사는 상처를 자세하게 설명해 주고는 환자가 안정하고 기다리면 상처는 쉽게 나을 것이라고 장담했다.

사냥꾼이 말을 타고 떠난 뒤에 필리네가 이야기한 바에 따르면, 사냥꾼은 프랑스 금화 이십 냥이 든 지갑 하나를 그녀한테 남기고 갔고, 목사한테는 숙소를 제공한 대가로 사례금을 주었으며, 외과 의사에게 줄 치료비까지도 목사에게 미리 맡겨두고 떠났다는 것이었다. 그리고 필리네 자기는 완전히 빌헬름의 아내로 통하고 있고, 자기도 내친 김에 그 자격으로 언제까지나 그의 곁에 있고 싶으니, 다른 간호원을 물색하는 것은 용납하지 않겠다는 것이었다.

「필리네 양!」 하고 빌헬름이 말했다. 「나는 이번에 우리가 당한 재난에서 이미 당신에게 많은 신세를 졌어요. 나는 당신에 대한 내 의무가 점점 많아지는 것을 원치 않아요. 당신이 내 주위에 있는 한, 나는 불안해요. 당신의 수고에 어떻게 보답해야 할지 모르겠단 말이오. 당신의 트렁크 안에 넣었다가 당신이 건져준 내 물건들을 꺼내 나에게 주시고, 다른 단원들과 합류하시어 나와 다른 숙소를 구하시오. 나의 감사의 뜻을 받아주고, 작은 정성의 표시로 그 금시계를 가지시오. 다만 내 곁을 떠나주시오. 당신이 옆에 있으면 난 당신이 생각하는 것 이상으로 불안해집니다」

그가 말을 마치자 그녀는 그의 얼굴을 들여다보면서 깔깔 웃었다. 「당신은 바보예요」 하고 그녀가 말했다. 「언제 분별이 들지 모르겠네요. 어떻게 해야 당신에게 좋을지는 제가 더 잘 알고 있어요. 나는 그대로 있겠어요. 여기 이대로 꼼짝 않고 있을 거예요. 남자들의 감사 따위는 지금까지 한번도 계산에 넣어본 적이 없어요. 그러니, 당신의 감사 또한 기대하지 않았어요. 그리고 내가 당신을 좋아한다고 해서, 그래 그게 당신한테 무슨 상관이지요?」

그녀는 그대로 있었다. 그리고 얼마 안 가서 곧 목사와 그의 가족들한테도 환심을 사게 되었다. 이렇게 그녀는 항상 쾌활하게 행동하고 누구에게나 무엇인가를 선사할 줄 알며 누구의 마음에나 다 드는 이야기를 하면서도 항상 자기가 원하는 바를 행했던 것이다. 빌헬름의 병세도 나쁘지 않았다. 박식하지는 않으나 솜씨가 서투르지는 않은 사람이었던 그 외과의는 자연의 치유력에 맡겨둘 줄 알았다. 그래서 환자는 곧 차도를 보이기 시작했다. 빌헬름은 자기 몸이 다시 완쾌되어 자기의 계획들과 소원들을 열심히 실현해 나갈 수 있기를 간절히 바라고 있었다.

그는 자기 마음에 지울 수 없는 인상을 남긴 그 일을 끊임없이 회상하곤 하였다. 그는 수풀로부터 말을 타고 나타나던 그 아름다운 아마존 여인의 모습이 아직도 눈에 선하였다. 그녀는 그에게 다가와 말에서 내려서는 이리저리 거닐면서 자기 때문에 걱정을 했다. 그는 그녀가 걸치고 있던 그 저고리가 그녀의 양 어깨로부터 흘러내리는 것을 보았으며, 그녀의 얼굴, 그녀의 모습이 찬연히 빛을 발하면서 사라져가는 것을 보았다. 그의 모든 젊은 시절의 꿈들이 이 모습과 결부되었다. 이제 그는 그 고귀하고 용감한 클로린데를 자기 눈으로 직접 본 것 같은 생각이 들었다. 그리고 그의 머릿속에는 다시금 그 병든 왕자가 떠올랐으며, 이해심 많은 그 아름다운 공주가 말없이 겸손한 자세로 그의 병상으로 다가서는 모습도 떠오르는 것이었다.

〈젊은 시절에는 마치 꿈속에서처럼 우리가 미래에 겪게 될 운명의 모습들이 눈앞에 떠돌게 되고 우리의 아직 흐려지지 않은 눈앞에 예감으로 나타나 보이는 것이 아닐까?〉 하고 그는 이따금 조용히 혼자서 말해 보곤 했다. 〈앞으로 우리가 겪게 될 일의 싹들이 운명의 손에 의하여 벌써 미리부터 여기저기 뿌려져 있는 것이 아닐까? 우리가 어느 날엔가 따먹을 것으로 기대하는 열매들을 미리 좀 맛볼 수 있는 것이 아닐까?〉

병상에 누워 있었기 때문에 그는 그때의 그 장면을 수천 번이라도 되풀이해서 회상해 볼 시간이 있었다. 그는 그 감미로운 목소리의 울림을 수천 번 다시 귓전으로 불러보았으며, 그 자비로운 손에 키스했던 필리네를 수없이 부러워했다. 가끔 그에게는 그 일이 마치 꿈같이 생각되었다. 그리고, 만약 그 환상적인 모습의 현실성을 확증해 주는 그 저고리가 남아 있지 않았더라면, 그는 이 이야기를 한낱 환상적인 동화로 여겼을 것이다.

그 옷을 입고 싶은 아주 생동감 넘치는 욕구가 그것에 대한 이루 말할 수 없이 세심한 배려와 한데 합쳐졌다. 병상에서 일어나자마자 그는 그 저고리를 걸쳐 입었다. 그러고는 온종일 그것이 그 어떤 얼룩이나 그 밖의 무슨 잘못으로 손상되지나 않을까 걱정하는 것이었다.

10

라에르테스가 빌헬름을 방문했다. 라에르테스는 주막에서 그 소란한 장면이 벌어졌을 때에는 거기에 없었다. 그는 위층의 한 작은 방에 누워 있었던 것이다. 그는 자기 손실에 대해서는 아주 깨끗이 단념하고 있었고 그가 평소에 항상 하는 〈뭐, 별 상관 있겠나?〉라는 말로 자위해 버리고 말았다. 그는 단원들의 여러 가지 우스운 특징에 관해서 이야기했는데, 특히 멜리나 부인을 책망했다. 그녀가 딸을 사산하여 슬퍼하는 이유는 오로지 옛날 독일식으로 메히틸데라는 세례명을 붙여줄 수 있는 즐거움을 맛보지 못하게 된 때문이라는 것이었다. 그녀의 남편에 관해서 말하자면, 그 사람이 큰 돈을 지니고 있었고 그 당시 빌헬름한테서 긁어낸 그 돈까지도 실은 빌릴 필요조차 없었다는 사실이 드러났다고 했다. 이제 멜리나는 다음번에 오는 우편마차편으로 떠나려 하고 있는데, 빌헬름에게 친구인 제를로 단장한테 추천장을 한 장 써달라고 부탁할 것이라고 했다. 멜리나는 이제 자신의 계획이 좌절된 마당에 제를로의 극단에 들어가기를 희망한다는 것이었다.

미뇽은 며칠 동안 거의 말없이 지내오고 있었다. 그래서 무슨 일이냐고 캐묻자, 마침내 그녀는 오른팔이 삐었다고 고백했다. 「그건 네가 너무 대담하게 나선 탓이다」 하고 필리네가 말했다. 그러고는, 그 아이가 그 당시 전투에서 자기의 엽도를 빼들고 있었으며, 자기의 보호자가 위험에 처한 것을 보자, 용감하게 약탈자들을 향해 덤벼들었다는 이야기를 했다. 마침내 미농은 팔을 붙잡혀 옆으로 내동댕이쳐졌다는 것이었다. 그렇게 다친 것을 왜 진작 털어놓지 않았느냐고 책망했지만, 그 아이가 그 외과의를 꺼려했다는 것을 알아차릴 수 있었다. 그 의사는 그녀를 그때까지도 사내아이로만 알고 있었다. 다친 곳이 치료되어서 그녀는 붕대 감은 팔을 목에 매달고 다니게 되었다. 그러나 이에 대해서도 그녀는 또다시 불만이 대단했는데, 그것은 그녀의 보호자를 간호하고 시중드는 일 중에서 가장 중요한 몫을 필리네에게 양보하지 않을 수 없었기 때문이었다. 그렇게 되자 그 유쾌한 악녀는 더욱더 부산한 열성과 정성을 피우는 면모를 보였다.

어느 날 아침 빌헬름이 잠자리에서 깨어났을 때, 그는 자기가 이상스럽게도 필리네와 가까이 누워 있는 것을 발견하였다. 그는 잠결의 불안 때문인지 그 널찍한 침대의 뒷부분으로 밀려나 있었다. 필리네는 앞쪽 침대 위에 가로누워 있었는데, 아마도 그녀는 침대 위에 걸터앉아 책을 읽다가 잠이 든 것 같았다. 책이 한 권 그녀의 손에서부터 바닥에 떨어져 있었다. 그녀는 뒤쪽으로 자빠지면서 머리가 그의 가슴께 근처로 놓이게 되었다. 그리하여 그녀의 풀어헤쳐진 금발이 그의 가슴 위에 물결 모양으로 퍼져 있었다. 잠결의 무질서가 기교를 부리고 계획적으로 꾸민 것보다도 그녀의 매력을 오히려 더 배가해 주고 있었다. 그녀의 얼굴 위에는 어린애 같은 조용한 미소가 감돌았다. 그는 한동안 그녀를 바라보았는데, 그러면서 즐거워하는 자기 자신을 탓하는 것같이 보였다. 우리는 그가 절대 안정과 절제를 해야 하는 자기의 상태를 다행스럽게 생각했는지, 혹은 불행하게 생각했는지 알 길이 없다. 어쨌든 그가 한동안 주의 깊게 그녀를 관찰하고 있는데, 그녀가 움직이기 시작했다. 그래서 그는 살짝 눈을 감았다. 그러나, 그녀가 다시 간단한 화장을 하고 나서 아침 식사에 대해 알아보기 위해 나갈 때에는 눈을 가늘게 뜨고 그녀의 뒷모습을 바라보지 않을 수 없었다.

그런데 이제 배우들 모두가 한 사람씩 차례로 빌헬름을 찾아와서는, 다소 버릇없고 거친 태도로 소개장과 여비를 요구했으며, 필리네가 싫어하는 기색을 보이는 것에도 아랑곳하지 않고 기어이 그것들을 받아가는 것이었다. 그 사냥꾼이 그들한테도 상당한 액수를 주고 갔는데도 그들은 단지 그를 속여 돈을 더 우려내려는 수작에 불과하다고 필리네가 아무리 그녀의 친구에게 알아듣게 일러줘도 소용없었다. 오히려 이 일 때문에 두 사람은 심한 말다툼까지 하게 되었다. 빌헬름은 이제 딱 잘라서 말하기를, 그녀도 마찬가지로 여타 단원들이 하는 대로 제를로한테로 가서 행운을 찾아보는 것이 좋겠다고 주장했다.

그러자 그녀는 갑자기 버럭 화를 냈지만, 그것도 잠시뿐이었다. 잠시 후 그녀는 재빨리 다시 마음의 평정을 회복하고는 외쳤다. 「그 금발 소년만 다시 와도 당신들 따윈 거들떠보지도 않을 텐데!」 그녀의 이 말은 프리드리히를 두고 하는 소리였는데, 그 소년은 그 숲속의 빈터에서 벌어진 사건 이후 종적을 감추고 두 번 다시 모습을 나타내지 않았다.

다음날 아침에 미뇽이 침대 곁으로 와서 간밤에 필리네가 길을 떠났다는 소식을 알려주었다. 그녀는 떠나기 전에 빌헬름의 물건은 모두 옆방에다 매우 꼼꼼하게 차곡차곡 쌓아두었다는 것이었다. 그는 그녀가 없는 것이 서운했다. 그녀가 가고 나니 그는 충실한 간호원, 쾌활한 말동무를 잃은 셈이었다. 도대체가 그는 이제는 더 이상 혼자 있을 수가 없을 것 같았다. 하지만 그 빈 자리는 얼마 안 가서 곧 미농이 다시 채우게 되었다.

그 경박하고도 아름다운 여자가 친절히 간호해 주면서 부상자를 감싸고 돈 이래로, 이 소녀는 점차로 뒤로 물러나 앉아서는 말없이 혼자 머물러 있었다. 그러나 이제 다시 자유로운 활동 영역을 얻자, 그녀는 정성과 애정을 보이며 나타나서는 열성적으로 그의 시중을 들고 쾌활하게 그의 말벗이 되어주는 것이었다.

11

빌헬름은 매우 빠르고 순조롭게 회복돼 가고 있었다. 그는 이제 불과 며칠 후에는 길을 떠날 수 있으리라고 기대하고 있었다. 그는 무계획하게 빈둥거리고 다니는 생활을 계속하고 싶지는 않았으며, 앞으로는 한 걸음 한 걸음 내디딜 적마다 명확한 목적을 향해 인생행로를 걸어갈 작정이었다. 우선 그는 도움을 준 그 귀인을 찾아보고 자신의 감사의 뜻을 표하고 싶었고, 그 다음에는 서둘러 그의 친구인 그 극단 단장을 찾아가서 재난을 당한 동료 단원들을 최대한 보살펴주고 싶었으며, 또한 동시에, 휴대하고 있는 소개장을 활용해서 거래선을 방문하고는 자기가 맡은 업무를 처리하고자 하였다. 그는 행운의 신이 지금까지와 마찬가지로 앞으로도 역시 그를 돕고 그에게 기회를 주어, 운좋은 투기를 통하여 손실을 보충하고 회계장부의 공백을 다시 메울 수 있기를 희망해 보았다.

자신을 구해 준 그 여인을 다시 만나고 싶은 욕망이 날로 커져갔다. 그는 자신의 여행 코스를 정하기 위해, 지리학과 통계학에 일가를 이룬 데다 상당한 수준의 책과 지도를 소장하고 있는 그 목사와 이 일에 대해 의논했다. 그들은 그 고귀한 일가가 전쟁중의 거처로 정했다는 그 마을을 찾아보았으며, 그 가문 자체에 대해서도 탐문해 보았으나, 그런 마을은 어느 지리책, 어느 지도에서도 찾아볼 수 없었고, 그런 가문에 대한 기록은 어느 족보책에도 일체 나오지 않았다.

빌헬름은 불안해졌다. 그래서 그가 자신의 걱정을 입밖에 내어 말하자, 하프 타는 노인이 그에게 털어놓기를, 자기는 그 사냥꾼이 무슨 이유로 그랬는지는 모르겠지만 진짜 이름을 숨겼을 가능성도 있다고 생각한다고 말했다.

지금 그 아름다운 여성의 근처에 있는 것만은 확실하다고 믿었던 빌헬름은 하프 타는 노인을 보내 보면 그녀에 대한 약간의 소식은 얻을 수 있으리라고 기대했다. 그러나 이 희망 역시 수포로 돌아가고 말았다. 노인이 아무리 알아보아도 전혀 단서를 잡을 수 없었다. 그 무렵 그 지방에서는 각종 피난민 행렬이나 예기치 않았던 통과 행군이 자주 있었기 때문에, 그런 여행객들을 특별한 관심을 가지고 지켜본 사람은 아무도 없었다. 그래서 심부름 나갔던 노인은 수염 때문에 유태인 간첩으로 오해만 받을 것 같아서 철수하지 않을 수 없었고 그의 주인이자 친구인 빌헬름 앞에 좋은 소식 없이 빈손으로 나타나지 않을 수 없었다. 노인은 자기가 그 임무를 수행한 과정을 일일이 설명했으며, 혹시라도 자기가 그것을 적당히 하다 만 듯한 혐의를 받지 않기 위해 몹시 애쓰고 있었다. 그는 갖은 방법으로 빌헬름의 우울한 기분을 덜어주려 했으며, 자기가 사냥꾼에게 들었던 모든 말들을 곱씹어 보고 여러 가지 추측들을 내놓곤 했다. 그러다가 보니 마침내 어떤 상황이 하나 짐작되었는데, 그것으로 빌헬름은 그 사라져 버린 미인이 했던 그 말의 수수께끼를 풀 수 있을 것 같았다.

즉, 그 강도의 무리가 애초에 노리고 기다린 것은 유랑극단이 아니라 그 귀족 일가였다는 해석이 나온 것이다. 도둑들은 당연히 그 일가가 많은 돈과 귀중품을 지니고 있을 것으로 짐작했고 그 행렬이 지나가는 것에 대해 이미 상세한 정보를 갖고 있었음에 틀림없었다. 그 범행이 민병대의 소행인지, 아니면 약탈을 하고 다니는 낙오병들의 소행인지, 또는 단순 강도들의 소행인지는 알 수 없었다. 그야 어쨌든, 그 지체 높고 부유한 여행객들에게는 다행한 일이었지만, 비천하고 가난한 사람들이 한 걸음 먼저 그 빈터에 도착해서 원래는 그 여행객들이 겪게 되어 있는 재난을 대신 당한 것이었다. 빌헬름이 지금도 잘 기억하고 있는 그 젊은 숙녀의 말은 바로 이 점을 가리키는 것이었다. 미래를 예견하시는 수호신이 한 완벽한 미인을 구해 내기 위해 자신을 희생으로 삼은 데에 대해서는 빌헬름도 기쁘고 행복하긴 했지만, 다른 한편으로는, 그녀를 다시 찾아 만나보리라는 온갖 희망이 적어도 지금 이 순간에는 완전히 사라져 버렸기 때문에 거의 절망에 빠질 지경이었다.

그의 마음속의 이런 이상한 감동은, 그가 백작부인과 그 미지의 아름다운 여성이 서로 닮은 것을 발견했다고 믿는 순간 더욱더 고조되었다. 그 둘은 자매 사이처럼 서로 같았으며, 누가 동생이고 누가 언니라고 말할 수조차 없을 것 같았다. 마치 그들은 쌍둥이인 것같이 생각되었기 때문이다.

그 사랑스러운 백작부인에 대한 추억은 그에게는 무한히 감미로운 것이었다. 그녀의 모습을 다시 기억 속으로 불러보는 것은 그로서는 정말 즐거운 일이 아닐 수 없었다. 그러나 이제는 그 고귀한 아마존의 모습이 바로 거기에 끼여들게 되어, 그 두 환상(幻像)이 서로 몽롱하게 넘나들고 뒤섞이는 통에, 그는 어느 것이 누구의 모습인지 딱히 포착할 수 없게 되고 말았다.

그런 데다 두 여인의 필적까지 닮은 것을 알자 그의 놀라움이 어떠했겠는가! 그는 자신의 비망록에 백작부인이 손수 쓴 매혹적인 시를 갖고 있었는데, 이번에는 또, 바로 그 덧저고리 안에서 다정하고도 세심하게 외할아버지의 안부를 묻고 있는 작은 쪽지 하나를 발견했던 것이다.

빌헬름은 자기를 구해 준 그 여성이 이 쪽지를 썼으며, 여행 중 어느 여관 방에서 다른 방으로 보내어져서 그 할아버지란 사람이 자기 주머니에 넣어둔 것임에 틀림없다는 생각이 들었다. 그는 그 두 필적을 서로 비교해 보았는데, 백작부인이 쓴 예쁜 글자들은 평소에도 그의 마음에 아주 썩 드는 것이었지만, 그 미지의 여인의 비슷하면서도 보다 자유로운 필체에서 그는 이루 말할 수 없이 유창하고 부드러운 조화를 발견할 수 있었다. 그 작은 쪽지는 별다른 내용을 담고 있지 않았다. 그러나 그 필적만 갖고 있어도 벌써 그는, 전에 그 미인이 눈앞에 있었을 때 그랬던 것처럼, 자신의 품격이 올라간 것 같은 생각이 드는 것이었다.

그는 꿈꾸는 듯한 그리움에 빠져들었다. 그런데 바로 이 시간에, 그의 이런 기분에 화답이라도 하려는 듯, 미뇽과 하프 타는 노인이 일종의 불협화음적인 이중창으로 다음과 같은 노래를 아주 정감 있는 표현을 섞어 불렀다.

그리움을 아는 사람만이
나의 이 괴로움 알리라!
혼자, 그리고 모든 즐거움과 담 쌓은
곳에 앉아
저 멀리 창공을
바라본다.
아, 날 사랑하고 알아주는 사람은
먼 곳에 있다!
이 내 눈은 어지럽고
이 내 가슴 타누나.
그리움을 아는 사람만이
나의 이 괴로움 알리라!

12

부드러운 유혹을 일삼는 정다운 수호신은 우리의 친구를 그 어떤 길로 인도하기는커녕 그가 지금까지 느껴왔던 불안을 더 욱더 증대시키고 가중시킬 뿐이었다. 어떤 신비스러운 불꽃이 그의 핏줄 속에서 보이지 않게 이글거렸고, 특정한 대상들과 불특정한 대상들이 그의 영혼 속에서 뒤섞이면서 끝없는 욕망을 불러일으켰다. 그는 때로는 내달리기 위한 말을 원했고 때로는 날기 위한 날개를 원했다. 이렇게 한 곳에 머무는 것이 불가능한 것으로 여겨지자 그때에야 비로소 그는 대체 자기가 어디로 가고자 하는지 자신의 주위를 휘둘러보기 시작했다.

그의 운명의 실오라기는 아주 이상하게 뒤엉켜 버렸다. 그는 이 이상한 매듭들이 풀리거나 끊어지기를 원했다. 말이 달려오거나 마차가 굴러오는 소리가 날 때면 자주 그는 급히 창문으로 달려가 바깥을 내다보곤 했는데, 그것은 누군가가 그를 찾아와 단지 우연히라도 그에게 무슨 확실하고도 기쁜 소식을 전해 줄 것만 같은 희망 때문이었다. 그는 혼자서 이야기들을 지어내 보기도 했는데, 이를테면 그의 친구 베르너가 이 지방으로 왔다가 그를 깜짝 놀라게 할 수도 있고, 어쩌면 마리아네가 불현듯 나타날 수도 있다는 따위가 그런 이야기들이었다. 그는 우편마차의 나팔 소리를 들을 때마다 조바심을 쳤다. 멜리나가 자신의 새로운 운명에 대해 소식을 전해 주었으면 싶었다. 그러나 그가 무엇보다도 바란 것은 그 사냥꾼이 다시 찾아와 자기가 사모해 마지않는 그 미인에게로 자기를 초대해 주는 일이었다.

그러나 유감스럽게도 그 모든 일 중에서 아무것도 일어나지 않았다. 그래서 그는 자기가 결국 다시 혼자 외로이 남게 된 사실을 확인하지 않으면 안 되었다. 지난 일을 전반적으로 다시 음미해 볼 때, 그에게는 한 가지 일이, 다시 살펴보고 되돌아보면 볼수록, 점점 더 불쾌해지고 더욱더 참을 수가 없었는데, 그것은 그가 극단 지도자로서 실패한 일이었으며, 이 일은 생각만 해도 지긋지긋한 기분이 들었다. 물론 그는 그 불행한 날 저녁에 단원들 앞에서 제법 그럴듯하게 발뺌하는 말을 하긴 했지만, 실은 자기가 생각해도 자신의 책임이 아주 없다고는 할 수 없는 것이었다. 오히려 그는 우울한 순간들에는 그 사건을 전적으로 자신의 책임으로 돌리기도 했다.

자신에 대한 사랑은, 우리의 미덕은 물론이고 우리의 결점까지도 실제보다 훨씬 더 과장된 것으로 우리의 눈에 비치도록 만든다. 빌헬름도 자신에 대한 신뢰를 발동시켜서 다른 사람들의 의지를 조종하였으며, 미숙성과 대담성의 인도를 받아 앞장섰는데, 그들 일행의 힘으로는 도저히 당해 낼 수 없는 위험이 들이닥친 것이었다. 그래서 입밖에 낸 비난의 소리와 무언의 비난이 그에게 쏟아졌다. 그리고 그 심한 피해를 본 뒤에 그가 그 잘못 인도된 단원들한테 피해액에 이자까지 쳐서 충분히 보상되기 전에는 그들을 떠나지 않겠다고 약속했지만, 전체가 함께 당한 재앙을 주제넘게도 자기 혼자서 도맡아 보겠다고 나서는 것 자체가 또다시 무모한 짓이라고 자책하지 않을 수 없었다. 어떤 때에는 순간적인 흥분과 충동으로 그런 약속까지 한 자신을 책망하기도 했다. 그러나 또 다른 때에는, 자기가 정답게 손을 내밀었을 때 아무도 그 손을 잡아주지 않아서 단지 가벼운 제스처에 불과한 것처럼 되어버리긴 했지만, 사실 그것은 그가 정말 진심으로 서약한 맹세였다는 점을 새삼 느끼기도 하였다. 그래서 그는 자기가 그 단원들을 도울 수 있고 그들에게 유용하게 될 수 있는 방법을 생각하게 되었으며, 그 결과 어느 모로 보나 자기가 빨리 제를로한테로 가야 할 것 같았다. 그래서 그는 짐을 쌌다. 그러고는 몸이 미처 완전히 회복되기를 기다릴 것 없이, 목사와 의사의 충고에도 아랑곳하지 않고서, 이상한 길동무들인 미뇽과 노인을 데리고, 운명이 다시 한번 그를 너무 오랫동안 붙잡아 놓고 있었던 그 무위도식의 상태로부터 서둘러 길을 떠났다.

13

제를로는 쌍수를 들고 환영하면서 그를 향해 외쳤다. 「이게 누군가? 어디 봅시다, 정말 당신인가? 음, 별로 변하지 않았군. 아니, 전혀 변하지 않았어요. 가장 고귀한 예술에 대한 당신의 사랑이 아직도 여전히 그렇게 강렬하고 뜨거운가요? 당신이 온 것이 너무 반가운 나머지, 최근의 당신 편지들이 나에게 불러일으켜 놓은 불신감도 더 이상 느껴지지 않는군요」

빌헬름은 영문을 몰라 좀더 자세히 설명해 달라고 청했다.

「나에 대한 당신의 행동은 옛친구의 것이 아니더군요」하고 제를로가 대답했다.「당신은 나를, 소용에 닿지 않는 사람들도 아무 거리낌 없이 추천해도 좋은 그런 위대한 인물로 취급했더군요. 우리의 운명은 관중의 의견에 달려 있는 거요. 그런데, 당신이 추천하신 멜리나 씨와 그의 단원들은 우리 극단에서는 아마 채용되기 어렵지 않을까 싶군요」

빌헬름은 무엇인가 그들에게 유리한 말을 해주려고 했다. 그러나 제를로가 그들에 관해 워낙 가혹한 말을 하기 시작했기 때문에, 빌헬름에게는 마침 한 여인이 방으로 들어와 대화가 중단된 것이 매우 다행스럽게 생각되었다. 그의 친구는 그 여자를 자기 누이동생 아우렐리아 Aurelia[2)]라고 소개하였다. 그녀가 아주 우정어린 태도로 빌헬름을 맞이해 준 데다 그녀와의 대화가 아주 유쾌했기 때문에, 그는 재기가 넘치는 그녀의 얼굴에서 어떤 특별한 관심을 유발시키는 일말의 뚜렷한 수심기를 전혀 알아채지 못했다.

빌헬름은 오랜만에 다시 자기가 놀던 옛물로 되돌아온 기분

---

2) 이 대목에서만은 아우렐리아 Aurelia라고 되어 있으나, 이 다음부터는 항상 아우렐리에 Aurelie로 지칭되고 있다. 제를로라는 성(姓)이 이미 이탈리아계임을 나타내고 있지만, 이 대목에서는 제를로가 자기 누이동생을 소개하면서 무심결에 이탈리아식 호칭이 입밖으로 나온 것으로 이해된다.

을 느꼈다. 지금까지는 자기가 말을 하면 겨우 호감을 갖고 들어주는 사람들만이 그의 대화 상대였지만, 이제 그는 그의 말을 완전히 이해할 뿐만 아니라 그의 말에 대해 도움이 되는 대답을 해주는 예술가들 및 전문가들과 대화할 수 있는 행복감을 만끽하게 된 것이었다. 얼마나 빠른 속도로 최근의 희곡 작품을 훑어볼 수 있었던가! 그리고 그것들을 평가하는 그 정확한 판단력 하며, 관중의 반응을 미리 분석하고 헤아릴 수 있는 능력이라니! 서로를 이해하는 데에도 순식간이면 족할 지경이었다.

빌헬름이 셰익스피어를 좋아했기 때문에 이제 화제는 필연적으로 이 작가 쪽으로 돌아가게 되었다. 그는 이 탁월한 희곡 작품들이 독일에 몰고 올 새로운 시대에 대한 열렬한 기대를 표시하였다. 그리하여 얼마 안 가서 곧 그는 자기를 그렇게도 사로잡았던 「햄릿」에 관해서 말하기 시작했다.

제를로는 그것의 상연만 가능했더라면 그도 오래전에 이미 그 작품을 한번 무대에 올리고 싶었고 자기는 폴로니우스 역을 맡고 싶다고 큰 소리를 쳤다. 이윽고 그는 미소를 띠고서 이렇게 덧붙여 말하는 것이었다. 「우선 그 왕자 역만 있다면, 오필리아 역을 할 여자들은 아마 쉽게 찾을 수 있을 거요」

빌헬름은 오빠의 이 농담이 아우렐리에의 마음에 들지 않은 것을 미처 알아채지 못하고는 평소 그의 버릇대로, 자기라면 「햄릿」을 어떻게 연출할 것인가를 장황하고도 교훈적으로 이야기하는 데에 여념이 없었다. 위에서 우리는 이미 그가 이 작품을 두고 숙고하는 모습을 살펴본 바 있지만, 그는 그 결과를 이제 그들에게 상세히 개진했다. 제를로가 그의 가설에 대해 많은 의문을 제기했지만, 그는 자기 주장을 납득시키기 위해 갖은 애를 썼다. 「자, 좋아요」 하고 마침내 제를로가 말했다. 「지금까지의 당신 주장이 모두 옳다고 칩시다. 그것을 전제로 계속 설명하고 싶은 것이 뭐지요?」

「여러 가집니다, 아니, 모든 것입니다」 하고 빌헬름이 대답하고 나섰다. 「제가 지금까지 묘사한 그대로의 한 왕자가 뜻밖에도 갑자기 부왕을 잃은 것입니다. 그 상황을 한번 상상해 보십시오. 그에게 활력을 불어넣어 주는 정열은 명예욕과 지배욕이 아닙니다. 그때까지 그는 자신이 왕의 아들이라는 사실을 그냥 받아들여 왔습니다. 그러나 이제야 비로소 그는 왕과 신하를 갈라놓는 차이점에 전보다 더 주목하지 않을 수 없게 된 것입니다. 왕위에 오를 수 있는 권리는 세습적인 것은 아니었습니다. 하지만, 만약 부왕이 더 오래 살았더라면 자기 외아들의 요구권을 더 확실히 다져놓고 외아들이 즉위할 수 있는 희망을 확고히 해주었을 것입니다. 그러나 이제 그 왕자는 그의 숙부가 겉으로는 여러 가지 약속을 하고 있음에도 불구하고 숙부 때문에 자기가 왕위에 오를 가능성은 아마도 영원히 없으리라는 것을 직시하고 있습니다. 이제 그는 자신이 하느님의 은총과도, 재산과도 인연이 없는 초라한 신세며, 어릴 적부터 자기의 소유물로 생각해 오던 모든 것과도 낯선 존재가 된 것을 실감하게 됩니다. 바로 여기에서 그의 정서는 처음으로 슬픈 방향을 잡게 되지요. 그는 자기가 이제 여느 귀족보다 나을 게 없을 뿐 아니라 오히려 그들보다 못하다는 것을 느끼는 것입니다. 그래서 그는 자신을 누구든지 섬기는 하인이라고 말합니다. 이것은 그가 겸손해하거나 자기 비하를 하는 것이 아닙니다. 정말로 그는 영락해 버렸고 초라하게 돼버린 것입니다.

지난날의 그의 지위를 바라보면 그는 마치 사라진 꿈을 바라보는 것처럼 허황한 기분일 뿐입니다. 숙부가 그를 격려해 주고 그로 하여금 그의 상황을 다른 관점에서 보도록 해주려고 하지만 모두가 헛수고일 뿐, 자신이 아무것도 아니라는 허무감은 이제 결코 그를 떠나지 않고 따라다니는 것입니다.

그에게 찾아온 제2의 타격은 그에게 더 큰 상처를 입히고 더욱더 그의 기를 꺾어놓았습니다. 그의 어머니의 결혼이 그것입니다. 부왕이 별세했을 때, 효성스럽고 정이 많은 아들이었던 그에게는 아직 어머니가 남아 있었지요. 그래서 그는 미망인이 된 그의 고귀한 어머니와 더불어 위대한 고인의 영웅적인 면모를 함께 추모하기를 바랐던 것입니다. 그러나 그는 어머니조차 잃습니다. 그것은 죽음의 신이 그에게서 어머니마저 빼앗아간 것보다도 더 못한 것이지요. 예의 바르게 잘 자란 아들이 자기 부모에 대해 갖고 싶어하는 그런 신뢰의 상(像)이 깨어집니다. 고인이 된 아버지에게는 도움을 받을 수 없고 살아 있는 어머니는 믿고 의지할 수가 없습니다. 그녀도 역시 여자이고, 일반적으로 〈연약한 자〉[3]라고 지칭되는 〈여자〉의 범주에 그녀도 역시 포함되는 것입니다.

이제야 비로소 그는 자신이 정말 기가 꺾이고 이제야 비로소 고아가 된 것을 느낍니다. 앞으로 이 세상의 그 어떤 행복이 찾아온다 해도 그에게는 이 상실감이 다시는 보상될 수 없는 것입니다. 천성이 우울하지도, 사색적이지도 않던 그에게는 이제 슬픔과 사색이 무거운 짐이 되는 것입니다. 우리는 이런 상태로 무대 위에 등장하는 햄릿을 보아야 합니다. 제가 이 작품에 무엇인가 첨가하거나 어떤 특징을 과장해서 말한다고는 생각하지 않습니다」

---

3) 「햄릿」 제1막 제2장 제146행(Fraility, thy name is woman!) 참조.

제를로는 자기 누이동생의 얼굴을 바라보았다. 그러고는 말했다. 「어때? 내가 이 친구에 대해 너한테 말한 것 중에 뭐 틀린 데 있니? 첫 대면 때부터 그럴듯한 시작이군. 이 친구가 앞으로도 우리에게 많은 걸 그럴듯하게 이야기하면서 온갖 걸 다 설득하려 들걸!」 빌헬름은 자기가 설득하려는 것이 아니라 확신시켜 드리고 싶을 뿐이라고 엄숙히 맹세했다. 그러고는 잠깐만 더 참고 들어달라고 부탁했다.

「그런 청년, 그런 왕자를 정말 생생하게 상상해 보셔야 합니다!」 하고 그는 외쳤다. 「그의 상황을 눈앞에 그려보십시오. 그리고, 아버지의 망령이 나타난다는 말을 들을 때의 그를 잘 관찰하십시오. 그리하여, 그 경외스러운 유령이 마침내 그의 앞에까지 등장하는 그 무서운 밤에 그의 곁에 서 계셔 보십시오. 크나큰 공포가 그를 엄습합니다. 그래도 그는 그 경이로운 형체에게 말을 걸고 그 형체가 손짓하는 것을 두 눈으로 똑똑히 보고 그 형체를 따라가 그 형체가 하는 말을 듣습니다. 숙부에 대한 가공할 탄핵이 그의 귀에 울려옵니다. 복수를 해달라는 요구와 거듭 되풀이되는 간곡한 부탁의 말이 귀에 들려오는 것입니다――〈날 잊지 말아다오!〉

그런데, 유령이 사라지고 났을 때, 우리가 눈앞에서 보게 되는 것은 어떤 사람입니까? 숨을 헐떡이며 복수를 다짐하는 젊은 영웅인가요? 자신의 왕관을 찬탈한 자를 징벌하라는 요구를 받고 행복감을 느끼는 타고난 군주인가요? 아닙니다! 뜻밖에도 놀람과 비애가 이 고독한 사람에게 엄습하는 것입니다. 물론 그는 회심의 미소를 짓고 있는 악인들에 대해 분노를 느끼고, 이 세상을 떠나신 분을 잊지 않겠다고 맹세는 합니다. 그러나 그는 끝에 다음과 같은 의미심장한 탄식을 달고 있습니다. 〈천지운세의 톱니바퀴가 잘못 돌아가고 있구나! 가엾다, 이 내 몸은, 이 어긋난 톱니바퀴들을 다시 바로잡아야 하는 운명을 타고났으니!〉[4)]

제 생각에는 바로 이 탄식 속에 햄릿의 모든 행동의 열쇠가 숨어 있다고 봅니다. 그리고, 여기서 셰익스피어가 묘사하고자 한 것이 저에게는 분명해지는데, 그것은 한 연약한 영혼이 자신에게는 벅찬 행위를 짊어지게 된 상황입니다. 그리고 저는 이 작품이 이런 의미에서 수미일관하게 씌어졌다고 봅니다. 여기서 문제가 되는 것은 단지 섬약한 화초나 심을 수 있는 진귀한 화분에다 떡갈나무를 심는 격이라는 점입니다. 떡갈나무의 뿌리가 뻗어나게 되면 그 화분은 깨어지게 마련이지요.

영웅이 되기 위해 필요한 억센 감각을 지니지 못한 채 아름답고 순수하고 고귀하며 지극히 도덕적인 한 인물이 자기가 도저히 감당할 수도 없고 그렇다고 내던져 버릴 수도 없는 무거운 짐에 짓눌려 파멸해 가는 것입니다. 그에게는 모든 의무가 신성한 것이지만, 그래도 이 의무는 정말 너무 벅찬 것이지요. 그는 불가능한 것을 하라는 요구를 받은 것입니다. 물론 그 일 자체가 불가능한 것이 아니라, 그에게는 불가능하다는 말씀이지요. 그는 몸을 비틀고 몸을 돌려보며, 불안해하고 앞으로 나아가기도 하고 뒤로 물러서기도 하며, 항상 기억하도록 상기되고, 또 스스로도 항상 회상합니다. 그러다가 마침내는 거의 자신의 목적을 잊어버리게 되지요. 그러나 앞으로 두 번 다시 즐거워질 수는 없는 것입니다」

---

4) 「햄릿」 제1막 제5장 제189-190행(The time is out of joint;-O cursed spite, / That ever I was born to set it right!-) 참조.

14

여러 사람들이 방으로 들어와서 그 대화는 중단되고 말았다. 그들은 조그만 연주회를 하기 위해 일 주일에 한 번씩 제를로의 집에 모이는 음악 연주자들이었다. 제를로는 음악을 매우 좋아했으며, 음악을 사랑하지 않는 배우란 자기 예술의 개념도 분명히 알 수 없고 자기 예술의 감정도 결코 체득할 수 없을 것이라고 주장했다. 음악 반주가 있어 그 음율에 따라 몸짓을 하면 훨씬 편하고 품위 있는 연기를 할 수 있는 것과 마찬가지로, 배우도 자기의 역할을 자기 개인적인 방식에 따라 단조롭고 서투르게 해치울 게 아니라 박자와 운율에 따라 적당히 변화를 주면서 연기를 해야 한다는 의미에서 볼 때, 배우는 말하자면 자기의 산문적인 역할을 작곡해 나가는 것으로 볼 수 있다는 것이 평소 제를로의 주장이었다.

아우렐리에는 거기서 일어나고 있는 모든 일에는 별로 관심이 없는 것같이 보이더니, 마침내 우리의 친구를 어느 옆방으로 데리고 갔다. 그러고는 창가로 다가가서는 별이 총총한 하늘을 바라보면서 그에게 이렇게 말했다. 「햄릿에 관해서는 아직 우리에게 많은 것을 더 말씀해 주셔야겠습니다. 저는 조급하게 굴고 싶지는 않습니다. 그래서 당신이 우리에게 미처 말씀하시지 못한 것은 오빠도 있는 자리에서 함께 듣기를 원합니다. 그렇지만 지금은 오필리아에 대한 당신의 생각을 말씀해 주세요」

「그녀에 관해서는 말할 것이 별로 많지 않습니다」 하고 빌헬름이 대답했다. 「시인은 불과 몇 번의 원숙한 필치로 이미 그녀의 성격을 완성해 버렸거든요. 그녀의 온 존재는 무르익은 달콤한 감성 속에서 둥둥 떠다니고 있습니다. 그녀로서도 조금도 기울 것이 없는 결혼을 약속한 사이인 그 왕자에 대한 그녀의 애정도 그 달콤한 감성의 샘에서 저절로 솟아나고 그 착한 마음도 완전히 욕망에 자신을 맡겨버리고 있습니다. 그래서 아버지와 오빠가 다같이 걱정을 하고 직선적이고도 노골적인 경고까지 하는 것이지요. 그녀의 얌전한 자태도 마치 그녀의 가슴을 덮고 있는 엷은 베일과도 같이 그녀의 마음의 동요를 감출 수가 없습니다. 아니, 오히려 그 소리 없는 동요를 드러내 주고 있는 것입니다. 그녀의 상상력은 불이 당겨져 있고 그녀의 조용하고 겸허한 성격은 사랑에 가득 찬 욕망을 숨쉬고 있습니다. 그래서, 기회라는 이름의 편안한 여신이 언젠가 그 조그만 나무를 흔들기만 하면 금방 열매가 익어 떨어지도록 되어 있는 것이지요」

「그런데 이제 그녀는 버림받고 거부와 멸시를 당하게 된 자신을 보게 되고」 하고 아우렐리에가 말했다. 「그녀의 미친 듯한 애인의 영혼 속에서 지금까지 가장 고귀하던 것이 갑자기 가장 비천한 것으로 뒤바뀌게 되고, 그가 사랑의 감미로운 잔 대신에 고통의 쓰디쓴 잔을 그녀에게 내밀게 되자──」

「그녀의 가슴은 터지고 마는 것입니다」 하고 빌헬름이 말했다. 「그녀의 현존재의 모든 기둥의 이음새가 어긋나게 되고 아버지의 죽음까지 들이닥치자, 그 아름다운 건물은 완전히 폭삭 주저앉고 말았지요」

빌헬름은 아우렐리에가 조금 전에 그녀의 마지막 말을 할 때의 표정이 어떠했는지 눈여겨보지 않았다. 단지 예술작품의 전체적 연관성과 그 완벽성에 열중해 있었기 때문에 그는 상대방 여성이 전혀 다른 반응을 느끼고 있다는 사실을 상상하지 못했다. 그는 이들 희곡 작품 속의 환영들을 통해 그녀의 마음속에 그녀 자신의 깊은 상처가 다시 격렬한 고통으로 터지게 되었음을 상상할 수 없었던 것이다.

아직도 아우렐리에는 두 손으로 고개를 떠받친 채 눈물이 가득 고인 두 눈을 하늘로 향하고 있었다. 마침내 그녀는 감추고 있던 고통을 더 이상 억제할 수가 없었다. 그래서 그녀는 빌헬름의 두 손을 잡았다. 그러고는 그녀 앞에 놀란 채 서 있는 그에게 말했다.「용서하세요. 괴로움에 떨고 있는 이 가슴을 헤아려 너그러이 용서해 주세요. 주위 사람들은 저를 조이고 억누르고만 있어요. 무정한 오빠 앞에서 저는 저 자신의 감정을 숨기려고 애써야 한답니다. 그런데 이제 당신이 함께 계시니까 모든 고삐가 다 풀렸군요. 나의 친구분!」하고 그녀는 말을 계속했다.「불과 얼마 전에 처음 알게 되었는데, 벌써 당신은 제가 속마음을 다 털어놓는 친구가 되셨군요」그녀는 이 말을 하자마자 그의 어깨 위에 쓰러져 왔다.「제가 당신에게 이렇게 빨리 제 속을 고백하고 이렇게 약한 면을 보여드린다고 해서 저에 관해 나쁘게 생각하지 말아주세요!」하고 그녀는 흐느끼면서 말했다.「저의 친구가, 변치 않는 친구가 되어주세요. 그 정도 자격은 있는 여자랍니다」그는 아주 정다운 말로 그녀를 달랬지만 아무 소용이 없었다. 그녀는 눈물이 자꾸 쏟아져 나와 말문이 막히고 말았다.

매우 탐탁지 않게도 바로 이 순간에 제를로가 들어왔고, 아주 뜻밖에도 필리네가 나타났는데, 제를로가 그녀의 손을 잡고 있었다.「여기에 당신의 친구분이 있습니다」하고 제를로는 그녀에게 말했다.「당신을 만나게 되어 반가워할 겁니다」

「아니!」하고 빌헬름이 놀라서 외쳤다.「당신을 여기서 보게 되다니!」그녀는 겸손하고 신중한 태도로 그를 향해 다가와 그에게 환영한다는 말을 했다. 그러고는, 자격도 없는 자기 같은 사람을 단지 앞으로 수련을 쌓을 것이라는 기대 아래 이 훌륭한 극단에 받아들여 준 제를로 씨의 아량을 찬양했다. 그렇게 말하는 그녀는 빌헬름에게 친절하기는 했지만, 경의를 표하면서 어딘가 거리를 두는 듯한 태도였다.

그러나 이렇게 꾸민 태도는 그들이 단둘이 남자 오래가지 않았다. 아우렐리에가 그녀의 고통을 숨기기 위해 나가버리고 제를로도 사람들이 찾아서 불려 나가자, 그녀는 우선 그 두 사람이 확실히 나갔는지 문 쪽을 확인했다. 그러고 나서 그녀는 마치 멍청이가 된 것처럼 방 안을 이리저리 뛰어다니다가 마룻바닥에 주저앉더니 숨이 넘어갈 듯이 킥킥거리고 깔깔대며 웃어댔다. 이윽고 그녀는 벌떡 일어나서는 우리의 친구에게 매달려 왔다. 그러고는 자기가 현명하게도 미리 떠나와서 지형지물을 정찰하고 자리를 잡은 것에 대해 지나칠 정도로 기뻐해 마지않는 것이었다.

「여기는 제가 꼭 마음에 들어할 만큼 그렇게 다채로운 일들이 많아요」 그녀가 말했다. 「아우렐리에는 어느 귀족과 연애를 했다가 실패를 했나 본데, 그 상대가 아주 멋진 남자임에 틀림없어요. 그 남자를 저 자신도 언젠가 한번 보고 싶다니까요. 그 남자가 아우렐리에의 품안에 선물을 남겨준 것 같은데, 그 점은 혹시 제가 잘못 생각하고 있는지도 모르겠어요. 약 세 살쯤 되는 사내아이 하나가 뛰어다니며 놀고 있는데, 아이가 마치 해처럼 훤한 것으로 봐서 그애 아빠도 인물이 좋을 걸로 짐작이 가요. 저는 평소에 아이들을 좋아하지 않는데, 그애만은 좋아해요. 제가 아우렐리에의 형편에 따라 계산을 해보았는데, 그녀의 남편이 죽은 때, 새로 남자를 사귄 시점, 그리고 그 아이의 나이 등 모두가 딱 맞아떨어져요.

이제 그 남자 친구는 자기 갈길을 가버렸어요. 일 년 전부터 그는 더 이상 그녀를 보러 오지 않고 있어요. 그 때문에 그녀는 제정신이 아니고 절망에 빠져 있어요. 어리석은 여자지 뭐예요!——오빠라는 사람도 단원 중의 한 여자 무용수에게 알랑거리고 있고 한 여배우와는 친밀한 사이인가 하면, 시내에도 그가 섬기는 부인들이 몇 명 있답니다. 지금은 저도 역시 그 명부에 올라 있겠지요. 참 어리석은 남자지요!——나머지 다른 사람들 얘기는 내일 들으세요. 그리고 당신이 잘 아는 이 필리네가 마지막으로 딱 한마디만 더 하자면, 그 어리석기 짝이 없는 여자가 당신한테 홀딱 반했어요」 필리네는 그것이 틀림없다고 맹세하면서 그건 정말 재미있는 일이라고 단언했다. 그녀는 빌헬름에게 그가 제발 아우렐리에에게 연정을 느끼도록 해보라고 열심히 부탁했다. 그렇게 되어야 비로소 사랑의 추격전이 제대로 시작된다는 것이었다. 「그 여자는 자기를 버린 그 남자를 뒤쫓고, 당신은 그녀를, 난 당신을, 그리고 그녀의 오빠는 내 뒤를 뒤쫓게 되지요. 이렇게 되면 한 반 년 정도는 틀림없이 재미있게 지낼 수 있을 거라고 장담할 수 있어요. 두고 보세요. 만약 그렇지 않다면, 난 사각관계로 뒤엉켜 있는 이 복잡한 이야기들의 맨 첫 에피소드를 읽다가 그만 죽어도 좋아요」 필리네는 자기가 꾸미고 있는 연극을 제발 망치지 말아달라고 그에게 부탁했다. 그러고는, 자기도 이제 여러 사람들 앞에서 바른 처신을 통해 존중을 받고 싶으니, 부디 그도 그녀에게 그만한 경의는 표해 달라고 부탁하는 것이었다.

15

이튿날 아침 빌헬름은 멜리나 부인을 방문하기로 작정했다. 그러나 그는 그녀가 집에 없는 것을 보고 유랑 극단의 다른 단원들은 다 어디 있느냐고 물어보았더니, 필리네가 그들을 아침 식사에 초대했다는 말을 듣게 되었다. 궁금해서 서둘러 그쪽으로 가보았더니 모두들 매우 쾌활하고 안락한 기분으로 앉아 있었다. 그 약삭빠른 아가씨가 일행을 모아놓고 코코아를 대접하면서, 아직은 모든 전망이 다 수포로 돌아간 것은 아니라는 것을 알아듣도록 설명하고 있었다. 그녀는 자기의 영향력을 발휘하여 단장인 제를로에게, 이렇게 능숙한 배우들을 그의 극단에 받아들이는 것이 그에게도 유리하다는 사실을 설득시킬 수 있기를 바란다고 말했다. 일행은 그녀의 말을 주의깊게 들으면서 코코아를 여러 잔씩 마셨다. 그러고는 이 아가씨가 별로 나쁜 여자가 아니구나, 앞으로는 이 아가씨에 대해서 나쁘게 얘기하지는 말아야겠다고 생각하는 것이었다.

「당신은 제를로가 우리 동료들을 데리고 있을 결심을 해주리라고 정말 믿고 하는 소리요?」 하고, 필리네와 단둘이만 남게 되었을 때 빌헬름이 물었다. 「천만에요」 하고 필리네가 대답했다. 「저는 그런 일에는 아무 관심도 없어요. 저는 차라리 그들이 빨리 떠날수록 그만큼 더 좋겠어요. 다만 라에르테스 한 사람만은 붙잡아두고 싶네요. 다른 사람들은 한 사람씩 차례로 제거해 나가도록 해요」

이 말 끝에 그녀는 빌헬름도 이제는 더 이상 자신의 재능을 묻어두지만 말고 제를로 같은 유능한 감독의 지도 아래 무대에 나서야 한다는 자기의 확신을 말하는 것이었다. 그녀는 이 극단을 지배하고 있는 질서의식, 고상한 취미, 고매한 정신을 입에 침이 마르도록 찬양했고, 우리의 친구에게 온갖 아양을 떨면서 그의 풍부한 재능을 크게 추켜세웠기 때문에, 그의 분별력과 이성으로 판단하건대 이것이 어림없는 제안이라는 것은 잘 알고 있었지만, 그의 가슴과 상상력은 그만 이런 권유에 귀가 솔깃해졌다. 그는 자기의 이러한 마음을 자신에게, 그리고 필리네에게도 숨기고는 하루를 조용히 쉬었지만, 종일 곰곰이 생각해 봐도, 그의 거래처에 가서 이미 거기에 자기 앞으로 와 있을 편지를 찾아보겠다는 결단을 내리지 못했다. 최근에 자기 가족들이 불안해하고 있을 정경이 눈에 선하긴 했지만, 그렇다고 그들의 근심과 비난을 상세하게 듣는 것이 마음에 내키지 않았기 때문이었다. 더욱이, 그날 저녁에는 새로운 작품의 공연이 있어서 그는 큰 재미와 순수한 향유(享有)를 맛볼 기대에 부풀어 있었던 것이다.

제를로는 빌헬름이 이 작품의 연습 광경을 보는 것을 허용하지 않았다. 「당신이 우리를 아시려면 우선 우리의 가장 좋은 점부터 보셔야 합니다」 하고 제를로가 말했던 것이다. 「그러고 나서야 비로소 우리는 당신이 우리의 속을 들여다보는 것을 용인할 수 있습니다」

그러나 그날 저녁 공연을 지켜본 우리의 친구는 역시 최대의 만족감을 맛보았다. 그가 연극을 그렇게 완전한 형태로 본 것은 이번이 처음이었다. 배우들 모두가 훌륭한 소질과 적합한 재능을 지니고 있고 자신의 예술에 대하여 심오하고 명확한 이해를 하고 있다는 신뢰감이 들었다. 그런 중에도 그들은 서로 똑같지는 않았다. 그들은 서로 의지하고 참고 견디며, 서로 고무해 주었으며 그들의 전체 연기는 아주 정확하고도 치밀했다. 제를로가 그 전체를 이끌어가는 중심 인물임은 금방 느낄 수 있었는데, 그는 여러 가지로 장점이 크게 돋보이는 인물이었다. 그가 무대에 나설 때마다, 그가 입을 열 때마다, 훌륭한 모방의 재능과 더불어 그에게서 나타나는 명랑한 기분, 절도 있는 활력, 적절하고 온당한 감정 등은 찬탄하지 않을 수 없었다. 그의 현존재의 내면적 평온성이 모든 관객들한테로 은밀히 전파되어 나가는 것 같았으며, 배역의 극히 미묘한 뉘앙스까지도 경쾌하고도 호감이 가도록 표현해 내는 그 재치있는 연기법은 그가 지속적인 연습을 통해 몸에 익힌 기술을 숨길 줄 알았기 때문에 더욱더 큰 기쁨을 불러일으킬 수 있었다.

그의 누이동생 아우렐리에 역시 오빠에 뒤지지 않았다. 제를로가 관객들의 마음을 경쾌하고 기쁘게 해줄 수 있는 대단한 능력을 지닌 반면에, 그녀는 그들의 마음을 감동시킴으로써 보다 큰 박수갈채를 받았다.

며칠을 그렇게 유쾌하게 보내고 난 뒤에 아우렐리에가 우리의 친구를 보고 싶다는 말을 전해 왔다. 그가 서둘러 그녀에게로 가보니 그녀는 길다란 안락의자에 누워 있었다. 그녀는 두통을 앓는 것 같았으며, 전체 모습으로 보아 신열이 있는 것을 감추기 어려운 상태였다. 그가 들어서는 것을 바라보자 그녀의 눈이 맑게 빛났다. 「용서하세요!」 하고 그녀가 그를 향해 말했다. 「저에게 베풀어주신 신뢰 때문에 제가 허약해진 것 같습니다. 지금까지 저는 남모르는 가운데 저의 고통을 벗삼아 지내왔습니다. 말하자면, 그 고통이 저에게 인내력과 위안을 주기도 했던 것이지요. 그런데, 어떻게 된 일인지 모르겠습니다만, 이제 당신이 그 침묵의 끈들을 풀어놓으신 것입니다. 그래서 이제 내키지 않으시겠지만, 제가 저 자신과 다투고 있는 마음의 갈등을 들어주시기 바랍니다」

빌헬름은 그녀의 말에 친절하고 정중하게 대답했다. 그는 그녀의 모습과 그녀의 고통이 항상 그의 마음속에 떠돌고 있다고 밝히면서, 자기가 그녀에게 친구로서 헌신할 터이니 부디 신뢰해 주기 바란다는 말을 되풀이해 강조했다.

이렇게 말하는 동안 그는 그녀의 앞 마룻바닥에 앉아서 온갖 장난감들을 마구 집어던지고 있는 사내아이한테로 시선이 쏠렸다. 그애는 필리네가 이미 말한 대로 약 세 살 정도 되어 보였다. 그리고 이제야 비로소 빌헬름은, 평소 고상한 표현이라곤 좀체 쓰지 않는 그 경박한 아가씨가 왜 그 아이를 해에다 비유했는지 이해할 수 있었다. 큼직한 두 눈과 통통한 얼굴 주위에는 아주 아름다운 금발의 고수머리들이 물결치고 있었고, 부드럽게 휘어진 섬세하고도 검은 두 눈썹이 눈부시게 새하얀 이마로부터 두드러져 보였으며, 아이의 두 뺨에는 생생한 건강색이 넘쳤던 것이다.「제 곁에 앉으세요」하고 아우렐리에가 말했다.「이 행복한 아이를 바라보시면서 의아스러운 생각이 드시겠지요. 정말 이 아이를 기쁜 마음으로 제 품안에 받아들였고 현재도 마음을 쓰면서 키우고 있지요. 다만, 애한테서 어쩔 수 없이 제 고통의 정도도 알아볼 수 있답니다. 그 고통 때문에 이와 같은 선물의 진가조차 제대로 느낄 수 없으니까 말입니다. 이제 저와 제 운명에 관해서 이야기하는 것을 허락해 주세요」하고 그녀가 말을 이었다.「저를 오해하시면 안 된다는 생각을 줄곧 해왔기 때문입니다. 안정된 시간을 약간 가지게 되었다고 생각해서 오시게 한 것입니다. 그래서 지금 오셨는데, 이제는 제가 이야기의 실마리를 놓치고 말았군요.

〈이 세상의 하고많은 버림받은 여자들 중에서 또 그런 여자 하나를 만났군!〉 하고 말씀하시겠지요. 당신은 남자이시니까, 〈원, 이런 어리석은 여자 같으니라구! 한 남자의 배반, 그것은 죽음보다도 더 확실하게 여자라는 숙명 위에 떠돌고 있는 일종의 필연적 재앙인 걸 가지고, 그걸 당했다고 이 야단이람?〉 하고 생각하실 테지요. 아, 만약 제 운명이 그런 평범한 것이라면, 저도 그 평범한 재앙을 달게 받고 싶습니다. 그러나 그것은 너무나도 비상한 운명입니다. 그것을 거울에라도 비추어서 당신이 그 거울을 보시도록 하고 싶은데, 저는 왜 그렇게 할 수 없을까요? 왜 저는 누군가를 시켜서 그것을 당신에게 얘기하도록 할 수 없을까요? 아, 만약 제가 유혹을 당했다가 뜻밖의 배반을 당하고, 그리하여 버림을 받았던들, 절망 속에도 아직 위안이 남아 있을 것입니다. 그러나 저는 훨씬 더 고약한 경우인데, 저는 저 자신을 속인 것입니다. 뻔히 알면서도 저 자신을 기만한 것이지요. 제가 저 자신에게 결코 용서할 수 없는 것은 바로 이 점입니다」

「당신같이 고귀한 성품을 지닌 분이 완전히 불행해질 수는 없습니다」 하고 빌헬름이 대답해 주었다.

「그런데 이런 제 성격이 누구 탓인지 아십니까?」 하고 아우렐리에가 물었다. 「지금까지 한 처녀를 망쳐놓을 수 있었던 갖가지 나쁜 교육들 중에서도 가장 나쁜 교육 탓이지요. 감각과 애정을 오도하는 최악의 교육적 표본 때문이란 말씀입니다.

저는 일찍 어머니를 여의고 가장 중요한 성장기를 어떤 아주머니 집에서 보냈는데, 그 아주머니는 예의 염치에 관한 모든 법을 무시하는 것을 자신의 법칙으로 삼는 분이었어요. 아주머니는 다만 거친 향락 속에서 자신을 잊을 수만 있다면 대상을 유린하든 그 대상의 노예가 되든 상관없이, 모든 애정에 자기 자신을 맹목적으로 맡겨버리는 분이었지요.

순수하고 영특한 눈을 가진 우리 아이들이 그 결과 남성에 대해 어떤 개념을 갖게 되었을까요? 아주머니가 자극하여 끌어들인 남자들마다 모두가 얼마나 둔하고 뻔뻔스럽고 졸렬했던지! 그런가 하면, 욕심을 채우고 나자마자 그들은 또 얼마나 포만하고 건방지고 공허하며 몰취미하게 보였던지! 그렇게 저는 그 여인이 비열하기 짝이 없는 인간들의 노리개로 전락해 가는 꼴을 여러 해 동안 지켜보았지요. 그녀가 참고 만나지 않으면 안 되었던 사람들이라니! 그리고 그녀가 자신의 운명에 적응해 가는 그 얼굴 모습과 그 치욕적인 쇠사슬을 끌고 가는 그 걸음걸이!

그렇게 저는 당신들의 성(性)을 알게 된 것입니다. 그리고, 괜찮은 남자들조차도 평소 자연이 그들에게 부여해 준 온갖 좋은 감정을 유독 우리 여성들과의 관계에서만은 발휘하지 않음을 알아챘다고 생각했기 때문에, 제가 남자를 얼마나 증오했던지!

유감스럽게도 저는 그런 기회에 제 자신의 성(性)에 관해서도 많은 슬픈 경험을 하지 않을 수 없었습니다. 정말이지 열여섯 살 처녀로서의 저는 지금 저 자신보다 더 영리했습니다. 지금 저는 저 자신도 이해할 수 없으니 말입니다. 왜 우리는 젊을 때엔 그렇게 영리하다가도 나이가 들면서 점점 더 어리석어지는 것인지!」

그 사내아이가 시끄럽게 굴었다. 아우렐리에는 초조해져서 종을 울렸다. 한 노파가 애를 데려가기 위해 들어왔다.「아직도 치통이 있나요?」하고 아우렐리에가 얼굴을 싸맨 그 노파에게 물었다.「영 참을 수가 없다우」노파가 잘 들리지 않는 둔한 목소리로 대답했다. 그러고는 함께 가기를 원하는 듯이 보이는 애를 안아올려 데리고 나가버렸다.

아이가 나가자마자 아우렐리에는 비통하게 울기 시작했다. 「저는 신음과 한탄밖에는 아무것도 할 수 없군요」 하고 그녀가 말했다. 「그리고 한 가련한 벌레처럼 당신 앞에 누워 있는 저 자신이 부끄럽습니다. 제 마음의 평정은 이미 사라져 버리고, 저는 더 이상 이야기할 수가 없군요」 그녀는 말이 막혀 그만 잠자코 있었다. 일반적인 말을 하고 싶지는 않고 특별한 말은 아무것도 할 줄을 몰랐던 그녀의 친구는 그녀의 손을 꼭 잡고 한동안 그녀를 바라보고만 있었다. 마침내 그는 당황한 가운데에 자신의 앞 소형 탁자 위에 놓여 있는 책 한 권을 집어들었는데, 그것은 셰익스피어의 작품집이었고 마침 「햄릿」 부분이 펼쳐져 있었다.

때마침 문으로 들어와 누이동생의 상태를 물어보던 제를로는 우리의 친구가 손에 들고 있는 그 책을 들여다보았다. 그러고는 소리쳐 말했다. 「또 당신의 그 「햄릿」을 읽고 계시는군요? 마침 잘됐어요! 그 동안 나는 당신이 그 작품에 부여하고 싶어하는 그 규범적 명성을 매우 떨어뜨리는 것처럼 보이는 여러 가지 의심에 봉착했어요. 그 작품의 주요 관심사가 제3막으로 끝나고 마지막 두 막은 단지 전체를 간신히 떠받치고 있을 뿐이라고 고백한 것은 영국인 자신들이 아니었습니까? 그런데, 사실 아닌 게아니라 그 작품은 끝 무렵에는 앞으로 나가지도, 꼼짝달싹할 수도 없게 되어 있어요」

「그렇게도 많은 걸작들을 내놓을 수 있는 나라에서는 선입견과 제한된 지식 때문에 그릇된 판단을 하는 국민들도 몇 명은 있게 마련이지요」 하고 빌헬름이 말했다. 「그러나 그렇다고 해서 우리가 그 작품을 우리 자신의 눈으로 바라보고 공정하게 평가하는 데에는 아무런 방해도 될 수 없는 것입니다. 저는 그 작품의 구상을 탓할 생각은 추호도 없습니다. 오히려 저는 그보다 더 위대한 구상은 일찍이 없었다고 믿습니다. 그렇습니다! 그것은 구상된 것이라기보다는 그냥 거기 있는 것[5]이라고 할 수 있지요」

「그것을 어떻게 해석하시겠습니까?」 하고 제를로가 물었다.

「저는 아무것도 해석하고 싶지 않습니다」 하고 빌헬름이 응답했다. 「저는 다만 제가 생각하는 바를 선생님에게 말씀드리고 싶을 따름입니다」

아우렐리에가 자리에서 몸을 일으켜 한 손에다 몸을 의지하고는 우리의 친구를 바라보고 있었다. 하지만 그는 자기의 말이 옳다는 굉장한 확신을 갖고 다음과 같이 이야기를 계속해 나갔다. 「어떤 주인공이 자주적인 행동을 하고, 자기 마음이 명하는 대로 사랑하고 미워하며, 계획과 실천을 해나가면서 모든 장애를 물리치고 위대한 목적을 이루는 것을 볼 때, 우리는 아주 마음에 들어하고 크게 흡족해하지요. 역사 기술자와 시인은 우리 인간이 이렇게 자랑스러운 운명의 주인공이 될 수 있다는 것을 우리에게 납득시키고 싶어합니다. 그러나 이 작품에서 우리는 다른 가르침에 직면하게 됩니다. 즉, 주인공은 아무런 계획을 가지고 있지 않으나 작품이 계획으로 가득 차 있는 것입니다.

5) 17세기 프랑스 연극에서 수입된 당시 독일의 연극 이론의 입장에서 볼 때, 셰익스피어의 연극은 극적 통일성과 규칙성이 결여된 것으로 비쳤다. 그러나 헤르더와, 괴테를 위시한 질풍노도의 시인들은 셰익스피어 연극의 이와 같은 무규칙성을 높이 평가하기 시작했다. 예컨대, 제4막에는 일반적으로 〈전환(轉換)〉이 들어가야 한다고 믿었는데, 「햄릿」에는 그런 전환이 없으므로 당시 전통적 이론가로부터는 구성상의 결함으로 비난받을 소지가 있었던 것이다. 여기서 빌헬름 마이스터는 셰익스피어 연극의 무계획성과 자연성을 찬양하고 있는 것이다.

예컨대, 이 작품에서는 한 악인이 끈질긴 복수심을 제멋대로 실행에 옮겼다고 해서 죄를 받고 있지 않습니다. 그렇지 않습니다! 어떤 엄청난 사건이 발생해서, 그것이 그 필연적 귀결에 따라 계속 굴러가면서 죄없는 사람들까지도 함께 휩쓸어 가는 것입니다. 범인은 자기가 떨어지게 되어 있는 심연을 바야흐로 피해 갈 수 있을 듯이 보입니다. 그러나 그는 자기의 아슬아슬한 길을 간신히 다 빠져나왔다고 생각하는 바로 그 순간에 그만 그 심연 속으로 떨어지게 됩니다. 대저 악행이란 죄없는 사람들에게까지도 악의 구정물을 끼얹는 것이 그 특징이게 마련이지요. 이것은 선행의 경우도 비슷해서, 선행이란 그것을 누릴 자격이 없는 사람들한테까지도 많은 혜택을 베풀게 되지요. 무릇 악행이고 선행이고 간에 그 장본인이 벌이나 보상을 받는 경우는 아주 드물지요. 그런데 여기 우리의 작품을 보십시오! 얼마나 놀랍습니까! 연옥의 정죄화(淨罪火)가 그 정령을 보내어 복수를 요구하지만, 그것도 소용없습니다. 모든 정황이 서로 얽혀서 복수를 재촉하지만, 그것도 허사입니다. 오직 운명의 손아귀에 맡겨져 있는 것에 대해서는 지상의 인간도, 지하의 영들도 속수무책인 것이지요. 심판의 시간이 다가옵니다. 악인이 선인과 함께 쓰러집니다. 한 종족이 모두 운명의 낫에 베여 죽고, 그리하여 새로운 종족의 싹들이 돋아나는 것입니다」

잠깐 쉬는 참이 되어 서로 얼굴만 멀거니 바라보고 있던 중 이윽고 제를로가 입을 열었다. 「당신은 신의 섭리는 별로 찬양하지 않으시면서 시인을 높이 떠받드는군요. 그러고는 또다시 당신의 시인을 찬양하기 위해, 다른 사람들이 신의 섭리를 찬양할 때 그러는 것처럼, 그 시인은 생각조차 하지 않았던 최후 목적과 계획까지도 그의 업적으로 돌리시려는 것 같군요」

16

「그런데 저도 한 가지 여쭤보겠어요」 하고 아우렐리에가 말했다. 「저는 오필리아 역을 다시 한번 살펴보았는데, 그 역이 마음에 듭니다. 그래서, 상황이 허락한다면 감히 한번 그 역을 연기해 보고 싶습니다. 그렇지만 어디 말씀 좀 해주세요. 시인은 그 미친 여자로 하여금 다른 노래를 부르도록 했어야 하지 않았을까요? 우울한 담시들에서 따온 단편(斷片) 같은 것을 택할 수도 있을 텐데요? 그 고귀한 아가씨의 입에서 그런 모호하고 음탕한 헛소리가 나오게 하는 까닭이 무엇일까요?」

「미안하지만, 이 점에서도 저는 추호도 양보할 수 없군요」 하고 빌헬름이 응답했다. 「그런 이상한 점에도, 언뜻 보기에는 어색하게 보이는 그런 점에도, 큰 의미가 숨어 있기 때문입니다. 작품의 첫머리에서부터 이미 우리는 이 착한 아가씨의 마음이 무엇에 이끌리고 있는지를 알지 않습니까? 그녀는 조용히 혼자서 살아가고 있었지만, 그녀의 동경, 그녀의 소망은 숨길 수가 없었습니다. 육욕을 갈구하는 소리들이 남모르게 그녀의 영혼 속으로 울려 들어갔던 것입니다. 그래서 그녀는 마치 아이 보는 서투른 여자와도 같이 노래라도 불러서 자신의 깨어나는 육욕을 잠재우고자 얼마나 많은 애를 썼습니까? 그러나 그 노래는 오히려 그녀의 육욕을 더욱 깨어나도록 만들었던 것입니다. 마침내 그녀가 자기 통제력을 잃고 그녀의 가슴속의 말이 혀 끝에서 맴돌자, 그 혀가 그녀를 배반하게 되는 것이지요. 왕과 왕비의 면전에서 그녀는 미친 사람의 순진한 상태로 자기가 평소 좋아하던 노래들, 즉 정조를 빼앗긴 처녀의 노래, 살금살금 총각을 찾아가는 처녀의 노래 등 그 방종한 노래들의 여운을 즐기는 것입니다」

그가 미처 말을 끝맺기도 전에 갑자기 그의 눈앞에는 이상한 광경이 벌어졌는데, 어째서 그런 광경이 벌어지고 있는지 그로서는 도저히 이해가 가지 않았다.

제를로가 그 어떤 의도를 눈치채지 못하게 하면서 방 안을 몇 번인가 왔다갔다했다. 그러던 그가 갑자기 아우렐리에의 화장대로 다가가더니 그 위에 놓여 있던 그 무엇인가를 재빨리 거머쥐었다. 그러고는 자기의 노획품을 들고 서둘러 문 쪽으로 달려가는 것이었다. 아우렐리에는 오빠의 그러한 행동을 눈치채자마자 벌떡 일어나더니 그의 길을 가로막고 나서면서 믿을 수 없을 정도로 사납게 오빠한테로 덤벼들었다. 그러고는 어찌나 잽싸게 굴었던지 그 빼앗긴 물건의 한쪽 끝을 붙잡게 되었다. 그 둘은 매우 완강하게 맞붙어 씨름을 하고 아주 숨가쁘게 몸을 돌리며 서로 빙빙 돌고 있었다. 오빠는 껄껄 웃었고 누이동생은 잔뜩 약이 올라 있었다. 빌헬름이 그들 쪽으로 달려가 그들을 서로 떼어놓고 흥분을 진정시켜 놓았을 때, 그는 갑자기 아우렐리에가 손에 날이 시퍼런 단도 하나를 들고 옆으로 뛰쳐나가는 것을 보았으며, 한편 제를로는 자기 손에 그냥 남은 칼집을 불쾌하다는 듯이 마룻바닥에 집어던지는 것이었다. 빌헬름은 놀라서 뒤로 물러섰다. 그가 말없이 놀라워하는 모습은 그런 이상한 도구를 두고 오누이간에 그런 묘한 싸움이 벌어지게 된 원인을 묻고 있는 것같이 보였다.

「당신이 우리 둘 사이의 심판관이 되어주시오」하고 제를로가 말했다.「이애가 저 예리한 강철로 뭘 할 게 있느냐 이겁니다. 그걸 어디 한번 보여달라고 해보시오. 그 단도는 여배우한테는 어울리지 않아요. 바늘처럼 뾰족하고 면도날처럼 예리한

단도입니다! 무엇 때문에 그런 장난까지 해야 합니까? 격한 성격이다 보니 뜻밖에 또 자해 행위나 하지 않을지 원! 나는 그런 이상한 짓은 진심으로 증오해. 진정으로 그런 생각을 한다면 미치광이 짓이고, 그런 위험한 장난감을 갖고 논다는 건 몰취미한 행동이야」

「아, 도로 찾았구나!」 하고 아우렐리에는 그 번득이는 칼날을 높이 치켜들면서 외쳤다. 「이제는 나의 이 변치 않는 친구를 더 소중히 간수해야지. 이렇게 너를 소홀히 해서——」 하고, 그녀는 그 쇠붙이에 입맞추면서 외쳤다. 「미안하구나! 나를 용서해 다오!」

제를로는 정말로 화가 나는 것 같았다. 「오빠, 맘대로 생각하세요」 하고 그녀는 말을 계속했다. 「저에게는 말하자면 이런 형식으로 귀중한 부적 하나가 선사되어 있다는 사실을 보면서도 모르시겠어요? 최악의 순간에는 이 부적의 도움과 충고가 필요하지 않을까요? 위험스럽게 보이는 것이라고 반드시 모두 해로운 것이어야 하나요?」

「아무 의미도 없는 그런 헛소리에 난 정말 미칠 것만 같다!」 하고 제를로가 말했다. 그러고는 보이지 않는 분노를 참으며 방을 나가버렸다. 아우렐리에는 그 단도를 조심스럽게 칼집에 꽂아넣은 다음, 자신의 허리춤에 간직했다. 빌헬름이 그 이상한 싸움에 대해 몇 가지 질문을 하자, 그녀는 그의 말을 가로막으며, 「성가신 오빠 때문에 중단된 대화나 계속해요」 하고 말했다.

「오필리아에 대한 당신의 말씀에는 저도 수긍해야 할 것 같네요」 하고 그녀가 말을 계속했다. 「저는 시인의 의도를 오해하고 싶지는 않습니다. 다만, 제가 오필리아에 공감할 수 있다기보다는 그녀가 불쌍하다는 생각을 더 많이 하게 된다는 사실이 약간 마음에 걸릴 뿐입니다. 그건 그렇고, 지금은 제가 관찰한 것 한 가지를 감히 말씀드리고 싶습니다. 당신을 알게 된 이 짧은 시간 동안에 당신은 제게 여러 번 그런 관찰을 할 기회를 주셨더랬지요. 제가 당신을 알고 나서 놀란 것은 당신이 문학작품, 특히 희곡 작품을 평가하는 심오하고도 정확한 감식안을 지니고 계신다는 점입니다. 당신은 창작의 가장 내밀한 밑바닥까지도 훤히 들여다보고 계시며 묘사의 가장 섬세한 필치까지도 꼬집어내어 지적하실 수 있으십니다. 자연 속에서의 그 대상을 한번도 본 적이 없으셔도 묘사된 모습이 그 대상의 참모습인지 분간해 내시는 것이지요. 즉, 당신이란 분의 내부에는 온 세상에 대한 일종의 예감 같은 것이 이미 자리잡고 있는 것 같아요. 그래서 문학작품을 통한 조화로운 접촉이 일어나기만 하면, 그 예감이 금방 자극을 받아 활짝 피어나는 것 같단 말씀이지요. 이런 말씀을 드리는 것도 무리가 아닌 것이, 정말이지 외부 세계로부터는 아무것도 당신의 내부로 들어가지 못하는 것 같거든요」 하고 그녀는 계속해서 말했다. 「저는 당신처럼 자기와 함께 살고 있는 사람들을 알지 못하고 그 사람들을 근원에서부터 잘못 알고 있는 사람은 별로 만나지 못했습니다. 감히 말씀드립니다만, 당신이 그 셰익스피어에 관해 설명하시는 것을 듣고 있으면, 당신은 마치 신들의 회의에 참석해서 거기서 인간창조를 의논하는 것을 엿듣고 지금 막 이 지상으로 돌아온 사람처럼 생각되곤 합니다. 그러나 당신이 사람들과 함께 계시는 것을 보면 저는 당신이란 분이 말하자면 천지창조에서 막 태어난 커다란 아이 같은 생각이 듭니다. 그 아이는 사자와 원숭이, 양과 코끼리를 이상한 경탄과 신실한 애정을 가지고 바라보고, 마침 그 자리에 있고 움직이고 있다는 이유만으로 그것들을 자기와 똑같은 존재로 여기고 악의없이 말을 건단 말입니다」

「정말 고마운 지적이십니다」 하고 빌헬름이 대답했다. 「실은 저라는 인간이 아직 풋내기 학생처럼 세상을 너무 모른다는 것을 어렴풋이 짐작하고 있기에 저도 이따금 괴롭게 생각하고 있습니다. 그래서 제가 이 세상을 보다 명확히 볼 수 있도록 도와주시면 감사하겠습니다. 저는 어릴 적부터 제 정신의 눈을 외부세계로보다는 자신의 내면으로 향하도록 해왔습니다. 그 결과 제가 인간 일반을 일정한 정도까지는 알지만, 개개의 인간들을 이해하고 파악하는 데에는 전혀 미치지 못하고 있다는 것은 너무나도 당연한 노릇입니다」

「그런 것 같군요」 하고 아우렐리에가 말했다. 「저는 처음에는 당신이 우리를 우롱하시려는 것이나 아닌지 의심을 품기까지 했답니다. 당신이 오빠에게 보내신 사람들의 실력과 당신의 추천장을 비교해 보면, 당신은 그 사람들에 관해서 좋은 점을 너무 많이 적으셨거든요」

아우렐리에의 그 지적은 정말 옳았고 빌헬름 자신도 그 실수를 기꺼이 자인할 용의가 있긴 했지만, 그래도 그 말이 어딘가 강압적인, 아니, 심지어는 모욕적인 여운을 남겼기 때문에, 그는 한편으로는 자신의 민감한 반응을 드러내지 않기 위해, 그리고 다른 한편으로는 자기 마음속으로 그 비난의 정당성을 검토해 보기 위해서 입을 꾹 다물고 정신을 바짝 차렸다.

「그 때문에 당혹해하실 건 없습니다」 하고 아우렐리에가 말을 계속했다. 「오성의 빛에는 우리가 언제나 도달할 수 있지만, 넘치는 정은 아무도 우리에게 주지 않습니다. 만약 당신이 예술가가 되실 운명이라면, 당신은 이 어두운 순진성을 오래 간직하실수록 좋습니다. 그것은 어린 꽃봉오리를 덮고 있는 아름다운 껍질이니까요. 너무 일찍 피어나는 것만큼 큰 불행이 없지요. 그렇습니다, 우리가 누구를 위해 일하고 있는지는 간혹 모르는 것이 좋지요.

아! 저도 한때는 자기 자신과 자기 국민에 대해서 최고의 개념을 지닌 채 연극계에 투신하면서 그런 행복한 상태에 빠져 있은 적이 있었답니다.[6] 저의 상상 속에 비친 독일인들은 굉장한 국민이었고, 무엇이든지 할 수 있는 국민이었습니다. 한 작은 무대 위에 올라선 채 이 국민을 내려다보면서 저는 대사를 외웠지요. 일련의 등불들이 그 국민과 저를 갈라놓고 있었는데, 그 등불들의 찬연한 불빛과 그을음 때문에 저는 제 눈앞에 있는 대상들을 자세히 분간할 수가 없었습니다. 무대 아래쪽의 군중들로부터 울려오는 박수 소리가 저에게는 얼마나 반가웠는지 모릅니다. 그렇게도 많은 손들이 만장일치로 저에게 보내는 그 선물을 저는 정말 감사하는 마음으로 받아들였지요. 오랫동안 저는 허리 굽혀 인사했습니다. 제가 감동시킨 것과 마찬가지로 군중도 저를 다시 감동시켰지요. 저는 저의 관중들과 아주 사이가 좋았습니다. 저는 그들과 완전한 조화를 이룬 것으로 느꼈으며, 항상 국민들 중에서 가장 고귀하고 훌륭한 분들을 제 눈앞에 보고 있다고 믿었습니다.

그러나 불행하게도 연극 애호가들이 관심을 갖는 것은 여배우의 자질과 예술만은 아니었습니다. 그들은 젊고 발랄한 처녀로서의 여배우에게도 여러 가지 요구를 해오는 것이었습니다.

---

6) 이 부분에서는 아우렐리에의 입을 통해 국민극에 대한 당시 독일 지식인들의 간절한 기대와 실제 관객들의 한심한 수준이 서술되고 있다. 국민극에 대해서는 제1권 제9장의 끝부분도 아울러 참조할 것.

그들은 제가 무대 위에서 그들에게 불러일으킨 감정들을 사적으로도 그들과 함께 나누는 것이 저의 의무라는 점을 저에게 노골적으로 알려오는 것이었습니다. 유감스럽게도 저는 그런 일은 할 수 없었습니다. 저는 그들의 정서를 고양시켜 주기를 원했지만, 그들이 자기들의 〈심장〉이라고 부르는 것에는 아무런 욕망도 느끼지 못했던 것입니다. 그래서 이제 저에게는 온갖 신분, 모든 연령층, 별의별 성격의 인물들이 교대로 귀찮게 달려드는 것이었어요. 그런데 가장 불쾌했던 것은 제가 다른 얌전한 처녀처럼 제 방에 틀어박혀서 그런 귀찮은 일을 피해 버릴 수 있는 처지가 못 된다는 점이었습니다.

그 남자들은 대개는 제가 저의 아주머니 집에서 보아오던 그런 행태를 보이고 있었습니다. 그리고 그들의 특징과 유치한 짓거리들이 저를 재미있게 해주지 않았던들, 저는 여기서도 역시 그들에게 혐오감만을 느꼈을 것입니다. 극장에서, 공적인 장소에서, 또는 집에서 그들과 마주치는 것을 피할 수 없었기 때문에 저는 그들 모두를 어디 한번 찬찬히 조사해 보자는 생각을 하게 되었는데, 제 오빠가 그 일을 적극적으로 도와주었지요. 민첩한 점원과 잘난 체하는 상인의 아들로부터 능란하고 신중한 신사, 냉정한 군인, 격정적인 왕자에 이르기까지 온갖 남자들이 차례로 나를 찾아와서는 각자가 자기 나름대로 로맨스를 만들려고 했다는 것을 상상해 보신다면, 아마도 당신은 제가 이 나라 국민을 상당히 많이 안다고 자부하는 것을 용서하시게 될 것입니다.

수염을 위로 치켜올라가도록 이상하게 다듬은 대학생, 겸손해하면서도 오만해서 어쩔 줄을 모르는 학자들, 다리를 떨며 걷는 절제할 줄 아는 고위 성직자, 뻣뻣하지만 세심한 관리, 거친 시골 남작, 친절하고 빤질빤질하지만 몰취미한 궁정 귀족, 탈선의 경계선을 넘나드는 젊은 성직자, 냉담한 상인 및 기민하여 투기에 능한 상인 등 모든 사람들이 마구 몰려들었지만, 정말이지 그들 중에서 저에게 하찮은 흥미라도 불러일으킬 수 있는 사람은 거의 없었습니다. 더욱이, 박수갈채를 단체로 받을 때에는 그렇게도 기분이 좋고 큰 극장에서 받으면 그렇게 기꺼이 받아들일 수 있었지만, 이제 그 바보들의 박수와 찬탄을 개별적으로 귀찮고 지루하게 받아야 한다는 것이 저에게는 지극히 불쾌했습니다.

제가 저의 연기에 대한 합당한 찬사를 기대하거나, 제가 높이 평가하는 어떤 작가를 칭찬해 주기를 희망하고 있으면, 그들은 다른 여자에 대한 어리석은 평이나 하고 몰취미한 작품을 대며 제가 그 작품을 연기하는 것을 보고 싶다는 것이었지요. 제가 사람들 사이를 유심히 살피면서 혹시나 어떤 고상하고 재치있는 해학적 전통이 여운으로 남아 있다가 적절한 때를 만나 다시금 아름다운 음악으로 울려퍼지지나 않나 하고 귀를 기울여 보았지만, 그런 기미라곤 전혀 없었지요. 어떤 배우가 대사를 잘못 외우거나 지방색이 짙은 사투리를 입밖에 내어 실수를 하는 수가 가끔 있었는데, 그런 것이야말로 그들이 붙들고 늘어지면서 줄곧 화제로 삼고 싶어하는 가장 중요한 문제였습니다. 마침내 저는 누구와 말상대를 하고 지내야 할지를 모르게 되었지요. 그들은 자신들이 아주 현명하다고 자부하고 있었기 때문에 말동무 따위는 필요없다고 여기거나, 제 비위를 맞추고 제 주위를 뱅뱅 돌면서 저를 아주 굉장히 재미있게 해준다고 믿는 것이었어요. 저는 그들 모두를 진심으로 경멸하기 시작했습니다. 마치 온 국민이 의도적으로 저에게 자신의 창피한 면을 내보이기 위해 대표들을 뽑아 보내는 것 같은 기분이 들었어요. 저에게는 온 국민이 모두 아주 서툴고, 예의가 모자라고, 교육을 잘못 받았으며, 호감을 주는 사람들이 없이 텅 비었으며, 몰취미하다고 여겨졌습니다. 저는 가끔 〈독일인이란 정말이지 외국인한테 배우지 않으면 구두끈도 제대로 못 맨단 말이야!〉 하고 외치곤 했습니다.

당신이 보시다시피, 당시 저는 매우 맹목적이었고, 우울증에 사로잡혔다고 할 수 있을 정도로 공정하지 못한 생각을 하고 있었답니다. 시간이 갈수록 제 병은 점점 더 심해졌습니다. 저는 자살을 할 수도 있었을 겁니다. 하지만, 제가 빠지게 된 것은 다른 쪽 극단이었습니다. 즉, 저는 결혼을 한 것입니다. 아니, 차라리 결혼에 이르도록 저 자신을 내버려두었다고 해야 할 것 같군요. 그 당시 이 극장을 인수했던 오빠는 조수 한 사람을 두기를 원했습니다. 오빠는 한 청년을 선택했는데, 저도 그 청년이 싫지는 않았지요. 그는 오빠가 지닌 모든 것, 즉 천재성, 활기, 재치와 민첩성 같은 것은 없었지만, 또한 오빠가 지니지 못한 것, 즉 질서에 대한 사랑, 근면성, 살림살이를 하고 돈을 관리하는 훌륭한 재주 따위는 모두 갖고 있었어요.

그 사람이 어쩌다가 그렇게 되었는지 저도 모르게 제 남편이 되었습니다. 그리고 우리는 함께 살았는데, 저는 그 이유를 지금도 정말 모르겠어요. 그야 어쨌든, 우리의 일은 잘돼 나갔어요. 우리는 수입도 많았어요. 그중 많은 부분이 오빠의 활동 덕분이었지만요. 우리의 살림은 잘돼 나갔어요. 그건 제 남편의 공이었고요. 저는 더 이상 세계와 국민을 생각하지 않았습니다. 저는 이제 세상하고는 아무 관계도 없게 되었고 국민이란 개념도 잊어버렸어요. 무대에 나가는 것은 이제 생활을 하기 위한 방편이었지요. 제가 무대 위에서 말한 것은 단지 말하기 위해 무대에 나선 사람으로서 침묵하고 있을 수만은 없었기 때문이었습니다.

하지만, 이렇게 너무 심하게 말할 필요는 없겠군요. 사실 저는 전적으로 오빠의 의도에 따랐을 뿐이었지요. 오빠에게는 박수갈채와 돈이 문제였습니다. 우리끼리 얘기지만, 오빠는 칭찬듣는 것을 매우 좋아하고, 또 많은 돈을 필요로 하거든요. 그래서 이제 저는 더 이상 저 자신의 감정, 저 자신의 확신에 따라 연기하지 않고 오빠가 지시하는 대로 했고, 오빠의 뜻대로 되었으면 저는 그것으로 만족했습니다. 오빠는 관객이 좋아하는 대로 따라갔기 때문에 돈이 들어왔어요. 그래서 오빠는 자기 마음대로 살아갈 수 있었으며, 우리도 오빠와 함께 좋은 세월을 보냈습니다.

그러는 사이에 저는 다만 직업적으로 자기 재주를 되풀이해서 보여주는 연기자로 전락하게 되었습니다. 저는 아무런 즐거움이나 흥미도 느끼지 못한 채 하루하루를 보내고 있었어요. 제 결혼생활은 아이도 없었고 단지 짧은 기간 동안만 지속되었습니다. 남편이 병을 얻었으며, 기력이 눈에 띄게 줄어들었어요. 그를 위한 걱정 때문에, 매사에 냉정을 잃지 않던 저의 항심(恒心)도 깨어지고 말았지요. 바로 그 무렵에 저는 한 남자를 알게 되었는데, 그것과 더불어 저에게는 새로운 삶이 시작되었어요. 새롭지만 더욱 덧없는 삶이라고 해야겠는데, 그것은 그 삶도 금방 끝나버리기 때문입니다」

그녀는 한동안 잠자코 있다가 이윽고 다시 말을 이었다. 「갑자기 얘기할 기분이 나지 않고 말이 막히는군요. 조금 쉬게 해주세요. 저의 모든 불행을 상세하게 듣지 않으시고 그만 가려고 하시면 안 돼요. 그 사이에 미뇽을 불러들이세요. 그리고 그녀가 뭘 원하는지 물어보고 계세요」

그 아이는 아우렐리에가 얘기를 하는 동안 여러 번이나 방안에 들어왔었다. 자기가 들어오면 말소리가 낮아졌기 때문에, 그애는 다시 살금살금 나가 홀에 조용히 앉아서 기다리고 있었다. 그래서 다시 들어오게 했더니 책을 한 권 들고 들어왔는데, 그 판형이나 표지 장정으로 보아 금방 조그만 지리부도라는 것이 드러났다. 그애는 도중에 목사댁에서 처음으로 지도들을 보고 매우 놀라워하고는 그에게 거기에 대해서 많은 질문을 했으며, 될 수 있는 대로 많은 것을 배웠다. 이렇게 지도를 새로 알게 되었기 때문에 무엇인가 배우려는 그녀의 욕구가 훨씬 더 왕성해지는 것같이 보였다. 그녀는 빌헬름에게 그 책을 사달라고 간청했다. 그녀는 그것을 가져오는 대가로 판화상(版畵商)에게 자기의 큰 은제 허리띠를 잡혔는데, 오늘 저녁은 이미 늦었으니 내일 아침 일찍이 그것을 다시 찾아오려는 것이었다. 청을 들어주었더니, 이제 그녀는 자기가 알고 있는 것을 말하기도 하고, 그녀다운 아주 기묘한 질문들을 하기 시작했다. 여기서도 다시금 확인되는 것은 아주 애쓰고 있는데도 그 모든 것을 이해하기가 그녀에게는 무척 어렵고 힘들다는 사실이었다. 그녀가 많은 노력을 기울였던 글씨 쓰기도 역시 마찬가지였다. 그녀는 아직도 여전히 매우 서투른 독일어를 하고 있었으며, 단지 노래하기 위해 입을 열 때에만, 그리고 치터를 연주할 때에만, 그녀는 자기의 깊은 속마음을 열어 그 뜻을 남에게 전달해 낼 수 있는 그런 유일한 기관(器官)을 제대로 사용하고 있는 것같이 보였다.

그녀에 관한 얘기가 나왔으니 말이지만, 우리는 그녀가 얼마 전부터 자주 우리의 친구를 당혹스럽게 만들고 있다는 것도 언급해 둬야겠다. 그녀가 오갈 때마다, 그리고 아침저녁으로 인사를 할 때면, 그녀는 그를 두 팔로 꼭 껴안고 아주 열렬하게 키스했는데, 이 싹트기 시작하는 소녀의 격정이 그에게는 가끔 걱정스럽고 불안하게 생각되곤 하였다. 그녀의 행동에는 경련을 일으키는 듯한 활기가 날로 더해 가는 것 같았으며, 그녀의 온 심신이 고요한 가운데에서도 격하게 움직이고 있었다. 그녀는 잠시도 가만 있지를 못하고 항상 두 손으로 노끈을 비비 꼰다든가 수건을 주무른다든가 종이나 나뭇조각 같은 것을 짓씹고 있었다. 무슨 장난을 해도 그것은 모두가 다만 내부의 심한 충격을 딴데로 돌리기 위해서 그러는 것같이 보였다. 그녀를 그래도 약간 명랑하게 만들 수 있는 것은 그녀가 어린 펠릭스 Felix의 곁에 있을 때뿐인 것 같았는데, 그녀는 유독 이 아이와는 아주 정답게 지냈다.

아우렐리에는 약간 쉬고 나서 마침내 그녀의 친구에게 자기 가슴에 맺힌 이야기를 털어놓을 기분이 되었지만, 이번에는 그 꼬마 아가씨가 좀체 물러나지 않고 버티고 있었기 때문에 초조해져서 그 아이한테 이제 그만 물러가라는 표시를 했지만 아무 소용이 없었다. 그래서 마침내 그 아이에게 확실히 말을 해서 억지로 내보내지 않으면 안 되었다.

「지금이 아니면, 또 언제 제 이야기의 나머지를 말씀드릴 수 있겠습니까?」 하고 아우렐리에가 말했다. 「제가 그렇게도 사랑했던 그 변심한 남자가 만일 여기에서 몇 마일 떨어져 있지 않은 곳에 있다면, 저는 〈말을 타고 가셔서 어떻게든지 그이와 한번 사귀어 보도록 하세요. 그러고 나서 되돌아오시면, 틀림없이 저를 용서하시고 저를 진심으로 가여워하시게 될 것입니다〉

라고 말씀드리고 싶어요. 그러나 지금은 단지 말로만, 그이가 아주 친절한 사람이었고 제가 그이를 매우 사랑했다고 말씀드릴 수밖에 없네요.

그이를 처음 알게 된 것은 남편의 간병으로 걱정이 많던 바로 그 위급한 시기였습니다. 그가 막 미국에서 돌아온 참이었는데, 거기서 그는 몇몇 프랑스인과 함께 미합중국의 깃발 아래 혁혁한 공을 세웠다는 것이었어요.

그는 차분한 예의와 진솔한 선의를 갖고 저를 대했고, 마치 오래전부터 아는 사람과도 같이 저 자신과 저의 형편, 그리고 저의 연기에 대해서 큰 관심을 보이면서, 아주 분명한 말을 해 주었습니다. 그래서 저는 다른 사람한테서도 제 존재를 그렇게도 분명히 재인식할 수 있다는 것을 처음으로 알고 기뻐할 수 있었지요. 그의 비판은 비난은 섞여 있지 않은 가운데 정당했으며, 호의가 실려 있으면서도 적절했습니다. 그에게는 몰인정한 면이라곤 없었으며, 자기 멋대로 장난을 해도 거기에는 동시에 호의가 들어 있었어요. 그는 여성들한테서는 항상 인기를 누려온 것같이 보였고, 이 점이 제 눈에 띄었지요. 그러나 그는 결코 아첨하거나 추근대지는 않았어요. 이 점이 저를 안심시켰지요.

그는 이 도시에서는 별로 사귀는 사람이 없었으며, 대개는 말을 타고 다니며 이 근방에 흩어져 있는 그의 많은 친지들을 방문하거나 자기 집안 일을 처리하곤 했습니다. 돌아가는 길에는 제 집에 들러서 병이 점점 더 심해 가는 남편을 따뜻하게 돌봐주기도 하고 용한 의사를 불러 앓는 사람의 고통을 덜어주기도 했으며, 저와 관계되는 모든 일에 관심을 표해 주는 그만큼, 자기의 운명에도 저를 관여시켜 주었습니다. 즉, 자기가 군대에 있을 때의 일이나 군인 신분에 대한 자신의 극복하기 어려운 애착, 자신의 가족관계 등을 저에게 이야기해 주었고, 자기가 그 당시 하고 있던 일을 저에게 털어놓기도 했지요. 요컨대, 저한테는 아무것도 숨기지 않았습니다. 그는 제게 자기의 깊은 속을 다 펼쳐보였으며 저로 하여금 자기 영혼의 가장 내밀한 구석구석까지도 다 들여다보게 했어요. 그래서 저는 그의 갖가지 능력들, 그가 좋아하는 일들을 다 알게 되었어요. 난생 처음으로 저는 인정과 지성이 넘치는 교제를 하게 된 것이었습니다. 저는 미처 저 자신에 대해 성찰해 보기도 전에 그에게 끌리고 매료당하고 말았던 것입니다.

그러는 사이에 저는 거의 결혼할 때와 비슷하게, 그렇게 어느 사이엔지 모르는 가운데에 남편을 잃게 되었습니다. 그러자 이제 극장 사무의 짐이 모두 저에게 떨어졌어요. 오빠는 무대에서는 더할 나위 없이 훌륭했지만 살림에는 전혀 쓸모없는 분이었거든요. 저는 모든 일을 도맡아 했고, 그런 중에 그 어느 때보다도 더 부지런히 새로 맡은 배역을 연구했습니다. 저는 다시금 전처럼, 아니 전혀 다른 힘과 새로운 생기를 갖고서 연기를 하게 되었는데, 실은 이 모든 것이 그를 통해서, 그리고 그를 위해서 행해지고 있는 것이었습니다. 그렇지만 그 고귀한 분이 연극을 보고 있다고 생각하면, 연기가 항상 제 뜻대로 잘되는 것은 아니었어요. 그러나 그는 여러 번 제가 모르게 슬쩍 극장에 들어와 저의 대사에 귀를 기울여주곤 했습니다. 그리고, 전혀 기대하지도 않다가 그분의 뜻하지 않은 박수갈채를 받게 되었을 때의 제 기분이 얼마나 좋았겠는지는 상상하실 수 있을 거예요.

정말이지 저는 묘한 사람이에요. 제가 어떤 역을 하든 간에 저는 사실은 언제나 다만 그를 찬양하고 그의 명예를 위해 대사를 말하는 것 같은 기분을 느꼈으니까요. 대사야 어떤 내용이든 상관없이 제 가슴의 기분이 그랬거든요. 그가 청중들 속에 있다는 것을 알면 저는, 마치 제가 그에게 저의 사랑, 저의 찬양의 말을 그의 얼굴에다 대고 직접 말하고 싶지 않은 것과 꼭 마찬가지로, 감히 온 힘을 다해 대사를 외울 수가 없었어요. 그가 그 자리에 없으면 저는 자유롭게 연기하였고 그 어떤 안정감, 형언할 수 없는 만족감을 지닌 채 최선을 다할 수 있었지요. 그럴 때면 저는 다시 기쁘게 박수갈채를 받아들일 수 있었어요. 그리고 제가 관객을 즐겁게 해줄 때에는 저는 언제나 동시에 항상 무대 아래쪽을 내려다보면서, 〈당신들의 즐거움은 그이의 덕분이야!〉라고 외쳐주고 싶었습니다.

정말 그랬어요. 마치 기적이라도 일어난 것처럼, 관객과 전체 국민에 대한 저의 관계가 달라진 것이었습니다! 저에게는 갑자기 우리 국민이 다시금 아주 유리한 조명 속에 비쳐져 보였고, 제가 지금까지 일시적으로 눈이 멀었었다는 사실을 깨닫고 정말 놀랐습니다.

〈전에 네가 국민을——그것이 국민이란 바로 그 이유 때문에——비난했던 것은 얼마나 어리석었던가!〉 하고 저는 가끔 저 자신에게 말했지요. 〈도대체 개개인이 모두 그렇게 흥미를 끄는 존재가 되어야 하는가, 그리고 그렇게 흥미를 끄는 것이 가능하기는 한가 말이다! 결코 그렇지 않지! 문제는 다수 대중 가운데에 소질, 역량, 능력을 갖춘 많은 인재들이 골고루 퍼져 있는가 하는 점이야. 그리하여 그 인재들은 유리한 상황을 맞아 발전하게 될 것이고 탁월한 사람들의 지도를 받아 공동의 최종 목표에까지 인도되지!〉 그래서 이제 저는 우리나라 사람들 중에서 특히 돌출한 괴짜들이 적다는 사실을 기쁘게 여겼고, 우리나라 사람들이 자신들의 나아갈 방향을 외국으로부터 받아들이는 것을 거부하지 않고 있는 사실을 다행스럽게 생각했지요. 그리고 저는 한 지도자를 이미 발견한 것이 기뻤습니다.

로타르는——이것이 그이의 그리운 이름이었습니다——저에게 독일인을 이야기할 때면 언제나 그 용감한 면모부터 설명했으며, 올바른 지도자만 얻는다면 독일인은 이 세계에서 가장 용감한 국민이라는 사실을 저에게 가르쳐주곤 했습니다. 그래서 저는 어떤 국민의 첫번째 특성 같은 것은 한번도 생각해 본 적이 없는 자신을 부끄럽게 여겼습니다. 그는 역사에 정통해 있었고 당대의 대부분의 저명인사들과도 교분을 갖고 있었어요. 비록 젊은 나이였지만 그는 조국의 싹터 오르는 그리고 희망에 찬 청소년들에게 주목하고 있었고, 수많은 전문 분야에 종사하여 활동하고 있는 사람들이 묵묵히 이루어낸 업적을 주의깊게 살펴보고 있었죠. 그는 저에게 독일에 대한 개관을 할 수 있도록, 즉 현재 독일의 실상과, 독일이 미래에 무엇이 될 수 있는가 하는 가능성을 살펴볼 수 있도록 해주었어요. 그래서 저는 극장의 의상실로 몰려드는 정신 나간 대중을 보고 한 나라의 국민을 판단했던 자신을 부끄러워했지요. 그는 저에게도 저 자신의 분야에서 참되고 슬기롭고 활기차게 일할 의무가 있다는 것을 깨우쳐주었어요. 그래서 이제 저는 무대에 나갈 때마다 마치 영감을 얻은 것 같았어요. 평범한 대목도 일단 제 입에 오르기만 하면 황금과도 같이 귀중한 대사가 되었지요. 그 무렵에 만약 어떤 시인이 저를 목적에 맞게 잘 인도했더라면, 아마 저는 경이롭기 짝이 없는 별의별 효과들을 다 낼 수 있었을 것입니다.

젊은 과부가 그렇게 여러 달을 계속 살아가고 있었지요. 그는 저 없이 지내기가 어렵게 되었고, 또 저도 그가 제 곁에 있지 않으면 지극히 불행한 기분이었어요. 그는 자기 친척들과 그의 훌륭한 누이동생의 편지들을 저에게 보여주었어요. 그는 저의 처지에서 일어나는 온갖 자질구레한 일에 일일이 관심을 가져주었죠. 그보다 더 내밀하고 완전한 의견 일치란 상상할 수 없었지요. 사랑이란 이름은 입밖에 내어 부르지 않았습니다. 그는 갔다가는 오고, 왔다가는 가곤 했지요——아, 그런데, 여보세요 친구분, 지금은 당신도 가셔야 할 시간이네요」

17

빌헬름은 자기 거래처를 방문하는 일을 이제 더 이상 오래 미룰 수가 없었다. 그리로 떠나는 그의 심경은 적지않이 난처했는데, 그것은 그가 그곳에 가면 자기 가족의 편지들을 보게 되리라고 생각했기 때문이었다. 그 편지들은 틀림없이 자기에 대한 책망을 담고 있을 터이므로, 그는 그것들을 읽기가 두려웠다. 모르긴 몰라도 아마 자기 때문에 당혹해하고들 있다는 소식이 그 거래처에도 이미 전달되어 있을 것 같았다. 그는 그렇게도 많은 기사적 모험들을 하고 난 자기가 고등학생 같은 모습으로 그 거래처에 나타나기가 좀 꺼림칙하였다. 그래서 그는 아주 반항적인 태도를 보일 생각이었으며, 이런 방법으로 자신의 난처한 입장을 숨길 작정이었다.

그렇지만 아주 의아하게도, 그리고 크게 만족스럽게도 모든 일이 매우 잘 풀렸고 괜찮게 진행되었다. 손님과 일로 여념이 없는 그 큰 상점에서는 간신히 시간을 내어 그의 편지를 찾아주는 것이었다. 그가 좀 오래 오지 않았다는 사실조차도 그저 지나가면서 한번 언급될 정도였다. 그가 아버지와 친구 베르너의 편지를 뜯어보았더니 둘 다 그저그런 내용이었다. 이별할 때 아들에게 여행일지를 쓰라고 세심하게 일러주면서 그것을 쓰기 위한 세목별 서식까지 덧붙여 주었던 노인은 이제 곧 상세한 일지를 받아보게 될 것이라는 기대를 했기 때문에 처음 얼마 동안 소식이 없었던 데에 대해서는 꽤 마음을 놓고 있었으며, 다만 그가 백작의 성으로부터 부쳤던 그 처음이자 유일한 편지의 수수께끼같이 종잡을 수 없는 내용에 관해서만은 불평을 하고 있었다. 베르너는 평소 버릇대로 농담을 하면서 그 도시에서 일어난 재미있는 이야기들을 전하고 있었다. 그러고는, 빌헬름이 이제부터 큰 상업도시에서 자주 사귀게 될 친구들이나 아는 사람들에 관해 소식을 전해 주기를 부탁하고 있었다. 그렇게 큰 힘 들이지 않고 위기에서 벗어나게 된 것을 크게 기뻐한 우리의 친구는 당장에 매우 생기가 넘치는 답장들을 했다. 아버지에게는 원하셨던 온갖 지리적, 통계적, 상업적 기록이 되어 있는 상세한 여행일지를 보내드리겠다고 약속까지 했다. 그는 여행 중에 많은 것을 보았기 때문에 그것으로부터 상당히 두툼한 책자를 만들어낼 수 있을 것으로 기대했다. 그는 예전에 아직 써놓지 않았을 뿐만 아니라 아직 메모도 채 해놓지 않았던 희곡을 상연하겠다면서 등불들을 켜놓고 관객들을 불러모았던 그 당시에 자기가 빠졌던 바로 그 함정에 지금 거의 또다시 빠져들게 된 것을 미처 알아차리지 못했다. 그 때문에 막상 일지를 쓰기 시작하자, 그는 감정이나 생각, 그리고 심신의 여러 가지 경험에 관해서는 말하고 이야기할 수 있겠지만, 유감스럽게도 외적인 사물에 대해서만은 아무것도 쓸 수 없다는 것을 알게 되었다. 이제야 알아차리게 된 것이지만, 그는 외적인 사물에 대해서는 조금도 주의를 기울이지 않은 것이었다.

이렇게 당혹해하는 중에 그의 친구 라에르테스의 지식이 그에게 크게 도움이 되었다. 두 청년은 서로 비슷한 데가 없었음에도 불구하고 오래 함께 지내다 보니 서로 의기투합하게 되었다. 라에르테스는 결점이 많았는데도 여러 가지 특이한 점이 있었기 때문에 사실은 흥미있는 인물이었다. 그는 명랑하고 낙천적인 감성을 타고났기 때문에 자신의 처지에 대한 심각한 성찰 같은 것은 하지 않고서 늙어갈 수도 있었을 사람이었다. 그러나 그는 불행한 운명과 심신의 상처로 인하여 청춘의 순수한 감정을 빼앗기고 그 대신 우리 인생의 무상함과 추악한 편린들만을 바라보게 되었다. 그리하여 그는 모든 사물을 기분 내키는 대로, 단편적으로 생각하게 되었고 심지어는 그 사물들이 주는 직접적인 인상을 그냥 말해 버리는 버릇까지 지니게 된 것이었다. 그는 혼자 있는 것을 싫어해서 카페나 술집을 두루 찾아다니곤 하였다. 어쩌다가 집에 있을 때에는 여행기를 읽는 것이 그가 가장 좋아하는, 정말이지 유일한 낙이었다. 마침 대형 대여 도서관이 근처에 있었기 때문에 그는 이런 여행기들을 실컷 읽을 수 있었고, 얼마 안 가서 곧 이 세계의 반쯤은 그의 그 좋은 기억력 속에 떠올릴 수 있었다.

그 때문에, 빌헬름이 아버지에게 보고서를 올리겠다고 그렇게 엄숙하게 약속은 했지만 막상 그것을 써낼 자료가 전혀 없다는 사실을 라에르테스에게 털어놓자, 라에르테스는 아주 가볍게 그의 친구를 위로해 줄 수 있었던 것이다. 「그래요?」 하고 라에르테스가 말했다. 「그렇다면, 우리 유례 없는 예술작품을 하나 만들도록 합시다.

독일이란 나라는 그 끝에서 끝까지 사람들이 샅샅이 여행을 하고 횡단하고 편력하고 구석구석을 기어다니고 날아다닌 나라 아니겠어요? 그리고 이렇게 독일을 여행한 사람은 누구나 자기가 지출한 크고 작은 여행 경비를 독자들로부터 다시 환불받을 수 있는 훌륭한 특권이 있잖아요? 당신이 우리한테 오기 전까지의 여행 코스만 말해 주십시오. 그 이후의 여행 경로는 나도 알고 있으니까요. 당신의 그 작품을 쓰는 데에 필요한 원전이나 참고 자료는 내가 찾아보겠어요. 측량하지 않은 면적이나 헤아리지 않은 인구라고 해도 빠짐없이 적어넣을 수 있지요. 각국의 세입은 연감이나 도표로부터 알 수 있는데, 주지하다시피 이것들이야말로 가장 믿을 만한 자료들이지요. 이것을 근거로 하여 정치적인 논의를 펼쳐나가기로 합시다. 지나치는 길에 각국 정부에 대한 고찰도 생략할 수 없겠지요. 두세 명의 군주들을 조국의 진정한 명군으로 묘사하는 겁니다. 그러면, 우리가 몇몇 군주들의 실정(失政)을 탄핵할 때에도 그 신빙성이 더욱더 커지게 되지요. 그리고, 우리가 지나쳐 가는 길이 마침 저명 인사들이 살고 있는 곳을 경유하지 않게 될 경우라 할지라도, 어떤 여관 같은 곳에서 우리가 그들을 만났는데 그들이 우리에게 매우 지각없는 이야기를 털어놓는 것으로 꾸미면 됩니다. 특히 유념해야 할 것은 그 어떤 소박한 처녀와의 연애담을 아주 우아하게 엮어넣는 일이지요. 그래서, 부모님의 마음을 기쁨으로 가득 채울 수 있을 뿐만 아니라, 어떤 출판업자라도 기꺼이 고료를 지불하려고 할 그런 작품을 만들어야지요」

그래서 일에 착수한 두 친구는 퍽 흥겨워하면서 그 작업을 했다. 그러는 동안에도 빌헬름은 저녁이면 연극을 보거나 제를로와 아우렐리에와 사귀는 데에서 큰 만족감을 느꼈으며, 지금까지 너무나도 오랫동안 좁은 세계 안에서 맴돌고 있던 그의 관념들은 이제 날로 그 폭을 넓혀가게 되었다.

18

그는 적지않이 큰 관심을 가지고 제를로의 인생 역정을 듣곤 했다. 그러나 단편적으로밖에 들을 수 없었다. 왜냐하면, 이 기이한 남자는 남에게 자기 일을 털어놓거나 그 어떤 일에 대해서 전후 연관성을 따져가며 자초지종을 이야기하는 법이 없었기 때문이었다. 말하자면 그는 무대 위에서 태어나 무대 위에서 젖을 먹고 자라났다고 할 수 있었다. 아직 말도 못하던 아기 적에 벌써 그는 단순히 그냥 무대 위에 있는 것만으로도 관객들을 감동시키곤 했는데, 극작가들은 그 당시에 이미 이 자연스럽고 천진무구한 소도구를 이용할 줄 알았던 것이다. 그리고 그가 임의의 작품들에서 처음으로 입밖에 낸 〈아빠〉와 〈엄마〉라는 대사가 이미, 박수가 무엇을 의미하는지도 아직 모르는 그에게, 굉장한 박수갈채를 몰아주었다. 그는 어릴 적에 이미 사랑의 동신(童神)으로 분장하여 공중에 매달린 채 벌벌 떨면서 천장으로부터 내려온 적도 한두 번이 아니었고, 알에서부터 깨어나 갑자기 익살광대로 변신하기도 했으며, 꼬마 굴뚝청소부로 분장하여 어린 나이에 벌써 굉장히 깜찍한 장난을 치는 연기도 했다.

화려한 저녁 공연에서 그렇게 박수갈채를 받는 대신에 그는 불쌍하게도 그 사이사이의 시간에는 매우 호된 대가를 치르지 않으면 안 되었다. 어린아이들의 주의를 불러일으키고 그것을 유지시키려면 때리는 수밖에 없다고 확신하고 있었던 그의 아버지는 새로운 역을 연습할 때마다 일정한 간격을 두고 그를 때리곤 했다. 그것도 아이가 서투른 연기를 했다고 해서 그러는 것이 아니라, 아이가 그럴수록 더 확실한 연기를 하고 계속 능숙하게 연기하도록 하기 위해서 그런다는 것이었다. 이와 비슷하게 옛날 사람들도 경계석(境界石) 같은 것을 세울 때면 주위에 둘러서 있던 아이들의 따귀를 호되게 때려주곤 했는데, 그렇게 하면 그 아이들이 장차 마을의 어른들이 되더라도 그 경계석이 서 있는 지점을 잊지 않고 정확히 기억하게 된다는 생각이었다. 어쨌든 제를로는 성장해 가면서 비상한 정신적 능력과 육체적 기민성을 보여주었고, 이때에 그의 상상력은 물론, 그의 행동과 동작에서도 굉장한 유연성이 나타나기 시작했다. 그의 모방의 재능은 모든 상상을 초월하는 것이었다. 소년일 적에 벌써 그는 자기와는 체격, 나이, 성격이 전혀 닮지 않았고 서로 완전히 다른 인물들의 흉내를 내곤 했는데, 사람들은 바로 그 인물들을 눈앞에 보고 있는 것으로 믿을 지경이었다. 또한 그에게는 세상 풍파에 자기 몸을 맡겨 운명을 개척해 나가는 재능도 없지 않았다. 그래서 어느 정도 자기의 능력을 의식하게 되자마자 그는——아들의 분별력이 커지고 재주가 늘어도 그것이 제 구실을 하려면 아직은 가혹한 매질을 하지 않으면 안 된다고 생각하는 자기 아버지로부터——도망치는 것이 가장 자연스러운 방법이라는 결론에 도달했다.

그래서 그 해방된 소년은 이제 자유로운 세상에서 얼마나 큰 행복감을 느꼈던가! 그의 오일렌슈피겔[7] 류의 익살 덕분에 그는 어디를 가나 좋은 대접을 받았다. 행운의 별에 인도되어 그는 처음에는 사육제 무렵에 어느 수도원 안으로 들어가게 되었는데 거기서 그는, 기도 행렬을 지휘하고 종교적 가면극을 통해 교구민들에게 여흥을 베풀기로 되어 있었던 신부가 마침 죽었기 때문에, 그 신부를 대신할 수 있는 구원의 천사로 나타난 셈이 되었다. 아닌게아니라 그는 당장에 마리아에게 영보(領報)를 고지하는 천사 가브리엘의 역을 맡았으며, 성모 마리아로 분장한 예쁘장한 아가씨의 마음에도 들었다. 그 아가씨는 겉으로는 겸허한 태도로, 그리고 속으로는 다부진 자긍심을 지닌 채, 그의 정중한 인사를 아주 우아하게 받아들였다. 그러고 나서 그는 연이어 온갖 종교극들에서 중요한 역들을 맡아 했으며, 마침내는 구세주 역까지 맡게 되어 조롱당하고 채찍으로 얻어맞고 십자가에 묶이게까지 되었을 때에는 자기도 그렇게 보잘것없는 존재만은 아니라는 생각도 들었다.

바로 그때 로마 병정 역을 맡았던 몇 사람들이 때리고 묶는 역을 지나치게 실감나도록 연기하는 것같이 생각되었다. 그래서 그는 그들에게 아주 근사한 방법으로 복수해 주기 위해 최후의 심판 장면 때에 그들한테 황제와 국왕들이나 입는 아주 호화로운 의상을 입히고는, 그들이 자기들의 배역에 매우 만족하여 천국에서도 역시 모든 다른 사람들보다 앞장서서 가기 위해 막 발걸음을 옮기려는 순간, 악마의 형상을 하고 불시에 그들 앞에 나타나서, 부젓가락으로 그들을 마구 후려치고는 불길이 이글이글 타오르는 위험천만한 구렁텅이로 사정없이 처밀어 넣으려 했다. 그러자 모든 관객들과 구경하던 거지들이 폭소를 터뜨리며 좋아라 했다.

---

7) 틸 오일렌슈피겔 Till Eulenspiegel(1300-1350)은 북독일 브라운슈바이크 출신의 장난꾸러기로서 수많은 익살과 해학을 남긴 인물이다. 1515년에 〈민중 이야기 Volksbuch〉의 일종으로 『틸 오일렌슈피겔』이 출판되자 악동 오일렌슈피겔은 웃음과 풍자를 선사하는 수많은 이야기들의 주인공으로서 민중의 사랑을 받게 되었다.

그는 영리했기 때문에, 왕관을 썼던 그 사람들이 자기의 그 거친 장난에 앙심을 품고 있으며 탄핵인이나 형리로서의 그의 직책상의 특권조차도 전혀 존중되지 않으리라는 것을 간파할 줄 알았다. 그래서 그는 그 종교극에서 미처 천년왕국이 시작되기도 전에 슬그머니 도망쳐 버렸다. 어느 이웃 도시에서 그는 그 당시 〈즐거운 아이들〉이라고 불리던 한 연희(演戲) 패거리들로부터 큰 환영을 받았다. 그들은 분별과 재치가 있고 활력이 넘치는 사람들로서, 우리 인생의 총화(總和)란 이성으로 나눌 때 결코 정수(整數)로 딱 떨어지는 법이 없고 항상 묘한 우수리가 남는 것을 잘 알고 있었다. 그들은 이 거추장스러운, 그리고 전체 대중에게 분배될 때에는 위험한 우수리를 특정한 시기에 의도적으로 없애버리려 했다. 그래서 그들은 일 주일 중에서 하루는 그야말로 완전히 바보 행세를 하면서, 그날에는 그들이 다른 날 동안 자기나 다른 사람들한테서 관찰했던 바보짓을 우의적(寓意的)으로 연기해 보임으로써 서로 벌을 주곤 하였다. 물론 이런 방식이란 윤리적인 인간이 매일같이 자기를 되돌아보고 자신에게 경고를 하고 자신을 책망하곤 하는 그런 수련의 결과보다야 훨씬 더 조야한 것이긴 했지만, 그래도 보다 재미있고 확실한 방식이기도 했다. 왜냐하면, 사람들은 자기한테도 바보 짓을 하는 나쁜 버릇이 있다는 것은 부인하지 않지만, 현재 보이는 그대로의 모습만으로 그 버릇을 과소평가하기 십상이기 때문이다. 그런데, 실은 그 버릇은 자주 사람들의 자기 기만의 도움을 받아서 다른 길을 통해 그들의 자아에 침입해 와서는 그 통어권(統御權)을 차지해 버리곤 하며, 그런 버릇 따위는 오래전에 이미 축출해 버렸다고 자만하고 있는 이성을 강제로 굴복시켜 자기의 은밀한 노예로 삼아버리는 수가 많은 법이다.

어쨌든, 그 바보 가면은 그 연희패 안에서 차례로 돌게 되었으며, 각자에게는 자신의 날이 되면 그 가면을 자기 자신이나 다른 사람의 속성으로써 특징 있게 장식하는 일이 허용되었다. 특히 사육제 기간중에는 아주 자유롭게 행동하고 나옴으로써, 그들은 민중들을 즐겁게 하고 선도하려고 애쓰는 성직자들과도 감히 경쟁해 보려고 했다. 미덕들과 악덕들, 여러 예술과 여러 학문들, 세계의 각 주(洲)와 사계절 등을 우의적으로 나타내는 엄숙한 행렬들은 민중들에게 많은 개념들을 비유적으로 보여주었으며, 민중들에게 그들한테는 생소한 대상들의 관념을 제시해 주었다. 그래서, 다른 한쪽에서는 종교적 가면극들이 단지 몰취미한 미신을 더욱 굳혀주고 있을 뿐이었기 때문에, 이런 연희들도 아주 소용없는 짓이라곤 할 수 없었다.

소년 제를로는 여기서도 다시금 자기의 본령에 온 듯했다. 그는 본원적인 창의력은 없었지만, 그 대신 그의 눈앞에 보이는 것을 활용하고 정돈하여 빛나게 만드는 아주 놀라운 재주를 지니고 있었다. 그의 풍부한 착상, 흉내내는 재주를 통해, 그리고 일 주일에 적어도 한 번은――자기를 돌봐주는 은인들에 대해서까지도――완전히 자유롭게 혀를 놀릴 수 있게 허용돼 있는 가운데에 만발하는 풍자적 재담을 통해 그는 그 패거리들에겐 귀중한, 아니 없어서는 안 될 존재가 되어버렸다.

그러나 그 평정을 모르는 성격 때문에 그는 이 유리한 여건도 버리고 조국의 다른 여러 지방으로 흘러가게 되었으며, 가는 곳마다 그는 다시금 새로운 수련의 길을 걷지 않으면 안 되었다. 그는 독일의 개명된 지방으로도 갔지만, 또한 아직 미개한 지방으로도 발을 들여놓게 되었는데, 이런 곳에서는 선과 미를 숭상하느라고 진실까지는 아니라 하더라도 정신이 결여돼 있는 경우가 많았다. 이런 곳에서는 그의 가면으로는 아무것도 더 이상 전달할 수가 없었으므로, 그는 사람들의 마음과 정감에 호소하려 하지 않을 수 없었다. 그는 크고 작은 극단에 잠깐씩만 머물렀으며, 그런 기회에 모든 희곡 작품들과 배우들로부터 그 특성을 간파해 낼 수 있었다. 얼마 안 가서 곧 그는 그 당시 독일 연극계를 지배하고 있던 천편일률성, 알렉산드리너 시형[8]의 무미건조한 운율과 음조, 부자연스럽고 맥빠지는 대화, 대놓고 도덕적 설교를 하려 드는 몰취미한 비속성 따위를 훤히 파악했으며, 동시에 무엇이 관객에게 감동과 호감을 주는지를 알아차렸다.

그는 단지 공연 가능한 작품의 한 배역뿐만 아니라 작품 전체를 어렵잖게 기억했으며, 그와 동시에 박수갈채를 받았던 배우들의 독특한 대사 낭송법까지도 다 기억했다. 그런데 그렇게 돌아다니는 동안에 마침 돈도 완전히 바닥이 난 그는 우연하게도, 특히 귀족의 장원이나 시골 마을에서 자기 혼자 작품 전체를 한번 상연해 보자는, 그래서 가는 곳마다 식사와 숙박을 동시에 해결해 보자는 착상을 하게 되었다. 그래서, 주막에서든, 방에서든, 정원에서든, 어디서나 즉각 그의 무대가 열렸다. 그리하여 그는 악동 기질이 엿보이는 진지성과 그럴듯해 보이는 열광으로써 자기 관객들의 상상력을 발동시킬 줄 알았으며, 그들의 감각을 기만함으로써 그들이 뻔히 보는 앞에서 낡은 장롱을 산성(山城)으로, 부채를 단검으로 둔갑시킬 줄 알았

8) 알렉산드리너 Alexandriner는 12음절 6각(脚)의 시형으로서, 오피츠 Martin Opitz 이래 독일의 고급 희곡의 지배적 시형이 되었는데, 이것은 한 행의 시에 약강(弱强)의 운율이 여섯 번이나 교차되기 때문에 경직되고 단조로운 인상을 주었다. 그 때문에 질풍노도의 시인들부터는 이 시형을 즐겨 쓰지 않게 되었다.

다. 그의 젊은이다운 열기가 심오한 감정이 모자라는 것을 보충해 주었고, 그의 격렬한 성격은 정력으로 보였으며 그의 아첨은 애정으로 보였다. 그는 이미 연극에 정통해 있는 사람들에게는 그들이 보고 들은 모든 것을 상기시켜 주었으며, 그 외의 다른 사람들에게는 무엇인가 경이로운 것에 대한 예감을 불러일으켜 그것을 좀더 자세히 알고 싶은 소망을 일으키게 하였다. 한 곳에서 효과가 있었던 것은 다른 곳에서도 반드시 되풀이하곤 했다. 그리하여 그는 모든 인간을 똑같은 방법으로 즉흥적으로 우롱할 수 있는 데에 대하여 크게 흡족해하면서 혼자 은밀한 기쁨을 맛보았다.

발랄하고 자유롭고 아무것에도 거리낌없는 정신의 소유자였던 그는 여러 배역과 작품을 자주 반복하는 동안 매우 급속히 자신을 향상시켜 갔다. 얼마 가지 않아 그의 낭독과 연기는 처음에 그가 본보기로 삼아 단순히 흉내만 내었던 그 모델들보다도 더 원래의 의미에 가까워졌다. 이런 도정에서 그는 차츰차츰 자연스럽게 연기를 하는 동시에 항상 짐짓 가장하는 연기를 하게 되었다. 그는 연극에 완전히 열중해 있는 것처럼 보였지만 사실은 효과를 노리고 있었으며, 그의 최대의 자부심은 사람들을 단계적으로 감동시킬 수 있다는 점에 있었다. 얼마 안 가서 곧 그는 자기가 마음대로 부릴 수 있는 그 멋진 재주조차도 어느 정도의 절제를 해가면서 부리지 않을 수 없게 되었다. 그래서 그는 한편으로는 부득이해서, 다른 한편으로는 본능적으로, 대부분의 배우들이 아직도 전혀 깨닫지 못하고 있는 것으로 보이는 어떤 중요한 점을 터득하게 되었는데, 그것은 신체기관(器官)을 쓰고 몸짓을 할 때에도 경제적으로 해야 한다는 점이었다.

그래서 그는 비록 거칠고 불친절한 사람들일지라도 살살 어루만지고 길들여 자기에게 관심을 갖도록 만들 줄 알게 되었다. 그는 가는 곳마다 음식과 잠자리에 만족했고, 사람들이 건네주는 선물마다 감사히 받았으며, 이미 충분한 액수를 받았다고 생각될 때에는 이따금 주는 돈을 사양하기도 했다. 그 때문에 모두들 추천장을 써주며 서로 그를 천거해 주곤 하였다. 그래서 그는 오랫동안 귀족의 장원들을 두루 다니면서 거기에다 많은 즐거움을 일깨워 주었으며, 또한 거기서 자기도 많은 즐거움을 맛보았고 아주 유쾌하고 근사한 사랑의 모험들도 적지않이 겪었다.

그러나 내적 정서가 냉정했던 관계로 그는 원래 아무도 사랑할 수 없는 사람이었다. 또한, 그는 너무나도 명석한 통찰력의 소유자였기 때문에 아무도 존경할 수 없었다. 왜냐하면 그는 항상 사람들의 외양적 특성만을 보고 그 특성들을 자기가 흉내낼 수 있는 인간의 표본들에다 하나 더 첨가해서 기록해 둘 뿐이었기 때문이다. 그러면서도 그는 만약 자기가 모든 사람의 마음에 다 들지 못하거나 도처에서 다 박수갈채를 받지 못할 때에는 자존심이 지극히 손상되는 것으로 여기곤 했다. 어떻게 하면 박수갈채를 얻어낼 수 있을까?——그는 점차로 이 점에 아주 면밀한 주의를 기울이게 되었고 그의 온 신경의 초점을 이 점에다 맞추었다. 그래서 그는 연기생활에서뿐만 아니라 일상생활에서도 남의 구미를 맞추지 않고는 더 이상 다르게 살아갈 수가 없게 되었다. 이렇게 그의 기질과 재능과 생활방식이 서로 상호작용을 하게 된 결과 그는 자신도 모르는 사이에 완전한 배우가 되어 있는 자신을 발견하게 되었다. 정말이지 그의 낭송, 낭독, 그리고 동작은 이상한 듯 보이면서도 아주 자연스러운 작용과 반작용을 통해, 그리고 통찰과 연습을 거듭해 가는 가운데에 고도의 진실과 자유, 그리고 개방성의 경지에까지 도달하였다. 그러나 한편으로 생활이나 교제에서 그는 점점 더 비밀과 기교가 많아졌으며, 심지어는 가식이 많아지고, 따라서 불안이 커가는 것 같았다.

그가 겪은 갖가지 운명과 모험에 관해서는 아마 달리 말할 기회가 있겠지만, 다만 여기서 언급해 두고 싶은 것은, 그가 벌써 성공하여 배우로서의 이름도 얻고 확고하다고는 할 수 없어도 상당히 좋은 지위를 지니게 된 뒷날에는 대화중에 아주 미묘한 방법으로, 반어적이고도 조소적으로 궤변을 늘어놓음으로써 거의 언제나 이야기의 진지한 분위기를 깨뜨리는 버릇을 갖게 되었다는 사실이다. 특히 그는, 빌헬름이 흔히 하던 버릇이 발동하여 보편적이고 이론적인 대화를 막 시작하려고 하면, 당장 이런 수법을 사용하곤 하였다. 그럼에도 불구하고 그들은 함께 있는 것을 아주 좋아했는데, 그것은 서로 다른 사고방식을 통해 대화가 단연 활기를 띠었기 때문이었다. 빌헬름은 모든 것을 그가 파악하고 있던 개념들로부터 연역해 내기를 원했고, 예술을 하나의 큰 연관성 안에서 다루고 싶어했으며, 명백한 규칙을 세워 무엇이 진선미인지, 그리고 무엇이 박수갈채를 받아야 할 것인지를 규정하고 싶어했다. 요컨대, 그는 모든 것을 지극히 진지하게 다루는 편이었다. 이에 반해 제를로는 사물을 아주 가볍게 취급했다. 그는 어떤 질문에도 결코 직접적인 대답을 하는 법이 없이 어떤 에피소드나 소화(笑話)를 원용하여 아주 근사하고 재미있는 해명을 하면서, 좌중의 사람들을 명랑하게 만드는 동시에 또한 그들을 가르치는 것이었다.

19

빌헬름이 이렇게 매우 유쾌한 시간을 보내는 동안, 멜리나와 그 밖의 다른 사람들은 그만큼 더 불쾌한 처지에 빠져 있었다. 그들은 우리의 친구에게는 이따금 마치 악령들처럼 생각되었다. 그들이 옆에 있기만 해도 그는 불쾌했다. 그뿐만 아니라 그들은 가끔 퉁명스러운 얼굴 표정과 비꼬는 말을 해서 그를 언짢게 했다. 제를로가 그들에게 임시 배역조차 맡기지 않았고, 더구나 고용해 줄지도 모른다는 희망 같은 것은 내색조차 하지 않았다. 그러면서도 그는 점차로 그들의 모든 실력을 다 간파해 내었다. 배우들이 담소하기 위해 자기 집에 모일 때마다 그는 그들에게 대본을 읽게 하고 가끔은 자기도 한몫 끼는 습관이 있었다. 그는 오래 공연되지 않았으나 앞으로 공연되어야 할 작품을 골랐으며, 대개는 그중 일부만을 다루었다. 그렇게 해서 첫 독회가 끝나고 나서도 그는 자기가 무엇인가 상기시키고 싶은 것이 있는 대목들을 반복하도록 함으로써 배우들의 통찰력을 증대시켜 주고 요점을 바로 파악할 수 있다는 자신감을 강화시켜 주었다. 혼란스럽고 순화되지 않은 천재보다는 좀 모자라더라도 올바른 분별력을 지닌 사람이 다른 사람들에게 더 만족스러운 연기를 할 수 있는 법인데, 이렇게 제를로는 그들도 알아채지 못하는 사이에 분명한 통찰력을 길러줌으로써 중간치기 정도의 재능밖에 없는 사람들도 경탄을 자아낼 만한 능력을 지닌 배우로 끌어올려 주었다. 그가 그들에게 시를 함께 읽도록 한 것도 이런 실력 향상에 적지 않은 도움이 되었다. 다른 극단에서는 입 가진 사람이면 누구나 지껄일 수 있는 그런 산문들만을 애초부터 읽히는 데에 반하여, 제를로는 그들로 하여금 시도 함께 읽도록 하여, 잘 낭송되는 리듬이 우리의 영혼 속에 불러일으키는 그런 황홀한 감정을 느끼도록 해주었던 것이다.

이런 기회에 그는 새로 도착한 모든 배우들을 알게 되었고, 그들의 사람됨과 그들의 앞으로의 발전 가능성을 판단했으며, 혼자 속으로 자기의 극단이 당면한 개혁의 시기가 오면 그들의 재능을 즉각 이용하리라는 심산이었다. 그는 이 일을 한동안 그대로 내버려두었다. 그러고는 빌헬름이 아무리 중간에 들어 그들을 위해 교섭하려 해도 어깨만 들썩하면서 거절을 해왔다. 그러던 중 마침내 그가 적당한 시기를 보아 아주 예기치 않게 불쑥 그의 젊은 친구에게 제안하기를, 빌헬름 자신이 자기 극단의 무대에 서보는 것이 좋겠다면서, 만약 그런다는 조건이라면 다른 사람들도 채용해 주겠다고 했다.

「그러니까 지금까지 제게 말씀해 오신 것처럼 그 사람들이 그렇게 영 쓸모가 없지는 않은 모양이군요」하고 빌헬름이 그의 말을 되받았다.「이제 그들이 갑자기 한꺼번에 채용될 수 있다니 하는 말입니다! 제가 없더라도 그들의 재능이야 매한가지로 그냥 머물러 있을 것 같은데요?」

이런 말을 듣자 제를로는 부디 비밀을 지켜달라는 당부 끝에 그에게 자기의 처지를 털어놓았다. 자기 극단에서 제일 인기있는 배우가 계약을 갱신할 때에 출연료를 올려달라는 눈치를 보이고 있지만, 그 친구에 대한 관객들의 호의가 전 같지 않기 때문에 자기는 그 친구의 말을 들어줄 생각이 없다는 것이었다. 그러나 자기가 그 친구를 떠나가게 한다면, 그 친구를 따르는 모든 무리들이 그를 따라 가버릴 기세인데, 그렇게 되면 자기 극단은 몇몇 좋은 배우들을 잃게 될 것이고, 그러는 중에 또한 몇몇 중간치기 배우들도 없어지게 될 것이라는 사연이었다. 이런 고백을 하고 난 제를로는 그 대신 자기가 빌헬름, 라에르테스, 호통 잘 치는 영감과, 그리고 어쩌면 멜리나 부인에게 기대하고 있는 점을 빌헬름에게 설명했다. 그리고 그 불쌍한 훈장한테도 유태인이나 장관 등 원칙적으로 악역만 맡긴다면 확실히 박수갈채를 받게 할 수 있을 것으로 기대한다는 것이었다.

빌헬름은 몹시 당황했으며 적지않은 불안감을 지닌 채 그 말을 듣고 있었다. 이윽고 그는 무슨 말인가는 해야겠기에 크게 한숨을 쉬고나서 대답했다.「당신은 아주 친절하시게도 우리한테서 관찰하시고 기대하신 것 중에서 단지 좋은 점만을 말씀하시네요. 그러나 당신의 그 날카로운 통찰력으로 꿰뚫어보셨을 것임에 틀림없는 우리의 약점은 대체 어떻게 되는 겁니까?」

「그런 것은 근면, 연습, 반성을 통해 얼마 안 가서 곧 장점으로 바꿔놓도록 합시다」하고 제를로가 대답했다.「여러분들은 아직은 기교를 모르는 풋내기들이라 할 수 있기 때문에 여러분들 중에서 다소간의 기대를 갖게 하지 않는 사람은 아무도 없지요. 제가 여러분 모두를 판단하는 한에서는 단 한 사람도 우둔한 분은 없거든요. 우둔한 사람만은 정말 개선할 방도가 없지요. 그들은, 자존심 때문이든 어리석기 때문이든, 또는 우울증 때문이든 간에 뻣뻣하고 유연성이 없거든요」

이렇게 말하고 난 제를로는 자기가 제시할 수 있고 또 제시하려고 하는 계약조건들을 간략하게 설명하면서 빌헬름에게 신속한 결단을 내려달라고 부탁했다. 그러고는 적지않이 불안해하는 빌헬름을 혼자 내버려두고 나가버렸다.

빌헬름이 라에르테스와 함께 쓰게 된 그 가짜 여행일지는 말하자면 장난삼아 시작한 묘한 작업이긴 했지만, 그 일을 하다보니 그는 현실세계의 제반 사정과 일상생활에 대해 종전보다 더 유심히 관찰하게 되었다. 그는 이제야 비로소 자기한테 여행 일지를 쓰라고 간곡히 이르시던 아버지의 의도를 이해할 수 있었다. 많은 직종의 생업과 경제적 수요를 중개하는 인물이 되어 대륙의 깊은 산간벽지에 이르기까지 생활과 활동을 전파하는 데에 일익을 담당하는 것이 정말 유쾌하고 유용한 일이 될 수 있겠다는 사실도 그는 처음으로 느낄 수 있었다. 초조해하면서 그를 도처에 끌고 다녀준 라에르테스의 덕분에 그는 자기가 현재 거주하고 있는 활기찬 상업도시를 관찰함으로써, 모든 물자가 흘러나가고 또 흘러 들어오는 대집산지의 개념을 확실히 깨우치게 되었다. 그의 정신이 이런 종류의 활동을 훤히 들여다보면서 진정한 즐거움을 느낀 것은 이번이 처음이었다. 이런 상태에 있는 그에게 마침 제를로가 그런 제안을 했던 것이며, 그의 소망, 그의 애착심, 타고난 재능에 대한 그의 신뢰감, 그리고 앞길이 막막한 단원들에 대한 그의 의무감을 또다시 불러 일깨운 것이었다.

〈자, 이제 난 다시 한번, 젊은 시절의 나한테 나타났던 그 두 여신들 사이의 갈림길에 서게 되었군!〉 하고 그는 혼자 중얼거렸다. 〈그런데 한쪽 여신이 더 이상 그 당시처럼 그렇게 초라해 보이지 않고, 다른 쪽 여신은 더 이상 그렇게 찬연해 보이지 않는구나! 그 어느 여신을 따르든 간에 너는 내심으로부터 우러나오는 일종의 사명감을 느끼게 된다. 그리고 양측으로부터 모두 강력한 외부적 계기들이 충분히 작용하고 있다. 네게는 결단을 내리기가 불가능한 것 같은 생각이 든다. 그래서 이 평형을 한쪽으로 기울어지게 해줄 수 있는 그 어떤 일이 외부로부터 생겨나서 너의 선택을 도와주었으면 좋겠다는 소망까지도 하게 된다. 하지만, 너 자신을 잘 관찰해 보자면, 네게 영업과 직업과 소유에 대한 애착심을 불러일으키고 있는 것은 단지 외적인 사정들에 지나지 않는다. 그러나 선과 미를 지향하면서 네 자신 속에 들어 있는 온갖 육체적 정신적 소질을 점점 더 계발시키고 도야해 가고자 하는 소망을 불러일으키고 그것을 키워나가고 있는 것은 네 깊숙한 내심의 욕구인 것이다. 그러니, 별다른 노력을 하지 않았는데도 내 모든 소망의 목적지인 여기까지 나를 인도해 준 운명을 어찌 존경하지 않을 수 있겠는가? 예전에 내가 궁리해 내고 마음에 품었던 모든 일들이 이제 내가 가만히 있어도 우연하게 모두 일어나고 있지 않은가? 참으로 이상하다! 인간은 가슴속에 오랫동안 키우고 간직해 온 희망과 소망에 대해 가장 친숙한 감정을 느끼는 것처럼 보이지만, 막상 그가 그것들과 정면으로 마주치면, 말하자면 그것들이 그에게 결단을 촉구하면, 그는 그것들을 몰라보게 되거나 알아보고도 그것들을 피해 주춤 물러나게 되는 법이지. 마리아네와 이별한 그 불행한 밤 이전에는 나도 단지 꿈속에서나 상상할 수 있었을 그런 모든 일이 이제 내 앞에 찾아와 스스로 내게 손을 내밀고 있구나. 바로 여기로 도망쳐 오고 싶어했는데, 이제 나는 사뿐히 여기로 인도되어 온 것이다. 제를로한테서 나는 잠자리나 얻을 생각이었는데, 그는 지금 나를 고용하려고까지 하고 있으며 풋내기인 나로서는 결코 기대하기 어려운 파격적인 계약조건을 제시하고 있지 않은가! 나로 하여금 도대체 무대를 떠날 수 없도록 잡아둔 것은 단지 마리아네에 대한 사랑뿐이었을까? 혹은, 나를 그 아가씨와 꽉 묶어놓은 것이 예술에 대한 사랑이었던가? 연극에서 장래의 전망을 보고 무대에서 탈출구를 찾고자 하는 것은, 시민계급적 세계의 제반 여건이 허락하지 않는 삶을 계속 살아가기를 원하는 비정상적이고 불안한 인간에게만 자주 나타나는 경향이었을까? 혹은, 그와는 전혀 다른 것, 즉 보다 순수하고 가치있는 경향이었을까? 그런데, 그 당시의 네 생각을 바꾸기 위해서 과연 무엇이 네 마음을 움직일 수 있었을까 말이다. 어쩌면 너는 지금까지 너 자신도 미처 모르는 가운데 네 계획을 좇아 여기까지 온 것이라고 해야 하지 않을까? 자, 이제 마지막 한 걸음이 남은 셈인데, 이 일이야말로, 다른 부수적 의도들이 없기 때문에, 그리고 동시에 네가 엄숙하게 맹세했던 약속을 지키는 것이 되고 무거운 책임을 고상한 방법으로 면할 수도 있기 때문에, 더욱더 동의해 줄 만하지 않은가?〉

그의 마음속에, 그리고 그의 상상력 속에 움직이고 있던 온갖 것들이 이제 이루 말할 수 없이 활발하게 서로 엇갈리고 뒤바뀌었다. 미뇽을 그대로 데리고 있을 수 있다는 점과 하프 타는 노인을 뿌리치지 않아도 된다는 점이 천칭(天秤)의 평형을 기울이는 데에 적지 않은 작용을 했다. 그런데, 그가 여느 때와 같이 그의 여자 친구 아우렐리에를 방문하기 위해 걸어가고 있을 때에도 아직 그 천칭은 이리저리 흔들리고 있었다.

20

그가 들어가니 그녀는 휴식용 간이침대에 누워 쉬고 있었으며, 다소 안정이 된 것 같았다. 「내일 벌써 무대 위에 서실 수 있다고 생각하십니까?」 하고 그가 물었더니, 「네, 물론이지요」 하고 그녀가 생기있게 대답해 왔다. 「아시겠지만, 아무것도 그것을 방해할 순 없습니다. 일반 관객석으로부터의 박수갈채를 제 쪽에서 물리칠 수 있는 방법만 안다면 참 좋겠는데 말이에요! 그들은 호의로 박수를 치지만, 그게 저를 죽이고 말 거예요. 그저께도 저는 심장이 터져버리는 줄 알았어요. 평소 제 연기가 저 자신의 마음에 들 때에는 박수 소리를 들어도 괜찮았지요. 오랫동안 연구하고 준비를 단단히 했을 경우에는, 〈그것 참 잘했다〉는 반가운 표시가 극장 구석구석으로부터 메아리쳐 올 때 저도 기뻐했지요. 요즘 저는 제가 말하고자 하는 대사를 말하지 못하고 제가 말하고 싶은 대로 말하지 못합니다. 저는 넋이 나가 정신이 혼란해지곤 합니다만, 이럴 때에 저의 연기가 더욱더 강렬한 인상을 주곤 하죠. 박수갈채가 더 커집니다. 그러면 저는 혼자 생각하지요――〈당신들이 만약 당신들을 그렇게 황홀하게 만드는 것이 무엇인지 알게 된다면! 어둡고도 격렬한, 딱히 무엇인지 모를 서두음(序頭音)이 당신들의 마음을 움직여 당신들에게 찬탄을 자아내게 하고 있어. 하지만, 그것은 당신들이 호의를 선사해 준 그 여자가, 그 불행한 여자가 내고 있는 고통의 울림이라는 것을 당신들은 느끼지 못하고 있어.〉

오늘 이른 아침에 저는 대사를 외웠고 지금도 다시 되풀이해서 시도해 보았답니다. 저는 피곤해서 아주 녹초가 돼 있지만, 내일 아침에는 다시 처음부터 시작할 거예요. 내일 저녁에는 공연을 해야 하니까요. 이렇게 저는 간신히 제 몸을 이리저리 끌고 다니고 있는데, 일어나는 것도 지루하고 침대에 가서 눕는 것도 몸서리가 난답니다. 온갖 잡생각이 제 머릿속에서 끝없이 빙빙 맴돌고 있는 것이지요. 그 다음에는 예의 그 성가신 박수가 위로를 한답시고 제 앞에서 터지고, 그러면 저는 그것을 거부하고 그것에다 저주를 퍼붓지요. 저는 굴복하지 않겠어요. 필연성에 굴복하지 않으렵니다――저를 파멸시키는 것이

어째서 필연적일 수 있을까요? 달리 될 수도 있는 것 아니겠어요? 말하자면 저는 독일 여자라는 죄값을 치르지 않으면 안 되는 것이겠지요. 독일 여자들은 모든 사물에 대해서 다 어려워지고, 모든 사물도 그들에 대해서 까다로워지지 않을 수 없는데, 이것이 바로 독일 여자들의 특성이거든요」

「아, 친애하는 아우렐리에!」하고 빌헬름이 그녀의 말을 가로막으며 말했다.「당신 스스로 예리하게 간 단검으로 끊임없이 자해행위를 하시는 것을 제발 좀 그만두실 수 없겠습니까! 당신에게 남아 있는 것은 대체 아무것도 없습니까? 도대체 당신의 젊음, 당신의 자태, 당신의 건강, 그리고 당신의 재능이 아무것도 아니란 말씀입니까? 아무 허물도 없이 보물 하나를 잃었을 때, 남아 있는 다른 보물들도 잇따라 마구 내던져버려야 할까요? 꼭 그럴 필요가 있을까요?」

그녀는 얼마 동안 침묵하더니 갑자기 격한 투로 말했다.「저도 알아요, 그게 시간 낭비라는 건! 사랑이 시간 낭비에 불과하다는 것은! 제가 할 수 없었던 것이 무엇이며, 제가 하지 말았어야 했던 것이 무엇이겠습니까? 무엇이든 다 했지만, 이젠 모든 것이 순전한 허무로 변해 버렸습니다. 저는 사랑에 빠진 불쌍한 여자예요, 실연했다는 것 이외에는 아무것도 없는 여자라구요! 제발 저를 가엾게 생각해 주세요——저는 불쌍한 여자예요!」

그녀는 혼자만의 생각에 잠겨들었다가 잠시 후에 다시 격렬하게 소리쳤다.「당신들 남자분들은 모든 여자들이 당신들의 목에 매달려 오는 데에 익숙해져 있습니다. 그러니 당신들은 사모할 줄 아는 여자의 가치를 느낄 수 없지요. 어떤 남자도 그 가치를 느낄 줄 모릅니다! 모든 천사를 두고 맹세하건대, 그리고 청순하고 선량한 마음을 창조해 내는 모든 행복의 신상(神像)들을 두고 맹세하건대, 사랑하는 남자에게 헌신하고 있는 한 여성보다 더 거룩한 것은 아무것도 없습니다! 우리가 여자라고 불릴 자격을 갖고 있는 동안에는, 우리는 냉정하고 자부심과 콧대가 높은 데다 명석하고 지혜롭지요. 그러나 우리가 사랑하게 되자마자, 상대방의 사랑을 얻으려고 하자마자 우리는 이 모든 특권들을 당신들의 발치에 던져버리고 마는 것입니다. 아, 저도 그렇게, 다 알면서도, 자진해서, 저의 온 존재를 내던진 것입니다! 그러나 이제 저는 또한 모든 희망을 내버리고자 합니다. 의도적으로 절망 상태에 빠지겠습니다. 제 체내에 있는 마지막 피 한 방울까지도 모두 벌받게 하고 싶고, 마지막 힘줄 하나까지도 모두 고통을 겪도록 해야겠어요. 마치 연극이라도 하듯이 이렇게 격정을 터뜨리는 것에 대해 미소를 띠시든 껄껄 웃으시든 마음대로 하세요」

우리의 친구는 웃을 기분이라곤 조금도 나지 않았다. 반은 자연스럽고 반은 억지로 꾸며내는 듯한 그 여자 친구의 가공할 상태는 그를 너무나 괴롭힐 따름이었다. 그는 그런 불행한 긴장이 몰고 오는 고문받는 듯한 상태를 그녀와 공감할 수 있었다. 그의 뇌수는 뒤흔들렸고, 그의 피는 열병과도 같은 소용돌이 속에서 들끓었다.

그녀는 일어서 있었으며, 방 안을 왔다 갔다 거닐었다. 「저는 저 자신에게 왜 그를 사랑해선 안 되는지 모든 이유를 일일이 다 열거해 보곤 합니다」 하고 그녀는 외쳤다. 「저는 그가 그럴 만한 자격이 없다는 것도 알고 있어요. 그래서 저는 제 마음을 이곳 저곳 딴데로 돌려도 보고, 닥치는 대로 일에 열중하기도 합니다. 때로는 제가 연기할 필요도 없는 배역을 연습해 보기도 하고, 때로는 이미 속속들이 다 알고 있는 옛 배역들을 세세한 데에까지 열성을 다해 연습하고 더욱더 부지런히 연습, 또 연습을 해보지요. 그러나, 이보세요, 신뢰해 마지않는 남자이니 솔직히 털어놓겠습니다만, 사람이 이렇게 억지로 자기 자신으로부터 멀어지려는 것은 정말 엄청난 고역이랍니다! 저의 분별력은 고뇌에 허덕이고 저의 대뇌는 이렇게 잔뜩 긴장하고 있는 것입니다. 그리하여 결국 미쳐버리지 않기 위해, 저는 그를 사랑한다는 감정에다 다시금 저 자신을 맡겨버리는 것입니다——그래요, 저는 그를 사랑하고 있어요, 사랑하고 있어요!」 하고 그녀는 눈물을 쏟으며 외쳤다. 「저는 그를 사랑하고 있어요. 그리고 이대로 죽어가고 싶습니다」

그는 그녀의 손을 잡았다. 그러고는 그렇게 자신을 소모시키지 말기를 간곡히 부탁했다. 「아! 우리 인간이란 애초에 불가능한 많은 일뿐만 아니라 가능한 많은 일까지도 이루어내지 못하니 정말 묘한 노릇입니다」 하고 그가 말했다. 「당신은 타고난 모든 행복을 꽃피워 줄 한 성실한 남자를 찾지 못할 운명이었군요. 저 역시 제 삶의 모든 구원 문제를 한 불행한 여자와 결부시켜야 하는 운명이었답니다. 저는 제 성실성의 무게로써 그녀를 한 포기 갈대와도 같이 땅바닥에 깔아뭉갰지요. 아니 어쩌면, 완전히 파멸시키고 말았는지도 모르겠습니다」

그는 전에 아우렐리에에게 이미 마리아네와의 이야기를 털어놓은 적이 있었다. 그래서 지금 여기서 그 이야기를 암시할 수 있었던 것이다. 그녀는 그의 두 눈을 뚫어져라 응시하였다. 그러고는 묻는 것이었다. 「당신은 그럼 아직 한번도 어느 여자를 속인 적이 없다고 말씀하실 수 있으세요? 경박한 친절과 뻔뻔스러운 확언과 유혹적인 맹세로 한 여자의 마음을 호리려고 한 적이 한번도 없단 말씀이지요?」

「그렇게 말씀드릴 수 있습니다」 하고 빌헬름이 대답했다. 「자랑할 것은 못 됩니다만…… 저의 삶이 워낙 단순했기 때문에 그런 시도를 해보려는 유혹에 빠질 기회도 없었던 것이겠지요. 그리고 당신처럼 아름답고 고귀한 여성이 이렇게 슬픈 처지에 빠져드신 것을 본다는 게 저에게는 큰 경고가 되는군요! 지금 제 가슴과 완전한 공감을 이룬 한 가지 맹세를 들어주십시오. 이 맹세는 당신이 저에게 불러일으켜 주신 감동을 통해 말이 되고 형식이 된 것이고, 이 순간을 통해 신성해질 수 있는 것입니다——저는 모든 순간적인 애정을 거부하고 지극히 진지한 애정이라고 하더라도 제 가슴 속에 고이 간직해 두도록 하겠습니다. 제가 저의 온 인생을 바칠 각오가 되어 있지 않은 그 어떤 여성도 제 입술에서 사랑의 고백을 듣는 일이 없도록 하겠습니다!」

그녀는 사납고도 냉담한 표정으로 그를 바라보더니, 그가 그녀에게 손을 내밀자 몇 걸음 뒤로 물러났다. 「그것이 문제는 아니었어요!」 하고 그녀는 외쳤다. 「여자의 눈물이 그만큼 더 많거나 더 적어진다고 달라지는 게 뭐예요? 그 때문에 바닷물이 불 것도 아니구요! 하지만」 하고 그녀는 말을 계속했다. 「하지만 수천 명의 여자들 중에 한 여자가 구원된다면, 그것도 상당한 의미가 있군요. 그리고 수천 명의 남자들 중에서 한 정직한 남자를 발견했다면, 그것도 받아들일 만한 사건이군요! 당신이 무엇을 약속하고 계시는지 아시기는 아시겠지요?」

「알고 있습니다」 하고 빌헬름이 미소를 머금고서 대답했다. 그러고는 자기의 손을 내밀었다.

「저는 그 맹세를 받아들이겠습니다」 하고 그녀가 대답하면서 오른손을 약간 움직이기에, 그는 그녀가 자기의 내민 손을 잡으려는 것으로 생각했다. 그러나 그녀는 민첩하게 주머니에 손을 넣어 번개같이 단도를 꺼내어서는 그 칼끝과 칼날로 재빨리 그의 손 위를 휘익 긋는 것이었다. 그는 재빨리 손을 뒤로 당겼지만, 벌써 피가 주르륵 흘러내리고 있었다.

「당신들 남자들에게 무슨 일을 기억하도록 하려면, 표시를 톡톡히 해주지 않으면 안 되거든요!」 하고 그녀는 그 어떤 사나운 명랑성을 띠면서 소리쳤는데, 그 명랑한 태도는 이내 바삐 서두르는 분주성으로 바뀌었다. 그녀는 급히 자기 손수건을 꺼내더니 그것으로 그의 손을 친친 동여매어 우선 솟구쳐 나오는 피를 멈추게 했다. 「이 반미치광이 여자를 용서하세요」 하고 그녀가 외쳤다. 「그러나 이렇게 피를 흘리시게 된 것을 헛되다고 생각하진 마세요. 저는 맺혔던 마음이 후련히 풀리게 되었고, 다시 제정신을 찾았습니다. 이렇게 무릎을 꿇고 애원하겠습니다, 제발 당신을 치료해 드리는 위안을 저에게 허락해 주세요」

그녀는 그녀의 장으로 달려가더니 붕대와 몇몇 기구를 가져와서는 지혈을 시켰다. 그러고는 상처를 세심하게 살펴보는 것이었다. 상처는 바로 엄지손가락 밑의 통통한 살점을 베고 지나가서는 손바닥의 생명선을 두 동강으로 가르면서 새끼손가락 근처에까지 뻗쳐 있었다. 그녀는 말없이 그의 상처를 처매어 주면서 혼자 의미심장한 생각에 잠겨 있었다. 그는 몇 번인가 「아우렐리에, 당신의 친구에게 어찌 이런 상처를 입힐 수 있습니까?」 하고 물었다.

「쉿!」 하고 그녀는 손가락을 입에다 갖다대면서 대답했다. 「쉿! 잠자코 계세요」

제5권

1

이렇게 빌헬름은 지난날의 두 상처가 채 아물기도 전에 다시 새로이 제삼의 상처를 입게 되었는데, 이 상처 또한 그를 적지 않이 불편하게 했다. 아우렐리에는 한 외과의에게 치료를 받겠다는 그의 말을 들어주지 않고는 갖가지 이상야릇한 말을 하고 의식을 행하거나 주문을 늘어놓으면서 그녀 자신이 손수 그의 상처에 붕대를 감아주는 통에 그를 매우 난감한 처지에 빠뜨리곤 했다. 그렇지만, 빌헬름 혼자만이 아니고 그녀의 근처에 있는 모든 사람들이 그녀의 불안과 특이한 성격 때문에 고통을 겪고 있었다. 그러나 그중 가장 많은 고통을 겪고 있는 것은 꼬마 펠릭스였다. 그 어린 개구쟁이는 그런 억압을 받으면 지극히 못 견뎌했으며, 그녀가 자기를 나무라거나 질책하면 할수록 점점 더 버릇없이 굴었다.

그 아이는 사람들이 흔히 나쁜 버릇이라고 부르곤 하는 이상한 짓들을 즐겨 했는데, 그녀는 그 아이의 그런 버릇을 조금도 너그러이 보아주려고 하지 않았다. 예컨대, 유리컵에 따라서 마시는 것보다 병째로 마시는 것을 더 좋아했으며, 음식도 접시에 덜어서 먹는 것보다는 그릇에서 바로 퍼먹는 것이 더 맛있는 모양이었다. 그런데 그녀는 아이의 이런 좋지 못한 버릇은 결코 그냥 보아넘기지 않았다. 그리고 아이가 문을 완전히 닫지 않는다든가 쾅 소리가 나게 닫으면, 그리고 무슨 심부름을 시켰는데 당장 일어서지 않거나 난폭하게 뛰어나갈 때에는, 아이는 굉장한 훈계를 들어야 했지만, 그런다고 조금이라도 나아지는 기색이라곤 보이지 않았다. 오히려 날이 갈수록 아우렐리에에 대한 정만 줄어드는 것 같았다. 아이가 그녀를 어머니라고 부르는 그 어조에는 조금도 정다운 데가 없었다. 아이는 오히려 늙은 유모를 몹시 따랐는데, 그것은 물론 아이가 무슨 짓을 해도 다 받아주었기 때문이었다.

그러나 그 노파 역시 얼마 전부터 몸이 아팠기 때문에 집에서 나가 조용한 곳에서 휴양을 하도록 하는 중이었다. 그래서, 만약 미농이 다정한 수호신으로서 그에게 나타나주지 않았던들, 펠릭스는 아주 외로워질 뻔했다. 그 두 아이들이 서로 어울려 노는 모습은 지극히 정다워 보였다. 미농이 짤막한 가곡들을 가르쳐주었는데, 기억력이 매우 좋은 그 아이가 자주 그 가사를 낭송해대는 통에 주위 사람들이 깜짝 놀라곤 했다. 또한 미농은 그 아이에게 지도(地圖)도 설명해 주려고 했다. 그녀는 아직도 여전히 지도에 열심이었지만, 그것을 탐구하는 방법이 아주 좋다고는 할 수 없었다. 미농에게는 도무지 어느 나라든지 간에 그것이 추운 나라인지 더운 나라인지 이외에는 아무런 특별한 관심도 없는 것 같았기 때문이다. 미농은 북극이나 남극에 관해서, 그리고 거기에 있는 무서운 얼음덩이에 관해서, 그리고 양극에서 멀어질수록 점점 더 따뜻해진다는 사실에 관해서 매우 잘 알고 있었다. 누군가가 여행을 떠나려고 하면 미뇽은 북쪽으로 가는지 남쪽으로 가는지만 물어보면서 그녀의 작은 지도에서 그 여로를 찾아보려고 애쓰곤 했다. 특히 빌헬름이 여행에 관해서 이야기할 때면 그녀는 매우 주의깊게 귀를 기울였으며, 그 대화가 다른 대상으로 옮아갈 때에는 언제나 금방 슬픈 표정으로 바뀌는 것 같았다. 그녀를 달래어 배역을 맡길 수는 없었고, 그녀는 사람들이 공연을 하는 중에는 무대 위에 올라가는 것조차 꺼렸다. 그러나 송가나 가곡은 아주 열심히 외웠으며, 보통 그런 시를 진지하고도 엄숙하게, 가끔은 느닷없이 즉흥적으로 읊곤 함으로써 모두를 깜짝 놀라게 하곤 했다.

싹트는 재능의 기미를 포착하는 데에 익숙해 있던 제를로는 그녀에게 용기를 북돋워 주었다. 그러나 그녀가 그의 칭찬을 가장 많이 받은 것은 매우 단정하고 다양하며 때로는 활달하기까지 한 노래 솜씨를 통해서였다. 하프 타는 노인이 그의 애호를 얻게 된 것도 바로 이 경로를 통해서였다.

제를로는, 자신은 음악적 천재성을 타고나지 못했고 악기를 연주하지도 못했지만, 음악의 고귀한 가치를 존중할 줄 알았다. 그래서 그는 그 어떤 다른 예술과도 비할 수 없는 음악을 될 수 있는 대로 자주 즐길 수 있는 기회를 마련하고자 했다. 매주 한 번씩 연주회를 열고 있는 것도 그 때문이었다. 그런데 이제 그의 주위에는 미뇽과 하프 타는 노인, 그리고 바이올린을 제법 잘 다루는 라에르테스가 함께 어울려 기묘하고 자그마한 악대가 하나 생긴 것이었다.

그는 평소에 이렇게 말하곤 했다. 「인간이란 아주 비천한 것에 만족해 버리려는 경향이 있어요. 그리고 우리 인간의 정신과 감각도 아름다운 것, 완전한 것이 발하는 인상에 대해 둔감해지기가 아주 쉽거든요. 그래서 우리 인간은 모든 방법을 동원해서 자신에게 이런 것을 느낄 수 있는 능력이 소실되지 않도록 보존해야 해요. 이런 즐거움을 완전히 배제하고 살아갈 수 있는 사람은 아무도 없으니까요. 많은 사람들이 단지 새 것이라고만 하면 아주 어리석고 몰취미한 것에서도 즐거움을 느끼는 것은 오직 감미로운 것을 즐기고자 하는 나쁜 버릇에 그 원인이 있을 뿐이지요」 하고 그가 말했다. 「매일 적어도 한 곡의 작은 노래라도 들어야 하고, 좋은 시 한 편을 읽고 훌륭한 그림을 보고, 가능하다면, 몇 마디 이성적인 말을 해보는 연습을 하는 게 좋아요」

제를로에게는 어느 정도 자연스럽게 어울리는 이런 사고방식이 분위기를 지배하고 있었기 때문에 그의 주위 사람들은 늘 유쾌한 담화를 즐길 수 있었다. 이렇게 한창 즐거운 시간을 보내던 중 어느 날 빌헬름은 검정색 봉인을 한 편지 한 통을 받았다. 베르너가 봉인을 했다는 사실이 이미 비보(悲報)임을 암시하고는 있었지만, 베르너가 단지 몇 마디 말로 부친의 사망 사실을 알리고 있음을 발견하자 그는 적지않이 놀랐다. 뜻하지 않게 잠깐 앓으신 다음 곧 세상을 하직하셨는데, 집안 일은 아주 말끔히 정리해 놓으신 채 돌아가셨다는 것이었다.

그 뜻밖의 소식에 빌헬름은 깊은 내심의 충격을 받았다. 우리는 흔히 친구나 친척이 우리와 함께 이 세상에 살고 있을 동안에는 그들을 소홀히 하면서 무감각하게 지내다가 막상 그 아름다운 관계가 적어도 이 세상에서는 끊어지게 되고 나서야 비로소 지금까지 소홀히 해왔음을 후회하곤 하는데, 빌헬름도 이것을 깊이 느끼게 되었다. 그 훌륭하신 어른께서 때이르게 돌아가신 데에 대한 아픈 마음은 다만 그 어른이 이 세상에 크게 연연해하지 않으셨다는 느낌과 이 세상에서 큰 향락을 추구하지 않으셨다는 확신이 들었기에, 그래도 좀 누그러질 수 있었다.

이제 빌헬름은 얼마 안 가서 곧 자기 자신의 처지에 대해 생각하기 시작했다. 그러자 그는 적지않은 불안감에 빠졌다. 사람이란 느끼고 생각하는 방식에는 아직 아무런 마음의 준비도 없는 터에 바깥 상황 때문에 자신의 여건이 크게 변화될 때가 있는데, 그런 때에 그는 가장 위험한 지경에 놓이는 것이다. 그런 경우에는 때가 무르익지 않은 전환기가 찾아오게 되며, 그 사람이 자신은 그 새로운 처지에 대비해 나가기에는 아직 미숙하다는 사실을 인식하지 못하면 못할수록 그만큼 더 큰 모순만 생겨나게 된다.

빌헬름은 아직은 자신과도 미처 합의를 이루지 못한 순간에 자기가 자유로워진 것을 알았다. 물론 그의 생각은 고귀하였고 그의 의도는 순수했으며 그의 결심은 나무랄 데 없는 것같이 보였다. 그는 이 사실만은 어느 정도 확신을 지니고 자신에게 고백해도 좋을 것 같았다. 그러나 그는 자기가 경험이 적다고 느낄 때도 매우 자주 있었다. 그 때문에 그는 다른 사람들의 경험에다, 그리고 그들이 거기서 확신을 가지고 이끌어내는 해답에다, 너무 지나치게 큰 가치를 부여했는데, 그럼으로써 점점 더 큰 오류에 빠지게 되었다. 그는 자기한테 모자라는 것을 얻기 위해서는 책이나 대화중에 나오는 유념 사항을 모두 적어두고 모아두는 것이 상책이라고 생각했다. 그래서 그는 자기 의견이든 남의 생각이든 가리지 않고 모두 적어두었고, 심지어는 흥미있다고 생각되는 경우에는 대화 전체를 모두 적어두기도 했지만, 이렇게 하다 보니 유감스럽게도 진리뿐만 아니라 오류까지도 함께 붙들고 있게 되었고, 한 가지 관념에 너무 오랜 시간을 지체하게 되었다. 아니, 한 가지 금과옥조(金科玉條)에 너무 오래 매달리게 되었다는 표현이 더 좋을 것이다. 그러다가 보니 그는 자주 남의 등불을 자기의 북극성으로 알고 따라가는 꼴이 되어 자신의 자연스러운 사고방식과 행동방식을 잃는 수가 잦았다. 이를테면, 아우렐리에의 신랄한 태도와 그의 친구 라에르테스의 냉정한 인간혐오증이 그의 판단을 흐려놓는 때가 지나치다 싶게 자주 있었다. 그러나 지금까지 그에게 가장 위험했던 인물은 야르노였다. 그 남자의 명석한 오성은 눈앞에 있는 사물에 대해서는 올바르고 엄정한 판단을 내리지만, 동시에 그는 그 개별적 판단들을 내리면서 그것이 마치 보편타당성을 지니고 있다는 듯한 투로 말하는 결점을 지니고 있었다. 하지만, 오성의 판정이란 원래 단 한번만, 즉 특정 경우에만 유효한 것이고 그 판정을 그 바로 다음 경우에 적용시키려 하더라도 이미 그것은 옳지 않게 되어버리는 법이다.

그리하여 빌헬름은 자신과의 합의를 이루기 위해 노력하면서도 바람직한 합의로부터는 점점 더 멀어져 갔다. 그리고 이런 혼란의 와중에서 연극을 향한 그의 정열은 그만큼 더 모든 여건들을 자기한테 유리하게 이용하도록 만들었으며, 빌헬름으로 하여금 그가 해야 할 일에 대해서 점점 더 둔감해지고 헛갈리도록 만들었다.

제를로는 그 부고(訃告)를 자기한테 유리하게 이용하려고 했다. 사실 그는 하루하루 갈수록 자기 극단을 달리 조직해야겠다는 당위성이 점점 더 커지는 느낌이었다. 그는 옛 계약을 갱신해야 할 입장이었지만, 자기들이 없어서는 안 되는 존재라고 생각하는 몇몇 단원들이 매일같이 더욱더 꼴불견스러워졌기 때문에, 계약을 갱신할 생각은 별로 없었다. 그렇게 하지 않을 경우의 다른 대안은 극단을 아주 새로운 모습으로 일신하는 것이었는데, 그가 원하는 것도 일이 이 방향으로 진행되는 것이었다.

그러나 그는 자기가 직접 빌헬름을 조르지 않고 아우렐리에와 필리네를 부추겼다. 그리고 고용 계약을 간절히 바라는 다른 친구들 역시 우리의 친구를 가만히 내버려두지 않았기 때문에, 그는 상당히 당혹한 심경으로 인생의 갈림길에 서 있었다. 전혀 반대되는 의미로 씌어진 베르너의 편지 한 통이 마침내 그의 결단을 재촉하게 되리라고는 아무도 생각하지 못한 일이었다. 그 편지를 첫머리만 생략한 채 별다른 수정 없이 다음에 소개하기로 하겠다.

2

「그렇게 되었다네. 사실 우리 인간이란 무슨 일이 생기더라도 우선 자기 직업에 전념하고 자기 활동을 계속 해나가는 것은 당연한 노릇이라 할 수 있겠지. 그 훌륭하신 어른이 돌아가신 지 불과 십오 분도 채 안 되어 벌써 집안에서는 아무것도 더 이상 그 어른의 뜻대로 진행되는 것이 없었네. 친지들과 친척들이 몰려들었고, 특히 그런 기회에 무엇인가 좀 이득을 챙길 게 있는 사람들은 모두 몰려왔지. 그래서 모두들 무엇인가 가져오고 운반해 가고 돈을 치르고 기록하고 계산해야 했어. 어떤 사람들은 포도주와 케이크를 나르고 다른 사람들은 마시고 먹는 것이었지. 그러나 내가 보기에 물불 가리지 않고 가장 심하게 악다구니를 하는 것은 상복을 고를 때의 여자들이더군.

여보게, 이런 판국이니 나 역시 이 기회에 내 이익을 생각했다 하더라도 용서해 주어야겠네. 그래서 나는 자네 누이동생을 힘 자라는 대로 도와주고 일을 거들어주었고, 어느 정도 적당한 기회가 오자마자 그녀를 설득하여, 우리 아버님들이 너무 복잡하게 생각하신 나머지 지금까지 미루어 오신 우리의 결혼을 서두르는 것은 이제 우리 둘만의 일이라는 것을 그녀가 알아차리도록 했네.

그러나 우리가 행여 그 크고 텅 빈 집을 소유하려는 마음을 먹었다고 생각해서는 안 되네. 우린 비교적 겸허하고 분별 있는 사람들이잖아. 우리 계획을 들어보게나. 자네 누이동생은 결혼 직후에 우리 집으로 옮겨오는 거야. 자네 어머님까지도 함께 오시는 것이지.

〈어떻게 그럴 수가 있을까? 그 좁은 집은 자네들 자신이 있기에도 비좁을 텐데!〉 하고 자네는 말하겠지. 여보게, 그것이 바로 재주라네! 배치만 잘하면 모든 것이 가능해지거든! 좁은 공간을 사용하기로 마음만 먹으면, 자네가 믿을 수 없을 정도로 많은 자리가 생겨난단 말이야. 우리는 그 큰 집을 팔 작정인데, 당장 좋은 거래를 할 수 있는 기회가 온 것 같아. 거기서 받는 돈으로는 배쯤 이자가 붙도록 할 작정이네.

나는 자네가 이에 동의해 주기를 희망하며, 자네가 자네 선친이나 조부님의 그 비생산적인 취미로부터는 아무것도 물려받지 않았기를 바라네. 자네 조부님은 일련의 무의미한 예술품에다 당신의 최고의 행복을 거셨지만, 그것들을 아무도——내 감히 말하지만, 아무도——그분과 함께 즐길 수가 없었어. 자네 선친께서는 호화로운 주택에 사셨지만, 아무에게도 당신과 더불어 그 시설을 함께 즐기게 하지 않으셨어. 우리는 이제 달리

시도해 보고자 하는 거야. 그러니 부디 자네도 찬동해 주기 바라네.

나 자신은 온 집안에서 내 탁자 머리 이외에는 어디 머물 만한 자리가 없는 것도 사실이야. 게다가 앞으로 아기의 요람은 또 어디다 놓아야 할지도 모를 형편이라네. 그러나 그 대신 옥외의 공간은 더욱 넓다네. 남자는 카페나 클럽에 가면 되고, 여자는 산보나 드라이브를 하면 되겠지. 그리고 시골에 있는 아름다운 유원지들에는 남녀가 다 갈 수 있잖아. 또한 이런 살림살이의 가장 유리한 점은 우리 집의 둥근 식탁도 이제 만원이 되어 아버님이 친구들을 초대하실 수 없게 됐다는 거야. 사실 그 친구분들은 아버님이 잘 대접하려고 애쓰시면 쓰실수록 더욱더 경망하게 아버님을 비방이나 하는 사람들이거든.

집안에 아무것도 불필요한 것을 두지 않는 거야! 가구와 가재도구가 너무 많으면 안 되지! 마차와 말도 불필요한 물건들이야! 돈 이외에는 아무것도 집안에 놓아둘 필요가 없지. 그런 다음에는 매일 자기가 하고 싶은 바를 이성적으로 행하는 거야. 옷장을 두지 말고 항상 가장 좋은 새옷을 몸에 걸치고 다니면 되지. 남자야 양복을 다 해질 때까지 입어도 좋고, 여자는 옷이 어느 정도 유행에 뒤지게 되면 즉각 고물상에 내어 팔면 되지. 내가 가장 못 견디겠는 것은 그런 고물을 집에 간수하고 있는 일이야. 만약 나에게 아주 값비싼 보석 반지를 선사하면서 그것을 매일같이 손가락에 끼고 다니라는 조건을 붙이려 한다면, 나는 그 선물을 거절할걸세. 죽은 자본을 보고 어떻게 조금이라도 기쁨을 느낄 수 있겠는가? 요컨대, 나의 낙천적인 신조는 이러하네——자기 사업을 해가며 돈을 벌고 자기 가족과 더불어 즐겁게 지낼 것, 그리고 그 밖의 다른 세상사는 그것을 이용할 수 있을 때를 제외하고는 더 이상 상관하지 말 것!

그러나 자네는 이렇게 말할 테지──〈너희들의 그 근사한 계획에 의하면 '나는' 대체 어떻게 되는 것이지? 너희들이 내 양친의 집을 팔아버리면, 난 어디서 묵게 되지? 보아하니, 너희 집에는 발들여놓을 틈도 남아 있지 않은 것 같은데?〉

하기야 그것이 가장 중요한 점이 아니겠나, 처남? 이 점에서도 나는 곧 자네에게 도움이 될 수 있을 것으로 전망하네. 그러나 그전에 우선 나는 자네가 그 동안 시간을 훌륭하게 활용한 데에 대해서 응분의 찬사를 표하고 싶네.

어떻게 그렇게 불과 몇 주 안 되는 시간에 온갖 유용하고 흥미있는 사물을 다 알게 되었는지 궁금하네. 자네가 정말 많은 능력을 가지고 있는 줄은 알지만, 그런 주의깊은 관찰력과 근면성을 지니고 있는 줄은 미처 생각하지 못했네. 자네의 여행일지를 보고 우리들은 자네가 매우 유용한 여행을 했다는 것을 확신할 수 있었네. 제철 및 제동(製銅) 공장의 묘사가 훌륭해서 그 사업에 대한 깊은 조예를 엿보이게 하는군. 나도 전에 그 공장들을 시찰한 적이 있지만, 내 보고서는 자네 것에 비하면 아주 졸렬해 보이는군. 아마포에 관한 전체 보고 내용은 매우 배울 점이 많았고 경쟁에 관한 주석은 매우 적절한 것이군. 몇몇 군데에서 합산이 틀렸지만, 그런 것이야 그다지 나무랄 만한 것이 아니지.

그러나 나와 내 아버님을 무엇보다도 기쁘게 해준 것은 경지 운용과 특히 토지 개량에 대한 자네의 깊은 통찰이었어. 실은 우리는 어떤 토지를 살 생각인데, 아주 비옥한 지역에 있는 제법 큰 물건으로서 현재 압류상태에 있는 것이라네. 우리는 집 판 돈을 거기에 사용할 것이네. 토지의 일부는 소작을 주겠지만, 일부는 그냥 묵혀도 좋을 것일세. 우리가 자네한테 기대하고 있는 것은 자네가 그리로 가서 토지 개량을 감독해 주었으면 하는 것이네. 그렇게 되면 그 토지는 불과 몇 년 안에, 최소한으로 계산하더라도, 값이 3분의 1 정도는 오를 걸세. 그러면 그것을 다시 팔아서 좀더 큰 토지를 매입하고, 다시금 개량해서 판다는 생각인데, 바로 이 일에는 자네가 적임자네. 자네가 그러는 동안 여기서도 쉬지 않고 부지런히 계산을 해나가는 거야. 그래서 우리 얼마 안 가서 모두들 부러워하는 처지가 되도록 노력해 보세.

그럼 잘 있게! 여행중에 인생을 즐기고, 재미와 실익이 있다고 생각되는 곳으로 다녀보도록 하게나! 반 년 전에는 자네를 꼭 찾을 일은 없네. 그러니 그 동안 이 세상을 마음대로 두루 살펴보도록 하게나. 현명한 사람은 여행중에 최선의 교양을 얻는다고 하지 않던가! 잘 있게! 자네와 이렇게 한 가족으로 아주 가깝게 결속된 것이 기쁘네. 그리고 이제부터는 활동의 정신에 있어서까지도 자네와 합일을 이루게 된 것 또한 기쁘네」

이 편지는 매우 잘 씌어진 데다 아주 많은 경제적 지혜를 담고 있었음에도 불구하고, 빌헬름에게는 여러 가지 의미에서 마음에 들지 않았다. 꾸며서 써놓았던 통계학적, 기술적, 농업적 지식에 대해 칭찬을 받고 보니 그것이 그에게는 말없는 비난으로 들렸다. 그리고, 매부가 시민생활의 행복에 관해 그에게 그려 보인 이상도 전혀 그의 매력을 끌지 못했으며, 오히려 그는 어떤 내밀한 반항정신에 이끌리어 급격히 정반대 방향으로 치닫게 되었다. 그는 자기가 얻고자 하는 교양은 단지 무대 위에서만 완성할 수 있다고 스스로 다짐했으며, 베르너가 자신도 모르는 사이에 그에게 강력하게 반대하면 할수록 그의 결심은 그만큼 더 확고해지는 것 같았다. 그래서 그는 자기의 온갖 논거들을 요약해 보았으며, 영리한 베르너에게 자기의 의견을 그럴듯하게 설명할 수 있다는 신념이 있었던 만큼, 우선 자기의 의견을 보다 확실히 굳혀두고자 하였다. 이런 연유로 해서 답장 한 통이 씌어졌는데, 그것을 여기에 연이어 게재하기로 하겠다.

3

「자네 편지는 아주 훌륭한 필치에다 거기에 담긴 생각도 아주 분별있고 현명했기 때문에 아무것도 더 이상 덧붙여 말할 것이 없네. 그러나, 나는 사람이란 바로 그 정반대의 의견을 가질 수도 있고, 그것을 주장하거나 실행할 수 있으며, 그러면서도 역시 정당성을 지닐 수 있다고 말하고 싶은데, 자네는 이런 내 생각을 이해해 줄 것으로 믿네. 자네의 존재방식 및 사고방식은 무한한 소유와 가볍고 즐거운 향락을 목표로 하고 있네. 두말할 필요도 없는 노릇이지만, 나는 거기서는 내 흥미를 끄는 것이라곤 아무것도 발견할 수 없다네.

유감스러운 일이지만, 우선 자네한테 고백해야 할 것은 내 그 여행일지가 실은 아버님을 기쁘게 해드리기 위한 궁여지책으로 한 친구의 도움을 빌려 여러 책에서 베껴 모은 것이란 사실일세. 하긴 내가 그 일지에 적혀 있는 것쯤은 알고 있으며, 그런 종류의 일이라면 더 많이 알고 있을지도 모르지. 그러나 내가 그런 일을 결코 이해하고 있다고는 할 수 없으며, 또한 난 그런 일에 관계하고 싶지도 않다네. 나 자신의 속이 광석 찌꺼기로 가득 차 있다면 좋은 철을 생산하는 것이 무슨 소용이 있으며, 내가 나 자신과 합일을 이루지 못하고 있다면 농지를 정리하는 것이 무슨 소용 있겠는가?

내 자네에게 간단히 한마디로 말하겠네만, 이렇게 있는 그대로의 나 자신을 완성시켜 나가는 것——그것이 내가 어렸을 적부터 희미하게나마 품어왔던 소원이요 의도였다네. 아직도 나는 바로 그 생각을 가지고 있고, 다만 나에게 그것을 가능하게 해줄 수 있는 수단이 약간 더 분명해진 것뿐이라네. 나는 자네가 생각하고 있는 것보다는 더 많이 세상을 보아왔으며, 자네가 짐작하고 있는 것보다는 더 능숙하게 그 세상을 이용해 왔지. 그러니 내가 말하는 것이 자네의 뜻과 아주 맞지 않더라도, 내 말에 약간의 주의를 기울여주게나.

만약 내가 귀족이라면 우리의 토론은 금방 결판이 날 수 있을 거야. 그러나 나는 단지 시민에 불과하기 때문에 어떤 독자적인 길을 선택하지 않을 수 없는 것이네. 그래서 나는 또 자네가 나를 이해해 주기를 원하는 것이지. 나는 외국에서는 어떠한지 알지 못하네. 그러나 독일에서는 일반 교양, 아니 개인적인 교양이라는 것은 오직 귀족만이 갖출 수 있네. 시민계급으로 태어난 자는 업적을 낼 수 있고, 또 최고로 애를 쓴다면, 자기의 정신을 수련시킬 수는 있겠지. 그러나 그가 아무리 발버둥을 친다 해도 자신의 개성만은 잃어버리지 않을 수 없어. 그러나 아주 고귀한 사람들과 교제하며 살아가야 하는 귀족은 스스로 고귀한 예절을 갖출 의무가 있으며, 또한 이 예절에는 조그만 방문도 큰 성문도 없기 때문에 자칫 잘못하다간 너무 자유로운 예절이 되기도 쉽지. 요컨대, 귀족은 궁정에서건 군대에서건 간에 자기의 풍채와 인격이 재산이요 힘이기 때문에, 그는 자연히 그것들을 중히 여기게 되고, 또 자신이 그것들을 중요시한다는 사실을 나타내지 않을 수 없는 거야. 일상적인 일에서 그 어떤 엄숙한 우아함을 나타낸다든가 진지하고 중대한 일에서 일종의 경쾌한 멋을 보여주는 것은 그가 언제 어디서나 균형을 잃지 않고 있다는 사실을 보여주기 때문에 그에게는 잘 어울리는 것이지. 그는 공적인 인간이라네. 그의 동작이 세련될수록, 그의 목소리가 청아할수록, 그의 전체적 태도가 신중하고 침착하면 할수록, 그는 더욱더 완전한 인간이 되는 거야. 만약 그가 지체가 높은 사람에게나 낮은 사람에게나 친구들과 친척들에게도 항상 꼭 같은 태도만 취할 수 있다면, 그는 아무 비난할 여지도 없는 사람이며 그 이상 더 바랄 것이 없는 사람인 것이지. 그는 냉정한데도 분별력이 있는 사람이 되고, 가장하고 있는데도 현명한 사람이 되지. 그가 자기 인생의 매 순간마다 외적으로 자신을 통제할 줄만 알면, 어느 누구도 그에게 더 이상의 요구를 하지는 않는단 말이지. 그리하여 그가 자신한테 그리고 자기 주위에 갖고 있는 다른 모든 것, 즉 능력, 재능, 재산 등 모든 것은 단지 추가로 따라다니는 것들인 양 보일 따름이거든.

자, 그런데, 여기에 그 어떤 평범한 시민이 있어서 이런 귀족들의 특권들로부터 어디 한번 맛이나 약간 보겠다는 생각을 했다고 치세. 그 시민은 틀림없이 완전히 실패할 것이네. 그리고 그가 그런 귀족 행세를 할 수 있는 능력과 추진력을 많이 타고났으면 났을수록 그는 더욱더 불행해질 것이네.

귀족은 일상생활에서 아무런 한계선도 모를 뿐만 아니라 사람들도 그를 왕이나 그와 비슷한 인물로 취급할 수 있기 때문에 자기는 어디를 가나 남 앞에 떳떳이 나설 수 있다는 은밀한 의식을 지닌 채 도처에서 자기와 비슷한 부류의 사람들과 접촉할 수 있지. 그러나 시민계급으로 태어난 사람한테는 자신의 둘레에 그어져 있는 한계선에 대하여 담담하고도 침착한 감정을 유지하는 것이 가장 잘 어울리는 것이네. 그는 〈너는 어떤 사람이냐?〉라고 자문해서는 안 되고, 다만, 〈너는 무엇을 가지고 있느냐? 어떤 통찰, 어떤 지식, 어떤 능력을 가지고 있느냐? 그리고 재산은 얼마냐?〉 하고 자문할 수 있을 뿐이지. 귀족이 자신의 인품을 현시함으로써 모든 것을 나타낼 수 있는 데 반하여, 시민은 자신의 인격을 통해 아무것도 나타낼 수 없고, 또 나타내어서도 안 돼. 귀족은 자기의 면모를 바깥에 빛나게 드러내어도 좋고, 또 드러내어야 하지만, 시민은 단지 존재하는 것으로만 만족해야 해. 시민이 무엇인가 화려하게 드러내려고 하면, 그것은 우스꽝스럽거나 몰취미한 것이 되어버리지. 귀족은 행동하고 영향력을 행사하지만, 시민은 일하고 생산해야 하네. 시민은 자신이 유용한 사람이 되려면 각자 한 가지씩 자기 능력을 길러야 하는 것이지. 그래서 그는 자신을 〈한 가지〉 방법으로 유용하게 만들기 위해 다른 모든 것을 소홀히 하지 않을 수 없기 때문에, 그의 본성 속에는 조화란 있을 수 없고, 또 있어서도 안 된다는 것이 이미 전제로 되는 셈이지.

이렇게 차별이 생기게 된 것은 무슨 귀족들의 오만성이나 시민들의 순종심 탓이 아니라, 사회구조 자체에 죄가 있는 것이지. 이런 것들 중에서 그 무엇인가가 어느 날엔가는 달라질 것인지, 그리고 무엇이 달라질 것인지에 관해서는 나는 별로 관심이 없어. 요컨대, 나는 현재의 사회 실정을 그대로 둔 채 그 속에 있는 나 자신을 생각해야 하며, 또 어떻게 하면 나 자신을 구원하고 나의 필요 불가결한 욕구를 구출하여 그것을 성취할 수 있을까를 궁리해야 하는 거야.

내 본성을 조화롭게 완성해 나가는 것은 내 출신이 이미 나에게는 허락하지 않는 일이야. 그런데도 나는 이미 그런 교양을 꼭 쌓아가고 싶은 억제할 수 없는 욕구를 지니고 있는 것일세. 자네 곁을 떠나온 이래 나는 운동을 통해 몸을 많이 단련시켰어. 평소 당혹해하던 버릇도 많이 고쳤고 상당히 당당한 자세로 남의 앞에 설 수 있게 되었지. 그리고 이와 마찬가지로 어법과 음성에도 수련을 쌓았어. 그래서 나는, 정말이지 공허한 자랑이 아니라, 사람들이 모인 자리에서 내가 불쾌감을 주지는 않을 것이라고 장담할 수 있네. 공적인 인간이 되어 보다 많은 사람들한테 호감을 사고 보다 넓은 사회에서 활동하고 싶은 나의 욕구가 날이 갈수록 점점 더 억제하기 어려워지고 있다는 사실을 나는 지금 자네에게 부인하지 않겠네. 게다가 문학에 대한, 그리고 그것과 관련이 있는 모든 것에 대한 나의 애정이 덧붙여지고, 또한, 꼭 필요한 오락을 즐길 때에도 차츰차츰, 좋은 것만을 정말 좋다고 하고 아름다운 것만을 정말 아름답다고 할 수 있을 정도로 내 정신과 취미를 닦고 가꾸어야 할 필요성까지 겹치지. 자네도 아마 짐작하고 있겠지만, 나는 이 모든 것을 단지 무대 위에서만 찾을 수 있고, 내가 마음대로 활동하고 나 자신을 갈고 닦을 수 있는 것은 오로지 이 연극적 분위기 속에서뿐이라네. 교양 있는 사람은 무대 위에서는 마치 상류사회에 있는 것처럼 인격적으로 아주 찬연히 빛을 발할 수 있는 법이지. 무슨 노력을 할 때나 다 그런 것이지만 정신과 육체는 동일한 보조를 취하지 않으면 안 된다네. 그런데 나는 무대 위에서라면 그 어떤 다른 곳에서와 꼭 마찬가지로 잘 지낼 수 있을 것이며 빛을 발할 수 있을 거야. 여기다가 또 정식 출연계약까지 하게 되면, 자동적으로 갖가지 괴로운 일들이 많이 생기기는 하겠지만, 나는 그것으로 매일같이 참는 수련을 쌓아갈 수 있을걸세.

이 점에 대해 나하고 논쟁할 생각은 말게. 자네가 내게 편지를 쓸 무렵이라면 난 이미 일을 결행하고 난 다음일 테니까 말이네. 일반에 널리 퍼져 있는 선입견 때문에 이름을 바꾸어 예명을 쓸까 하네. 그렇지 않아도 나는 마이스터라는 이름으로 무대에 서기가 부끄러운 참이거든. 잘 있게. 우리 재산이 잘 관리되고 있기 때문에 나는 거기에 대해서는 전혀 염려하지 않겠네. 다만 내가 필요한 액수를 자네에게 간혹 요구하겠지만, 그다지 큰 액수는 아닐 거야. 나도 내 예술이 입에 풀칠은 해주기를 바라고 있으니까 말이야」

편지를 발송하자마자 빌헬름은 당장 자신의 말을 실천에 옮겼다. 갑자기 그는 자기가 배우로서 헌신하고자 하며 적당한 조건이라면 계약에 응하겠다고 선언하고 나섬으로써 제를로와 다른 친구들을 크게 놀라게 한 것이었다. 여기에 관해서는 금방 합의가 되었다. 제를로가 그전에 이미 빌헬름과 다른 친구들이 아주 완전히 만족할 수 있는 선을 공언해 둔 까닭이었다. 우리들이 오랫동안 함께 지켜보아 온, 그 봉변을 당했던 극단의 전 단원이 한꺼번에 채용되었다. 그러나, 라에르테스 정도의 예외가 있긴 했지만, 그 단원들 중에서 어느 하나도 빌헬름에게 고마운 뜻을 비치는 사람이 없었다. 그들은 능력도 없이 계약을 요구했던 것처럼, 이번에도 고마운 생각 없이 그 계약을 받아들였다. 대부분의 단원들은 그들이 채용된 것은 오히려 필리네의 영향력 때문이라고 생각하고 싶어했고, 그녀에게 고맙다는 표시를 했다. 그러는 동안에 작성된 계약서에 서명하는 일이 진행되었다. 빌헬름이 자신의 예명을 서명하는 순간, 딱히 설명할 수 없는 사념들의 결합을 통하여 자기가 부상을 입은 채 필리네의 품안에 누워 있던 저 숲속의 빈터에서의 영상이 그의 상상의 눈앞에 떠오르는 것이었다. 그 사랑스러운 아마존 여인이 백마를 타고 수풀에서부터 나와서 그에게로 다가오더니 말에서 내렸다. 사람들에게 친절을 베풀고자 애쓰는 마음 때문에 그녀는 왔다갔다하고 있었다. 그러더니 마침내 그녀는 그의 앞에 멈춰섰다. 옷이 그녀의 어깨로부터 미끄러져 내렸다. 그녀의 얼굴, 그녀의 자태가 휘황하게 빛나기 시작했다. 이윽고 그녀는 사라졌다. 그래서 그는 자기가 지금 무엇을 하고 있는지도 모르는 가운데 기계적으로 서명할 따름이었다. 이미 서명을 하고 난 다음에야 비로소 그는, 미뇽이 그의 곁에 서서 그의 팔에 매달려 있다는 것을 느꼈으며, 그녀가 조금 전에 그의 손을 살그머니 끌어당기며 서명을 못하게 하려 했다는 것을 느꼈다.

4

빌헬름이 자기가 무대에 서는 전제조건들로서 제시한 것들 중에서 한 가지 조건만은 제를로에게 무제한으로 그냥 받아들여지지는 않았다. 빌헬름은 「햄릿」의 원작에 손을 대어 토막을 내지 말고 완전히 작품 그대로 상연해 보자고 요구했으며, 제를로는 이 묘한 소망은 가능한 한도 내에서만 들어줄 수 있다고 했다. 그런데 지금까지 그들은 이 문제에 대해서 많은 논쟁을 해왔다. 무엇이 가능하고 무엇이 불가능한가, 그리고 작품 전체를 토막내지 않으면서도 생략할 수 있는 것이 무엇인가 하는 점에 대해서 두 사람은 매우 다른 견해를 지녔다.

사람들은 자기가 사랑하는 아가씨나 존경하는 작가한테서도 모종의 결함이 있을 수 있다는 사실을 도저히 이해하지 못하는 때가 있다. 빌헬름은 아직도 바로 그런 행복한 시기에 처해 있었다. 우리가 사랑하고 존경하는 사람들에 관한 우리의 감정은 아주 완전무결하고 추호의 갈등도 알지 못하기 때문에 우리는 그 사람들 속에서도 그러한 완전한 조화가 있을 것으로 상정하지 않을 수 없는 것이다. 반대로 제를로는 선별하고 생략하는 것을 좋아했는데, 그 도가 너무 지나치다 싶을 정도였다. 그의 날카로운 분별력은 한 예술작품을 전체적으로 볼 때, 크든 작든 간에 어떤 불완전한 점을 간파해 내는 것이 보통이었다. 그의 견해로는 우리는 현재 우리 눈에 보이는 대로의 원작의 모습에 충실하기 위해서 원작을 그렇게 신중하게 다룰 필요는 없으며, 셰익스피어도 역시, 특히 「햄릿」은, 많이 손대지 않으면 안 된다는 것이었다.

제를로가 그것을 밀알에서 겨를 가려내는 것에 비유하자, 빌헬름은 그 말을 전혀 들으려고 하지 않았다. 「아니, 겨와 밀알이 뒤섞여 있는 것이 아닙니다!」 하고 빌헬름이 외쳤다. 「이를테면 그것은 하나의 나무둥치로서, 거기에 크고 작은 가지, 잎, 꽃봉오리, 꽃잎과 열매가 달려 있는 것입니다. 서로 상대방과 함께 존재하고 상대방을 통해 기능하는 것이 아닐까요?」 그러나 이에 대해 제를로는, 그렇다고 해서 나무둥치 전체를 식탁 위에 올려놓을 수는 없다, 예술가는 모름지기 금빛 사과를 은쟁반에 담아[1] 손님에게 내놓아야 한다고 주장했다. 이렇게 그들은 온갖 비유를 다 끌어대어 가며 논쟁을 했지만, 그들의 견해는 점점 더 서로 멀어지는 것만 같았다.

어느 날이었다. 그날도 장시간 논쟁을 한 뒤에 제를로가 우

1) 구약 「잠언」 제25장 제11절 이하 참조.

리의 친구에게 어서 결단을 내린 다음 펜을 잡아, 때마침 상연이 곤란한, 아니 상연할 수 없는 부분을 그 비극 작품의 원본에서 삭제해 버리고 여러 인물들을 〈한〉 인물로 축약해 버리는 간단한 방법을 권하자 그는 거의 절망감에 빠질 지경이었다. 만약 그가 아직 그런 방법을 잘 모른다거나 그렇게 하고 싶은 마음이 썩 내키지 않거든, 그 일을 자기한테 맡겨라, 자기는 금방 해치우겠다는 것이었다.

「이건 약속이 틀리는데요」 하고 빌헬름이 응대하고 나섰다. 「그렇게 고상한 감식안을 지니신 분이 어찌 그리 경솔하실 수 있습니까?」

「이 친구야!」 하고 제를로가 외쳤다. 「자네도 곧 그렇게 될걸! 그런 수법이 좋지 않은 짓이라는 것은 나도 너무나 잘 알고 있어요. 아마 이 세상의 어느 무대 위에서도 아직 그런 장난은 하지 않았겠지. 하지만, 우리의 무대처럼 이렇게 버림받은 무대가 또 어디에 있겠어? 이렇게 구역질나는 가위질을 우리에게 강요하는 것은 작가들이며, 관객들도 이런 짓을 허용하고 있어요. 도대체 우리의 인원과 소도구 및 대도구의 한계를 초월하지 않고, 시간과 대화의 절도를 지키고, 배우의 체력의 한계를 벗어나지 않는 희곡 작품을 우리가 몇 편이나 갖고 있느냐 이거요. 그런데도, 우리는 공연을 해야 하고, 그것도 항상 하고 있어야 하며, 게다가 언제나 새로운 작품을 공연해야 한다는 것이오. 우리가 가위질을 해서 토막을 낸 작품으로도 전체 작품과 꼭 같은 효과를 거둘 수 있는데도, 유리한 대로 처리하면 안 된단 말이오? 이런 이점을 우리한테 제공하는 것은 관객들 자신이라구요! 전체 작품에 대한 미학적 감수성을 지닌 독일인은 거의 없어요. 모든 근대 국가의 국민들 중에서도 아마 극소수의 사람들이 그런 감수성을 갖고 있겠지요. 그들은 단지 어느 부분을 두고 칭찬을 하거나 비난을 하지요. 그들은 단지 부분적인 것을 보고 열광하곤 해요. 연극이 언제나 잡동사니를 끌어모으고 가위질로 토막을 낸 것으로 낙후해 있는 판이니, 그 누가 배우보다 더 전체 작품을 잘 이해할 수 있는 행운을 누릴 수 있겠어요?」

「현재는 그렇지요!」 하고 빌헬름이 말을 받았다. 「그러나 언제까지 그렇게 머물러 있어야 한단 말입니까? 도대체 모든 것이 현재 상태 그대로 답보하고 있어야 하나요? 당신은 자신이 옳다는 것을 저에게 확신시켜 주지 못하고 있습니다. 제가 만약 크게 잘못 생각한 탓으로 계약을 맺었다면, 이 세상의 어떤 힘도 저에게 그런 계약을 지키도록 할 수 없을 것입니다」

제를로는 화제를 재미있는 쪽으로 돌렸다. 그러고는 빌헬름에게 「햄릿」에 관하여 자주 나누었던 그들의 대화를 다시 한번 잘 생각해 보고 잘 개작해 낼 수 있는 방법을 스스로 한번 연구해 봐달라고 부탁했다.

혼자서 며칠을 보낸 다음, 빌헬름이 즐거운 눈빛으로 되돌아왔다. 「제가 크게 잘못 생각한 것이 아니라면, 그 전체 작품을 어떻게 하는 게 좋을지 그 방도를 알아낸 것 같습니다」 하고 그는 외쳤다. 「저는 셰익스피어 자신도, 만약 그의 천재성이 드라마의 근본 줄거리를 향해서 그렇게도 집중되어 있지 않았던들, 그리고 아마도 그가 원본으로 삼았던 그 단편소설들 때문에 다소간 오도되지 않았던들, 틀림없이 저와 같이 이렇게 했으리라고 확신할 수 있을 정도니까요」

「어디 들어봅시다」 하고 제를로가 위엄을 갖추고 긴 안락의자에 앉으면서 말했다. 「조용히 귀를 기울여 들어보겠지만, 그만큼 더 엄격한 판정을 내리겠소」

「그 점은 두렵지 않습니다. 들어보기나 하십시오」 하고 빌헬름이 응답했다. 「아주 세밀히 연구하고 매우 깊은 숙고를 한 결과 저는 이 작품의 구조에는 두 가지 요소가 구분된다고 봅니다. 첫째 요소는 인물들과 사건들의 위대한 내적 관계들로서, 주요 등장인물들의 성격과 행동에서 생겨나는 막강한 효과들이지요. 이것들은 개별적으로 볼 때 모두 탁월하고, 이것들이 배열되는 순서 역시 더 이상 개선할 것이 없을 정도로 잘 되어 있습니다. 이것들은 그 어떤 종류의 연출을 통해서도 파괴될 수 없으며, 거의 손상될 수 없는 성질의 것입니다. 이것들이야말로 누구나 보기를 갈망하는 것이고, 아무도 감히 손댈 수 없는 것이며, 인간 영혼에 깊은 감명을 주는 것으로서, 제가 듣기로는 이것들은 독일의 무대에 모두 빠짐없이 올려지고 있다더군요. 제 생각으로는 독일의 연극계 인사들이 잘못한다고 여겨지는 점이 한 가지 있는데, 그것은 그들이 이 작품에 나타나는 두번째 구성요소를 너무나도 하찮은 것으로 간주해 버린 것입니다. 제가 말하는 것은 인물들의 외적인 관계들입니다. 인물들을 한 장소에서 다른 장소로 옮겨가게 하거나, 인물들로 하여금 어떤 우연한 사건을 계기로 여러 가지 인연을 맺게 만드는 그런 외적 관계들을 너무 하찮은 것으로 간주해서, 단지 지나가는 말로 잠깐 화제에 올리거나, 심지어는 완전히 생략해 버렸다 이겁니다. 하기야 이 실마리들은 단지 가늘고 느슨한 것들에 불과하지요. 그러나 이것들이야말로 전 작품을 꿰뚫고 뻗어 있는 것이어서, 이것들이 없으면 붕괴되고 말 전체 구조를 함께 지탱해 주고 있는 것입니다. 만약 이 실마리들을 가위질해서 없애버린다거나 쓸데없는 부분 취급을 해서 그 실마리들의 끄트머리들만을 남겨둔다면, 정말 작품 전체의 구조가 붕괴되고 말 것입니다.

이런 외적 관계들로서 저는 노르웨이의 소요, 포틴브라스 왕자와의 전쟁, 노숙부에게 온 사신, 분쟁의 조정, 포틴브라스 왕자의 폴란드 원정과 대단원에서의 그의 귀환을 들고 싶습니다. 또한, 호레이쇼의 비텐베르크로부터의 귀국, 그곳으로 가고자 하는 햄릿의 열망, 레어티즈의 프랑스 여행, 그의 귀환, 햄릿의 영국 파견, 그가 해적한테 포로로 잡힌 일, 〈우리아의 편지〉[2]에 의한 두 신하의 죽음 등도 마찬가지로 간주할 수 있겠지요. 이 모든 상황들과 사건들은 족히 한 편의 광대무변한 소설을 이룰 수는 있겠지만, 특히 주인공이 아무런 계획도 갖지 않은 이 희곡에서는 그 통일성을 위해서 지극히 장애가 되고 매우 큰 결함이 될 수밖에 없는 것입니다」

「당신도 그렇게 듣기 좋은 말을 할 때가 있군 그래!」하고 제를로가 외쳤다.

「제 말에 끼여들지 마십시오!」하고 빌헬름이 대꾸했다. 「항상 그렇게 칭찬하실 수는 없을 겁니다. 이런 결점들은 마치 어떤 건물을 지을 때에 임시로 그 건물을 떠받치는 버팀목들과도 같아서, 먼저 튼튼한 벽을 밑에 쌓아올려 놓기 전에는 함부로 치워버려서는 안 되는 것이지요. 그래서 제가 제안하고 싶은 것은 저 첫번째의 요소, 즉 중대한 상황들에는 전혀 손대지 말고 그 상황들은 전체적으로나 부분적으로나 가능한 한 그대로 두는 대신에, 두번째 요소, 즉 외적이고 개별적이며 산만하고 또

---

2) 구약 「사무엘 하」 제11장 제14절 이하 참조. 다윗은 요압에게 보내는 편지에서 그 편지를 소지하고 가는 우리아를 죽이도록 지시했다. 원래는 클로디어스 왕이 영국왕에게, 햄릿이 영국에 도착하자마자 죽여달라고 부탁하는 〈우리아의 편지〉를 쓴 것이지만, 항해중에 햄릿이 이 편지 내용을 고쳐서 로즌크랜츠와 길든스턴을 죽이도록 했다. 『햄릿』 제5막 제2장, 호레이쇼에게 말하는 햄릿의 경위 설명을 참조할 것.

산만하게 만드는 일체의 모티프들은 모두 한꺼번에 포기해 버리고 그것들의 자리에 단 한 가지 모티프만을 대치해 보자는 것입니다」

「그래 그게 무슨 모티프요?」 하고 제를로는 편안한 자세로 앉아 있다가 몸을 일으키면서 물었다.

「그것도 이미 그 작품 속에 들어 있는 것입니다」 하고 빌헬름이 대답했다. 「다만 제가 그것을 옳게 이용하려는 것뿐이지요. 그건 노르웨이에서의 소요입니다. 자, 제 계획을 어디 한번 들어보시고 판단해 주십시오.

노(老) 햄릿 왕이 세상을 떠난 후, 최근에 정복되었던 노르웨이인들이 동요하게 됩니다. 그곳의 총독이 함대의 무장을 재촉하기 위해 그의 아들 호레이쇼를 덴마크로 보내는데, 호레이쇼는 햄릿의 옛 동급생으로서 모든 동급생들 중에서 가장 용감하고 현명했던 인물이지요. 그런데, 주지육림에 빠져 있는 새 왕의 휘하에서는 함대 무장이 세월없이 지체되기만 합니다. 호레이쇼는 선왕을 알고 있는데, 그것은 그가 왕의 지난번의 원정 때도 참가하여 왕의 총애를 받은 적이 있기 때문이지요. 그런 사실로 인하여 첫번째 유령 장면이 아주 그럴 듯해 보이는 것이지요. 그런 다음에 새 왕이 호레이쇼에게 알현을 허락해 주고, 새 왕은 레어티즈를 노르웨이로 보내어 함대가 곧 도착할 것이라는 소식을 전하게 하는 한편, 호레이쇼는 왕의 분부를 받들어 함대의 무장을 독려하게 됩니다. 그러나 어머니는 햄릿이 원하는 대로 호레이쇼와 더불어 출항하는 것을 허락하지 않으려 하는 것입니다」

「거참 다행이군!」 하고 제를로가 외쳤다. 「그렇게 되면 우리는 비텐베르크와 대학을 생략할 수 있겠군. 그게 항상 내 마음에 귀찮게 거슬렸거든. 당신 생각이 정말 근사하군요. 왜냐하면 관객은 노르웨이와 함대라는 단 두 가지의 먼 영상 외에는 아무것도 〈상상할〉 필요가 없으니까요. 나머지 것들은 그저 모두 〈보기만〉 하면 되지요. 나머지는 모두 눈앞에서 전개되거든요. 그렇게 해주지 않으면 그들의 상상력이 온 세상을 이리저리 끌려다녀야만 할 테니까요」

「자, 그럼, 이제 제가 그 나머지를 어떻게 결합하려 하는지도 쉽게 짐작하실 겁니다」하고 빌헬름이 대답했다. 「햄릿이 계부의 범행을 호레이쇼한테 털어놓으면, 호레이쇼는 그에게 자기와 함께 노르웨이로 가서 군대를 확보하고 무장한 몸으로 되돌아오는 것이 좋겠다고 충고합니다. 왕과 왕비에게는 햄릿이 너무 위험한 존재이므로 그들에게는 그를 멀리 떠나보내는 것밖에는 다른 좋은 방도가 없습니다. 그래서 그를 함대로 보내고, 로즌크랜츠와 길든스턴을 딸려 보내서 그의 행동을 감시하게 합니다. 그 사이에 레어티즈가 노르웨이에서 돌아오는데, 암살이라도 할 만큼 격해져 있는 이 청년으로 하여금 햄릿 일행을 뒤따라가도록 하는 겁니다. 함대는 바람이 순조롭지 못해 출항을 못하고, 햄릿은 되돌아옵니다. 그가 묘지를 방황하게 되는 데에는 아마도 근사한 동기를 부여할 수 있을 겁니다. 그가 오필리아의 무덤에서 레어티즈와 만나는 것은 정말 생략할 수 없는 중대한 계기입니다. 이제 왕은 햄릿을 당장에 죽여버리는 것이 낫겠다고 생각하게 되는 것이지요. 이제 레어티즈와 표면상 화해하기 위해 작별의 연회가 엄숙하게 거행되는데, 이 자리에서 기사들의 시합이 벌어지고 햄릿과 레어티즈도 역시 검술을 겨루게 됩니다. 저는 아무래도 시체 네 구 없이는 이 작품을 끝낼 수가 없습니다. 아무도 살아남아서는 안 되지요. 이제 국민들의 선택권이 다시 도입되는 시점이므로, 햄릿은 죽어가면서 호레이쇼한테 지지표를 던지는 것입니다」

「자, 어서 책상에 앉아서 작품을 손질해 주시오」 하고 제를로가 말했다. 「나는 그 생각에 전적으로 찬성이오. 제발 그 뜨거운 의욕이 식어버리지 않기만을 바랄 뿐이오!」

5

빌헬름은 이미 오래전부터 셰익스피어를 번역해 왔는데, 이 일을 해오면서 그는 빌란트[3]의 재기 넘치는 번역을 이용했다. 그가 셰익스피어를 처음 알게 된 것 자체가 이 번역판을 통해서였다. 그는 이 번역판에서 생략되었던 부분을 보충해 넣었다. 그래서 그가 제를로와 이 작품의 연출에 대해 그렇게 상당한 의견의 일치를 보았을 때에는 그는 이미 완역본 한 권을 갖고 있었다. 거기에다가 이제 그는 자기의 계획에 따라 첨삭을 가하기 시작했으며, 분리하고 결합하고 변경하고, 종종 원상복구하기도 했다. 일단 변경한 것을 이렇게 원상복구하기도 한 까닭은, 그가 아무리 자기 착상이 좋다고 여겼을지라도, 막상 그 착상대로 써놓고 보면 늘 원작이 훼손되었을 따름이라는 느낌이 들곤 했기 때문이었다.

그렇게 대본을 끝내자마자 그는 제를로와 그 밖의 다른 단원

3) 독일의 작가 빌란트Wieland의 셰익스피어 번역판은 1762년에서 1768년까지 8권으로 출간되었는데, 대부분 산문으로 번역된 단점을 지니긴 했지만, 독일 무대에 셰익스피어를 도입한 공이 크다. 여기서 괴테가 빌란트의 번역을 언급한 것은 그 문학사적 공로로 보아도 타당성이 있지만, 빌란트에 대한 후배 작가 괴테의 예우의 뜻도 담겨 있는 것으로 보인다.

들 앞에서 그것을 낭독해 보였다. 그들은 매우 흡족해했다. 특히 제를로는 여러 모로 좋은 평을 했지만, 그렇게 평하는 말 가운데에는 다음과 같은 말도 있었다.

「외적 여건이 이 작품을 주도하고 있긴 하지만, 그것은 이 위대한 시인이 우리에게 제시하고 있는 것보다는 훨씬 더 간단히 무대 위에 제시돼야 해요」 하고 제를로가 말했다. 「당신의 감수성은 이 점을 아주 정확하게 간파했어요. 무대 밖에서 일어나는 것, 즉 관중이 볼 수 없고 상상하지 않으면 안 되는 것은 마치 연기하고 있는 배우들이 움직이는 뒤에 있는 배경과도 같은 것이지요. 함대와 노르웨이에 대한 거시적이고도 단순한 전망을 제시한 것은 이 작품을 위해 매우 좋은 효과를 내게 될 거요. 만약 그것들을 완전히 생략해 버린다면 이 작품은 단순히 한 가정극에 불과해집니다. 그렇게 되면, 여기 한 왕가 전체가 내적인 범죄와 미숙함 때문에 몰락해 간다는 거시적인 관념도 충분한 품위를 지닌 채 표현되지 못하지요. 그렇다고 해서 그 배경 자체가 너무 다양하고 유동적이고 복잡하면, 그것 또한 인물들의 인상을 해칠 우려가 있구요」

이제 빌헬름은 다시금 셰익스피어의 편을 들면서, 그가 섬사람, 즉 영국인들을 위해 작품을 썼다는 점을 지적했다. 즉, 영국인들이란 단지 배와 항해, 프랑스 해안과 해적 따위만을 배경으로 보아온 사람들이며, 그들에게는 아주 일상적인 일도 우리 독일인의 정신을 능히 산만하게 하고 얼떨떨하게 만들 수 있다는 점을 지적했다.

제를로는 이에 동의하지 않을 수 없었다. 그래서 두 사람은, 이 작품이 이제 어차피 독일의 무대에 오를 것이므로, 보다 진지하고 간단한 배경이 우리 독일인들의 사고방식에는 적합할 것이라는 점에 의견이 일치하였다.

배역은 그전에 이미 배정되어 있었는데, 폴로니어스 역은 제를로가 맡고 아우렐리에는 오필리아 역을 맡았고, 라에르테스는 자기의 이름을 통해 이미 레어티즈 역이 정해졌으며, 새로 온 땅딸막하고 활기찬 청년 하나가 호레이쇼 역을 얻었다. 다만 왕과 유령 역 때문에 약간 난처한 장면이 있기도 했다. 이 두 역을 다 할 사람은 단지 〈호통 잘 치는 영감〉뿐이었는데, 제를로가 〈훈장〉에게 왕의 역을 맡기자고 제안했다. 그러나, 빌헬름이 이에 대해 극구 반대하고 나섰다. 그래서 쉽게 결단을 내리기가 어렵게 되었다.

더욱이 빌헬름은 그의 대본에서 로즌크랜츠와 길든스턴을 둘 다 그대로 놓아두었다. 「왜 이 두 역을 〈하나〉로 통합시키지 않았지요?」 하고 제를로가 물었다. 「사실 그 정도 생략쯤은 어렵지 않을 텐데요」

「천만에요! 그런 생략을 하다니요! 의미와 효과가 다 엉망이 되고 말 겁니다!」 하고 빌헬름이 응답했다. 「그 두 사람의 본성과 행동을 〈한 사람〉이 연기해 낼 수는 없어요. 이런 사소한 것에서 셰익스피어의 위대성이 드러나고 있습니다. 그렇게 살금살금 하는 행동, 그렇게 설설 기고 굽실거리는 처신, 그렇게 네네 하면서 비위를 맞추는 아첨, 그 기민함, 그 꼬리를 치는 아부, 그 공허한 전체성, 그 합법적인 파렴치 행위, 그 무능함을 어찌 〈하나의〉 인물로 표현할 수 있단 말입니까? 될 수만 있다면, 그런 인물이 적어도 한 다스쯤은 있어야 할 걸요. 그런 인물들은 단지 집단으로만 무슨 역할을 할 수 있는 데다, 그들이 곧 사회 자체거든요. 셰익스피어가 그런 인물들의 대표자를 단둘만 등장시킨 것은 매우 겸허하고도 현명한 태도였습니다.

더군다나 저의 대본에서는 저 선량하고도 훌륭한 호레이쇼 〈한 사람〉과 대조를 이루는 한 쌍으로서 그들 둘이 다 필요합니다」

「당신을 이해하겠어요」 하고 제를로가 말했다. 「좋은 수가 있습니다. 그중 한 역을 엘미레(이것이 〈호통 잘 치는 영감〉의 큰딸 이름이었다)한테 맡기기로 합시다. 그 처녀들의 용모가 잘 생겨 보이더라도 극에 해될 것은 없어요. 재미있게 보이도록 내가 그 인형들을 치장시키고 훈련시키겠소」

필리네는 극중극에서 공작부인 역을 하게 된 것을 너무너무 기뻐했다. 「첫 남편을 아주 지극히 사랑한 뒤에 재빨리 두번째 남자와 결혼하는 모습을 매우 자연스럽게 연기해 볼 작정이에요」 하고 그녀가 외쳤다. 「굉장한 박수갈채를 받았으면 좋겠어요. 그래서 남자라면 누구나 자기가 세번째 남자가 되기를 소원하도록 만들고 말겠어요」

이 말을 듣고 아우렐리에가 언짢은 표정을 지었다. 필리네에 대한 그녀의 반감은 날이 갈수록 커지고 있었다.

「발레 장면이 없어서 정말 유감이군요」 하고 제를로가 말했다. 「그런 장면이 있다면, 당신이 첫 남편과 두번째 남자를 상대로 파드되[4]를 추면 좋을 텐데. 그리하여 늙은 첫 남편이 박자에 맞추어 잠이 들고, 그러면 당신의 발과 다리가 뒤쪽 작은 무대 위에서 아주 귀엽게 두드러져 보일 텐데 말입니다」

「제 다리에 관해서는 아마 잘 모르실 텐데요」 하고 그녀는 퉁명스럽게 되받았다. 「그리고 저의 발에 관해서 말씀드리자면」 하고 외치면서 그녀는 재빨리 탁자 밑으로 손을 넣더니 그녀의 실내화를 들어올렸다. 그러고는 그 신발 한 쌍을 제를로 앞에

4) 파드되 pas de deux는 두 사람이 추는 발레나 댄스이다.

가지런히 놓았다. 「여기에 그 본이 있어요. 어디 이보다 더 예쁜 발을 한번 찾아보세요」

「놀리는 말이 아니었소!」 하고 제를로는 그 우아한 반(半) 구두를 바라보면서 말했다. 아닌게아니라 그보다 더 예쁘장한 것을 찾기가 쉽지 않을 것 같았다.

그것은 파리에서 만든 제품으로서, 필리네는 그것을 발이 아름답기로 유명한 백작부인한테서 선물받았던 것이었다.

「매혹적인 물건이군요!」 하고 제를로가 외쳤다. 「바라보기만 해도 가슴이 뛰어요」

「쓸데없는 경련이겠지요!」 하고 필리네가 말했다.

「이렇게 정교하고 아름답게 만든 신발 한 쌍보다 더 나은 물건이 세상에 또 어디 있겠소?」 하고 제를로가 외쳤다. 「하지만 바라보는 것보다도 소리가 더 매혹적이지요」 그는 그 신발을 집어들더니 한 짝씩 번갈아 가며 탁자 위에 떨어뜨리기를 여러 번 반복했다.

「뭐하는 거예요, 지금? 이리 내놓으세요!」 하고 필리네가 외쳤다.

「이런 고백을 해도 될지 모르겠지만」 하고 그는 짐짓 겸손을 가장하고 장난기가 숨어 있는 진지성을 보이면서 말했다. 「우리 같이 밤에는 대개 혼자 지내는 독신 남자들도 다른 사람들과 마찬가지로 무서워하기도 하고, 또 어둠 속에서는 누군가 함께 지낼 수 있는 상대를 그리워하지요. 특히 여관 방이나, 그다지 안온한 기분이 들지 않는 낯선 곳에 묵을 때에 어느 친절한 소녀가 우리의 말상대라도 해주고 시중을 들어주면 정말 큰 위안이 되지요. 밤이 되어 잠자리에 들어 있는데, 무슨 소리가 들려 오싹 소름이 끼칩니다. 그런데 어딘가에서 문이 열리는 소리가 들리고 속삭이는 귀여운 목소리 하나를 알아듣게 됩니다. 그 아이가 무엇인가를 나르면서 살금살금 걸어다니는 소리지요. 커튼들이 펄럭거리는 소리를 내는 가운데 또옥 또옥 실내화 디디는 소리가 나는 것이지요. 쉿! 조용히! 그 소리를 듣고 있으면 더 이상 혼자 있는 기분이 아니지요. 아, 신발 뒤꿈치가 바닥에 닿을 적마다 나는 그 비할 데 없는 사랑스러운 소리라니! 신발이 우아할수록 그 소리도 섬세하게 울리는 법이죠. 사람들이 아무리 꾀꼬리의 노래 소리, 졸졸 흐르는 개울물 소리, 쏴쏴거리는 바람 소리, 또는 건반을 치고 나팔을 불어대는 온갖 악기들의 소리가 좋다 해도, 나는 그 또옥 또옥 하는 소리의 편입니다!──또옥 또옥! 이 소리야말로 언제나 처음부터 다시 되풀이해서 듣고 싶은 후렴시의 가장 아름다운 주제이지요」

필리네가 그의 두 손에서 신을 빼앗아 들면서 말했다. 「아니, 내가 이걸 이렇게 구부려 놓았나? 신이 나한테 너무 큰 모양이네」 이렇게 말하고 나서 그녀는 그것을 만지작거리면서 양 밑바닥을 서로 비벼댔다. 「아이, 이 열나는 것 좀 봐!」 하고 그녀는 한쪽 밑바닥을 뺨에 대어보면서 외쳤다. 그러고는 양 밑바닥을 다시 비벼서는 그것을 제를로한테 내밀었다. 마음씨가 너그러운 그는 그 열기를 한번 만져보려고 손을 뻗쳤다. 그때 필리네가 「또옥 또옥!」 하고 외치면서 신발 뒤꿈치로 그에게 제법 세찬 일격을 가했기 때문에 그는 비명을 지르면서 손을 거두고 말았다. 「제 신발을 볼 때에는 뭔가 다른 생각을 하시도록 가르쳐드려야지 안 되겠어요!」 하고 말하면서 필리네는 깔깔 웃었다.

「그 대신 나는 당신에게 다 큰 사람을 어린애처럼 다루는 방법을 가르쳐드리지!」 하고 제를로가 마주 외치고는 뛰쳐 일어나더니 와락 그녀를 끌어안고 여러 번 억지로 키스를 했다. 그녀는 그가 키스를 퍼부을 때마다 짐짓 진지한 반항을 하면서도 그 억지 키스들을 아주 교묘하게 성공시켜 주었다. 이렇게 서로 붙잡고 야단을 부리는 통에 그녀의 긴 머리카락이 풀어져서 주위 사람들의 눈앞에 흩날렸으며, 의자가 마룻바닥 위에 자빠졌다. 그러자 그런 버릇없는 행동 때문에 마음속으로 모욕을 느낀 아우렐리에는 화를 내면서 벌떡 일어나 나가버렸다.

6

새로 각색한 「햄릿」에는 많은 인물들이 생략되어 있는데도 아직 인물 수가 매우 많은 편이어서, 단원들만으로는 다 채울 수 없을 정도였다.

「이런 식으로 가다간 우리 극단의 프롬프터까지 무대에 나와서 우리와 함께 연기하고 인물 배역을 맡아야겠군」 하고 제를로가 말했다.

「저도 이미 여러 번 그 친구가 프롬프터 치고는 놀랍다고 생각해 왔습니다」 하고 빌헬름이 대답했다.

「그 사람보다 더 완전한 프롬프터가 있을 것 같지가 않아요」 하고 제를로가 말했다. 「관객이 그의 말소리를 듣는 일은 결코 없겠지만, 무대 위에 있는 우리는 음절 하나까지 다 알아들을 수 있거든요. 말하자면 그는 그 일을 하기 위한 독특한 성대를 지니고 있다가 마치 수호신과도 같이 곤란할 경우에 우리의 귀에다 대사를 속삭여주지요. 그는 배우가 자기 대사의 어느 부분을 완전히 외우고 있는지를 느낌으로 알고 있으며, 어디서 대사를 기억하지 못할 것인지 멀리서부터 이미 예감하고 있어요.

나도 내 대사를 한번 통독해 보지도 않은 채 그 사람이 한마디씩 말해 주는 것을 듣고 간신히 연기를 해낸 적이 몇 번이나 있었어요. 다만 그는 배우를 불필요하게 만들어 버리는 묘한 습성을 갖고 있어서 탈이지요. 즉, 연극 작품에 너무 열중한 나머지 격정적인 대목을 암송하는 대신에 감정을 실어서 낭송해 버리거든요」

「그래요」 하고 아우렐리에가 말했다. 「언젠가 한번 저도 그 사람 때문에 매우 위험한 대목에서 대사가 막혔더랬어요. 이번에는 다른 묘한 습성 때문이긴 했지만 말입니다」

「그렇게 주의깊은 사람이 어떻게 그럴 수가 있을까요?」 하고 빌헬름이 물었다.

「어떤 대목에서는 너무나 감동해서 뜨거운 눈물을 흘리며 한동안 완전히 정신을 잃더라구요」 하고 아우렐리에가 대답했다. 「그런데, 실은 그가 이런 상태에 빠지게 되는 것은 이른바 감동적인 대목에서가 아니랍니다. 그가 감동하는 것은, 제 방식대로 설명을 해보자면, 시인의 순수한 정신이 마치 밝게 뜬 두 눈으로부터 내다보고 있는 듯한 그런 〈아름다운〉 대목들이에요. 우리 같으면 기껏해야 기뻐할 정도이고, 수많은 사람들은 그냥 지나쳐 버리는 그런 대목이지요」

「그렇다면 그렇게 섬세한 영혼의 소유자가 왜 무대에 서지 않는 거죠?」

「성대가 쉰 데다 동작이 뻣뻣이 굳어서 무대에는 나서지 못하고 있고, 우울한 성격 때문에 사회생활이 어렵지요」 하고 제를로가 대답했다. 「그 사람과 한번 친해 보려고 내가 얼마나 애를 썼는지 몰라요. 하지만 아무 소용도 없었지요. 그는 낭독을 잘해요. 그렇게 잘하는 낭독은 두 번 다시 들어볼 수 없을 겁니다. 아무도 낭독과, 감정이 실린 낭송 사이의 미묘한 경계선을 그 사람처럼 그렇게 잘 지킬 수는 없을 것입니다」

「아! 찾았어요!」 하고 빌헬름이 외쳤다. 「참 근사한 발견이군요! 이제 우리는 〈사나운 피러스〉[5]의 대목을 낭송해 줄 배우를 찾은 것입니다」

「자신의 최종 목표를 위해 모든 것을 이용하려면 당신처럼 그렇게 뜨거운 열정을 지녀야지」 하고 제를로가 대답했다.

「정말이지 저는 그 대목이 삭제돼야 하지나 않을까 싶어서 매우 큰 걱정을 하고 있었답니다」 하고 빌헬름이 말했다. 「그렇게 되면 전체 작품이 절름발이가 되고 말 테니까요」

「왜 그런지 저는 아무래도 이해가 가지 않는데요?」 하고 아우렐리에가 물었다.

「곧 저의 의견에 동의해 주시리라 생각합니다」 하고 빌헬름이 말했다. 「셰익스피어가 갓 도착한 배우들을 끌어들이는 데에는 이중적인 최종 목적이 있습니다. 프리아모스 왕의 죽음을 그토록 애절한 자신의 감동을 실어 낭독하는 그 남자는 우선 〈왕자〉 자신에게 깊은 감명을 주어, 갈피를 잡지 못하고 흔들리고 있는 이 청년의 양심을 일깨워줍니다. 그래서 이 장면은 극중극이 〈왕〉에게 그토록 큰 충격을 주는 장면에 대한 서곡이 되는 셈입니다. 그 배우가 남의 고통, 허구적 고통에도 그렇게 큰 공감을 하는 것을 보고 햄릿은 자신을 부끄럽게 느끼는 것이지요. 그래서 그의 머릿속에는 즉각, 바로 이 방법을 써서 계부의 양심을 시험해 보려는 생각이 떠오른 것입니다. 제2막을 끝맺는 그 독백은 얼마나 훌륭합니까! 저는 그 독백을 삭제하지 않고

---

5) 「햄릿」 제2막 제2장 참조.

낭송시킬 수 있게 되어서 정말 기쁩니다.

〈아! 나는 이 무슨 몹쓸 놈, 이 무슨 비열한 노예가 되어버렸는가! ──여기 이 배우가 단지 시적 허구를 통하여, 단지 정열적 몽상을 통하여, 자신의 의지에 따라 자기의 영혼을 억지로 몰고 가서는, 마침내 그 시와 꿈의 작용으로 그의 온 얼굴이 창백해지다니, 이 얼마나 놀라운 일인가! 눈에는 눈물이 고였구나! 몸둘 바를 모르는 거동에다 쉰 목소리! 그의 온 존재가 〈하나의〉 감정으로 온통 배어 있구나! 그런데 이 모든 것이 실은 있지도 않은 일 때문에 행해지고 있는 것이다! ──헤쿠바를 위해 슬퍼하는 것이다! 아, 그에게 헤쿠바가 무엇이기에, 혹은 헤쿠바에게 그가 무엇이기에, 그가 그녀를 위해 어찌 이리 슬피 운단 말인가?〉[6]」

「우리가 그 사람을 무대 위로 끌어낼 수만 있다면 좋으련만!」 하고 아우렐리에가 말했다.

「우리는 그 사람을 조금씩조금씩 무대 위로 끌어들여야 할 거야」 하고 제를로가 대답했다. 「연습 때마다 그 대목은 그 사람한테 읽어달라고 부탁하는 것이지. 그 역을 맡을 배우 하나가 곧 오기로 되어 있다면서 말이야. 그리고 어떻게 해야 그를 설득할 수 있을지 두고 보자구」

그 일은 그렇게 하기로 합의를 보고 나자 이제 화제는 〈유령〉 쪽으로 바뀌었다. 빌헬름은 〈호통 잘 치는 영감〉이 유령 역을 맡을 수 있도록 하기 위해 생존시의 왕의 역을 〈훈장〉에게 맡기는 데에는 아무래도 선뜻 결단이 서지 않았으며, 오히려 좀더 기다려보면, 앞으로 배우 몇 사람이 지망해 올지도 모르

---

6) 「햄릿」 제2막 제2장 참조.

니, 그들 중에서 적합한 사람이 발견될 수도 있지 않겠느냐는 의견을 표했다.

그러므로 빌헬름이 그날 저녁에 자기 책상 위에 다음과 같은 편지 한 장이 놓여 있는 것을 보았을 때 얼마나 의아해했겠는가는 가히 짐작할 수 있는 노릇이다. 봉해 놓은 그 편지의 겉봉에는 묘한 필체로 빌헬름의 예명이 적혀 있었다.

「오, 별난 청년이여! 당신이 매우 난처해하고 있음을 우리는 알고 있다오. 당신은 당신이 대본을 만든 그 「햄릿」을 공연하는데 연기할 사람들이 부족할 겁니다. 하물며 유령 역을 할 사람이 어디 있겠소? 당신의 열성은 기적이라도 불러올 만하오. 우리는 기적을 행할 수는 없지만, 뭔가 기적 같은 일이 일어나도록은 해보겠소. 믿고 기다려 준다면, 제시간에 유령이 나타나도록 해보지요. 그때는 겁을 집어먹지 말고 부디 정신 바짝 차리도록 하시오. 답장을 하실 필요는 없소. 당신이 어떤 결단을 내렸는지는 우리에게 알려질 것이오」

그 이상한 편지를 가지고 그는 서둘러 제를로한테로 되돌아갔다. 제를로는 그 편지를 읽고 또 읽더니, 마침내 심각한 표정으로 단언하기를, 이건 중대한 제안이니까 이에 따르는 모험을 해도 좋을지, 그리고 그렇게 할 수 있을지를 신중히 검토해 봐야 할 것 같다고 했다. 그래서 그들은 여러 가지 의논을 주고받았는데, 아우렐리에는 잠자코 있었으며 간혹 미소를 띠기만 했다. 며칠 뒤에 다시금 그 문제가 화제에 오르자, 아우렐리에는 자기는 그것을 오빠의 장난으로 간주하고 있다는 것을 거의 분명히 시사했다. 그녀는 빌헬름에게 아무 걱정 말고 참을성 있게 유령을 기다려보라고 청했다.

제를로는 도대체가 최상의 기분이었다. 떠나가게 되어 있는 배우들이 나중에 자기들이 없어서 아쉬운 생각이 들도록 하기 위해 온갖 가능한 노력을 다 기울여 연기를 잘하는 데다, 새로 조직된 극단에 대한 일반의 호기심으로 인해 수입도 아주 많을 것으로 기대되었기 때문이다.

심지어 빌헬름과의 교제조차도 제를로에게 약간 영향을 끼쳤다. 제를로는 예술에 대해 종전보다도 더 많은 말을 하기 시작했다. 그도 결국은 분명히 독일 사람이었기 때문이었다. 이 나라 사람들은 자신이 하는 일에 대해 성찰하기를 좋아하는 백성인 것이다. 빌헬름은 이런 종류의 많은 논의들을 기록해 두었다. 우리의 이야기가 자주 중단되어서는 안 되겠기에, 우리는 다른 기회에 우리의 독자들 중에서 이 기록에 관심을 지니고 있는 분들에게 그런 연극론적 시도들을 소개할 계획이다.

어느 날 저녁, 제를로가 폴로니어스라는 배역에 관해서 말할 때, 그는 유별나게 아주 명랑했다. 그는 자기가 이 배역을 어떻게 파악하고 있는지를 설명했다. 「이번에야말로 나는 매우 존중할 만한 한 남자 역을 최선을 다해 연기해 볼 작정입니다. 나는 그 인물에 어울리는 침착성과 자신감, 공허성과 의미심장함, 쾌적함과 몰취미함, 자유분방함과 면밀한 주의력, 성실한 교활성과 거짓말로 꾸민 진실성을 알맞는 때와 장소에서 정말 그럴듯하게 연기해 보일 거요. 정직하고 끈질기게 참으며 때를 기다릴 줄 아는 한 백발의 반(半) 악한 역을 지극히 정중하게 연기하고 그의 대사를 낭독하고 싶단 말입니다. 내가 이런 연기를 하는 데에는 원작자의 약간 거칠고 조야한 필치가 큰 도움이 될 것입니다. 나는 준비가 다 되면 마치 한 권의 책과도 같이 술술 말하고, 기분이 좋을 때에는 마치 백치처럼 말할 테요. 나는 몰취미하게 굴면서 모든 사람에게 다 장단을 맞춰주는가 하면, 언제나 아주 세심한 데에까지 신경을 써서 사람들이 나를 놀려대도 그런 건 모르는 척할 겁니다. 지금까지 이처럼 재미있고 장난기로 가득 찬 배역을 맡아본 적이 별로 없는 것 같군요」

「저도 저의 배역으로부터 그렇게 많은 기대를 걸 수 있다면 얼마나 좋을까요!」 하고 아우렐리에가 말했다. 「저는 그 인물에 어울릴 만한 젊음도 유연성도 갖고 있지 않아요. 유감스럽게도 저는 단 한 가지 사실은 알고 있지요. 즉, 오필리아의 머리를 돌게 만드는 그 감정이 결코 저를 떠나지 않으리라는 사실 말이에요」

「아마 그렇게 세밀한 데에 이르기까지 배역과 자신을 일치시킬 필요는 없을 걸요」 하고 빌헬름이 말했다. 「실은 저도 이 작품을 여러 모로 연구했음에도 불구하고 햄릿 역을 해보고 싶은 제 소망 때문에 극히 잘못된 방향으로 빠져든 적도 있거든요. 그 역을 깊이 연구하면 할수록 저는 셰익스피어가 그의 햄릿에게 부여하는 외관상의 특징이 제 모습에는 전혀 없다는 사실을 점점 더 잘 알게 되는 겁니다. 제 모든 점이 그 역과 어느 정도 세밀하게 일치할까 하고 정식으로 생각해 본다면, 저는 그저 쓸 만한 효과를 내고 있다고도 감히 말하기 어려울 지경이에요」

「직업적 도정에 들어서는 당신의 태도가 대단히 양심적이군요」 하고 제를로가 응대했다. 「배우는 될 수 있는 대로 배역에 적응해야 하고, 또 배역도 어쩔 수 없이 배우에 따르는 법이지요. 그건 그렇다 치고, 대관절 셰익스피어가 그의 햄릿을 어떻게 그려놓았단 말이지요? 그 인물이 당신과 정말로 전혀 닮지 않았나요?」

「우선 햄릿은 금발입니다」 하고 빌헬름이 대답했다.

「그게 바로 지나친 추론이라는 거예요」 하고 아우렐리에가 말했다. 「어디서 그런 짐작을 하시는 것이지요?」

「덴마크인이자 북국인인 그는 태어날 때부터 금발에다 푸른 눈을 하고 있죠」

「셰익스피어가 그렇게 생각했다구요?」

「분명히 그렇게 표현된 것은 없습니다만, 다른 대목들과 연관시켜 생각해 볼 때 거기에는 반론의 여지가 없는 것 같아요. 그에게는 펜싱이 힘들고, 얼굴에는 땀이 흐르고 있어서, 왕비도 〈왕자가 몸이 뚱뚱하니 한숨 돌리도록 하여라〉 하고 말합니다. 그러니 그를 금발에다 뚱뚱한 체격 이외에 달리 상상할 수 있을까요? 갈색 머리카락을 한 사람들은 젊은 시절에 이렇게 뚱뚱한 경우가 드물거든요. 그의 불안해하는 우울증과 유약한 슬픔, 우유부단한 행동도 당신이 생각하고 계시는 갈색 곱슬머리의 날씬한 청년보다는 그런 체격에 더 어울리는 것이 아닐까요? 날씬한 청년한테서는 일반적으로 결단력과 민첩성을 기대하거든요」

「당신은 저의 환상을 깨뜨려 놓으시는군요」 하고 아우렐리에가 외쳤다. 「당신의 그 뚱뚱한 햄릿은 그만 집어치우세요! 제발 우리에게 당신의 그 살찐 왕자 역을 해 보이지는 마세요! 차라리 우리에게 자극과 감동을 주는 그 어떤 대역(代役)을 연기하세요. 우리에게 원작자의 의도는 우리 자신의 즐거움보다 더 중요하지는 않으니까요. 그리고 우리가 요구하는 것은 우리 자신과 질적으로 비슷한 수준의 자극이에요」

7

어느 날 저녁에 단원들은 소설과 희곡 중 어느 것이 더 우월한지를 놓고 논쟁을 벌였다. 제를로는 그것은 무익하고 잘못된 논쟁이라고 단언하면서, 둘 다 자기 나름으로 훌륭할 수 있는 것이며, 단지 자기 장르의 한계선 내에서 분수를 지켜야 한다고 주장했다.

「저 자신은 아직도 거기에 대해서 명확한 인식을 못하고 있습니다」 하고 빌헬름이 대답했다.

「누구나 마찬가지 아니겠어요?」 하고 제를로가 말했다. 「하지만 이 문제는 좀더 자세히 탐구해 볼 만한 가치는 있지요」

이것저것 많은 논의를 주고받았는데, 그 대화로 그들은 마침내 대강 다음과 같은 결론을 내릴 수 있었다.

소설과 희곡에서 우리가 다같이 볼 수 있는 것은 인간의 본성과 사건이다. 이 두 문학 유형의 차이는 단지 외적 형식에만 있는 것이 아니다. 즉, 한 장르에서는 인물들이 말을 하고 다른 장르에서는 일반적으로 그들에 대한 이야기가 전개되고 있다는 점에서만 차이가 있는 것은 아니다. 유감스럽게도 많은 희곡들이 단지 대화를 늘어놓은 소설에 불과하며, 또한, 편지로 된 희곡을 쓰는 것도 전혀 불가능하지는 않을 것이다.

소설에서는 주로 생각과 사건이 소개되어야 하는 데에 반하여 희곡에서는 성격과 행동이 소개되어야 한다. 소설은 천천히 진행되어야 하며, 주인공의 생각은, 그것이 어떤 것이든 간에, 전체 줄거리가 급하게 전개되는 것을 지체시키지 않으면 안 된다. 그러나 희곡은 급히 진행되어야 하며, 주인공의 성격이 클라이맥스를 향해 치달아야 하고 단지 잠깐 지체될 수 있을 따름이다. 소설의 주인공은 수동적이어야 하며, 적어도 고도로 능동적인 인물이어서는 안 된다. 그러나 희곡의 주인공한테서는 영향력과 행동이 기대된다. 그랜디슨,[7] 클라리사,[8] 파멜라,[9] 웨이크필드의 시골 목사,[10] 톰 존스[11] 등도, 수동적인 인물들이 아니라면 적어도 사건의 전개를 지체시키는 인물들이며, 모든 사건들은 어느 정도는 그들의 생각을 모델로 하고 있다. 희곡에서는 주인공이 자기 생각대로 따라하게 할 수 있는 것은 아무것도 없으며, 모든 것이 그에게 대항해 오게 마련이다. 그래서 그는 자기가 가는 길 위에 놓여 있는 이 장애물들을 치우고 밀어젖히든가, 아니면 그것들에 그만 깔려버리는 것이다.

또한 그들이 의견의 일치를 본 사실은, 소설에서는 우연이라는 것이 상당한 작용을 할 수 있긴 하지만, 이 우연은 반드시 인물들의 생각을 통해 조종되고 인도되어야 한다는 점이었다. 이와 반대로 운명이라는 것은 인간들이 관여하지 않더라도 인간들을 전혀 무관한 외적 상황을 통해 예측할 수 없는 대참사 쪽으로 휘몰아치는 법인데, 이런 운명은 희곡 속에서만 나타난다는 것이었다. 또한, 우연은 고통스럽고 슬픈 상황을 야기할 수는 있지만, 결코 비극적 상황을 야기할 수는 없는 반면, 운명이란 언제나 가공할 것이어서, 죄 있는 행위나 죄 없는 행

7) 영국의 작가 리처드슨S. Richardson(1689–1761)의 소설 「찰스 그랜디슨 경의 이야기The History of Sir Charles Grandison」(1753/1754)의 주인공.

8) 리처드슨의 소설 「클라리사Clarissa」(1747/1748)의 주인공.

9) 리처드슨의 소설 「파멜라Pamela」(1740)의 주인공.

10) 영국의 작가 골드스미스Oliver Goldsmith(1728–1774)의 소설 「웨이크필드의 시골 목사The Vicar of Wakefield」(1766)의 주인공.

11) 영국의 작가 필딩Henry Fielding(1707–1754)의 소설 「톰 존스의 이야기The History of Tom Jones」(1749)의 주인공.

위, 그리고 서로 무관한 독립적 행위들을 불행하게 결합시킴으로써 고도의 의미에서 비극적으로 된다는 것이었다.

이런 고찰을 하다 보니 화제는 다시금 저 기묘한 「햄릿」과 그 희곡작품의 특이성 쪽으로 옮겨갔다. 그들이 말한 바에 의하면, 이 주인공도 원래는 생각밖에 갖고 있지 않으며 그에게 부딪혀 오는 것은 단지 사건들뿐이라서, 이 희곡 작품은 어딘가 소설의 연장 같은 데가 있긴 하지만 계획을 한 것은 운명이었고, 이 작품이 무시무시한 행위로부터 출발하고 있기 때문에, 그리고 주인공이 무시무시한 행위를 향해 앞으로 내몰리고 있기 때문에 이 작품은 지고(至高)의 의미에서 비극적이며, 또 비극적 결말 이외에는 다른 해결책이 있을 수 없다는 것이었다.

이제 대본 읽기를 하게 되었다. 사실 빌헬름은 이것을 일종의 축제처럼 여겼다. 그는 전에 이미 배역들을 모두 원작과 대조하고 점검했던 터이므로 이 면에서는 아무런 지장도 있을 수 없었다. 모든 배우들이 그 작품을 이미 잘 알고 있었다. 그래서 그는 시작하기 전에 그들에게 단지 대본 읽기의 중요성만을 확신시키고자 했다. 「우리는 한 음악가로부터 그가 사전 연습 없이 악보만 보고도 어느 정도까지는 연주할 수 있기를 기대합니다. 그와 마찬가지로 배우도 누구나, 아니 교양 있는 사람은 누구나 곧바로 읽을 수 있도록 연습을 해야 하고, 희곡이나 시나 소설로부터 즉시 그 성격을 알아내어 그 작품을 능숙하게 낭독할 수 있도록 연습해야 합니다. 만약 배우가 훌륭한 작가의 정신과 의도 속으로 미리부터 들어가 있지 못할 경우에는, 아무리 기억력이 좋아도 아무런 도움이 되지 못합니다. 단순히 글자만 읽어서는 아무런 효과도 거둘 수 없지요」

제를로는 대본 읽기가 잘 끝나는 즉시 자기가 다른 연습도, 아니 총연습까지도 돌봐주겠다고 확언했다. 「대개 배우들이 대본 연구를 하며 서로 토의하는 것을 보는 것보다 더 즐거운 일은 없거든요」 하고 그가 말했다. 「그건 나에게는 마치 프리메이슨 단원들이 사업 얘기를 할 때처럼 즐거워 보입니다」

그 연습은 기대한 대로 잘 끝났다. 그래서, 그 얼마 안 되는 시간들을 잘 이용한 덕분에 말하자면 단원들의 명성과 좋은 수입이 확보된 것이라고도 할 수 있었다.

그들이 다시 단둘이만 남게 되었을 때, 제를로가 말했다. 「여보시오, 젊은 친구, 참 잘했어요. 동료들에게 그렇게 진지하게 설득을 하니 말입니다! 그러나 나는 그 사람들이 당신의 소망대로 따라 할 수 있을지 걱정이군요」

「왜 그런 생각을 하시죠?」 하고 빌헬름이 물었다.

「내 경험인데, 인간이란 남의 말을 듣고 쉽게 상상력을 발휘할 수 있고 신기한 이야기 같은 것을 들려주면 즐겨 듣긴 하지만, 그들한테서 일종의 생산적 상상력을 발견하기는 아주 어렵더군요」 하고 제를로가 말했다. 「특히 배우들한테서는 이 점이 매우 눈에 띄거든요. 배우는 누구나, 멋있고 칭찬받을 만하고 화려한 배역을 받으면 매우 만족해하지요. 그러나 자만심에 가득 차서 마치 자신이 아주 그 배역의 주인공이나 되는 것처럼 행세하면서 남도 자기를 그렇게 보아주는지는 전혀 개의치 않는 배우가 대부분이고, 그 이상을 행할 줄 아는 배우는 아주 드물어요. 작품에서 원작자가 생각한 것이 무엇이며, 한 배역을 충분히 해내려면 자기의 개성을 얼마나 죽여야 하는지, 어떻게 하면 자기는 이제 전혀 다른 사람이라는 확신을 통해 관객도 마찬가지로 그런 확신을 갖도록 할 수 있겠는지, 그리고 또 어떻게 하면 표현력의 내면적 진실성을 통해 무대를 신전으로, 그리고 마분지를 숲으로 변해 보이게 할 수 있는지를 생생하고도 종합적으로 파악할 수 있는 사람은 아주 극소수에 불과하지요. 정신의 이런 내적인 힘을 갖추어야 비로소 관객을 사로잡을 수 있고, 이와 같은 허구적 진실을 보여줘야만 효과를 거둘 수 있으며, 이런 효과를 거둘 수 있어야 환상을 불러일으킬 수 있는데, 이런 것을 다 알고 있는 사람이 누가 있겠어요?

그러니 우리도 정신과 감정에 대해 너무 과도한 요구를 하지 않기로 합시다! 가장 확실한 방법은 우리의 친구들에게 우선 차근차근히 글자의 의미를 설명해 주고 분별력이나 깨우쳐주는 것입니다. 그렇게 해주고 나면 소질이 있는 사람은 재치있고 감정이 풍부한 표현을 하려고 스스로 노력해 갈 것이고, 소질이 없는 사람이라 할지라도 적어도 연기를 완전히 잘못하거나 대사를 아주 망치지는 않을 것입니다. 무릇 인간 일반에게 다 해당되는 말이지만, 특히 배우들한테서 내가 발견한 가장 주제넘은 작태는 글자의 의미도 명확히 숙지하지 못한 주제에 감히 정신을 들먹이는 꼴이었습니다」

8

첫번째 무대 연습 때였다. 빌헬름은 넉넉한 시간 여유를 두고 나왔기 때문에 아무도 없는 무대 위에 홀로 서 있었다. 그는 무대를 보고 깜짝 놀랐는데, 그 장면이 그에게 아주 묘한 추억을 불러일으켰던 것이다. 숲과 마을을 나타낸 무대장치가 그의 고향 도시의 무대와 꼭 같았다. 마리아네가 그녀의 사랑을 분명히 밝히고 그에게 처음으로 행복한 밤을 약속해 준 그날 오전의 연습 장면도 이와 꼭 같았던 것이다. 무대 위의 농가들도 옛 고향의 그것들과 꼭 같았으며, 반쯤 열린 덧창을 통해 비스듬히 들어오는 실제 아침 햇살이 문 옆에 아무렇게나 놓여 있는 벤치의 한 부분을 비추는 것도 그때와 꼭 같았다. 다만 그 햇살이 그 당시처럼 마리아네의 무릎과 젖가슴을 비추고 있지 않는 것만이 유감스러울 따름이었다. 그는 거기에 앉아서 이 기묘한 일치에 대해서 곰곰이 생각해 보았는데, 자기가 아마도 이 무대 위에서 그녀를 곧 다시 보게 될 것을 예감하는 것이리라는 생각도 들었다. 아, 그러나 그것은 그 당시의 독일 무대에서는 그런 무대장식을 한 비슷한 연극이 매우 흔히 상연되고 있었다는 사실 이상의 아무것도 아니었다.

이런 생각에 잠겨 있던 중에 마침 다른 배우들이 도착했기 때문에 그의 명상은 깨어지고 말았다. 무대 뒤의 의상실 안에까지 격의없이 출입할 수 있는 연극 애호가 두 사람이 다른 배우들과 함께 동시에 들어와서 빌헬름한테 열광적으로 인사를 했다. 한 사람은 멜리나 부인에게 어느 정도 마음을 두고 있었고, 다른 한 사람은 아주 순수하게 연극예술을 애호하는 사람이었다. 그리고 둘 다 어느 교양 있는 모임에서나 친구로서 환영받을 만한 사람들이었다. 그러나 그들이 연극을 잘 아는 사람들인지, 아니면 연극을 사랑하는 사람들인지는 분명히 말하기 어려웠다. 그들은 연극을 너무 사랑했기에 오히려 연극을 올바르게 알지 못했으며, 연극을 충분히 알고 있었기에 오히려 좋은 점을 기리고 나쁜 점을 추방할 수 없는 사람들이었다. 그러나 연극에 대한 애착심 때문에 그들은 중간치기의 연극도 참고 관람할 수 있었으며, 그들이 좋은 연극을 앞두고 연습장에서, 또는 좋은 연극을 보고 나서 나중에 대화를 통해서, 맛보곤 하는 즐거움은 이루 말할 수 없이 큰 것이었다. 기계적이고 습관적으로 진행되는 부분도 그들에게는 즐거움을 주었고, 정신적인 대목에 이르면 그들은 황홀경에 빠졌다. 이렇게 연극에 대한 애착이 너무나 컸기 때문에, 그들은 가위질을 해서 줄거리를 많이 잘라버린 연극 연습을 보고도 일종의 환상에 빠져들 수 있을 지경이었다. 그들에게는 결점들은 항상 아스라이 멀리 보이고 좋은 점은 가까이 있는 대상으로서 손에 잡히는 것이었다. 요컨대, 그들은 모든 예술가가 자기 분야에서 있어주기를 소망하는 그런 애호가들이었다. 그들이 가장 좋아하는 방랑은 무대 뒤켠으로부터 관람석으로, 관람석에서부터 무대 뒤켠으로 옮겨다니는 것이었고, 그들이 제일 유쾌한 기분으로 머물고 싶어하는 곳은 의상실이었으며, 그들이 가장 열성적으로 하는 일은 배우들의 자세, 옷차림, 낭송과 대사에 대하여 무엇인가를 가르쳐 주는 것이었다. 또한, 그들의 가장 신나는 화제는 단원들이 거둔 효과였고, 그들의 가장 변함없고 끈질긴 노력은 항상 정신을 바짝 차리고 치밀하게 활동하도록 배우들을 독려하고, 무엇인가 도움을 주거나 친절을 베풀어 주면서 큰돈 들이지 않고도 단원들에게 여러 가지 즐거움을 마련해 주는 일이었다. 그 두 사람은 연습이나 공연 때에 무대 위에 올라와도 좋다는 특권을 이미 얻어놓고 있었다. 그들은 「햄릿」 공연에 관해서 빌헬름과 모든 대목에서 다 의견이 같지는 않았다. 이곳저곳에서 빌헬름은 양보를 하기도 했지만, 대개의 경우에는 자기의 의견을 주장하였으며, 이런 대화는 대체로 그의 취미를 세련시키는 데에 크게 도움이 되었다. 그는 자기가 그 두 친구들을 얼마나 높이 평가하는지를 행동으로 보여주었으며, 이에 그들은 또 그들대로 이렇게 힘을 합해 노력하는 것이야말로 바로 독일 연극의 새

시대를 열어가는 작업에 다름아니라고 예언하기까지 했다.

그 두 사람이 함께 있어주는 것이 연습 때마다 매우 큰 도움이 되었다. 특히 그들은 실제 공연 때에 보여주려고 생각하는 자세와 동작은 연습 때에 항상 대사와 일치시켜야 하고 이 모든 것이 습관을 통해 무의식적으로 함께 결합되어야 한다는 확신을 우리 배우들에게 심어주었다. 특히 비극을 연습할 때에는 손을 함부로 움직여서는 안 된다는 것이었다. 그들은 연습 때에 코담배 냄새를 맡는 비극 배우를 보면 항상 불안해했는데, 그것은 그가 실제 공연시에 같은 대목에 이르면 틀림없이 한 대 피우고 싶은 생각이 날 것이기 때문이라는 것이었다. 또한 그들은, 구두를 신은 채 연기해야 할 배역이라면 아무도 장화를 신은 채 연습해서는 안 된다는 견해를 피력했으며, 그러나 가장 꼴불견인 것은 여배우들이 연습 때에 두 손을 스커트의 주름 속에 감추고 있는 것이라고 강조했다.

그 사람들의 설득으로 잘된 일이 그 외에도 또 있었는데, 즉 모든 남자 배우들이 무술 연습을 하게 된 것이 그것이었다. 「이렇게 군인들이 많이 등장하는 극에서」 하고 그들은 말했다. 「가장 초라하게 보이는 것은 훈련이라곤 받아본 적도 없는 것 같은 사람들이 대위나 소령의 제복을 입은 채 무대 위를 휘청거리며 걸어다니는 꼴입니다」 빌헬름과 라에르테스는 앞장서서 하사관 교육에 헌신했으며, 그런 훈련중에도 굉장한 노력을 기울여 펜싱 연습을 계속했다.

두 손님은 그렇게 다행히도 서로 함께 모이게 된 극단을 올바르게 훈련시키느라고 아주 많은 애를 썼다. 관중들은 그 두 사람이 너무 유별나게 내놓고 연극을 애호하고 있다고 이따금 비방하기도 했지만, 그 두 사람은 관중들이 장차 연극에 만족할 수 있도록 배려해 주었다. 그 두 사람에게 고마워해야 할 일은 실로 한두 가지가 아니었다. 특히 그 두 사람이 소홀히 하지 않고 자주 엄중히 강조한 것은 배우들에게 가장 중요한 일, 즉 대사를 큰 소리로 정확하게 발음하는 것이야말로 배우들의 의무라는 점이었다. 이 점에서 그 두 사람은 처음 예상했던 것 이상의 저항과 불만에 봉착했다. 대부분의 배우들은 자기들이 말하는 대로 들으면 될 거 아니냐면서, 그들의 말이 잘 들릴 수 있도록 발음하려고 노력하는 사람은 거의 없었다. 몇몇 배우들은 잘못을 건물 구조 탓으로 돌리기도 했으며, 다른 배우들은 자연스럽게, 비밀스럽게, 또는 다정하게 말해야 할 자리에 큰 소리로 고함을 지를 수는 없지 않느냐고 반문하기도 했다.

비상한 인내심의 소유자들이었던 우리의 연극 애호가들은 갖은 방법으로 이런 잘못된 생각들의 실마리를 풀어내고 이런 고집을 설득으로 꺾어보려고 했다. 그들은 논거를 대며 설복하거나 듣기 좋은 말로 비위를 맞추는 수고도 아끼지 않았으며, 그래서 결국에는 그들의 최후 목표를 달성할 수 있었는데, 그들이 이렇게 성공을 거둔 데에는 특히 빌헬름의 모범적 사례가 큰 도움이 되었다. 즉, 빌헬름은 연습 때에 그 두 사람에게 제일 먼 구석 자리에 앉아 있다가 자기의 대사를 완전히 이해하지 못하겠거든 즉시 열쇠로 의자를 두들겨 달라고 부탁했던 것이다. 그는 발음을 분명히 했고 절제된 음성으로 대사를 말하다가 단계적으로 음성을 높여갔다. 그래서 그는 가장 격한 대목에 이르러서도 지나치게 고함을 지르지 않아도 되었다. 이렇게 해서 연습이 거듭될 때마다 열쇠 두드리는 소리도 점점 더 드물게 듣게 되었다. 다른 배우들도 차차 이와 똑같은 시험을 달게 받았으며, 그 결과 마침내 그 극장의 어느 구석에 앉아 있는 관중이라도 그 작품의 대사를 다 알아들을 것이라고 기대할 수 있게 되었다.

이 예에서도 알 수 있듯이, 사람들이란 목적을 달성하기 위해 단지 자신의 방식만을 고집하기를 좋아하고, 실은 아주 자명한 것도 그들에게 이해시키려고 하면 정말 많은 수고가 따르며, 또한, 무엇인가를 성취하려는 사람한테 그의 계획을 실현하기 위해 필수적인 제1단계 전제조건들을 인식시키는 것도 참으로 어려운 법이다.

9

이제 무대장식과 의상, 그 밖에 소용되는 물건들에 대한 갖가지 필요 불가결한 준비들이 진행되었다. 몇몇 장면이나 대목에 대해 빌헬름이 별난 아이디어들을 내어놓곤 했다. 이에 대해 제를로는, 어떤 경우엔 계약을 고려하여, 또 어떤 경우에는 자기 확신에서 양보해 가면서 빌헬름의 의견을 들어주었다. 이렇게 호의를 베풂으로써 제를로는 빌헬름의 마음을 사두고 그 다음에 가서 그를 보다 더 자기 의도대로 끌고 갈 심산이었던 것이다.

예컨대, 빌헬름의 생각에 의하면, 첫 알현 장면에서 왕과 왕비는 옥좌에 앉아 있는 모습으로 나타나고 그 양옆으로 궁정의 신하들이 도열해 있지만, 햄릿은 눈에 띄지 않게 그 신하들 틈에 섞여 서 있어야 한다는 것이었다. 「햄릿은 조용히 하고 있어야 합니다」 하고 빌헬름은 말했다. 「검은 옷만으로도 그는 이미 충분히 다른 사람들과 구별되고 있으니까요. 그는 앞에 나타나기보다는 차라리 자신을 숨겨야 합니다. 다만 알현이 끝나고 왕이 그에게 아들로서 말을 걸 때에야 비로소 그는 앞으로 나설 수 있겠고, 그래서 장면이 진행돼 나가야겠지요」

어머니와 만나는 장면에서 햄릿이 그렇게 격렬하게 가리켜 보이는 그 두 폭의 초상화들이 또 하나의 큰 어려움을 야기시켰다.「제 생각으로는 둘 다 방의 뒤쪽, 출입문 옆에 등신대로 나타나 보이도록 놓아야 할 것입니다. 보다 정확히 말하자면, 노왕의 초상은 망령으로 나타날 때와 마찬가지로 완전무장을 한 채 망령이 나타나는 바로 그쪽에 걸려 있어야 합니다. 초상의 인물은 오른손을 들고 무엇인가를 명령하는 자세를 취하고 약간 옆으로 돌아서 있어서, 말하자면 어깨 너머로 바라보고 있는 것처럼 해서, 문 밖으로 나가는 순간의 망령과 꼭 같도록 그렸으면 싶습니다. 그 순간에 햄릿은 망령을 쳐다보고 여왕은 초상을 바라본다면 매우 큰 효과를 거둘 수 있을 겁니다. 그리고 계부는 왕으로서의 정장(正裝)은 하고 있어도 좋겠지만 노왕보다는 위엄이 못하도록 그려놓아야겠죠」

이런 식으로 아직도 여러 가지 문제점들이 많이 있었지만, 그런 것에 관해서는 아마도 달리 언급할 기회가 있을 것이다.

「당신도 햄릿이 결국에 가서는 죽어야 한다는 단호한 입장인가요?」하고 제를로가 물었다.

「작품 전체가 그를 죽음을 향해 내몰고 있는데, 제가 어떻게 그의 목숨을 살릴 수 있겠습니까?」하고 빌헬름이 말했다.「그 점에 관해서는 이미 장황하게 논의한 바 있을 텐데요?」

「하지만 관객들은 그가 살았으면 하고 원한단 말이야」

「다른 친절이라면 무엇이든 기꺼이 베풀고 싶지만, 그것만은 불가능한 일입니다. 우리는 한 착실하고 유능한 남자가 만성병으로 죽어가고 있는 경우에도 그가 좀더 오래 살도록 해주기를 원합니다. 가족들이 울면서 의사에게 애원하지만, 의사도 그를 살려둘 방도가 없지요. 이렇게 의사가 자연의 필연성을 거역할 수 없는 것과 마찬가지로, 우리도 모두들 다 알고 있는 예술적 필연성을 임의로 변경할 수 없는 것입니다. 군중들에게 그들이 〈마땅히 지녀야 할〉 감정이 아니라 〈원하는〉 감정을 불러일으켜 준다면, 이것은 그들에 대한 그릇된 양보요 영합이 되는 것입니다」

「돈을 내는 사람은 자기 뜻에 맞는 상품을 요구할 수 있지 않을까요?」

「어느 정도는 그렇지요. 하지만 훌륭한 관객들은 존중을 받아야 합니다. 그들을 어린애들 취급을 해서 돈을 갈취하려 해서는 안 되지요. 좋은 것을 보여줌으로써 그들에게 점차로 좋은 것에 대한 감정과 취미를 가르쳐주어야 합니다. 그러면 그들도 판단을 해볼 때, 아니 이성 자체의 소리에 귀를 기울여 볼 때, 이런 곳에 돈을 지출하는 것이 전혀 나무랄 데가 없기 때문에 갑절로 즐거운 마음으로 돈을 쓸 것입니다. 마치 사랑하는 자녀의 잘못을 고쳐주고 장차 깨우쳐주기 위해 비위를 맞추어 주듯이, 관객들의 비위를 맞추어줄 수는 있겠지요. 그러나 이용해 먹기 위해 귀족이나 부호들의 잘못을 영원히 굳혀주듯이 그렇게 관객들의 비위를 맞추어 주어서는 안 됩니다」

이런 식으로 그들은 아직도 많은 논의를 했는데, 특히 그 작품 중 어떤 부분이 아직도 수정을 해도 되고 또 어느 대목이 그냥 그대로 둬야 할 곳인가 하는 문제들이 토의되었다. 우리는 이 문제를 여기서 더 이상 다루지는 않겠지만, 우리의 독자들 중에 이에 관심이 있는 분들한테는 아마도 앞으로 새로 된 「햄릿」 대본 자체를 선보일 기회가 있을 것이다.

10

엄청나게 오랜 시간을 끌면서 지속되어 오던 총연습이 끝났다. 제를로와 빌헬름은 아직도 구해야 할 것들이 많았다. 왜냐하면 준비에 많은 시간을 보냈는데도 꼭 필요한 준비들이 마지막 순간까지 자꾸만 미루어져 온 때문이었다.

예컨대 두 왕의 초상화가 아직도 완성되지 않았으며, 매우 큰 효과가 기대되는 햄릿과 어머니가 상종하는 장면은——유령역도 그를 그린 초상화도 현장에 없었기 때문에——아직도 매우 초라해 보였다. 이런 판국에 제를로가 농담조로 말했다. 「만약 유령이 나타나지 않아 보초병이 정말 허공에 대고 칼을 휘젓게 되고 우리의 프롬프터가 무대 뒤에서부터 유령의 대사를 대신 말해야 된다면, 우린 아닌게아니라 정말 난처해지겠는걸!」

「아니, 그런 의심을 해서 그 기적의 친구를 미리 쫓아버리지 마십시다」 하고 빌헬름이 대꾸했다. 「그 사람은 틀림없이 적당한 시점에 나타나서 우리와 관객들을 정말 깜짝 놀라게 해줄 겁니다」

「틀림없이 그럴 거야!」 하고 제를로가 외쳤다. 「내일 공연이 끝나고 나면, 난 날아갈 듯한 기분일 것 같아. 우리를 귀찮게 하는 일들이 내가 생각했던 것보다는 더 많으니 말이야」

「그러나 내일 이 작품이 공연되고 나면 이 세상에서 아무도 저보다 더 기뻐할 사람은 없을 거예요」 하고 필리네가 대꾸했다. 「저는 배역 때문에 느끼는 괴로움이라곤 전혀 없는데도 그렇군요. 허구한 날 항상 〈한 가지〉 일에 관해서만 얘기를 듣고 있으니 어디 저같이 참을성이 없는 사람은 견딜 수가 있어야지요. 암만 얘기해 봤자 남의 상황과 운명을 대리하고 대표하는 일밖에 더 나올 게 없는데, 수많은 다른 일들과 마찬가지로 이것도 언젠가는 잊혀지고 말 일에 불과하지요. 그러니 제발 좀 그렇게 복잡하게 굴지들 마세요! 식탁에서 일어서는 손님들은 나중에 어떤 요리에 대해서도 무엇인가 잔소리를 하게 마련입니다. 그래요, 그들이 집에 돌아와서 하는 말을 들어보면, 자신들이 그런 곤란한 자리를 어떻게 참고 견딜 수 있었는지 도무지 이해가 가지 않는다고까지 말들을 하거든요」

「이봐요, 필리네 아가씨! 당신의 그 비유를 제 논리를 위해 좀 원용해 보겠습니다」하고 빌헬름이 대꾸하고 나섰다.「한 향연이 베풀어질 수 있기까지 자연과 예술, 상업과 수공업과 산업이 얼마나 많은 협업을 해야 하는지를 한번 생각해 보십시오. 사슴과 물고기가 우리의 식탁 위에 오를 수 있기까지 숲에서, 또는 하천이나 바다에서 얼마나 많은 세월을 보내야만 합니까? 그리고 또, 부엌에서 주부와 하녀가 얼마나 많은 수고를 해야 합니까! 아주 멀리 떨어진 곳에서 포도 재배농과 뱃사공과 양조기술자가 애써 노력한 수고의 대가를 우리는 얼마나 무관심하게, 아주 당연히 그래야 되는 것처럼, 후식으로 홀짝 마셔버리곤 합니까? 이렇게 결국에는 단지 일과성의 향락 대상이 되는 데에 불과하다고 해서, 그 모든 사람들이 일을 하지 않고 운송을 하지 않으며 포도주 양조를 하지 않아야 되겠으며, 손님을 치는 가장이 그 모든 것들을 세심하게 사들이고 음식 준비를 하는 일을 그만두어야 할까요? 그러나 그 어떤 향락도 일시적으로 지나가는 것이 아닙니다. 그것이 남기는 인상은 남는 법이거든요. 우리가 근면과 노력을 기울여 행하는 일은 관객들 자신에게도 보이지 않는 영향을 끼치는 것입니다. 다만 우리는 그 영향이 얼마나 크게 미치는지를 알지 못할 따름이지요」

「저는 모든 것이 아무래도 좋아요」 하고 필리네가 대꾸했다. 「다만 이번에도 저는 남자분들이란 항상 자기 자신과의 모순 속에서 살고 있다는 것을 다시 한번 체험하게 되는군요. 위대한 시인의 작품을 싹둑싹둑 잘라 손상하지 않겠다는 온갖 세심하고도 양심적인 배려에도 불구하고 당신들은 결국 가장 아름다운 생각을 이 작품으로부터 잘라내고 있어요」

「가장 아름다운 생각이라고요?」 하고 빌헬름이 외쳤다.

「네! 햄릿조차도 약간 자랑스럽게 여기는 가장 아름다운 생각 말이지요」

「그래, 그게 뭐지요?」 하고 제를로가 외쳐 물었다.

「만약 가면이라도 쓰고 계신다면, 제가 아주 깨끗이 벗겨드리기라도 하련만! 분별하실 수 있는 눈을 기어이 뜨도록까지 해드려야 할 것 같으니, 원!」

다른 사람들은 그 말의 뜻을 곰곰이 생각해 보고 있었으며, 그러느라고 대화가 잠시 끊어졌다. 모두들 자리에서 일어서 있었고, 벌써 밤도 늦은 시간이어서 모두 뿔뿔이 헤어지려는 것 같았다. 다들 그렇게 어정쩡한 태도로 서 있는 가운데에 필리네가 아주 사랑스럽고 기분좋은 곡조로 노래 한 곡을 부르기 시작했다.

밤의 고독에 대해서
슬픈 가락으로 노래하지 말아요!
아니, 아니야, 아름다운 님들이여, 밤은

함께 재미있게 지내라고 만들어 놓은 것이랍니다.

여자가 남자의 아름다운 반쪽으로
주어져 있는 것처럼
밤은 인생의 반쪽,
실로 아름다운 반쪽이랍니다.

기쁨을 중단시켜 놓기만 하는 낮이
여러분은 반가운가요?
기분전환에는 좋지만
뭔가 다른 일에는 쓸모가 없지요.

그러나 밤은 달콤한 등잔불이
희미하게 흐르는 시간,
입에서 입으로
장난과 사랑의 말이 흐르는 시간.

여느 때에는 사납고 불같이 서두르는
성급한 악동도
살짝 선사해 주곤 하는 입맞춤에 취해
순진한 장난에 빠져드는 시간.
사랑에 빠진 사람들을 위해
꾀꼬리가 사랑스런 노래를 불러주면,
갇혀 있는 사람, 우울한 사람들한테만

그 노래가 아프고 슬프게 들리는 시간.

고요와 평안을 약속하며
신중하게 열두 번을 치는 종소리,
그 소리에 귀를 기울이는 여러분의
심장의 고동 소리, 편안도 하여라!

그러니, 긴긴 낮 동안에는 명심해요,
사랑하는 사람이여,
낮은 괴로움의 시간이라는 것을!
그리고 밤이 즐거움을 안고 온다는 것을!

노래를 마치자 그녀는 가볍게 고개를 숙였으며, 제를로는 그녀에게 큰 소리로 브라보를 외쳤다. 그녀는 문 밖으로 뛰쳐나가 깔깔 웃으면서 계속 걸음을 재촉했다. 그녀가 계단을 내려가면서 노래하는 소리와 구두 뒤꿈치가 계단에 닿아 똑딱거리는 소리가 들려오고 있었다.

제를로는 옆방으로 들어가 버렸다. 아우렐리에는 작별 인사를 하는 빌헬름 앞에 아직 잠시 동안 더 서 있다가 이런 말을 하는 것이었다.

「제 비위에 거슬리는 여자예요. 저의 내적 본성에 참으로 거슬리는 여자예요. 아주 대수롭잖은 우연사에 이르기까지 일일이 다 비위에 거슬려요. 금발 머리에다 그 반듯한 갈색 속눈썹, 그것들을 우리 오빠는 아주 매혹적이라고 생각하지만, 저는 아주 바라보기도 싫어요. 그리고 이마 위의 그 상처 자국은 제게는 무엇인가 아주 거슬리는 것, 무엇인가 아주 천한 것같이 생각되기 때문에, 저는 항상 그 여자로부터 열 걸음 정도 떨어져 있고 싶을 지경이에요. 얼마 전에 그 여자가 농담삼아 얘기하기를, 어렸을 적에 아버지가 그 여자의 머리에다 접시를 내던졌는데, 그때 그 흔적을 아직도 달고 다닌다는 것이었어요. 아마도 그 여자는 조심하라는 표시로 바로 눈과 이마에 낙인이 찍혀 있는 것만 같아요」

빌헬름은 아무 대답도 하지 않았다. 그러니까 아우렐리에는 더욱 언짢아하는 것 같았으며, 계속해서 이렇게 말했다.

「저는 그 여자하고는 친절하고 정중한 말 한마디도 나눌 수가 없을 정도로 그 여자를 미워합니다. 그런데도 그 여자는 자꾸 착 달라붙어요. 저는 그 여자가 우리 극단에 없었으면 좋겠다는 생각이에요. 그런데, 그런 여자에게 당신도 어느 정도 호의를 갖고 계시는 것 같은데, 제 마음에 상처를 주시는 처신이세요. 정말이지 그러실 만한 가치도 없는 여잔데 거의 존경에 가까운 관심을 표하고 계시니 말입니다」

「그 여자가 어떤 사람이든 간에 저는 그 사람한테 신세를 지고 있습니다」 하고 빌헬름이 대답했다. 「태도는 나무랄 데가 있을지 모르겠지만, 성격은 올바르게 평가해야 할 것입니다」

「성격이라구요?」 하고 아우렐리에가 외쳤다. 「그런 여자가 성격을 지녔다고 생각하세요? 아, 이런 데서 저는 당신네 남자분들을 새삼 알아보게 되는군요. 당신네들한테는 그런 여자들이 가치가 있나 보군요!」

「아니, 당신은 저를 의심하시는 겁니까?」 하고 빌헬름이 물었다. 「그녀와 함께 보낸 매 순간들에 대해 모두 깨끗이 밝힐 수 있습니다」

「아니, 아닙니다」 하고 아우렐리에가 말했다. 「밤도 늦었으니 말다툼은 그만두지요. 모두가 한 사람 같고, 한 사람이 또한 모두와 조금도 틀리지 않는군요! 자, 그럼, 안녕히 주무세요!

안녕, 묘한 극락조(極樂鳥) 양반!」

빌헬름은 자기가 어째서 그런 명예로운 칭호를 얻게 되었는지 그 까닭을 물어보았다.

「아니, 다음에 말씀드리지요!」 하고 아우렐리에가 대답했다. 「다음에 말씀드리지요. 극락조들은 다리가 없고, 공중을 날아다니며 공기의 정기(精氣)를 먹고 산다더군요. 하지만 그건 동화예요」 하고 그녀는 말을 이었다. 「시적으로 꾸민 이야기란 말씀입니다. 안녕히 주무세요. 꿈에 뭔가 아름다운 것을 보시는 행운을 빕니다」

그녀는 자기 방으로 들어가 버리고 그를 혼자 남겨두었다. 그래서 그도 서둘러 자기 방으로 향했다.

반쯤 불쾌한 기분으로 그는 방 안을 이리저리 거닐었다. 그는 농담조이긴 했지만 결연한 어조의 아우렐리에의 말에 모욕을 느꼈던 것이다. 그는 아무리 생각해도 그녀가 자기를 매우 부당하게 생각하고 있다고 느끼지 않을 수 없었다. 필리네를 언짢게 대하거나 곱지 않게 대한다는 것은 그로서는 차마 할 수 없는 일이었다. 그녀가 그에게 아무것도 잘못한 일이 없었던 것이다. 또한 그는 자기가 그녀한테 그 어떤 애정을 느끼는 것은 전혀 아니라고 생각했다. 그래서 그는 자기 자신 앞에 아주 자랑스럽고 당당할 수 있다는 기분이 들었다.

그가 막 옷을 벗을까 하고 침대 쪽으로 가서 커튼을 열어젖히려 했을 때, 그는 침대 앞에 부인용 실내화 한 켤레가 한 짝은 세워져 있고 한 짝은 뉘어 있는 것을 보고 소스라쳐 놀랐다. 그것은 필리네의 실내화였다. 그것을 그는 단번에 알아볼 수 있었다. 그가 생각하기에는 커튼도 약간 이상한 것 같았는데, 아니나 다를까, 약간 움직이고 있는 것같이 보였다. 그는 그 자리에 우뚝 서서 뚫어져라 하고 그 커튼을 바라보았다.

불쾌감이라고 여겨지는 어떤 새로운 감정이 와락 치밀어 오르는 통에 그는 숨이 막힐 것만 같았다. 잠시 마음을 진정시킨 뒤에 그는 정신을 바짝 차리고 다음과 같이 소리쳤다.

「일어나요, 필리네! 이게 무슨 짓인가요? 당신의 그 슬기롭고 얌전한 행동은 다 어디다 두었나요? 내일 아침 우리가 온 집안의 웃음거리가 되어야 속이 시원하겠어요?」

전혀 아무것도 움직이는 기미가 없었다.

「농담이 아니오」 하고 그는 말을 계속했다. 「나한테 이런 장난을 한 것은 잘못된 일이오」

아무 소리도 나지 않았고 아무런 움직임도 없었다.

마침내 그는 불쾌한 기분으로 단호히 침대 쪽으로 다가갔다. 그러고는 커튼을 열어젖혔다. 「일어나요」 하고 그는 말했다. 「오늘 밤 이 방을 아주 당신 혼자 쓰실 작정이 아니라면, 어서 일어나시오」

놀랍게도 그의 침대는 텅 비어 있었고, 베개도 모포도 있을 자리에 그대로 고이 있었다. 그는 자신의 주위를 둘러보고 살펴보고 여기저기를 뒤져보았으나 그 장난꾸러기의 흔적은 아무데도 찾아볼 수 없었다. 침대, 난로, 장롱 뒤를 찾아보았지만 아무것도 없었다. 그는 점점 더 열을 내어 찾았다. 만일 어떤 심술궂은 구경꾼이 이 꼴을 바라보고 있었더라면, 빌헬름이 정말 필리네를 찾기를 원한다고 믿었을 것이다.

잠이 오지 않았다. 그래서 그는 실내화를 그의 탁자 위에 올려놓고는 방 안을 왔다갔다하다가 이따금 탁자 옆에 멈춰서곤 하였다. 만약 장난을 좋아하는 어느 정령이 이러고 있는 그의 모습을 엿보았더라면, 그가 그날 밤의 대부분을 그 귀엽기 짝이 없는 실내화와 함께 보내더라고 확언을 하고, 그가 그 실내화를 유심히 바라보고 만져보며 장난을 하다가 아침녘에야 비로소 옷도 벗지 않은 채 침대에 몸을 던져, 이상야릇한 환상 속에서 잠들었노라고 장담하려 들 것이다.

아닌게아니라, 그가 아직도 자고 있는 판에, 제를로가 달려 들어와서 소리를 질러대는 것이었다. 「어디 있어요? 원, 아직도 자고 있다니! 있을 수 없는 일이야! 여기서 자고 있는 사람을 무대 위에서 찾으니 만날 수가 있어야지! 극장에는 아직도 해야 할 일이 산더미처럼 많은데!」

11

오전과 오후 시간이 순식간에 흘러갔다. 극장은 벌써 관객들로 가득 차 있었다. 그래서 빌헬름은 옷 갈아입는 일을 서둘렀다. 막상 의상을 걸치니 처음 이런 분장을 시도해 보았을 때 느꼈던 그런 쾌적한 기분은 더 이상 느낄 수가 없었다. 그는 다만 준비를 끝내겠다는 생각으로 옷을 입었을 따름이었다. 그가 대기실의 부인들한테로 가니, 그의 옷차림이 도무지 어울리지 않는다고 입을 모아 말하는 것이었다. 모자의 아름다운 깃털 장식은 구겨져 있고 혁대 고리도 맞지 않는다면서 다시 뜯어내기 시작했고, 꿰매고 서로 맞추는 것이었다. 서곡이 울리기 시작하는데도, 필리네는 옷깃의 주름에 무엇이 잘못되었다 하고, 아우렐리에는 외투에 대해 불만이 많았다. 「아, 모두 그만들 해두시지요!」 하고 그가 외쳤다. 「이렇게 단정치 못한 차림이라야 비로소 제가 올바른 햄릿이 될 수 있을 테니까요」 그래도 여자들은 그를 놓아주지 않고 치장을 계속 거들어주었다. 벌써 서곡은 그쳐 있었으며, 이윽고 작품 공연이 시작되었다. 그는 거울 앞에 서서 모자를 얼굴 아래로 좀더 푹 내려쓰고 얼굴 화장을 새로 고쳤다.

바로 이 순간 누군가가 뛰쳐 들어와서는「유령! 유령이 등장했어요!」하고 소리치는 것이었다.

빌헬름은 온종일 너무 바빴기 때문에 유령이 정말 나타나 줄 것인가 하는 가장 중대한 걱정거리에 관해서는 미처 생각할 여유가 없었다. 그런데 이제 그 걱정거리가 없어진 것이었으며, 그 기묘한 객연 배우에 대한 기대로 가슴이 부풀었다. 무대감독이 와서 이것저것 물어보았다. 그래서 빌헬름은 그 유령을 살펴볼 시간이 없었으며, 다만 서둘러 옥좌 앞으로 달려나가 보니, 왕과 왕비가 이미 신하들에게 둘러싸인 채 지극히 호화찬란한 장면을 이루고 있었다. 그는 단지 호레이쇼의 마지막 대사만을 간신히 들을 수 있었는데, 호레이쇼 역시 유령의 출현으로 아주 혼란을 일으켜 대사가 떨렸으며 자기의 배역을 거의 잊어버린 듯한 꼴이었다.

무대 중간에 있는 본막이 오르자 그는 만원인 관객석을 눈앞에 내려다보게 되었다. 호레이쇼가 그의 연설을 한 뒤에 왕이 그를 물러나게 하자, 호레이쇼는 햄릿에게로 다가왔다. 그러고는 마치 왕자에게 인사를 드리는 것처럼 하면서 말했다.「악령이 갑옷을 입고 있었사옵니다! 우리 모두를 공포에 떨게 했습지요」

그 중간참에는 단지 흰색 외투를 입고 흰색 두건을 쓴 두 남자가 무대 뒤에 서 있는 것이 보였을 뿐이었는데, 방심, 불안, 당황한 중에 첫 독백을 잘못하지나 않았나 하고 생각한 빌헬름은 퇴장할 때 우레 같은 박수갈채를 받았음에도 불구하고 정말 아주 불안한 기분으로 극중의 음산한 겨울밤 장면에 등장하였다. 하지만 그는 정신을 가다듬고서, 북국 사람들의 먹고 마시는 습속에 대해서 운위하는 저 아주 의미심장한 대목을 응분의 냉담성을 지니고 외우느라고, 관객들과 꼭 마찬가지로 유령 따위는 까마득히 잊고 있다가, 호레이쇼가 「보십시오, 그게 나타났습니다!」 하고 외치자, 실제로 깜짝 놀랐다. 그는 소스라쳐 황급히 고개를 돌렸다. 그 고귀하고 훤칠한 모습, 조용히 들릴락 말락 한 그 발소리, 둔중해 보이는 무장을 하고 있음에도 불구하고 그 경쾌한 몸동작이 그에게 너무나도 강렬한 인상을 주었기 때문에, 그는 마치 돌이라도 된 듯 그 자리에 멀거니 서서 단지 기어 들어가는 듯한 목소리로 「그대들 천사들이여, 하늘의 정령들이여, 우리를 보호해 주소서!」 하고 부르짖을 수 있을 따름이었다. 그는 유령을 뚫어져라 응시했으며, 가쁜 숨을 몇 번 몰아쉬고는 유령을 향해서 말한다는 것이 너무나 정신이 혼미하여 대사를 떠듬떠듬 억지로 외워댔기 때문에, 아무리 위대한 명배우라 할지라도 그 대사를 이처럼 훌륭하게 표현할 수는 도저히 없었을 것이다.

이 대목에서는 그의 번역문이 크게 도움이 되었다. 여기서 그는 가능한 한 원문에 가깝게 번역했는데, 그 말의 배열 순서가 의외로 깜짝 놀라고 공포와 경악에 사로잡힌 한 인간의 기분과 상태를 절묘하게 표현해 주는 것 같았다.

「당신이 좋은 귀신이든 저주받은 악귀든, 하늘의 향취를 실어왔든 지옥의 증기를 묻혀왔든, 당신의 의도가 선한 것이든 악한 것이든 간에, 당신이 그렇게 위엄 있는 모습으로 왔으니, 내 당신에게 말을 걸며, 당신을 햄릿, 대왕, 아니 아버지라 부르겠다. 오, 대답하라!」

관중들의 감동이 굉장하다는 것은 피부로 느낄 수 있었다. 유령이 손짓을 하자 왕자는 그뒤를 따라나갔는데, 이 순간 장내가 떠나갈 듯한 박수 소리가 났다.

무대가 바뀌었으며, 그들이 멀리 떨어진 공지 위에 다다랐을 때, 갑자기 유령이 걸음을 멈추고 돌아섰기 때문에 햄릿은 그 유령과 다소 지나치게 가까운 곳에 서 있게 되었다. 그래서 빌헬름은 누구인가 보고 싶은 호기심에서 즉각 그 푹 내려쓴 투구의 면갑(面甲) 사이를 들여다보았으나 단지 잘생긴 코 양옆으로 움푹 팬 듯한 두 눈만을 볼 수 있을 따름이었다. 그는 겁에 질린 채 거기 유령 앞에 서서 관망만 하고 있었다. 그러나 그 투구로부터 첫 음성이 울려나왔을 때, 즉 약간 거칠긴 했으나 우렁우렁한 목소리가 「난 네 아비의 혼령이다」라고 말하자, 빌헬름은 부들부들 떨면서 몇 걸음 뒤로 물러났는데, 이때는 온 관중도 소름 끼치는 기분을 느끼지 않을 수 없었다. 그것은 누구에게나 귀에 익은 목소리 같았는데, 빌헬름에게는 특히 그의 부친의 음성과 비슷한 점이 있다는 생각이 들었다. 이런 묘한 느낌과 옛 생각에다, 또한 그 이상한 친구가 누구인지 알고 싶은 호기심, 그리고 혹시 그를 모욕하지나 않을까 하는 걱정, 아니 이런 상황에서 배우로서 그에게 너무 가까이 다가서는 것이 예의에 벗어날 것 같다는 생각까지 겹치자, 빌헬름은 자꾸만 반대 방향으로 물러나지 않을 수 없었다. 유령의 그 긴 이야기 동안 빌헬름은 아주 여러 번 자세를 바꾸었고, 아주 머뭇머뭇하면서 당황해하는 듯, 온갖 주의를 다 기울이고 있으면서도 지극히 얼떨떨해하는 듯했기 때문에, 유령이 장내에 숨막히는 공포를 불러일으킨 것과 꼭 마찬가지로, 그의 연기는 만장의 경탄을 자아내었다. 유령은 고통이라기보다는 오히려 분노의 깊은 감정에서 말을 했는데, 그것은 서서히 끓어올라 무한에까지 이르는 그런 영적 분노였다. 그것은 모든 현세적인 것을 떠났으면서도 아직은 한없는 고통을 면치 못하고 있는 한 위대한 영혼의 원한이었다. 마침내 유령이 가라앉으며 사라졌는데, 사라져도 아주 묘하게 사라지는 것이었다. 즉, 가볍고 투명한 회색의 비단 베일 한 폭이 마치 한 줄기 연기와도 같이 유령이 가라앉은 구덩이에서 치솟아 오르는 듯하더니, 유령을 휘덮어씌우고는 꼬리를 빼듯이 함께 아래쪽으로 사라져가는 것이었다.

이제 햄릿의 친구들이 뒤따라와서 그의 칼 위에 손을 얹고 비밀을 지키겠다는 맹세[12]를 하는 장면이 되었다. 그때 그 늙은 두더지[13]가 땅 밑에서 바쁘게 움직이면서, 그들이 어디에 서 있건 항상 이미 그들의 발밑에까지 좇아와서 「맹세하라!」고 외쳐댔기 때문에, 그들은 마치 그들 아래의 땅바닥에 불이라도 붙은 것처럼 이곳저곳을 재빨리 옮아다니지 않으면 안 되었다. 또한, 그들이 서 있는 곳에서는 어디서나 땅바닥에서부터 조그만 불꽃이 튀곤 했기 때문에 극적 효과가 배가되었으며 모든 관객들에게 아주 깊은 인상을 남겼다.

이제 극은 멈출래야 멈출 수 없이 진행되었으며, 아무 실수 없이 모든 것이 제 궤도에 진입하였다. 관객들은 그들의 만족감을 나타내었으며, 배우들의 의욕과 용기도 장면이 바뀔 때마다 점점 더 커지는 것 같았다.

---

12) 칼 위에 손을 얹으면 십자가 모양이 되므로, 이렇게 칼을 두고 맹세하는 것이 가장 굳은 맹세가 된다고 생각하였다.

13) 방금 만났던 유령이 어느새 땅 밑에서 〈맹세하라!〉고 외치고, 햄릿과 그의 친구들이 맹세의 의식을 하려고 할 때마다 마치 땅을 파는 두더지처럼 땅 밑을 신속히 따라다니는 것을 보고 햄릿이 한 말. 「햄릿」 제1막 제5장 참조.

12

막이 내렸다. 모든 구석구석에서 감격에 찬 박수갈채가 울려 나왔다. 네 명의 고귀한 인물들의 시체는 잽싸게 벌떡 뛰쳐 일어나 기쁨에 겨워 서로 얼싸안았다. 폴로니어스와 오필리아도 역시 그들의 무덤으로부터 기어나와 흐뭇한 기분으로 큰 박수 소리를 듣고 있었다. 그것은 호레이쇼 역을 한 배우가 다음 공연을 알리기 위해[14] 무대 밖으로 나서자 관중들이 보내주는 열광적인 박수 소리였다. 관중들은 그에게 다른 작품의 예고를 하지 못하도록 하면서 오늘 작품을 재공연하라고 열렬히 요구했다.

「자, 우린 성공을 거두었어!」하고 제를로가 외쳤다. 「그렇지만 오늘 저녁에도 역시 분별 있는 비평은 더 이상 없군 그래. 첫인상에 그만 모든 판단을 맡겨버린단 말이야. 물론, 배우가 자신의 데뷔 무대에서 신중하고 고집스럽다고 해서 나쁘게 생각할 수는 없는 노릇이지」

회계원이 들어와서 그에게 묵직한 금고를 건네주었다. 「우린 좋은 첫선을 보였습니다」하고 그가 감동해서 말했다. 「그리고 이 첫인상이 우리에게 도움이 될 겁니다. 자, 약속하신 만찬은 대체 어디에 준비되어 있지요? 오늘 우린 한번 맛있게 먹어야지요」

그들은 무대의상을 걸친 채 함께 모여 자축연을 벌이기로 약속을 했었다. 빌헬름이 장소를 마련하고 멜리나 부인은 음식을 장만하기로 되어 있었다.

평소에 무대장치에 칠을 하는 데 쓰던 방 하나를 아주 깨끗

14) 18세기에는 연극이 끝나면 배우들 중의 한 사람이 관중 앞에 나아가서 다음번 공연을 예고해 주는 관행이 있었다.

이 치우고 온갖 장식을 둘러치는 등 근사하게 꾸며놓았기 때문에, 그 방은 반은 정원 같기도 하고 반은 원주들이 늘어선 큰 홀같이 보이기도 했다. 일행이 그 방 안으로 들어서니 수많은 촛불들의 휘황함에 눈이 부셨다. 그 휘황한 불빛은 아낌없이 푸짐하게 피워올리고 있는 매우 감미로운 훈향(薰香) 연기를 뚫고 비치면서, 훌륭하게 장식을 하고 잘 차려놓은 식탁 위에다 신나는 잔치 분위기를 던져주고 있었다. 모두들 탄성을 발하며 그 훌륭한 준비를 칭찬하였으며, 실제로 품위 있는 태도로 자리잡고 앉았는데, 그 광경은 마치 어느 왕가가 영계(靈界)에서 함께 모인 것 같았다. 빌헬름은 아우렐리에와 멜리나 부인 사이에 앉고, 제를로는 필리네와 엘미레 사이에 앉았으며, 아무도 자기 자신에 대해서나 자기 좌석에 대해서 불만을 느끼지 않았다.

그 연극 애호가 둘도 동석했다. 그래서 일행은 더욱더 행복하게 느꼈다. 그 두 사람은 공연중에도 여러 번 무대 쪽으로 올라와서 자신들과 관객들의 만족감에 대해 입에 침이 마르도록 설명을 했었다. 그러나 이제는 한 사람 한 사람을 두고 칭찬을 하는 자리가 되었는데, 각자가 자기의 몫에 대해 아낌없는 칭찬을 받았다.

훌륭한 연기들과 성공을 거둔 대목들이 하나씩 특별히 거론되면서 굉장한 찬사를 받았다. 식탁의 말석에 조용히 앉아 있던 프롬프터에게도 그의 〈사나운 피러스〉에 대한 큰 찬사가 돌아갔고, 햄릿과 레어티즈의 검술 시합에 대해서는 아무리 칭찬해도 모자랄 정도며, 오필리아의 슬픔은 이루 형언할 수 없을 정도로 아름답고 고상했다고 했다. 폴로니어스의 연기에 대해서는 감히 칭찬의 말을 입에 올리기조차 어려울 지경이었다. 그 자리에 임석한 모든 사람들은 이렇게 다른 동료에 관한 칭찬 속에서 자신의 칭찬을 들었으며, 다른 동료가 듣는 칭찬이 곧 자신이 듣는 칭찬이라고 이해하였다.

또한 거기에 동석하지 않은 유령도 응분의 찬양과 경탄을 받았다. 그는 아주 훌륭한 성대와 현명한 분별력을 지니고 자신의 대사를 읊었다는 의견들이었고, 모두들 가장 의아스러워한 점은 그가 극단에서 일어난 모든 일에 대해서 소상하게 잘 알고 있었다는 사실이었다. 그는 마치 자신이 모델로서 화가 앞에 서 있기라도 했던 것처럼 그 초상화와 똑같았다는 것이다. 그래서 그 연극 애호가들은 유령이 초상화 근처에 홀연히 나타나 자기와 똑같은 모습의 그 그림 옆을 휙 스쳐 지나갈 때는 정말 이루 말할 수 없이 섬뜩해 보였다고 유령을 칭찬해 마지않았다. 그 장면에서는 진실과 착각이 아주 기묘하게 뒤얽혀 있는 까닭에 누구나 왕비의 눈에는 정말로 그 한쪽 형상이 보이지 않을 거라고 확신했으리라는 것이었다. 이 기회에 멜리나 부인이 매우 칭찬을 받았는데, 햄릿이 아래쪽의 유령을 가리키고 있는 대목에서 그녀가 초상화 쪽의 허공을 응시하고 있었던 게 좋았다는 것이었다.

그런데 모두들 그 유령이 어떻게 무대 안으로 들어올 수 있었는지 궁금해했는데, 무대감독의 말로는, 평소에는 항상 무대 장치들로써 가려져 있었으나 그날 밤에는 고딕식의 홀을 사용해야 하기 때문에 열어두었던 한 뒷문께로 흰 외투를 입고 흰 두건을 쓴, 서로 분간이 잘 안 되는 키가 훤칠한 두 사람들이 들어섰는데, 아마도 제3막이 끝나자[15] 다시 나가버린 것 같다고 했다.

15) 「햄릿」의 제3막 마지막 장면에서 퇴장한 유령은 제4막부터는 전혀 등장하지 않는다.

유령에 대해서 제를로가 특히 칭찬한 것은 그가 소심하게 한탄만 한 것이 아니라 마지막의 한 대목에서는 위대한 용사답게 아들의 용기를 북돋워 주기까지 했다는 점이었다. 빌헬름은 그 대목을 머리 속에 기억하고 있었기에, 그 대사를 대본 원고에 추가로 기입하겠다고 약속했다.

모두들 향연의 기쁨에 취한 나머지 아이들과 하프 타는 노인이 자리에 없다는 것을 미처 알아채지 못했는데, 이윽고 그들이 매우 유쾌한 모습으로 나타났다. 즉, 매우 요란한 치장을 한 채 다들 나란히 들어온 것이었다. 펠릭스는 트라이앵글을, 미뇽은 탬버린을 쳤으며, 노인은 무거운 하프를 목에 걸고 그것을 자신 앞에 받쳐든 채 연주를 하고 있었다. 세 사람은 식탁 주위를 빙글빙글 돌면서 여러 가지 노래들을 불렀다. 그들도 음식을 받았다. 그리고 두 손님들은 아이들이 마시고 싶어하는 만큼 많이 달콤한 포도주를 따라주는 것이 아이들한테 친절하게 잘해 주는 일로 생각했다. 그런 생각에 빠질 수도 있는 것이 단원들 자신들은 연극 애호가들의 선물로 그날 저녁에 도착한 몇 바구니의 훌륭한 포도주를 홍청거리며 마셔대고 있던 터였다. 아이들은 뛰어다니며 계속 노래를 불렀는데, 특히 미뇽은 지금까지 그러는 것을 한번도 보지 못했을 만큼 신명을 내고 있었다. 그녀는 온갖 가능한 멋과 생기를 다 내어 탬버린을 쳤다. 그녀는 때로는 손가락에 힘을 주어 재빨리 북을 이리저리 긁으며 소리를 내기도 하고, 때로는 손등 때로는 손가락 마디들을 사용해서 그것을 두드리기도 하고, 리듬이 바뀜에 따라 심지어는 한번은 무릎에다, 그 다음에는 머리에다 북을 치기까지 했으며, 어떤 때는 흔들어서 방울들만 울리게 하기도 하면서, 그 단순하기 짝이 없는 악기로부터 여러 가지 소리를 만들어내었다. 오랫동안 법석을 떨고 나서 아이들은 바로 빌헬름의 맞은편에 앉았다. 거기 식탁 앞에 안락의자를 하나 갖다놓았는데, 그것이 줄곧 주인 없이 비어 있었던 것이다.

「그 안락의자에 앉지 않는 게 좋을 거다」 하고 제를로가 외쳤다. 「그건 아마 유령을 위한 자릴걸. 유령이 오면 너희들 혼날 텐데!」

「쳇, 전 무섭지 않아요!」 하고 미뇽이 외쳤다. 「오면 그냥 일어서면 되지요, 뭘! 그분은 제 아저씨예요. 저에게 무슨 해를 끼칠 리가 없어요」 미뇽이 그녀가 어릴 적에 아버지라고 여긴 사람을 〈큰 악마〉라고 불렀다는 사실을 아는 사람이 아니고서는, 그 말뜻을 이해할 수 없었다.

단원들은 서로 얼굴만 쳐다볼 뿐이었는데, 그들에게는 유령의 정체를 제를로가 알고 있을 것이라는 혐의가 더욱 짙어졌다. 모두들 잡담을 하고 술을 마시고 있었지만, 아가씨들은 가끔 겁을 집어먹고 문 쪽을 힐끔거리곤 하였다.

두 아이는 커다란 안락의자에 앉은 채, 마치 풀치넬라[16] 인형들이 상자에서 얼굴을 내미는 것처럼, 식탁 위로 얼굴만 빠끔히 내밀고선, 그렇게 인형극 한 마당을 상연하기 시작했다. 미뇽이 그 콧소리를 아주 근사하게 흉내내어 말했으며, 마침내 둘은 나무로 만든 인형들이 아니면 도저히 견뎌낼 수 없을 정도로 심하게 머리를 서로 부딪치기도 하고 머리를 식탁 모서리에 들이받기도 하였다. 미뇽은 거의 발광이라도 하듯 즐겁게 날뛰었는데, 처음에는 그런 장난에 대해 모두들 웃어젖히곤 했지만, 마침내는 그만두는 것이 좋겠다고 말하지 않을 수 없었다.

16) 이탈리아 민속 희극의 어리석은 하인(어릿광대) 역.

그러나 그렇게 달래는 말도 별 소용이 없었다. 이제 미농은 뛰쳐 일어나서 그 방울북을 한 손에 든 채 식탁 주위를 미친 듯이 빙빙 도는 것이었다. 그녀의 머리카락이 휘날렸다. 그리고 고개를 뒤로 젖힌 채 팔다리를 마치 허공으로 내팽개치듯 하는 그녀의 모습은 고대의 기념비 같은 데서 볼 수 있는 그 광란적이고도 거의 불가사의한 자세들 때문에 요즈음도 가끔 우리를 깜짝 놀라게 하곤 하는 메나데[17]와 닮아 보였다.

아이들이 재주를 부리고 법석을 떠는 통에 자극받아 각자가 전체 좌중을 즐겁게 하는 데에 조금씩 보탬이 되고자 애썼다. 여자들은 몇 가지 돌림노래를 불렀고 라에르테스는 꾀꼬리 소리를 흉내내었으며 〈훈장〉은 아주 약한 소리로 구금(口琴)[18]을 연주했다. 그러는 사이에 서로 옆자리에 앉은 남녀끼리 갖가지 장난이 벌어졌는데, 손들이 서로 만나고 뒤섞이기도 하면서, 그 중 몇 쌍은 서로 기대에 찬 애정 표시를 하는 경우도 없지 않았다. 특히 멜리나 부인은 빌헬름에 대한 강렬한 애정을 숨길 수 없는 것 같았다. 이제 밤도 깊은 시간이었다. 그때까지 거의 혼자서 아직 자제력을 잃지 않고 있던 아우렐리에가 자리에서 일어섬으로써 다른 사람들에게 이제 그만 헤어질 시간임을 알렸다.

제를로가 이별의 선물이라면서 마지막으로 일종의 불꽃놀이를 보여주었는데, 그는 입으로 거의 믿을 수 없을 정도로 교묘한 음향을 내어 화살 불꽃, 산개(散開) 불꽃, 그리고 바퀴 불꽃 등 갖가지 불꽃을 흉내낼 줄 알았다. 일동은 단지 눈만 감으면 되었는데, 그러고 들으면 정말 불꽃놀이가 벌어지고 있는 것으

17) 그리스 신화에서 주신(酒神) 디오니소스를 섬기는 광란의 시녀.

18) 구금Maultrommel은 말굽과 비슷하게 생긴 철제의 취주악기로서, 하모니카가 등장한 이래로는 사라졌다.

로 완전히 속을 정도였다. 그러는 사이에 다들 일어서 있었으며, 기사들은 숙소까지 바래다주기 위해 귀부인들에게 팔을 내밀었다. 빌헬름은 맨 마지막으로 아우렐리에와 함께 걸어나왔다. 계단 위에서 그들은 무대감독과 마주쳤는데, 그 사람이 말했다. 「여기에 유령이 사라질 때 그를 감싸주던 베일이 있습니다. 이게 무대 밑으로 빠지는 문에 걸려 있었어요. 방금 발견했습니다」 「신비로운 유품이로군요!」 하고 빌헬름이 외쳤다. 그러고는 그 베일을 받아쥐었다.

바로 그 순간 그는 누구에겐가 왼팔을 붙잡혔다는 느낌과 동시에 거기에 매우 심한 통증을 느꼈다. 미뇽이 숨어 있다가 그를 붙잡고는 그의 팔을 깨문 것이었다. 그녀는 그의 곁을 휙 스치며 계단을 달려내려가서 어디론가 사라져 버렸다.

바깥에 나오자 거의 모든 단원들은 그날 저녁에 너무 많이 마셨다는 사실을 깨달았다. 작별 인사도 없이 모두들 뿔뿔이 헤어졌다.

빌헬름은 자기 방에 도착하자마자 옷을 벗어던지고 등불을 끈 다음 서둘러 잠자리에 들었다. 금세 잠이 쏟아지려 했다. 그러나 그의 방 난로 뒤에서 나는 듯한 어떤 소리 때문에 정신을 바짝 차리게 되었다. 바로 그 순간 환상으로 열이 오른 그의 눈앞에는 갑옷을 입은 왕의 모습이 어른거렸다. 벌떡 몸을 일으켜 그 유령한테 말을 걸려는 순간, 그는 자기 몸이 부드러운 팔에 꼭 휘감기고 자신의 입술이 격렬한 키스로 꽉 막히는 것을 느꼈으며, 어떤 가슴이 자신의 가슴을 짓누르는 것을 느꼈으나, 그에게는 그것을 밀쳐낼 기력이 남아 있지 않았다.

13

다음날 아침에 빌헬름은 어쩐지 편찮은 기분이 들어 화들짝 침대에서 몸을 일으켰으나, 그의 침대는 텅 비어 있었다. 그는 아직도 술기운이 완전히 가시지 않아 골치가 띵하고 아픈 데다 누군지 알 수 없는 간밤의 그 손님에 대한 기억 때문에 마음이 편치 않았다. 첫 의심이 가는 사람은 필리네였다. 하지만 그가 품안에 껴안았던 그 보드라운 육체가 그녀의 것이었던 것 같지는 않았다. 격렬한 애무를 받으며 우리의 친구는 그 말없는 묘한 방문객 곁에서 잠이 들었는데, 지금은 아무런 흔적도 더 이상 찾아볼 수 없었다. 그는 펄쩍 뛰쳐 일어났다. 그리고 옷을 입으면서 보니, 자기가 평소에 빗장을 걸어두곤 하는 방문이 아주 조금 열려 있었는데, 자기가 어젯밤에 그 문을 닫았는지는 잘 기억이 나지 않았다.

그러나 그에게 가장 이상하게 생각된 것은 그가 자기 침대 위에서 발견한 유령의 베일이었다. 그는 그것을 갖고 올라왔던 것이며 그것을 거기에 던져놓은 것도 아마 자기 자신일 터였다. 그것은 회색 비단이었는데, 그 가장자리에 검정색 글씨로 수가 놓여 있는 것이 보였다. 그는 베일을 펼쳐서 그 글을 읽어보았다. 〈처음이자 마지막으로 말한다! 도망쳐라! 젊은이, 도망쳐라!〉 그는 놀라고 당황했으며, 그것을 어떻게 해석해야 좋을지 알 수 없었다.

바로 그 순간에 미뇽이 들어왔다. 그에게 아침 식사를 날라온 것이었다. 빌헬름은 그 아이를 보자 의아한 생각이 들었다. 아니, 깜짝 놀랐다는 것이 옳은 표현일 것이다. 그녀는 간밤에 더 성장한 것같이 보였으며, 고상하고 우아한 몸가짐으로 그의 앞으로 다가와서는 매우 진지한 표정으로 그의 눈을 바라보았기 때문에 그는 그 눈길을 피해 버리지 않을 수 없었다. 그녀는 보통 그의 손을 잡거나 그의 뺨, 입, 팔, 어깨에 키스하곤 했는데, 오늘은 여느 때와는 달리 그의 몸에 손도 대지 않고는 그의 물건들을 이것저것 정돈해 놓은 다음 말없이 다시 나가버렸다.

미리 정해 두었던 대본 연습 시간이 되어 단원들이 모였는데, 모두들 어제의 잔치 뒤끝으로 좋지 않은 기분이었다. 빌헬름은 자기가 그렇게도 열렬하게 설교한 원칙들에 위배되는 행동을 처음부터 금방 범하는 일이 없도록 하기 위해 최대한 정신을 바짝 차렸다. 그의 많은 연습량이 그가 이 곤경을 극복하는 데에 도움이 되었다. 무릇 어떤 예술에서나 연습량이 많고 습관이 잘 되어 있으면, 뛰어난 재능과 변덕스러운 기분 따위가 흔히 초래할 수 있는 그런 결함들은 보충할 수 있게 마련이다.

그러나 비교적 오래 지속될 일, 즉 본질적으로 어떤 직업이나 일종의 생활방식으로까지 발전될 수 있는 일을 시작할 때 잔치부터 벌이는 것은 좋지 않다는 말이 정말 진실이라는 사실이 이번 기회에 아주 입증되었다. 성공적으로 완성된 것만을 자축할 일이다. 처음에 벌이는 모든 축하 행사는 노력하게 만들고 우리로 하여금 계속 애쓰도록 도와주어야 할 흥미와 정력을 다 소모시켜 버리고 만다. 모든 잔치들 중에서 결혼식이 가장 어울리지 않는 것이다. 이 예식이야말로 가장 조용하고 겸허하며 희망에 가득 찬 가운데에 거행되어야 할 것이다.

그렇게 그날 하루도 계속 흘러가고 있었는데, 빌헬름은 일찍이 그렇게 일상적으로 생각되는 하루를 보내본 적이 없었다. 저녁에 통상적으로 나누던 환담마저도 할 생각 없이 모두들 하품을 하기 시작했다. 「햄릿」에 관한 흥미도 바닥이 났으며, 그 작품이 이튿날 재연(再演)되어야 한다는 사실이 오히려 거추장스럽게 생각되었다. 빌헬름은 단원들에게 유령의 베일을 보여주었다. 그걸 두고 간 것을 보면 그가 다시 오지는 않으리라는 추측을 하지 않을 수 없었다. 특히 제를로가 그런 의견이었다. 제를로는 그 정체가 묘연한 인물이 한 충고까지도 잘 알고 있는 것 같았다. 그러나 〈도망쳐라! 젊은이, 도망쳐라!〉라는 그 말의 의미는 그 역시 풀 수가 없었다. 자기 극단의 가장 훌륭한 배우를 멀리 떠나가게 하려는 의도를 가진 것같이 보이는 그런 사람과 제를로가 어떻게 한통속이 될 수 있단 말인가?

이제는 어쩔 수 없이 유령 역은 〈호통 잘 치는 영감〉에게, 그리고 왕 역은 〈훈장〉에게 맡기지 않을 수 없었다. 두 사람이 다 자기들의 역은 이미 익혀둔 상태라고 말했는데, 그것은 조금도 이상할 게 없었다. 이 작품은 그 많은 연습 과정에서 아주 상세하게 다루어졌던 터이라 단원들 모두가 어렵잖게 서로 배역을 바꿀 수 있을 정도로 그것을 숙지하고 있었던 것이었다. 그럼에도 불구하고 그들은 몇 장면을 신속하게 연습해 보았다. 그리하여 서로 헤어지게 되었을 때는 이미 밤이 꽤 깊은 시간이었는데, 작별을 하면서 필리네가 빌헬름에게 낮은 소리로 속삭였다. 「제 실내화를 가져와야겠어요. 설마 문에 빗장을 질러놓지는 않으시겠지요?」 그는 자기 방으로 오면서 이 말 때문에 상당히 당황했다. 왜냐하면, 이로 인해 간밤의 손님이 필리네가 아니었을까 하는 추측이 더욱 커졌기 때문이었다. 우리 역시 이런 추측에 동조하지 않을 수 없다. 그가 이 추측을 그래도 왜 의심스럽게 생각하고 무엇 때문에 마음속에 어떤 다른 이상한 의구심을 품고 있는가 하는 이유들을 모르는 우리로서는 특히 그럴 수밖에 없다 하겠다. 그는 불안한 심경으로 방 안을 몇 번이나 왔다갔다하고 있었는데, 아닌게아니라 그는 아직 문에 빗장을 질러놓지 않은 채였다.

갑자기 미뇽이 방 안으로 뛰쳐 들어와서 그를 붙잡고 소리쳤다. 「마이스터 씨! 집을 구해야 해요! 불이 났어요!」 빌헬름이 문 앞으로 뛰쳐 나가보니 자욱한 연기가 위층에서 계단을 통해 그를 향해 내려오고 있었다. 골목에서는 이미 「불이야!」 하고 외치는 고함 소리가 들려왔고, 하프 타는 노인이 손에 그의 악기를 든 채 연기를 뚫고 숨을 헐떡이며 계단을 내려오고 있었다. 아우렐리에가 그녀의 방에서 뛰쳐나와 어린 펠릭스를 빌헬름의 양팔에다 던져주면서 소리쳤다.

「이 아이를 구해 주세요! 우린 다른 물건을 좀 챙겨야겠어요」

위험이 그다지 크지 않다고 여긴 빌헬름은 우선, 아마도 불이 맨 처음 일어난 지점까지 뚫고 들어가서 원천 진화를 할 수 있지 않을까 하고도 생각하였다. 그는 노인에게 아이를 맡기면서 말하기를, 자그만 아치형의 문을 통해 정원으로 나가게 되어 있는 나선형 돌계단을 어서 내려가서 아이들을 데리고 집 바깥에 머물러 있으라고 했다. 미뇽이 촛불을 들고 노인이 가는 길을 비춰주었다. 빌헬름은 아우렐리에한테도 바로 그 경로를 통해 그들 남매의 물건들을 꺼내는 것이 좋겠다고 권했다. 그리고 자기 자신은 연기를 뚫고 달려 올라갔으나, 그렇게 위험을 무릅쓴 것도 아무런 소용이 없었다. 불꽃은 이웃집으로부터 이쪽으로 밀려오는 듯하였고 이미 다락방의 각재와 간이계단에 옮겨붙어 있었다. 도우려고 급히 달려온 다른 사람들도 그와 마찬가지로 연기와 불길 때문에 괴로워했다. 하지만 그는 그들을 격려하면서 물을 가져오라고 소리치는 한편, 그들에게 불길과 맞서 싸우자고 하면서 설령 물러서는 한이 있더라도 단지 한 걸음 한 걸음씩만 불길을 피하자고 했으며, 자기도 끝까지 그들과 함께 머물겠다고 약속했다. 그 순간 미뇽이 뛰어 올라와서 외쳤다. 「마이스터 씨! 당신의 펠릭스[19]를 구하세요! 할아버지가 미쳤어요! 애를 죽이려 하고 있어요!」 빌헬름은 즉각 계단을 뛰어 내려갔으며, 미뇽도 그를 바싹 뒤쫓아갔다.

아치형의 문으로 나가기 직전의 계단 위에서 그는 깜짝 놀라 멈춰서고 말았다. 바로 거기에 쌓여 있던 큰 짚단들과 섶나무 다발들이 환한 불꽃을 발하며 타고 있었고, 펠릭스가 땅바닥에 누워 비명을 지르고 있었으며, 노인은 고개를 숙인 채 그 옆의 벽에 기대어 서 있었다. 「아니, 할아버지, 뭘 하시는 거요?」 하고 빌헬름이 소리쳤다. 노인은 아무 대답이 없었다. 그 사이에 펠릭스를 안아 일으켜 놓았던 미뇽이 안간힘을 쓰며 소년을 정원으로 끌고 나갔다. 그러는 동안 빌헬름은 그 불을 흩뜨려 불길을 죽이려고 애써 보았으나, 오히려 불길이 더욱더 세차게 활활 타오르도록 해놓았을 따름이었다. 마침내 속눈썹과 머리카락을 그을린 채 그도 역시 정원으로 피신하지 않을 수 없었는데, 그때 그는 노인을 끌고 화염 사이를 뚫고 나왔다. 노인은 턱수염을 태우면서 마지못해 그를 따라왔다.

빌헬름은 당장 서두르며 정원 어딘가에 있을 아이들을 찾아 나섰다. 그는 좀 떨어진 곳에 있는 한 별장의 문지방 위에서 그들을 발견했는데, 미뇽이 꼬마를 진정시키기 위해 온갖 노력을 다 기울이고 있었다. 빌헬름은 아이를 무릎 위에 안았다. 그러

19) 빌헬름은 이 장면에서는 아직, 미뇽이 급한 중에 〈당신의 펠릭스〉라고 말한 것까지에 세심한 주의를 기울이지 못하지만, 미뇽은 이미 펠릭스가 빌헬름의 아들이라는 것을 알고 있다.

고는 아이한테 물어보기도 하고 아이를 만져보기도 했지만, 두 아이한테서는 맥락이 닿는 이야기라곤 아무것도 들을 수 없었다.

그러는 동안에 불은 이미 여러 채의 집에 거세게 옮겨붙었고 그 근방 전체를 대낮같이 훤히 밝히고 있었다. 빌헬름은 화염의 붉은 빛에 비춰 아이를 찬찬히 살펴보았으나, 상처는 보이지 않았고 피나 멍 같은 것도 찾아볼 수 없었다. 그는 아이의 몸을 여기저기 눌러보기도 했지만 아이는 아파하지 않았으며 오히려 조금씩 안정을 되찾더니 화염을 보고 의아해하기 시작하고, 심지어는 마치 등화 장식같이 질서정연하게 불타고 있는 아름다운 서까래와 들보들을 보고 좋아라 하고 기뻐하기까지 했다.

빌헬름은 옷가지나 그 밖에 그가 잃게 될 물건들 따위는 전혀 생각하지 않았다. 그는 그 두 아이가 그다지도 큰 위험에서 벗어난 것을 보고 그 아이들이 그에게 얼마나 소중한 존재인가를 새삼스럽게 실감했다. 그는 그 꼬마를 아주 새로운 감정을 갖고서 그의 가슴에 껴안았으며, 미뇽 역시 기쁘고 다정하게 포옹해 주려고 했다. 그러나 미뇽은 그것을 부드럽게 뿌리치더니 그의 손을 잡고는 그것을 꼭 쥐는 것이었다.

「마이스터 씨!」 하고 그녀가 말했다(그녀는 이날 저녁 이외에는 아직 한번도 그를 이렇게 부른 적이 없었다. 그녀는 그를 처음에는 〈주인님〉이라고 불렀고 나중에는 〈아버지〉라고 부르곤 했던 것이다). 「마이스터 씨! 우리는 큰 위험을 가까스로 벗어난 거예요. 당신의 펠릭스가 하마터면 죽을 뻔했어요」

많은 질문을 통해서야 비로소 빌헬름이 듣게 된 사실은, 그때 그들이 아치형 문 있는 데까지 오자 하프 타는 노인이 그녀의 손에서 촛불을 낚아채더니 즉각 짚에다 불을 질렀다는 것이었다. 그런 다음 노인은 펠릭스를 내려놓고는 이상한 몸짓을 하면서 두 손을 아이의 머리 위에 얹고는 마치 아이를 희생의 제물로 삼으려는 듯이 칼을 빼어들었다고 했다. 그녀가 달려들어 그의 손에서 칼을 빼앗고는 고함을 질렀더니, 몇 가지 물건을 정원 쪽으로 꺼내고 있던 어떤 사람 하나가 집 안에서 그녀를 도와주기 위해 나왔지만, 그 사람은 아마도 영문을 몰라서 노인과 아이 둘만을 남겨둔 채 다시 그 자리를 떠나가 버렸음에 틀림없다는 것이었다.

두세 채의 집이 완전히 화염 가운데에 서 있었다. 정원 쪽으로 통하는 아치형 문에서 불이 났기 때문에 아무도 정원으로는 피신할 수가 없었다. 빌헬름은 그의 소지품들보다도 그의 친구들 때문에 불안해서 안절부절못했다. 그는 아이들만 두고 그 자리를 뜰 엄두도 나지 않아 그 재앙이 점점 더 커지는 것을 바라보고만 있었다.

그렇게 그는 불안한 상태에서 몇 시간을 보냈다. 펠릭스는 그의 무릎 위에서 잠들었고 미뇽은 그의 옆에 누워서는 그의 손을 꼭 잡고 있었다. 진화작업을 한 성과가 없지 않아 마침내 불이 꺼졌다. 불탄 건물들이 무너져 내렸고, 새벽이 다가왔으며, 아이들은 추위에 떨기 시작했다. 그 자신도 가벼운 옷차림이라 이슬 내리는 것이 거의 참기 어려울 지경이었다. 그는 아이들을 무너져 내린 건물들의 잔해가 있는 데로 데리고 갔다. 그들은 타다 남은 숯덩어리들과 잿더미 옆에서 매우 쾌적한 온기를 느꼈다.

날이 밝기 시작하자 친구들과 동료들이 차츰차츰 모여들었다. 모두들 목숨을 건졌으며, 큰 손해를 본 사람은 아무도 없었다.

빌헬름의 트렁크도 다시 발견되었다. 열시경이 되자 제를로가 「햄릿」 연습을 하자고 재촉했다. 적어도 새 배우들이 맡게 된 몇몇 장면만은 연습을 해야 한다는 것이었다. 그러고 나자 그는 또 경찰과도 약간 입씨름을 벌여야 했다. 그와 같은 하느님의 심판이 있은 뒤에는 극장이 당분간 문을 닫는 것이 마땅하다는 것이 교회측의 요구라는 것이었다. 제를로는 주장하기를, 그가 간밤에 입은 피해를 보상하기 위해서도 그렇지만, 놀란 백성들의 마음을 밝게 해주기 위해서도 재미있는 작품을 공연하기에 가장 적절한 시기라고 했다. 이 마지막 주장이 관철되었으며, 극장은 만원을 이루었다. 배우들은 전에 없던 정열을 쏟는 한편, 초연 때보다 더 열정적인 자유분방성을 보이며 연기했다. 관객들은 간밤의 끔찍한 광경 때문에 감정이 고조되어 있었던 데다가 산만하고 기분 잡친 지루한 하루를 보낸 끝이기 때문에 더욱더 재미있는 오락을 잔뜩 기대하고 있던 터이라 비상한 것에 대해서는 더욱더 많은 감수성을 지니고 있었다. 관객들의 대부분은 그 작품의 소문에 이끌려 온 사람들이었기 때문에 첫날 밤의 공연과 비교할 수는 없었다. 〈호통 잘 치는 영감〉은 그 정체를 알 수 없는 유령역과 꼭 같이 연기했으며, 마찬가지로 〈훈장〉 역시 자기 전임자를 잘 본받아 연기를 했다. 그 밖에도 그의 초라한 몰골이 그의 배역에 매우 도움이 되기도 했는데, 자색 망토와 고급 모피 목도리 차림에도 불구하고 햄릿이 그를 가리켜 누덕누덕 기운 걸레 같은 꼬락서니의 왕이라고 욕을 퍼붓자 실은 이 말도 과히 틀리지 않는다는 생각이 들 지경이었다.

아마도 이 사람보다 더 이상한 경로를 통해 옥좌에까지 오르게 된 사람은 아무도 없을 것이다. 다른 사람들이, 특히 필리네가, 그의 새로운 권좌에 대해 놀려댔는데도, 그는 세상에 정통

했던 그 백작님께서 자기의 이런저런 장점을 첫눈에 당장 예언한 바 있음을 슬쩍 비치곤 했다. 이런 말에 대해 필리네는 그가 좀더 겸허한 태도를 취하는 것이 좋을 것이라고 경고하면서, 자기는 그가 백작의 성에서의 그 불행한 밤을 기억하고 겸손한 마음으로 왕관을 쓸 수 있도록 하기 위해 가끔 그의 옷소매에다 흰 가루를 묻혀줄 것이라고 큰소리치기도 했다.

14

모두들 신속히 새 숙소를 찾아보느라고 단원들은 여기저기로 뿔뿔이 흩어졌다. 빌헬름에게는 간밤을 보냈던 정원 안의 그 별장이 마음에 들었다. 그는 그 별장으로 들어갈 수 있는 열쇠를 쉽게 입수할 수 있었고 앞으로 그곳에서 거처할 준비를 했다. 그런데 아우렐리에가 그녀의 새 거처를 매우 좁다고 느끼고 있었기 때문에 그가 펠릭스를 함께 데리고 있지 않으면 안 되었다. 또한 그렇게 하기로 된 데에는, 미뇽이 그애를 잠시도 떠나고 싶어하지 않았던 탓도 있었다.

아이들은 이층에 있는 예쁘장한 방을 차지했고 빌헬름은 아래층의 홀에 거처를 잡았다. 아이들은 잠자고 있었다. 그러나 그는 편안히 잠을 이룰 수 없었다.

방금 떠오른 보름달이 훤히 밝혀주는 아담한 정원 옆에는 슬픈 폐허가 펼쳐져 있었으며, 그 폐허로부터는 아직도 여기저기서 연기가 피어오르고 있었다. 공기는 쾌적하였고 밤은 비상히 아름다웠다. 극장에서 나올 때에 필리네가 팔꿈치로 그를 슬쩍 건드리면서 몇 마디를 속삭였는데, 그는 그 말을 알아들을 수가 없었다. 그는 마음이 착잡하고 기분이 언짢았으며, 그가 무슨 일을 겪게 될지, 또는 무엇을 해야 할지 알 수가 없었다. 필리네는 그 며칠 동안 주욱 그를 피해 오다가 오늘 저녁에 다시 그런 표시를 해온 것이었다. 잠그지 말아달라던 그 문도 이제는 유감스럽게도 불타버린 뒤였고 그 실내화도 연기로 변하고 없는 터였다. 그는 그 아름다운 여자가 이 정원 안으로 올 의향이라면 대체 왜 오려는 것인지 그 이유를 알 수가 없었다. 그는 그녀를 보고 싶지가 않았다. 그럼에도 불구하고 그는 그녀와 모든 것을 터놓고 이야기하고 싶은 마음이 간절하기도 했다.

그러나 이보다 더 그의 마음을 무겁게 만든 것은 하프 타는 노인의 운명이었는데, 그 이래로 아무도 그를 다시 본 사람이 없었다. 빌헬름은 화재 현장을 치울 때에 그가 혹시 잿더미 밑에서 죽은 채로 발견되지나 않을까 걱정되기도 했다. 빌헬름은 노인이 방화한 것이 아닐까 하는 의심을 품기도 했으나 그런 혐의를 아무한테도 말하지 않고 숨겨왔다. 노인에게 그런 혐의를 둔 이유는 불이 타고 연기가 피어오르던 다락방으로부터 맨 먼저 그를 향해 다가온 사람이 그 노인이었던 것이며, 또 아치형 문에서의 그 절망적 광기는 그런 불행한 사건들의 연속인 것처럼 생각되었기 때문이었다. 하지만 경찰이 즉각 착수한 수사에서는, 아마도 그들이 묵고 있던 집이 아니라 그 집에서 세번째 집에서 불이 났으며, 그것이 지붕 밑을 통해 삽시간에 옆으로 번졌으리라는 것이 그럴듯한 추정이 되었다.

빌헬름은 그늘진 정자 속에 앉아 이 모든 일을 생각하고 있었는데, 그때 근처의 오솔길에서 누군가가 살금살금 걸어오는 소리를 들었다. 연이어 시작되는 구슬픈 노래 소리를 듣고 그는 그 사람이 하프 타는 노인임을 알았다. 그 노래는 그가 매우 똑똑히 알아들을 수 있었는데, 금방이라도 미칠 것같이 느끼는 한 불행한 사람의 자기 위안을 내용으로 담고 있었다. 빌헬름은 그 노래 중에서 유감스럽게도 단지 마지막 연만을 기억할 수 있었다.

문마다 가만히 다가가
예의를 지키며 말없이 서 있으리라.
자비로운 손이 먹을 것을 건네주면
이 몸은 가던 길 계속 갈 뿐.
내 모습 나타나면 누구나
자신이 행복하다 느끼며
한 방울 눈물을 흘리리로다.
이 몸은 알지 못할래라, 그 우는 까닭을.

이런 노래를 부르면서 노인은 어떤 외진 거리로 통하는 정원 문까지 왔다. 그러나 문이 닫혀 있는 것을 보자 노인은 격자 울타리를 타넘어 가려고 했다. 그러나 빌헬름이 그를 붙들어 세우고 그에게 친절하게 말을 걸었다. 노인은 자기가 여기서 도망치고 싶고 또 도망치지 않으면 안 될 형편이니 제발 문을 열어달라고 그에게 간청했다. 빌헬름은 아마도 그가 이 정원에서는 빠져나갈 수 있을지 몰라도 시외로 도망칠 수는 없을 것이라고 타이르면서, 그가 그런 짓을 하면 크게 의심받게 된다는 것을 알아듣게 설명해 주었지만, 아무 소용이 없었다. 노인은 자기의 뜻을 끝까지 굽히지 않았다. 빌헬름은 물러서지 않고 마침내 반강제로 노인을 별장 안으로 끌어들이고는 문을 잠근 다음, 그 안에서 노인과 단둘이서 기묘한 대화를 나누었다. 그러나 우리는 그 대화를 여기에 상세히 소개함으로써 갈피를 잡기 어려운 생각들과 불안한 감정들을 늘어놓아 독자를 괴롭히느니보다는 차라리 거기에 대해서는 아무 말 않고 그냥 지나가고자 한다.

15

빌헬름이 그렇게 뚜렷한 광기의 징조를 나타내고 있는 그 불행한 노인을 두고 막상 무슨 일부터 시작해야 할지 몰라서 크게 당황해하는 판인데, 바로 그날 아침에 라에르테스가 그를 이 곤경에서 벗어나게 도와주었다. 오랫동안 몸에 밴 습관에 따라 도처에 잠깐씩 들르곤 하는 라에르테스는 카페에서 얼마 전에 격심한 우울증 발작을 일으킨 한 사나이를 본 일이 있다고 했다. 사람들은 그런 사람을 치료하는 일을 자신의 특별한 사명으로 알고 있는 어느 시골 목사한테 그 사나이를 맡겼는데, 이번에도 그 목사는 치료에 성공했다고들 하고 있었다. 아직도 그 목사가 시내에 머물고 있는데, 병이 나은 사람의 가족이 그에게 큰 경의를 표하고 있다는 것이었다.

빌헬름은 당장 서둘러 그 목사를 찾아가서 그에게 사정을 털어놓고 그와 합의에 도달했다. 그래서, 적당한 핑계를 내세워 노인을 그 목사에게 맡길 수 있었다. 빌헬름에게는 이별이 몹시 괴로웠다. 병이 나은 그를 다시 볼 수 있다는 희망이 있었기에 그래도 그는 그 이별을 어느 정도나마 견딜 수 있었다. 그만큼 그는 그 노인을 자기 곁에 두고 정신과 마음을 가득히 담고 있는 그의 노랫소리를 듣는 것에 이미 습관이 들어 있었던 것이다. 하프가 화재 때에 함께 타버렸기 때문에 다른 것을 구해서 그가 길을 떠날 때에 함께 가지고 가도록 했다.

화마는 또한 미뇽의 얼마 안 되는 옷가지들도 앗아가 버렸다. 그래서 그녀에게도 약간의 새 옷을 장만해 주려고 했을 때, 아우렐리에가 이제는 미뇽에게도 드디어 처녀답게 여자 옷을 입히자고 제안했다.

「아니, 절대 안 돼요!」 하고 미뇽이 소리치면서 종전에 입던 그대로의 옷을 아주 완강하게 고집했기 때문에, 그녀의 뜻을 들어주지 않을 수 없었다.

단원들은 자신들을 돌이켜볼 시간이 없었다. 공연이 계속되었기 때문이었다.

빌헬름은 관객들이 서로 나누는 말을 자주 주의깊게 엿들었다. 그런데 그가 듣기를 원하는 말이 그의 귀에 들어오는 일은 아주 드물었으며, 심지어는 그의 마음을 우울하고 언짢게 하는 말을 많이 들었다. 예를 들면, 「햄릿」의 초연이 있은 직후에 한 청년이 아주 신이 나서 얘기하는 내용을 듣자 하니, 자기는 그날 저녁 극장에서 대만족이었다는 것이었다. 이에 빌헬름이 기대에 부풀어 귀를 기울여보았지만, 그 내용을 듣고는 크게 창피한 생각이 들 지경이었다. 즉, 그 청년은 그날 밤 극장에서 자기 뒤에 앉은 남자들이 화를 내고 있는 데에도 아랑곳하지 않고 모자를 쓰고 있었으며 전체 공연이 다 끝날 때까지도 꿋꿋이 모자를 벗지 않고 버텼는데, 지금도 그 영웅적 행동을 회상하면 더없이 통쾌하다는 것이었다.

다른 관객 하나가 장담하기를, 빌헬름이 레어티즈의 역을 매우 훌륭히 연기한 데에 반해, 햄릿 역을 한 그 배우는 꼭 그만큼 만족할 만한 수준은 아니라는 것이었다. 이렇게 혼동한 것이 아주 부당하지만은 않았다. 빌헬름과 라에르테스는, 매우 동떨어진 의미에서이긴 하지만, 서로 비슷한 점이 없지 않았으니까 말이다.

또 다른 관객 하나는 그의 연기를 입에 침이 마르도록 칭찬했는데, 특히 어머니와의 장면에서 연기를 잘했다고 했다. 다만 유감스러운 것은 바로 그 격렬한 순간에 하얀 끈 하나가 조끼 밑으로 불거져나와 그만 환상이 극도로 교란당해 버린 점이라는 것이었다.

그러는 사이에 극단의 내부에서도 갖가지 변화들이 일어났다. 필리네는 화재가 있은 그날 저녁 이래로 빌헬름에게 접근할 의향이라곤 전혀 보이지 않았다. 그녀는 보아하니 아마도 일부러 좀 멀리 떨어진 곳에 숙소를 정한 것 같았고, 엘미레와 어울려 지냈으며, 제를로 남매의 숙소까지는 좀처럼 오지 않았다. 아우렐리에는 그것을 자못 흡족하게 여기는 것 같았다. 필리네한테 항상 호감을 지니고 있던 제를로는, 그녀한테서 특히 엘미레를 만나볼 수 있으리라고 기대될 때에 이따금 그녀를 방문하곤 했는데, 어느 날 저녁에는 빌헬름을 함께 데리고 갔다. 두 사람은 그녀의 숙소에 들어서면서 그녀가 안쪽 방에서 한 젊은 장교의 품안에 안겨 있는 것을 보고 매우 놀랐다. 그 장교는 빨강색 제복에다 흰색 바지를 입고 있었는데, 그들로부터 돌아서 있었기 때문에 그들은 그의 얼굴을 볼 수는 없었다. 그녀는 바깥방으로 나와 방문 온 친구들을 맞이하면서, 안쪽 방의 문은 닫아버렸다. 「경이로운 로맨스를 한창 즐기고 있는 참에 갑자기 찾아들 오셨군요!」 하고 그녀가 외쳤다.

「뭐 그렇게 경이로울 것도 없지요」 하고 제를로가 말했다. 「그 부럽기 짝이 없는 멋쟁이 젊은 친구를 좀 구경시켜 주시지요. 어차피 당신은 우리가 서로 질투심을 느껴도 괜찮도록 잘

길들여 놓았으니까 말입니다」

「한동안은 그런 의심을 하고 계시도록 놓아둘 수밖에 없겠는데요」 하고 필리네가 농담조로 말했다. 「하지만 한 가지는 확실히 말씀드릴 수 있어요. 친한 여자 친구인데, 며칠 동안 남의 눈에 띄지 않게 저한테서 머물고 싶어합니다. 선생님들도 장차 그녀의 운명에 관해서 듣게 될 거예요. 그렇지요, 어쩌면 그 흥미있는 아가씨를 사귈 수도 있을 겁니다. 그렇게 되고 나면 모르긴 몰라도 저는 아마 겸손하게 뒤로 물러나 관대하게 참는 법을 배워야 할 것 같아요. 남자분들이란 새 사람을 알게 되면 옛 여자 친구를 잊는 법인데, 전 그게 겁이 나거든요」

빌헬름은 마치 돌로 굳어버린 듯 거기 서 있었다. 그 빨강색 제복을 처음 얼핏 본 순간 그는 당장에 자기가 그렇게도 사랑했던 마리아네의 상의를 연상했기 때문이었다. 그것은 영락없는 그녀의 형상이었으며, 바로 그녀의 금발이었다. 다만 다른 점이라면 방금 본 그 장교는 키가 마리아네보다 약간 더 큰 것 같을 따름이었다.

「제발 부탁입니다!」 하고 그가 외쳤다. 「당신의 여자 친구분에 대해서 좀더 말씀해 주십시오! 그 변장한 아가씨를 우리에게 보여주십시오! 이제 우리는 어차피 이 비밀에 동참한 사람들입니다. 우리는 약속하겠습니다, 아니 맹세하겠습니다. 제발 그 아가씨를 보게 해주십시오!」

「아니, 이분이 잔뜩 열이 오르셨네!」 하고 필리네가 외쳤다. 「제발 진정하세요! 제발 참으세요! 오늘은 절대 안 돼요」

「그렇다면 그녀의 이름만이라도 우리에게 알려주십시오!」 하고 빌헬름이 외쳤다.

「그걸 알려드리고 나면 더 이상 근사한 비밀은 아닐 텐데요?」 하고 필리네가 응대했다.

「성명은 놓아두고 최소한 이름만이라도!」

「글쎄요, 어디 한번 맞춰보시지요. 세 번까지는 기회를 드리겠지만, 더는 안 돼요. 그렇지 않으면 달력에 나오는 세례명들을 모두 다 대실 테니까 말이에요」

「좋습니다」 하고 빌헬름이 말했다. 「그렇다면, 체칠리에지요?」

「체칠리에라니, 근처에 가지도 않았어요!」

「헨리에테인가요?」

「완전히 틀렸어요! 이제 마지막이니 조심하세요! 아마도 당신의 호기심을 잠재워 둘 수밖에 없을 듯하군요」

빌헬름은 머뭇거리면서 몸을 떨었다. 그는 입을 열려고 하였으나 말이 잘 나오지 않았다. 「마리아네?」 하고 그는 마침내 더듬거렸다. 「마리아네입니다!」

「만세! 맞았어요!」 하고 필리네가, 그럴 때면 언제나 그러는 버릇대로 발뒤꿈치를 중심으로 몸을 한 바퀴 빙 돌리면서 외쳤다.

빌헬름은 한마디 말도 꺼내지 못하고 있었으며, 그의 감정의 동요를 미처 알아채지 못한 제를로는 필리네한테 방문을 열라고 계속 재촉했다.

그래서, 갑자기 빌헬름이 필리네의 놀리는 투의 장난을 격렬하게 가로막으면서 그녀의 발치에 무릎을 꿇고는 굉장한 열정을 담은 표정으로 그녀에게 부탁하고 애원하자, 두 사람은 이루 말할 수 없이 놀라고 의아해했다. 「저에게 그 아가씨를 보게 해주세요!」 하고 그가 외쳤다. 「그녀는 저의 사람, 저의 마리아네입니다! 제가 지금까지 매일같이 그리워해 오던 여자, 지금도 저에게는 이 세상의 모든 다른 여자와도 바꿀 수 없는 소중한 여자입니다. 적어도 그녀한테로 들어가게라도 해주십시오. 그리고 그녀에게 말 좀 해주세요, 제가 여기에 있다고! 그녀에게 첫사랑을 바치고 젊은 날의 온갖 행복을 걸었던 그 남자가 여기에 있다고 전해 주십시오! 그 남자가 매정하게 그녀를 버린 경위를 변명하고 싶어하고, 그녀에게 용서를 빌고 싶어한다고 전해 주십시오. 그리고, 설혹 그녀가 그 사람에게 무슨 실수를 저질렀다 할지라도 그녀를 모두 용서하고 싶어한다고, 아니 심지어는, 그녀를 단 한번이라도 볼 수만 있다면, 단지 그녀가 살아 있고 행복하다는 것을 보기만 하면, 그녀에게 더 이상 아무런 요구도 하지 않겠다고 전해 주십시오!」

필리네가 고개를 설레설레 흔들며 말했다. 「제발 좀 조용히 말씀하세요! 착각하지 맙시다! 그리고 설령 그녀가 정말 당신의 옛 애인이라 하더라도, 우리는 그녀를 소중히 다루어야 할 거예요. 그녀는 당신을 여기서 보리라곤 꿈에도 짐작 못 하고 있을 테니까요. 그녀는 전혀 다른 용무 때문에 이곳으로 오게 된 것이에요. 그리고 당신도 잘 아시다시피, 사람이 살다 보면 적절하지 않은 때에 옛 연인을 눈앞에 보느니 차라리 허깨비를 보는 것이 낫다고 생각할 경우도 자주 있잖아요. 제가 그녀에게 물어볼게요. 그녀에게 마음의 준비를 시킬게요. 그리고, 어떻게 하는 것이 좋을지 우리 다같이 생각해 보기로 해요. 몇 시에 오시는 게 좋을지, 또는 오셔도 될지, 제가 내일 아침 당신에게 간단한 쪽지를 보낼게요. 제가 지시하는 꼭 그대로 따르셔야 해요. 왜냐하면, 제가 맹세코 말씀드리거니와, 저와 제 친구의 동의 없이는 아무도 그 귀여운 여자를 두 눈으로 보아서는 안 되거든요. 방문을 걸어잠근 채 두는 게 좋을 것 같네요. 설마 당신이 자귀와 도끼를 가지고 저를 방문하려고는 않으시겠지요?」

빌헬름이 그녀에게 애원을 하고 제를로도 그녀에게 그렇게 해주기를 권고했지만 아무 소용이 없었다. 두 친구는 결국 굴복하고서 그 방과 집을 떠나오고 말았다.

빌헬름이 얼마나 불안한 밤을 보냈는지는 누구나 상상할 수 있을 것이다. 그가 필리네의 쪽지를 기다리며 보낸 그날 하루의 시간들이 얼마나 더디게 흘러가는 것 같았는지도 누구나 이해할 수 있을 것이다. 불행하게도 그는 같은 날 밤 무대에서 연기하지 않으면 안 되었다. 그것은 그가 지금까지 견뎌낸 고통 중에서 가장 큰 고통이었다. 공연이 끝난 후 그는 자기가 초대를 받았는지 물어보지도 않고 서둘러 필리네한테로 갔다. 그는 그녀의 숙소의 문이 닫혀 있는 것을 발견했다. 그 집 사람들의 말로는 아가씨는 오늘 아침 일찍 젊은 장교 한 분과 마차를 타고 떠나셨다고 했다. 그녀가 며칠 내로 다시 온다고 말은 했지만 숙박비를 전액 지불하고 짐도 모두 가져갔기 때문에 그 말을 곧이 믿기는 어렵다는 것이었다.

이 소식을 들은 빌헬름은 제정신이 아니었다. 그는 라에르테스한테로 달려가, 그에게 그녀를 추적하자고 제안했으며, 아무리 많은 비용이 들어도 좋으니, 그녀와 동행인 그 남자의 확실한 정체를 알아내야겠다고 말했다. 이에 대해 라에르테스는 그의 친구가 열정에 취해 남의 말을 너무 경솔하게 믿는 것을 나무랐다. 「내기를 해도 좋지만, 그것은 다름아닌 프리드리히입니다」 하고 라에르테스가 말했다. 「그 젊은이는 귀한 집 태생입니다. 난 그걸 잘 알고 있지요. 그는 그 아가씨한테 홀딱 반해 있어요. 아마도 다시 그 아가씨와 한동안 같이 살 만큼 많은 돈을 자기 일가로부터 뜯어낸 모양이군요」

이런 이의 제기에 빌헬름이 설득당한 것은 아니었지만, 그래도 좀 의심스럽기는 했다. 라에르테스는 필리네가 빌헬름과 제를로에게 꾸며댄 이야기가 얼마나 황당무계한 말인가, 그리고 체격과 머리카락 색깔이 프리드리히와 꼭 같다는 점을 빌헬름에게 알아듣게 설명했다. 더구나, 열두 시간이나 앞서 출발한 사람들을 쉽게 따라잡기도 어렵겠거니와, 또한 무엇보다도, 자기들 둘 중 하나라도 없으면 공연 때에 제를로가 곤란해지지 않겠느냐는 것이었다.

이런 온갖 이유를 갖다대자 마침내 빌헬름은 먼저 길 떠난 사람들을 그들 둘이가 직접 추적하는 것만은 포기하는 데에 동의하였다. 바로 그날 밤 안으로 라에르테스는 그 임무를 맡길 만한 유능한 남자 하나를 구할 수 있었다. 그 사람은 여행중인 귀한 분들을 위해 이미 여러 번 심부름이나 길 안내를 한 경험이 있는 신중한 남자로서 지금은 마침 일이 없어 놀고 있었다. 그래서 그 사람에게 돈을 주고, 사정을 모두 설명한 다음, 도주자들을 뒤쫓아 따라잡고는, 다시는 놓치지 않도록 주의하고 그들이 어디서 어떤 상태로 있는지 자기들에게 즉각 알려달라고 부탁했다. 한 시간도 채 지나지 않아 벌써 그 사람은 말에 올라타고 그 수상한 남녀를 뒤쫓아갔다. 이런 조치를 하고서야 빌헬름은 적어도 어느 정도까지는 마음이 진정되었다.

16

필리네가 가고 없어도 무대 위에서나 관중들한테서나 무슨 눈에 띄는 큰 동요라고는 일어나지 않았다. 그녀는 매사에 진지한 태도를 보이지 않았다. 그래서 여자들은 거의 예외없이 그녀를 미워했고, 남자들은 무대 위에서 그녀를 보는 것보다는 오히려 그녀와 단둘이 있기를 원했다. 무대 자체를 위해서도 유익한 그녀의 훌륭한 재능이 그런 식으로 헛되이 썩고 있었던 것이다. 나머지 단원들은 자신의 기량을 향상시키기 위해 더욱더 노력했다. 그중에서도 특히 멜리나 부인의 근면과 열성은 유난히 두드러져 보였다. 그녀는 여느 때와 마찬가지로 빌헬름한테서 그의 원칙들을 읽어내어 그의 이론에 따라 행동하고 그를 모범으로 삼고 있었다. 그런 다음부터 그녀한테서는 그 어떤 겸허성이 엿보였으며, 이런 성격이 또한 그녀를 더욱 매력적으로 만들었다. 그녀는 얼마 안 가서 곧 올바른 연기를 하게 되었고 대화의 자연스러운 억양을 완전히 익혔으며 감정의 높낮이도 어느 정도까지는 체득했다. 그녀는 제를로의 기분을 맞출 줄도 알아서 그의 호감을 사기 위해 노래 부르는 연습도 부지런히 했는데, 얼마 안 가서는 모임이 있을 때마다 여흥으로 노래 한 곡 불러달라는 요청을 받을 정도로까지 되었다.

배우들이 새로 몇 사람 더 입단했기 때문에 극단은 더욱 완전해졌다. 빌헬름이 각 공연 작품마다 그 전체적 의미와 색조를 강조하면 제를로는 세세한 대목들을 철저히 음미하는 등 둘이서 각기 자기 나름대로 활동했기 때문에 다른 배우들도 모두 이런 칭찬할 만한 열성에 자극받았으며, 관중도 그들에게 열렬한 관심을 갖게 되었다.

「우리는 바른 길을 가고 있어요」 하고 한번은 제를로가 말했다. 「이런 식으로 계속 간다면 관중들도 얼마 안 가서 곧 바른 길로 들어오게 될 것입니다. 자칫 잘못하다간 그릇되고 서투른 연극을 해서 사람들을 혼란에 빠뜨려 놓게 됩니다. 그러나 합리적이고 온당한 작품을 재미있게 보여준다면, 그들은 틀림없이 극장을 찾아오게 되어 있습니다.

우리 연극의 결점, 즉 우리나라의 배우나 관중이 아직 둘 다 제 정신을 못 차리는 이유는 우리나라의 무대가 대체로 너무 야단스럽고, 우리의 비평이 기초로 삼고 기댈 만한 한계선 같은 것이 전혀 없다는 점에 있다고 봅니다. 내 생각으로는 무대가 마치 무한한 자연 전망대처럼 크게 확장된다고 해서 반드시 유리한 것도 아닌 것 같단 말입니다. 하지만 이제 와서는 무대감독이나 배우도 자기 마음대로 좁은 무대를 택할 수도 없는 형편입니다. 아마도 나중에 국민의 취향 자체가 올바른 한계선을 그어주겠지요. 무릇 모든 훌륭한 사회는 다만 특정한 제약들 아래에서만 존재하는 법인데, 훌륭한 연극 역시 그러합니다. 특정한 기법이나 말투, 특정한 대상이나 특정한 행동양식은 자제해서 배제해야 합니다. 긴축 살림을 하는데, 더 가난해질 리는 없겠지요」

이 점에 대한 그들 모두의 의견은 다소간 일치하는 점도 있었고 일치하지 않는 점도 있었다. 빌헬름을 비롯한 대다수는 영국 연극을 지지하는 입장이었고, 제를로와 몇몇은 프랑스 연극의 편에 섰다.

그래서 언제 한가로운 시간——배우는 유감스럽게도 이런 시간이 아주 많았다——이 생기면, 모두 함께 모여 양국 연극 작품들 중 가장 유명한 것들을 통독하고 그것들 중 가장 훌륭하고 본받을 만한 작품을 찾아보기로 의견의 일치를 보았다. 그래서 실제로 프랑스 극작품 몇 편을 검토하기 시작했다. 그런데 아우렐리에는 낭독이 시작되자마자 언제나 자리를 뜨는 것이었다.

모두들 처음에는 그녀가 몸이 불편한 줄 알았다. 그러나 그녀의 이런 행동을 눈여겨보았던 빌헬름이 한번은 그녀에게 그 일을 두고 물어보았다.

「저는 그런 독회 자리에는 함께하지 않을 거예요」 하고 그녀가 말했다. 「상처받은 가슴을 안고서 어찌 대사를 듣고 판단을 내릴 수 있겠어요? 저는 제 영혼 깊숙한 곳에서부터 프랑스어를 증오합니다」

「우리 교양의 대부분이 프랑스어 덕분 아니겠습니까?」 하고 빌헬름이 물었다. 「그리고 우리의 본성이 그 어떤 형태를 갖출 때까지 앞으로도 우리가 많은 덕을 입어야 할 언어가 아닙니까? 어찌 그런 언어를 적대시할 수 있겠습니까?」

「편견이 아니랍니다!」 하고 아우렐리에가 대답하고 나섰다. 「변심한 남자에 대한 비참한 인상과 불쾌한 기억이 그 아름답고 세련된 언어에 대한 저의 흥미를 다 앗아가고 말았습니다. 지금은 그 언어를 아주 진정으로 증오합니다. 우리 둘이 서로 연인 관계였을 동안은 그는 독일어로 편지를 썼습니다. 정말 정답고 진실되고 힘찬 독일어였지요! 그런데 저와 헤어질 생각을 하자 그는 프랑스어로 편지를 쓰기 시작하더군요. 그전에도 가끔 장난삼아 그런 적이 있었지요. 저는 그것이 무엇을 의미하는지 느끼고, 또 알아차렸습니다. 모국어로 말하려면 얼굴이 붉어지는 그런 내용이라도 프랑스어로는 양심의 가책 없이 술술 적어 내려갈 수 있었던 것이지요. 결단을 내비치지 않으면서 모호한 태도를 취하거나 거짓말을 하는 데에는 그보다 더 좋은 언어가 없으니까요. 그것은 〈불성실한 언어 eine perfide Sprache〉입니다. 다행히도 저는 프랑스어의 〈페르피드〉라는 단어의 전체 의미를 완전히 포괄해서 표현할 수 있는 독일어 단어를 찾을 수가 없군요. 우리 독일어의 〈트로일로스treulos〉라는 가엾은 단어는 이에 비하면 아무 죄 없는 어린아이 격이지요. 〈페르피드〉는 재미와 오만과 음험한 심술이 곁들여져 있는 〈트로일로스〉입니다. 아, 단 한마디 말 속에다 이렇게 섬세한 뉘앙스들을 다 담을 줄 아는 한 국민의 문화적 세련성은 부러워할 만한 것이겠지요! 프랑스어는 정말 세계어이며 온 세상 사람들이 모두 서로 속이고 거짓말하기에 아주 좋은 만국 공통어가 될 자격을 갖추고 있지요! 그이가 쓴 프랑스어 편지들 역시 언제나 아주 매끄럽게 잘 읽혀지는 것이었습니다. 망상에 빠진 채 읽는 사람한테는 다정하게 느껴지고 심지어는 열정적이라고까지도 생각할 수 있는 편지였지요. 하지만 세세히 뜯어보면, 모두가 빈말들이었습니다. 괘씸한 빈말들이었지요. 그 사람 때문에 저는 전체 언어에 대한 즐거움, 프랑스 문학에 대한 즐거움, 이 나라의 언어로 아름답고 탁월하게 표현된 고귀한 영혼에 대한 즐거움을 모두 잃었습니다. 지금은 프랑스어 단어 하나만 들어도 그만 오싹 소름이 끼친답니다!」

그녀는 이런 식으로 몇 시간이고 계속 자신의 불평을 털어놓으면서 다른 대화들을 늘 중단시키거나 그 분위기를 망쳐놓곤 하였다. 그렇게 되면, 빠르든 늦든 간에 언젠가는 제를로가 달려들어 약간 화를 내면서 그녀의 그런 변덕스러운 발언들을 중지시키곤 했다. 그러나 그런 일이 일어난 저녁에는 일반적으로 대화의 분위기는 이미 깨어져 있었다.

무릇 여러 사람들이 모이고 여러 가지 사정들이 합쳐져서 이룩되는 모든 일은 오랫동안 그 원형을 완전히 보존하면서 유지되기 어렵다는 것은 유감스럽지만 사실이다. 한 국가에서와 마찬가지로 한 극단에도, 그리고 어떤 군대에서와 마찬가지로 친구들이 모인 어떤 동아리에도 일반적으로, 그들이 완전성을 구가하고 의견이 서로 일치하고 만족 속에서 활동하는 최고 절정에 도달하는 그런 순간이 찾아오게 마련이다. 그러나 대개는 금방 인적 구성이 변하고 새 사람들이 들어오게 되어서, 사람들이 더 이상 상황에 어울리지 않게 되고 상황 또한 더 이상 사람들한테 맞지 않게 되는 법이다. 그래서 모든 것이 달라지고 전에는 결속해 있던 것이 이제는 금방 서로 흩어지는 것이다. 제를로의 극단도 그렇게 한동안은 그 어느 독일 극단도 그만큼 자랑할 수 없으리만치 완전성을 구가했다고 말할 수 있었다. 대부분의 배우들이 적재적소에 기용되어 있었고, 모두가 할 일을 충분히 가지고 있었으며, 또 해야 할 일을 모두들 기꺼이 했다. 그들의 개인적 관계들도 괜찮았고, 각자가 정열과 활기를 지닌 채 첫출발을 했기 때문에 자기의 예술에 대해 많은 기대를 걸고 있는 것같이 보였다. 그러나 얼마 가지 않아서 곧, 그들 중의 일부는 감정 없이도 해낼 수 있는 연기밖에 할 줄 모르는 자동인형들에 불과하다는 사실이 드러났다. 또한, 얼마 가지 않아 갖가지 격정들이 그 사이에 섞여들었다. 이런 격정들이란 일반적으로 모든 훌륭한 조직에 방해가 되는 법이며, 분별 있고 사려 깊은 사람들이 결집시키기를 원하는 모든 공동체를 아주 쉽게 와해시켜 버리는 것이다.

필리네가 가버린 것도 처음 생각했던 것만큼 그렇게 대수롭잖은 일은 아니었다. 그녀는 제를로를 위로하고 다른 단원들도 다소간 힘을 내도록 격려해 주는 큰 수완을 발휘해 왔던 것이다. 그녀는 아우렐리에의 격렬한 언행을 큰 인내심을 발휘하면서 참아내었으며, 그녀의 가장 고유한 역할은 빌헬름의 기분을 맞추어주는 일이었다. 이렇게 그녀는 전체 단원들한테는 그들을 서로 엮어주는 일종의 끈 같은 존재였다. 그래서 그녀가 없다는 사실이 금방 피부로 느껴지지 않을 수 없었다.

제를로는 조그만 연사(戀事)라도 없이는 살 수 없는 위인이었다. 잠깐 동안에 몰라보게 성장했으며, 아름다워졌다고까지 할 수 있는 엘미레는 이미 오래전부터 그의 관심을 불러일으켜 왔다. 이것을 눈치챈 필리네는 그 열정이 잘 풀릴 수 있도록 아주 현명하게 도와주었다. 「한창때에 짝을 찾아야 돼요!」 하고 그녀는 말하곤 했다. 「정말이지 우리네 여자들은 늙어버리면 아무것도 남는 게 없다우!」 그래서 제를로와 엘미레는 아주 가까워졌으며, 필리네가 떠나자마자 그들은 곧 내밀한 사이가 되었다. 그런데 이 조그만 로맨스가 그들에게 더욱더 아기자기해진 것은, 그런 어울리지 않는 관계에 대해서는 털끝만큼의 이해도 못할 위인인 그녀의 부친에게는 그들이 이 일을 감쪽같이 숨겨야 했기 때문이었다. 엘미레의 여동생도 그 비밀을 같이 알고 있었다. 그 때문에 제를로는 두 처녀를 많이 돌보아주지 않으면 안 되었다. 그들의 가장 나쁜 버릇들 중의 하나는 엄청나게 많은 군것질을 하는 것이었는데, 말하자면 그것은 거의 병적인 탐식증(貪食症)이라고 할 수 있었다. 이 점에서 그 두 아가씨는 필리네와는 아주 딴판이었는데, 그녀는 이들과 비교하자면 공기만 먹고 사는 거나 마찬가지였다. 그녀는 아주 소식가였고 샴페인을 마실 때에도 아주 우아한 모습으로 그 잔에서 거품만을 핥아먹는 정도였다. 그래서 필리네의 사랑스러운 면모가 새삼 아쉽기도 했다.

그러나 이제 제를로는 그의 미녀들의 비위를 맞추려면 아침 식사가 끝나면 곧 점심으로 넘어가야 하고, 점심이 끝나면 곧 간식을 거쳐 저녁 식사로까지 계속 연결시켜야 했다. 게다가 제를로는 한 가지 꿍꿍이속을 지니고 있었는데, 그것이 자기 뜻대로 잘되지 않아 불안해하고 있었다. 그는 빌헬름과 아우렐리에 사이에 그 어떤 애정이 있음을 발견했다고 생각하고 그것이 더욱 열렬한 관계로 진전되었으면 하고 몹시 바라는 참이었다. 그는 연극사업 중에서 기계적으로 처리해야 할 모든 부문의 일을 빌헬름에게 떠맡겼으면 하고 기대했으며, 그를 첫 매부와 마찬가지로 자기의 충실하고 부지런한 심부름꾼으로 만들려 했다. 벌써 그는 사무의 대부분을 눈에 띄지 않게 조금씩조금씩 빌헬름한테 맡긴 터였고, 아우렐리에가 회계를 맡고 있었다. 이렇게 제를로는 다시금 옛날처럼 완전히 자기 멋대로 살게 되었다. 하지만 그와 그의 누이동생의 자존심을 건드리는 그 어떤 남모르는 속사정이 있었다.

무릇 업적을 인정받는 공적 인물들을 대하는 관객의 태도에는 독특한 점이 있다. 즉, 그런 인물들에 대해서 관객은 차츰차츰 무관심해지기 시작하고, 그들보다는 재능이 훨씬 못하더라도 새로 나타나는 신인들에게 호감을 갖고, 전자에게는 과중한 요구들을 하면서도 후자가 하는 일은 모두 마음에 들어하는 식이 그것이다.

제를로와 아우렐리에에게도 이런 점에 대해서 고찰해 볼 기회는 얼마든지 있었다. 새로 온 단원들, 특히 젊고 늘씬한 배우들이 모든 관심과 박수갈채를 받아왔으며, 그들 남매는 아무리 열성과 노력을 기울인 뒤라도 대개는 찬양해 주는 박수 소리도 듣지 못하는 가운데에 퇴장해야 했다. 하기야 그렇게 된 데에는 달리 또 특별한 이유들이 있긴 했다. 아우렐리에의 자존심은 사람들의 눈에 띄었고, 많은 사람들은 그녀가 관객을 경멸한다는 사실을 잘 알고 있었다. 제를로는 개인적으로는 누구한테나 비위를 맞출 줄 알았지만, 관객 전체에 대한 그의 독설은 가끔 소문으로 되풀이되면서 널리 알려져 있었던 것이다. 이에 반해서 새 단원들은 한편으로는 아직 낯설고 미지의 인물들인 데다가 또 다른 한편으로는 젊고 사랑스러우며 도움을 필요로 하는 사람들이었던 것이다. 그래서 사실 그들 모두가 빠짐없이 후원자를 발견하기도 했다.

이제 얼마 안 가서 극단 안에서도 불안과 여러 가지 불만이 생겨났다. 빌헬름이 일종의 연출자로서 일하게 된 것을 알아차리자마자 대부분의 배우들이 버릇없이 굴기 시작했던 것이다. 그가 자기 나름대로 전체 극단에 보다 더 질서와 면밀성을 불어넣고자 하고, 특히 모든 기계적인 일은 다른 어떤 일보다 우선적으로 정확하고도 질서정연하게 처리되어야 한다고 완강히 주장하자, 그들은 더욱더 버릇없이 굴었다.

실제로 한동안은 거의 이상적으로 유지되어 왔던 전체 극단의 분위기가 불과 얼마 안 되는 사이에 그 어떤 떠돌이 극단에서나 볼 수 있을 정도의 비천한 수준으로 떨어져 버렸다. 빌헬름이 갖은 애를 써서 부지런히 노력한 끝에 그 직종의 모든 요구들을 터득하고 거기에 종사하기 위해 그의 인격과 활동 능력을 완전히 연마한 바로 그 순간에, 그는 유감스럽게도 마침내, 이 직업은 거기에 바쳐야 하는 막대한 시간과 노력에 비해 그 보상이 그 어떤 다른 직업보다도 보잘것없을 것 같다는 우울한 인식을 하게 되었다. 일은 힘들고 보상은 적었다. 그는 기계적인 수고를 다 끝낸 다음에도 또다시 정신과 감정을 극도로 긴장시켜야만 비로소 활동의 목표에 도달할 수 있는 이런 직업보다는 차라리 아무 직업이라도 좋으니 일이 끝나기만 하면 그때부터는 정신의 휴식을 즐길 수 있는 다른 직업을 택하고 싶었다. 그는 오빠의 낭비를 나무라는 아우렐리에의 한탄을 들어내야 했으며, 제를로가 그를 자기 누이동생과 결혼시키고자 멀리서 조종하면서 보내곤 하는 눈짓을 짐짓 모른 척해야 했다. 이런 판에 그는 그의 마음을 천근같이 무겁게 내리누르는 근심을 감추어야만 했는데, 그 수상한 장교를 추적하라고 떠나보낸 심부름꾼이 되돌아오지도 않고 아무 기별도 없는 것이었다. 그 때문에 우리의 친구는 그의 마리아네를 두번째로 놓쳐버린 것이 아닐까 하고 걱정이 되었던 것이다.

바로 이 무렵에 국상(國喪)이 나서 몇 주 동안 극장 문을 닫아야 했다. 이 쉬는 시간을 이용해서 그는 하프 타는 노인에게 숙식을 제공하고 있는 그 목사를 방문했다. 빌헬름은 어느 안온한 마을에서 노인을 만났는데, 거기서 빌헬름이 맨 처음 목도한 것은 노인이 한 소년에게 하프 타는 것을 가르쳐주고 있는 광경이었다. 노인은 빌헬름을 다시 보게 된 것에 몹시 반가운 표시를 하면서 일어서더니 그에게 손을 내밀었다. 그러고는 말했다. 「보시다시피 제가 이 세상에서 아직은 무엇인가에 소용이 되고 있습니다. 양해해 주신다면 이대로 계속하겠습니다. 교습시간이 정해져 있거든요」

목사는 지극히 친절하게 빌헬름을 영접했다. 그러고는 그에게 이야기하기를, 노인이 이미 꽤 차도를 보이고 있고 완쾌되리라는 기대까지도 걸고 있다는 것이었다.

그들의 대화는 자연히 정신질환자들을 치료하는 방법으로 옮아갔다.

「육체적인 광기는 흔히 우리가 도저히 감당할 수 없는 어려움을 낳기 때문에 그쪽을 치료하는 데에는 저는 전문의의 도움을 받아야 합니다」 하고 목사가 말했다. 「그러나 그 외의 광기를 고치는 방법이라면 저는 아주 간단하다고 생각합니다. 그것은 건강한 사람들을 미치지 않도록 방지하는 것과 꼭 같은 방법이지요. 그들의 자주적 활동을 자극시키고 질서에 익숙하게 해 주어야 합니다. 그리고, 그들의 존재와 운명이 아주 많은 사람들의 그것들과 동일하다는 생각을 그들한테 불어넣어 주고, 탁월한 재능, 최고의 행복, 그리고 가장 지독한 불행도 보통의 경우와 조금밖에 다르지 않은 변형들에 불과하다는 것을 그들에게 이해시켜 주는 것이지요. 그러면 광기가 스며들 틈이 없어질 것이며, 설령 광기가 거기 스며들어 왔다 하더라도 차츰차츰 다시 사라질 것입니다. 저는 노인의 하루 일과를 정해 드렸습니다. 몇몇 아이들한테 하프 타는 법을 가르치게 하고 정원일도 돕게 했더니, 벌써 훨씬 더 쾌활해지셨어요. 자기가 가꾸고 있는 배추를 수확해서 먹기를 원하고, 자기가 죽으면 하프를 선사하기로 약속한 제 아들 녀석한테는, 그애가 나중에 그걸 연주할 수 있어야 한다면서 정말 성심껏 연주법을 가르쳐 주고 싶어합니다. 저는 그의 묘한 회의에 대해서 목사로서는 그에게 거의 아무 말도 하지 않으려 합니다. 그러나 활동적인 생활은 아주 많은 사건들을 불러오기 때문에 그는 얼마 안 가서 곧 모든 종류의 회의는 단지 활동을 통해서만 없어질 수 있다는 것을 느낄 것입니다. 저는 일을 서두르지 않고 천천히 진행시킬 것입니다. 그러나 제가 노인의 수염을 깎게 하고 저 수도사의 옷을 벗어던지게만 할 수 있다면, 많은 성과를 얻었다고 할 수 있을 겁니다. 우리가 자신을 타인들과 달리 보이게 하려고 애쓸 때, 우리는 가장 광기에 접근해 있는 것이거든요. 그리고, 많은 사람들과 더불어 수수하게 살고 있는 것이야말로 평범한 오성을 가장 잘 유지시켜 주고요. 우리의 교육제도나 우리 시민사

회의 교육기관들에는 부족한 것이 많이 있지만, 그중에서도 특히 우리 자신이나 우리 자녀들이 미칠 경우에 대비할 장치가 없는 것이 유감입니다」

빌헬름은 그 분별 있는 사람 집에서 며칠을 묵으면서 매우 흥미 있는 이야기를 많이 들었다. 비단 미친 사람들에 대한 이야기뿐만 아니라, 영리한, 아니 현명한 인물로까지 간주되곤 하지만 거의 광기에 육박하는 특성을 지닌 인사들의 이야기도 들었다.

그러나 대화가 더욱더 활기를 띠게 된 것은, 가끔 친구인 목사를 방문하여 그의 박애주의적 노력을 도와주곤 하는 의사가 찾아오고 나서부터였다. 그 의사는 자신의 건강이 좋지 않은데도 오랜 세월 동안 인술을 베풀며 살아온 나이가 꽤 지긋한 남자였다. 그는 전원생활을 매우 좋아하는 사람이어서 시원한 야외 바람을 쐬지 않고는 달리 살 수가 없을 정도였다. 게다가 그는 사람들과 어울리기를 매우 좋아하고 활동적인 사람이어서, 이미 여러 해 전부터 모든 시골 목사들과 우정을 나누고 싶어하는 특별한 취미를 지니고 있었다. 그는 어느 목사든지 유익한 사업을 하는 것을 알면 온갖 방법을 다 동원해서 도와주려고 했으며, 아직 무엇을 해야 할지 결정을 내리지 못하고 있는 목사들한테는 어떤 취미를 가지도록 권고하기도 했다. 동시에 그는 귀족, 군감(郡監), 판사와도 교제하고 있었기 때문에 약관 이십 세에 이미 농업의 여러 분야의 개발을 위해 남모르는 가운데에 매우 큰 공헌을 한 바 있고, 경지와 가축과 인간을 위해 이익이 되는 일은 무엇이든 일으키고 실행해 냄으로써 가장 진정한 의미의 계몽주의를 촉진시켜 왔다. 그의 말로는, 인간에게 있을 수 있는 불행은 단 한 가지인데, 그것은 인간이 활동적인 생활에 아무런 영향을 끼치지 않거나, 심지어는 인간을 활동적인 생활로부터 떼어놓기까지 하는 그 어떤 고정관념에 사로잡히는 경우라는 것이었다. 「현재 저는 어느 부유한 귀족 부부한테서 그런 경우를 보고 있습니다」 하고 그 의사가 말했다. 「지금까지 아무리 애를 써도 제 의술로는 어쩔 방도가 없었답니다. 이것은 거의 목사님의 전문 분야에 속하는 경우일 것입니다. 이 젊은 양반께서 이 이야기를 설마 어디 딴데 가서 옮기시지는 않으시겠지요?

어느 귀족 댁에서 주인이 집에 없는 동안에, 그다지 칭찬할 만한 짓은 못 되지만, 장난으로 어떤 청년한테 그 귀족의 실내복을 입혀놓았답니다. 그렇게 해서 그의 부인을 속일 작정이었지요. 저에게 이 이야기를 해준 사람은 이것을 단지 일종의 익살극으로서 이야기했지만, 아무래도 저는 사람들이 그 사랑스러운 귀부인을 유혹해 보려고 한 짓이 아닌가 하고 그 저의를 의심하지 않을 수 없어요. 뜻밖에 남편이 되돌아와서 그의 방으로 들어가다가 자기 자신의 환영을 본 것으로 생각하고 그때부터 우울증에 빠져 자기가 곧 죽게 되리라는 생각에서 헤어나지 못하고 있답니다.

그 귀족은 종교적인 관념으로써 자기를 위로해 주는 사람들한테 자신을 맡기게 되었습니다. 그는 부인과 함께 헤른후트 교파[20]로 귀의할 생각이고, 자식도 없는 형편이라 그의 재산의 대

---

20) 반종교개혁을 통해 가톨릭 지역으로 변한 뵈멘과 메렌Mähren 지방으로부터 〈뵈멘의 형제들Böhmische Brüder〉이라고 불리던 일단의 교인들이 1722년에 친첸도르프Zinzendorf 백작의 영지로 피난을 왔다. 백작은 뢰바우Löbau의 동쪽 오버라우지츠Oberlausitz에 있는 그의 땅에서 그들을 살게 하고 그 새로운 정착촌을 〈헤른후트Herrnhut〉(독일어의 원래 의미는 〈주님의 보호소〉이다)라고 부르고 경건주의적 정신 아래 교구를 조

부분을 친척들에게도 물려주지 않고 그대로 교단에 바칠 모양인데, 이런 그의 생각을 말릴 방도가 없는 실정이랍니다」

「부인과 함께요?」 하고 빌헬름이 이 이야기에 적지않이 놀라서 격하게 외쳤다.

그러나 의사는 빌헬름의 이러한 절규가 단지 인도주의적 동정심에서 나온 것으로 알아듣고 이렇게 대답했다. 「그런데 유감스럽게도 그 부인은 더욱더 깊은 근심에 사로잡혀 있어서, 세상을 등진다는 것도 그녀에게는 아주 싫지만은 않아진 것입니다. 그 사연인즉, 바로 그 청년이 그녀에게 작별을 고했는데, 그녀는 조심성이 부족해서 그만 자기 마음속에 싹트고 있는 애정을 숨기지 못했다는 것입니다. 그래서 그 청년은 대담해져서 그녀를 두 팔로 포옹하면서 남편의 초상을 새겨놓은 큰 다이아몬드 목걸이가 그녀의 가슴을 아프게 짓누르도록 했다는 겁니다. 그녀는 심한 통증을 호소했지만, 그런 통증이란 차차로 없어지는 것이고 처음에는 좀 불그스레한 부위가 보였지만 나중에는 아무 흔적도 남지 않았지요. 저는 인간으로서도 그녀가 더 이상 아무런 자책감을 가질 필요가 없다는 확신을 말해 주었으며, 의사로서도 그렇게 한번 짓눌린 것 때문에 무슨 나쁜 후유증이 생기지는 않을 것이라고 확언을 해주었죠. 그러나 그녀는 저의 말은 들은 척도 않고 거기에 응어리가 져 있다는 말만 자꾸 되풀이했습니다. 그래서 구체적으로 어디에 통증을 느끼는지 말씀

직하였는데, 그 작은 〈교우 공동체 Brüderge-meine, Bruderunität〉는 그 종교적 내면성과 활동적 지도자 때문에 곧 온 독일의 이목을 끌었으며, 유럽 각국에까지 널리 알려지게 되었다. 괴테는 젊은 시절에 이 교단의 신도들과 만난 적이 있었다(함부르크판 전집, 제10권 42쪽 참조). 한 권의 독립된 〈종교적 책〉이라고도 볼 수 있는 이 소설의 제6권에서도 헤른후트 교파에 대한 언급이 여러 번 나온다.

해 보시라고 하면서 그녀의 망상을 없애주려고 했더니, 그녀는 단지 그 순간에만 아무 통증도 느껴지지 않을 뿐 금방 또 통증을 느끼게 될 것이라고 주장하더군요. 그녀는 그 상처가 일종의 암으로 끝날 것이라는 심한 망상에 빠져 있었습니다. 그래서, 자신을 위해서도 딱하고 남이 보기에도 유감스러운 노릇이지만, 그녀의 젊음과 사랑스러운 자태가 완전히 사라져 버리고 말았습니다」

「아 나는 참으로 불행한 인간이구나!」 하고 빌헬름은 자신의 이마를 치면서 외쳤다. 그러고는 좌중을 떠나 들판으로 달려나가 버렸다. 그는 지금까지 한번도 이런 곤경에 처해 본 적이 없었던 것이다.

의사와 목사는 그 이상한 말을 듣고 지극히 놀랐다. 그리고, 그가 되돌아와서 그 사건의 내력을 보다 자세히 고백하면서 심한 자기 탄핵을 하자, 저녁 내내 그를 위로해 주어야 했다. 특히 그가 자기의 다른 곤란한 처지까지도 현재 자기의 기분대로 온통 절망적으로 말했기 때문에 두 남자는 그에게 큰 동정심을 표해 마지않았다.

그 이튿날 의사는 빌헬름이 오래 부탁할 필요도 없이 선선히 그와 함께 시내로 들어가서 그의 말상대가 되어줌과 동시에 가능하다면 빌헬름이 걱정스러운 상태로 두고 떠나왔다는 그 아우렐리에를 돌보아 주겠다고 했다.

실제로 두 사람은 그녀가 자신들이 짐작했던 것보다도 더 위중한 상태에 있는 것을 발견했다. 그녀는 일종의 간헐열(間歇熱)을 앓고 있었는데, 그녀가 자기 나름대로 그 발열 주기를 고의로 지연시키면서 악화시키고 있었기 때문에 더욱더 그러했지만, 병세가 어떻게 손을 쓸 수도 없는 상태였다. 빌헬름과 함께 온 손님은 의사로 소개되지 않았다. 그는 아주 고분고분하고 분별 있게 행동했다. 그녀의 심신상태로 화제가 돌아가자 그 새로 온 손님은 여러 가지 에피소드들을 통해 그렇게 골골 앓으면서도 장수한 사람들이 얼마든지 있다는 얘기를 했다. 그러나 이런 경우에 무엇보다도 가장 건강에 해로운 것은 열정적인 감정들을 고의로 다시 불러일으키는 행위라고 말했다. 특히 그가 숨기지 않고 털어놓은 고백에 의하면, 자기는 완전 회복이 불가능한 상태의 환자들이 진실로 종교적인 신앙심을 품게 되자 매우 행복해하는 것을 보았다고도 했다. 그는 매우 겸손하게, 마치 옛 실화라도 전하는 것처럼 이런 말을 했다. 그러면서 그는 자기의 새로운 친구들에게 약속하기를, 이제는 고인이 된 한 훌륭한 여자 친구한테서 입수한 매우 재미있는 수기 하나를 드릴 테니 읽어들 보시라고 했다. 「그것은 제게는 한없이 귀중한 물건입니다」 하고 그가 말했다. 「그렇지만 여러분한테는 그 원본 자체를 보여드리겠습니다. 〈한 아름다운 영혼의 고백〉이라는 그 제목만은 제가 붙인 것입니다」

의사는 흥분상태의 불행한 아우렐리에를 위한 식이요법과 치료법에 대해 빌헬름에게 여러 가지 친절한 조언을 해주고 나서, 나중에 편지를 보내거나 가능하다면 자신이 다시 오도록 하겠다고 약속했다.

극단 내에서는 빌헬름이 없는 사이에 그가 예기치 못한 변화가 일어날 조짐을 보이고 있었다. 그가 연출을 맡고 있는 동안 빌헬름은 전체 단원들을 어느 정도의 자유와 관용으로써 대했으며, 주로 일 자체만을 중시하였다. 그는 특히 의상과 무대장치와 소도구에 관해서는 모든 것을 여유있게, 그리고 고급으로 사들이곤 했는데, 이것은 그들 자신한테 이익이 되도록 비위를 맞추어줌으로써 그들의 선량한 의지를 그대로 유지시키고 싶었기 때문이었다. 또한 이것은 그가 보다 고귀한 동기들로는 그들을 다스릴 수가 없었기 때문이기도 하였다. 빌헬름이 이런 자기의 방식이 옳다고 여기게 된 또 다른 까닭은 제를로와 아우렐리에의 경영태도 때문이기도 하였다. 즉, 제를로 자신은 면밀한 살림꾼으로 자처할 생각은 추호도 없이 자기 무대가 찬란하다는 칭찬을 듣는 것으로 만족하는 사람이었으며, 전체 살림을 도맡고 있던 아우렐리에 또한, 모든 비용을 제하고 나니 빚을 지지는 않았다고 장담하면서, 그 사이에 제를로가 그의 미인들이나 그 밖의 다른 친구들에게 마구 선심을 쓰다가 진 빚을 갚기 위해 필요한 액수를 선선히 내주곤 했던 것이다.

그 동안 의상을 구입하는 일을 맡았던 멜리나는 그의 본성대로 냉철하고도 음흉하게 이런 사정을 가만히 관망해 오다가 빌헬름이 출타해 버리고 아우렐리에의 병세가 악화된 틈을 타서, 실은 수입을 더 많이 올리고 지출을 더 줄일 수 있으며, 그렇게 될 경우, 상당한 금액의 저축이 가능하든지, 아니면 결국에는 한번 마음껏 재미있게 살 수 있을 것이라는 감언이설로 제를로의 마음을 움직일 수 있었다. 제를로는 그 말에 귀가 솔깃했다. 그래서 멜리나는 감히 그의 계획을 말해 볼 수 있었다.

「저는 현재 배우들 중의 어느 누군가가 너무 많은 출연료를 받고 있다고 주장하려는 것은 아닙니다」 하고 멜리나는 말했다. 「모두들 그만한 능력은 있는 사람들이고 어느 곳에 가나 환영받을 사람들이지요. 그렇지만 그들이 우리를 위해 벌어주는 수입을 감안한다면, 그들이 받는 출연료는 아무래도 너무 많은 편입니다. 저의 제안은 오페라단을 창단해 보자는 것입니다. 그리고 연극에 관해서 말씀드리자면, 저는 선생님이야말로 혼자서도 충분히 연극 전체를 도맡아 해나가실 수 있는 분이라고 생각합니다. 선생님의 능력이 백안시당하는 것은 선생님 자신이 지금 경험하고 계시는 일 아닙니까? 선생님과 함께 연기하는 사람들이 탁월한 배우들이기 때문이 아니라 그저 괜찮은 배우들이기 때문에, 선생님의 비상한 재능이 더 이상 응분의 인정을 받지 못하는 것입니다.

아마 전에도 그렇게 해오신 것 같습니다만, 선생님 혼자서만 무대에 서도록 해보십시오. 중간치기 배우, 아니 하급 배우들을 적은 출연료를 주고 끌어들이도록 해보십시오. 선생님이 누구보다도 익히 잘 알고 계시는 대중을 기계적인 연극을 통해 세련되게 만드십시오. 그리고 나머지 다른 사람들은 오페라로 돌리십시오. 그렇게 하면 선생님은 똑같은 수고와 똑같은 경비를 들여 더 많은 만족을 불러일으킬 수 있을 것이고, 지금까지보다 엄청나게 더 많은 돈을 버실 수 있을 것입니다」

제를로는 이런 듣기 좋은 말에 너무 기분이 좋았다. 그래서 자기 나름대로 항변을 하지 않은 것은 아니었지만 그 항변에다 약간의 강세까지 실을 수는 없었다. 그는 자기도 음악을 좋아하다 보니 이미 오래전부터 그런 생각을 품어왔다고 멜리나에게 선선히 털어놓았다. 하지만 그는, 그렇게 되면 관객의 기호가 더욱더 그릇된 길로 오도될 것이며, 진짜 오페라도 진짜 연극도 아닌 그런 뒤범벅 무대를 보여줄 경우, 필연적으로 그 어떤 완성된 예술작품을 위해 마지막으로 남아 있는 취미조차도 완전히 사라지고 말 것이라는 점도 물론 직시하지 않을 수 없다고 덧붙여 말했다.

이에 멜리나는 아주 신사적이지는 못한 투로, 빌헬름이 그런 식의 현학적 이상을 내걸고는 관객으로부터 배울 생각은 않고 외람되게도 관객을 교화시키려 한다면서 비꼬았다. 그래서 이제 그 두 사람은 서로 의기투합해서, 돈만 벌어서 부자가 되거나 즐겁게 지내면 그만이라는 굉장한 확신을 갖게 되었으며, 그들의 계획에 방해가 되는 인물들만을 제거하면 되겠다는 생각도 숨기지 않고 서로 입밖에까지 내었다. 멜리나는 아우렐리에가 좋지 못한 건강상태 때문에 오래 살지 못할 것이 유감이라고 말했지만, 속으로는 그 정반대되는 생각을 하고 있었다. 제를로는 빌헬름이 노래를 부를 수 없는 점을 한탄하는 것같이 보였다. 그러나 이 말을 통하여 제를로는 자기가 빌헬름을 곧 더 이상 필요없어질 존재로 생각한다는 것을 암시한 것이었다. 멜리나는 이제부터 절약할 수 있는 물품들의 목록을 들고 나왔다. 그래서 제를로는 멜리나야말로 자기의 첫번째 매부보다 훨씬 더 일을 잘해 줄 사람으로 생각하게 되었다. 그들은 이런 얘기는 서로 비밀을 지켜야 한다는 것을 충분히 느끼고 있었으며, 그런 비밀을 공유함으로써 더욱더 긴밀한 사이가 되었다. 그래서 그들은 기회 있을 때마다 그 동안 생긴 일에 대해서 비밀히 의논하곤 했고, 아우렐리에와 빌헬름이 행하고 있는 일을 비난했으며, 자기들 둘의 그 새로운 계획을 머릿속에서 점점 더 구체화해 나갔다.

두 사람은 자신들의 계획에 대해서 일체 침묵하고 말을 조심하여 자기들의 속을 드러내지 않았다. 그럼에도 불구하고 그들은 자신들의 생각을 숨길 수 있을 만큼 그렇게 처신에 능수능란한 사람들은 못 되었다. 멜리나는 빌헬름의 전문 영역에 속하는 여러 가지 일에서도 사사건건 빌헬름에게 반대하고 나섰다. 그리고, 누이동생한테라면 온화한 태도라곤 조금도 보인 적이 없는 제를로는, 그녀의 병세가 악화되면 될수록, 그녀의 변하기 쉽고 열정적인 변덕이 더욱더 부드러운 위로를 필요로 하면 할수록, 오히려 더욱 심한 태도로 그녀를 대하고만 있었다.

바로 그 무렵에 「에밀리아 갈로티」[21]를 공연하게 되었다. 이 작품은 배역이 매우 잘 정해졌는데, 모두들 이 비극의 제한된 범위 안에서 자기 연기의 온갖 다양성을 보여줄 수 있었다. 제를로는 마리넬리 역을 맡아 적합한 배역을 찾은 셈이었고, 오도아르도 역도 그 대사 낭독이 매우 훌륭했다. 멜리나 부인은 어머니 역을 아주 분별있게 해내었고, 엘미레는 에밀리아 역을 맡아 크게 인정받았으며, 아피아니 역의 라에르테스는 매우 품위 있게 등장하였다. 그리고 빌헬름은 수개월 동안의 연구 결과를 공작 역을 하는 데에 응용하였다. 그 기회에 그는 고결한 행동edler Betragen과 고귀한 행동vornehmer Betragen 사이의 차이점은 무엇인가, 그리고 전자가 후자에 얼마나 포함되어야 하며, 또 후자가 전자에 어느 정도 포함되지 않아도 되는가 하는 문제를 두고 혼자서 연구하기도 하고, 또는 제를로와 아우렐리에와 함께 토론을 벌이기도 했다.

제를로는 그 자신이 마리넬리 역을 맡아 궁정귀족을 희화화하지 않고, 있는 그대로 연기하고 있었기 때문에 이 점에 대해서도 여러 가지 좋은 생각을 피력할 수 있었다. 「고귀한 품위라는 것은 흉내내기가 어렵습니다」 하고 그는 말했다. 「그것은 원래 잘 드러나지 않는 음성적인 것이며 오랜 시간 동안의 지속적인 훈련이 전제되어야 하기 때문입니다. 이를테면 우리는 우리

21) 레싱Lessing의 희곡 「Emilia Galotti」는 1772년에 책으로 출간된 이래 베를린과 함부르크 등에서 공연된 바 있었고, 1791년에 바이마르의 극장을 지휘하게 된 괴테도 1793년에 이 작품을 바이마르의 무대에 올린 바 있다.

의 행동에다 위엄을 뜻하는 그 무엇을 나타내어서는 안 되지요. 그랬다가는 금방 형식적이고 거만한 태도에 빠지기 쉽거든요. 오히려 경박하고 비천한 모든 것을 피해야 합니다. 잠시도 자기 자신을 망각해서는 안 되고, 늘 자신과 다른 사람에 대한 주의를 소홀히 해서는 안 되며, 자신에게는 아무것도 용서하지 않는 엄격성을 보이고 남에게는 과하지도 부족하지도 않은 행동을 해야 합니다. 또, 절대로 감동한 눈치를 보이지 말고 아무 일에도 끌리지 말고 결코 서두르며 덤비지 않고 어떤 순간에도 제정신을 차리고 있을 줄 알아야 하며, 그리하여, 설령 마음속에서는 아무리 큰 폭풍우가 몰아치고 있다 하더라도, 외적인 평형을 유지해야 합니다. 고결한 인간은 때로는 자신을 소홀히 할 수도 있지만, 고귀한 인간은 결코 그럴 수 없지요. 후자는 아주 옷을 잘 차려입은 사람과 같아서, 그는 아무 데도 몸을 기댈 수가 없을 것이고, 누구나 그의 곁을 스치지 않도록 조심할 것입니다. 그는 다른 사람들보다 탁월하게 드러나지만, 그렇다고 해서 그가 혼자 서 있어도 되는 것은 아닙니다. 즉, 모든 예술에서와' 마찬가지로 여기서도 결국 가장 어려운 것은 경쾌하게 처리되어야 하는 것이죠. 그래서 고귀한 자는 온갖 고립에도 불구하고 항상 다른 사람들과 결속되어 있는 것처럼 보여야 하고 어느 곳에서도 뻣뻣하게 굴어서는 안 되며 도처에서 원활해야 하며 항상 제일인자로서 나타나 보여야 하지만 결코 자신 쪽에서 억지로 그런 사람 행세를 하고 나서서는 안 되는 것입니다.

그러니까 고귀하게 나타나 보이려면 자신이 정말 고귀하지 않으면 안 된다는 것을 알 수 있습니다. 왜 여성이 평균적으로 남성보다 더 고귀한 품위를 보일 수 있는가, 왜 궁정 귀족들과 군인들이 그런 품위를 제일 빨리 체득할 수 있는가 하는 이유도 자명해질 것입니다」

이 말을 듣고서 빌헬름은 자기 역에 대해서 거의 절망을 느꼈다. 하지만 제를로가 그로 하여금 다시금 용기를 내어 일어나도록 도왔다. 제를로는 그에게 세세한 면에 이르기까지 아주 섬세한 평을 해주고, 그가 공연시에 최소한 관중들의 눈에는 정말 훌륭한 공작의 연기를 하는 것처럼 보이도록 온갖 준비를 갖추게 해주었다.

제를로는 공연이 끝나면 자기가 빌헬름의 연기에 대해 꼭 하고 싶은 평을 해주겠다고 약속을 했다. 하지만 남매간에 불쾌한 싸움이 벌어지는 바람에 비판적인 대화라곤 전혀 할 수가 없었다. 아우렐리에는 오르시나 역을 했는데, 그런 연기는 아마도 이 세상 사람들이 두 번 다시 볼 수 없을 정도로 유일무이한 것이었다. 그녀는 원래 그 역을 익히 잘 알았으며, 연습 때마다 그것을 시큰둥하게 해치우곤 했다. 그러나 막상 공연 때가 되자 그녀는 자신의 개인적 근심의 모든 수문들을 활짝 열어놓았다고나 말해야 할 정도로, 어떤 시인도 그의 감정의 첫 불꽃 속에서는 미처 상상할 수 없었을 그런 열연을 했다. 그녀의 고통스러운 노력에 대하여 관객들은 뜨거운 박수로 화답하였다. 그러나 공연이 끝나고 모두 그녀를 찾았을 때, 그녀는 아니나다를까 한 안락의자에 반쯤 실신한 채 누워 있었다.

제를로는 그전부터 이미 그녀의 그런 연기, 그의 말마따나 〈과장된〉 연기에 대하여, 그리고, 그녀가 자기의 저 치명적인 과거사를 다소간 알고 있는 관객들 앞에서 자기의 가장 내밀한 심경까지 다 토로하는 데에 대하여 늘 불편한 심기를 드러내어 왔으며, 그가 화날 때 곧잘 그러는 대로 이를 북북 갈거나 두 발을 탕탕 구르기도 해왔다. 그래서 그는 그녀가 안락의자에 누워 다른 단원들에 둘러싸여 있는 것을 보자, 「내버려둬요들!」 하고 말했다. 「머지않아 곧 아주 벌거벗은 채 무대에 나설 테니! 그때야 비로소 박수갈채가 완전히 극에 달할걸!」

「오빠는 배은망덕해요!」 하고 그녀가 소리쳤다. 「몰인정하구! 머지않아 곧 벌거벗은 이 몸을 박수갈채가 들리지 않는 곳으로 실어가게 될 테지요」 이렇게 말하고 나서 그녀는 벌떡 몸을 일으켜 문 쪽으로 달려갔다. 하녀가 그녀에게 외투를 갖다주는 것을 소홀히 했는데, 바깥에는 두바퀴마차조차도 대기해 있지 않았다. 비가 온 뒤라서 매우 사나운 바람이 거리를 휩쓸고 있었다. 아무리 말려도 그녀는 막무가내였는데, 그것은 그녀가 굉장히 흥분해 있었기 때문이었다. 그녀는 일부러 천천히 걸었다. 그러면서 시원한 공기가 참 좋다며 그야말로 게걸스럽게 그것을 들이마시는 것 같았다. 집에 채 도착하기도 전에 그녀는 목이 쉬어 말이라곤 더 이상 한마디도 할 수가 없었다. 그러나 그녀는 자신의 목덜미와 등 아래쪽이 완전히 뻣뻣해지는 느낌을 발설하지 않고 있었다. 오래잖아 혀에 일종의 마비가 와서 그녀는 헛소리를 하게 되었다. 자리에 누이고 평소에 자주 하던 치료법을 동원한 결과 한 가지 증세는 간신히 가라앉는 듯했지만 이내 다른 고약한 증세가 나타나곤 하였다. 열이 펄펄 끓었으며 그녀의 상태는 위독했다.

이튿날 아침에 그녀는 한동안 진정되었다. 그녀는 빌헬름을 부르고는 그에게 편지 한 통을 건네주었다. 「이 편지가 벌써 오랫동안 이 순간이 오기를 기다리고 있었답니다」 하고 그녀가 말했다. 「제 인생의 마지막 순간이 곧 다가오고 있는 것을 느낍니다. 이 편지를 손수 전해 주시고 그 배반한 남자한테 단 몇 마디 말로써 저의 고통에 대한 복수를 해주시겠다고 약속해 주세요. 그이도 감정이 없는 사람은 아니에요. 그러니, 제가 죽었다는 소식을 듣고 그이도 적어도 한순간이라도 괴로워해야지요」

빌헬름은 그 편지를 받기는 했지만, 그래도 그녀를 위로하면서 그녀가 죽는다는 생각을 버리도록 해보려고 애썼다.

「아니, 그러지 마세요!」 하고 그녀가 말했다. 「제 가장 간절한 희망을 빼앗지 말아주세요. 이미 오래전부터 그것을 기다리고 있었는 걸요. 이제 기쁜 마음으로 그것을 이 품에 껴안으렵니다」

그런 일이 있고 나서 금방, 전에 의사가 보내주기로 약속한 그 원고가 도착했다. 그녀는 빌헬름에게 그것을 읽어달라고 부탁했다. 그 원고가 끼친 영향에 대해서는 다음의 제6권을 읽고 나면 독자가 가장 잘 판단을 내릴 수 있을 것이다. 우리의 가엾은 여인의 그 격하고 반항적인 성격이 갑자기 누그러졌다. 그녀는 편지를 다시 달라고 하더니, 보아하니 아주 부드러운 심경으로 다른 편지를 쓰는 것 같았다. 또한 그녀는 빌헬름에게 부탁하기를, 만약 그 친구가 그녀가 죽은 소식을 듣고 그 어떤 슬픈 기색을 보이거든 그를 위로해 주고, 그녀는 이미 그를 용서했으며 그가 길이 행복하기를 빌더라고 그에게 꼭 전해 달라고 했다.

그때부터 그녀는 매우 조용해졌다. 그러고는 빌헬름한테 가끔 그 원고를 낭독해 달라고 해서 거기서부터 얻은 몇 가지 생각에 몰두하는 것처럼 보였다. 체력의 감소도 그다지 눈에 띄지 않았는데, 어느 날 아침 빌헬름이 그녀를 방문했을 때, 뜻밖에도 그녀가 죽어 있는 것을 발견하였다.

그가 그녀에게 지녔던 경의와 그녀와 함께 생활해 오던 습관 때문에 그녀가 이 세상을 떠나고 없다는 사실이 그에게는 매우 고통스러웠다. 그녀는 원래부터 그에게 호의를 지니고 있는 유일한 사람이었으며, 또한 그는 최근에 제를로가 자기를 냉대하는 것을 너무나도 잘 느껴오고 있었다. 그 때문에 그는 자기가 맡은 그 심부름을 서둘러 행하고 싶었으며 얼마 동안 그곳을 떠나기를 원했다. 다른 한편, 이 출발은 멜리나에게는 매우 바람직한 일이었다. 멜리나는 평소 그가 행해 오던 광범위한 서신교환을 이용하여 즉각 남녀 가수 한 명씩과 접촉했다. 그의 복안은, 이 두 사람이 당분간 막간에 등장하여 관중들을 장래의 오페라에 익숙하도록 준비시킨다는 것이었다. 이런 식으로 하면 아우렐리에의 죽음과 빌헬름의 부재도 당분간은 상쇄될 수 있다는 생각이었다. 그야 어쨌든 우리의 친구는 자신에게 몇 주 동안의 휴가를 쉽게 만들어 주는 이런 모든 요인들에 대하여 대만족이었다.

그는 자기가 위임받은 그 임무로 해서 묘하게도 중대한 결심을 하게 되었다. 그녀의 죽음은 그에게 깊은 감동을 주었다. 게다가, 그녀가 그렇게 꽃다운 나이에 인생 무대로부터 퇴장하는 것을 보았기 때문에, 그는 그녀의 목숨을 단축시키고 이 짧은 삶을 그다지도 고통스럽게 만든 그 남자에 대해 필연적으로 적개심을 느끼지 않을 수 없었다.

그녀가 죽기 얼마 전에는 부드러운 말을 하긴 했지만, 아무래도 그는 편지를 건네줄 때 그 신의 없는 친구에 대하여 따끔한 비판의 말을 해줄 작정이었다. 우연히 그때에 기분 내키는 대로 말하고 싶지는 않았기 때문에 그는 그가 할 짤막한 말을 미리 생각해 보았다. 그런데 그것을 다듬는 과정에서 필요 이상으로 격정적인 연설이 되어버렸다. 그래서 그는 자기 작문이 잘 되었다는 완전한 자신감이 생기고 난 다음에야 비로소 그것을 외워가면서 길 떠날 준비를 했다. 짐을 꾸리는 옆에 미뇽이 있다가 그가 여행을 떠나는 방향이 남쪽인지 북쪽인지 물었다. 그러고는 그가 북쪽으로 간다는 말을 듣자, 「그럼 저는 돌아오실 때까지 여기서 기다릴게요」 하고 말했다. 그녀는 마리아네의 진주목걸이를 갖고 싶다고 했는데, 그는 그 귀여운 아이의 청을 거절할 수 없었다. 마리아네의 스카프는 이미 그녀가 가지고 있었다. 그 대신 미뇽은 그 유령의 베일을 그의 옷보따리에 찔러 넣어주었는데, 그가 그런 물건은 필요없다고 말했지만 그녀는 기어이 그의 말을 듣지 않았다.

멜리나가 연출을 맡았다. 빌헬름은 아이들을 두고 떠나는 것이 기껍지 않았지만, 멜리나 부인이 아이들을 어머니처럼 잘 돌보아 주겠다고 약속을 해주었다. 작별을 할 때 펠릭스는 매우 즐거워하고 있었다. 그래서 무엇을 선물로 가져오기를 바라느냐고 물었더니, 「잘 들으세요! 저에게 아버지를 갖다주세요」 하고 말하는 것이었다. 미뇽은 떠나가는 빌헬름의 손을 잡았다. 그러고는 발뒤꿈치를 들고 서서 그의 입술에다 정성이 담긴 열렬한 키스를 했는데, 하지만 그것은 연정을 드러내는 키스는 아니었다. 「마이스터 씨!」 하고 그녀가 말했다. 「우리를 잊지 마세요! 그리고 곧 다시 돌아와 주세요!」

이렇게 우리는 우리의 친구가 만감이 교차하는 착잡한 심정으로 여행길에 오르도록 내버려 두자. 그리고, 여기에 마지막으로 시 한 수를 더 적어놓기로 하자. 이 시는 미뇽이 매우 감동적인 몸짓을 하면서 몇 번이나 낭송한 적이 있었지만, 그렇게도 많은 묘한 사건들에 자꾸만 떠밀려서 미처 소개될 기회를 얻지 못한 것이다.

말하라 하지 말고 침묵하게 해줘요,[22]
비밀을 지키는 건 나의 의무니까요!
이 내 속 당신에게 다 보여드리고 싶지만
운명이 그것을 허락하지 않아요.

때가 되어 아침 해 떠오르면
어두운 밤은 쫓겨나며 제 정체를 밝히죠.
단단한 바위도 제 가슴 풀어헤쳐
깊이 감춰둔 샘물 대지에 선사하죠.

누구나 임의 품안에서 안식을 찾고
가슴에 맺힌 한 거기서 풀 수 있어도,
이 내 입술만은 맹세로 굳게 닫혀
신이 아니면 열 수 없어요.

---

22) 이 시는 원래 『빌헬름 마이스터의 연극적 사명』의 제3권 제12장에 실려 있었으며, 1782년경에 쓰인 것으로 추정된다. 나중에 이 책의 제8권 제3장에서 밝혀지고 있지만, 미뇽이 길을 잃었을 때 집이 어디냐고 물은 사람들이 그녀를 집에 데려다주지 않고 강제로 납치했기 때문에 어린 미뇽은 큰 충격을 받아 어느 누구에게도 그녀의 집과 출생을 말하지 않기로 맹세하게 된다. 그것이 그녀의 〈비밀〉, 〈의무〉 및 〈운명〉의 근원이며 배경이긴 하지만, 이 시에서는 이러한 미뇽의 내밀한 비극이 알지 못할 〈운명〉에 시달리는 인간 일반의 비극으로까지 승화되어 있음은 말할 나위도 없다.

세계문학전집 23

빌헬름 마이스터의 수업시대 1

1판 1쇄 펴냄 1999년 3월 25일
1판 43쇄 펴냄 2023년 4월 17일

지은이 요한 볼프강 폰 괴테
옮긴이 안삼환
발행인 박근섭, 박상준
펴낸곳 (주)민음사

출판등록 1966. 5. 19. (제 16-490호)
서울특별시 강남구 도산대로1길 62(신사동) 강남출판문화센터 5층 (우편번호 06027)
대표전화 02-515-2000 팩시밀리 02-515-2007
www.minumsa.com

ISBN 978-89-374-6023-4 04800
ISBN 978-89-374-6000-5 (세트)

* 잘못 만들어진 책은 구입처에서 교환해 드립니다.

민음사 세계문학전집

세계문학전집 목록

1·2 **변신 이야기** 오비디우스·이윤기 옮김 서울대 권장도서 100선
3 **햄릿** 셰익스피어·최종철 옮김 서울대 권장도서 100선 | 미국대학위원회 선정 SAT 추천도서
4 **변신·시골의사** 카프카·전영애 옮김 서울대 권장도서 100선
5 **동물농장** 오웰·도정일 옮김 미국대학위원회 선정 SAT 추천도서 | 《타임》 선정 현대 100대 영문소설
6 **허클베리 핀의 모험** 트웨인·김욱동 옮김 《뉴스위크》 선정 100대 명저
7 **암흑의 핵심** 콘래드·이상옥 옮김 미국대학위원회 선정 SAT 추천도서 | 《뉴스위크》 선정 10대 명저
8 **토니오 크뢰거·트리스탄·베니스에서의 죽음** 토마스 만·안삼환 외 옮김 노벨 문학상 수상 작가
9 **문학이란 무엇인가** 사르트르·정명환 옮김
10 **한국단편문학선 1** 김동인 외·이남호 엮음 국립중앙도서관 선정 청소년 권장도서
11·12 **인간의 굴레에서** 서머싯 몸·송무 옮김
13 **이반 데니소비치, 수용소의 하루** 솔제니친·이영의 옮김 노벨 문학상 수상 작가
14 **너새니얼 호손 단편선** 호손·천승걸 옮김
15 **나의 미카엘** 오즈·최창모 옮김
16·17 **중국신화전설** 위앤커·전인초, 김선자 옮김
18 **고리오 영감** 발자크·박영근 옮김
19 **파리대왕** 골딩·유종호 옮김 노벨 문학상 수상 작가 | 《타임》 선정 현대 100대 영문소설
20 **한국단편문학선 2** 김동리 외·이남호 엮음
21·22 **파우스트** 괴테·정서웅 옮김 서울대 권장도서 100선 | 미국대학위원회 선정 SAT 추천도서
23·24 **빌헬름 마이스터의 수업시대** 괴테·안삼환 옮김
25 **젊은 베르테르의 슬픔** 괴테·박찬기 옮김 논술 및 수능에 출제된 책(1998~2005)
26 **이피게니에·스텔라** 괴테·박찬기 외 옮김
27 **다섯째 아이** 레싱·정덕애 옮김 노벨 문학상 수상 작가
28 **삶의 한가운데** 린저·박찬일 옮김
29 **농담** 쿤데라·방미경 옮김
30 **야성의 부름** 런던·권택영 옮김
31 **아메리칸** 제임스·최경도 옮김
32·33 **양철북** 그라스·장희창 옮김 노벨 문학상 수상 작가 | 서울대 권장도서 100선
34·35 **백년의 고독** 마르케스·조구호 옮김 노벨 문학상 수상 작가 | 서울대 권장도서 100선
36 **마담 보바리** 플로베르·김화영 옮김 서울대 권장도서 100선
37 **거미여인의 키스** 푸익·송병선 옮김
38 **달과 6펜스** 서머싯 몸·송무 옮김
39 **폴란드의 풍차** 지오노·박인철 옮김
40·41 **독일어 시간** 렌츠·정서웅 옮김
42 **말테의 수기** 릴케·문현미 옮김
43 **고도를 기다리며** 베케트·오증자 옮김 노벨 문학상 수상 작가 | 서울대 권장도서 100선
44 **데미안** 헤세·전영애 옮김 노벨 문학상 수상 작가

45 **젊은 예술가의 초상** 조이스 · 이상옥 옮김 서울대 권장도서 100선
46 **카탈로니아 찬가** 오웰 · 정영목 옮김
47 **호밀밭의 파수꾼** 샐린저 · 정영목 옮김 《타임》 선정 현대 100대 영문소설 | 미국대학위원회 선정 SAT 추천도서 | 《뉴스위크》 선정 100대 명저 | BBC 선정 꼭 읽어야 할 책
48·49 **파르마의 수도원** 스탕달 · 원윤수, 임미경 옮김
50 **수레바퀴 아래서** 헤세 · 김이섭 옮김 노벨 문학상 수상 작가 | 국립중앙도서관 선정 청소년 권장도서
51·52 **내 이름은 빨강** 파묵 · 이난아 옮김 노벨 문학상 수상 작가
53 **오셀로** 셰익스피어 · 최종철 옮김 서울대 권장도서 100선
54 **조서** 르 클레지오 · 김윤진 옮김 노벨 문학상 수상 작가
55 **모래의 여자** 아베 코보 · 김난주 옮김
56·57 **부덴브로크 가의 사람들** 토마스 만 · 홍성광 옮김 노벨 문학상 수상 작가
58 **싯다르타** 헤세 · 박병덕 옮김 노벨 문학상 수상 작가
59·60 **아들과 연인** 로렌스 · 정상준 옮김 《뉴스위크》 선정 100대 명저
61 **설국** 가와바타 야스나리 · 유숙자 옮김 노벨 문학상 수상 작가 | 서울대 권장도서 100선
62 **벨킨 이야기 · 스페이드 여왕** 푸슈킨 · 최선 옮김
63·64 **넙치** 그라스 · 김재혁 옮김 노벨 문학상 수상 작가
65 **소망 없는 불행** 한트케 · 윤용호 옮김 노벨 문학상 수상 작가
66 **나르치스와 골드문트** 헤세 · 임홍배 옮김 노벨 문학상 수상 작가
67 **황야의 이리** 헤세 · 김누리 옮김 노벨 문학상 수상 작가
68 **페테르부르크 이야기** 고골 · 조주관 옮김
69 **밤으로의 긴 여로** 오닐 · 민승남 옮김 노벨 문학상 수상 작가 | 미국대학위원회 선정 SAT 추천도서
70 **체호프 단편선** 체호프 · 박현섭 옮김
71 **버스 정류장** 가오싱젠 · 오수경 옮김 노벨 문학상 수상 작가
72 **구운몽** 김만중 · 송성욱 옮김 서울대 권장도서 100선 | 국립중앙도서관 선정 청소년 권장도서
73 **대머리 여가수** 이오네스코 · 오세곤 옮김
74 **이솝 우화집** 이솝 · 유종호 옮김 논술 및 수능에 출제된 책(1998~2005)
75 **위대한 개츠비** 피츠제럴드 · 김욱동 옮김 《타임》 선정 현대 100대 영문소설
76 **푸른 꽃** 노발리스 · 김재혁 옮김
77 **1984** 오웰 · 정회성 옮김 《타임》 선정 현대 100대 영문소설 | 《뉴스위크》 선정 100대 명저
78·79 **영혼의 집** 아옌데 · 권미선 옮김
80 **첫사랑** 투르게네프 · 이항재 옮김
81 **내가 죽어 누워 있을 때** 포크너 · 김명주 옮김 노벨 문학상 수상 작가
82 **런던 스케치** 레싱 · 서숙 옮김 노벨 문학상 수상 작가
83 **팡세** 파스칼 · 이환 옮김
84 **질투** 로브그리예 · 박이문, 박희원 옮김
85·86 **채털리 부인의 연인** 로렌스 · 이인규 옮김
87 **그 후** 나쓰메 소세키 · 윤상인 옮김
88 **오만과 편견** 오스틴 · 윤지관, 전승희 옮김 미국대학위원회 선정 SAT 추천도서
89·90 **부활** 톨스토이 · 연진희 옮김 논술 및 수능에 출제된 책(1998~2005)
91 **방드르디, 태평양의 끝** 투르니에 · 김화영 옮김
92 **미겔 스트리트** 나이폴 · 이상옥 옮김 노벨 문학상 수상 작가
93 **페드로 빠라모** 룰포 · 정창 옮김

94 차라투스트라는 이렇게 말했다 니체 · 장희창 옮김 국립중앙도서관 선정 청소년 권장도서
95·96 적과 흑 스탕달 · 이동렬 옮김 국립중앙도서관 선정 청소년 권장도서
97·98 콜레라 시대의 사랑 마르케스 · 송병선 옮김 노벨 문학상 수상 작가 | BBC 선정 꼭 읽어야 할 책
99 맥베스 셰익스피어 · 최종철 옮김 서울대 권장도서 100선 | 미국대학위원회 선정 SAT 추천도서
100 춘향전 작자 미상 · 송성욱 풀어 옮김 서울대 권장도서 100선
101 페르디두르케 곰브로비치 · 윤진 옮김
102 포르노그라피아 곰브로비치 · 임미경 옮김
103 인간 실격 다자이 오사무 · 김춘미 옮김
104 네루다의 우편배달부 스카르메타 · 우석균 옮김
105·106 이탈리아 기행 괴테 · 박찬기 외 옮김
107 나무 위의 남작 칼비노 · 이현경 옮김
108 달콤 쌉싸름한 초콜릿 에스키벨 · 권미선 옮김
109·110 제인 에어 C. 브론테 · 유종호 옮김 BBC 선정 꼭 읽어야 할 책
111 크눌프 헤세 · 이노은 옮김 노벨 문학상 수상 작가
112 시계태엽 오렌지 버지스 · 박시영 옮김 《타임》 선정 현대 100대 영문소설 | 《뉴스위크》 선정 100대 명저
113·114 파리의 노트르담 위고 · 정기수 옮김 미국대학위원회 선정 SAT 추천도서
115 새로운 인생 단테 · 박우수 옮김
116·117 로드 짐 콘래드 · 이상옥 옮김 《뉴스위크》 선정 100대 명저
118 폭풍의 언덕 E. 브론테 · 김종길 옮김 미국대학위원회 선정 SAT 추천도서
119 텔크테에서의 만남 그라스 · 안삼환 옮김 노벨 문학상 수상 작가
120 검찰관 고골 · 조주관 옮김
121 안개 우나무노 · 조민현 옮김
122 나사의 회전 제임스 · 최경도 옮김 미국대학위원회 선정 SAT 추천도서
123 피츠제럴드 단편선 1 피츠제럴드 · 김욱동 옮김
124 목화밭의 고독 속에서 콜테스 · 임수현 옮김
125 돼지꿈 황석영
126 라셀라스 존슨 · 이인규 옮김
127 리어 왕 셰익스피어 · 최종철 옮김 서울대 권장도서 100선 | 《뉴스위크》 선정 100대 명저
128·129 쿠오 바디스 시엔키에비츠 · 최성은 옮김 노벨 문학상 수상 작가
130 자기만의 방 · 3기니 울프 · 이미애 옮김
131 시르트의 바닷가 그라크 · 송진석 옮김
132 이성과 감성 오스틴 · 윤지관 옮김
133 바덴바덴에서의 여름 치프킨 · 이장욱 옮김
134 새로운 인생 파묵 · 이난아 옮김 노벨 문학상 수상 작가
135·136 무지개 로렌스 · 김정매 옮김
137 인생의 베일 서머싯 몸 · 황소연 옮김
138 보이지 않는 도시들 칼비노 · 이현경 옮김
139·140·141 연초 도매상 바스 · 이운경 옮김 《타임》 선정 현대 100대 영문소설
142·143 플로스 강의 물방앗간 엘리엇 · 한애경, 이봉지 옮김 미국대학위원회 선정 SAT 추천도서
144 연인 뒤라스 · 김인환 옮김
145·146 이름 없는 주드 하디 · 정종화 옮김
147 제49호 품목의 경매 핀천 · 김성곤 옮김 《타임》 선정 현대 100대 영문소설

148 **성역** 포크너 · 이진준 옮김 노벨 문학상 수상 작가 | 퓰리처상 수상 작가
149 **무진기행** 김승옥
150·151·152 **신곡(지옥편·연옥편·천국편)** 단테 · 박상진 옮김 《뉴스위크》 선정 100대 명저
153 **구덩이** 플라토노프 · 정보라 옮김
154·155·156 **카라마조프가의 형제들** 도스토옙스키 · 김연경 옮김
157 **지상의 양식** 지드 · 김화영 옮김 노벨 문학상 수상 작가
158 **밤의 군대들** 메일러 · 권택영 옮김 퓰리처상 수상 작가
159 **주홍 글자** 호손 · 김욱동 옮김 서울대 권장도서 100선 | 미국대학위원회 선정 SAT 추천도서
160 **깊은 강** 엔도 슈사쿠 · 유숙자 옮김
161 **욕망이라는 이름의 전차** 윌리엄스 · 김소임 옮김
162 **마사 퀘스트** 레싱 · 나영균 옮김 노벨 문학상 수상 작가
163·164 **운명의 딸** 아옌데 · 권미선 옮김
165 **모렐의 발명** 비오이 카사레스 · 송병선 옮김
166 **삼국유사** 일연 · 김원중 옮김 서울대 권장도서 100선
167 **풀잎은 노래한다** 레싱 · 이태동 옮김 노벨 문학상 수상 작가
168 **파리의 우울** 보들레르 · 윤영애 옮김
169 **포스트맨은 벨을 두 번 울린다** 케인 · 이만식 옮김
170 **썩은 잎** 마르케스 · 송병선 옮김 노벨 문학상 수상 작가
171 **모든 것이 산산이 부서지다** 아체베 · 조규형 옮김 《타임》 선정 현대 100대 영문소설
172 **한여름 밤의 꿈** 셰익스피어 · 최종철 옮김 미국대학위원회 선정 SAT 추천도서
173 **로미오와 줄리엣** 셰익스피어 · 최종철 옮김 미국대학위원회 선정 SAT 추천도서
174·175 **분노의 포도** 스타인벡 · 김승욱 옮김 노벨 문학상 수상 작가 | 《타임》 선정 현대 100대 영문소설
176·177 **괴테와의 대화** 에커만 · 장희창 옮김
178 **그물을 헤치고** 머독 · 유종호 옮김 《타임》 선정 현대 100대 영문소설
179 **브람스를 좋아하세요...** 사강 · 김남주 옮김
180 **카타리나 블룸의 잃어버린 명예** 하인리히 뵐 · 김연수 옮김 노벨 문학상 수상 작가
181·182 **에덴의 동쪽** 스타인벡 · 정회성 옮김 노벨 문학상 수상 작가
183 **순수의 시대** 워튼 · 송은주 옮김 《뉴스위크》 선정 100대 명저 | 퓰리처상 수상작
184 **도둑 일기** 주네 · 박형섭 옮김
185 **나자** 브르통 · 오생근 옮김
186·187 **캐치-22** 헬러 · 안정효 옮김 《타임》 선정 현대 100대 영문소설
188 **숄로호프 단편선** 숄로호프 · 이항재 옮김 노벨 문학상 수상 작가
189 **말** 사르트르 · 정명환 옮김
190·191 **보이지 않는 인간** 엘리슨 · 조영환 옮김 《타임》 선정 현대 100대 영문소설
192 **왑샷 가문 연대기** 치버 · 김승욱 옮김 퓰리처상 수상 작가
193 **왑샷 가문 몰락기** 치버 · 김승욱 옮김 퓰리처상 수상 작가
194 **필립과 다른 사람들** 노터봄 · 지명숙 옮김
195·196 **하드리아누스 황제의 회상록** 유르스나르 · 곽광수 옮김
197·198 **소피의 선택** 스타이런 · 한정아 옮김 퓰리처상 수상 작가
199 **피츠제럴드 단편선 2** 피츠제럴드 · 한은경 옮김
200 **홍길동전** 허균 · 김탁환 옮김
201 **요술 부지깽이** 쿠버 · 양윤희 옮김

202 **북호텔** 다비 · 원윤수 옮김
203 **톰 소여의 모험** 트웨인 · 김욱동 옮김
204 **금오신화** 김시습 · 이지하 옮김
205·206 **테스** 하디 · 정종화 옮김 미국대학위원회 선정 SAT 추천도서 | BBC 선정 꼭 읽어야 할 책
207 **브루스터플레이스의 여자들** 네일러 · 이소영 옮김
208 **더 이상 평안은 없다** 아체베 · 이소영 옮김
209 **그레인지 코플랜드의 세 번째 인생** 워커 · 김시현 옮김 퓰리처상 수상 작가
210 **어느 시골 신부의 일기** 베르나노스 · 정영란 옮김
211 **타라스 불바** 고골 · 조주관 옮김
212·213 **위대한 유산** 디킨스 · 이인규 옮김 서울대 권장도서 100선 | BBC 선정 꼭 읽어야 할 책
214 **면도날** 서머싯 몸 · 안진환 옮김
215·216 **성채** 크로닌 · 이은정 옮김
217 **오이디푸스 왕** 소포클레스 · 강대진 옮김 서울대 권장도서 100선
218 **세일즈맨의 죽음** 밀러 · 강유나 옮김
219·220·221 **안나 카레니나** 톨스토이 · 연진희 옮김 서울대 권장도서 100선
222 **오스카 와일드 작품선** 와일드 · 정영목 옮김
223 **벨아미** 모파상 · 송덕호 옮김
224 **파스쿠알 두아르테 가족** 호세 셀라 · 정동섭 옮김 노벨 문학상 수상 작가
225 **시칠리아에서의 대화** 비토리니 · 김운찬 옮김
226·227 **길 위에서** 케루악 · 이만식 옮김 《타임》 선정 현대 100대 영문소설 | 《뉴스위크》 선정 100대 명저
228 **우리 시대의 영웅** 레르몬토프 · 오정미 옮김
229 **아우라** 푸엔테스 · 송상기 옮김
230 **클링조어의 마지막 여름** 헤세 · 황승환 옮김 노벨 문학상 수상 작가
231 **리스본의 겨울** 무뇨스 몰리나 · 나송주 옮김
232 **뻐꾸기 둥지 위로 날아간 새** 키지 · 정회성 옮김 《타임》 선정 현대 100대 영문소설
233 **페널티킥 앞에 선 골키퍼의 불안** 한트케 · 윤용호 옮김 노벨 문학상 수상 작가
234 **참을 수 없는 존재의 가벼움** 쿤데라 · 이재룡 옮김
235·236 **바다여, 바다여** 머독 · 최옥영 옮김
237 **한 줌의 먼지** 에벌린 워 · 안진환 옮김 《타임》 선정 현대 100대 영문소설
238 **뜨거운 양철 지붕 위의 고양이 · 유리 동물원** 윌리엄스 · 김소임 옮김 퓰리처상 수상작
239 **지하로부터의 수기** 도스토옙스키 · 김연경 옮김
240 **키메라** 바스 · 이운경 옮김
241 **반쪼가리 자작** 칼비노 · 이현경 옮김
242 **벌집** 호세 셀라 · 남진희 옮김 노벨 문학상 수상 작가
243 **불멸** 쿤데라 · 김병욱 옮김
244·245 **파우스트 박사** 토마스 만 · 임홍배, 박병덕 옮김 노벨 문학상 수상 작가
246 **사랑할 때와 죽을 때** 레마르크 · 장희창 옮김
247 **누가 버지니아 울프를 두려워하랴?** 올비 · 강유나 옮김
248 **인형의 집** 입센 · 안미란 옮김
249 **위폐범들** 지드 · 원윤수 옮김 노벨 문학상 수상 작가
250 **무정** 이광수 · 정영훈 책임 편집 서울대 권장도서 100선
251·252 **의지와 운명** 푸엔테스 · 김현철 옮김

253 **폭력적인 삶** 파솔리니 · 이승수 옮김
254 **거장과 마르가리타** 불가코프 · 정보라 옮김
255·256 **경이로운 도시** 멘도사 · 김현철 옮김
257 **야콥을 둘러싼 추측들** 욘존 · 손대영 옮김
258 **왕자와 거지** 트웨인 · 김욱동 옮김
259 **존재하지 않는 기사** 칼비노 · 이현경 옮김
260·261 **눈먼 암살자** 애트우드 · 차은정 옮김 《타임》 선정 현대 100대 영문소설
262 **베니스의 상인** 셰익스피어 · 최종철 옮김
263 **말리나** 바흐만 · 남정애 옮김
264 **사볼타 사건의 진실** 멘도사 · 권미선 옮김
265 **뒤렌마트 희곡선** 뒤렌마트 · 김혜숙 옮김
266 **이방인** 카뮈 · 김화영 옮김 노벨 문학상 수상 작가 | 미국대학위원회 선정 SAT 추천도서
267 **페스트** 카뮈 · 김화영 옮김 노벨 문학상 수상 작가 | 국립중앙도서관 선정 청소년 권장도서
268 **검은 튤립** 뒤마 · 송진석 옮김
269·270 **베를린 알렉산더 광장** 되블린 · 김재혁 옮김
271 **하얀 성** 파묵 · 이난아 옮김 노벨 문학상 수상 작가
272 **푸슈킨 선집** 푸슈킨 · 최선 옮김
273·274 **유리알 유희** 헤세 · 이영임 옮김 노벨 문학상 수상 작가
275 **픽션들** 보르헤스 · 송병선 옮김 서울대 권장도서 100선
276 **신의 화살** 아체베 · 이소영 옮김
277 **빌헬름 텔 · 간계와 사랑** 실러 · 홍성광 옮김
278 **노인과 바다** 헤밍웨이 · 김욱동 옮김 노벨 문학상 수상 작가 | 퓰리처상 수상작
279 **무기여 잘 있어라** 헤밍웨이 · 김욱동 옮김 미국대학위원회 선정 SAT 추천도서
280 **태양은 다시 떠오른다** 헤밍웨이 · 김욱동 옮김 《타임》 선정 현대 100대 영문 소설
281 **알레프** 보르헤스 · 송병선 옮김
282 **일곱 박공의 집** 호손 · 정소영 옮김
283 **에마** 오스틴 · 윤지관, 김영희 옮김
284·285 **죄와 벌** 도스토옙스키 · 김연경 옮김 미국대학위원회 선정 SAT 추천도서
286 **시련** 밀러 · 최영 옮김
287 **모두가 나의 아들** 밀러 · 최영 옮김
288·289 **누구를 위하여 종은 울리나** 헤밍웨이 · 김욱동 옮김 노벨 문학상 수상 작가
290 **구르브 연락 없다** 멘도사 · 정창 옮김
291·292·293 **데카메론** 보카치오 · 박상진 옮김
294 **나누어진 하늘** 볼프 · 전영애 옮김
295·296 **제브데트 씨와 아들들** 파묵 · 이난아 옮김 노벨 문학상 수상 작가
297·298 **여인의 초상** 제임스 · 최경도 옮김 미국대학위원회 선정 SAT 추천도서
299 **압살롬, 압살롬!** 포크너 · 이태동 옮김 노벨 문학상 수상 작가
300 **이상 소설 전집** 이상 · 권영민 책임 편집
301·302·303·304·305 **레 미제라블** 위고 · 정기수 옮김
306 **관객모독** 한트케 · 윤용호 옮김 노벨 문학상 수상 작가
307 **더블린 사람들** 조이스 · 이종일 옮김
308 **에드거 앨런 포 단편선** 앨런 포 · 전승희 옮김 미국대학위원회 선정 SAT 추천도서

309 **보이체크·당통의 죽음** 뷔히너·홍성광 옮김
310 **노르웨이의 숲** 무라카미 하루키·양억관 옮김
311 **운명론자 자크와 그의 주인** 디드로·김희영 옮김
312·313 **헤밍웨이 단편선** 헤밍웨이·김욱동 옮김 노벨 문학상 수상 작가
314 **피라미드** 골딩·안지현 옮김 노벨 문학상 수상 작가
315 **닫힌 방·악마와 선한 신** 사르트르·지영래 옮김
316 **등대로** 울프·이미애 옮김 《타임》 선정 현대 100대 영문소설 | 《뉴스위크》 선정 100대 명저
317·318 **한국 희곡선** 송영 외·양승국 엮음
319 **여자의 일생** 모파상·이동렬 옮김
320 **의식** 노터봄·김영중 옮김
321 **육체의 악마** 라디게·원윤수 옮김
322·323 **감정 교육** 플로베르·지영화 옮김
324 **불타는 평원** 룰포·정창 옮김
325 **위대한 몬느** 알랭푸르니에·박영근 옮김
326 **라쇼몬** 아쿠타가와 류노스케·서은혜 옮김
327 **반바지 당나귀** 보스코·정영란 옮김
328 **정복자들** 말로·최윤주 옮김
329·330 **우리 동네 아이들** 마흐푸즈·배혜경 옮김 노벨 문학상 수상 작가
331·332 **개선문** 레마르크·장희창 옮김
333 **사바나의 개미 언덕** 아체베·이소영 옮김
334 **게걸음으로** 그라스·장희창 옮김 노벨 문학상 수상 작가
335 **코스모스** 곰브로비치·최성은 옮김
336 **좁은 문·전원교향곡·배덕자** 지드·동성식 옮김 노벨 문학상 수상 작가
337·338 **암 병동** 솔제니친·이영의 옮김 노벨 문학상 수상 작가
339 **피의 꽃잎들** 응구기 와 시옹오·왕은철 옮김
340 **운명** 케르테스·유진일 옮김 노벨 문학상 수상 작가
341·342 **벌거벗은 자와 죽은 자** 메일러·이운경 옮김 퓰리처상 수상 작가
343 **시지프 신화** 카뮈·김화영 옮김 노벨 문학상 수상 작가
344 **뇌우** 차오위·오수경 옮김
345 **모옌 중단편선** 모옌·심규호, 유소영 옮김 노벨 문학상 수상 작가
346 **일야서** 한사오궁·심규호, 유소영 옮김
347 **상속자들** 골딩·안지현 옮김 노벨 문학상 수상 작가
348 **설득** 오스틴·전승희 옮김
349 **히로시마 내 사랑** 뒤라스·방미경 옮김
350 **오 헨리 단편선** 오 헨리·김희용 옮김
351·352 **올리버 트위스트** 디킨스·이인규 옮김
353·354·355·356 **전쟁과 평화** 톨스토이·연진희 옮김
357 **다시 찾은 브라이즈헤드** 에벌린 워·백지민 옮김
358 **아무도 대령에게 편지하지 않다** 마르케스·송병선 옮김
359 **사양** 다자이 오사무·유숙자 옮김
360 **좌절** 케르테스·한경민 옮김 노벨 문학상 수상 작가
361·362 **닥터 지바고** 파스테르나크·김연경 옮김 노벨 문학상 수상 작가

363 노생거 사원 오스틴 · 윤지관 옮김
364 개구리 모옌 · 심규호, 유소영 옮김 노벨 문학상 수상 작가
365 마왕 투르니에 · 이원복 옮김 공쿠르상 수상 작가
366 맨스필드 파크 오스틴 · 김영희 옮김
367 이선 프롬 이디스 워튼 · 김욱동 옮김 퓰리처상 수상 작가
368 여름 이디스 워튼 · 김욱동 옮김 퓰리처상 수상 작가
369·370·371 나는 고백한다 자우메 카브레 · 권가람 옮김
372·373·374 태엽 감는 새 연대기 무라카미 하루키 · 김연경 옮김
375·376 대사들 제임스 · 정소영 옮김
377 족장의 가을 마르케스 · 송병선 옮김 노벨 문학상 수상 작가
378 핏빛 자오선 매카시 · 김시현 옮김
379 모두 다 예쁜 말들 매카시 · 김시현 옮김
380 국경을 넘어 매카시 · 김시현 옮김
381 평원의 도시들 매카시 · 김시현 옮김
382 만년 다자이 오사무 · 유숙자 옮김
383 반항하는 인간 카뮈 · 김화영 옮김 노벨 문학상 수상 작가
384·385·386 악령 도스토옙스키 · 김연경 옮김
387 태평양을 막는 제방 뒤라스 · 윤진 옮김
388 남아 있는 나날 가즈오 이시구로 · 송은경 옮김
389 앙리 브륄라르의 생애 스탕달 · 원윤수 옮김
390 찻집 라오서 · 오수경 옮김
391 태어나지 않은 아이를 위한 기도 케르테스 · 이상동 옮김 노벨 문학상 수상 작가
392·393 서머싯 몸 단편선 서머싯 몸 · 황소연 옮김
394 케이크와 맥주 서머싯 몸 · 황소연 옮김
395 월든 소로 · 정회성 옮김
396 모래 사나이 E. T. A. 호프만 · 신동화 옮김
397·398 검은 책 오르한 파묵 · 이난아 옮김 노벨 문학상 수상 작가
399 방랑자들 올가 토카르추크 · 최성은 옮김 노벨 문학상 수상 작가
400 시여, 침을 뱉어라 김수영 · 이영준 엮음
401·402 환락의 집 이디스 워튼 · 전승희 옮김
403 달려라 메로스 다자이 오사무 · 유숙자 옮김
404 아버지와 자식 투르게네프 · 연진희 옮김
405 청부 살인자의 성모 바예호 · 송병선 옮김
406 세피아빛 초상 아옌데 · 조영실 옮김
407·408·409·410 사기 열전 사마천 · 김원중 옮김 서울대 권장도서 100선
411 이상 시 전집 이상 · 권영민 책임 편집
412 어둠 속의 사건 발자크 · 이동렬 옮김
413 태평천하 채만식 · 권영민 책임 편집
414·415 노스트로모 콘래드 · 이미애 옮김
416·417 제르미날 졸라 · 강충권 옮김
418 명인 가와바타 야스나리 · 유숙자 옮김 노벨 문학상 수상 작가
419 핀처 마틴 골딩 · 백지민 옮김 노벨 문학상 수상 작가
420 사라진 · 샤베르 대령 발자크 · 선영아 옮김

세계문학전집은 계속 간행됩니다.